Foto: Gordon Stainforth

Diana Stainforth, geboren in Oundle, Northamptonshire, verbrachte nach dem Schulabschluß mehrere Jahre in Italien, Spanien unnd Südafrika. Sie kehrte nach England zurück, arbeitete zunächst als Innenarchitektin und später als Assistentin der Schriftstellerin Rebecca West, bevor sie selbst zu schreiben begann. Heute lebt sie in London.
Im Wunderlich Verlag ist ihr Roman «Schau niemals zurück» (1996) erschienen.

Diana Stainforth

Liebe im Spiel

Roman

Deutsch von
Gloria Ernst

rororo
Rowohlt

Die Originalausgabe erschien 1992 unter dem Titel
«The Wilder Side of Life»
bei Random Century Group, London

Umschlaggestaltung: Barbara Hanke
(Foto: IFA-Bilderteam-Photex)
Lektorat: Petra Lingsminat

25.–34. Tausend Juni 1997

Deutsche Erstausgabe
Veröffentlicht im Rowohlt Taschenbuch Verlag GmbH,
Reinbek bei Hamburg, November 1996

Satz Garamond (Linotronic 500)
Gesamtherstellung Clausen & Bosse, Leck
Printed in Germany
1690-ISBN 3 499 13947 2

Danksagung

Als ich mit den Recherchen für dieses Buch begann, hatte ich noch nie in meinem Leben Poker gespielt. Als ich damit fertig war, spielte ich in Las Vegas!

Poker stellt jedoch nicht den alleinigen Hintergrund für die Handlung dieses Buches dar. *Liebe im Spiel* ist ebenso im Trubel der Juristenwelt und der besonderen Atmosphäre einer Greyhoundrennbahn angesiedelt. In jedem dieser drei Bereiche haben mir Menschen ihre Zeit geopfert, um mir zu helfen. Ihnen allen möchte ich an dieser Stelle danken. Einige haben mich gebeten, namentlich nicht genannt zu werden, und ich respektiere diesen Wunsch.

Folgenden Juristen bin ich zu Dank verpflichtet: Michael Stimpson, der mir zwei Jahre lang geduldig alle Fragen beantwortete; Seiner Gnaden Richter Ryland; all jenen im Inner Temple, dem Lincoln's Inn, der Anwaltskammer und dem Ministerium des Lordkanzlers, die mir die Details lieferten, die ich brauchte, um der Handlung Glaubwürdigkeit zu verleihen.

Für meine Exkurse in den Windhundrennsport danke ich Sue Bunn und ihren Hunden; Tony James, ehemals General Manager des *Wimbledon Stadium* der Greyhound Racing Association; Norah McEllistrim, Trainerin des National Greyhound Racing Club, und ihren Hunden, vor allem aber Fred, der in diesem Buch als Blue erscheint.

Ray und Carolyn Giles möchte ich für ihre Gastfreundschaft und ihre Informationen über Dallas danken.

Für das medizinische Fachwissen bin ich Joan Mahon zu Dank verpflichtet.

Was das Pokern und Las Vegas angeht, danke ich Jim Albrecht, dem Manager des Pokerzimmers im *Binion's Horseshoe Casino*, für seine Informationen über die World Poker Series und Jeff und Cora Fadigan sowie Jeff Vanderlip vom Pokerzimmer des *Binion's*. In London unterstützten mich Bill Slate, Manager des Pokerzimmers im *Victoria Casino*; Group Captain Richard Stephens, ehemals bei der British Casino Association, und Freddy Moyle.

Meine Anerkennung gebührt weiter Anthony Holdens phantastischem Buch *Big Deal*. Es war mein Reiseführer durch Las Vegas.

Schließlich möchte ich noch Edward Twinberrow für die erste Pokerstunde danken und all jenen Freunden, mit denen ich gespielt habe, bevor ich nach Las Vegas gereist bin. Sie waren überzeugt, daß ich verlieren würde. Hätten sie sich getäuscht, wäre ich vielleicht nie wieder nach Hause geflogen, um dieses Buch zu beenden!

Diana Stainforth

30. Dezember 1991

Kapitel 1

London, 1985

Bis zu jenem Frühling hatte sich Francesca erfolgreich eingeredet, sie sei nicht unglücklicher als alle anderen auch. Dann aber kam es zur Krise. Es begann an jenem Nachmittag im März.

In den Inner Temple Gardens hatten gerade die Magnolien zu blühen begonnen. Sie eilte über das unebene Pflaster auf die Makepeace Buildings zu. Sie versuchte noch schneller zu gehen und fluchte, als sie mit ihren hohen Absätzen in den Ritzen zwischen den Steinplatten steckenblieb. Immer war sie spät dran. Wenn sie nur mehr Zeit hätte, um sich auf ihre Fälle zu konzentrieren, würde sie vielleicht eine bessere Anwältin werden. Wenn sie sich mehr auf William konzentrieren könnte, wäre sie auch eine bessere Ehefrau. Zumindest war das seine Meinung.

Oben am King's Bench Walk kreuzten zwei andere Anwälte ihren Weg und steuerten auf die Bibliothek zu. Der eine war Rupert Barbour, der bestaussehende ihrer männlichen Kollegen in der Kanzlei. Er nickte. Sie lächelte. Nicht, daß er ihr besonders sympathisch gewesen wäre. Er war ein aufgeblasener Snob, aber man mußte sich schließlich professionell verhalten. Sein Begleiter grinste sie breit an und murmelte Rupert dann etwas zu, woraufhin dieser zischte: «Du spinnst wohl. Das ist Eastgates Frau.» Francesca lächelte ein zweites Mal. Diesmal galt ihr Lächeln Ruperts Begleiter. Was kostete schon ein Lächeln? Man konnte nie wissen, wann einem jemand von Nutzen sein würde. Das jedenfalls war Williams Philosophie.

Francesca wirkte wie eine seltsame Mischung aus Rebellin und Madonna. Ihr glänzendes, mahagonifarbenes Haar, das eine wogende Mähne verführerischer Locken hätte sein können, hatte sie zu einem braven Schulmädchenzopf geflochten. Ihre Teddybäraugen, die so sanft, warm und braun waren, blickten streng unter geraden Augenbrauen hervor. Ihre Haut war sehr blaß, beinahe schon zu blaß. Wenn sie nervös war, färbte sich die Partie um ihre Augen herum purpurrot. Francesca war, was Make-up anging, sehr zurückhaltend. Sie verwendete lediglich etwas Mascara und einen Hauch rosa Lip gloss. Der Duft, den sie trug, war zitronig, leicht und neutral. Ihr schwarzes Kostüm jedoch, die Uniform aller Anwältinnen, verriet eine unterschwellige Sinnlichkeit. Sie mochte figurbetonte Jacketts und enge Röcke. Ihr Gang hatte eine ungezwungene Grazie, doch trat jemand auf sie zu, besonders wenn es sich dabei um einen Fremden handelte, dann hielt sie sich sehr gerade und wirkte dadurch ein wenig steif. Allgemein galt sie als arrogant. Nur wenn sie sich über etwas amüsierte, offenbarte sie ihre andere Seite. Dann nämlich warf sie den Kopf zurück und gab ein tiefes, kehliges, laszives Lachen von sich.

Sie teilte sich mit zehn anderen Anwälten eine Reihe von Büros in den Makepeace Buildings, die man nach dem Schriftsteller William Makepeace Thackeray benannt hatte, der in der Nähe des Inns gewohnt hatte. Die Gebäude bestanden aus dunkelrotem Backstein, der an diesem Nachmittag langsam einen ockerfarbenen Goldton annahm, während die Glasscheiben der weißgestrichenen Schiebefenster im Schein der untergehenden Sonne wie flüssiges Feuer glühten. Das Licht umspielte die zartrosa Blütenkelche der Magnolien, die ihre Kandelaber durch die Eisengitter reckten. Es warf kühle Schatten auf den Bürgersteig, wo Blütenblätter zertreten auf den Steinplatten lagen. Francesca liebte diese Tageszeit. Das Inn und die dahinterliegenden Gärten strahlten die heitere Ruhe eines Gemäldes aus, die nicht einmal der Verkehrslärm vom Embankment stören konnte.

Sie rannte die Steinstufen hinauf und eilte durch die glänzende schwarze Tür. Alle Eingangstüren der Makepeace Buildings waren schwarz gestrichen. An der Mauer daneben war jeweils eine weiße Tafel angebracht, auf der in eleganter, schwarzer Schreibschrift der Name eines jeden Anwalts aufgeführt war. Es erfüllte sie immer wieder mit Stolz, wenn sie ihren Namen dort las.

Die Kanzlei lag im dritten Stock des Gebäudes und nahm die

Zimmer zu beiden Seiten der Treppe ein. Francesca war nach ihrem Referendariat dort übernommen worden. Besser gesagt, nach ihrer Hochzeit. Der Seniorpartner der Kanzlei, dessen Name ganz oben auf der Anwaltsliste stand, war der Kronanwalt Geoffrey Culmstock, ein großer, charismatischer Mann, der aus Yorkshire stammte und ein Gesicht wie ein Rottweiler hatte. Wenn er einen ansah, bekam man das Gefühl, er breche gleich in Tränen aus, was auch den verstocktesten Zeugen dazu veranlaßte, die Wahrheit zu sagen. Sein Büro war das größte. Desmond, der kleine, elegante und charmante stellvertretende Seniorpartner der Kanzlei, verfügte über das zweitgrößte Büro. Die meisten anderen Anwälte teilten sich aus Kostengründen jeweils ein Büro. Der lässig-elegante Rupert saß zusammen mit dem aufgeblasenen, übergewichtigen Hugo in einem Raum, Melanie Llanellen, Francescas beste Freundin, mit James, einem freundlichen und ruhigen Zeitgenossen, der ein Landhaus in Suffolk besaß und daher meist außerhalb von London arbeitete. Der aggressive Thomas teilte sich mit der pferdenärrischen Charlotte Regan-Walker, die über sehr gute Beziehungen verfügte, ein düsteres Hinterzimmer. Sanjiv, der Inder, der niemals auch nur ein einziges schlechtes Wort über irgend jemanden sagte, hatte ein Zimmer für sich allein. Francesca hatte ebenfalls ein eigenes Büro. Ihres war eins der hübschesten. Es war zwar klein, ging aber nach vorne hinaus und bot einen Blick auf den Garten. Aber schließlich wurde Francesca ja auch bevorzugt behandelt. Zumindest behaupteten das Charlotte und Thomas, die sich hinter ihrem Rücken darüber beklagten.

Mr. Nailsworth, der Bürovorsteher der Kanzlei, sah von seinem Schreibtisch auf, als sie den Empfangsbereich betrat. «Old Nailbag», wie er insgeheim genannt wurde, war früher Hauptfeldwebel gewesen. Schon sein Vater und sein Großvater hatten als Bürovorsteher gearbeitet. Seine Position beruhte auf stillschweigender Vetternwirtschaft. Seine Aufgabe bestand darin, die Mandanten der Solicitors, also der Anwälte, die vor einem höheren Gericht nicht zugelassen waren, den Partnern der Kanzlei zuzuweisen und nach Beendigung des jeweiligen Verfahrens die Honorare einzufordern. Einen gewissen Prozentsatz des Verdienstes eines jeden Anwalts durfte er für sich einbehalten. «Ihr Mandant wartet», informierte er Francesca, während er einen vielsagenden Blick auf seine Uhr warf.

«Danke, Mr. Nailsworth. Ich rufe durch, wenn Sie ihn zu mir hereinschicken können.» Entschlossen, sich von Mr. Nailsworth nicht schikanieren zu lassen, holte Francesca die Post aus ihrem Fach. Das Problem war, daß der gute Nailsworth nichts von Anwältinnen hielt. William behauptete zwar, sie bilde sich das nur ein, aber sie wußte, daß sie in diesem Punkt recht hatte.

In ihrem Büro angekommen, überflog sie ihre Post, griff dann zum Telefon und tippte rasch eine Nummer ein. «Dining & Wining? Hier spricht Mrs. Eastgate. Ich brauche für heute abend eine Vorspeise. Für zehn Personen. Ja, ich weiß, daß das sehr kurzfristig ist. Es tut mir leid, ich hatte ursprünglich geplant, selbst etwas vorzubereiten. Makrelenpastete? Gut, wenn Sie nichts anderes haben, wird das eben genügen müssen. Ich komme die Pastete abholen und zahle bar. Schicken Sie mir also keine Rechnung!»

Sie hatte vor Hunger ganz weiche Knie. Seit sechs Uhr früh, als sie den Tisch für das Dinner am Abend gedeckt hatte, hatte sie nichts mehr gegessen. Jetzt holte sie einen angebissenen Mars-Riegel aus ihrer Aktentasche. Die Ellbogen auf den Schreibtisch gestützt, starrte sie durch das Fenster in die Dämmerung hinaus, während sie langsam die fad schmeckende Schokolade kaute. Was hatte William ihr untersagt, beim Dinner zu erwähnen? Sie versuchte sich daran zu erinnern, aber in ihrem Kopf herrschte gähnende Leere. Sie wußte nicht einmal mehr, wen sie überhaupt eingeladen hatten. Alles, was sie sich wünschte, war, daß sie ausnahmsweise einmal einen Abend zu zweit verbringen und sich unterhalten könnten.

Ihre Gegensprechanlage summte. «Ihr Mandant wird langsam ungeduldig», bellte Nailsworth.

Francesca würgte den Rest des Mars-Riegels hinunter. Ihren Mandanten hatte sie ganz vergessen. Sie hatte alles vergessen, alles außer dem schwindenden Tageslicht und der Tatsache, daß sie fürchterlich müde und hungrig war. Kein Wunder, daß William sich ständig beklagte.

Sie war überrascht, als sie sah, daß Mr. Atterbury von Allport & Atterbury und nicht einer seiner Juniorpartner sie mit einem Besuch beehrte. In seiner Begleitung befand sich Lex Gunter, sein Mandant, ein Schläger mit einem Mopsgesicht, der wegen eines tätlichen Angriffs angeklagt war. Francesca war auch früher schon von der Kanzlei beauftragt worden, aber niemals von Atterbury selbst.

Gunter war klein und stämmig. Auf seiner Oberlippe befand sich ein heller Flaum, den er vergeblich zu einem Schnurrbart wachsen zu lassen versuchte. Er starrte Francesca verdrossen an. «Ich wußte nicht, daß ich 'ne Frau kriege.»

«Ich bin Ihre Anwältin, Mr. Gunter», antwortete sie knapp. «Wenn Sie aber wünschen, vor Gericht von jemand anderem vertreten zu werden, habe ich nichts dagegen einzuwenden.»

Atterbury war puterrot geworden. «Ich bitte um Verzeihung, Mrs. Eastgate. Mein Mandant ebenfalls.»

«Ach, das geht schon in Ordnung.» Gunter setzte sich schwerfällig hin und legte seine dicken Unterarme auf den Schreibtisch. Er hatte sehr haarige Handgelenke, bei deren Anblick Francesca sehnsüchtig an Williams glatte Arme dachte.

Sie überflog Atterburys Schriftsatz. Wenn alles nach Plan gelaufen wäre, hätte sie ihn vor der Besprechung gelesen, aber Atterbury hatte, wie viele Solicitors, die Unterlagen erst in letzter Minute geschickt. Wenn alles nach Plan gelaufen wäre, hätte sie auch zu Mittag gegessen und müßte jetzt nicht verstohlen versuchen, die Schokolade zu entfernen, die hartnäckig an ihren Backenzähnen klebte. *«Richmond Greyhound Racing Stadium!»* las sie laut und war überrascht. «Ich wußte gar nicht, daß es immer noch in Betrieb ist.»

«Ist es auch nicht. Der Alte, dem es gehört, kann sich den Unterhalt nicht mehr leisten.»

«Sie sprechen von... Marius Charlwood, dem Mann, den Sie tätlich angegriffen haben sollen?»

«Ich werd auf nicht schuldig machen. Er ist nämlich der einzige Zeuge.»

Francesca schloß erleichtert die Akte. «Ich kann keinen Mandanten vertreten, der ein schuldhaftes Verhalten eingesteht, gleichzeitig aber darauf besteht, sich nicht schuldig zu bekennen. Das verstößt gegen alle Regeln.»

«Ich hab ihn nicht verprügelt. Ich hab ihm nur 'n bißchen gedroht, das ist alles. Er muß später hingefallen sein. Ich hab nicht mal den Zaun eintreten müssen, um reinzukommen. Das Ganze fällt doch von allein auseinander.» Ein verschlagener Ausdruck erschien in Gunters Augen. «Es ist 'ne Schande, daß all das gute Bauland verkommt, bei der ganzen Wohnungsnot und den vielen jungen Leuten, die dringend eine Wohnung brauchen. Reiche junge Leute!» Er lachte, zündete sich, ohne um Erlaubnis zu bitten, eine Zigarette an und musterte Francesca dann unverschämt durch den Rauch hindurch. «Mr. Marmintoll bezahlt für meine Verteidigung. Er hat gesagt, er würde schon dafür sorgen, daß mir nichts passiert.»

«Mr. Marmintoll von der Baufirma Marmintoll Construction?»

Der Schläger lachte. «Jetzt sind Sie wohl schockiert. Aber wenn's um Geld geht, Schätzchen, werden wir alle zu Gaunern. Und ihr Anwälte seid dabei die schlimmsten.»

Es war schon dunkel, als Francesca die Kanzlei verließ. Die schmiedeeisernen Gaslaternen draußen vor jedem Hauseingang erhellten die graue Nacht mit ihrem weißen Licht. Williams Kanzlei – wo er als Kronanwalt und stellvertretender Seniorpartner arbeitete – war drei Eingänge von der ihren entfernt. Francesca sah, daß in seinem Zimmer Licht brannte, also saß er noch immer in einer Besprechung. Sie hoffte, er würde nicht vor ihr zu Hause eintreffen. Angesichts der Berge von ungeschältem Gemüse und der aufgeschlagenen Kochbücher in der Küche würde er sicher in Panik geraten.

Sie ging durch die schmale Gasse neben der Bibliothek und überquerte den Hof zwischen der Hall und der Temple Church. Das Inn hatte etwas Gelehrtes und Abgeklärtes an sich, das sie an die Universität von Oxford erinnerte. Nicht, daß sie dort studiert hätte, aber William war in Oxford gewesen. Francesca hatte direkt nach der Schule mit ihrer juristischen Ausbildung begonnen. Sie war eine der letzten gewesen, die man ohne Hochschulabschluß aufgenommen hatte: Im Jahr darauf waren die Zulassungsbedingungen geändert worden.

Immer wenn Francesca an der Temple Church vorbeikam,

mußte sie an ihren Hochzeitstag denken, vor allem spätabends, wenn niemand mehr da war und sie den Hof für sich hatte. Dann fühlte sie sich wieder an jenen Samstagnachmittag im Winter zurückversetzt, an dem ihr Stiefvater sie zum Altar geführt hatte, damit sie Mrs. William Eastgate wurde. Die Orgel hatte etwas von Bach gespielt, und das Sonnenlicht, das durch die bunten Glasfenster strömte, hatte ein Kaleidoskop von Farben über den weißen Brokat ihres Hochzeitskleides gegossen. Sie war sehr nervös, aber auch sehr stolz gewesen.

Eine Stunde nachdem Francesca die Kanzlei verlassen hatte, stand sie in der hellen, weißen Küche ihres eleganten Hauses in Islington, holte die Makrelenpastete von Dining & Wining aus der Aluschüssel und richtete sie auf einer ihrer schweren Silberplatten an. Jaws, ihr Goldfisch, schwamm wie wild in seinem Aquarium auf der Fensterbank hin und her. Sie hatte ihn letzten Sommer aus einer spontanen Anwandlung heraus gekauft. Damals war er kaum drei Zentimeter lang gewesen und hatte in einem kleinen Goldfischglas gelebt, seit er aber das große Aquarium hatte, tat er nichts anderes, als zu fressen und zu wachsen. Sie hoffte, daß er die Makrelenpastete nicht pietätlos fand.

Die Haustür öffnete sich, und William betrat den Flur. Sie rief lächelnd: «Ich bin in der Küche» und fragte sich dabei, wie er es nur schaffte, am Ende eines Arbeitstages immer noch wie aus dem Ei gepellt auszusehen, während sie verschwitzt, müde und mit zerknitterter Kleidung heimkam.

Als Francesca William zum erstenmal gesehen hatte, fand sie, daß er wie ein Dichter aussehe oder zumindest so, wie sie sich einen Dichter vorstellte: hochgewachsen, blond, gutaussehend und ästhetisch, ein Mann, der Schönheitssinn besaß. Sie hatte in der Hall gespeist. Alle Jurastudenten mußten während der zweijährigen Ausbildung dreimal pro Quartal in ihrem Inn of Court am Abendessen teilnehmen, bevor sie als Anwalt zugelassen wurden. Diese Einführung in das Leben des Inns gehörte zur Tradition. Frankie hatte in ihrer schwarzen Robe nervös und aufgeregt an einem der unteren Tische gesessen. An einem der oberen Tische hatte William Eastgate Platz genommen. Ihre Nachbarin hatte sie auf ihn aufmerksam gemacht und erklärt, er sei einer der brillantesten Anwälte seines Jahrgangs. Francesca hatte beobachtet, wie er redete, während alle um ihn herum zuhörten. Er hingegen hatte sie überhaupt nicht beachtet.

Aber Williams Äußeres täuschte, wie sie später entdeckte. Er war kein Träumer. Sein feingeschnittenes Gesicht zeichnete sich durch ein energisches Kinn aus. Seine grauen Augen blickten durchdringend und entschlossen. Seine Stimme war wohlklingend. Er hob sie selten, denn das war nicht notwendig.

«Alles unter Kontrolle?» Er warf einen Blick auf das Chaos.

«Einigermaßen.» Sie schob die Tüte von Dining & Wining mit dem Fuß unter die Küchenanrichte. «Ich bin erst spät nach Hause gekommen. Ich hatte eine Besprechung.» Sie schnitt eine Limone in Scheiben und dekorierte die Makrelenpastete abwechselnd mit halben Limonenspiralen, Zitronenspalten und Minzblättchen. «Ich werde den Fall abgeben. Mein Mandant wird beschuldigt, den alten Marius Charlwood, den Eigentümer des *Richmond Greyhound Racing*, angegriffen zu haben. Was für ein Zufall!»

«Aber du bist nicht mehr in der Nähe des Stadions gewesen, seit du klein warst.»

«Mein Vater lebt dort. Wenigstens nehme ich das an. Marius war damals sein bester Freund. Ich werde nicht vor Gericht auftreten, wenn mir die gegnerische Partei persönlich bekannt ist.»

«Francesca, wenn du den Fall nicht hättest übernehmen wollen, hättest du den Schriftsatz zurückgeben müssen, gleich nachdem du ihn gelesen hast, noch vor der Besprechung.»

Sie seufzte. «Ich habe ihn nicht gelesen. Dazu hatte ich keine Zeit.»

«Wie konntest du nur so unprofessionell handeln?»

«Atterbury hat ihn mir zu spät geschickt. So etwas passiert doch jedem von uns einmal.»

«Mir nicht.» Er sah ihr schweigend dabei zu, wie sie rasch die Fleißigen Lieschen goß, die neben Jaws' Aquarium aufgereiht standen. Sie hätte vor Müdigkeit, Zorn und schlechtem Gewissen weinen mögen. Natürlich war das, was sie getan hatte, falsch gewesen. «Wenn du jetzt den Fall abgibst», fuhr er sanfter fort, «wirst du erklären müssen, daß das mit deinem Vater zu tun hat. Und das wiederum würde weder deiner noch meiner Karriere guttun.»

Sie sah ihn zweifelnd an. «Da könntest du recht haben.»
«Das habe ich, Liebling. Glaub mir.»
Sie kramte im Gemüsefach des Kühlschranks nach einer weiteren Limone. «Ich möchte keine Strafrechtsfälle mehr übernehmen. Es nervt mich, daß ich meinen Verstand anstrengen muß, um einen Schläger zu verteidigen, der ganz eindeutig schuldig ist.»
«Jeder hat ein Recht auf den Beistand eines Anwalts.»
«Als wir uns kennengelernt haben, hast du oft gesagt, wie unmoralisch es wäre, daß sich reiche Gauner die besten Anwälte leisten könnten.»
«Habe ich das?»
Sie lächelte. «Das war einer der Gründe, aus denen ich dich bewundert habe.»
«Aber ich übernehme keine Strafsachen, es sei denn, um einem meiner Mandanten, die ich in handelsrechtlichen Fällen vertrete, einen Gefallen zu tun. Wenn ich Strafverteidiger wäre, würde man mich nicht als Richter für den High Court in Erwägung ziehen.» Er beobachtete sie stirnrunzelnd. «Wir haben heute abend zwei Richter und unsere beiden Seniorpartner zu Gast. Also behalte deine Skrupel um Himmels willen für dich und verplappere dich nicht vor ihnen.»
Sie war verletzt. «William! Bitte! Das war doch nicht als Kritik gemeint.»
«Gut. Mir ist nämlich nicht aufgefallen, daß du etwas gegen unseren Lebensstil einzuwenden hättest. Du sagst weder nein zu St. Moritz und Barbados, noch kannst du an einem Geschäft vorbeigehen, ohne etwas zu kaufen.»
«Vielleicht kompensiere ich damit nur etwas.»
«Was soll das heißen?»
«Nichts.» Sie wollte jetzt nicht mehr sagen, denn sie hatte Angst, daß sie an einen Punkt gelangen könnte, von dem es für sie kein Zurück mehr gab. Also nahm sie eine Handvoll Karotten und ging in den Garten hinaus. Es war frostig draußen. Big Ears, ihr großes, schwarzweißes Kaninchen, saß an seiner Käfigtür und wartete schon auf sie. Sein Fell war ganz aufgeplustert. Als sie näher kam, bebte seine Nase erwartungsvoll. Sie hatte ihn vorletzte Weihnachten im Garten von Williams Eltern gefunden, wo er sich

nach seiner Flucht aus der nahe gelegenen Kaninchenfarm versteckt hatte. Sie schob die Karotten nacheinander durch das Gitter in den Stall und kraulte Big Ears zwischen den Ohren, bevor sie wieder ins Haus zurückkehrte.

In der Küche wusch sie sich die Hände und sah nach dem *bœuf en croûte*. Sie nahm eine Gabel und stach an einer Ecke, die nicht von Teig bedeckt war, hinein. Blut sickerte aus dem immer noch rohen Fleisch. «Sieh zu, daß es unsere Gäste mit dem Essen nicht zu eilig haben», sagte sie. «Der Braten ist nicht vor zehn fertig.»

Er schnalzte ärgerlich mit der Zunge.

«Ich kann es nicht ändern. Nicht, wenn ich am Abend noch Gäste bewirten soll, nachdem ich den ganzen Tag gearbeitet habe, und du dich weigerst, eine Köchin einzustellen.»

«Ohne den dämlichen Goldfisch, deine Zimmerpflanzen und dieses verfressene Kaninchen hättest du mehr als genug Zeit. Ein erwachsener Mensch hält sich in London kein Kaninchen im Garten.»

«Ich gebe Big Ears nicht weg.» Es war ein alter Streit.

«Was du brauchst, ist ein Baby. Du hast dir doch früher immer Kinder gewünscht. Ich war es, der gesagt hat, du wärst noch zu jung dafür. Aber ich möchte einen Erben, Francesca, einen Eastgate.»

«Ach, dafür haben wir noch reichlich Zeit.» Sie bereitete weiter das Abendessen vor. William hatte recht. Sie hatte Kinder gewollt, viele Kinder. Damals.

Er betrachtete sie zornig. Alles, was er sagte, zog sie in Zweifel. Das hatte sie früher nie getan.

Schließlich meinte Francesca in normalem, freundlichem Ton: «Weißt du, was mich wirklich anwidert? Rate mal, wer Gunters Anwaltsgebühren bezahlt.»

«Ich denke nicht, daß wir darüber sprechen sollten.»

«Marmintoll! Dein wichtigster Mandant!»

Er war schockiert, und das freute sie. «Warum sollte er eine andere Kanzlei beauftragen?» wollte er wissen. Er schien ihr nicht so recht glauben zu wollen.

«Weil es sich hier um einen schmutzigen kleinen Fall handelt.»

«Aber er weiß doch, daß du meine Frau bist.»

«Vielleicht will er, daß du mit dem Fall zu tun hast, aber nur indirekt.»

«Möglicherweise.» Er ging zwischen der Küche und dem Frühstückszimmer auf und ab, dann drehte er sich um. «Trotzdem entspricht es nicht unserem Berufsethos, daß du diese Information preisgibst. Auch nicht mir gegenüber!»

Sie sah ihn an. «Wenn ich mich nicht dir anvertrauen kann, wem dann? Ich möchte mich dir anvertrauen, William, und ich möchte, daß du dich mir anvertraust. Immerhin sind wir miteinander verheiratet.»

Er nahm die silberne Servierplatte vom Tisch und roch an der Vorspeise. «Makrelenpastete! Ich wollte doch Lachs haben. Dieses Abendessen ist wichtig, Francesca, es ist keine Studentenfete. Kannst du denn nicht einmal etwas richtig machen?»

Francesca warf die restliche Minze auf den Tisch, rannte aus der Küche und die Treppe hinauf. Sie hatte den Kopf gesenkt, damit er nicht sah, daß sie weinte.

Zwanzig Minuten später kam sie wieder herunter. Sie hatte gebadet, sich parfümiert, ein kornblumenblaues Seidenkleid angezogen und das Haar zu einem glatten Zopf geflochten. William befand sich im Wohnzimmer und schenkte Geoffrey Culmstock gerade einen Gin Tonic ein. Sie konnte hören, wie er sagte: «Ich muß Ihnen den neuen Alexander Pope zeigen, den ich heute gekauft habe, eine Erstausgabe. Ich bin ganz verliebt in meine Neuerwerbung. Mein Antiquar weiß von einem weiteren Band, aber ich muß es mir noch überlegen. Natürlich lese ich die Bücher nicht, dazu habe ich keine Zeit. Ich liebe es einfach, schöne Dinge zu besitzen.»

Als Francesca am Fuß der Treppe angekommen war, ballte sie die Fäuste und betete, daß William sie vor Geoffrey nicht abkanzeln würde.

Er drehte sich um, als er sie bemerkte, und ging eilig durch das Zimmer auf sie zu. Sie versuchte, nicht zurückzuzucken, als er den Arm hob.

«Frankie, Liebling, du siehst bezaubernd aus», sagte er und legte ihr den Arm um die Schultern. «Ich habe wirklich Glück gehabt, stimmt's, Geoffrey?»

«Das kann man wohl sagen.» Geoffrey hob sein Glas. «Auf das Traumpaar der gesamten Anwaltschaft.»

Francesca zwang sich zu einem Lächeln, innerlich aber fühlte sie sich angewidert. Am liebsten hätte sie laut geschrien: «War das jetzt ernst gemeint oder das, was du vorhin in der Küche gesagt hast? Bin ich für dich nutzlos, oder liebst du mich?»

Kapitel 2

Da Francesca wegen eines anderen Falles verhindert war, erschien sie nicht vor Gericht, als Gunters Antrag, seinen Fall dem Crown Court zu übergeben, verhandelt wurde. Melanie vertrat sie.

Unmittelbar nach der Verhandlung stürmte Gunter in die Kanzlei. Er drängte sich in Francescas Büro, noch bevor Old Nailbag ihn aufhalten konnte, und schlug mit der Faust auf ihren Schreibtisch. «Sie halten mich wohl für ein Stück Dreck?» schrie er sie an. «Deshalb sind Sie nicht in der Verhandlung gewesen.»

«Ich habe Ihrem Solicitor dargelegt, warum ich nicht kommen konnte. Ihn hat meine Erklärung zufriedengestellt. Miss Llanellen ist außerdem überaus kompetent.» Francesca hob ihre Stimme. «Vielen Dank, Mr. Nailsworth, Sie können Mr. Gunter jetzt hinausgeleiten.»

«Sie frigides Miststück!» Gunter fegte die Unterlagen, die auf ihrem Schreibtisch lagen, zu Boden.

Auf Francescas Wangen erschien jeweils ein hellroter Fleck. Nailsworth und ein Anwaltsgehilfe eilten herbei. Sie packten Gunter an den Armen, aber er schüttelte sie so mühelos ab, als wären sie Fliegen. «Schon gut», höhnte er. «Ich gehe. Aber merken Sie sich eins, Schätzchen.» Er zeigte mit seinem Wurstfinger auf Francesca. «Bei meinem Prozeß werden Sie sich nicht wieder drücken. Mr. Marmintoll würde das nämlich ganz und gar nicht gefallen.»

Sie stand auf. «Ich werde bei der Verhandlung anwesend sein, Mr. Gunter, weil dies meine Pflicht ist, und nicht, weil Sie mir drohen. Und jetzt verschwinden Sie endlich!»

Er ging. Francesca, Nailbag und der Anwaltsgehilfe lauschten, während sich seine Schritte auf der Treppe entfernten. Dann wandte sich Nailbag, dunkelrot vor Verlegenheit, an Francesca. «Es tut mir leid, Mrs. Eastgate. Ich weiß gar nicht, wie er an mir vorbeigekommen ist.»

«Ich erwarte, daß so etwas nicht noch einmal passiert, Mr. Nailsworth.» Dies war dafür, daß sie zehn Jahre lang seine schlechte Laune hatte ertragen müssen.

«Das wird es auch nicht, das versichere ich Ihnen.» Nailsworth salutierte fast. «Mr. Eastgate wäre stolz auf Sie.»

Sie wartete volle zehn Minuten, um sicherzugehen, daß Gunter das Gebäude verlassen hatte, bevor sie die Straße hinauf zu Williams Kanzlei rannte.

Er saß an seinem wuchtigen Schreibtisch, umgeben von ordentlichen Stapeln juristischer Werke. Als Francesca unangekündigt hereinstürmte, sah er erstaunt auf. «Was ist los?»

Sie ließ sich auf den Sessel vor seinem Schreibtisch sinken, rückte, damit sie sich mit den Ellbogen aufstützen konnte, seine Unterlagen beiseite, allerdings nur ein ganz kleines Stück, um ihn nicht aufzubringen. «Gunter hat mich bedroht. Nailbag mußte ihn rauswerfen.»

«Du darfst so etwas nicht persönlich nehmen, sondern mußt dem Ganzen distanzierter gegenüberstehen. Hast du denn inzwischen alles vergessen, was ich dir während deiner Referendarzeit beigebracht habe?»

«William, er hat mich als frigides Miststück beschimpft.»

«Willst du einem primitiven Schläger wirklich die Genugtuung verschaffen, dich ärgern zu können?»

Sie sehnte sich danach, daß er sie in die Arme nahm. «Ich bin deine Frau. Macht es dich nicht wütend, wenn man mich beschimpft?»

«Also gut! Beruhige dich! Wenn wir das nächste Mal mit Marmintoll beim Essen sind, werden wir diskret andeuten, daß du nicht willens bist, Leute wie diesen Gunter zu vertreten. Aber ich kann nicht deine beruflichen Schlachten schlagen, Francesca.»

Sie fühlte sich plötzlich matt und sehr müde. «Das habe ich ja auch gar nicht von dir verlangt. Ich möchte einfach nur... nun, du sollst mir zeigen, daß dir so etwas nicht egal ist.»

«Sei nicht kindisch, Francesca. Natürlich ist mir das nicht egal. Aber die Kanzlei ist nicht der richtige Ort, um dir das zu zeigen.» Er öffnete eins der juristischen Bücher. «Natürlich wird Gunter jetzt annehmen, daß du seinen Prozeß absichtlich verlierst.»

«Ich sollte das Mandat auf der Stelle niederlegen. Noch habe ich die Möglichkeit dazu.»

«Damit er denkt, er hätte dich kleingekriegt?»

«William, es ist möglich, daß mein Vater Marius Charlwood zu der Verhandlung begleitet.»

«Das wird er nicht. Er wird wie immer betrunken sein – oder im Gefängnis sitzen.»

Sie wurde rot. Plötzlich stiegen die Erinnerungen an ihren Vater in ihr auf. Sie dachte an seine lächelnden blauen Augen, seine Stimme, sanft wie der Nebel in Kerry, den Geruch von Whisky, der an seiner alten Tweedjacke haftete, seine nikotingelben Finger, die ihre kleinen Kinderhände hielten, als er ihr beibrachte, wie man die Spielkarten ausgab und wie man dabei mogelte. «Bitte sprich nicht so von ihm», sagte sie. «Er ist immer noch mein Vater.»

«Liebling, du hast ihn seit zwanzig Jahren nicht mehr gesehen. Du selbst hast es doch so gewollt. Er ist eine einzige Peinlichkeit, das waren deine Worte. Wenn du vor der Besprechung den Schriftsatz gelesen hättest, wie es deine Pflicht gewesen wäre, hättest du das Mandat ohne weiteres niederlegen können. Jetzt aber würde Marmintoll auf einer Erklärung bestehen. Du würdest wie eine Idiotin dastehen, und das wollen wir doch beide nicht. Also gewinn einfach den Prozeß und vergiß dann das Ganze.» Er lächelte. «Ich möchte auf dich stolz sein können, Francesca. Du bist eine sehr gute Anwältin.»

«Bin ich das wirklich?» fragte sie, erfreut über das unerwartete Kompliment.

«Aber nur, wenn es dir gelingt, deine Gefühle unter Kontrolle zu halten.» Er streckte den Arm über den Schreibtisch und tätschelte ihr die Hand, was im Grunde nicht besser, sondern schlechter als gar nichts war. Es weckte einen Hunger in ihr. Sie wünschte sich so viel mehr von ihm.

William und Francesca verbrachten den Samstag abend bei Williams Eltern, Mortimer und Audrey Eastgate, in Kingly Grange, einem höhlenartigen Herrenhaus aus frühviktorianischer Zeit, das die kleine Stadt Kingly in Kent beherrschte. Das Haus, ein graues, verwinkeltes Gebäude, ragte finster und mißbilligend über der sanften, welligen Landschaft auf. Williams Eltern hatten das Haus von einem Onkel geerbt. Sie konnten es sich nicht leisten, dort standesgemäß zu leben, aber sie weigerten sich beharrlich, das Haus zu verkaufen. Das riesige Wohnzimmer und das große Speisezimmer waren mit goldgerahmten Porträts verstorbener Eastgates geschmückt, die alle Richter, Pfarrer oder Offiziere gewesen waren. Sie hatten das starre Aussehen von Menschen, die ihr Leben damit zugebracht hatten, auf unbequemen Stühlen in kalten Räumen zu sitzen.

Das Haus verfügte über zwölf Schlafzimmer, alle kalt und wenig einladend. Die Betten waren hart, die Teppiche schäbig. Die Schubladen in den Kommoden klemmten, weil das Holz sich vor Feuchtigkeit verzogen hatte. Nachts gurgelte Wasser durch uralte Leitungen. Am Morgen, wenn sich Francesca Badewasser einließ, kam es rostig und nur mäßig warm aus dem Hahn. Als William sie zum erstenmal nach Hause mitgenommen hatte, damit sie seine Eltern kennenlernte, war sie noch von der Großartigkeit des Herrenhauses beeindruckt gewesen. Jetzt aber ertrug sie die Unbequemlichkeiten nur noch seinetwillen.

Als sie am Morgen eintrafen, übte Francescas Schwiegervater auf dem Tennisplatz gerade seinen Aufschlag. Seine langen, dünnen Beine, die aus seinen bauschigen Shorts herausragten, waren vor Kälte ganz rot. Ihre Schwiegermutter beschnitt die Rosen. Sie trug ein Kleid aus Wolljersey, das sie hochgezogen hatte, so daß der schmutzige Saum auf dem Rand ihrer noch schmutzigeren grünen Gummistiefel aufstieß. Sie besaß noch ein weiteres Kleid von dieser Sorte, denn sie bestellte ihre Kleider immer gleich zweimal bei Army & Navy. Sie war ein Schlachtschiff von einer Frau, hatte drahtiges, graues Haar und eine Stimme wie ein Nebelhorn. An sie adressierte Briefe las sie nie, sondern beantwortete sie einfach, wie sie es für angemessen hielt. Die Argumente anderer Menschen vermochten ihre Ansichten nicht zu ändern. Als sie gebeten wurde, dem Komitee des Kirchenbasars beizutreten, hatte sie ausschließlich den Posten der Vorsitzenden akzeptiert.

«William», dröhnte sie, «dein Vater möchte mit dir Tennis spielen. Und du, Francesca, bring mir doch den Weidenkorb für die Narzissen. Ich habe mit dir zu reden.» Sie wartete, bis William außer Hörweite war, bevor sie hinzufügte: «William hat mir erzählt, daß du keine Kinder mehr haben willst.»

Francesca wurde rot. «Das habe ich nie gesagt.»

«Gut. Es ist nämlich an der Zeit, daß ihr endlich eine Familie gründet. Ihr braucht einen Erben für Kingly. Schließlich seid ihr jetzt schon seit fast zehn Jahren miteinander verheiratet.»

«Wir haben noch viel Zeit.»

«*Du* vielleicht, aber William ist beinahe zwanzig Jahre älter als du. Er möchte noch Freude an seinem Nachwuchs haben.» Audrey machte eine Pause und seufzte tief. «Ach du liebe Güte! Jetzt habe ich anscheinend schon wieder etwas Falsches gesagt. Du bist aber auch überempfindlich, Francesca.» Sie bückte sich, um ihre Rosen weiter zu beschneiden, und die helle Morgensonne glänzte auf den grauen Stoppeln ihres Schnurrbarts.

Francesca stellte den Korb ab und ging mit steifen Schritten über den Rasen zum Haus zurück. Ihre Stiefel hinterließen silbrige Abdrücke im taufeuchten Gras. Wenn sie in Kingly Grange war, mußte sie sich ständig beherrschen, um nicht mit ihrer Schwiegermutter zu streiten. Manchmal fragte sie sich, warum sie sich überhaupt Mühe gab.

Im Haus war es eiskalt. Im Gegensatz zu ihrer eigenen Mutter trödelten die Eastgates tagsüber nie herum. Sie wurden von einem puritanischen Schuldbewußtsein angetrieben. Das einzige warme Zimmer war der Wintergarten, wo die schwache Vorfrühlingssonne das Glasdach aufheizte und ein uralter Heizkessel die Eiszapfen schmelzen ließ. Francesca wickelte sich in eine Decke ein und streckte sich, eine Zeitung in der Hand und eine Tasse Kaffee neben sich, auf der Chaiselongue aus. Aber Audreys Worte wollten ihr nicht aus dem Kopf gehen.

Als William vom Tennisplatz zurückkam, sagte sie: «Deine Mutter hat mir wieder in den Ohren gelegen. Sie scheint zu glauben, daß ich keine Kinder will.»

Er blickte betreten drein. «Das habe ich ihr so niemals gesagt. Aber du weißt ja, wie sie ist.»

Francesca lächelte ihn mitfühlend an. «Sie ist eine Tyrannin.»

Er berührte ganz kurz ihre Schulter. «Deshalb habe ich auch eine Frau geheiratet, die das genaue Gegenteil von ihr ist.»

Sie wollte seine Hand nehmen, aber inzwischen hatte er sie schon wieder zurückgezogen.

In jener Nacht drehte sich Francesca in dem knarrenden Bett im Gästezimmer zu William, legte ihm die Arme um den Hals und kuschelte sich an seinen warmen Körper, der sich durch seinen Seidenpyjama schlank und hart anfühlte. «Bin ich frigide?» fragte sie.

«Natürlich nicht.»

«Bist du dir sicher?»

«Was ist das denn für eine komische Frage, Liebling?»

«Du bist mein erster und einziger Mann, wen könnte ich sonst fragen?»

Er zog sie näher an sich. «Schlaf mit mir.»

Sie legte sich auf ihn und bewegte sich rhythmisch vor und zurück, wobei sie ihr Gewicht nicht auf ihm ruhen ließ, sondern mit den Armen abfing, wie er es ihr beigebracht hatte. Ihre Brüste streichelten ihn. Der Crêpe de Chine ihres Nachthemds flüsterte wie eine Liebkosung über seinen Körper. Er streifte einen seidenen Träger von ihrer Schulter und küßte ihre nackte Haut. Dann rollte er ihr Nachthemd langsam nach unten, so daß sie nun von der Taille aufwärts nackt war. Rittlings auf ihm sitzend, bewegte sie sich immer im gleichen Rhythmus, bis er ihre Pobacken mit den Händen packte und seine Finger hineingrub. Als er seinen Höhepunkt erreichte, ritt sie ihn fester, schneller und versuchte dabei verzweifelt, ihre eigene Lust in jenem kurzen Augenblick, bevor er sie aufhalten würde, noch zu befriedigen. Doch er packte sie schon an den Hüften und stöhnte: «Beweg dich nicht!»

Sie verharrte, obwohl jede Faser ihres Körpers danach schrie weiterzumachen.

Ein paar Augenblicke später schob er sie von sich herunter. «Du bist perfekt. Wir sind perfekt.»

Er schlief wie immer rasch ein. Sie hingegen lag wach und starrte die Decke an. Der Schläger hatte doch recht. Sie war frigide. William war nur zu freundlich, um ihr das zu sagen. Sie dachte an Männer, die sich für sie zu interessieren schienen, dann schreckte sie vor diesem Gedanken zurück. Und dies nicht nur, weil sie eine verheiratete Frau war. Während sie lauschte, wie in der Ferne ein Zug durch die schlafende Landschaft ratterte, fragte sie sich, wer sie noch haben wollen würde, falls William sie verließ. Das Zimmer schrie: «Niemand!»

Sie wachte im Morgengrauen auf und konnte nicht mehr einschlafen. Sie dachte an ihre erste Verabredung mit William. Die Referendarstelle in seiner Kanzlei war in den *Bar News*, der Juristenzeitung, ausgeschrieben worden. Francesca hatte sich wie viele andere ihres Jahrgangs um die Stelle beworben, weil William Eastgate den Ruf eines brillanten Anwalts hatte. Er hatte gemeinsam mit vier seiner Kollegen das Vorstellungsgespräch geführt. Die Sonne, die durch die Fenster schien, hatte auf seinem hellblonden Haar geglänzt. Sie erinnerte sich daran, daß sie damals gedacht hatte, wie gut er mit seinem schmalen Gesicht, seinen grauen Augen und seinen langen, schlanken Fingern doch aussah.

«Referendare sind eine Plage», hatte er hochmütig erklärt. «Aber ich fühle mich dem Inn gegenüber verpflichtet. Von allen Bewerbern scheinen Sie mir am zugänglichsten zu sein. Ich kann mit schwierigen Menschen nicht arbeiten. Versuchen Sie also, mir nicht in die Quere zu kommen.»

Einen Monat lang hatte er kaum ein Wort mit ihr gesprochen. Sie war hinter ihm hergerannt und hatte seine Bücher getragen. Sie hatte für ihn Fundstellen in den Kommentaren nachgeschlagen, die er dann nur selten nutzte, oder Schriftstücke angefertigt, die er kaum zur Kenntnis nahm. Allmählich wünschte sie, daß sie sich einen weniger brillanten Lehrmeister ausgesucht hätte, jemanden, der sich mehr Zeit für sie nahm.

Eines Nachmittags hörte sie, wie William am Telefon sagte: «Ich habe die Karten nur gekauft, weil du hingehen wolltest, Rebecca.» Einen Augenblick später rief er Francesca in sein Büro. «Haben Sie heute abend etwas vor? Nein? Gut. Sie gehen in die Oper. Fahren Sie nach Hause und ziehen Sie sich etwas Passendes an. Wir treffen uns dann im Foyer. Lassen Sie mich nicht warten.»

Während ihrer zweijährigen juristischen Ausbildung hatte Francesca zwar mehrere Freunde gehabt, aber es war nichts Ernstes gewesen. Es hatte sich dabei stets um Mitstudenten gehandelt, die wenig Geld hatten und sie in Pubs oder in billige indische Restaurants ausführten. Sie konnte sie gut leiden, brachte für sie aber nicht die Leidenschaft auf, die sie für ihren ersten Liebhaber empfinden wollte. Als sie nicht mit ihnen schlafen wollte, hatten sie sich Partnerinnen gesucht, die williger waren als sie. Die Oper mit William war ihre erste wirkliche Verabredung, seit sie volljährig geworden war. Als er sie in der Pause fragte, was sie trinken wolle, war sie so nervös, daß sie ihm nicht antworten konnte. Beim Abendessen bestellte er für sie. Er redete. Sie hörte zu und fragte sich dabei die ganze Zeit, wer Rebecca sei.

Am nächsten Morgen bedankte sich Francesca stotternd für den reizenden Abend und hoffte dabei inständig, daß er sie wieder ausführen würde. Mehrere Wochen lang jedoch hielt es William nicht einmal für nötig, ein paar Worte mit ihr zu wechseln. Dann lud er sie ins Theater ein, wieder in letzter Minute, was in ihr den Verdacht weckte, daß Rebecca ihn wieder einmal versetzt hatte.

Beim Abendessen begann er plötzlich über Rebecca zu sprechen. «Ich habe sie in Ascot kennengelernt», sagte er. «Ihr Exmann besaß ein Rennpferd. Sie trug damals einen Hut mit Schleier. Frauen mit Schleier haben mir schon immer gefallen.»

«Werden Sie sie heiraten?» fragte Francesca unglücklich, während sie sich Rebecca als einen raffinierten Vamp vorstellte.

Er lachte. «Gütiger Himmel, nein! Ich würde einer Frau mit ihrer Vergangenheit niemals trauen. Außerdem würde meine Mutter eine geschiedene Frau nicht akzeptieren. Bei den Eastgates hat es noch nie eine Scheidung gegeben.»

«Meine Eltern haben sich scheiden lassen», erzählte Frankie ihm. «Ich bin fest entschlossen, daß mir das nie passieren wird.»

Er nickte. «Dem stimme ich zu. Die Ehe gilt ein Leben lang.»

Als er das nächstemal mit Francesca essen ging, sagte er: «Ich treffe mich nicht mehr mit Rebecca.»

Francesca hatte vor Hoffnung und Glückseligkeit geglüht.

All das schien so lange her zu sein. Sie warf einen Blick auf William, der neben ihr schlief, und rief sich die Nacht in Erinnerung, in der sie ein Paar geworden waren. Sie war nervös und er geduldig gewesen. Er hatte ihr weh getan, und sie hatte geweint, aber nicht vor Schmerz, sondern weil sie so aufgewühlt gewesen war. Sie erinnerte sich, wie sie am nächsten Morgen aufgewacht war und nicht mehr gewußt hatte, wo sie sich befand. Er hatte ihr eine Tasse Tee ans Bett gebracht. Sie hatte, rot vor Verlegenheit, in seinem Bett gesessen, die Bettdecke bis unters Kinn hochgezogen, während er ruhig neben ihr gelegen und die *Financial Times* gelesen hatte. Schon am folgenden Wochenende hatte er sie nach Kingly mitgenommen, damit seine Eltern sie kennenlernten. Neun Monate später hatten sie geheiratet. Sie war so verliebt in ihn gewesen – wenigstens hatte sie das geglaubt. Daß jemand wie William Eastgate sie wollte, hatte sie außerordentlich glücklich gemacht.

Plötzlich wurde sie von einer quälenden Woge der Einsamkeit überrollt, die ihr Tränen in die Augen steigen ließ. Sie wischte sie weg, stand rasch auf und eilte durch das kalte Haus ins Badezimmer.

Beim Frühstück wirkte sie deprimiert. William äußerte sich nicht dazu. Aber als sie die Teller abräumte, nahm er sie in die Arme und drückte sie an sich. «Die Leute beneiden uns doch nur, weil es uns so gutgeht», sagte er. «Sie suchen nach Unstimmigkeiten. Hör einfach nicht auf sie.»

Sie lehnte sich an ihn, genoß die Wärme seines Körpers, die sie durch seinen dicken Pullover spürte, und war dabei glücklicher, als sie es seit Monaten gewesen war.

«Du darfst nicht immer alles so schwer nehmen.» Er strich ihr übers Haar. «Neulich beim Abendessen hast du kaum ein Wort gesagt.»

Sie versteifte sich angesichts seiner Kritik. «Tut mir leid, daß es so auffällig war.»

«Mach einfach mehr Small talk. Das wirst du dir ohnehin angewöhnen müssen, wenn ich erst einmal Richter bin. Wir werden dann ständig Gäste haben.» Er küßte sie auf die Stirn, als wäre sie ein Kind.

Sie wollte sagen: «Wenn du mich in der Küche nicht so abgekanzelt hättest, wäre ich vielleicht gesprächiger gewesen.» Aber sie wollte sich nicht schon wieder mit ihm streiten.

Zum Mittagessen am Sonntag fuhren sie zu ihrer Mutter und ihrem Stiefvater. Francesca saß am Steuer. Das tat sie fast immer, damit William hinten sitzen und arbeiten konnte. Zumindest behaupteten sie das beide. In Wirklichkeit war sie die bessere Autofahrerin, obwohl das niemals ausgesprochen wurde. Sie liebte die Kraft des großen BMW. Um möglichst schnell vom Haus der Eastgates wegzukommen, beschleunigte sie so stark, daß ihrer Schwiegermutter feuchter Kies entgegenspritzte.

White Oast war ein reizendes ehemaliges Trockenhaus, das aus dem warmen, abgerundeten Flint aus Sussex erbaut worden war. Es stand am Rande des Dorfes Rockhurst, das in den grünen, hügeligen Feldern und sanften Wäldern im Süden von Tunbridge Wells lag. Bis zur Jahrhundertwende war in dem Trockenhaus Hopfen gedarrt worden. Mittlerweile hatte man die Hopfenfelder in einen Golfplatz verwandelt, und der runde Darreraum diente Steven als Arbeitszimmer.

Francesca war zehn Jahre alt gewesen, als sie zum erstenmal dort gewesen war. Sie hatte ihr einziges feines Kleid aus rotem Samt mit einem steifen Spitzenkragen und ihr einziges Paar guter Schuhe getragen. Es waren Schnallenschuhe von Clarks in der Kensington High Street gewesen. Das Haus hatte damals einen recht förmlichen Eindruck auf sie gemacht – das Heim eines sorgsamen Witwers. Der Garten war konventionell angelegt gewesen. Damals hatten ihn noch nicht die wunderschönen Arrangements von blauem Rittersporn und hellrosa Lupinen geziert, die erst ihre Mutter gepflanzt hatte.

Aber am deutlichsten erinnerte sich Francesca an den Abend vor jenem ersten Besuch. Ihre Mutter hatte ihr gesagt: «Wir fahren morgen aufs Land, um bei Mr. Hartington zu wohnen, dem Anwalt, der mir bei meiner Scheidung geholfen hat. Er hat einen Sohn, der Robert heißt und ungefähr zehn Jahre älter ist als du. Roberts Mami ist bei einem Autounfall umgekommen. Ich möchte, daß du besonders brav bist, weil Steven … weil Mr. Hartington dein neuer Daddy werden wird.»

«Aber ich habe einen Dad.»

Ihre Mutter nahm sie fest in die Arme. «Frankie, uns beiden zuliebe darfst du nicht mehr über ihn sprechen. Und du darfst in unserem neuen Leben auch nicht über Greyhounds, Glücksspiele oder Karten sprechen. Die Leute werden uns nicht mögen, wenn du das tust.»

Zu dieser Zeit wohnten sie in einer kleinen, trübseligen Wohnung in der Nähe von Shepherd's Bush. Ihre Mutter arbeitete in einem Bekleidungsgeschäft. Francesca ging in die Schule am Ort. Außer Madame Natascha, einer älteren russischen Emigrantin, die in verfallender Vornehmheit über ihnen wohnte, kannte Frankie niemanden. Jeden Tag nach der Schule, wenn ihre Mutter noch zur Arbeit war, stieg Francesca die kahle Treppe zu Madame Nataschas Wohnung hinauf, um dort ihre Hausaufgaben zu machen. Verglichen mit dem aufregenden Leben, das sie bei ihrem Vater gehabt hatte, und dem geschäftigen Treiben auf der Hunderennbahn war dies ein einsames Leben für sie gewesen.

In jener Nacht vor ihrem Besuch in White Oast hatte Francesca wach gelegen und gelauscht, wie ihre Mutter im anderen Zimmer leise umherging. Schließlich war sie, angelockt durch das Licht, das immer noch unter der Tür hindurchschien, aufgestanden. Sie hatte die Klinke heruntergedrückt und die Tür geöffnet, da sie mehr über diesen Fremden erfahren wollte, der ihr Vater werden sollte. Ihre Mutter hatte nicht gehört, daß sie die Tür geöffnet hatte. Sie lag auf dem Sofa und weinte leise in ein Kissen.

Als Francesca und William die Auffahrt von White Oast hinauffuhren, trat ihre Mutter aus der Terrassentür. Dominique Hartington, eine elegante Frau mit blonden Strähnen im ergrauenden Haar, hatte einen gewissen Schick, der sie irgendwie unenglisch aussehen ließ. Francescas Großmutter war Französin gewesen, und obwohl Dominique fast ihr ganzes Leben in England zugebracht hatte und die Sprache dieses Landes völlig akzentfrei sprach, fiel jedem sofort auf, daß sie keine Einheimische war. Es lag an ihrem Gang, an ihren Gesten und an der Art und Weise, wie sie mit Männern umging.

«Ich bin so froh, daß du gekommen bist, William.» Sie legte ihre Hand auf seinen Arm. «Du weißt immer das Richtige zu sagen. Der arme Steven braucht dringend Unterstützung. Der Pfarrer langweilt ihn wegen des Kirchturms, deshalb möchte ich ihn nicht auch noch zum Mittagessen einladen müssen.» Sie entließ William mit einer Handbewegung in Richtung Haus und wandte sich Francesca zu, um sie auf die Wange zu küssen. «Gehen wir ein bißchen im Garten spazieren. Wir können uns doch so selten ungestört miteinander unterhalten.»

«Worüber möchtest du mit mir sprechen?» Francesca versuchte, nicht gezwungen zu klingen.

«Ach, über alles und nichts.»

Sie folgten dem Kiesweg zwischen den Rosenbeeten und den Beeten mit den Küchenkräutern. Aus der sauber beschnittenen Buchsbaumhecke strömte ein pfeffriger Geruch. Jeder Baum, jede Pflanze, jeder Strauch stand kurz vor dem Austreiben. In den geschlossenen Knospen schimmerte bereits ein blasses Grün. Das Leben wartete darauf hervorzubrechen. Ebendiesen Weg war Francesca bei ihrem ersten Besuch in White Oast entlanggegangen, ein einsames kleines Mädchen, das über den knirschenden, feuchten Kies schlenderte, während sich ihre Mutter drinnen im Haus mit einem komischen, kleinen Mann mit Backenbart unterhielt, der wie ein ältlicher Hamster aussah.

«Du siehst erschöpft aus», sagte ihre Mutter. «Ich wünschte, du würdest einmal ein ganzes Wochenende bei uns verbringen und nicht nur zum Mittagessen bleiben. Und ich wünschte, du würdest einmal allein kommen und dich von mir verwöhnen lassen. Wir waren uns so nah, als du noch klein warst. Jetzt kommt es mir manchmal so vor, als spräche ich mit einer Fremden, nicht mit meiner Tochter.»

Francesca wollte nicht über die Vergangenheit reden. Sie befürchtete, daß dann auch andere Dinge zur Sprache kämen, Dinge, denen sie sich noch nicht stellen wollte.

Ihre Mutter fuhr fort: «Ich habe erst heute morgen mit Pater John gesprochen. Er sagt, daß es eine Sünde ist, wenn man nach der Scheidung wieder heiratet, und daß du mir das niemals vergeben hättest. Stimmt das? Aber wir waren doch völlig mittellos. Steven hat mir Liebe und Sicherheit geboten.»

Francesca verdrehte die Augen. «Mutter, an Sonntagen kriegst du immer den Moralischen.»

«Ich weiß. Aber ich kann einfach nichts dagegen machen.»

«Dann gib nicht mir die Schuld daran. Und auch nicht Steven.

Er war immer gut zu mir. Er hat mich auf eine teure Privatschule geschickt, hat mich ermutigt, Juristin zu werden. Er hat sogar meinen Sprechunterricht bezahlt, damit ich meinen, wie er es nannte, groben Akzent loswerde.» Sie zögerte. «Warum fängst du jetzt davon an? Du mußt doch einen Grund dafür haben.»

«Weil du unglücklich bist und ich mir dafür die Schuld gebe», sagte ihre Mutter traurig. «Liegt es an William? Ich war immer der Meinung, daß er zu alt für dich ist. Du hast ihn nur geheiratet, weil du eine Vaterfigur gesucht hast.»

«Mutter! Bitte! Ich bin müde, ich arbeite hart. William ebenfalls. Wir haben einfach nicht so viel Zeit füreinander, wie wir gerne hätten. Das ist alles.»

«Bei meiner Frankie kann man sich immer darauf verlassen, daß sie vor ihren Problemen die Augen verschließt. Aber du mußt praktisch denken, Liebling. Ist das Haus auf deinen Namen eingetragen?»

«Wovon redest du überhaupt?»

«Von dir und William natürlich.»

«Ach, um Himmels willen! In der einen Minute hast du Angst vor dem Höllenfeuer, und in der nächsten berechnest du Unterhaltszahlungen. Mit meiner Ehe ist alles in Ordnung!»

«Und selbst wenn es nicht so wäre, wärst du viel zu halsstarrig, um es zuzugeben. Genau wie dein Vater!»

Francesca zog sich zurück. «Ich bin nicht wie mein Vater! Er ist ein Trinker und Spieler.»

Kapitel 3

Francesca sass vorn im Gerichtssaal und hörte zu, wie die Anklage ihre Beweise im Fall Krone gegen Lex Gunter vortrug. Sie saß seitlich vom Richtertisch. Die Falten ihrer schwarzen Robe waren wie Schwingen um ihren Körper drapiert und reichten ihr bis zu den Knien. Stirnrunzelnd machte sie sich eine Notiz, rückte ihre Perücke zurecht und saugte dann an ihrem Stift. Hinter ihr flüsterte Atterbury seinem Anwaltsgehilfen etwas zu. Gunter saß auf der Anklagebank. Er trug, wie sie ihm geraten hatte, einen dunkelgrauen Anzug. Trotzdem sah er immer noch aus wie jemand, der am Sonntagnachmittag alten Damen die Handtasche entreißt.

Sie hatte die Geschworenen sorgfältig überprüft, wobei sie zwei ehemalige Colonels von der harten Sorte und einen aristokratischen Weltverbesserer abgelehnt hatte. Der Rest war harmlos. Zwölf Männer und Frauen, redlich und treu, die so aufrecht auf der Geschworenenbank saßen, als befänden sie sich in der Kirche. Von Zeit zu Zeit warfen sie Gunter einen Blick zu und verzogen mißbilligend den Mund.

Sie fragte sich, wie Marius Charlwood jetzt wohl aussehen mochte. Es waren so viele Jahre vergangen, seit sie ihn das letzte Mal gesehen hatte. Würde er sie erkennen? Wußte er überhaupt, daß sie Anwältin geworden war? Sie wünschte sich sehnlich, daß der Fall schon entschieden wäre. Sie wünschte sich, daß sie nicht gleich ihrer Kindheit von Angesicht zu Angesicht gegenübertreten müßte.

Der Vertreter der Anklage war in voller Fahrt. Seine Stimme dröhnte durch den Gerichtssaal. «Es handelt sich hier um die verwerfliche Tat eines mißratenen jungen Mannes, der sich widerrechtlich Zugang zum Grundstück eines alten Mannes verschafft hat, ihn bedroht und dann auch noch tätlich angegriffen hat», erklärte er den Geschworenen. «Ich werde Fotografien von den Verletzungen des Opfers vorlegen, ein Attest des Arztes, der es behandelt hat, und eine Erklärung des Polizisten, der an den Tatort gerufen wurde. Zuerst aber werde ich das Opfer dieser grundlosen Gewaltanwendung in den Zeugenstand rufen. Mr. Marius Charlwood.»

Hinten im Gerichtssaal gab es ein Geräusch. Feste Schritte kamen den Mittelgang zwischen den Holzbänken entlang nach vorn. Francesca versuchte zwar, nicht den Kopf zu wenden, aber sie konnte nicht anders: Sie mußte einfach hinsehen. Ein kompakter, agiler Mann kam auf sie zu. Sein weißes Haar war kurz; es sah aus, als ließe er sich gerade einen Bürstenschnitt herauswachsen. Er hatte ein wettergegerbtes Gesicht, strahlendblaue Augen und einen Ziegenbart. Er ging direkt an ihr vorbei und zuckte mit keiner Wimper, als er ihrem Blick begegnete. Aber schließlich trug sie ja auch eine Perücke.

Er nahm die Bibel in die rechte Hand und las mit lauter, aber ein wenig heiserer Stimme: «Ich schwöre bei Gott, dem Allmächtigen, daß ich die Wahrheit sagen werde, die ganze Wahrheit und nichts als die Wahrheit.»

Der Vertreter der Anklage sagte überaus freundlich: «Mr. Charlwood, Sie sind der Eigentümer des *Richmond Greyhound Racing Stadium*?»

«Das ist richtig. Und niemand wird es schaffen, mich so einzuschüchtern, daß ich es verkaufe. Und wenn sie mich umbringen.» Er starrte Gunter durch den Gerichtssaal böse an.

«Schildern Sie uns bitte in Ihren eigenen Worten, was in der fraglichen Nacht geschehen ist.»

«Also, es war so.» Der alte Mann legte seine Hände auf den Rand des Zeugenstandes und spreizte seine knotigen Finger. «Ich war allein im Haus und habe ferngesehen, da hörte ich ein Geräusch. Also ging ich nach draußen und rief: ‹Ist da jemand?› Dann kam dieser Kerl aus dem Schatten. Er hatte eine Holzlatte in der Hand, die er offenbar aus dem Zaun herausgebrochen hatte. Ich ging nicht gleich vom Schlimmsten aus und sagte: ‹Leg das weg, mein Sohn, und wir vergessen die Sache.› Er ist nicht der erste junge Rüpel, den ich im Stadion erwischt habe, aber ich rede immer vernünftig mit ihnen. Ich sage ihnen, daß das hier keine Generalprobe für das Leben ist, sondern das Leben selbst. Sie sollten es nicht im Gefängnis verschwenden. Den Burschen, der mich heute hierhergefahren hat, hab ich vor ein oder zwei Jahren dabei erwischt, wie er Bleirohre stehlen wollte.»

«Sehr lobenswert, Mr. Charlwood», sagte der Richter. «Aber was ist dann geschehen?»

«Er hat mich geschlagen. Immer wieder. Dabei hat er kein einziges Wort gesagt, so als hätte ihn jemand dafür bezahlt, mich zusammenzuschlagen. Da wußte ich, daß dieser Abschaum einer von *ihnen* sein mußte.»

«Einer von wem?»

«Marmintoll. Sie terrorisieren mich schon die ganze Zeit, damit ich die Rennbahn verkaufe, weil sie dort noch mehr verdammte Häuser hinbauen wollen.»

Er hatte diesen Satz kaum beendet, als Atterbury Francesca schnell eine Notiz in die Hand drückte. «Erheben Sie sofort Einspruch. Marmintoll terrorisiert niemanden.»

Sie stand auf, wobei sie sich insgeheim verfluchte, weil sie den Fall nicht abgegeben hatte. Selbst jetzt hätte sie noch sagen können: «Euer Ehren, ich stelle fest, daß ich befangen bin.» Aber wenn sie das täte, wäre William fuchsteufelswild. «Euer Ehren», begann sie. «Marmintoll ist eine angesehene Londoner Firma. Es gibt keinen Beweis dafür, daß sie versucht hat, den Zeugen einzuschüchtern.»

Noch bevor ihr der Richter antworten konnte, sagte Marius Charlwood: «Sie haben mich aufgefordert zu schwören, daß ich die Wahrheit sage, und genau das tue ich. Marmintoll will mein Land. Zuerst haben sie mir noch Geld geboten. Dann haben sie mir den da geschickt.» Er zeigte auf Gunter. «Ich bin fünfundsiebzig, aber ich kann immer noch das, was mir gehört, verteidigen. Komm du noch einmal in mein Stadion, Bürschchen, dann können sie dein Begräbnis ausrichten. Ich bin jetzt nämlich nicht mehr allein.» Er setzte sich schwerfällig hin. «Ich nehme an, daß ich meine Pfeife hier drin nicht rauchen darf?»

«Nein, das dürfen Sie nicht!» Der Richter verbarg ein Lächeln hinter vorgehaltener Hand.

Francescas Aufgabe würde nicht leicht werden. Die Geschworenen fraßen Marius Charlwood schon jetzt aus der Hand. Er war ein menschliches Wesen, das von einer anonymen Firma tyrannisiert wurde, er symbolisierte das Alter, das von der Jugend mißhandelt wurde. Sie spürte, wie ihr jemand auf die Schulter tippte. Man reichte ihr eine Notiz von Gunter. *Sie sind nicht nur ein frigides Miststück, sondern auch ein verdammt nutzloses.*

Jetzt war sie an der Reihe, den Zeugen ins Kreuzverhör zu nehmen. Sie trat auf ihn zu. «Mr. Charlwood.» Er blickte auf. Einen Augenblick lang dachte sie, er hätte sie erkannt. «Entspricht es den Tatsachen, daß Sie früher den Namen Mark Wood führten?»

Er starrte sie erstaunt an.

«Und daß Sie unter diesem Namen ohne Konzession einen Spielsalon betrieben haben?»

«Nun ... ich ... was hat das mit der Sache hier zu tun?»

«Ich wollte lediglich Ihre Referenzen überprüfen.»

Die Vertretung der Anklage erhob heftig Einspruch. Francesca hatte ihr Ziel jedoch erreicht. Die Geschworenen sahen Marius Charlwood jetzt zweifelnd an.

Der alte Mann sprach mit ruhiger Stimme. «Das ist jetzt schon fast dreißig Jahre her. Ich glaube nicht, daß in diesem Raum jemand sitzt, der im Leben nie etwas getan hat, was er lieber vergessen würde. Bei uns allen ist das so. Selbst bei einem Richter. Selbst bei einer Anwältin.» Er verließ den Zeugenstand. «Vergessen Sie den Fall. Ich gehe nach Hause. Das hier hat mit Gerechtigkeit nichts zu tun. Ich bin als Zeuge gekommen, aber ich werde von Ihnen wie ein Verbrecher behandelt.»

«Mr. Charlwood, setzen Sie sich!» befahl der Richter.

«Ich bin krank.»

«Dann sollten Sie um eine Vertagung bitten.»

«Ich bitte darum.»

Der Fall wurde um drei Wochen vertagt. Sobald der Richter den Raum verlassen hatte, eilte Marius Charlwood hinaus. Francesca erhob sich, um ihm zu folgen, wurde aber von Atterbury aufgehalten, der sie beglückwünschen wollte. Als sie schließlich den überfüllten Flur erreicht hatte, war der alte Mann längst verschwunden. Sie sank auf eine Bank in einer Fensternische in der Nähe der Treppe, nahm ihre Perücke ab und schüttelte ihr Haar. Sie kam sich schmutzig vor.

«Sie haben Mumm, Lady», sagte Gunter. «Ich schulde Ihnen 'nen Drink.»

Sie sah ihn voller Abscheu an und empfand auch vor sich selbst Abscheu.

Eine Seitentür öffnete sich, und Marius Charlwood kam in den Flur. «Ich weiß nicht, wer Sie sind oder woher Sie Ihre Informationen haben», sagte er zu Francesca, «aber Sie sollten sich schämen, daß Sie einen solchen Abschaum verteidigen.»

Francesca wollte sagen, daß es ihr leid tue. Sie wollte erklären, daß sie der Meinung gewesen sei, ihre Pflicht gegenüber ihrem Mandanten habe die Art und Weise, wie sie ihn als Zeugen in Mißkredit gebracht hatte, gerechtfertigt, und daß sie erst jetzt erkannt habe, wie falsch das gewesen sei. Bevor sie jedoch ihre Worte formulieren konnte, war er schon mit steifem Schritt den Korridor hinuntergegangen und hatte seinen Blick suchend zwischen den Leuten umherschweifen lassen, als erwartete er jemanden. Als er die Treppe zum Ausgang erreichte, kam ihm, immer zwei Stufen auf einmal nehmend, ein kräftiger, schwarzhaariger Mann entgegen. Er überragte Marius um mehr als einen Kopf.

«Tut mir leid, daß ich so spät dran bin», sagte der Mann mit einer Stimme, die nach langen Nächten und verrauchten Kneipen klang. Sein Akzent verriet, daß er aus dem East End stammte. «Ist es vorbei? Du siehst schlecht aus.»

«Jetzt, wo du hier bist, geht es mir schon besser, Jack.» Marius Charlwood senkte die Stimme, und der Fremde beugte sich zu ihm herunter, um zuzuhören. Dann drehte er sich um und sah Francesca und Gunter an.

Er war nicht wirklich gutaussehend, nicht so wie William. Seine Wangenknochen waren zu ausgeprägt. Sein Kiefer war hart. Seine Augen waren von einem strahlenden Blau, wurden aber von schweren Lidern fast verdeckt. Irgendwie sah er knallhart aus. Und er war wohl auch knallhart. Er strahlte Kraft aus, doch wenn er lächelte, verströmte er einen jungenhaften, unbußfertigen

Charme. Sein Haar war so schwarz, daß es fast schon blau erschien. Eine schelmische Locke fiel ihm in die Augen und verfing sich in seinen Wimpern. Er warf sie zurück und beugte sich wieder zu Marius hinunter, während sein Gesicht vor Mitgefühl mit dem alten Mann ganz weich wurde.

Für Francesca und Gunter hatte er jedoch nichts als Abscheu übrig. «Die Feinde meiner Freunde pflege ich nicht zu vergessen», sagte er mit einer Eloquenz, die im Widerspruch zu seinem Akzent stand. Dann nahm er Marius beim Arm und führte ihn behutsam die Treppe hinunter.

Hinter Francesca stieß Gunter zischend zwischen den Zähnen hervor: «Ich hätte mich niemals auch nur in die Nähe der verdammten Rennbahn gewagt, wenn ich gewußt hätte, daß Jack Broderick aus dem Knast raus ist.»

Kapitel 4

Francesca saß allein an einem der langen Speisesaaltische in der Inner Temple Hall. Während sie auf Melanie wartete, stocherte sie lustlos in ihrer Lasagne herum und sah dabei alle paar Minuten zur Tür. Sie hoffte, daß ihre Freundin nicht zu beschäftigt wäre, um mit ihr zu Mittag zu essen. An den holzgetäfelten Wänden um sie herum blickten Porträts ehemaliger Richter finster aus ihren goldenen Rahmen. Andere Anwälte aßen hastig ihr Mittagessen und diskutierten dabei mit vollem Mund juristische Probleme, bevor sie wieder zu nachmittäglichen Terminen ins Gericht eilten.

«Tut mir leid, daß ich zu spät komme, Frankie», rief Melanie, als sie auf ihren hohen Absätzen über den Boden klapperte. Sie trug immer hochhackige Schuhe, weil sie klein und mollig war und sich deshalb gerne etwas größer machte. «Ich habe gerade in einem Sorgerechtsfall den Vater vertreten, und – du wirst es nicht für möglich halten – die Mutter ist nicht einmal zur Verhandlung erschienen! Dabei erhält sie Prozeßkostenhilfe. Man sollte sie eigentlich zwingen, die Gerichtskosten selbst zu tragen.» Melanie setzte sich, fuhr sich durch die kurzen, blonden Locken und stützte sich mit den Ellbogen auf den Tisch, wodurch sich ihr schwarzes Jerseykleid noch straffer über ihrem matronenhaften Busen spannte. «Also, was gibt's Neues?» fragte sie grinsend. Sie besaß ein hübsches, pausbäckiges Gesicht voller Sommersprossen und sehr große, kornblumenblaue Augen. «Erzähl schon, bevor du platzt.»

«Ich habe etwas Unverzeihliches getan.»

«Du hast den Lordoberrichter verführt?»

«Das Ganze ist nicht komisch! Ich habe private Informationen dazu benutzt, einen Zeugen zu diskreditieren. Ich darf dir die Einzelheiten nicht erzählen, ich wünschte aber, ich dürfte es. Jedesmal, wenn ich daran denke, was ich getan habe, wird mir ganz schlecht.»

«Und was sagt William dazu?»

«Ach, ich habe mit ihm nicht darüber gesprochen.»

«Dann kann es nichts Ernstes sein. Ihr vertraut euch einander doch immer an.»

«Tun wir das wirklich?»

«Das hast du mir jedenfalls erzählt, als wir uns damals kennenlernten. Ich erinnere mich deshalb so gut daran, weil ich damals dachte, welches Glück du doch hast.»

Francesca spürte einen Kloß im Hals. Rasch wechselte sie das Thema. «Wie läuft es mit Simon?»

Melanie wurde vor Aufregung ganz rot. «Heute abend haben wir unsere zweite Verabredung. Ich konnte es gar nicht glauben, als er anrief. Ich habe dir doch erzählt, daß ich befürchtet hatte, ich hätte ihn mit meinem Gequassel abgeschreckt. Aber das scheint ihm nichts auszumachen. Er sagt, seine Mutter hätte bis zu dem Tag, an dem sie starb, von morgens bis abends ununterbrochen geredet. Rupert hat mich nie schnattern lassen. Es ist schon komisch, ich hatte bisher nie etwas für Männer mit Brille übrig.» Sie hielt inne. «Du hast William doch nicht etwa erzählt, daß ich mich mit Simon treffe?»

«Natürlich nicht.»

«Sie arbeiten doch in derselben Kanzlei. Ich möchte nicht, daß Simon glaubt, ich würde tratschen.»

Francesca warf den Kopf zurück und gab ihr kehliges Lachen von sich. «Was du natürlich auch niemals tust!»

Sie gingen durch das Inn zurück zur Kanzlei. Der Nieselregen des Vormittags war einem milden, sonnigen Nachmittag gewichen. Die Leute waren in die Gärten hinausgegangen und schritten in Zweier- oder Dreiergrüppchen über die Kieswege. Sie und Melanie hatten sich beide aus demselben Grund entschieden, dem Inner Temple beizutreten: Sie waren von seinen wunderschönen Gebäuden angezogen worden, seinen Gärten und seiner Geschichte, die ihnen das Gefühl vermittelte, in der Vergangenheit zu wurzeln. Schon die Tempelritter hatten dort, wo jetzt die Hall stand, einen Saal erbaut. Alle Anwälte, die vor Gericht auftraten, mußten Mitglied eines der vier Inns of Court sein: des Inner Temple, des Middle Temple, des Lincoln's Inn oder des Gray's Inn. Die Inns wurden von einem Komitee, den *benchers*, geleitet, das sich aus Richtern und Kronanwälten – diese durften seidene Roben tragen – zusammensetzte. Die Hauptaufgabe dieses Komitees bestand darin sicherzustellen, daß die Anwälte des jeweiligen Inns dem von der Anwaltskammer normierten Standesrecht nicht zuwiderhandelten.

«Weiß Rupert von Simon?» fragte Francesca und kehrte damit wieder zu der Seifenoper, die Melanies Leben war, zurück.

«Wir haben kaum ein Wort miteinander gewechselt, seit er mit mir Schluß gemacht hat, nachdem ich ihn nach Hause mitgebracht hatte, damit er meine Mutter kennenlernt. Die Llanellens waren ihm einfach nicht vornehm genug. Und ich will keinen Mann, der meine arme, verwitwete Mutter brüskiert.»

«Simon ist viel netter.» Francesca zögerte, um sich ihre nächsten Worte genau zu überlegen.

«Sag jetzt bitte nicht, was ich sowieso schon weiß. Mir ist durchaus bekannt, daß Simon vier Jahre jünger ist als ich.»

«Ich wollte eigentlich sagen, daß er mir sehr ernsthaft vorkommt.»

«Das ist, weil du Williams Frau bist und er William vergöttert. Komm doch am Freitag abend ins Weinlokal. Simon und ich haben uns dort verabredet. Du wirst sehen, daß er auch sehr komisch sein kann.»

«Ich würde gerne kommen, aber wir haben am Freitag schon wieder Gäste zum Essen. Zwei Kronanwälte und einen Richter.»

«Wie vornehm!»

Francesca errötete. «Das ist harte Arbeit, Mel.»

«Frankie, du lebst in einem Kokon. Du hast einen gutaussehenden, intelligenten Mann, eine eigene Karriere, ein hübsches Zuhause, teure Urlaube, Geld, Sicherheit. Du und William, ihr seid das Traumpaar des Inns. Du solltest einmal versuchen, als Single zu leben. Ich bin fünfunddreißig und dreizehn Monate. Freiheit ist etwas Herrliches, aber ich habe jetzt genug davon. Ich möchte endlich zur Ruhe kommen, bevor für mich nur noch der Ausschuß übrigbleibt.»

«Man träumt von der Freiheit, wenn man sie nicht besitzt.»

Melanie war schockiert. «Das meinst du doch nicht im Ernst.»

«William redet nie mit mir.» Francesca starrte freudlos zu dem abschüssigen Parkplatz draußen am King's Bench Walk hinaus. «Wenn ich von meiner Arbeit spreche, sagt er immer, das würde nicht unserem Berufsethos entsprechen. Wenn ich über Privates spreche...» Sie runzelte die Stirn. «Das tue ich aber nie. Ich kann ihn eigentlich nur dadurch erreichen, daß ich ständig irgendwelche Leute bewirte, die doppelt so alt sind wie ich, um seine Karriere zu fördern.»

Melanie legte ihr mitfühlend die Hand auf den Arm. «Ich hatte keine Ahnung, daß du unglücklich bist. Du vertraust dich mir nie an. Ich wünschte, du tätest es.»

Frankie zog eine Grimasse. «Ich habe gelernt, meinen Mund zu halten, als ich noch ganz klein war. Wenn man wie ich einen Trinker zum Vater hat, muß man einfach so tun, als gäbe es dieses Problem nicht.»

«Ist William klar, daß du nicht glücklich bist?»

«Du machst wohl Witze. Er merkt überhaupt nie etwas, es sei denn, ich habe wieder einmal etwas falsch gemacht. Wir haben in der Temple Church geheiratet, wie du weißt. Manchmal möchte ich dort hineingehen und gegen die Kirchenbänke treten. William ist noch eher mit seinen Gedichtbänden verheiratet als mit mir. Sie widersprechen ihm nicht, sie brauchen weder Zuneigung noch Lob, nicht einmal gelegentlich ein freundliches Wort.»

«Liest er sie denn?»

«Nein. Es gefällt ihm nur, sie zu besitzen.»

Als Frankie wieder in ihrem Büro war, konnte sie nicht zur Ruhe kommen. Sie trat ans Fenster und starrte auf die Rasenflächen der Inner Temple Gardens hinunter. Am anderen Ende sah sie William und Rupert, die, ins Gespräch vertieft, auf dem Kiesweg unter den Bäumen herumschlenderten. Sie stellte sich vor, wie er sagte: «Unglücklicherweise wird Francesca als Frau eines Richters kein Gewinn sein.»

Das war unfair von ihr. William war viel zu loyal, um so etwas zu sagen. Voller Schuldgefühle machte sie einen Anruf. Dann schrieb sie William eine Nachricht: *Ich habe Sir Giles und Lady Henrietta für den 16. zum Abendessen eingeladen. Wen hättest du sonst noch gern zu Gast?*

Sie mußte sich zwingen, sich auf ihren nächsten Fall zu konzentrieren. Dabei ging es um einen Buchhalter, der angeklagt war, das Geld eines Kinderhilfswerks veruntreut zu haben, ein Skandal, der in der Öffentlichkeit viel Staub aufgewirbelt hatte. Durch einen Maskenball, Wettläufe, ein Polospiel und den Auftritt berühmter Persönlichkeiten waren mehrere Millionen Pfund an Spendengeldern eingenommen worden. Nur eine einzige Million war jedoch ihrer tatsächlichen Bestimmung zugeführt worden. Francesca studierte die Aussage des Buchhalters, überprüfte Kopien der Rechnungen und machte sich Notizen. Sie war entsetzt, in welchem Ausmaß sich die Verantwortlichen bereichert hatten, entsetzt über die Limousinen mit Chauffeur, die Hotels, die Blumenbuketts, die teuren Essen und Weine, die alle von dem Geld bezahlt worden waren, das dem Hilfswerk gespendet worden war. Der Buchhalter erklärte, er sei unschuldig. Er war ein schwacher, eitler Mann, der durch Schmeicheleien leicht zu beeinflussen war. Sie war davon überzeugt, daß er schuldig war, jedoch nicht wegen Veruntreuung, wie ihm in der Anklage vorgeworfen wurde, sondern weil er nichts dagegen unternommen hatte, daß andere sich hemmungslos bereichert hatten.

Das Geräusch der Eingangstür, die zuschlug, und das Klappern hoher Absätze holte sie wieder in die Gegenwart zurück. Sie eilte zum Fenster und schob es nach oben. «Mel!»

Melanie drehte sich um und sah zu ihr hinauf.

«Tut mir leid, daß ich dir etwas vorgejammert habe… du weißt schon, worüber. So schlimm steht es nun auch wieder nicht. Ich bin einfach nur müde.»

«Wozu sind Freunde denn sonst da?» Melanie lächelte und winkte ihr zu, dann ging sie eilig weiter in Richtung Bibliothek.

An ihrem beschwingten Schritt konnte Francesca erkennen, daß sie an ihre morgige Verabredung mit Simon dachte. Sie stellte sich vor, wie sie zusammen spazierengingen, der hochgewachsene, dünne Simon und die kleine, üppige Melanie. Sie malte sich aus, wie sich Melanies kurze, weiche Finger mit Simons knochigen verschränkten, und versuchte sich zu erinnern, wann William in der Öffentlichkeit das letztemal ihre Hand genommen hatte.

Sie fühlte sich von Einsamkeit gefangen. Ihr Zuhause war in Wirklichkeit ein Gefängnis und William ihr Gefängniswärter. Sie wünschte sich, sie könnte für ein paar Wochen wegfahren, könnte ihr Leben und ihre Ehe eine Weile hinter sich lassen und sich darüber klarwerden, wie es um sie stand. Was existierte noch, und was war schon abgestorben? Dies war eine Frage, vor der sie bislang zurückgescheut war.

In dieser Gemütsverfassung stieg sie ins Auto und reihte sich in die Hetzjagd am Embankment ein. Der Verkehr spülte sie nach Westen, auf Richmond zu. Sie war vor zwanzig Jahren zum letztenmal im Stadion gewesen. Sie hätte zu jedem beliebigen Zeitpunkt dorthin zurückkehren können, aber sie hatte das nie gewollt. Sie war sich auch jetzt nicht sicher, ob sie es wollte, aber die Neugier trieb sie weiter. Die Neugier und etwas, was weit stärker war als ihre wehmütigen Erinnerungen an ihre Kindheit.

Schließlich steuerte sie ihren Wagen in die Queen's Road, die in weitem Bogen unter großen, knospenden Bäumen auf den Hügel von Richmond führte, wo die Häuser älter und schöner waren. Sie erinnerte sich an den Nachmittag ihres sechsten Geburtstages, an dem sie von der Schule nach Hause gerannt war, um zu sehen, was ihr Vater ihr gekauft hatte. Genau diesen Hügel war sie mit rutschenden Kniestrümpfen hinaufgerannt. Sie erinnerte sich daran, welche Vorfreude sie empfunden hatte – und welche Enttäuschung. Er war eine Woche lang nicht nach Hause gekommen, und als er endlich auftauchte, war er völlig abgebrannt gewesen.

Vor den Toren des Richmond Parks bog Francesca ab und folgte dann einer holprigen Straße. Sie war abschüssig und kurvig, und unter den Reifen spritzte lockere Erde davon. Gerade als Francesca glaubte, sie hätte sich verfahren, mündete die Straße in einen großen, unebenen Parkplatz ein, der das Stadion flankierte. Dort standen zwei Wagen nebeneinander geparkt, ein dunkelgrüner Landrover und ein uralter, glänzender schwarzer Bentley.

Das Stadion selbst wurde von einer hohen Ziegelmauer umgeben, in deren Mitte sich ein weiter, mit schmiedeeisernen Windhunden verzierter Torbogen befand. Die Worte *Richmond Greyhound Racing* waren in goldener Schrift hervorgehoben, nur daß das Gold abgeblättert war und bei *Racing* das *g* fehlte.

Francesca zögerte. Es war verrückt, hierher zurückzukommen. Hier wartete nichts auf sie außer verzerrten Erinnerungen an eine Kindheit, die ihr damals aufregend vorgekommen war, weil sie so frei gewesen war, deren sie sich später aber nur noch geschämt hatte. Sie erinnerte sich an ihren ersten Tag auf der Privatschule, wo ein älteres Mädchen gefragt hatte: «Francesca, ist der alte Mann dort dein Vater?»

«Nein. Das ist mein Stiefvater. Mein Vater ist tot.»

Irgend etwas hinderte sie jetzt jedoch daran, wieder wegzufahren. Sie überquerte den Parkplatz, ging zu der rostigen Eisentür und klopfte. Das Geräusch hallte wie Kanonendonner. Sie wartete, während sie nervös die Fäuste ballte und wieder öffnete und die Finger mit den abgebissenen Fingernägeln in ihre Handflächen preßte.

Sie drückte die Klinke herunter und stellte fest, daß die Tür nicht verschlossen war. Vorsichtig stieß sie die Tür auf. Knarrend schwang sie in den Angeln zurück. Francesca betrat das Stadion und stand auf den Zuschauerrängen in der Mitte der ehemaligen Haupttribüne. Trotz des hohen Grases und der kaputten Bänke und obwohl der Wind große Teile des Daches heruntergerissen hatte, konnte sie die ovale Sandbahn der Greyhoundrennbahn vor ihr noch erkennen.

Einen Augenblick lang verharrte sie vollkommen reglos am Geländer und gestattete der Vergangenheit, von ihr Besitz zu ergreifen. Sie hatte schon hier gestanden, als sie noch zu klein gewesen war, um über das Geländer zu sehen. Deshalb hatte sie zwischen den Eisenstäben hindurchgespäht und zugesehen, wie die Hunde in der Arena ihre Trainingsläufe absolvierten, während ihr Vater sich auf das Geländer stützte. So hatte er dagestanden, hatte ihr erklärt, welche Hunde gut liefen und welche kein Durchhaltevermögen besaßen, als die drei Männer kamen, die er beim Kartenspiel betrogen hatte. Francesca würde niemals das übelkeiterregende Knirschen vergessen, das seine Nase von sich gab, als sie sein Gesicht auf das Geländer schmetterten, auch nicht, wie sein rechter Daumen knackte, als sie ihn zurückbogen und sagten: «Das wird dich lehren, den ‹Mechanic's Grip› in Zukunft zu unterlassen.» Sein Blut war auf Francescas rosa Latzhose gespritzt, und sie hatte geschrien. Sofort war Marius angerannt gekommen. Er hatte sie hochgehoben und fortgetragen, während sie immer wieder kreischte: «Tut meinem Dad nicht weh!» Von diesem Tag an hatte sie fürchterliche Angst vor Gewalt. William teilte diese Angst.

«Mr. Charlwood!» rief sie, und ihre Stimme hallte im Stadion wider. Ihre Worte wurden über die Bahn bis zur anderen Seite getragen, wo die nicht überdachten, billigeren Plätze schutzlos dalagen. Sie erreichten das weitläufige Paddock House aus rotem Backstein, das früher halb Wohnhaus und halb Büro gewesen war.

Niemand antwortete.

Francesca machte sich deshalb auf den Weg nach unten. Dabei mußte sie über die Ränge klettern, wo die Gäste einst die Rennen verfolgen und gleichzeitig speisen konnten. Dann trat sie durch den leeren Rahmen eines ehemaligen Panoramafensters hinaus und ging über zerbrochenes Glas und Steinplatten zum Rand der Rennbahn, wo noch immer die Startboxen standen, die jetzt kaputt waren und vor sich hin rotteten. Es war ein trostloser Anblick. Dennoch strahlten der Glanz der Spätnachmittagssonne auf dem verbogenen Metall, die langen Schatten, die Traurigkeit und die Stille eine merkwürdige Schönheit aus.

«Mr. Charlwood?» rief sie wieder.

«Was wollen Sie?»

«Es tut mir leid, ich habe Sie nicht kommen hören...» Sie drehte sich um, aber es war nicht Marius Charlwood. Es war Jack Broderick.

Er stand am Rand der Zuschauerränge und versperrte den Ausgang. Er führte zwei Greyhounds an der Leine, einen schwarzen und einen rehbraunen, die aufmerksam die Ohren aufgestellt hatten. Er sah rauher und älter aus als im Gerichtsgebäude, trug schmuddelige Jeans und eine abgeschabte, braune Bomberjacke aus Leder. Sein schwarzes Haar war zerzaust, so als wäre er eben erst aufgestanden. Zwischen den Fingern seiner rechten Hand steckte eine Zigarette. Der Blick seiner blauen Augen war vor Abneigung ganz ausdruckslos. Sie konnte sich nicht mehr erklären, warum sie ihn attraktiv gefunden hatte.

Sie wollte nach ihrem Vater fragen, wollte andererseits aber nicht darlegen, warum sie dies tat, also sagte sie mit ihrer Gerichtssaalstimme: «Ich würde gerne Mr. Charlwood sprechen.»

«Er würde Sie aber nicht sprechen wollen, und ich bin hier, um ihn vor denjenigen zu schützen, die er nicht sprechen will.»

«Das kann er mir auch selbst sagen.»

«Er ist nicht da.»

«Ist... sonstjemand da?»

«Warum fragen Sie? Haben Sie Angst vor mir?»

«Natürlich nicht.» Sie straffte die Schultern. «Ich werde auf Mr. Charlwood warten. Ich bin sicher, daß er schon bald zurückkommen wird – falls er überhaupt weg ist!»

Jack Broderick musterte sie langsam und unverschämt von oben bis unten. Ein zynisches Lächeln umspielte seine Lippen, als er ihre elegante Erscheinung begutachtete – ihr Karrierekostüm, ihre hohen Absätze, ihr elegantes, straff geflochtenes Haar, all das vor dem Hintergrund des verwüsteten Stadions. «Ich bin vierzehn Jahre lang von Ihresgleichen beleidigt worden, aber jetzt bin ich nicht mehr im Gefängnis. Verschwinden Sie!»

Er machte sie nervös, aber das wollte sie sich auf keinen Fall anmerken lassen. «Vierzehn Jahre? Wenn Sie Jack Broderick sind, der Goldbarrenräuber, dann haben Sie nur zehn bekommen und zwei weitere dafür, daß Sie versuchten, einen Geschworenen zu bestechen! Wir haben Ihr Wiederaufnahmeverfahren in der Ausbildung besprochen.»

«Ich habe den Mann, der mich verpfiffen hat, exekutiert. Vielleicht waren Sie aber zu diesem Zeitpunkt mit Ihrer Ausbildung schon fertig. Das war nämlich vier Jahre später.» Er gab ein spöttisches Lachen von sich. «Allerdings bin ich überrascht, daß Sie das nicht wissen. Geoffrey Culmstock hat damals die Anklage vertreten. Ihm habe ich die zusätzlichen Jahre zu verdanken.»

Sie wurde blaß. Jetzt erinnerte sie sich wieder. Es war im ersten Frühling nach ihrer Hochzeit geschehen, kurz nachdem sie ihr Referendariat bei William beendet hatte und noch bevor sie in Geoffrey Culmstocks Kanzlei angefangen hatte: Es war eine ungeschriebene Regel, daß Eheleute nicht in derselben Kanzlei arbeiten durften. Sie hatte sich einen Monat Zeit genommen, um in das Haus in Islington zu ziehen, und war viel zu sehr mit ihrer neuen Rolle als Williams Ehefrau beschäftigt gewesen, um etwas von der Welt draußen wahrzunehmen.

«Sie haben mich in das Gefängnis verlegt, in dem auch derjenige saß, der mich damals verpfiffen hat», fuhr er fort. «Es war ein Irrtum der Bürokratie. Vielleicht aber auch nicht. Er bat um Verlegung, aber es muß eine Panne gegeben haben. Niemand respektiert einen Verräter, nicht einmal die Schließer. Sie nannten es Totschlag.»

Abermals erstaunte sie seine Eloquenz. Es lag nicht nur daran, welche Worte er gebrauchte, sondern auch daran, wie er sie gebrauchte, so als wäre er darin geübt, vor Gericht Wortgefechte auszutragen. «Aber Sie haben ihn ermordet», sagte sie.

«Ratten verdienen den Tod.»

«Niemand verdient ihn.»

«Weil es gegen das Gesetz ist?» spottete er.

«Ja.»

«Dasselbe Gesetz, das es Ihnen gestattet, einen Schläger zu verteidigen, der einen alten Mann verprügelt hat?»

«Selbst Gunter verdient einen fairen Prozeß.»

«Sie haben sich absolut mies verhalten.»

«Falls er schuldig ist, wird er ins Gefängnis wandern.» Sie hob ihr Kinn. «Kriminelle verdienen das Gefängnis. Und das gilt ganz besonders für Mörder. Egal, was sie zu ihrer Entschuldigung vorbringen!»

Seine Augen wurden schmal. «Haben Sie denn keine Angst davor, mir das ins Gesicht zu sagen? Das sollten Sie nämlich.»

Sie war zu weit gegangen, aber er hatte sie provoziert. Jetzt mußte sie hier weg. Sie drehte sich auf dem Absatz um, ging auf den Ausgang zu und kämpfte dabei den Drang nieder, einfach loszurennen. Er folgte ihr, die Greyhounds an seiner Seite. Sie ging schneller. Er ging ebenfalls schneller. Als sie an ihrem Auto ankam, hätte sie fast den Schlüssel im Schloß verkantet, so eilig hatte sie es, die Tür aufzubekommen. Sie sprang in den Wagen und versuchte, den Schlüssel ins Zündschloß zu stecken. Aber ihre Hände zitterten jetzt so sehr, daß ihr das nicht gelang.

Sie hatte vergessen, die Tür zu verriegeln. Er öffnete sie, nahm ihre bebende Hand mit dem Zündschlüssel in die seine und bog ihre Finger auseinander.

«Lassen Sie mich los!» schrie sie, während ihre Stimme sich vor Angst fast überschlug.

Er entwand ihr den Schlüssel, trat zurück und warf ihn lachend von einer Hand in die andere.

«Geben Sie den Schlüssel her!»

Er warf ihn höher. «Nur wenn Sie mich darum bitten.»

«Bitte!» Sie spuckte das Wort regelrecht aus.

«Freundlicher.»

Sie biß die Zähne zusammen. «Bitte.»

Er beugte sich zu ihr hinunter, um ihre Hand zu nehmen. Dann drehte er sie mit der Handfläche nach oben, ließ den Schlüssel hineinfallen und schloß ihre Finger darum. Plötzlich stutzte er und hielt ihre Finger mit den abgebissenen Nägeln ins Licht. «Ich hätte niemals gedacht, daß Mrs. Eastgate an ihren Nägeln kaut», sagte er sanft.

Er sah sie aus seinen blauen Augen an. Sie starrte zurück. Ein Funke sprang zwischen ihnen über. Frankie fühlte sich wie elektrisiert. Plötzlich wurde ihr klar, was da gerade geschah. Jack Broderick hielt ihre Hand, und sie ließ es zu. Mehr noch, sie sehnte sich danach. Sie errötete und zog eilig ihre Hand zurück, steckte den Schlüssel ins Zündschloß und fuhr vom Parkplatz.

Kapitel 5

Francesca weinte fast vor Erleichterung, als sie ihren Schlüssel in das Haustürschloß steckte und in die Sicherheit ihres Zuhauses stürzte. Es brannte Licht. Aus den Boxen der Stereoanlage drangen leise Mozartklänge. William saß in seinem mit Büchern angefüllten Arbeitszimmer am Schreibtisch und arbeitete sich durch einen sauber geordneten Stapel von Unterlagen.

Er lächelte sie geistesabwesend an. «Hallo, Liebling.»

«Ich bin so froh, daß ich wieder daheim bin.» Sie schleuderte ihre Schuhe von den Füßen und rannte auf ihn zu, umarmte seine geraden Schultern und beugte sich zu ihm hinunter, um die weiche Haut in seinem Augenwinkel zu küssen.

Er schob die Unterlagen ein Stück beiseite, damit sie sie nicht durcheinanderbrachte. «Du hast wohl einen schlimmen Tag hinter dir?»

«Er war schrecklich. Ich fuhr zu...» Sie hielt inne. Plötzlich hatte sie wieder Jack Broderick vor Augen. *Ich habe den Mann, der mich verpfiffen hat, exekutiert.*

«Du bist wohin gefahren, Liebling?»

Sie tätschelte seine Schulter und trat zurück. «Ich bin zu Harrods gefahren, um deiner Mutter ein Geburtstagsgeschenk zu kaufen.»

«Aber sie hat doch erst im August Geburtstag!»

«Ich weiß, aber ich dachte...» Sie gab ein heiteres Lachen von sich. «Nun, wie dem auch sei, ich habe keinen Parkplatz gefunden, also war das Ganze reine Zeitverschwendung. Möchtest du einen Gin Tonic?»

Er tippte mit dem Finger an ein Glas auf seinem Schreibtisch. «Ich habe schon einen getrunken.»

«Dann fange ich mit dem Abendessen an.» Sie ging in die Küche. An diesem Morgen war Mrs. MacDougall, ihre Putzfrau, dagewesen. Das Haus strahlte vor Sauberkeit. Es roch nach Bohnerwachs. In dieser Ordnung und Normalität fühlte sich Francesca sicher.

William folgte ihr. «Möchtest du nicht essen gehen? Letzten Monat hast du dich darüber beklagt, daß du es zu anstrengend findest, nach der Arbeit in der Kanzlei am Abend noch Gäste zu bewirten.»

Sie öffnete den Kühlschrank. «Für uns beide koche ich doch gerne.»

Er kam zu ihr und stellte sich hinter sie, schlang seine Arme um ihre Taille und zog sie an sich. «Ein Abend mit dir allein zu Hause wäre mir lieber.»

«Mir auch.» Sie lehnte sich an seinen warmen Körper.

«Ich habe aber noch eine Menge Arbeit zu erledigen. Dieser Steuerbetrugsfall ist ein Alptraum.»

Sie kuschelte sich fester an ihn. «Mußt du heute abend wirklich arbeiten?»

«Leider ja.» Er ließ sie los.

Francesca lehnte die Stirn an die Kühlschranktür und sagte sich, daß es unvernünftig sei, sich zurückgewiesen zu fühlen.

Von der Tür her sagte William: «Ich weiß, daß du erst im Juni Geburtstag hast, aber würdest du an einem der nächsten Wochenenden mit mir nach New Orleans fliegen, sozusagen als Geburtstagsgeschenk? Es ist zwar nicht unbedingt mein Traumziel, aber du wolltest doch immer einmal dorthin, nicht wahr?»

«Ja.» Ihr Gesicht hellte sich auf, nicht wegen New Orleans, sondern weil er daran gedacht hatte.

Beim Zubettgehen sagte William, während er seinen seidenen Morgenmantel zusammengefaltet über die Lehne seines Stuhls legte: «Ich habe für das Dinner eine Gästeliste erstellt.»

Francesca saß, gegen die Kopfkissen gelehnt, aufrecht im Bett, die Haare gebürstet, im Mund den scharfen Geschmack von Pfefferminze. Sie versuchte krampfhaft, weder an das Stadion noch an Jack Broderick zu denken.

«Du hast mir doch eine Notiz geschrieben», sagte William, als sie ihn verständnislos anstarrte. Er schlüpfte zu ihr ins Bett. «Wir sollten den Vorsitzenden unseres Inns und seine Frau einladen. Und wir werden Rupert bitten, auch zu kommen. Du wirst eine Begleiterin für ihn auftreiben müssen. Irgendeine Frau, die gut aussieht.» Er streifte ihr den Träger ihres Nachthemds von der Schulter und küßte ihre nackte Haut.

Sie kuschelte sich an ihn. «Wir können Rupert nicht einladen. Ich habe nämlich schon Melanie eingeladen.»

«Das walisische Schweinchen!»

«Ach, nenn sie nicht so. Du weißt, wie sie das haßt.» Francesca machte eine Pause. «Es ist auch an der Zeit, daß wir Simon Rosenmann wieder einmal einladen.»

William schnalzte mit der Zunge. «Nun, Melanie ist ein angenehmer Gast. Ich werde sie neben Sir Giles setzen. Du warnst sie aber besser davor, daß er gerne grapscht. Simon werden wir nicht einladen, Liebling. Er ist zu verschlossen. Das letztemal hat er kein einziges Wort gesagt. Er mag zwar ein Kollege und außerdem ein hervorragender Anwalt sein, aber bei gesellschaftlichen Anlässen ist er todlangweilig.»

Francesca verschränkte ihre Arme hinter seinem Kopf und log: «Tut mir leid, aber ich habe sowohl ihn als auch Mel schon eingeladen.»

Gunters Fall belastete Francesca. Sie versuchte, das Ganze mit mehr Distanz zu sehen, als wäre es ein ganz normaler Fall, wie William ihr das so oft geraten hatte, aber dieser Fall gefährdete die Sicherheit ihres Lebens. Ihr Besuch im Stadion hatte Erinnerungen geweckt, die sich nun nicht mehr verdrängen ließen.

An einem hellen Frühlingsmorgen traf sie bei Gericht ein. Sie tröstete sich damit, daß bis Mittag alles vorbei sein würde und sie Marius Charlwood nie wieder gegenübertreten müßte. Auch Jack Broderick würde sie niemals wiedersehen. Und was ihren Vater betraf, was sollte sie nach all den Jahren noch mit ihm verbinden?

Francesca nahm ihren Platz vorn am Richtertisch ein. Der Richter erschien, und alle erhoben sich. Der Vertreter der Anklage trat zum Richtertisch. «Euer Ehren», sagte er, «Marius Charlwood, der einzige Zeuge der Krone, hat schriftlich mitgeteilt, daß er im

Alter von fünfundsiebzig Jahren seine Zeit nicht mehr damit verschwenden will, vor Gericht zu erscheinen, wenn der Angeklagte aller Wahrscheinlichkeit nach nur eine Bewährungsstrafe erhalten wird. Er schlägt vor, daß Euer Ehren die Prügelstrafe wiedereinführen.»

Francesca unterdrückte ein Kichern. Der gute alte Marius. Sie erhob sich. «Euer Ehren, in Abwesenheit des einzigen Zeugen bitte ich darum, das Verfahren gegen meinen Mandanten einzustellen.»

Der Richter seufzte. «Obwohl viele der hier Anwesenden mit Mr. Charlwood sympathisieren, bleibt mir leider keine andere Wahl. Das Verfahren gegen Lex Gunter ist eingestellt!»

Francesca konnte sich gar nicht rasch genug von Gunter entfernen, denn sie hatte in seiner Gegenwart immer das Gefühl, schmutzig zu sein. «Von all den Mandanten, die ich freibekommen habe, verdient es dieser Schläger am wenigsten», erzählte sie Melanie, als sie nach dem Mittagessen gemeinsam zurück zur Kanzlei gingen. Sie hielt inne, dann fügte sie in halb traurigem, halb amüsiertem Ton hinzu: «Heute ist der Jahrestag meiner ersten Verabredung mit William.»

«Wird er heute abend mit dir essen gehen?»

«O nein. Er hat unseren Tag vergessen.»

Sie gingen die Steintreppe zu ihrer Kanzlei hinauf. Melanie betrat vor Francesca deren Büro. «Du hast dich getäuscht», rief sie. «Schau!»

Auf dem Schreibtisch lag, in weißen Satin gebettet, eine wunderschöne rote Rose. «Ich fasse es nicht!» Francesca gab ein leises, glückliches Lachen von sich, als sie den beiliegenden Umschlag öffnete. Dann wurde sie puterrot. Auf der Karte stand: *Warum kauen Sie an Ihren Nägeln?*

«Mel», sagte sie hastig. «Nimm die Rose.»

«Sei doch nicht kindisch. Dein Verhalten wird William sicher verletzen.»

«Sie ist nicht von William.» Francesca zerriß die Karte in winzige Fetzen. «Bitte mich nicht um eine Erklärung. Nimm sie einfach. Bitte!»

Sie war entsetzt, daß Jack Broderick es gewagt hatte, sich mit ihr in Verbindung zu setzen. Abermals erlebte sie jene Augenblicke des Schreckens, in denen sie mit der Autotür gekämpft hatte, und jenen anderen, unerklärlichen Moment, in dem er ihre Hand in die seine genommen hatte und sie von seiner Wärme und seiner Zärtlichkeit umhüllt wurde.

Er rief am späten Nachmittag an. Als Nailsworth ihn durchstellte, fuhr sie ihn in einem Ton, dessen Aggressivität durch ihre Angst noch gesteigert wurde, an: «Mr. Broderick, ich will weder Blumen von Ihnen haben, noch will ich mit Ihnen sprechen.»

«Mrs. Eastgate», erwiderte er, «Ihr Mann ist ein Arschloch. Ich dachte, daß Sie anders wären, aber offenbar habe ich mich geirrt.» Er legte auf, noch bevor sie es tun konnte.

Francesca vergrub sich in ihrer Arbeit und versuchte das Stadion und Jack Broderick zu vergessen. Der wegen Unterschlagung angeklagte Buchhalter hatte sich zwischenzeitlich in einem Punkt schuldig erklärt: einem kostenlosen Wochenende für ihn und seine Frau in Paris. Diese Reise hätte eigentlich der Tombolagewinn auf einem Ball sein sollen, den man kurzfristig abgesagt hatte. Er behauptete, daß zwei Mitglieder des Komitees ihn gedrängt hätten, die Reise selbst anzutreten. Die beiden Beschuldigten stritten dies zwar ab, Francesca glaubte ihm jedoch. Da er ein freundlicher, verängstigter Mann ohne einflußreiche Freunde war, hatte man ihn ganz offensichtlich zum Sündenbock auserkoren. Seine Verteidigung mußte darauf aufgebaut werden zu beweisen, daß zwei der mächtigen Mitglieder des Komitees die eigentlichen Drahtzieher waren, aber das würde mit Sicherheit nicht leicht werden.

Auf ihre Bitte hin begann Nailsworth ihr weniger Strafrechtsfälle und mehr familienrechtliche zuzuweisen. Sie fand diese Arbeit interessant, obwohl die Fälle oft sehr traurig waren.

«Ich weiß, daß beide Eltern Zugang zu ihrem Kind haben sollten, aber ich habe einen Fall, bei dem das Kind nur noch mehr durcheinanderbringt», vertraute sie Melanie an, als sie auf dem Rasen der Inner Temple Gardens saßen und ihr Mittagssandwich aßen. «Der Junge verbringt abwechselnd eine Woche bei seiner Mutter, eine Woche bei seinem Vater und hat dabei das Gefühl, zu keinem von beiden zu gehören.»

Melanie streckte sich im Gras aus und reckte ihr sommersprossiges Gesicht der Frühlingssonne entgegen. «Das ist immer noch besser, als wenn ein Elternteil völlig aus dem Leben des Kindes verschwindet. Ach, Frankie, tut mir leid, das hätte ich nicht sagen sollen.»

«Mein Vater ist nicht verschwunden. Ich habe den Kontakt zu ihm abgebrochen.» Francesca nahm sich noch ein Sandwich und wechselte dann das Thema. «Wie läuft es mit Simon?»

«Allmählich glaube ich, daß er doch nichts von mir will. Er hält meine Hand und gibt mir einen Gutenachtkuß, aber er hat immer noch nicht versucht, mit mir zu schlafen.»

«Mach dir keine Gedanken. Ich werde bei unserem Dinner reichlich Aphrodisiaka in sein Essen mischen.»

Melanie setzte sich auf. «Ich bin dir und William so dankbar, daß ihr uns zusammen eingeladen habt, Frankie. Damit erhalten wir sozusagen das offizielle Einverständnis der Eastgates, und das ist für Simon überaus wichtig.»

Am Morgen des Tages, an dem das Dinner stattfinden sollte, stand Francesca schon vor sechs Uhr auf, deckte den Tisch, während sie ihren Toast aß, schlug Sahne in die Vichysoße, während sie ihren Kaffee trank, arrangierte die blauen Irisblüten in einer weißen Vase und rief vom Badezimmer aus heimlich bei Dining & Wining an, während sie ihr Haar trocknete. Es war neun Uhr, als sie endlich die Kanzlei erreichte. Sie fühlte sich erschöpft.

Auf ihrem Schreibtisch lag ein Brief der Anwaltskammer, der mit «Privat & vertraulich» gekennzeichnet war. Sie öffnete den Umschlag, der einen Schriftsatz vom Sekretär des für Disziplinarverfahren zuständigen Komitees der Anwaltskammer enthielt.

Sehr geehrte Mrs. Eastgate,
wir bitten um eine Stellungnahme zu beiliegender Beschwerde.

Sie hob die oberste Seite. Darunter befand sich ein Briefblatt, auf dessen Kopf mit großen goldenen Buchstaben im Bogen der Schriftzug Richmond Racing Stadium stand. Sie las das, was in gekrakelter Handschrift darunter stand:

Sehr geehrte Damen und Herren,

Marius Charlwood ist Zeuge der Anklage. Es ist doch sicher nicht richtig, daß die Anwältin der Verteidigung an ihn herantritt? Nennt man so etwas nicht Belästigung?

Der Brief war von Jack Broderick unterzeichnet.

Francesca starrte das Schreiben an. Die Worte verschwammen vor ihren Augen.

Melanie steckte den Kopf zur Tür herein. «Was ziehst du heute abend an?»

Francesca blickte auf.

«Du bist ja weiß wie die Wand. Stimmt etwas nicht?»

«Nein, bei mir ist alles in Ordnung.» Francesca faltete den Brief wieder zusammen. «Wir sehen uns später.» Sie wartete, bis Melanie wieder in ihrem Büro verschwunden war, dann rannte sie die Treppe hinunter und die Straße hinauf zu Williams Kanzlei.

Er stand gerade an seinem Schreibtisch und suchte etwas in einem Kommentar. «Ich habe jetzt keine Zeit für dich. Ich muß zu Gericht», sagte er, angesichts ihres plötzlichen Auftauchens irritiert.

«Man hat mich der Anwaltskammer gemeldet.» Sie brachte die Worte kaum heraus, dann hielt sie ihm den Brief hin.

Er las ihn rasch durch. «Jack Broderick! Doch nicht etwa der Goldräuber, der den Geschworenen bestochen, den Staat ein Vermögen für das Wiederaufnahmeverfahren gekostet und dann kaltblütig einen Mitgefangenen getötet hat? Ich dachte, er wäre noch im Gefängnis.»

«Er ist jetzt draußen. Er ist ein Freund von Marius Charlwood.»

«Aber ich verstehe das Ganze nicht. Du bist Gunter zuliebe doch bestimmt nicht an Charlwood herangetreten?»

«Natürlich nicht! Aber zum Stadion bin ich tatsächlich gefahren.»

Er starrte sie ungläubig an: «Warum zum Teufel hast du das getan?»

«Um Marius zu sagen, daß es mir leid tut, ihn diskreditiert zu haben. Mir ist inzwischen klar, daß das ein Fehler war. Aber ich mußte einfach hinfahren.»

«Du tust dies während eines schwebenden Verfahrens, in dem er der Zeuge der Anklage ist und du die Verteidigung übernommen hast? Du spinnst wohl!» William schleuderte ihr den Brief entgegen.

Er fiel zu Boden. Sie bückte sich, um ihn aufzuheben, wobei ihre Finger unbeholfen vom Papier abrutschten. «Ich wollte auch meinen Vater besuchen», flüsterte sie.

«Und damit konntest du nicht warten, bis der Prozeß beendet ist?» schrie William sie an. «Ist dir denn nicht klar, wie verheerend sich deine Dummheit auf meine Chancen, Richter zu werden, auswirken kann? Aber vielleicht ist dir das ja auch völlig egal, Francesca.»

Tränen standen ihr in den Augen. «William, das Ganze tut mir schrecklich leid. Es war gegen die Standesregeln, daß ich dorthin gefahren bin. Du hast recht, ich hätte warten sollen. Aber ich habe weder meinen Vater noch Marius zu Gesicht bekommen. Also kann ich ihn auch nicht belästigt haben.» Sie holte tief Luft. «Bitte hilf mir. Was soll ich der Anwaltskammer schreiben?»

«Ich habe jetzt keine Zeit.» Er nahm seinen Talar und seine Perücke. «Wenn du nicht so unaussprechlich dumm wärst, hättest du gleich zu Beginn das Mandat niedergelegt.»

«Ja, glaubst du denn, ich wünschte mir nicht, daß ich das getan hätte?» Ihre Stimme wurde vor Verzweiflung lauter. «Du warst es doch, der mich überredet hat, das Mandat nicht niederzulegen.»

«Ich habe nichts dergleichen getan.» Er rief über die Gegensprechanlage seinen Referendar und ging dann zur Tür. Seine Unterlagen und seine Bücher ließ er liegen, denn diese würden ihm der Referendar und der Gehilfe hinterhertragen. «Du mußt das Dinner absagen», sagte er. «Sag einfach, daß es dir nicht gutgeht.»

«Warum denn? Ich brauche die Ablenkung. Ich brauche Unterstützung. Deine Unterstützung!»

«Sir Giles ist Richter am High Court. Ich möchte ihn nicht durch eine Einladung in mein Haus in Verlegenheit bringen, weil meiner Frau standeswidriges Verhalten vorgeworfen wird.»

Um acht Uhr trafen Sir Giles und Lady Henrietta ein. Francesca begrüßte sie mit einem strahlenden Lächeln. «William ist leider noch nicht da.»

Sir Giles gab ihr einen flüchtigen Kuß auf die Wange und kitzelte sie dabei mit seinem Backenbart. «Ach, diese jungen, tüchtigen Anwälte. Ich erinnere mich noch, als ich damals als Anwalt anfing, da...»

Die Türglocke unterbrach ihn. Es waren Melanie und Simon. «William kommt später», erklärte Francesca ihnen. Sie hätte Melanie gerne erzählt, was wirklich los war, aber ihre Freundin sah so glücklich aus, daß sie ihr den Abend nicht verderben wollte. Francesca stürzte in die Küche, um nach dem Lachs zu sehen. Dann eilte sie ins Speisezimmer, um die Kerzen anzuzünden. Als sie den Flur durchquerte, öffnete sich die Haustür, und William trat ein. Er sah von ihr zum Speisezimmer. Entschlossen, sich zu behaupten, hob sie ihr Kinn. Er schloß ganz ruhig die Tür.

«Ich habe dir doch gesagt, du sollst absagen.»

«Und ich habe dir gesagt, daß ich deine Unterstützung brauche.»

«Du läßt mich wie einen Idioten dastehen.»

Bevor Francesca antworten konnte, kam Sir Giles aus dem Wohnzimmer. «Da sind Sie ja, William. Ihre Frau hat sich ganz wunderbar um uns gekümmert. Übrigens habe ich dem jungen Simon Rosenmann hier gerade erklärt, daß es langsam Zeit für ihn wird zu heiraten.»

«Dem stimme ich zu.» William lächelte seine Gäste an. Er wandte sich an Francesca, blickte jedoch durch sie hindurch. «Ist in der Küche alles in Ordnung, Liebling?»

«Ja, natürlich.» Sie schluckte. «Vielen Dank.»

Das Dinner wurde für Francesca zum Alptraum. Ihr war so schlecht, daß sie nichts essen konnte, und sie wollte auch nichts trinken, weil sie befürchtete, der Alkohol könnte ihr zu Kopf steigen. William, der am anderen Ende des Tisches saß, unterhielt sich höflich mit den Gästen. Sie hoffte inständig, daß er sich amüsierte.

Keiner der Gäste ging vor Mitternacht. Als Melanie in ihren Mantel schlüpfte, zwinkerte sie Francesca zu. «Ich werde morgen erst später in die Kanzlei kommen.»

Während William die Haustür absperrte, stand Francesca nervös im Flur, ballte und öffnete ihre Fäuste und wartete darauf, daß er etwas sagte. Aber er schwieg. Ohne ein einziges Wort ging er an ihr vorbei und die Treppe hinauf.

Sie folgte ihm. «William, bitte. Es tut mir leid, wenn du sauer bist, aber kannst du nicht verstehen, daß ich auch aufgeregt bin? Immerhin ist es meine Karriere. Ich bin diejenige, der ein Disziplinarverfahren droht.»

Ohne zu antworten, ging er ins Schlafzimmer. Sie sah zu, wie er seinen seidenen Pyjama und seinen Morgenrock nahm. Immer noch schweigend, öffnete er die Tür des Gästezimmers.

«Wohin gehst du?» fragte sie ihn unglücklich.

«Ich schäme mich deiner zu sehr, um heute nacht das Bett mit dir zu teilen.»

«Aber ich brauche dich doch. Bitte», flehte sie ihn mit erstickter Stimme an, er jedoch machte ihr einfach die Tür vor der Nase zu.

Um sechs Uhr war Francesca bereits aufgestanden und angezogen. Während sie ihr Haar zu einem glatten Zopf flocht, hörte sie William in der Küche telefonieren. Als sie nach unten kam, saß er am Frühstückstisch im Wintergarten und überflog die Schlagzeilen in der *Financial Times*. Im Speisezimmer standen immer noch die schmutzigen Teller, aber die Gläser, seine besonderen Waterfordgläser, waren – immer noch schmutzig – sorgfältig auf der Küchenanrichte aufgereiht.

«Das mit gestern abend tut mir leid», sagte sie, als sie sich Kaffee eingoß.

Er ließ die Zeitung sinken und sah sie ausdruckslos an. «Ich denke, du solltest dir ein paar Tage Ruhe gönnen.»

Sie wollte gerne glauben, daß er sich um sie Sorgen machte. «Du hast recht. Ich bin müde. Das ist auch der Grund, warum mir dieser schreckliche Gunter so zusetzt.» Sie nahm William gegenüber Platz. «Aber ich kann es mir diese Woche nicht erlauben, einfach nicht in der Kanzlei zu erscheinen. Heute beginnt der Prozeß gegen den Buchhalter.»

«Ich habe Nailsworth gesagt, daß du krank bist. Sanjiv wird dich bei Gericht vertreten.»

Sie stellte ihre Tasse ab. «Was!»

«Es besteht kein Grund, mich so anzuschreien.»

«William, du kannst mir doch nicht einfach meinen Fall entziehen.»

«Willst du damit sagen, daß Sanjiv untauglich ist? Er ist ein ebenso guter Anwalt wie du. Im Grunde ist er sogar besser.»

Francesca wurde rot. «Darum geht es doch gar nicht. Das ist mein Fall. Der Mann vertraut mir. Ich habe wochenlang an seiner Verteidigung gearbeitet. Du wirfst mir vor, ich würde mich standeswidrig verhalten, aber deine Einmischung widerspricht allen Anwaltsregeln.»

«Dann ruf Nailsworth doch an und erklär ihm das Ganze.»

«Das werde ich auch tun.» Sie griff nach dem Telefon.

Er packte ihre Hand. «Du bist also bereit, mich vor eurem Kanzleivorsteher wie einen Idioten dastehen zu lassen?»

Sie starrte ihn zornig an.

«Ich habe mit Mutter besprochen, daß du bis Sonntag bei ihr bleibst», fuhr er fort. Er hatte ihre Hand immer noch fest umklammert. «Ich habe ihr gesagt, daß du unter großem Streß leidest. Sie erwartet dich zum Mittagessen.»

Francesca entriß ihm ihre Hand und stieß ihren Stuhl zurück. «Du sagst ihr besser sofort ab», zischte sie wütend. «Ich werde nämlich in die Kanzlei gehen. Ich werde meine Karriere gegen Jack Broderick verteidigen. Und wenn dir unsere Ehe das bedeutet, was sie dir bedeuten sollte, wirst du mich dabei unterstützen.»

Kapitel 6

Francesca bebte immer noch vor Zorn, als sie bei den Makepeace Buildings eintraf. Sie rannte die Treppe zum ersten Stock hinauf, hielt dann inne, um Atem zu schöpfen und sich mit dem Handrücken den Schweiß von der Stirn zu wischen, bevor sie weitereilte.

Old Nailbag sah von seinem Schreibtisch auf, als sie in den Anmeldebereich stürmte. «Mrs. Eastgate! Ich dachte, Sie wären krank. Sanjiv hat Ihren Fall übernommen. Er ist schon zum Gericht unterwegs. Ihrem Mandanten wurde der Anwaltswechsel auch schon mitgeteilt.»

Sie dachte an den unglücklichen kleinen Buchhalter und fühlte sich miserabel. Er hatte ihr vertraut, und sie ließ ihn nun im Stich. Sosehr sie sich jedoch wünschte, den Fall wieder zu übernehmen, war ihr doch klar, daß sie momentan nicht in der Verfassung war, ihr Bestes zu geben. «Dann lassen Sie Sanjiv weitermachen», sagte sie.

«Mr. Eastgate sagte, Sie wären krank», sagte Nailbag. «Ich habe nur getan, worum er mich gebeten hat.»

«Es geht mir wieder besser.» Sie ging in ihr Büro und schloß die Tür. Ihr blieben einundzwanzig Tage, um den Brief von der Anwaltskammer zu beantworten. Wenn ihre Erklärung das Komitee zufriedenstellte, würde man der Sache nicht weiter nachgehen. Wenn nicht, wenn man zu dem Schluß kam, daß es sich um einen Fall von beruflichem Fehlverhalten handelte, würde man sie vor ein Disziplinargericht zitieren. Sie konnte gerügt werden. Sie konnte suspendiert werden. Ihr konnte sogar die Zulassung entzogen werden.

Nachdem sie sich an ihren Schreibtisch gesetzt hatte, ließ sie jenen unglücklichen Nachmittag vor ihrem inneren Auge noch einmal Revue passieren: Warum sie zum Stadion gefahren war. Was sie hatte sagen wollen, und was sie dann tatsächlich gesagt hatte. Sie sah sich wieder dort stehen, mit dem Rücken zur verfallenen Rennbahn, als sie nach ihrem Vater hatte fragen wollen, statt dessen aber nach Marius Charlwood gefragt hatte.

Der Vormittag schleppte sich zäh dahin. Sie kaute an ihrem Daumennagel, während sie ihre Anwort aufsetzte, wieder verwarf und einen neuen Text formulierte. Niemand kam in ihr Büro, so daß sie sich unwillkürlich fragte, ob die Leute vielleicht schon wußten, daß man sie beschuldigte, an einen Zeugen der Anklage herangetreten zu sein. Die Anwaltskammer behandelte derartige Vorfälle zwar streng vertraulich, aber irgendwie sprach sich so etwas dann doch herum. Das Wort «herantreten» hatte einen unangenehmen Beiklang, der an «Belästigung» oder «Bestechung» erinnerte. Ihre Kollegen würden gewiß nicht glauben, daß sie zu so etwas überhaupt fähig war. Als sie zur Kaffeemaschine ging, waren die Türen aller anderen Büros geschlossen. Sie konnte sich nicht erinnern, ob das üblich war, aber es verstärkte ihr Gefühl, eine Ausgestoßene zu sein. Sie überlegte, ob sie William anrufen sollte, um sich für ihren Zornesausbruch zu entschuldigen, aber nicht, weil sie das Gefühl hatte, im Unrecht zu sein, sondern einfach deshalb, weil sie das dringende Bedürfnis hatte, mit jemandem zu reden.

Da die Einsamkeit sie bedrückte, ging sie mitten am Nachmittag hinunter in den Garten, der jetzt verlassen dalag, um allein auf dem Rasen unter den Bäumen spazierenzugehen. Am Teich blieb sie stehen, die Hände tief in den Jackentaschen vergraben, und las das Zitat, das an der Statue des kleinen Jungen stand: «Es ist wohl zu vermuten, daß auch Anwälte einmal Kinder waren.» Sie wünschte sich, wieder ein Kind zu sein, wieder von vorn beginnen zu können, alles anders und hoffentlich auch besser machen zu können.

Als sie in ihr Büro zurückkehrte, fand sie eine Nachricht von Sanjiv: *Ihr Buchhalter hat neun Monate bekommen, davon drei auf Bewährung.* Sie stellte sich vor, wie der kleine Mann seine erste Nacht im Gefängnis antrat, und fühlte sich dafür verantwortlich.

Entschlossen, sich mit William auszusprechen, fuhr sie pünktlich nach Hause. Jedes Ehepaar stritt sich einmal, ein Gewitter reinigte die Luft. Während sie die Gray's Inn Road entlangfuhr, dachte sie an die vielen Male, wo sie davor zurückgeschreckt war, ihm die Meinung zu sagen. Das war falsch gewesen. Sie schaltete das Radio an. Der stampfende Rhythmus von «Night Fever» tönte aus den Lautsprechern. Das Lied war in jenem Sommer, in dem sie und William das Haus in Islington gekauft hatten, populär gewesen. Sie drehte das Radio lauter.

Durch die Melodie fühlte sie sich an jenen sonnigen Nachmittag zurückversetzt, an dem sie sich das Haus angesehen hatten. Sie waren erst ein paar Monate miteinander verheiratet gewesen und lebten damals noch in Williams steriler Junggesellenwohnung in Holborn. An jenem Tag hatten sie bereits acht Häuser besichtigt, die alle zu dunkel und zu klein gewesen waren. Das Haus in Islington jedoch war groß und luftig. Durch die Wohnzimmerfenster war Sonnenlicht hereingeströmt. Das Haus hatte ihnen beiden sofort gefallen. Frankie erinnerte sich an ihr erstes Dinner, eine Familienfeier. Sie hatte zwei Tage damit zugebracht, aus Beeren und Weißbrot einen Sommerpudding zuzubereiten, als sie ihn aber auf einen Teller stürzte, war er zu einem breiigen Haufen zusammengefallen. Wie sie beide damals gelacht hatten! Sie dachte auch an ihren ersten wirklichen Streit, den sie an einem Sonntagmorgen im Winter gehabt hatten. Sie hatten immer noch im Bett gelegen, als sie hörte, wie die Haustür aufging. «Das wird Mutter sein», hatte William gesagt, während er aus dem Bett schlüpfte. – «Hat sie denn einen Schlüssel?» – «Warum nicht? Sie ist schließlich meine Mutter.» – «Aber es ist unser Haus. Ich möchte nicht, daß sie unangemeldet hier auftaucht. Sie tyrannisiert mich.» William war vor Zorn ganz weiß geworden. «Beleidige meine Mutter nicht.» Tagelang hatte er daraufhin nicht mehr mit Francesca gesprochen. Schließlich hatte sie ihn kleinlaut um Verzeihung gebeten, obwohl sie davon überzeugt war, im Recht zu sein. Das war ein Fehler gewesen. Sie hatte damit eine Art Präzedenzfall geschaffen, gegen den sie bis heute immer noch verzweifelt anzukämpfen versuchte. Allerdings gab William inzwischen zu, daß seine Mutter eine Tyrannin war.

Das Haus war aufgeräumt. Mrs. MacDougall hatte saubergemacht. Nur die teuren Waterfordgläser warteten noch auf Francesca, denn William erlaubte Mrs. MacDougall nicht, sie anzurühren.

Auf dem Anrufbeantworter befanden sich drei Nachrichten. «Hi, hier ist Mel. Tausend Dank!» – «Hallo, hier ist Simon. Vielen herzlichen Dank. Es hat mir gestern abend sehr gut gefallen.» – «Frankie, hier ist noch mal Mel. Tut mir leid, daß du krank bist. Brauchst du Hilfe? Ruf mich an!» Sie spulte das Band zurück und spielte es für den Fall, daß ihr eine Nachricht Williams entgangen sein sollte, noch einmal ab. Er hatte jedoch nicht angerufen. Sie wählte Melanies Nummer. Als sich beim fünften Läuten der Anrufbeantworter einschaltete, legte sie, ohne etwas auf das Band zu sprechen, wieder auf.

William arbeitete oft bis spät in die Nacht. Es war nicht ungewöhnlich, daß er die Kanzlei erst um neun oder zehn oder sogar erst um Mitternacht verließ, aber er rief sie dann immer an. Sie fütterte Big Ears und Jaws und goß ihre Pflanzen. Dann öffnete sie den Kühlschrank, in dem sich noch die Reste vom letzten Abend befanden: kalter pochierter Lachs, kalte Zuckererbsen, kalte Herzoginnenkartoffeln. Sie stocherte in den Zuckererbsen herum, dann spülte sie die Waterfordgläser ab, stellte zwei Kartoffeln zum Überbacken in den Ofen, weil William kalte Kartoffeln nicht ausstehen konnte, und deckte mit besonderer Sorgfalt den Tisch. Um acht arrangierte sie den Lachs hübsch auf einer Servierplatte und machte einen Tomatensalat mit frischem Basilikum. Um neun sah sie sich im Fernsehen die Nachrichten an, während sie mit einem Ohr darauf lauschte, ob sie Williams Taxi hörte.

Draußen auf der Straße waren Schritte zu hören – sie gingen weiter. Autos kamen angefahren, hielten aber nicht vor dem Haus. Im einen Moment glaubte sie, er sei noch böse auf sie, im nächsten machte sie sich Sorgen, er könne einen Unfall gehabt haben. Sie nahm den Telefonhörer von der Gabel, um festzustellen, ob der Apparat gestört war. Er war es nicht. Sie fragte sich, ob sie Geoffrey oder Rupert anrufen sollte, entschied sich dann aber dagegen.

Da sie nicht stillsitzen konnte, ging sie während des Wetterberichts und der Nachrichten aus dem Südosten im Zimmer auf und ab. Vor drei Jahren hatten sie das Zimmer in Zitronengelb und zarten Türkistönen neu tapeziert, hatten einen maßangefertigten Webteppich mit geometrischem Muster hineingelegt und kunstvoll drapierte, satinierte Chintzvorhänge aufgehängt. Die exquisite, anmutige Virginia Culmstock hatte sie dabei beraten.

Plötzlich ärgerte Francesca die Perfektion des Zimmers. Sie fühlte sich von dessen Symmetrie genauso eingeengt wie von William. Sie stellte seine Lieblingsobjekte auf dem Kaminsims zu einem Haufen zusammen, warf die Kissen willkürlich durcheinander und rückte die Sofas schief. Als sie nach Hause gekommen war, wäre sie noch zu einem Kompromiß bereit gewesen. Jetzt war sie das nicht mehr.

Sie ging in die Küche zurück, schaltete den Ofen aus und aß dann die letzten Reste direkt von den Servierplatten, ein Benehmen, das William abscheulich fand. Sie rollte ein Salatblatt um eine Herzoginnenkartoffel und biß hinein. Kartoffelpüree quoll heraus und fiel auf ihre Finger.

Um Mitternacht kam William endlich nach Hause. Sie lag im Bett und lauschte auf seine Schritte im Flur. Er stieg die Treppe hinauf. Sie schloß die Augen und tat so, als schliefe sie. Er erreichte den Treppenabsatz. Sie versuchte, gleichmäßig zu atmen, und wartete auf das Klicken der Tür und den Lichtstrahl, wenn er das Zimmer betrat. Eine Tür ging auf, aber es war nicht die Schlafzimmertür. Er war ins Gästezimmer gegangen. Kurz darauf hörte sie, wie er das Licht ausknipste. Aus dem Haus nebenan drangen die gedämpften Geräusche ihrer Nachbarn an ihr Ohr. Sie konnte Gemurmel hören, dann helles, glückliches Lachen. Sie vergrub ihr Gesicht im Kopfkissen und weinte.

Francesca wußte, daß sie selbst mit Rouge auf den Wangen wie eine lebende Leiche aussah. Ihr Gesicht war bleich, und sie sah krank aus. Kalter Schweiß stand ihr auf der Stirn. Ihre Augen lagen tief in den Höhlen, und die Augenpartie war purpurrot, als hätte man sie geschlagen.

Melanie saß an ihrem Schreibtisch und schwang ihre Beine vor und zurück, wobei ihre hochhackigen Schuhe lose an ihren Zehen baumelten. Sie dachte an Simon. Ihre Haut glühte von seinen Zärtlichkeiten, ihre Gliedmaßen fühlten sich irgendwie gedehnt an. Sie hätte nie gedacht, daß er sich als ein so zärtlicher Liebhaber erweisen würde, denn er sah gar nicht danach aus. Er war so groß, schlaksig und ernsthaft. Lächelnd setzte sie ihre Brille auf und las den Schriftsatz, der auf ihrem Schreibtisch lag.

Francesca klopfte an ihrer Tür. «Hast du viel zu tun?»

«Da bist du ja. Ich habe ständig versucht, dich anzurufen. Vielen, vielen Dank für das wundervolle Abendessen.» Melanie kicherte und schob die Brille hoch. Dann fixierte sie Francesca. «Frankie, du siehst schrecklich aus. Jetzt setz dich erst mal hin! Was ist denn los?»

Francesca deutete mit einem Kopfnicken auf James' leeren Schreibtisch. «Ist er weg?»

«Er ist in Suffolk.»

«Gott sei Dank!» Sie ließ sich auf einen Stuhl fallen. «Mel, man hat der Anwaltskammer mitgeteilt, daß ich versucht habe, an einen Zeugen heranzutreten.»

«Das glaube ich nicht.»

«Es stimmt aber. Nur, daß ich nicht aus dem Grund, den man mir unterstellt, an ihn herangetreten bin.» Francesca beugte sich nach vorn, legte die Arme auf den Rand von Melanies Schreibtisch und vergrub ihr Gesicht in der Armbeuge. «Erzähl das aber niemandem. Ich bitte dich! Auch nicht Simon.»

«Natürlich nicht. Ach, du Ärmste. Jetzt bleib erst mal sitzen. Ich mache dir einen Kaffee.» Melanie eilte aus dem Zimmer. Als sie zurückkehrte, sagte sie: «Trink das, dann fühlst du dich bestimmt gleich besser. Und jetzt erzähl mir, was passiert ist.»

Francesca hob den Kopf. «Ich habe dir doch erzählt, daß ich schon seit vielen Jahren keinen Kontakt mehr zu meinem Vater habe. Ich habe ihn, seit meine Mutter wieder geheiratet hat, nicht mehr gesehen. Aber als ich klein war, habe ich ihn über alles geliebt. Sogar mehr als meine Mutter. Er war wild und bezaubernd; er war für mich eher ein rebellischer älterer Bruder als ein Vater. Er nahm mich zu Hunde- und Pferderennen mit und machte meiner Mutter weis, er würde mit mir im Park spazierengehen. Er trank, er spielte. Er hat mir das Pokern beigebracht, und ich mußte mir mein Taschengeld gewinnen. Wenn ich verlor, bekam ich nichts, da machte er keine Zugeständnisse. Als meine Mutter das herausfand, war sie wütend, aber ich habe mich auf seine Seite gestellt. Schon mit sechs konnte ich die Karten mischen wie ein alter Hase.

Aber mein Vater besaß auch eine dunkle Seite. Wir lebten in einer billigen Mietwohnung, und zwar nicht in einer der eleganten Straßen oben auf dem Richmond Hill mit Blick auf den Fluß, sondern in einer Nebenstraße weiter unten, in einem Haus, das noch nicht modernisiert worden war. Wir waren immer mit der Miete im Rückstand und wurden ständig von unserem Vermieter schikaniert. Meinem Vater war das egal, er war absolut verantwortungslos. Er hat oft die Taschen meiner Mutter nach Geld durchwühlt und ist dann tagelang verschwunden. Ich habe immer auf ihn gewartet, überzeugt davon, daß er weggegangen war, weil ich irgend etwas Schlimmes gesagt oder getan hatte. Oft landete er im Gefängnis in der Ausnüchterungszelle. Ein andermal wurde er wegen kleinerer Diebstähle verhaftet. Oder weil er in der Oxford Street leichtgläubige Touristen beim Kartenspielen mit billigen Tricks ausgenommen hatte. ‹Wo ist die Dame› heißt das Spiel, glaube ich, bei dem man die Dame unter drei mit dem Gesicht nach unten liegenden Karten herausfinden soll. Er kam immer völlig abgebrannt nach Hause. Aber ich liebte ihn trotzdem.

Als meine Mutter wieder heiratete, war ich todunglücklich. Das habe ich ihr zwar nie eingestanden, aber es ist die Wahrheit. Bis zu diesem Zeitpunkt hatte ich nämlich geglaubt, wir würden eines Tages wieder nach Hause zu meinem Vater zurückkehren und alles würde wieder gut werden. Nicht, daß er ein Zuhause gehabt hätte. Statt dessen fand ich mich auf dem Land in Kent wieder, in einem Dorf, in dem die Leute weder übermäßig tranken noch spielten, zumindest nicht öffentlich. Wir wurden richtig solide. Man verbot mir, über Greyhounds oder Pokerspiele zu sprechen. Vor allem, da mein Vater gerade zwei Monate absaß, weil er Spielwürfel manipuliert hatte! Also erzählte ich den Mädchen in meiner neuen Privatschule, daß er gestorben sei. Die Briefe, die ich von ihm erhielt, schickte ich ungeöffnet wieder zurück. Ich tat einfach so, als gäbe es ihn nicht. Ich habe ihn nicht einmal zu meiner Hochzeit eingeladen. Ich war davon überzeugt, daß ich ihn nie wiedersehen wollte – bis Marius Charlwood mir gegenüberstand. Seitdem schäme ich mich. Deshalb bin ich zu der Hunderennbahn gefahren. Verstehst du, ich habe meine Integrität aufgegeben, nur um Gunters Fall zu gewinnen, genau wie ich meinen Vater aufgegeben habe, um akzeptiert zu werden.»

Melanie war verblüfft. «Ich wußte, daß dein Vater getrunken hat, aber mir war nicht klar, daß er...»

«Ständig straffällig wurde? Ein Wiederholungstäter war?» Frankie lächelte. «Ja, das ist er. Aber es sind immer nur kleinere Straftaten gewesen. Seine längste Gefängnisstrafe waren zwei Monate. Meistens saß er nur über Nacht, bis er wieder nüchtern war. Jedesmal, wenn ich an einem Magistrates' Court zu tun habe, habe ich Angst, daß ich ihm begegne. Damals stand er so oft vor Gericht, daß ihn sogar der Gerichtsvorsteher schon Ben nannte!»

Melanie lachte. «Was für ein interessanter Charakter!»

«Nun ja, solange er nicht dein Vater ist.»

«Aber ich verstehe nicht, was das mit der Anwaltskammer zu tun hat. Hat dieser Marius Charlwood sich dort über dich beschwert?»

«Nein, das war jemand anderes. Auch ein Mann mit einer kriminellen Vergangenheit. Er heißt Jack Broderick.»

«Doch nicht etwa der Goldräuber! Wir haben den Fall in der Ausbildung besprochen. Er hat die Hälfte der Geschworenen bestochen und den Informanten der Polizei umgebracht. Geoffrey hat damals die Anklage vertreten. Mein Gott, Frankie, du kannst von Glück reden, daß er dich nicht auch noch ermordet hat.»

«Nun, statt dessen hat er meine Karriere ruiniert.» Francesca erhob sich. «Es war lieb, daß du mir zugehört hast.»

«Wohin gehst du?»

«Meine Antwort an das Komitee aufsetzen.»

«Hilft William dir dabei?»

Francesca schüttelte den Kopf.

«Oh, ich weiß, daß sich die meisten von uns nicht von ihrem Ehemann verteidigen lassen wollen, aber er ist nun einmal der Beste.»

«William ist so böse auf mich, daß er nicht einmal über die Sache reden will», sagte Francesca.

«Du hast das Recht, dich durch einen Anwalt vertreten zu lassen. Du bist viel zu emotional, um dich selbst zu vertreten.» Melanie nahm ihren Notizblock zur Hand. «Wenn er dich nicht verteidigen will, tue ich es. Ich bin zwar bei weitem nicht so brillant wie er, aber ich verspreche dir, daß ich mein Bestes tun werde. Und was das Honorar angeht, das hast du schon bezahlt – das Abendessen, das mich mit Simon zusammengebracht hat.»

Francesca schluckte ihre Tränen hinunter. «Ach, Mel, was würde ich ohne dich nur tun!»

Die Woche schleppte sich dahin. William schlief weiterhin im Gästezimmer. Am Abend aß er auswärts. Sie lag lauschend im Bett, bis er nach Hause kam. Eines Abends blieb sie schließlich auf und wartete auf ihn, weil sie sein Schweigen nicht länger ertragen konnte. «William, bitte rede mit mir.» Sie versuchte, die Verzweiflung in ihrer Stimme zu unterdrücken.

«Das kann ich nicht. Ich bin über dein Verhalten viel zu entsetzt.»

Ihr Gesicht bekam einen hilflosen Ausdruck, als er ohne ein weiteres Wort an ihr vorbeiging.

In der Kanzlei zwang sich Francesca dazu, sich auf ihre Fälle zu konzentrieren, denn das war sie ihren Mandanten schuldig. Sie las Akten, hielt Besprechungen ab und trat vor Gericht auf. Sie ging ihre Arbeit mit kühler Distanz an, genau wie William das immer tat.

Old Nailbag übertrug ihr einen Fall, bei dem es um einen fünfjährigen Jungen ging. Er hieß Alexander Swaffield. Seine Eltern behaupteten, er hätte während einer Mandeloperation vor einem Jahr einen Gehirnschaden erlitten. Ein Computertomogramm hatte in der Tat einen leichten Gehirnschaden bestätigt. Als Ursache kam Sauerstoffmangel in Frage, aber das Krankenhaus stritt jegliches Verschulden ab. Man behauptete, daß Alexander bereits vor der Operation geistig zurückgeblieben gewesen sei. Da er noch so klein war, würde es schwer sein, das Gegenteil zu beweisen.

«Sehen Sie sich nur diese Zeichnungen an, Mrs. Eastgate», sagte Mr. Swaffield, ein Geschäftsmann, der seine Worte überaus präzise wählte. «Vor der Operation konnte Alexander seinen Namen schreiben. Jetzt kann er nicht einmal mehr einen einzigen Buchstaben malen. Er konnte zählen, und auch das kann er jetzt nicht mehr.»

Mrs. Swaffield bemühte sich sehr, nicht in Tränen auszubrechen. «Das Krankenhaus behauptet jetzt, daß er seit seiner Geburt an einem Gehirnschaden gelitten habe. Ich weiß, daß das nicht stimmt. Er war ein überaus intelligentes Kind. Wir wollen keine Rache. Wir wissen, daß Ärzte und Schwestern unzählige Überstunden leisten, und jeder macht mal einen Fehler. Alles, was wir wollen, ist eine Entschuldigung, ein wenig Mitgefühl und daß die Zukunft unseres Sohnes gesichert ist.»

Zu jedem anderen Zeitpunkt hätte sie der Fall begeistert. Jetzt aber fiel es ihr schwer, sich auf ihre Arbeit zu konzentrieren. Nach außen hin versuchte sie zwar, sich nichts anmerken zu lassen, aber sie hatte jede Zuversicht und jedes Selbstvertrauen verloren. Um ihren Kollegen aus dem Weg zu gehen, gewöhnte sie sich an, erst spät in die Kanzlei zu kommen. Sie nahm ihre Akten mit nach Hause und ging nicht ans Telefon, nicht einmal, wenn Melanie anrief. Falls Jack Broderick sie wirklich vernichten wollte, hatte er sein Ziel schon fast erreicht.

Am Sonntag fuhr William nach Kingly Grange. Francesca blieb daheim. Am Vormittag rief dann ihre Mutter an. «Irgend etwas ist nicht in Ordnung, oder?» meinte sie. «Ich höre es dir an.»

«Mir geht es gut.»

«Wo ist William?»

«Er holt gerade die Sonntagszeitung.»

«Ich dachte, ihr würdet sie ins Haus geliefert bekommen.»

«Der Zeitungshändler hat uns offenbar vergessen.»

In dieser Nacht kam William überhaupt nicht nach Hause.

Francesca ging am nächsten Tag sogar noch später als gewöhnlich in die Kanzlei. Abgesehen von Old Nailbag, war kein Mensch im Empfangsbereich zu sehen. Sie ging zur Kaffeemaschine, goß sich einen Kaffee ein und eilte dann in Richtung ihres Büros, das ihr die nötige Sicherheit bot. Die Tür war geschlossen. Den Kaffee und ihre Aktentasche in einer Hand, öffnete sie mit der anderen die Tür.

Am Fenster, den Rücken der Tür zugekehrt, stand William. Jetzt drehte er sich um. Francesca brachte kein Wort heraus. Ihre Beine begannen zu zittern, und sie mußte die Kaffeetasse auf ihrem Schreibtisch absetzen. Der Kaffee schwappte über. William sah das Malheur und runzelte mißbilligend die Stirn.

«Nailsworth hat das in Empfang genommen.» Er reichte ihr

einen versiegelten Umschlag. «Ich nehme an, daß man entschieden hat, ein Disziplinarverfahren gegen dich einzuleiten.»

Ihre Hoffnungen zerschlugen sich. «Vermutlich.»

«Hast du in deinem Antwortschreiben eingeräumt, daß du zum Stadion gefahren bist?»

«Natürlich. Aber ich habe geschrieben, daß ich es aus persönlichen Gründen getan habe.»

«Sie müssen dich für verrückt halten.» Er ging zur Tür, wobei er sorgfältig darauf achtete, sie nicht zu berühren, als er an ihr vorbeikam. «Hast du die Absicht, dich selbst zu verteidigen?»

«Melanie hat mir ihre Hilfe zugesagt.»

Er zögerte, die Hand auf der Klinke. «Es ist zwar ungewöhnlich, daß ein Mann seine Ehefrau verteidigt, aber es ist erlaubt. Warum hast du mich nicht darum gebeten?»

«Wie sollte ich das denn, wenn du kein Wort mehr mit mir redest?»

Er schien über den tiefen Schmerz in ihrer Stimme überrascht zu sein. «Natürlich werde ich dir helfen – das heißt, falls dir Melanie nicht lieber ist. Aber wir wollen doch beide nicht, daß irgendein Außenstehender erfährt, was für ein schwarzes Schaf dein Vater ist, oder?»

Francesca bekam vor Erleichterung ganz weiche Knie. Das Gewitter war nun anscheinend vorübergezogen. Gleichzeitig aber sehnte sich ein Teil von ihr, ihm zu sagen, er solle sich seinen Rat sonstwohin stecken. Aber dieser Teil setzte sich nicht durch. «Mel wird das verstehen», meinte sie. «Du bist der Beste. Das hat sie selbst gesagt.» Sie machte zaghaft einen Schritt auf ihn zu.

Er öffnete die Tür. «Ich muß jetzt gehen. Man erwartet mich bei Gericht. Bring heute abend alle Unterlagen mit nach Hause. Ich sehe dich um acht.»

Alles begann wieder in normalen Bahnen zu laufen. Ein Fall, in dem es um die Adoption eines Kindes aus Brasilien ging und der ihr äußerst kompliziert vorgekommen war, begann sich endlich zu ordnen. Sie wußte plötzlich, wie sie ihre Argumentation aufbauen mußte. Sie sprach mit den Eltern und deren Solicitor. Sie war zuversichtlich. Die Eltern waren zuversichtlich. Sie dankten ihr überschwenglich. Als sie heimging, lächelte sie immer noch.

Sie deckte den Tisch im Eßzimmer und stellte eine Vase mit frischen Freesien in die Mitte. Dann kam ihr der Gedanke, daß William ihr vielleicht Blumen mitbringen würde, also nahm sie die Freesien rasch aus der silbernen Vase und stellte sie in eine Glasvase, damit die silberne für die Rosen frei war.

Sie schnitt den Räucherlachs in Scheiben, wie William es gern hatte, und marinierte die Steaks in Weinbrand mit einem Hauch Knoblauch. Sie vergaß auch nicht, den Bordeaux rechtzeitig zu öffnen und die Gläser auf Fingerabdrücke zu untersuchen. Dann legte sie ihre Unterlagen für das Verfahren am anderen Ende des Tisches zurecht und ordnete sie dem Datum nach, wie William es von ihr verlangt hatte, als sie seine Referendarin gewesen war. Da sie noch eine Stunde Zeit hatte, fütterte sie Jaws und Big Ears und goß ihre Fleißigen Lieschen, denn William haßte es, wenn sie das in seiner Gegenwart tat. Dann ließ sie sich Badewasser ein, schüttete reichlich Badeöl hinein, wusch sich die Haare, flocht sie zum Zopf, rieb sich die Beine mit Feuchtigkeitslotion ein und zog das gelbe Hosenkleid aus Leinen an, das William an ihr besonders mochte.

Um acht Uhr stand sie schließlich wartend in der Tür zwischen Eßzimmer und Küche. Um Viertel nach acht begann sie sich elend zu fühlen. Um halb neun stand sie vor dem Telefon, ballte und öffnete ihre Fäuste, als könnte sie es durch bloße Willensanstrengung zum Läuten bringen.

Die Haustür ging auf, und William kam herein. Er hatte keine Blumen dabei. Wie dumm von ihr, sich so etwas zu erhoffen. Er stellte seine Aktentasche auf seinen Schreibtisch, ging dann zur Küche und blieb im Türrahmen stehen, wobei er sie weder anerkennend noch verächtlich ansah. Sie ging auf ihn zu. Er griff nach ihren Händen, hob sie hoch und drehte sie dabei mit den Handflächen nach unten. «Du kaust wieder an deinen Nägeln, Frankie», sagte er.

«Was erwartest du denn, wenn du mich ignorierst?»

Abermals schien er über ihren tiefen Schmerz erstaunt. Er legte die Arme um sie und zog sie an sich, küßte sie dann auf die Stirn, als wäre sie ein Kind. «Wir müssen sehen, wie wir dich aus diesem Schlamassel herausbekommen», sagte er. «Aber du wirst mir vertrauen müssen, wenn ich dir helfen soll. Tu bitte genau das, was ich dir sage, und zwar ohne jede Widerrede!»

Sie vergrub ihr Gesicht an seiner Schulter und umarmte ihn. Ihre Kehle war so zugeschnürt, daß sie kein Wort herausbrachte.

Nach dem Abendessen las sich William alle vorhandenen Unterlagen durch. Der Umschlag vom Komitee der Anwaltskammer enthielt einen Schriftsatz, in welchem die Vorwürfe gegen sie konkretisiert wurden, und Kopien aller für das Verfahren relevanten Dokumente. Francesca wurde eines standeswidrigen Verhaltens gemäß Paragraph 145 des *Code of Conduct*, der standesrechtlichen Richtlinien, beschuldigt. Dieser besagte, daß ein Verstoß gegen die Standesregeln vorlag, wenn ein Anwalt direkt oder indirekt mit einem Zeugen in Verbindung trat, sobald dieser Zeuge begonnen hatte, vor Gericht auszusagen, und die Beweisaufnahme noch nicht abgeschlossen war. Dabei spielte es keine Rolle, ob es sich um einen Zeugen der Anklage oder der Verteidigung handelte. Wenn Gunters Verfahren schon bei der ersten Anhörung eingestellt worden wäre, hätte man ihr nichts vorwerfen können.

Den Akten lag eine eidesstattliche Erklärung bei, die von Jack Broderick unterzeichnet worden war. Seine Aussage war in der vorangegangenen Woche von einem Untersuchungsbeamten im Stadion zu Protokoll genommen worden. William las das Ganze sorgfältig durch, bevor er etwas sagte. «Broderick behauptet, daß du um vier Uhr im Stadion eingetroffen bist. Du warst an diesem Nachmittag aber doch sicher in der Kanzlei?»

«Ich bin früher gegangen.»

«Wie bist du dorthin gekommen?»

«Ich habe den Wagen genommen.»

Er blätterte in seinem Terminkalender zurück. «Das war der Tag, an dem du mir erzählt hast, du wärst zu Harrods gefahren?»

Sie nickte.

Er goß sich ein weiteres Glas Bordeaux ein. «Falls du mir noch andere Lügen erzählt hast, Francesca, dann ist jetzt der Zeitpunkt gekommen, sie mir zu beichten.»

Sie konnte nicht stillsitzen, während er sie beobachtete. Also stand sie auf und ging im Eßzimmer hin und her. «Jack Broderick hat mir eine Rose geschickt. Sie wurde in der Kanzlei abgegeben.

Dann hat er mich angerufen, und ich habe ihm erklärt, daß er mich in Ruhe lassen soll.»

William starrte sie an. «Ein Krimineller wagt es, meiner Frau eine Rose zu schicken! Das ist ungeheuerlich. Frankie, warum hast du mir das nicht erzählt?»

«Weil ich dir dann auch das mit meinem Besuch im Stadion hätte erklären müssen.»

«Man könnte fast glauben, du hättest Angst vor mir.»

«Ich habe Angst vor der Einsamkeit, wenn du mich ignorierst.»

Er gab keine Antwort, sondern nahm statt dessen wieder den Schriftsatz zur Hand. «Es bleibt die Tatsache, daß du zum Stadion gefahren bist. Bist du sicher, daß du Jack Broderick nichts von deinem Vater erzählt hast?»

«Das habe ich ganz bewußt nicht getan.»

«Es wäre besser gewesen, wenn du es getan hättest.» Er legte die Unterlagen zurück in die Akte. «Wir werden morgen früh noch einmal alles genau durchgehen. Jetzt ist es Zeit fürs Bett.»

Sie hätte ihn gern gefragt, ob er bei ihr schlafen würde, aber es war ihr unangenehm. Während er die Haustür und die Hintertüren abschloß, ging sie nach oben, knipste beide Nachttischlampen an, putzte sich die Zähne, wusch sich das Make-up vom Gesicht und tupfte sich Parfüm hinters Ohr und auf den Hals. Sie hörte ihn die Treppe heraufkommen. Jetzt hatte er den Treppenabsatz erreicht. Sie drehte sich lächelnd um, aber er ging geradewegs ins Gästezimmer.

Seine Zurückweisung war um so schlimmer, weil sie sie nicht erwartet hatte. Verletzt und wütend sank sie auf das Fußende des Bettes. Sie hatte alles getan, was sie konnte, um die Sache wieder in Ordnung zu bringen, hatte sogar mehr Schuld auf sich genommen, als sie traf.

«Gehst du nicht ins Bett?» William stand in der Tür. Er trug seinen seidenen Pyjama. «Komm schon, Frankie. Es ist spät.»

Ihr Gesicht hellte sich auf. «Ich dachte, du wärst ins Gästezimmer gegangen.»

Er legte sich ins Bett. «Wenn wir das nächstemal streiten, kannst du im Gästezimmer schlafen.»

Sie lachte erleichtert, schleuderte die Schuhe von ihren Füßen und rollte sich zu ihm hinüber. «Vielleicht gibt es gar kein nächstesmal.» Sie küßte die zarte Haut um seine Augen, wanderte dann mit ihrem Mund zu seinen Lippen, dann zu seinem Hals und wieder zurück zu seinem Mund.

«Du ziehst besser dein Kleid aus», murmelte er. «Ich möchte nicht, daß es ruiniert wird. Es ist nämlich eins meiner Lieblingskleider.»

«Ich dachte, es wäre dir gar nicht aufgefallen.» Sie ließ es über die Hüften herabgleiten.

Seine Arme legten sich fester um sie. Er küßte sie sanft, zärtlich, löste ihren Zopf auf und breitete ihr Haar in einer üppigen Kaskade mahagonifarbener Locken über ihre nackten Schultern. «Nur weil ich etwas nicht sage, heißt das nicht, daß ich es nicht empfinde», sagte er.

Sie preßte ihr Gesicht an seine Schulter. «Ich habe aber das Bedürfnis, es zu hören. Ich brauche eine Bestätigung.»

«Aber du weißt doch, was ich für dich empfinde.»

«Nein, das weiß ich nicht, William», sagte sie. «Oft weiß ich es wirklich nicht. Manchmal denke ich, du fühlst gar nichts, und gelegentlich verhältst du dich so, als würdest du mich nicht mehr mögen. Ich brauche die Bestätigung. Vielleicht bin ich ja schwach, aber ich bin eben anders als du. Ich muß wissen, daß ich geliebt werde.»

Kapitel 7

Es war heiss. Es war Sommer. Alle redeten vom Urlaub. Obwohl keins der Inns of Court im August seine Pforten schloß, so wie das früher der Fall gewesen war, nahmen sich die meisten Anwälte diesen Monat frei. Als die Temperaturen stiegen, erinnerte die Atmosphäre in den Durchgängen und Höfen zunehmend an das Ende eines Schuljahres. Nur Francesca konnte nicht an Ferien denken. Die Disziplinarverhandlung war für Juli angesetzt.

Ihr Geburtstag rückte immer näher, aber William erwähnte das versprochene Wochenende in New Orleans nicht mehr. Statt dessen lud er sie, Melanie und Simon zum Essen ein. Sie versuchte, nicht allzu enttäuscht zu sein.

Drei Wochen vor der Verhandlung, an dem Tag, an dem das Gartenfest des Inner Temple stattfand, wurde William als ihr Rechtsbeistand aufgefordert, zur Vorbesprechung ihres Falles vor dem Ehrengericht zu erscheinen. Den Vorsitz führte dabei ein erfahrener Richter, während William und der Anwalt des Komitees aushandeln sollten, welche Beweise und Zeugen bei der Verhandlung zugelassen werden sollten. William wollte Francesca nicht erlauben, dabei anwesend zu sein. «Du reagierst viel zu emotional und könntest dadurch unsere Verteidigung zunichte machen», erklärte er ihr entschlossen. «Geh mit Simon und Melanie zum Gartenfest. Wir treffen uns dann dort.» Er machte eine Pause, dann sagte er freundlicher: «Schau doch nicht drein, als würde man dich gleich exekutieren.»

Sie lächelte ihn tapfer an. «Genauso fühle ich mich aber.»

Sie trug ein Kleid aus scharlachrotem Crêpe de Chine. Es hatte einen weich schwingenden Wickelrock, der ihren Körper in sinnlichen Falten umspielte. Auf dem breiten Rand ihres großen, schwarzen Strohhuts waren diagonal drei rote Knöpfe angeordnet. Die Wirkung war einfach, aber verblüffend. An jedem anderen Tag hätte sie es genossen, sich zusammen mit Melanie in der Kanzlei herauszuputzen und sich, kichernd wie Teenager, die Hüte zurechtzurücken und die Lippen zu schminken. Heute aber konnte sie an nichts anderes als an die Vorbesprechung denken.

Die Party fand in den Inner Temple Gardens statt, auf dem samtigen, von einem schmiedeeisernen Gitter umgebenen Rasen, wo sie und Melanie schon so oft ihr Mittagessen eingenommen hatten. Nahezu alle Mitglieder des Inn waren mit ihren Ehepartnern oder Lebensgefährten erschienen. Kellner boten Champagner an, während Kellnerinnen Tabletts voll Kanapees mit Räucherlachs und winzigen Würstchen im Schlafrock herumreichten. Ein Tisch, der mit einem schweren, weißen Damasttuch bedeckt war, bog sich unter der Last der Schüsseln mit Erdbeeren und Sahne.

Francesca wich Melanie und Simon nicht von der Seite, denn sie brauchte ihren Schutz. Sie versuchte, nicht nervös herumzuzappeln, aber das war schwierig, da sie mit ihren Absätzen ständig im Rasen versank. Sie versuchte auch, nicht mit ihrem Champagnerglas herumzuspielen, da das Getränk aber kalt und ihre Hände heiß waren, rutschte das Glas in ihren Fingern.

Sanjiv war mit Deepa, seiner bildhübschen Frau, die einen exquisiten rosa Sari trug, gekommen. Charlotte war mit dem Ascot-Hut ihrer Mutter erschienen und redete wie ein Wasserfall. Ihr folgte Rupert, dessen neue Freundin Melanie ausgesprochen ähnlich sah. Der kleine, elegante Desmond wurde von seiner Frau begleitet. Sie war so unordentlich wie er adrett, züchtete Spaniels und roch nach Hundekuchen. James war nicht da. Er befand sich wie üblich auf dem Land. Aber Hugo war gekommen, zusammen mit einer jungen Frau, die gelangweilt wirkte. Thomas, der bereits zuviel getrunken hatte, versuchte sich an Charlotte heranzumachen, die ihrerseits mehr an Rupert interessiert war. Francesca wünschte sich, an den Neckereien und dem Lachen teilnehmen zu können, aber ihr fielen einfach nicht die passenden Worte ein.

«Es wird alles wieder gut», flüsterte Melanie, die anscheinend ihre Gedanken gelesen hatte. «Wer wird schon einem Mann glauben, der vierzehn Jahre für bewaffneten Raub abgesessen hat?»

Francesca sah William aus dem Büro des Treasurers, des Vorsitzenden des Inns, treten. Er kam langsam auf sie zu. Sein Gesicht war völlig ausdruckslos. Sie wäre am liebsten sofort zu ihm gerannt, aber sie wußte, wie sehr er es verabscheute, wenn sie sich nicht beherrschte. Also zwang sie sich, auf ihn zu warten.

«Du siehst großartig aus, Liebling.» Er beugte sich unter den Rand ihres riesigen, schwarzen Hutes und küßte sie auf die Wange.

«Genau das haben wir auch gesagt.» Geoffrey Culmstock gab William einen anerkennenden Klaps auf den Rücken. «Kommt schon, Leute! Trinken wir noch einen Champagner.»

«Wie ist es gelaufen?» fragte Francesca William, sobald sie mit ihm einen Moment allein war.

«Ich habe durchgesetzt, daß Jack Broderick persönlich erscheint.»

«Nein, William! Bitte!»

«Aber der Fall ist doch klar. Es handelt sich hier ganz offensichtlich um einen abgewiesenen Verehrer. Während du nach deinem Vater gesucht hast, bist du zufällig Jack Broderick begegnet. Er hat dir Avancen gemacht. Als du ihn zurückgewiesen hast, hat er beschlossen, sich dadurch zu rächen, daß er behauptet, du hättest versucht, Charlwood zu beeinflussen. Das ist doch ganz einfach.»

«Aber es stimmt nicht.»

«Willst du deine Zulassung verlieren?»

«Natürlich nicht!»

«Dann vertrau mir. Du hast es mir versprochen.» Er zog ihre Hand durch seine Armbeuge und tätschelte ihre Finger. «Ah, da kommen Sir Giles und Lady Henrietta. Lächle, Frankie, lächle!»

Sie tat ihm den Gefallen, weil sie ihn erfreuen wollte. So, wie sie damals von den Mädchen in der Schule akzeptiert werden wollte, sehnte sie sich jetzt danach, von William akzeptiert zu werden. Aber ein Teil in ihr schrie: «Was ist an meinem wahren Selbst denn so verkehrt?»

Francesca vergrub sich in ihre Arbeit, um sich von der anstehenden Verhandlung abzulenken. Im Fall des kleinen Alexander bestritt das Krankenhaus weiterhin, fahrlässig gehandelt zu haben, bot aber, ohne ein Schuldeingeständnis abzugeben, einen Vergleich über zwanzigtausend Pfund an. Mr. Swaffield war wütend. Diese Summe reichte bei weitem nicht aus, um die Bedürfnisse des Jungen in der Zukunft sicherzustellen. Francesca schlug vor, daß der Solicitor ein Gutachten des Kinderarztes, eines unabhängigen Kinderpsychologen und der ehemaligen Kindergärtnerin des Jungen einholen sollte.

Sie kam morgens immer als erste in die Kanzlei und ging abends als letzte. Selten unterbrach sie ihre Arbeit, um zum Mittagessen zu gehen. Sie lebte nur von Kaffee, Sandwiches und Mars-Riegeln. An dem heißen Wochenende Anfang Juli, als Becker das Wimbledonturnier gewann und das Live-Aid-Konzert das Wembley-Stadion zum Beben brachte, saß Frankie an ihrem Schreibtisch. Während dieser Zeit nahm sie sich nur einen einzigen Nachmittag frei, und zwar, um bei Williams Antiquar vorbeizuschauen und den Gedichtband von Alexander Pope zu kaufen, den er sich so sehr wünschte.

Melanie hatte es aufgegeben, Francesca vorzuschlagen, mit ihr zum Mittagessen zu gehen. «Ich hoffe, du machst irgendwann auch einmal Urlaub», sagte sie eines Abends.

«Das hängt vom Ausgang der Verhandlung ab.»

«Du brauchst Erholung, ganz egal, was passiert. Warum fahrt ihr beide nicht mit Simon und mir nach Kreta? Wir haben dort eine Villa gemietet, in der auch für vier Leute Platz ist.»

Als Francesca William von diesem Vorschlag erzählte, stieß er einen tiefen Seufzer aus. «Wir können doch jetzt nicht einfach nach Kreta fliegen, nachdem ich schon so viel Zeit investiert habe, um deine Verteidigung aufzubauen.»

An dem Morgen, an dem das Ehrengericht tagte, kleidete sich Francesca mit besonderer Sorgfalt. Sie zog ihr elegantestes schwarzes Kostüm an. William frühstückte ausgiebig, sie jedoch war so nervös, daß sie nicht einmal eine Scheibe Toast herunterbrachte.

«Wie sehe ich aus?» fragte sie ihn von der Tür zum Arbeitszimmer, als er gerade die Unterlagen in seine Aktentasche räumte.

Er blickte auf. «Perfekt – solange du nicht an den Nägeln kaust.»

«Das habe ich nicht. Schau! Sie sind gewachsen.» Sie hielt ihm ihre Hände hin.

Er ergriff sie nicht, wie sie insgeheim gehofft hatte, aber er lächelte sie kurz an. «Also los. Wir dürfen nicht zu spät kommen.»

Es war heiß. Die Sonne brannte auf das Autodach, während sie im dichten Verkehr die Canonbury Road entlangkrochen. Lastwagen verpesteten den Sommermorgen mit ihren schwarzen, stinkenden Abgasen. Aus Autoradios plärrte eine Mischung aus Nachrichten, Musik und Verkehrsberichten, in denen man den Fahrern riet, jene Straßen zu meiden, auf denen sie gerade im Stau steckten.

Schweiß lief Francesca übers Gesicht. Ihre Hände waren feucht. Ihr Herz hämmerte so wild, daß sie sich ganz schwach fühlte. Sie sehnte sich nach einem Glas Wasser. Sie sehnte sich danach, sich hinlegen zu können, die Augen zu schließen, einzuschlafen und erst dann wieder aufzuwachen, wenn dieser Alptraum vorüber war.

Sie parkten oben am King's Bench Walk. Irgendwie trugen Francesca ihre Beine über den Asphalt zu dem modernen Backsteingebäude, in dem sich das Büro des Treasurers befand. Im Vergleich zu den anderen Gebäuden des Inns war es modern, da es nach dem Zweiten Weltkrieg wieder aufgebaut worden war.

«Denk dran, du beantwortest nur die Fragen, die man dir stellt», wies William sie an. «Der Richter ist bei standeswidrigem Verhalten sehr streng. Wenn du ihn gegen dich aufbringst, ist alles vorbei.»

Ihre Augen lagen vor Angst tief in den Höhlen. Sie sehnte sich danach, daß William seinen Arm um ihre Schultern legen oder sie wenigstens ganz kurz einmal anlächeln würde. «Ich tue mein Bestes», sagte sie.

«So ist es recht!» Er strahlte Ruhe und Zuversicht aus, und das wirkte ansteckend auf sie. Sie hob ihr Kinn und straffte die Schultern. Jetzt begriff sie, warum Williams Mandanten so begeistert von ihm waren.

Das Verfahren fand in einem Raum gleich nach dem Eingang

statt. William und Francesca nahmen draußen im Flur Platz. Durch die geschlossene Tür hörten sie leises Gemurmel, als sich das Ehrengericht versammelte. Stühle scharrten. Männer husteten.

William überflog seine Notizen. Francesca unterbrach ihn dabei nicht. Neben ihr war noch ein Stuhl frei. Sie stellte ihre Aktentasche darauf. Dann wurde ihr plötzlich klar, daß dieser Stuhl für Jack Broderick bestimmt war. Sie setzte sich auf die andere Seite direkt neben William.

Ein Sekretär trat aus dem Verhandlungszimmer. «Bitte kommen Sie herein», sagte er.

Sie folgten ihm in einen kleinen, holzgetäfelten Raum, an dessen Wänden die Porträts längst verstorbener Richter finster auf einen T-förmigen Tisch herabsahen. Die fünf Mitglieder des Ehrengerichts saßen am Querbalken dieses T. Das Gericht setzte sich aus einem Bezirksrichter, drei Anwälten und einem Schöffen – in ihrem Fall handelte es sich um einen wettergegerbten, bereits pensionierten Brigadegeneral – zusammen. Der Vertreter der Anwaltskammer saß auf der einen Seite des Längsbalkens des T. William und Francesca wies man an, ihm gegenüber Platz zu nehmen. Alle starrten Francesca an. Sie spürte, wie Röte von ihrer Brust aufstieg, ihren Hals hinaufkroch und ihr ganzes Gesicht überzog. Seit sie als Anwältin tätig war, hatte sie schon viele Angeklagte auf der Anklagebank Platz nehmen sehen, aber bis zu diesem Augenblick hatte sie keine Ahnung gehabt, was das wirklich hieß.

Der Richter stellte die übrigen Mitglieder des Ehrengerichts vor. Jedes Mitglied nickte ihr zu, als sein Name genannt wurde. Francesca versuchte sich zu konzentrieren, hätte man sie jedoch einen Moment später gefragt, welcher Name zu welcher Person gehörte, hätte sie die Frage nicht beantworten können, obwohl sie die drei Anwälte vom Sehen kannte. Ihr Verstand war wie eingefroren. Ihre Zunge klebte am Gaumen. Mel hatte recht gehabt: Sie hätte sich niemals selbst verteidigen können.

Der Sekretär bat Francesca, sich zu erheben. Sie stand auf. Ihr wurde bewußt, daß ihre Knie aneinanderschlugen und daß William stocksteif auf seinem Stuhl saß. Dann wurde die Anklage verlesen: «Francesca Eastgate, Sie werden eines standeswidrigen Verhaltens gemäß Paragraph 145 des *Code of Conduct* beschuldigt. Ihnen wird vorgeworfen, an Marius Charlwood herangetreten zu sein, der Zeuge der Anklage in einem Prozeß ist, in dem Sie die Verteidigung des Angeklagten übernommen hatten. Streiten Sie das ab, oder geben Sie das zu?»

«Ich streite es ab.» Ihre Stimme war laut und fest.

William warf ihr ein rasches Lächeln zu. Dankbarkeit und Liebe zu ihm durchströmten sie.

Der Vertreter der Anwaltskammer erhob sich. «Euer Ehren, ich befinde mich in einer etwas peinlichen Situation. Der Zeuge der Anwaltskammer ist noch nicht eingetroffen. Wir sind aber zuversichtlich, daß er bald erscheinen wird. Darf ich deshalb fortfahren?»

«Nun gut. Aber ich sehe keine Notwendigkeit, daß Sie stehen. Ich kann es nicht ertragen, wenn die Leute ständig vor mir auf und ab hüpfen. Setzen Sie sich, und bleiben Sie sitzen.»

Bevor der Vertreter der Anwaltskammer fortfahren konnte, hörte Francesca, wie sich die Tür hinter ihr knarrend öffnete. Sie ballte ihre Fäuste und wappnete sich, Jack Broderick gegenüberzutreten.

«Entschuldigen Sie, Euer Ehren», sagte eine Frauenstimme. «Eben wurde ein Brief für den Vertreter der Anwaltskammer abgegeben.»

Im Raum herrschte erwartungsvolle Stille, als der Vertreter der Anwaltskammer den Umschlag öffnete. Er las den Inhalt, runzelte die Stirn und wandte sich dann an den Richter. «Euer Ehren, Mr. Broderick lehnt es ohne Angabe von Gründen ab, hier zu erscheinen. Wir haben keine rechtliche Handhabe, ihn zu zwingen, vor diesem Ehrengericht zu erscheinen. Andere Beweisangebote können wir nicht erbringen.»

«In diesem Fall wird das Verfahren gegen die Anwältin Francesca Eastgate eingestellt.» Der Richter sah finster den Tisch hinunter. «Damit war die Sache für alle Beteiligten reine Zeitverschwendung, nicht zuletzt für mich!»

Sie erhoben sich hastig, als er aus dem Zimmer stürmte. Francesca schwankte und mußte sich am Tisch festhalten. Sie konnte gar nicht glauben, daß der Alptraum vorbei war. Sie fühlte sich schwindelig, fast wie betrunken, und hätte gleichzeitig lachen und weinen mögen.

William sammelte seine Unterlagen zusammen und steckte sie in seine Aktentasche, dankte den Mitgliedern des Ehrengerichts und dem Sekretär und verließ das Zimmer. Sie war über sein abruptes Verschwinden so überrascht, daß sie noch eine ganze Minute lang an den Tisch gelehnt dastand. Dann eilte auch sie, Dankesworte murmelnd, aus dem Raum. Als sie aus dem Gebäude trat, war William schon auf halbem Weg zum Parkplatz.

«Warte auf mich!» rief sie und rannte ihm hinterher. «Ach, William!» Sie lachte, als sie ihn eingeholt hatte, und hängte sich bei ihm ein. «Ich weiß nicht, was ich ohne dich getan hätte. Ich bin dir so dankbar. Heute abend gehen wir essen. Wohin du möchtest. Ich lade dich ein.» Sie stellte sich auf die Zehenspitzen, um ihm einen Kuß auf die Wange zu geben. Es war ihr egal, ob es ihm peinlich war. «Ich liebe dich.»

William blieb stehen. «Es gibt nichts zu feiern, Francesca. Brodericks Abwesenheit ändert nichts an der Tatsache, daß du durch deinen Besuch im Stadion unseren Standesregeln zuwidergehandelt hast. Ich habe deine Verteidigung nur übernommen, um den Schaden an meinem Ruf in Grenzen zu halten.» Er entzog ihr seinen Arm und ging einfach davon.

Sie sah ihm wie betäubt nach. Sie hatte das Gefühl, als hätte er ihr einen Schlag ins Gesicht versetzt.

«Das haben Sie nicht verdient.»

Sie drehte sich um. Es war Jack Broderick, der sie vom Sitz seines Landrovers aus beobachtete.

«Was zum Teufel wollen Sie?»

Er schwang sich aus dem Wagen und kam auf sie zu. «Ihnen sagen, warum ich nicht vor dem Ehrengericht erschienen bin.»

«Oh, das ist mir durchaus klar. Es war Ihnen ein leichtes, mich anzuzeigen, denn da brauchten Sie nur einen Brief zu schreiben. Sie haben es sogar geschafft, die Aussage mit Ihrem Namen zu unterzeichnen. Es muß Ihnen sehr viel Freude gemacht haben, mich wochenlang in Angst und Schrecken zu versetzen. Aber mir vor Gericht gegenüberzutreten, das ist dann doch etwas anderes.»

«Ich habe mich entschlossen, nicht zu erscheinen, weil ich in der Hoffnung, Sie genauso zu diskreditieren, wie Sie Marius diskreditiert haben, Erkundigungen über Sie eingezogen habe. Ich habe herausgefunden, daß Ihr Mädchenname Tiernay ist. Sie sind Bens Tochter.»

«Hat Sie mein Vater überredet, nicht vor dem Ehrengericht zu erscheinen?»

«Niemand übt Druck auf mich aus, nicht einmal ein Toter.»

«Was meinen Sie mit... ein Toter?»

«Das müssen Sie doch wissen.»

«Ich weiß es nicht.» Ihre Stimme war jetzt nur noch ein heiseres Flüstern.

«Ich habe angenommen, daß Sie es wüßten.» Sein Ton war jetzt sanft. «Ihr Vater starb letzten Februar an Lungenkrebs.»

«Das glaube ich nicht.»

«So leid es mir tut, aber es ist wahr.»

Francesca wollte weinen, aber sie sagte sich, daß das lächerlich sei. Wenn sie nur gewollt hätte, hätte sie ihren Vater in all den Jahren besuchen können. Vielleicht war sie aber auch genau deshalb den Tränen nahe. Jetzt war es zu spät. Zu spät, um zu sagen, daß es ihr leid tat.

Sie erinnerte sich an ihren vierten Geburtstag, als sie von ihm ihr erstes Kaninchen geschenkt bekommen hatte. Den ersten Big Ears. Er hatte sie früh am Morgen aufgeweckt und sie, nachdem sie sich ihren Morgenmantel übergezogen hatte, in den kleinen Garten hinter der Wohnung geführt. Dort saß in einem schmucken neuen Stall mit geräumigem Auslauf ein schwarzweißes Kaninchen. Er hatte ihr gezeigt, wie sie es füttern mußte, wie sie seinen Stall saubermachen mußte und wie sie es in ihrer linken Armbeuge halten mußte, während ihre rechte Hand fest auf seinen Ohren lag. Sogar jetzt noch hörte sie ihn sagen: «Verliebe dich niemals in einen Menschen, der nicht tierlieb ist, Frankie.»

«Wollen Sie sich setzen?» fragte Jack. «Kommen Sie! Sie können sich in meinem Wagen ausruhen. Ich fahre Sie nach Hause.» Er nahm sie beim Ellbogen.

«Nein... vielen Dank.» Sie war sich bewußt, daß er sie stützte und sie sich an ihn lehnte. Sie bemerkte, daß die Haut unter seinen

Augen und auf seinem Nasenrücken nicht rauh, sondern sehr zart war. Seine Stirn war glatt, seine Wimpern gebogen. Plötzlich erschien er ihr nicht mehr so knallhart. Vielleicht war er es aber doch, und sie brauchte Härte zum Schutz gegen eine Welt, die immer grausamer wurde.

Sie spürte, daß ihm ihr Kummer um ihren Vater wirklich naheging. Sein Mitgefühl zeigte sich auch in seiner Stimme, in seinem Lächeln. Es war ihr unmöglich zu glauben, daß er derselbe Mensch war, der sie angezeigt hatte. Ein Krimineller. Ein Mörder.

Er hatte geglaubt, sie wäre größer und zäher. Bei Gericht war sie ihm in ihrer schwarzen Robe und mit dem streng geflochtenen Haar sehr groß und arrogant vorgekommen. Im Stadion war sie ihm robust und aggressiv erschienen – bis zu jenem Augenblick auf dem Parkplatz, als sie plötzlich ihre Verwundbarkeit zeigte. Jetzt, auf seinen Arm gestützt, erschien sie ihm abermals anders. Sie war dünn, fast schon zu dünn. Ihr Gesicht mit den dunklen, purpurroten Ringen unter ihren sanften, braunen Augen war sehr blaß. Er spürte, wie ihr Herz an seinem Ellbogen klopfte. Ihr Atem ging flach und schnell, so als würde sie gleich beginnen zu hyperventilieren.

«Ich bin überrascht, daß Ihnen Ihre Mutter nichts vom Tod Ihres Vaters erzählt hat», sagte er.

«Vielleicht weiß sie gar nichts davon.»

«O doch. Als es mit ihm zu Ende ging, hat sie ihn jeden Tag besucht. Das hat mir Marius erzählt. Und ich habe sie auch beim Begräbnis gesehen. Er hat sie mir gezeigt.»

Francesca schüttelte heftig den Kopf. «Sie müssen sich irren.»

«Ich wurde an jenem Morgen aus dem Gefängnis entlassen», sagte er. In seiner Stimme schwangen noch immer viele Emotionen von damals mit. «Es war mein erster Tag in Freiheit. Ich werde keine Einzelheit dieses Tages je vergessen.»

«Aber meine Mutter hat meinen Vater nicht mehr gesehen, seit sie wieder geheiratet hat. Ich weiß das. Sie hätte es mir sonst doch erzählt.»

Jack antwortete ihr nicht.

Francesca entzog sich ihm. «Was wollen Sie damit andeuten?» fragte sie. «Meine Mutter würde meinen Stiefvater niemals belügen. Sie hätte unmöglich jeden Tag nach Richmond fahren können, ohne daß ihm das aufgefallen wäre.»

«Glauben Sie doch, was Sie wollen. Aber wenn man jemanden wirklich liebt, und derjenige liegt im Sterben, würde einen nichts auf der Welt davon abhalten, bei ihm zu sein. Es sei denn, man sitzt im Gefängnis!» Er ging zum Landrover zurück.

«Aber sie hat ihn nicht geliebt. Nicht mehr, jedenfalls», rief ihm Francesca nach, ohne den Leuten, die vorbeikamen, Beachtung zu schenken. «Ich weiß nicht, warum Sie das alles erfunden haben. Warum versuchen Sie, alles zu zerstören, woran mir etwas liegt? Zuerst meine Karriere und jetzt das Vertrauen, das ich zu meiner Mutter habe.»

«Sie haben Ihren Ehemann vergessen. Oder liegt Ihnen nichts an ihm?»

Sie wurde rot.

«Das kann ich Ihnen nicht verübeln.» Er kletterte in den Landrover, drehte den Zündschlüssel um und ließ den Motor aufheulen. Das Geräusch hallte von den hohen Gebäuden des Inns wider. Jack lachte laut und verächtlich. «Er ist ein richtiges Arschloch. Sie hätten wirklich etwas Besseres verdient.»

«Meine Ehe geht Sie nichts an, Mr. Broderick», sagte Francesca, die sich hinter Förmlichkeit zu verstecken suchte.

Er senkte die Stimme. Jetzt war sie so leise, wie sie es auf dem Parkplatz vor dem Stadion gewesen war, als er ihre Hand in die seine genommen hatte und sie wie von einem Magneten zusammengehalten worden waren. «Treiben Sie keine Spielchen mit mir, Mrs. Eastgate.»

Kapitel 8

Nachdem Jack weggefahren war, beschloss Francesca, nicht in die Kanzlei zu gehen. Sie wollte allein sein und über ihren Vater nachdenken. Also fuhr sie nach Hause.

Hätte sie jemand noch vor sechs Monaten gefragt, ob es ihr leid täte, wenn ihr Vater sterben würde, hätte sie forsch geantwortet: «Er ist mir völlig gleichgültig, also werde ich auch nichts empfinden.» Jetzt aber, da er tot war und sich nichts mehr rückgängig machen ließ, war sie tieftraurig. Sie hatte ihn wieder vor Augen, lebendiger als all die Jahre vor seinem Tod. Sie erinnerte sich an komische Begebenheiten, zum Beispiel an jenen Tag, wo er beim Pokern fünftausend Pfund gewonnen hatte. Er war todschick gekleidet nach Hause gekommen, in einer gemieteten Limousine, in der sich Geschenke gestapelt hatten. Kleider für ihre Mutter, Kleider und Spielsachen für sie. Das schönste Geschenk von allen aber, so war es ihr zumindest erschienen, war eine Sprechpuppe mit braunem Haar gewesen, die fast so groß wie sie selbst war. Die Puppe hatte ein rotes, mit weißer Spitze verziertes Samtkleid angehabt. Als ihr Vater aus der Limousine gestiegen war, hatte auch schon der Gerichtsvollzieher auf ihn gewartet, um eine seiner vielen Schulden einzutreiben. Mit großartiger Geste hatte er ihn mit Fünfzigpfundnoten ausgezahlt. Wie er und Marius hinterher gelacht hatten!

Francesca wünschte sich, sie hätte ein Foto von ihm, aber sie hatte schon vor langer Zeit alle Bilder von ihm zerrissen. Es machte ihre Gewissensbisse noch schlimmer, daß sie, obwohl sie sich an viele Einzelheiten erinnern konnte, nicht mehr genau wußte, wie er ausgesehen hatte. Sie erinnerte sich nur an seine Gegenwart. An die rauhen Stoppeln auf seinem Kinn, wenn er die ganze Nacht unterwegs gewesen war und immer noch zu betrunken, um sich zu rasieren. An seine Hände, die die ihren umschlossen hatten, als er ihr zeigte, wie sie die Karten halten mußte. An ihre Aufregung, wenn sie ihr Taschengeld vor sich auf dem Tisch liegen sah. An seinen Ausspruch: «Denk dran, Frankie, beim Pokern geht es um Geschicklichkeit und Täuschung.» Und an ihre Mutter, die ihn anschrie, ihre Mutter, die im Zimmer auf und ab ging, ihre Mutter, die wartete, ihre Mutter, die weinte, wenn er wieder einmal nicht nach Hause kam.

Dominique Hartington ging durch den sonnenüberfluteten Garten von White Oast zu der Weißbirke hinüber, in deren Schatten Steven in seinem Lieblingsstuhl saß und schlief. In seinem Schoß lag die *Rockhurst Times*, seine Brille hielt er zusammengeklappt in der Hand. Um ihn herum summte und brummte es im sommerlichen Garten.

Sie küßte ihn auf seine bärtige Wange. Er wachte auf und griff rasch nach der Zeitung, damit es so aussah, als hätte er gar nicht geschlafen. Das tat er immer. Sie lachte, sagte aber nicht, daß sie ihn durchschaut hatte. «Wir können hier draußen zu Mittag essen, wenn du möchtest», meinte sie.

«Das wäre schön, meine Liebe. Kann ich dir etwas helfen?»

«O nein! Lies du nur weiter deine Zeitung.» Sie ging wieder zum Haus zurück.

Steven sah zu, wie sie über den Rasen dahinschwebte. Er hörte sie die Treppe hinaufgehen. Sie sang «Je ne regrette rien». Die Worte drangen aus einem offenen Fenster zu ihm herunter. Er hätte sie gern gefragt, ob sie damit die Ehe mit ihm oder ihre früheren Jahre voll Armut und Leidenschaft meinte, aber er hatte Angst vor der Antwort.

Francesca bog mit ihrem Wagen in die Auffahrt und stellte ihn dann einfach vor der Haustür ab. Am anderen Ende des Rasens sah sie ihre Mutter und Steven am Tisch unter der Weißbirke sitzen und zu Mittag essen. Als sie das Auto hörten, wandten sie sich ihr zu.

«Frankie!» rief ihre Mutter. «Liebling, wir hatten dich gar nicht erwartet. Ist alles in Ordnung?»

«Nein, ist es nicht!» Francesca ging mit großen Schritten über den Rasen. Sie ignorierte die schüchterne Begrüßung ihres Stiefvaters und wandte sich ausschließlich an ihre Mutter, deren glattes blondgesträhntes Haar zu golden und deren feine goldene Armbanduhr zu teuer wirkte. «Stimmt es, daß mein Vater im Februar gestorben ist?»

Ihre Mutter zögerte zuerst, dann aber zuckte sie hilflos mit den Schultern. «Ja.»

Steven sah überrascht aus.

«Hast du ihn besucht, als er krank war?»

«Ja.»

«Warum hast du mir nicht gesagt, daß er im Sterben liegt? Ich hatte ein Recht, das zu erfahren.»

«Weil du ihn nur aus reinem Pflichtgefühl besucht hättest. Davor wollte ich ihn bewahren.»

«Ach, dann war das alles also meine Schuld?»

«Nein, Liebling, meine. Du warst meine hübsche Rebellin, und ich habe dir angst davor gemacht, anders als die anderen zu sein. Es war im Grunde meine eigene Unsicherheit, die dich dazu gebracht hat, dich deines Vaters zu schämen.» Plötzlich wurde Dominique bewußt, daß Steven vom Tisch aufgestanden war. Er ging auf das Haus zu, den Kopf gesenkt, die Schultern gebeugt. Tränen stiegen ihr in die Augen. «Mir kannst du ruhig weh tun, Frankie», sagte sie, «aber Steven darfst du nicht verletzen! Das hat er nicht verdient.» Sie eilte über den Rasen und folgte ihrem Mann ins Haus.

Francesca stand unter der Birke und wußte nicht, was sie jetzt tun sollte. Der Zorn, der sie von London hierhergetrieben hatte, verpuffte. Sie hatte ihre Mutter verletzen wollen, und das war ihr auch gelungen. Aber sie hatte auch Steven verletzt, der das gewiß nicht verdient hatte. Bei diesem Gedanken fiel ihr ein, daß Jack Broderick gesagt hatte, sie hätte etwas Besseres als William verdient.

Da sie emotional viel zu ausgelaugt war, um gleich wieder nach Hause zu fahren, legte sie sich auf den grasbewachsenen Hang am anderen Ende des Gartens. Dort hatte sie sich als Teenager immer gesonnt, ein staksiges junges Ding, das sich fragte, ob sie jemals der Liebe begegnen würde, ob ihre Brüste wachsen würden und ob sie bei der Schuldisco jemand zum Tanzen auffordern würde.

Die Sonne brannte heiß vom Himmel. Im Garten summten die Bienen. Sie schwebten über den saftigen rosa Blüten des Geißblatts. Sie schloß die Augen.

Zur Teezeit brachte ihre Mutter ein Tablett heraus und stellte Tassen und Teller auf den Gartentisch. Steven gesellte sich zu ihr, und die beiden setzten sich Seite an Seite auf die Bank im Schatten eines großen Sonnenschirms. Francesca schlief weiter.

«Die Ruhe wird ihr sicher guttun.» Steven legte seiner Frau freundlich die Hand auf den Arm. «Reg dich nicht auf, meine Liebe.»

«Ich habe mich wegen dir aufgeregt. Ich hätte dir von Ben erzählen sollen.»

«Nicht, wenn du das nicht wolltest.» Er nahm die *Rockhurst Times* zur Hand und tat so, als überflöge er die Schlagzeilen, während er darauf wartete, daß seine Frau das Ganze näher erklärte. Sie tat es jedoch nicht.

Francesca erwachte und stellte fest, daß ihr Stiefvater sie am Arm schüttelte. «Eine Tasse Tee, Liebes?»

«Wie... wie spät ist es?»

«Fast fünf.» Er lächelte. «Du mußt sehr müde gewesen sein.»

Sie setzte sich auf. «Es tut mir leid, daß ich dir weh getan habe.»

«Ach, mach dir da mal keine Gedanken. Aber deine Mutter hat sich wirklich aufgeregt.»

Frankie trank ihren Tee, während im Garten die Schatten länger wurden. Eine Amsel trillerte oben in der Krone der Birke. Sie fragte sich, ob es der Vogel war, der dort jeden Sommer gesungen hatte, so lange sie zurückdenken konnte.

Sie ging ins Haus, das sie mit derselben Ruhe empfing wie früher, wenn sie nachmittags aus der Schule gekommen war. Sie blieb unten am Fuß der Treppe stehen und lauschte auf die vertrauten Geräusche: das gedämpfte Knarren der Holzbalken und das Gurgeln des Wassers, das durch die Rohre floß.

Ihre Mutter war in der Küche, eine Schürze ordentlich über ihr marineblaues Leinenkleid gebunden, während sie Pilze marinierte. Francesca blieb in der Tür stehen. «Es tut mir leid, daß ich dich so attackiert habe. Ich habe eine schreckliche Woche hinter mir, aber ich weiß, daß das keine Entschuldigung ist.»

«Wer hat dir von Ben erzählt?»

«Jack Broderick.»

«Wie kommt es, daß du diesen Mann kennst? Ach Frankie, sei bloß vorsichtig. Ich weiß, daß Marius große Stücke auf ihn hält, aber er ist gefährlich.»

«Ich kenne ihn nicht näher, und mir liegt auch nichts daran, ihn näher kennenzulernen.» Francesca ließ sich auf einen Stuhl am Küchentisch fallen und erzählte ihrer Mutter von dem Disziplinarverfahren. Sie endete mit den Worten: «Ich dachte, William würde mir helfen, weil er mich liebt, aber da habe ich mich gründlich getäuscht. Außer seiner Karriere ist ihm alles andere völlig gleichgültig.» Sie holte tief Luft, wobei sie versuchte, sich nicht anmerken zu lassen, daß sie den Tränen nahe war. «Ich will mich nicht scheiden lassen, aber ich bin so unglücklich.»

«Du kannst jederzeit zu uns kommen.»

Francesca ging zu ihrer Mutter und legte die Arme um sie. «Ich würde heute nacht gern hierbleiben.»

«So hast du mich immer umarmt, als du noch klein warst», sagte ihre Mutter leise. «Das hast du schon seit Jahren nicht mehr getan.»

Francesca ging gleich nach dem Abendessen zu Bett. Als sie die Tür zum Schlafzimmer ihrer Kinderzeit öffnete, begrüßte es sie mit seinem vertrauten Geruch nach frischer Wäsche. Sie berührte die weißrosa gestreiften Vorhänge. Sie waren frisch gebügelt. Auf den Regalen standen alle Dinge noch genauso wie damals, als sie ausgezogen war. Die Bücher – *Heather, das Exmoor-Pony*, *Anne auf Green Gables* – waren offenbar erst vor kurzem abgestaubt worden. Und über allem thronte auf dem obersten Regalbrett die Sprechpuppe mit dem roten Kleid, das Andenken an jenen Tag, an dem ihr Vater fünftausend Pfund gewonnen hatte.

Francesca setzte sich auf das schmale Bett, blickte in den dunklen Garten hinaus und lauschte auf die Geräusche der Sommernacht, wie sie das als Kind oft getan hatte. Nur, daß sie jetzt kein Kind mehr war. Sie war eine Erwachsene, die vor dem Leben davonlief, das sie selbst gewählt hatte. Die Francesca Tiernay, die in diesem Bett geschlafen hatte, existierte nicht mehr. Und die Frau, für die sie ihre Mutter gehalten hatte, hatte es nie gegeben.

Dominique Hartington war das einzige Kind eines englischen Arztes und seiner wesentlich jüngeren französischen Frau. Von ihr hatte sie die tiefbraunen Augen geerbt, die auch Francesca hatte. Als Dominique zwölf Jahre alt gewesen war, starb völlig unerwartet ihr Vater, und man schickte sie zu ihren Großeltern, die ein kleines Hotel in der Provence besaßen, während ihre Mutter eine Arbeitsstelle in Paris annahm. Dominique war in diesem Hotel glücklich. Ihre Mutter besuchte sie jedes Wochenende. Aber eines Freitagabends wartete Dominique vergebens: Ihre Mutter war von einem umstürzenden Baum erschlagen worden. Ihre Großeltern konnten das Unglück nicht verwinden. Sie verkauften das Hotel und schickten Dominique zu ihren englischen Cousinen, den Kindern der Schwester des Arztes. An Deck der Fähre nach Dover hatte Dominique dann Ben Tiernay kennengelernt.

Als Francesca am Morgen erwachte, war sie von dem Frieden und dem Sonnenschein White Oasts umgeben. Sie lag im Bett und hörte, wie sich ihre Mutter und Steven unterhielten, während im Hintergrund die Nachrichten von Radio 4 liefen. Der Duft von Toast und frischgemahlenem Kaffee drang die Treppe herauf. Dann klingelte das Telefon, und sie hörte ihre Mutter sagen: «Es tut mir leid, William, Frankie schläft noch. Sie hatte gestern einen schweren Tag. Sie hat erfahren, daß ihr Vater im Februar gestorben ist. Ja, ich sage ihr, daß du angerufen hast.»

Beim Frühstück sagte Francesca: «Wenn es euch recht ist, würde ich gern noch bis Donnerstag bleiben.»

Ihre Mutter griff über den Tisch hinweg nach ihrer Hand und drückte sie einfach nur, ohne ein weiteres Wort zu sagen.

Sie gingen einkaufen. Als sie erst einmal aus dem Haus waren, sprach ihre Mutter offener über ihren Vater. «Als Marius mich anrief, um mir zu sagen, daß Ben Krebs hat, mußte ich einfach zu ihm», sagte sie. «Oh, manchmal haßte ich ihn. Wir waren so verschieden. Er war verantwortungslos, ich bin praktisch veranlagt. Doch selbst wenn ich ihn mitunter gehaßt habe – gleichgültig war er mir nie. Ich bin mit Steven wesentlich glücklicher, aber ein Teil von mir gehört noch immer zu Ben. Ich sehe ihn vor mir, wie wir uns das erstemal begegneten. Er lehnte an der Reling, blickte hinunter in die See und lachte. Ich habe niemals herausgefunden, was ihn damals so erheitert hat. Er hatte ein so anziehendes Lächeln.» Ihre Mutter kicherte. «Als wir Dover schließlich erreichten, war ich überzeugt, nicht mehr ohne ihn leben zu können.»

Francesca mußte ebenfalls lachen. Sie konnte sich einfach nicht vorstellen, daß ihre sonst so ausgeglichene Mutter sich von einer verrückten Leidenschaft hatte mitreißen lassen.

Francesca blieb in White Oast. Tagsüber lag sie im Garten, und abends spielte sie mit Steven Scrabble. Sie dachte an ihren Vater, obwohl sie nicht mehr über ihn redeten. Mit William telefonierte sie kein einzigesmal; sie hinterließ ihm lediglich die Nachricht, daß sie bis zum Wochenende wieder zurücksein würde. Sie rief weder in der Kanzlei an, noch öffnete sie ihre Aktentasche. Sie las nicht einmal die Zeitung. Die Welt außerhalb von White Oast existierte für sie nicht mehr.

Aber sie existierte dennoch. Sosehr sie es auch versuchte, sie konnte ihre Probleme nicht vergessen. William. Die Arbeit. Und Jack Broderick. Wenn die Sonne warm auf ihre Wange schien, erinnerte sie sich an seine Berührung. Wenn sie auf ihrer Decke lag, dachte sie daran, wie sie seine Hand vertraut an ihrem Ellbogen gespürt hatte. Wenn sie die Augen schloß, hörte sie ihn sagen: «Sie hätten wirklich etwas Besseres verdient.»

Sie fuhr am Donnerstag nicht zurück. Ihre Mutter fragte nicht nach dem Grund. Francesca blieb einfach weiter in White Oast auf ihrer Decke liegen, bis es schließlich zu spät geworden war, noch loszufahren. Am Freitag zog sich Steven nach dem Mittagessen taktvoll zurück und ließ Francesca und ihre Mutter am Tisch sitzen, da offensichtlich keine von ihnen das Essen, den Tag, die Woche beenden wollte.

«Du mußt nicht zurück», sagte ihre Mutter sanft.

«Wenn ich bleibe, werde ich ihm niemals wieder entschlossen gegenübertreten können.»

«Geh nicht, wenn du zornig bist, sonst endest du zum Schluß noch völlig mittellos.»

«Ich habe nicht vor, William zu verlassen. Ich möchte, daß unsere Ehe funktioniert.»

Ihre Mutter beobachtete den Kaffeesatz, der am Boden ihrer

Tasse herumwirbelte. «Jeder sollte einmal eine große Liebe erfahren. Meine war dein Vater. Ihn zu besuchen hat an meiner Zuneigung und meinen Verpflichtungen Steven gegenüber nicht das geringste geändert.»

Francesca schüttelte ungläubig den Kopf. «Willst du damit andeuten, daß ich mir einen Geliebten nehmen soll?»

«Ich will damit sagen, daß du nichts überstürzen sollst. Du bist Ben so ähnlich, daß es mir richtig angst macht.»

Dieses eine Mal verleugnete Francesca ihren Vater nicht. «Hast du ein Foto von ihm?» fragte sie.

Jetzt sah ihre Mutter schockiert aus. «Doch nicht hier! Nicht in Stevens Haus! Das wäre nicht schicklich. Wenn du eins haben willst, mußt du Marius fragen.»

Als Francesca White Oast verließ, hatte sie vorgehabt, auf direktem Weg nach London zurückzufahren, als sie jedoch die M 25 erreichte, hatte sie ihre Pläne geändert. Sie wandte sich nach Westen, nach Richmond.

Jacks Landrover stand auf dem Parkplatz. Sie war entsetzt darüber, wie sie darauf reagierte, denn bis zu diesem Augenblick hatte sie nicht gewußt oder sich vielleicht auch nicht eingestehen wollen, daß sie sich insgeheim danach sehnte, ihn wiederzusehen.

Das große Eisentor war nicht abgeschlossen. Sie ging ins Stadion und hielt nach irgendeinem Lebenszeichen Ausschau. Der Platz sah verlassen aus. Die einzige Bewegung, die sie wahrnahm, war ein lockeres Blech, das der Wind immer wieder gegen eine Querlatte schlug. Sie zögerte, fuhr sich mit den Fingern durch ihre mahagonifarbenen Locken, die ausnahmsweise einmal nicht in einem strengen Zopf gebändigt waren. Auf ihr Rufen erhielt sie keine Antwort. Sie überquerte die Haupttribüne und wünschte sich dabei, daß ihre roten Shorts nicht ständig hochrutschten und ihr weißes T-Shirt nicht so eng wäre.

Die Eingangstür des Paddock House war offen. Sie trat in den schwarzweißen Flur, wo sie als Kind immer Himmel und Hölle gespielt hatte. Durch die Tür jenes Raumes, der einst das Kartenspielzimmer gewesen war, konnte sie Pianoklänge hören. Sie erkannte die Melodie. Es war der «Entertainer». Sie klopfte an die Tür.

Eine gedämpfte Stimme rief: «Herein!»

Francesca öffnete die Tür. Von Jack war nichts zu sehen. Marius Charlwood saß allein an dem alten Tisch aus Kiefernholz und spielte mit einem Gipsmodell des Stadions, wie es einst ausgesehen hatte. Er hatte eine Pfeife im Mund, die schon lange erloschen war, was er aber noch gar nicht bemerkt zu haben schien. «Ich dachte mir schon, daß du kommen würdest», brummte er. «Jack sagte, du würdest dich hier nicht mehr blicken lassen, aber du warst schon immer neugierig wie ein kleines Äffchen.» Er musterte sie intensiv. «Frankie Tiernay! Kein Wunder, daß du von meiner dunklen Vergangenheit gewußt hast.»

«Ich hätte das im Prozeß aber nicht verwenden dürfen.»

«Es war ein schmutziger Trick. Dein Vater hätte sich geschämt für dich.»

«Es tut mir leid.»

Er brummte wieder. «Setz dich. Ich mach uns einen Tee. Stiehlst du immer noch Zuckerwürfel, wenn niemand hinsieht?»

Sie warf den Kopf zurück und lachte. Es war eine Mischung aus Erleichterung und Erinnerungen.

«Du siehst genauso aus wie Ben», sagte er zu ihr, als er durch den Flur in die zusammengestoppelte Küche schlurfte, in der sich ungespültes Geschirr auf demselben uralten, hölzernen Abtropfbrett stapelte, das sie noch aus ihrer Kindheit kannte. «Ich sehe ihn in deinem Lachen. Ben hat genau wie du den Kopf zurückgeworfen. Er lachte, selbst wenn er nichts zu lachen hatte, wenn er wieder einmal verhaftet wurde, sogar wenn er auf der Anklagebank saß. Plötzlich lachte er einfach los. Es war unmöglich, ihn dazu zu bringen, wieder aufzuhören. Und das schlimmste war, daß er jeden damit ansteckte.»

Francesca war hin- und hergerissen zwischen dem Wunsch, mehr über ihren Vater zu erfahren, und der Angst, daß Jack Broderick auftauchen könnte. Oder daß er nicht auftauchte. Sie wußte inzwischen nicht mehr, was sie eigentlich wollte. Sie lauschte, ob sie seine Schritte auf der Treppe hörte. Sie warf einen Blick aus dem Fenster. Draußen war niemand, aber sie spürte ihn im Kartenspielzimmer, im Flur, im ganzen Haus, obwohl sie nichts sah, was sie ihm mit Bestimmtheit hätte zuordnen können.

Sie hatte dieses Haus seit über zwanzig Jahren nicht mehr betreten, aber es hatte sich nur wenig verändert. Es war lediglich schäbiger geworden. Die dunkelroten Vorhänge hingen an einer zerbrochenen Gardinenstange, Bierdosen, die als Aschenbecher dienten, quollen vor Zigarettenstummeln über, und das alte, durchhängende Sofa hatte man in die Fensternische geschoben. Als sie das letzte Mal hier gewesen war, hatte ihr Vater betrunken auf ebendiesem Sofa gelegen, während ihre Mutter geschrien hatte: «Jetzt reicht es mir endgültig, Ben. Ich gehe.»

«Hat er, nachdem wir ihn verlassen haben, die ganzen Jahre hier gewohnt?» fragte sie Marius.

«Wann immer er wollte.»

«Ist er hier gestorben?»

«Oben.»

«Darf ich sein Zimmer sehen?»

«Du kannst hinaufgehen, aber du wirst dort nichts mehr von ihm finden. Wir haben alles weggeräumt. Nicht, daß er viel besessen hätte.»

«Ich würde es trotzdem gern sehen.»

Er nickte. «Es ist das kleine Zimmer, das auf die Rennbahn hinausgeht, gleich neben meinem. Ich habe meine Tür immer offengelassen, damit ich ihn hörte, wenn er nach mir rief.»

Francesca stieg die kahle Holztreppe in den ersten Stock hinauf. Das Haus erschien ihr dunkler, als sie es in Erinnerung hatte. Die cremefarbene Wand trug die Spuren vieler schmutziger Finger. Sie fragte sich, welche von ihrem Vater herrührten. Sie öffnete die Tür zu seinem Schlafzimmer und machte sich auf eine Welle wehmütiger Erinnerungen gefaßt. Marius hatte jedoch recht gehabt: In dem kleinen, kahlen Zimmer war nichts mehr von ihrem Vater zu spüren. Sein Geist war auf der Rennbahn, auf der Haupttribüne, unten im Kartenspielzimmer, inmitten des geschäfttigen Treibens und der Leute.

Als sie die Treppe herunterkam, hatte Marius ihr bereits eine Tasse Tee gemacht. Sie kehrten ins Kartenzimmer zurück. «Kann ich ein Foto von meinem Vater haben?» fragte sie.

«Ich habe keins.»

«Mutter dachte, daß du eins hättest. Sie meinte, ich solle dich fragen.»

«Ach, vielleicht finde ich doch noch eins.» Stirnrunzelnd griff er in die Tischschublade und kramte zwischen verschiedenen Papieren herum. «Reicht dir das?» Er zog ein kleines Schwarzweißfoto hervor.

Francesca war darauf vorbereitet gewesen, daß ihr Vater krank und abgemagert aussah, aber das Gesicht, das ihr entgegensah, war kräftig, oval und strahlte voller Leben. Ihr Vater saß an ebenjenem Tisch, eine Zigarette in der einen Hand, die Karten in der anderen. Er hatte ein entschuldigendes Lächeln auf den Lippen. So erinnerte sie sich am liebsten an ihn. Wenn er charmant war, wenn ihre Mutter ihn ausschelten wollte und er sie sich mit Neckereien wieder gewogen machte. «Wann wurde das aufgenommen?» fragte sie.

«Ach, einen oder zwei Monate vor seinem Tod.»

«Ich hätte gedacht, daß er alt und krank aussehen würde, und...»

«Das hat er nicht.» Marius nahm seine kalte Pfeife und begann wieder daran zu saugen.

Francesca erinnerte sich, daß das seine Art war, einem mitzuteilen, er wolle allein sein. Zögernd erhob sie sich. «Darf ich ein andermal wiederkommen?» fragte sie.

«Warte nicht noch einmal zwanzig Jahre damit, sonst bin ich nämlich tot.»

Als sie ihm zum Abschied einen Kuß auf die Wange gab, glaubte sie Schritte auf der Treppe zu hören. Das Geräusch ließ ihr das Blut ins Gesicht schießen, wo es kribbelnd unter ihrer Haut zu erstarren schien. Das Foto ihres Vaters in der Hand, rannte sie aus dem Zimmer und über die verlassene Haupttribüne zu ihrem Auto. Sie hatte das Gefühl, als hätte sie die Hand nach dem Feuer ausgestreckt und sie gerade noch rechtzeitig wieder zurückgezogen.

Kapitel 9

William sass in seinem Arbeitszimmer und verstaute gerade Unterlagen in seiner Aktentasche. Francesca war überrascht, daß er schon so früh daheim war. Er sah sie stirnrunzelnd an. «Stimmt etwas nicht? Du siehst erhitzt und ziemlich unordentlich aus.»

Entschlossen, sich nicht provozieren zu lassen, antwortete sie freundlich: «Mir geht es gut. Viel besser sogar, danke.»

«Ich habe dir ja gleich gesagt, daß du nur etwas Ruhe brauchst.» Er schloß seine Tasche und knipste die Schreibtischlampe aus.

«Wohin … wohin gehst du?»

«Nach Kingly Grange.» Er sperrte seinen Schreibtisch sorgfältig ab. Das tat er immer, wenn er aus dem Haus ging, doch irgendwie schien es für Frankie heute mehr Bedeutung zu haben.

«Ich packe meinen Koffer.» Sie rannte die Treppe hinauf. «Ich brauche nicht lange.»

«Es ist ein Bridgewochenende.»

Sie blieb stehen. «Willst du damit sagen, daß du mich nicht dabeihaben willst?»

«Du würdest dich doch nur langweilen.» Er ging durch den Flur zur Haustür. Jetzt sah sie seine Wochenendtasche, die er unter dem Tisch versteckt hatte. Zumindest kam es ihr so vor, als hätte er sie dort versteckt.

«William, ich bin zurückgekommen, um das Wochenende mit dir zu verbringen. Wenn ich gewußt hätte, daß du wegfährst, wäre ich in White Oast geblieben.» Sie versuchte, ihre Stimme fest klingen zu lassen. «Wir müssen über uns sprechen.»

«Dazu habe ich jetzt keine Zeit. Ich komme sonst zu spät zum Abendessen.»

«William! Bitte! Es ist wirklich wichtig.»

«Warum bist du dann einfach weggefahren? Wir hätten die ganze Woche miteinander reden können. Siehst du, Francesca, du denkst eben nie nach.» Er öffnete die Haustür. «Du hast vergessen, meinen Anzug zur Reinigung zu bringen. Er liegt auf dem Bett. Denk dran, daß die Culmstocks uns am Sonntag erwarten. Wir sehen uns dann dort um drei. Ich habe ihnen gesagt, daß du dich nicht wohl genug fühlst, um Tennis zu spielen.» Er musterte sie von oben bis unten. «Und zieh dir etwas Passenderes an. Diese Shorts sind allenfalls etwas für die Ferien.»

«Ich habe Ferien! Ich hab mir einen Monat freigenommen. Du kannst arbeiten, wenn du willst, ich jedenfalls brauche dringend eine Pause.» Sie marschierte die Treppe hinauf. In der obersten Schublade ihrer Frisierkommode lag das schmale, ledergebundene Bändchen mit Gedichten von Alexander Pope, wunderschön verpackt, und wartete darauf, verschenkt zu werden. Sie schob es ganz hinten in die Schublade.

William fuhr davon. Sie hörte, wie er zögernd den Motor auf Touren brachte, als er in die Hauptstraße einbog. Dann umhüllte sie das Schweigen im Haus. Sie fühlte sich verzweifelt und allein. Nicht einmal ihren Vater hatte er erwähnt.

Etwa eine Viertelstunde später klingelte das Telefon. Sie riß den Hörer von der Gabel, da sie hoffte, daß William es sich doch noch anders überlegt hätte. Es war Melanie. «William hat mir gesagt, daß du in White Oast bist, von deiner Mutter habe ich aber gerade erfahren, daß du wieder in London bist. Stimmt irgend etwas nicht? Seit der Verhandlung habe ich nichts mehr von dir gehört.»

«Mir geht es gut.»

«Dann laß uns doch alle zusammen zum Essen gehen, um deinen Freispruch zu feiern.»

«Nein! Nein!» Sie wollte sich nicht von anderen bemitleiden lassen, denn dann würde sie sich nur noch einsamer fühlen. Unfähig, ruhig zu sitzen, ging Francesca im Zimmer auf und ab. Sie malte sich aus, wie William mit seinen Eltern zu Abend aß. Erzählte er ihnen gerade, daß seine Ehe gescheitert sei? War sie gescheitert? Wenn sie sich so zu Jack hingezogen fühlte, konnte das nur bedeuten, daß sie William nicht mehr liebte. Sie stellte sich vor, wie vor ihrem Haus ein Schild mit der Aufschrift «Zu verkaufen» stand und wie fremde Leute einzogen. Fremde, die dann dort lebten, wohnten, aßen, badeten und miteinander schliefen, wo sie und William gelebt hatten. Sie hatte das Gefühl, den Boden unter den Füßen zu verlieren. Als die Stunden vergingen, fing sie wieder an, die Schuld bei sich zu suchen. Sie biß den Fingernagel ihres rechten Daumens bis aufs Fleisch herunter. Dann den linken Daumennagel. Der Bereich um ihre Nägel herum schwoll an und tat weh.

Das Telefon läutete zum zweitenmal. Fast wäre Francesca gar nicht hingegangen, erst beim achten Läuten nahm sie den Hörer ab. «Hallo?»

«Warum sind Sie mir im Stadion aus dem Weg gegangen?»

«Wer spricht dort?»

«Sie wissen, wer ich bin.»

Sie mußte schlucken. Ihr Herz klopfte bis zum Hals.

«Ich möchte Ihnen meine Greyhounds zeigen», fuhr Jack Broderick fort. «Kommen Sie doch am Sonntag zu mir, dann gehen wir mit ihnen spazieren.»

«Wie sind Sie an diese Nummer gekommen? Wir stehen nicht im Telefonbuch.»

«Nun, auch ich habe meine Verbindungen. Dann erwarte ich Sie um drei?»

«Nein! Sie dürfen mich nicht mehr anrufen.» Sie knallte den Hörer auf die Gabel.

Nun schlich sie, getrieben von einer anderen Art Nervosität, ruhelos durch das Haus. Jack Brodericks Stimme klang in ihren Ohren und hallte in ihren Gedanken nach. Sie vibrierte durch ihren Körper, brachte Gewissensbisse, Angst, aber auch Verlangen mit sich.

Am Samstag war es heiß. Die Sonne brannte in die windstillen, staubigen Straßen des Londoner Nordens herab und ließ die Blumen in den kleinen Gärten hinter den Häusern welk werden. Francesca säuberte Jaws' Aquarium und stellte es in den Schatten. Dann lüftete sie Big Ears' Stall und ließ ihn währenddessen zwischen den Beeten im Garten herumhoppeln. Schließlich legte sie sich nackt zum Sonnenbaden in den abgeschirmten Eingang des Wintergartens. Die Hitze auf ihrem Körper ließ sie an Jack denken. Inzwischen nannte sie ihn in Gedanken Jack, nicht mehr Jack Broderick. Sie erinnerte sich an seine Hand an ihrem Ellbogen. Sie erinnerte sich an die feine Haut unter seinen Augen.

Ihre Stimmungslage änderte sich von Minute zu Minute. Es war Williams Schuld, wenn sie sich Jack zuwandte. Warum vernachlässigte er sie so? Sie wollte wirklich nicht untreu sein, aber sie sehnte sich verzweifelt nach Zuneigung. Sie hatte versucht, eine gute Ehefrau zu sein. Wenn es Probleme in ihrer Ehe gab, war Jack nicht die Ursache dafür, sondern allenfalls ein Symptom. Nicht der Grund, sondern der Auslöser.

Ein Auto fuhr die Straße entlang. Sie wartete darauf, daß es anhielt, aber es fuhr vorbei. Sie hörte Schritte auf dem Pflaster. Sie gingen weiter. Irgend jemand warf Reklamezettel in die Briefkästen. Der Hund der Nachbarn bellte. Big Ears hastete zu seinem Stall zurück. Das Telefon klingelte. Sie rannte nackt in die Küche, um abzunehmen.

Es war ihre Mutter. «Ich habe zufällig Audrey Eastgate getroffen. Sie sagte mir, daß William in Kingly Grange ist.»

«Es ist ein Bridgewochenende. Ich habe beschlossen hierzubleiben.»

«Von dir aus?»

«Was soll die Frage?» antwortete Francesca barsch. Dann fiel ihr ein, daß sie als Mutter und Tochter jetzt ein engeres Verhältnis hatten, und fügte rasch hinzu: «Danke, daß du dich erkundigt hast. Danke für alles.»

Sie war wütend auf William. Er wies sie zurück. Sie öffnete eine der teuren Flaschen Krug aus der Kiste, die er aufgehoben hatte, um zu feiern, wenn er zum Richter am High Court ernannt werden würde, und schenkte sich eins der Waterford-Gläser voll, die Mrs. MacDougall nicht anrühren durfte. Sie zog ihren Bikini an und kehrte in den Garten zurück, wo sie sich in einen Liegestuhl legte und abwechselnd Champagner schlürfte und kalten Bohneneintopf direkt aus der Dose löffelte. Einsamkeit hüllte sie ein. Sie genoß dieses Gefühl und fragte sich, ob sie glücklicher wäre, wenn sie allein leben würde.

Sie träumte von Jack, wachte mitten in der Nacht auf und konnte nicht wieder einschlafen. Sie stellte sich vor, daß er neben ihr lag, bei ihr war, um sie herum war. In der Dunkelheit konnte der Teil ihrer selbst, der ihn so attraktiv fand, das auch zugeben, während der andere Teil schlummerte. Mit dem grauen Licht der Morgendämmerung kam jedoch die Erinnerung an die Realität zurück. Sie war Anwältin. Jack Broderick war ein Krimineller, ein Mann, der vierzehn Jahre wegen bewaffneten Raubes im Gefängnis gesessen hatte. Ein Mörder!

Zum Tee bei den Culmstocks trug Francesca das gelbe Hosenkleid aus Leinen, das William so gefiel. Sie flocht ihr Haar, so daß ihr kein Härchen ins Gesicht fiel. Sie verwendete nur wenig Make-up und legte einen Hauch rosa Lipgloss auf. Ihr Duft war zitronig und leicht.

Geoffrey und Virginia Culmstock wohnten in der Nähe von Windsor in einem luxuriösen, dem Tudorstil nachempfundenen Landhaus, das in einem mehrere Hektar großen, gepflegten Waldgebiet stand. Francesca hielt auf der Auffahrt. Durch die Rhododendren konnte sie Rupert und Charlotte sehen, Simon und Melanie jedoch sah sie nicht. Geoffrey kam gerade aus dem Haus. Ihm folgte William, der sich herunterbeugte, um Virginia Culmstock ein Kompliment zu machen. Francesca beobachtete ihn. Er sah sehr blond und sehr gut aus, aufrecht und kultiviert. Sie wußte, daß er ihr bei ihrer Ankunft lächelnd zurufen würde: «Hallo, Liebling. Wie bezaubernd du aussiehst.» Alle würden dann denken, welches Glück sie doch hatte, ihn zum Mann zu haben. Heute abend aber, zu Hause, würde er sie wieder ignorieren.

Sie legte den Rückwärtsgang ein und fuhr wieder aus der Auffahrt der Culmstocks heraus.

Das Paddock House stank nach frischer Farbe. Francesca konnte sie schon riechen, als sie die Haupttribüne überquerte. Sie stellte fest, daß Türen und Fenster weit geöffnet waren, obwohl sich im Erdgeschoß niemand aufzuhalten schien. Von irgendwo weiter oben kamen die Ragtimeklänge des «Entertainer». Sie folgte der Musik, stieg die Treppe hinauf, die zwar nicht mit Teppich ausgelegt, dafür aber frisch gestrichen war, und ging an Marius' Schlafzimmer vorbei zu dem Raum, der früher als Speicher gedient hatte. Ihr Herz klopfte abermals bis zum Hals und fügte den Pianoklängen einen Baßlauf hinzu. Sie hatte das Gefühl, daß ihr Herzklopfen zu hören war. Als sie die Tür erreicht hatte, holte sie tief Luft und ballte ganz fest die Hände. Was tat sie überhaupt hier? Was sollte sie sagen? Sie mußte verrückt sein.

Der schmutzige alte Speicher war in einen hellen Raum mit weißgestrichenen Balken verwandelt worden, der sich in jede Richtung zu schrägen Dachfenstern hin erstreckte. Jack stand in der Mitte des Raumes und breitete gerade Bauzeichnungen auf einem kahlen Doppelbett aus. Er legte die einzelnen Bögen sorgfältig aneinander, so daß sich die Blätter am Rand ein kleines Stück überlappten. «Sie kommen zu spät», sagte er, als wäre ihm niemals in den Sinn gekommen, daß sie überhaupt nicht kommen könnte. «Ich möchte diese Zeichnungen aneinanderkleben, damit der gute Marius sie nicht durcheinanderbringt. Morgen beginnen die Bauarbeiten am Stadion.» Sein Gesicht strahlte vor jungenhafter Begeisterung.

«Möchten Sie lieber halten oder lieber kleben?»

«Ich halte.»

Francesca hatte sich alles mögliche vorgestellt, was sie mit Jack tun würde, aber Bauzeichnungen zusammenzukleben hatte bestimmt nicht dazugehört. Sie sah ihn über das Bett hinweg an, während sie gebückt dastand, um die Blätter festzuhalten.

Er maß ein Stück Tesafilm ab. Dazu mußte er sein Gesicht zu ihr herunterbeugen und ihre Finger berühren. Sie spürte seine Haut an der ihren und errötete. Sie hoffte inständig, daß er es nicht bemerken würde, aber sie wußte instinktiv, daß er das tat. «Hören Sie auf zu zittern», sagte er sanft.

«Ich kann nichts dafür.» Sie sah ihn unter ihren geraden Augenbrauen hervor an. «Ich bin an ... so etwas nicht gewöhnt.»

Er richtete sich auf, das Stück Klebeband immer noch zwischen seinen Händen gespannt. «Sie tun doch nichts Unrechtes.»

«Es ist nicht richtig, daß ich hier bin. Ich bin verheiratet. William ist mein Ehemann und war mein erster Liebhaber. Mein einziger Liebhaber. Ich möchte das nicht zerstören.»

Er entspannte seine Arme. «Wir alle stellen uns vieles ganz anders vor, als es dann kommt. Glauben Sie denn, ich hätte davon geträumt, ins Gefängnis zu gehen?»

Sie sah ihn an und zögerte. Dann kicherte sie nervös. «Sie haben sich das Klebeband um die Handgelenke gewickelt. Es sieht aus, als hätten Sie Handschellen um.»

«Ich habe geschworen, nie wieder welche angelegt zu bekommen.» Er riß das Band ab. «Wußten Sie, daß ich mir dieses Klebeband als Kind immer um die Fingerspitzen gewickelt habe, um keine Fingerabdrücke zu hinterlassen?»

«Sie müssen ein richtiger kleiner Gauner gewesen sein.»

«Das war ich. Ein zukünftiger Schwerverbrecher. Aber ich habe niemals alte Damen verprügelt. Auch ich hatte nämlich meinen Stolz!» Er zwinkerte. «Kommen Sie schon! Halten Sie die Seite. Und wackeln Sie nicht.»

Er beugte sich wieder mit dem Gesicht zu Francesca hinunter. Sie konnte seinen Atem auf ihrer Wange spüren. Als er die zusammengeklebten Seiten wegnahm, berührte er ihre Finger. Seine Berührung fühlte sich ganz selbstverständlich an. Sie wünschte sich, von ihm berührt zu werden. Sie wollte mehr. Als sie sich herunterbeugte, um die Seiten festzuhalten, mußte sie die Knie fest gegen das Bettgestell drücken, damit sie nicht zitterten. Sie war sich bewußt, daß das ein Bett war, sein Bett. In einer Ecke des Raumes stand ein Stuhl, über den ein Federbett und ein Kopfkissen geworfen waren. Sie hatte das zuerst gar nicht bemerkt. Sie spähte unter ihren Wimpern hervor und stellte fest, daß Jack sie beobachtete.

Sie trat zurück, sobald er die letzte Seite festgeklebt hatte. «Ich muß jetzt gehen.»

«Sie haben sich meine Hunde noch nicht angesehen», sagte er.

«Ich kenne sie schon.»

«Nicht richtig. Sie haben sie nicht gestreichelt.»

«Gut, dann will ich sie mir jetzt gleich ansehen.» Sie war die Treppe schon halb hinuntergelaufen, bevor er sie einholte. Er berührte sie nicht, aber sie spürte dort, wo ihr Zopf den Nacken freiließ, seinen warmen Atem.

Er führte sie zu den Paddock Kennels, wo man die Hunde an Renntagen in kleinen, numerierten Zwingern unterbrachte, die einen überdachten Hof umgaben. Die beiden Greyhounds, der große, schwarze Rüde und die zarte, rehbraune Hündin, hatten im

Hof auf einer alten Decke gelegen und geschlafen. Als sie Jacks Schritte hörten, rannten sie zur Tür und wetteiferten um seine Aufmerksamkeit.

«Das hier ist Golden Delicious.» Jack tätschelte die rehbraune Hündin. «Ich habe sie nach den Äpfeln benannt, weil sie mich an meine Tante Phoebe erinnern, die jeden Samstag auf den Markt ging, und zwar kurz bevor er schloß, weil dann das Obst am billigsten war. Sie kaufte immer Äpfel. Sie hat ihr ganzes Leben in bedrückender Armut verbracht, hat Büros in London geputzt und immer davon geträumt, einmal im Lotto zu gewinnen. Ein einziges Mal hat sie dann auch gewonnen. Zwei Pfund! Das hat gerade ausgereicht, um am Freitag abend eine Runde im Pub auszugeben.» Er lächelte bitter. «Arme Phoebe! Als die Polizei das erstemal vor ihrer Tür stand und nach mir suchte, versicherte sie den Polizisten, daß ich unmöglich einen Lastwagen gestohlen haben könnte, weil ich erst neun war.»

«Und hatten Sie ihn gestohlen?»

«O nein!» Seine Augen blitzten schelmisch. «Ich konnte die Pedale nicht erreichen, also habe ich einen anderen Jungen dafür bezahlt, daß er fährt.»

«Wie ich gesagt habe. Sie waren ein Gauner.»

«Genau wie Jet.» Er streichelte den großen, häßlichen, schwarzen Hund, der sich an ihre Beine drückte. «Er ist auch ein Gauner. Wenn er Sie mag, setzt er sich auf Ihre Füße und schnuppert mit seiner kalten Nase an Ihrem Bein hinauf.»

«Machen Sie das auch, wenn Sie jemanden mögen?»

«Flirten Sie gerade mit mir?»

Sie wurde rot und suchte nach einer raschen Antwort. Aber dazu bestand keine Notwendigkeit, denn Jack hatte sich bereits wieder den Hunden zugewandt. «Ich werde Goldie von ihm dekken lassen», sagte er. «Sie müßte aller Voraussicht nach zu Weihnachten läufig werden. Kurz davor wird sie ihr bestes Rennen laufen. Das ist bei Hündinnen oft so.»

«Werden Sie sie hier in Richmond an den Start gehen lassen?»

«Bis dahin werden wir noch nicht eröffnet haben.» Er sperrte die Hunde wieder in den Hof ein. «Wir können froh sein, wenn wir bis Ostern im Geschäft sind. Dieses Stadion wird uns noch eine Menge Arbeit machen – und es wird viel Geld kosten. Aber wenn alles fertig ist, wird es das beste in ganz London sein.»

«Und woher wollen Sie das Geld für die Renovierung bekommen?»

Seine Stimmung schlug augenblicklich um. «Schlafen Sie heute mit Ihrem Mann?»

Frankie wurde rot.

«Sehen Sie.» Er bewegte sich im Schatten der verlassenen Haupttribüne auf sie zu. «Es gibt Fragen, die wir einander nicht stellen sollten.»

Sie wußte, daß er sie gleich in die Arme nehmen würde und daß sie nicht in der Lage sein würde, sich dagegen zu wehren. Sie würde ihre Lippen öffnen, wenn er sie küßte. Sie sehnte sich danach, ihn um sich zu haben, bei ihr, in ihr. Sie war über sich selbst entsetzt. Sie fürchtete sich vor seiner Annäherung. Am liebsten wäre sie davongerannt, aber ihre Beine wollten sich nicht von der Stelle rühren. Sie fürchtete sich vor dem Morgen und jedem Tag danach, wenn Schuldgefühle sie peinigen würden. Und dennoch wußte sie, daß sie ihm nicht widerstehen konnte.

«Sie gehen jetzt besser nach Hause», sagte er ruhig, drehte sich zum Paddock House um und ließ sie völlig verblüfft und gedemütigt, aber auch ein wenig erleichtert stehen.

Kapitel 10

William saß im Wohnzimmer und studierte den Katalog für eine Auktion seltener Bücher, die demnächst stattfinden sollte. Er legte den Katalog beiseite, als Francesca durch die Haustür stürmte. «Warum bist du nicht zu den Culmstocks zum Tee gekommen?» wollte er wissen.

«Ich habe mich nicht wohl gefühlt. Ich bin zu Melanie gefahren. Es ist eine Schande, daß die Culmstocks sie nicht eingeladen haben.»

«Das haben sie sehr wohl getan, aber Melanie muß für ihren Urlaub auf Kreta packen. Wenn du bei ihr gewesen bist, müßtest du das eigentlich wissen.»

«Ich war nicht bei ihr. Kurz vor ihrer Wohnung fiel mir ein, daß sie viel zu tun hat.» Francesca flüchtete die Treppe hinauf.

«Du hast mich wie einen verdammten Idioten dastehen lassen», rief er ihr hinterher. «Du wirst nicht zu Bett gehen, bevor du dich bei Virginia entschuldigt hast.»

«Das mache ich morgen.» Sie lehnte sich über das Treppengeländer. «Ich bin kein kleines Kind mehr, also hör auf, mich wie eins zu behandeln.»

Er gab keine Antwort. Im Flurspiegel konnte sie sehen, daß er sich wieder seinem Auktionskatalog zugewandt hatte. Sie war jedoch zu weit entfernt, um zu erkennen, daß er ihn verkehrt herum hielt.

Obwohl Francesca Urlaub hatte, ging sie am nächsten Morgen in die Kanzlei, nicht weil sie arbeiten wollte, sondern weil sie nicht der Versuchung erliegen wollte, nach Richmond hinauszufahren. Sie las die neuesten Entscheidungen, wofür sie sonst nie Zeit hatte, schrieb Virginia, schrieb dem mittlerweile einsitzenden Buchhalter und schrieb anderen Leuten, bei denen auch ein Anruf ohne weiteres genügt hätte. Sie tat alles, um sich von dem Magneten Jack Broderick fernzuhalten.

Im Fall Alexander Swaffield hatte das Krankenhaus abgelehnt, sein Vergleichsangebot zu erhöhen. Daher war es an der Zeit, eine formale Anhörung vorzubereiten. Aber es gab nur wenig, was Francesca bis September hätte tun können, da der Kinderpsychologe und der Kinderarzt, die man um ein Gutachten gebeten hatte, in Urlaub waren. Auch der Junge und seine Eltern waren verreist. Ebenso der Solicitor, dessen Anwaltsgehilfe es bis heute noch nicht geschafft hatte, die Kindergärtnerin des kleinen Alexander ausfindig zu machen.

Drei Tage lang hörte sie nichts von Jack. Am ersten Tag jedoch, an dem sie daheimzubleiben beschlossen hatte, rief er sie an. «Eamonn O'Donnell, der alte Hundetrainer, möchte Sie sehen», sagte er. «Er erwartet uns heute nachmittag.»

«Jack, ich kann nicht. Hören Sie zu! Bitte...!»

«Um zwei Uhr!»

Natürlich sollte sie nicht hinfahren. Das wußte sie. Aber sie schaffte es auch nicht, zu Hause zu bleiben. Es war mehr als bloße Anziehungskraft. Jack hatte, genau wie das Stadion, etwas an sich, was sie innerlich befreite. Als sie durch die verlassene Haupttribüne ging, fühlte sie sich munter, voller Schwung und glücklich. Sie war von den geistigen Fesseln ihres Lebens mit William befreit.

«Sie kommen schon wieder zu spät!» rief Jack ihr aus dem Fenster des Kartenspielzimmers entgegen.

«Sie können froh sein, daß ich überhaupt gekommen bin.»

«Hat man Ihnen in Ihrer Ausbildung nicht beigebracht, pünktlich zu sein?»

«Wissen Sie nicht, daß es sich lohnt, auf etwas Gutes zu warten?» Sie stieß die Tür zum Kartenspielzimmer auf und rief: «Ach, du liebe Güte!» Jack saß an einem Doppelschreibtisch, auf dessen einer Seite ein Computer und auf dessen anderer Seite eine Batterie von Telefonen stand. Das schmutzige, schäbige Kartenzimmer war plötzlich zu einem glänzenden Büro voller Chrom und Glas, Anglepoise-Lampen und Aktenschränken geworden. Das Chaos der Zeitschriften war ordentlich auf Glasborde gestapelt worden.

Die Bierdosen und Kaffeetassen waren weggeräumt. Der zerrissene Vorhang war durch schwarze Rollos aus Flechtwerk ersetzt worden. Nur das alte, durchhängende Sofa war noch aus den alten Tagen übriggeblieben. Francesca war froh darüber.

«Gefällt es Ihnen?» fragte Jack voller Begeisterung.

«O ja.» Sie brachte es nicht über sich, ihm zu sagen, daß sie die ganze Einrichtung zu aufdringlich fand. «Wo ist Eamonn?»

«Bei den Zwingern.» Jack nahm seine Autoschlüssel. «Marius!» rief er die Treppe hinauf. «Kommst du mit?»

«Nein.» Der alte Mann erschien am Treppenabsatz im ersten Stock. «Und ihr beiden seid vernünftig. Frankie ist verheiratet, Jack, und ihr Vater war mein Freund.»

«Heute ist sie nicht verheiratet.» Jacks Blick begegnete dem ihren. «Heute ist sie mit mir unterwegs.»

«Nein, das bin ich nicht! Ich bin gekommen, um Eamonn zu besuchen. Ich dachte, er würde hier auf mich warten. Wenn ich gewußt hätte, daß er nicht da ist, wäre ich gar nicht erst gekommen.»

«Dann kommen Sie eben nicht mit.» Jack schlenderte aus dem Zimmer und warf dabei die Autoschlüssel von einer Hand in die andere.

Sie hörte, wie er die Terrasse der Haupttribüne überquerte und seine Schritte dann verhallten. Francesca sah zu Marius hinauf. Er seufzte. «Ich will nicht, daß deine Mutter böse auf mich ist.»

«Keine Sorge.»

Es widerstrebte ihr, Jack hinterherzurennen, also ging sie langsam und redete sich dabei ein, daß es ihr nichts ausmachte, wenn er ohne sie losfuhr. Er saß im Landrover und wartete auf sie. Die Beifahrertür stand offen. Jet und Goldie saßen hinten im Wagen. Francesca stieg ein und schnallte sich an, den Blick starr nach vorn gerichtet und die Knie fest zusammengepreßt.

An der ersten Ampel mußten sie anhalten. Jack beugte sich zu ihr herüber und küßte sie ganz schnell und ganz leicht auf den Mundwinkel. «Sie sehen wunderschön aus», sagte er. «Wild und wunderschön.» Dann schaltete die Ampel um. Er fuhr weiter, als wäre nichts geschehen, während sie neben ihm saß, die Fäuste auf den unbedeckten Knien geballt.

Eamonn O'Donnells Zwinger befanden sich am Rand der North Downs. Eine schmale Straße führte am Ende eines Dorfes an einem Pub vorbei zu einem kiesbestreuten Parkplatz. Als sie dort ankamen, fingen die Hunde auch schon zu bellen an.

«Die kleine Frankie Tiernay!» Eamonn kam herbeigeeilt, ein kleiner, dicker Mann mit einem flachen Hut und einem dunkelblauen Jackett. Er sah noch ganz genauso aus, wie sie ihn in Erinnerung hatte, wie ein altes Baby mit Pausbacken und einem ständig lächelnden, sanften Gesicht. Die Hunde sprangen aus dem Landrover und warfen sich Eamonn entgegen. Es war offensichtlich, daß sie ihn liebten.

«Das mit deinem Vater tut mir leid», sagte er, als er zu den Zwingern vorausging. «Er war ein echtes Original. Na ja, Hunde haben ihn nicht interessiert, sein Ding war Poker. Ich spiele ja auch mal ganz gern eine Runde, aber die Karten sind nicht mein Leben. Es wär ja besser gewesen, wenn er beim Spielen nicht so viel gesoffen hätte. Nüchtern hab ich ihn in einer einzigen Nacht fünf Riesen gewinnen sehen.» Er grinste Francesca an. «Du warst auch nicht übel.»

«Als ich sieben war! Aber jetzt nicht mehr. Ich hasse Kartenspiele.»

Eamonn war Profitrainer des National Greyhound Racing Club. Er hatte für das Stadion in Richmond gearbeitet, bis es geschlossen wurde. Nicht, daß seine Hunde dort nur einfach Rennen gelaufen waren, dort hatte er sie auch die Klassifizierungsläufe absolvieren lassen. Marius hatte die einzelnen Hunde dann ihrem Ergebnis nach in die verschiedenen Rennkategorien eingestuft. Seine Zwinger strömten den warmen, schläfrigen Hundegeruch aus, den Francesca aus ihrer Kindheit kannte. Die Hunde waren paarweise in den Zwingern untergebracht, in der Regel immer eine Hündin und ein Rüde. Sie rekelten sich auf erhöhten, hölzernen Lagern, die mit sauberem, geschreddertem Papier ausgelegt waren, während ihr wacher Blick den Helferinnen folgte, die ab und zu den Hof zwischen dem Büro und der Küche überquerten.

Eamonn ließ Goldie und Jet auf einem geräumigen Auslaufplatz frei.

«Wann wird Richmond wiederaufmachen?» fragte er Jack. «Ich

habe hier Platz für siebzig Hunde. Dreißig Zwinger halte ich für Richmondhunde frei, wie du mich gebeten hast.»

«Ich habe dir doch gesagt, du sollst mich anrufen, wenn du etwas brauchst.»

«Ich red nicht von Geld, Jack. Du hast mir schon genug gegeben. Ich liebe Greyhounds. Sie sind die glücklichsten Hunde der Welt, sie lächeln immer. Ich mag's einfach nicht, wenn ein Zwinger leersteht.»

Jack klopfte dem kleinen Mann auf die Schulter. «Bis Ostern haben wir wieder geöffnet. Dann werden deine Zwinger wieder voll sein, dafür sorge ich schon. Und bis dahin wirst du dich auch um Goldies Junge kümmern müssen.»

«Aber erst, wenn sie aus dem Welpenalter heraus sind. Ich bin ein Trainer, kein Züchter, und glaub nur nicht, du kannst mich rumkriegen. Welpen zu erziehen ist Schwerstarbeit.»

Jack lächelte Francesca an. «Eamonn ist wie ein Greyhound. Er bellt zwar, aber er beißt nicht. Er hat sich um Goldies Mutter gekümmert, als ich im Knast war, und hat mir dafür keinen Penny berechnet. Er hat sie behalten, bis sie starb.»

«Weil mich Marius darum gebeten hatte. Er hat mir so eine rührselige Geschichte erzählt, daß die arme Hündin kein Zuhause mehr hätte. Aber das mach ich nicht noch mal, also sieh zu, daß du nicht wieder im Gefängnis landest.»

Jack schwieg. Er stand einfach nur vollkommen ruhig da. Francesca sah, wie Eamonn blaß wurde. Dann entschuldigte er sich wortreich. Plötzlich lachte Jack. «Na, Frankie wird schon dafür sorgen, daß ich nicht wieder reingerate.»

«Ich dachte, sie ist verheiratet.»

«Ich bin Anwältin», sagte Frankie rasch. «Das ist es, was Jack meint. Er zählt darauf, daß ich ihn berate.» Sie warf Jack ein strahlendes Lächeln zu, dann wandte sie sich wieder an Eamonn. «Es war schön, dich wiederzusehen, aber wir müssen jetzt fahren. Mein Mann erwartet mich.»

Sie fuhren schweigend nach London zurück. Als Jack Francesca bei ihrem Auto absetzte, sagte er: «Am Sonntag hätte ich mit Ihnen in der Haupttribüne schlafen können. Ich hätte Sie auf den Zementboden legen können, und Sie hätten es geschehen lassen.

Heute hätte ich irgendwo anhalten können, und Sie hätten nicht einmal versucht, sich dagegen zu wehren. Nun, vielleicht ein bißchen. Aber ich hätte Sie rumgekriegt. Streiten Sie es nicht ab! Ich hätte nur zugreifen müssen. Sie waren reif. Aber ich habe Sie nicht genommen, denn wenn wir uns lieben, möchte ich nicht, daß Sie es hinterher bereuen. Aber treiben Sie niemals, niemals irgendwelche scheinheiligen Spielchen mit mir.» Er ging über den leeren Parkplatz auf das Stadion zu.

«Ich treibe keine Spielchen», schrie sie ihm hinterher. «Ich bin verheiratet. Und ich will nicht, daß Sie vor anderen so tun, als wäre etwas zwischen uns.»

«Wenn da nichts ist», rief er, über die Schulter gewandt, zurück, «warum zum Teufel kommen Sie dann hierher?»

«Das frage ich mich selbst.» Sie zuckte hilflos mit den Achseln. «Ich bin verrückt. Ich riskiere alles, was ich habe.»

«Bis jetzt haben Sie doch noch gar nichts getan – außer auf diversen Parkplätzen mit mir zu streiten.»

«Doch. Ich bin hierhergekommen.»

«Und all das wegen eines Mannes, der vorbestraft ist?»

Sie senkte ihre Stimme zu einem Flüstern, aber er konnte sie immer noch hören. «Ja.»

Er machte keine Anstalten, wieder zu ihr zurückzukommen. «Denken Sie denn, ich würde die Frau eines anderen Mannes begehren, wenn ich es mir aussuchen könnte?»

«Vielleicht wollen Sie mich nur, weil ich mit William verheiratet bin. Ich bin eine Anwältin und mit einem Kronanwalt verheiratet. Welch süßere Rache könnten Sie an unserem Rechtssystem nehmen?»

«Vielleicht ist das ja tatsächlich so. Und in diesem Fall sollten Sie sich lieber von mir fernhalten.» Er verschwand im Stadion.

Diesmal folgte Francesca ihm nicht. Sie hatte zu große Angst, daß sie recht haben könnte.

Kapitel 11

Als William nach Hause kam, stand Francesca gerade im Garten und band den Jasmin an der Mauer hoch, während Big Ears um ihre Füße herumhoppelte. «Du warst heute nicht in der Kanzlei», stellte er vorwurfsvoll fest.

«Ich habe Urlaub.» Sie beschäftigte sich weiter mit dem Jasmin.

«Dieses weiße Kleid gefällt mir. Ist es neu?»

«Du hast es mir auf Barbados gekauft.»

«Natürlich. Das hatte ich ganz vergessen.» Er hielt inne. «Wir müssen wieder einmal dorthin fliegen.» Er versuchte auf seine steife, geschraubte Art, bei ihr wieder gut Wetter zu machen, aber Francesca dachte nur an Jack.

Sie ging an William vorbei ins Haus, wobei sie sorgfältig darauf achtete, ihn nicht zu berühren, und begann das Abendessen vorzubereiten. Er beobachtete sie.

An diesem Abend streckte er im Bett seine Hand nach ihr aus und strich ihr zaghaft über den nackten Arm. Sie blieb still liegen und spürte, wie sie eine Gänsehaut bekam. «Es ist schon lange her, daß wir miteinander geschlafen haben», sagte er.

«Ich bin müde.»

«Ist es nur das, Francesca?»

Sie war wie vom Donner gerührt. Sie starrte in die Dunkelheit, während seine Worte zwischen ihnen hingen. Dann antwortete sie: «Natürlich.»

Er zog sie an sich. «Du hast dich in letzter Zeit so verändert. Du bist ein bißchen schroff. Vielleicht fehlt dir Melanie zum Plaudern. Oder hast du jemand anderen zum Reden gefunden?»

Sie dachte an Jack. «Nein, habe ich nicht.»

Er küßte ihren Nacken. «Wenn ich mich in diesen Betrugsfall

eingearbeitet habe, werde ich mir ein paar Tage freinehmen. Wir könnten für ein Wochenende nach Paris fliegen.» Er streifte ihr seidenes Nachthemd am Bein hinauf. «Du magst Paris doch.»

Das war seine Art, sich zu entschuldigen. Zu mehr hatte er sich noch nie überwinden können. Francesca wandte ihm ihr Gesicht zu, öffnete die Arme und löschte damit das Gesicht von Jack Broderick aus. William war ihr Ehemann, dies hier war ihr Leben. Alles andere war nur ein Tagtraum.

Am nächsten Morgen schenkte sie ihm den Gedichtband von Alexander Pope.

Er stieß einen leisen Ruf des Entzückens aus, als er das Päckchen auswickelte. «Liebling, das ist ein absolut perfektes Geschenk.» Seine langen, schlanken Finger streichelten den Lederband. Dann küßte er sie zärtlich auf die Stirn. «Danke.»

Wieder sagte sie sich, es sei gierig, mehr von ihm zu erwarten.

Wenn Melanie dagewesen wäre, hätte Francesca ausgiebig mit ihr über Jack reden und ihn, mit etwas Glück, sogar vergessen können. Sie versuchte sich zu beschäftigen und ständig außer Haus zu sein. An den Tagen, an denen sie nicht in die Kanzlei ging, besuchte sie ihre Mutter oder ging im Schlußverkauf einkaufen. Sie kaufte sich Kleider, die sie im Grunde weder haben wollte noch wirklich brauchte. William verhielt sich ihr gegenüber distanziert, war aber umgänglich. Wenn sie nicht gelegentlich miteinander geschlafen hätten, hätten sie ebensogut Zimmergenossen in einer Wohngemeinschaft sein können. Wenn sie von Jack nicht geradezu besessen gewesen wäre, wäre sie relativ glücklich gewesen.

Old Nailbag wies ihr ein paar neue Fälle zu. Sie hätte ihm vor Dankbarkeit um den Hals fallen können. Es machte ihr nichts aus, daß es sich um Bagatellstraftaten handelte, denn es war allein die Arbeit, die dafür sorgte, daß sie nicht verrückt wurde. Sie holte sie in die Wirklichkeit zurück.

Lindsay Dault, fünfundzwanzig Jahre alt und Mutter von drei Kindern, war eine ihrer neuen Mandantinnen. Sie hatte ihre Bewährungsstrafe verwirkt, weil sie bei Woolworth ein *Pinocchio*-Video gestohlen hatte. Klein und schmal, wie sie war, mit wild wucherndem, mausgrauem Haar und unter den Augen verschmierter Mascara, hätte sie eine elfenhafte Anmut an sich haben können, wäre dieser Eindruck nicht durch die Müdigkeit der Armut zunichte gemacht worden.

Sie wurde von ihrem Solicitor begleitet, einem schlaksigen Rotschopf namens David Jarrow, dem die schäbige Unordentlichkeit des ewigen Studenten anhaftete. Francesca hatte von der kleinen, ums pure Überleben kämpfenden Kanzlei in Brixton, in der er der Juniorpartner war, noch nie gehört. Francescas Kanzlei nahm von solchen Kanzleien nur selten Fälle an. Sie hakte David Jarrow als einen gescheiterten Idealisten ab, obwohl ihr sein gewinnendes, sommersprossiges Lächeln gefiel, was sie von seiner schmollenden Mandantin mit dem jammernden Südlondoner Tonfall nicht behaupten konnte.

«Sie haben das Video während Ihrer Bewährungszeit gestohlen», sagte sie zu der jungen Frau. «Sie können von Glück reden, wenn Sie um eine Gefängnisstrafe herumkommen.»

«Ich hab einfach nicht anders gekonnt.» Sie zündete sich eine Zigarette an und machte einen tiefen Zug. «Ich hab meinen Kindern doch ein Geschenk besorgen müssen. Eigentlich hätte ihr Dad mit ihnen ins Kino gehen sollen, aber er hat sich nicht blicken lassen. Der Mistkerl! Was hätte ich tun sollen? Ich hatte kein Geld. Ich bekomme nur den Mindestsatz, und das meiste davon geht für die Miete drauf.»

«Was ist mit Unterhalt?»

«Derek müßte zahlen, aber das tut er nicht.»

«Wir haben unser Bestes getan», unterbrach David Jarrow. «Es läuft eine Unterhaltsklage gegen ihn, aber er wechselt ständig die Adresse.»

«Und die Frauen», warf Lindsay ein.

Francesca überflog den Schriftsatz. Lindsay Dault wohnte in einer Sozialwohnung im siebten Stock eines Hochhauses. Überraschenderweise war sie mit der Miete nur einen Monat im Rückstand. Sie war ein einziges Mal im Gefängnis gewesen, mit achtzehn, wegen Hehlerei. Die Sozialarbeiterin berichtete, daß sie eine gute Mutter war, jedoch offenbar immer an die falschen Männer geriet. Francesca dachte an Jack. Sie runzelte die Stirn und schloß die Akte.

«Ich sitze in der Falle.» Lindsay drückte ihre Zigarette im Aschenbecher aus. «Wenn ich ins Gefängnis komme, verliere ich meine Kinder, und sie kommen in Pflege, denn ich hab niemanden, der sich um sie kümmern kann. Meine Mum wird mit ihnen nicht fertig. Dann wird die Fürsorge für Essen, Kleidung und Wohnung aufkommen müssen. Aber wenn mir die Fürsorge geholfen hätte, das Geld von Derek zu kriegen, hätte ich gar nicht stehlen brauchen.» Sie stand abrupt auf. «Aber Ihnen ist das ja sowieso egal. Allen ist es egal.»

Francesca nahm ihren Stift zur Hand. «Woher wollen Sie das wissen?»

«Ich kann es Ihnen am Gesicht ablesen.»

«Sie täuschen sich.» Francesca blätterte eine neue Seite in ihrer Kladde auf. «Aber ich kann Ihnen mit Sicherheit nicht helfen, wenn Sie hier stehen und mich anbrüllen.»

Lindsay setzte sich wieder auf die Kante ihres Stuhles. «'tschuldigung.»

«Wie lange waren Sie verheiratet?»

«Wir waren nicht verheiratet.» Sie wurde rot und gab ein mädchenhaftes Kichern von sich, was sie in die junge Frau verwandelte, die sie eigentlich hätte sein sollen. «Meine Mum glaubt aber bis heute, daß wir das waren. Sie ist streng katholisch.»

«Meine auch. Zumindest wurde sie so erzogen», sagte Francesca verständnisvoll. «Verheiratet oder nicht, Derek ist immer noch der Vater der Kinder und für sie verantwortlich.» Sie lächelte ermutigend. «Und jetzt erzählen Sie mir erst einmal genau, was passiert ist.»

Nachdem David Jarrow und Lindsay Dault gegangen waren, rief Francesca bei Nailsworth an. «War dieser Fall ursprünglich für Miss Llanellen vorgesehen?» fragte sie. «Familienrecht ist doch eher ihr Fachgebiet.»

«Nein. Mr. Jarrow hat um Sie persönlich gebeten.»

«Wie merkwürdig! Ich habe noch nie von ihm gehört.»

Als sie das nächstemal mit David Jarrow sprach, fragte sie ihn: «Wie sind Sie eigentlich auf mich gekommen?»

«Marius Charlwood hat Sie mir empfohlen. Er ist ein Bekannter meiner Schwester.»

Marius hatte sie den neuen Fall also zu verdanken. Das war genau der Vorwand, den Francesca brauchte, um wieder nach Richmond fahren zu können.

Die Bauarbeiten waren jetzt in vollem Gange. Francesca war beeindruckt, welche Fortschritte schon gemacht worden waren. Man hatte den Schutt weggeschafft, die Arena war gepflügt und gewalzt worden. Handwerker kletterten in den ehemaligen Tribünen herum und errichteten ein mächtiges Stahlgerüst, um das überhängende Dach abzustützen. Das ganze Stadion hallte von ihrem Hämmern, Sägen, Schweißen und Bohren wider.

Jack und Marius spielten gerade in dem neu eingerichteten Kartenzimmer Poker, als sie hörten, wie sich zögernde Schritte näherten. Sie blickten einander kurz an, unterhielten sich aber weiter, während Jack das nächste Spiel gab. Die einzige Veränderung in ihrer Position bestand darin, daß Jack seinen Stuhl drehte, damit ihm die Wand den Rücken deckte.

Francesca holte tief Luft, bevor sie die Tür öffnete. Die beiden Männer blickten auf, als wären sie von der Störung überrascht. «Ich wollte mich nur dafür bedanken, daß du mich empfohlen hast», sagte sie zu Marius.

«Ach, Nicolettas Bruder.» Marius legte seine Karten auf den Tisch. «Er setzt sich wirklich ein für die sozial Benachteiligten.»

«Genau wie du, alter Mann», sagte Jack. Er wandte sich Francesca zu. «Sagen Sie, Mrs. Eastgate, ist es üblich, daß Sie denjenigen, die Sie weiterempfohlen haben, einen Besuch abstatten? Haben Sie Lex Gunter auch besucht?»

«Natürlich nicht!»

«Hört auf zu streiten! Ich bin alt und will meinen Frieden haben.» Marius erhob sich. «Ihr beide seid wie zwei sich balgende Welpen.»

Er ließ sie allein. Jack trat Francesca gegenüber. «Ich hatte Angst, daß Sie nicht wiederkommen würden.»

«Und ich hatte Angst, daß Sie das, was Sie gesagt haben, ernst gemeint haben.»

Er griff nach ihrer Hand.

Sie zog sie weg. «Nein, Jack.»

«Warum sind Sie dann gekommen?»

Sie zuckte auf jene hilflose, verletzliche Art, die er so anziehend fand, mit den Schultern. «Weil ich Sie sehen wollte.» Ihr Eingeständnis erleichterte und entsetzte sie gleichermaßen.

«Ich möchte mit dir schlafen», sagte er ganz sanft.

Sie ging rückwärts in den Flur hinaus. «Ich habe mich so um meine Ehe bemüht. Ich wollte niemals, daß es dazu kommt.»

Inzwischen war sie so weit zurückgewichen, daß sie auf der Haupttribüne stand. Jetzt begann sie an den breiten Zementstufen entlangzugehen, auf denen Reihen von kaputten Schalensitzen befestigt waren. Die Sonne schimmerte durch die dachlose Konstruktion, die sich im Bogen zum Himmel erhob. Sie warf seltsam geformte Schatten durch die Eisenverstrebungen und die leeren Fensterrahmen. Jack lief unterhalb von ihr auf dem Sand entlang, wo eines Tages die Hunde laufen würden. Sie stieg die Stufen hinauf, so weit von ihm weg, wie es nur irgend möglich war.

«Wir werden den Speisesaal der Haupttribüne auf dieser Seite vergrößern», rief er zu ihr hinauf und redete dabei so normal, als wäre zwischen ihnen überhaupt nichts geschehen. «Leute, die hier speisen, erwarten gutes Essen. Sie wollen etwas trinken, einen Tisch mit Blick auf die Rennbahn und genügend Glanz, um ihre Freundin zu beeindrucken.»

«Und eine elegante Umgebung?»

«Du meinst, für deine Freunde? O nein! Die wollen sich doch im Glanz der Halbwelt sonnen. Sie möchten zusehen, wie ein Mann, der an jedem Finger goldene Ringe trägt, ohne mit der Wimper zu zucken zehntausend Pfund verliert. Sie lieben Skandalgeschichten über gedopte Hunde. Sie wollen, daß dieser Sport brutal ist. Das vermittelt ihnen das Gefühl, kühn und männlich zu sein. Dann können sie am nächsten Tag in ihre Londoner Büros gehen und sagen: ‹Ich habe den gestrigen Tag mit einem Zuchthäusler verbracht.› Das macht einen Teil der Anziehungskraft aus. Wenn das nicht so wäre, könnten sie genausogut nach Ascot gehen.»

Wieder war sie beeindruckt, wie redegewandt er war. «Du hast uns alle durchschaut», sagte sie, während sie zu ihm hinuntersah und der Wind ihr das Haar zerzauste.

«Dich nicht.» Er streckte ihr die Hand entgegen. «Komm her.»

Sie ging die breiten Stufen hinunter, unsicher und schwankend wie ein Füllen. Aber nicht einmal da nahm sie seine Hand. Sie blieb ein, zwei Meter vor ihm stehen, während sie die Fäuste ballte und öffnete.

«Ich habe dich vermißt», sagte er.

«Ich dich auch.»

«Trotzdem streiten wir uns jedesmal, wenn wir uns begegnen. Ich bin wütend, weil du dich mir wieder entziehst.»

«Und ich bin wütend auf mich selbst, weil ich überhaupt hergekommen bin.» Sie sah auf ihre Uhr. «Und jetzt bin ich wütend, weil ich gehen muß und schon zu spät dran bin. Und William wird wütend sein, weil ich ihn habe warten lassen.»

Er faßte sie bei den Schultern und zog sie an sich. Er nahm ihr Gesicht in seine Hände und hauchte ihr einen Kuß auf den Mund. Er küßte ihr die Feuchtigkeit von den Lippen. Sie legte die Arme um ihn, klammerte sich an ihn, wollte von seinem kraftvollen Körper umhüllt werden. Sie war sich bewußt, daß sie ihn hätte zurückweisen müssen, war dazu aber nicht mehr in der Lage. «Komm morgen», flüsterte er.

«Ich werde es versuchen.»

Auf dem Nachhauseweg nahm sie weder die Straße noch andere Autos, noch Fußgänger wahr. Sie konnte nur an Jack denken. Sie verzehrte sich nach ihm, als wäre er eine Droge.

William saß im Arbeitszimmer. In letzter Zeit arbeitete er oft daheim. Einen schrecklichen Augenblick lang fragte sich Francesca, ob er Verdacht geschöpft hatte.

«Hallo, Liebling», rief er. «Es ist eine Karte von Simon und Melanie gekommen. Sie bleiben noch eine Woche länger auf Kreta. Außerdem hat deine Mutter angerufen. Dein Stiefbruder und sein Blondchen sind unerwartet zu Besuch gekommen.»

«Robert und Priscilla!» Jetzt war sie sich sicher, daß er keinen Verdacht geschöpft hatte.

«Ich habe versprochen, daß wir morgen nach White Oast kommen werden, um uns um die beiden zu kümmern. Deine Mutter und Steven sind schon völlig mit den Nerven fertig. Du weißt ja, wie Robert ist, er redet ohne Atempause. Ich habe die beiden für nächste Woche zu uns eingeladen. Am besten reservierst du gleich Theaterkarten. Aber nicht für *Cats*. Die Tanzerei langweilt mich. Such irgend etwas aus, was du gerne sehen würdest.»

Francesca ging in die Küche, öffnete eine Flasche Wein und kippte zwei Gläser davon hinunter. Sie wünschte sich, sie hätten einen Hund. Dann hätte sie einen Vorwand gehabt, um das Haus zu verlassen und Jack von einer Telefonzelle aus anzurufen. Aber William mochte keine Hunde. Er fand sie schmutzig.

Robert war Stevens Sohn aus erster Ehe mit einer Amerikanerin, die bei einem Autounfall ums Leben gekommen war. Als Francesca und ihre Mutter nach White Oast gezogen waren, ging Robert bereits das erste Jahr auf die Universität. Sie konnte sich noch lebhaft daran erinnern, wie er an dem Tag, an dem ihre Mutter und Steven heirateten, mit einem purpurroten Mini zum Standesamt gekommen war. Durch die zerbrochenen Scheiben des Wagens hatte «Let's Spend the Night Together» geplärrt. Für Frankie war er das Idealbild eines älteren Bruders gewesen: Er war groß, dunkelhaarig, hübsch und verwegen. Als er nach Amerika ausgewandert war, hatte sie dies als persönliche Zurückweisung aufgefaßt. Erst nach vier Jahren war er wieder nach England zu Besuch gekommen. Sie war von der Schule nach Hause gestürmt, um ihn zu begrüßen. Im Wohnzimmer hatte sie einen sehr korrekten, untersetzten jungen Mann angetroffen, der trotz seiner hochhackigen Cowboystiefel einige Zentimeter kleiner war als sie, einen gekünstelten amerikanischen Akzent hatte und redete wie ein Wasserfall. Sie war bitter enttäuscht gewesen.

Als sie jetzt in White Oast eintrafen, sahen sie Robert im Garten auf und ab gehen, während er laut und ohne Unterbrechung auf Steven einredete. «Hi! Wie geht es meiner kleinen Schwester?» Er eilte auf Francesca zu und umarmte sie. «Erzähl, was gibt's Neues?» Zu William sagte er fast genau dasselbe.

Francesca floh ins Haus, um das Telefon im ersten Stock zu benutzen. Am Treppenabsatz lief sie jedoch Priscilla in die Arme. Das «Blondchen» war in Wirklichkeit eine überschäumende, attraktive Blondine mit kalifornischer Dauersonnenbräune, aber durch den Spitznamen, den William ihr gegeben hatte, in White

Oast für immer gebrandmarkt. «Die Kinder sind ganz wild darauf, dich zu sehen», plapperte sie, während sie Francescas Hände packte. «Und ich brenne darauf, dich besser kennenzulernen. Es ist schade, daß ihr nicht nach San Francisco kommen könnt, solange wir noch dort wohnen. Im Herbst ziehen wir nämlich nach Dallas. Dort könnt ihr uns dann besuchen.»

«Ich bin sicher, daß wir eines Tages kommen werden.»

«William hat Robert eben gesagt, daß wir euch an Neujahr erwarten dürfen.»

«Ach ja?» Vom Fenster aus konnte sie William sehen, der zwischen ihrem Stiefvater und Robert auf dem Kiesweg im Garten entlangging, den Kopf geduldig dem Redeschwall des einen zugeneigt, während er dem anderen aus Rücksicht auf sein Alter den Arm geboten hatte.

«Wußtest du das noch gar nicht? Ach, du liebe Güte, vielleicht sollte das ein Geheimnis bleiben. Warum muß ich auch meinen Mund so weit aufreißen? Bitte, sag Robert nichts davon, sonst ist er böse auf mich.»

«Ich werde nichts sagen.» Francesca empfand Mitgefühl für Priscilla. Sie war ein freundlicher und offenherziger Mensch, irgendwie aber verstand sie immer alles falsch. «Ich komme gleich zu euch ins Wohnzimmer», sagte sie. «Ich möchte nur noch kurz mit meiner Mutter reden.»

Priscilla sah zu, wie Francesca im hinteren Teil des Hauses verschwand. Ihre Worte hatten sich für sie so angehört, als wollte Francesca sagen: «Ich möchte allein mit meiner Mutter sprechen», so als würde sie davon ausgehen, daß sie sich dazwischendrängen würde.

Mit Ausnahme von Steven mochte Priscilla die Verwandten ihres Mannes nicht. Bei ihrem ersten Besuch in White Oast war sie, damals einundzwanzig, frisch verlobt und auf ihrer ersten Auslandsreise, sehr aufgeregt gewesen und hatte sich sehr bemüht, bei ihren zukünftigen Schwiegereltern einen guten Eindruck zu machen. Das alte Trockenhaus war ihr so entzückend vorgekommen und Steven so altmodisch und lieb. Priscilla konnte sich immer noch daran erinnern, mit welcher Wärme er sie in seiner Familie willkommen geheißen hatte. Dann war Dominique die Treppe heruntergestiegen. Sie hatte ein tadelloses marineblaues Kleid mit einer kleinen Brosche an ihrer linken Schulter und einer dazu passenden Kette getragen. Priscilla war irritiert gewesen. Sie hatte erwartet, daß ihre zukünftige Schwiegermutter wie ihre eigene Mutter sein würde: warm, übergewichtig und mütterlich. Außerdem hatte sie in Dominiques Augen ein Lachen bemerkt, hatte aber den Grund dafür nicht verstanden.

Dann war die Haustür aufgestoßen worden, und ein Schulmädchen mit einem langen, braunen Zopf war hereingestürmt. «Robert!» hatte die Kleine gerufen. Dann hatte sie Priscilla gesehen, gestutzt und zu kichern angefangen. Francesca hatte ihre Schuluniform getragen, einen grauen Faltenrock, eine weiße Bluse und weiße Kniestrümpfe. Sie hatte genau das getragen, was Priscilla für ihren Besuch so sorgfältig ausgewählt hatte.

Dominique briet gerade Hühnerbrüste, die sie mit einer Mischung aus frischer Limone und Butter begoß, als Francesca in der Tür erschien. «Ich bin so froh, daß du kommen konntest», sagte sie. «Robert ist ziemlich anstrengend. Er redet wie ein Maschinengewehr, aber William ist ihm gegenüber wunderbar geduldig.» Sie senkte die Stimme. «Wie läuft es bei euch?»

«Mal besser, mal schlechter.» Francesca zögerte. «Ich würde gern das Telefon im ersten Stock benutzen.»

«Jack Broderick?»

Francesca wurde rot. «Woher weißt du das?»

«Marius hat mich angerufen. Er hat sich so gefreut, dich wiederzusehen.» Ihre Mutter sprach noch leiser. «Aber er macht sich wegen dir und Jack Sorgen. Er sagt, du würdest mit dem Feuer spielen. Liebling, sei vernünftig. Broderick ist ein gefährlicher Mann, auch wenn Marius das Gegenteil behauptet.»

«Das Ganze ist kein Spiel», sagte Francesca. «Es wäre viel einfacher, wenn es so wäre.»

Sie hatte Jack noch nie angerufen. Bis jetzt hatte es keine direkte Verbindung zwischen ihnen gegeben, keine Erklärungen. Daher hatte sie sich einreden können, sie sei vor allem wegen Marius und weniger wegen Jack nach Richmond gefahren. Als sie jedoch vom Apparat im Schlafzimmer ihrer Mutter aus flüsternd mit Jack sprach, war es ihr nicht mehr möglich, sich etwas vorzumachen.

Vom Fenster aus konnte sie sehen, wie William ihrem Stiefvater half, sich auf die Gartenbank zu setzen. Sie waren jetzt zehn Jahre miteinander verheiratet, hatten gemeinsame Familien, gemeinsame Freunde, ein gemeinsames Leben. Ihr heimliches Telefongespräch mit Jack war der erste Schritt zum Verrat. Jetzt, da sie nicht in Jacks Nähe war, war sie sich auf einmal nicht mehr so sicher, ob sie diesen Schritt auch wirklich tun wollte.

Robert und Priscilla hielten Francesca die ganze folgende Woche auf Trab. Sie sahen sich im Theater *Die Mausefalle* an, gingen in Covent Garden essen, schleppten sich durch die Tate Gallery und kauften bei Harrods ein, bis sie vor Müdigkeit fast umfielen. Als die Tage vergingen, wurde Francesca immer unruhiger. William spürte das. Selbst wenn er mit ihr schlief, merkte er, daß ein Teil von ihr ganz woanders war, aber er sprach sie nicht darauf an – das war einfach nicht seine Art. Er schwieg und beobachtete sie.

An dem Morgen, an dem Robert und Priscilla abflogen, brachte Francesca sie zum Flughafen. Sie hatte vor, von dort aus direkt nach Richmond weiterzufahren, um Jack zu treffen. Als sie sich jedoch wieder auf der Schnellstraße befand, wurde sie von denselben Zweifeln befallen, die sie schon in White Oast gequält hatten. Zehn Jahre Ehe konnte man nicht so einfach wegwischen, also fuhr sie anstatt nach Richmond nach Hause, um wie wild das Haus zu putzen und auf Händen und Knien den gekachelten Küchenboden zu schrubben, als müßte sie Buße tun. Mittags läutete es an der Haustür. Sie erstarrte. Es läutete wieder. Immer noch rührte sie sich nicht. Der Briefkastenschlitz wurde von außen geöffnet, und Jack rief: «Frankie! Mach die Tür auf!»

Sie stand im Flur und rief verzweifelt: «Du darfst nicht hierherkommen.»

«Mach die Tür auf, oder ich trete sie ein! Wenn du mich nicht wiedersehen willst, dann hab den Mumm und sag es mir ins Gesicht.»

Sie öffnete die Tür, ließ aber die Kette im Schloß. «Ich möchte meiner Ehe eine Chance geben.»

«Du hast letzte Nacht mit ihm geschlafen, das weiß ich ganz genau. Du kannst mir nämlich nicht in die Augen sehen.»

«Jack, er ist mein Ehemann.»

«Das ist keine Antwort.»

Clarissa Riddle-Longman fuhr in ihrem Volvo Kombi vor. «Das ist meine neugierige Nachbarin», zischte Francesca. «Du mußt sofort von hier verschwinden.»

«Entweder läßt du mich rein, oder du fährst mit zu Eamonn. Die Hunde sind im Auto, ich muß sie zu ihm zurückbringen.»

«Jack, führ mich nicht in Versuchung. Bitte!»

«Aber genau das ist es, was ich will», sagte er in einem Ton, der sie schwach werden ließ. «Ich warte genau fünf Minuten auf dich, dann fahre ich los. Und dann ist alles vorbei.»

Sie zuckte hilflos mit den Schultern. «Fünfzehn.»

«Zehn – und keine Sekunde länger.»

Sie rannte die Treppe hinauf, riß sich die verschmutzte Kleidung vom Leib, duschte und zog sich saubere Jeans und eine Bluse an. Sie hatte noch eine Minute Zeit, als sie wieder nach unten stürmte. Die Bluse klebte ihr am nassen Rücken.

Auf dem Weg zum Zwinger sagte sie: «Ich wünschte, du wärst heute nicht gekommen. Ich wünschte, ich wäre nicht so schwach. Ich wünschte, ich könnte mit William glücklich sein.»

Sie führten die Hunde auf den grasbewachsenen Hügeln spazieren. Er nahm ihre Hand. Der Wind blies kräftig und fuhr durch das hohe Gras. Die Sonne brannte herab. Sie fühlte sich auf ihrem Gesicht und ihren nackten Armen gut an. Die Greyhounds scheuchten einen Hasen auf, der davonrannte. Die Hunde verfolgten ihn. Er schlug einen Haken nach rechts. Sie parierten. Er wich geschickt nach links aus. Sie wechselten ebenfalls die Richtung.

«Laß nicht zu, daß sie ihn umbringen!» rief Francesca.

«Hasen sind ihre natürliche Beute. Das weißt du. Greyhounds haben in England seit Jahrhunderten Hasen gehetzt. Der Rennsport begann erst 1919 in den Vereinigten Staaten, als Smith den mechanischen Hasenzug erfand. Die Hunde sind ihm hinterhergejagt, weil das in ihrer Natur liegt. Aber es wird ihnen genausowenig gelingen, den Hasen zu erwischen – jedenfalls nicht, wenn er schlau ist und ins Unterholz rennt –, wie sie es schaffen, den künstlichen Hasen einzuholen. Windhunde jagen ausschließlich mit den Augen, nicht mit ihrer Nase. Aus den Augen, aus dem Sinn.»

«Aber ich will nicht sehen, wie sie ihn töten.» Francesca rannte den Hang hinauf und ruderte dabei wild mit den Armen, um den Hasen in Richtung Wald zu scheuchen. Sie konnte es nicht ertragen, diese Jagd mit anzusehen, dennoch war sie von dem Haken schlagenden Hasen, der vor Entsetzen die Ohren angelegt hatte, und den beiden kraftvollen Hunden, die ihm hinterherhetzten, fasziniert. Der Hase begann zu ermüden. Die Hunde hatten ihn schon fast erwischt, als er das Wäldchen erreichte und im Unterholz verschwand.

Jack pfiff, und die Hunde kamen zu ihm zurückgetrottet. «Es ist nicht das Töten, das bei einer Hetzjagd wichtig ist, es ist der Wettkampf», rief er Francesca zu. «Aber ich bin froh, daß der Hase lebend davongekommen ist.»

«Warum hast du dann die Hunde auf ihn gehetzt?»

«Es gibt keine Jagd ohne Tod. Kein Leben ohne Gefahr.»

«Du meinst dein Leben!»

«Unser Leben.» Er kam mit großen Schritten durch das hohe Gras auf sie zu. «Du kannst nicht gegen die Natur ankämpfen.»

«Letztes Wochenende war ich entschlossen, dich niemals wiederzusehen.»

Er packte sie bei den Schultern und zwang sie, ihn anzusehen. «Und jetzt?»

Sie konnte diesem Mann, der von ihrem Körper und ihrem Verstand Besitz ergriffen hatte wie noch niemand zuvor, nicht länger widerstehen. Er schloß ihr mit einem Kuß den Mund. Ihre Lippen öffneten sich. Er küßte sie sanft, und sie klammerte sich an ihn. Er küßte sie heftiger. Sie öffnete sich ihm, preßte sich mit ihrem Körper an ihn. Er zog seine Jacke aus und breitete sie im hohen Gras aus. Sie sank nieder, während sie einladend die Arme nach ihm ausstreckte. Er legte sich zu ihr, küßte ihren Nacken und ihre Schultern. Er sagte: «Ich möchte mit dir schlafen, mehr, als ich das je mit einer anderen Frau wollte. Du bringst mich zum Lachen. Du machst mich wütend. Wenn wir zusammen sind, streiten wir uns. Wenn du gehst, kann ich es nicht erwarten, dich wiederzusehen.» Er knöpfte ihre Bluse auf und entblößte ihre Brüste. Er öffnete den Reißverschluß ihrer Jeans, um ihren flachen Bauch zu küssen. Das weite Hügelland, die umherstreifenden Hunde, der wehende

Wind trieben sie zur Eile an. Es blieb keine Zeit für ein sanftes, langsames Liebesspiel. Er erdrückte sie fast mit seinem Gewicht. Sie genoß es. Er nahm sie. Sie zitterte und schrie nach mehr. Sie liebten sich heftig, fast zornig, zornig auch darüber, daß sie sich wieder würden trennen müssen. Sie liebten sich leidenschaftlich, bedingungslos, weil es dem entsprach, was sie füreinander empfanden.

Als sie danach entspannt in seinen Armen lag, fiel ihr Blick auf ihre Uhr, und sie stieß entsetzt hervor: «O Gott, ich muß gehen.»

«Nein!» Er hielt sie fest.

«Glaubst du, ich würde nicht bei dir bleiben, wenn ich könnte?»

«Solange ich das weiß, kann ich es fast ertragen, daß du gehen mußt.» Er küßte sie zärtlich, setzte sich dann auf und pfiff die Hunde zu sich.

Auf der Rückfahrt nach London hielt er ihre Hand und sprach von seiner Vergangenheit, als wäre es jetzt unabdingbar, daß sie ihn verstand. «Phoebe hat mich immer in der Jugendstrafanstalt besucht, um mir von freien Lehrstellen für Packer zu erzählen», sagte er. «Fünfzig Stunden die Woche für einen Zehner! Sie konnte nicht begreifen, warum ich mich nach einem aufregenden Leben sehnte, warum ich mich weigerte, mein Leben mit meiner Unterschrift als Fabrikarbeiter zu besiegeln.»

«Aber du mußt doch auf einer guten Schule gewesen sein. Du kannst dich so gut ausdrücken.»

«Ein wegen Betrugs verurteilter Anwalt hat mir im Gefängnis Scrabble beigebracht. Das war vielleicht ein durchtriebener Kerl! Er hat im Spiel sogar häufig lateinische Wörter verwendet und behauptet, dies entspräche den Regeln.»

Sie lachte über seine Geschichte. «Du machst zwar Witze darüber, aber es kann nicht leicht für dich gewesen sein. Als du das Urteil gehört hast, mußt du dir doch gewünscht haben, du hättest den Rat deiner Tante Phoebe befolgt und dir eine anständige Arbeit gesucht.»

«Es heißt: ‹Wenn du den Knast nicht ertragen kannst, bleib sauber.› Natürlich wollte ich sterben, als ich am ersten Morgen auf meiner schmalen Pritsche in einer überfüllten, stinkenden Zelle aufwachte und an all die Jahre vor mir dachte. Aber ich habe es mir nicht anmerken lassen. Im Gefängnis bist du entweder Täter oder Opfer. Aber was du auch bist, alles, woran du denken kannst, ist dein frühestmöglicher Entlassungstermin. Frag Marius, wie es im Gefängnis ist. Er weiß Bescheid.»

Francesca war schockiert. «Du hast Marius im Gefängnis kennengelernt?»

Jack lachte in sich hinein. «Sehr geehrte Frau Anwältin, hat man Ihnen denn nicht beigebracht, nicht vorschnell zu urteilen? Marius hat mich oft im Gefängnis besucht. Ich habe um einen Beistand ersucht, weil ich hoffte, die Kommission, die für vorzeitige Entlassungen zuständig ist, dadurch zu beeinflussen. Ich hatte jedoch keinen Erfolg damit. Für Jack Broderick gab es keine vorzeitige Entlassung. Aber ich lernte Marius kennen. Er gehört zu einer Gruppe von Freiwilligen, die sich um Inhaftierte bemüht. Er besucht regelmäßig Gefangene. Jeden Montagnachmittag. Er liebt es, anderen zu helfen. Denk nur daran, wie er versuchte, deinen Vater zu retten. Marius besuchte mich fünf Jahre lang jeden Monat. Er kam niemals zu spät, und er sagte niemals ab. Du mußt drinnen gewesen sein, um zu begreifen, wie wichtig das ist. Er hat mir alles über das Stadion erzählt. Ich kannte jeden Zentimeter der Rennbahn, ohne sie jemals gesehen zu haben. Er erzählte mir wunderbare Geschichten von seinem Onkel, der das Stadion gegründet hat und der später im Krieg gefallen ist. Wußtest du, daß die beiden beim ersten britischen Greyhoundkongreß in Belle Vue in Manchester waren, als dieser im Juli 1926 eröffnet wurde? Dort waren sie auf die Idee mit dem Stadion gekommen. Es dauerte keine Woche, und sie hatten das Grundstück gekauft.»

Francesca schüttelte den Kopf. «Meine Mutter hat mich, so gut es ging, von den Hunderennen ferngehalten.»

«Ja. Natürlich.» Er lächelte. «Zwei Jahre bevor ich entlassen wurde, bat mich Marius, zu ihm ins Stadion zu kommen. Natürlich hatte ich gehofft, daß er das tun würde, aber viele der Beistände brechen den Kontakt ab, wenn die Gefangenen erst einmal draußen sind. Von jenem Tag an sprachen wir von nichts anderem mehr. Er gab mir etwas, auf das ich mich freuen konnte. Und die Chance, anständig zu bleiben, wenn ich draußen war. Ich verdanke dem alten Mann mein Leben. Ohne ihn wäre ich wohl schon bald wieder kriminell geworden. Was wäre mir sonst schon anderes übriggeblieben? Mir mit sechsunddreißig Jahren eine Arbeitsstelle suchen, wobei ich als Referenz nur eine vierzehnjährige Strafe in einem Gefängnis Ihrer Majestät vorweisen konnte?»

«Bereust du diese Jahre?» fragte sie.

«Ich darf mir nicht gestatten, zu viele Gedanken an diese Zeit zu verschwenden. Wenn ich das täte, würde das für mich ‹lebenslänglich› bedeuten. Die Vergangenheit würde die Gegenwart vergiften, wie das bei vielen Verbrechensopfern der Fall ist. Das hat mir der gute Marius beigebracht.» Er lächelte liebevoll. «Also denke ich an das Heute und das Morgen. Ich denke an dich. An uns. Daran, wie ich Marius helfen kann. Niemand versteht mehr von Rennhunden als er, aber er hat kein Talent für das Geschäft. Deshalb mußte er damals auch schließen. Er ließ es zu, daß die Leute riesige Schulden bei ihm machten, und war dann nicht hart genug, sie einzutreiben. Inzwischen haben alle ihre Schulden bezahlt.»

«Hast du sie dazu veranlaßt?»

«Ich habe sie darum gebeten.»

Sie wußte, daß sie nicht weiterfragen sollte, aber das Bedürfnis, auch seine dunkelsten Seiten kennenzulernen, trieb sie dazu. «Wie hast du den Verräter umgebracht?» fragte sie.

«Das werde ich dir nicht sagen. Du kannst es selbst herausfinden, wenn du möchtest. Du bist Anwältin, du hast die entsprechenden Kontakte. Aber was geschehen ist, ist Vergangenheit. Wenigstens für mich. Und wenn du und ich überhaupt eine Zukunft haben wollen, muß es auch für dich Vergangenheit sein, sonst wirst du jedesmal, wenn du meine Hand hältst, daran denken, daß diese Hand getötet hat.»

Francesca nahm seine Hand, hob sie an die Lippen und küßte seine harte Handfläche. «Ich verspreche dir, daß ich nichts unternehmen werde, um es herauszufinden.»

Sie hatten Islington erreicht. Jack parkte den Wagen am Ende ihrer Straße. «Ich liebe dich», sagte er ganz leise und zum erstenmal. «Ich möchte mit dir zu Bett gehen. Ich möchte neben dir aufwachen. Ich möchte nicht nur eine halbe Stunde im Gras mit dir haben.»

Sie brachte ihr Gewissen zum Schweigen. «William fährt dieses Wochenende weg. Morgen nacht kann ich bei dir bleiben.»

Er küßte sie. Sie sagten nichts. Der Abendhimmel war purpurrot wie reife Trauben, und sie dachten beide an den nächsten Tag.

Vom Schlafzimmerfenster aus beobachtete William, wie Francesca die Straße herunterkam und sich ihr Schritt verlangsamte, als sie sich dem Haus näherte. Sie hielt ihre Umhängetasche baumelnd an einem Finger und schwang sie hin und her, so als würden Geld oder Besitztümer keine Bedeutung für sie haben. Sanft strich sie sich das Haar zurück. Es sah für ihn wie eine Liebkosung aus. Sie lächelte.

Er war fünf Stunden früher als gewöhnlich nach Hause gekommen und hatte festgestellt, daß Francesca nicht da war, ihr Auto aber vor der Tür stand. Er hatte eine Stunde auf sie gewartet, dann hatte er in White Oast angerufen. Ihre Mutter hatte nichts von ihr gehört. Er hatte einen Blick in ihren Terminkalender auf dem Schreibtisch geworfen. Es war nichts eingetragen. Er hatte ihre Post überflogen. Sie gab ihm keine Hinweise. Er hatte sich die Rechnungsaufstellung ihrer Kreditkarte angesehen. Er fand darauf die üblichen Rechnungsposten für Kleidung, Benzin und Lebensmittel. Er wollte die Aufstellung schon weglegen, als ihm zwei Buchungen für Benzin ins Auge fielen. Sie waren beide von einer Tankstelle in Richmond und stammten beide aus jener Woche, in der sie glühend nach Hause gekommen war und sich ihm gegenüber so abweisend verhalten hatte. Er steckte die Aufstellung sehr sorgfältig wieder in den Umschlag zurück.

Francesca war entsetzt, als sie entdeckte, daß William schon zu Hause war. «Ich bin oben», rief er ihr fröhlich über das Treppengeländer entgegen. Sofort zerstreuten sich ihre Befürchtungen. «Komm rauf, ich habe eine Überraschung für dich.» Er reichte ihr einen Umschlag.

Sie öffnete ihn, und ihre Augen weiteten sich.

«Ja», sagte er. «Zwei Flugtickets nach Heraklion. Wir fliegen heute abend zu Simon und Mel. Du packst am besten gleich die Koffer. Wir fahren in zwei Stunden los.»

«Was ... was ist mit meiner Arbeit?»

«Du hast doch gesagt, daß du dir freigenommen hast. Ich habe mit Nailsworth gesprochen. In deinem Kalender in der Kanzlei sind keine Termine eingetragen. Freust du dich denn nicht, Liebling? Das ist doch das, was du dir gewünscht hast.»

«Ich muß Mutter anrufen.» Francesca eilte in die Küche hinunter, um von dort aus zu telefonieren.

«Die Leitung funktioniert nicht», rief er ihr hinterher. «Aber mach dir keine Gedanken, ich habe von den Riddle-Longmans aus schon mit deiner Mutter telefoniert.»

Francesca ging in den Garten hinaus und blickte in die Nacht. In diesem bittersüßen Augenblick wußte sie, daß Jack an sie und an den morgigen Tag dachte.

KAPITEL 12

SIMON UND MELANIE WARTETEN IN DEM STICKIGEN Flughafenterminal auf sie. Sie waren braungebrannt und wirkten entspannt und glücklich. Francesca war verzweifelt, denn es war ihr immer noch nicht gelungen, Jack anzurufen.

Im Flughafen von Gatwick war sie William kurz entwischt. Sie hatte vorgegeben, sich zollfreies Parfüm kaufen zu wollen, aber noch bevor sie in der Schlange vor dem Telefon bis zur Hälfte vorgerückt war, hatte sie auf der Anzeigetafel gesehen, daß man bereits ihren Flug aufgerufen hatte. Im Flugzeug hatte er ruhig Kazantzakis' *Alexis Sorbas* gelesen, während sie unter dem kleinen Plastiktischchen die Fäuste geballt und geöffnet und sich dabei gefragt hatte, ob sie es wagen sollte, eine der Stewardessen zu bitten, Jack für sie anzurufen. Sie tat es nicht. Sie wollte persönlich mit ihm sprechen.

Es kam ihr fast so vor, als wollte sich jemand über sie lustig machen, denn die Villa hätte nicht wildromantischer sein können. Sie war über einem abgeschiedenen Strand in die Klippen gebaut und der ideale Ort für ein Liebespaar. Plätschernde Wellen umspülten die Felsen zu ihren Füßen. Jasmin und Bougainvillea wucherten über die Mauern. Zikaden zirpten in der milden Nacht.

Melanie hatte einen leichten Imbiß aus Käse, Oliven und Wein vorbereitet. Sie aßen draußen auf der Terrasse, eingehüllt von der Nacht. Melanie und Simon saßen gemeinsam in einer Hängematte, William lag ausgestreckt auf einem Liegestuhl. Francesca hockte auf der Mauer und blickte über die Bucht zu den Lichtern des nächsten Dorfes hinüber. In der Villa gab es nur ein Telefon. Es stand in der Eingangshalle, wo man sie von allen Seiten beobachten konnte. Sie wagte nicht, es zu benutzen.

Am nächsten Morgen, als die anderen in der Küche das Frühstück zubereiteten, stahl sie sich aus dem Haus und ging den schmalen, steinigen Pfad hinunter, der zum Dorf führte.

«Liebling, wohin gehst du?» rief ihr William von der Terrasse aus hinterher.

«Einkaufen. Ich brauche Sonnenlotion, einen Sonnenhut und Sandalen. Du hast mir ja keine Zeit gelassen, noch irgend etwas einzukaufen.»

«Ich fahre dich mit dem Auto ins Dorf.»

«Nein, ich möchte lieber laufen.» Sie eilte weiter den Pfad hinunter.

William wandte sich an Melanie, die gerade Kaffee kochte. «Ich mache mir wegen Frankie Sorgen. Ich möchte nicht, daß sie sich zu sehr verausgabt. Das ist im Augenblick nicht gut für sie.»

Melanie stellte die Kaffeekanne ab. «Du meinst doch nicht etwa...?»

«Sag ihr bloß nichts. Versprich es mir! Sie wäre sonst ziemlich wütend auf mich. Diesmal hoffen wir nämlich, daß sie schwanger ist. Wir hatten ein paar Probleme.» Er hielt inne und musterte Melanies lächelndes, besorgtes Gesicht. «Hat sie es dir nicht erzählt?»

«Kein Wort.»

«Ich dachte, Frauen würden einander immer alles erzählen.»

«Frankie nicht.» Melanie schnappte sich die Autoschlüssel. «Ich werde sie mit dem Auto mitnehmen. Wir brauchen Brot und Milch, das kann ich als Vorwand nehmen. Keine Angst, ich werde nichts sagen.»

Das Dorf war ein wildes Durcheinander aus schmalen, weißgekalkten Gassen und hübschen weißen Häusern. An den Fassaden quollen Geranien und purpurfarbene Bougainvilleen aus Töpfen und Balkonkästen. Die Läden befanden sich am Dorfplatz, das einzige öffentliche Telefon am Eingang der einzigen Bar.

Francesca hatte die Bar gerade erreicht, als Melanie neben ihr anhielt. Sie drehte sich hastig um. «Warum bist du mir gefolgt?»

«Bin ich doch gar nicht. Wir brauchen Brot.»

Während der vergangenen Wochen hatte sich Francesca danach gesehnt, sich Melanie anzuvertrauen, aber die Sache mit Jack war inzwischen schon zu weit fortgeschritten. Stumm und mit finsterem Blick stand sie nun hinter ihr in der Schlange in der Bäckerei. Als Mel bis zum Ladentisch vorgerückt war, sagte Frankie: «Ich bin gleich wieder da.»

Als sie den Platz halb überquert hatte, fiel ihr ein, daß sie kein griechisches Geld hatte. Sie rannte zu der einzigen Bank am Ort hinüber, die gerade aufgemacht hatte. Eine Schlange von zwanzig Leuten wartete darauf, von einem einzigen Mann mit einer altmodischen mechanischen Addiermaschine bedient zu werden.

Sie fand Melanie beim Gemüsehändler. «Kannst du mir ein bißchen griechisches Geld geben?»

«Warte. Ich brauche nur ein paar Minuten.»

«Ich möchte Mutter anrufen.»

«Mach das doch von der Villa aus.»

«Ich muß sie aber jetzt sofort anrufen!»

«Schon gut, reg dich nicht auf. Das schadet dir nur. Hier, das sind umgerechnet zwanzig Pfund.»

Frankie eilte zur Bar. Drinnen war es verraucht und dunkel. Der Raum war voller alter Männer, die Backgammon spielten. «Ich möchte nach England telefonieren», erklärte sie dem Barkeeper und hielt ihm ihre Drachmen entgegen.

Er grinste sie zahnlos an. «Telefon kaputt. Morgen wiederkommen.»

Das Schicksal hatte sich eindeutig gegen sie verschworen. Frankie ging zum Auto zurück, setzte sich auf den Beifahrersitz und kaute an ihrem Daumennagel, während sie auf Melanie wartete.

Es war ein strahlend schöner Tag. Zumindest für die anderen. Sie lagen am Strand unterhalb der Villa, tankten Sonne und unterhielten sich entspannt bei eiskaltem Retsina. William las *Alexis Sorbas*. Simon hatte einen Walkman dabei und hörte Mahler. Melanie hielt ein Nickerchen. Francesca überlegte, wie spät es jetzt in England war.

Sie wartete, bis es sich alle bequem gemacht hatten, bevor sie davonschlüpfte und die Stufen zur Villa hinaufstieg. Als sie Jacks Nummer wählte, fragte sie sich, ob sie es wagen würde, «Ich liebe dich» zu flüstern.

Auf der Terrasse war plötzlich ein Scharren zu hören. Sie drehte sich um und sah, daß William auf sie zukam. Schuldbewußt legte sie den Hörer wieder auf die Gabel. «Ich wollte Mutter anrufen, aber es geht niemand ran.»

«Ich habe gestern mit ihr gesprochen, das habe ich dir doch erzählt.»

«Das muß ich wohl vergessen haben.» Sie nahm sich einen Kretaführer und ging wieder zum Strand hinunter.

Francesca wurde schwierig. Die anderen wechselten hinter ihrem Rücken vielsagende Blicke, aber sie konnte sich nicht beherrschen. Sie nahm es den anderen übel, daß sie es ihr unmöglich gemacht hatten, mit Jack zusammenzusein, und sie machte sich Vorwürfe, weil sie nicht den Mut aufgebracht hatte, in England zu bleiben.

Es dauerte drei Tage, bis sie endlich ein Telefon erreichte. Sie hatten an einer Tankstelle auf dem Weg zum minoischen Palast in Knossos angehalten. William studierte den Reiseführer, Simon tankte, und Melanie war auf die Toilette gegangen. Frankie tat so, als folgte sie ihr, schlüpfte aber ins Büro der Tankstelle. Hinter dem Schreibtisch saß eine alte Frau und strickte. Frankie deutete auf das Telefon. Die Frau schüttelte den Kopf. Frankie faltete bittend die Hände. Sie hatte keinen Erfolg. Sie holte all ihre Drachmen hervor. Die Alte sah weg. Durch das Fenster konnte Frankie sehen, wie Melanie zum Auto zurückkehrte. Sie schnappte sich einen Stift, malte ein Herz auf ein Stück Papier und hielt es der alten Frau unter die Nase. Auf dem runzeligen Gesicht breitete sich ein Lächeln aus. Strahlend steckte die alte Frau schließlich das Geld ein, nahm das Telefon, tippte eine Nummer ein und hielt Frankie den Hörer hin. «England», sagte sie.

Inzwischen saßen William, Simon und Melanie wieder im Auto und warteten in der brennenden Hitze auf sie. Francesca, der der Schweiß übers Gesicht lief, nannte der Vermittlung Jacks Nummer. Es schien eine Ewigkeit zu dauern, bis sie den vertrauten britischen Doppelton hörte, und eine weitere Ewigkeit, bis Jack sich meldete.

«Ich bin in Griechenland», flüsterte sie in den Hörer. «Es tut mir leid. Ich habe versucht, dich anzurufen, aber...»

«Ich will deine Entschuldigungen nicht hören.»

«Du verstehst das nicht.»

«Ich verstehe nur zu gut. Du hattest eine Wahl zu treffen, und du hast sie getroffen.» Es klickte, dann war die Leitung tot.

Sie drehte sich um und stellte fest, daß William sie durch das staubige Fenster des Tankstellenbüros anstarrte. «Was zum Teufel machst du da?» rief er.

«Ich habe Mutter angerufen.» Sie dankte der alten Dame, verließ das Büro und ging an William vorbei zum Auto. Sie wußte nicht, ob er ihr glaubte, aber in diesem Augenblick war ihr das egal.

William zeigte sich an diesem Tag Francesca gegenüber besonders aufmerksam. Als sie die verfallene Stätte besichtigten, wo einst der Minotaurus gehaust haben sollte, reichte er ihr die Hand, um ihr auf dem steinigen Weg behilflich zu sein. Als sie anhielten, um zu Mittag zu essen, bestellte er für sie keinen Retsina, den sie zu bitter fand, sondern einen Weißwein. In jener Nacht ließ Francesca es in einem Akt der Verzweiflung zu, daß William mit ihr schlief. Wenn sie die Augen schloß, schaffte sie es beinahe, sich vorzustellen, daß es Jack war. Am Morgen brachte William ihr Tee ans Bett und sah sie nicht einmal mißbilligend an, als sie etwas davon in die Untertasse verschüttete.

Während der restlichen Tage auf Kreta schienen Jack und das Stadion weit weg zu sein, als wäre alles nur ein Traum gewesen. In London wurden sie jedoch wieder zur Realität. Jack zog Frankie an wie ein Magnet. Sie kehrte zum Stadion zurück.

Selbst während ihrer kurzen Abwesenheit war die Arbeit sichtbar vorangeschritten. Das Dach war repariert worden, und man hatte die verwitterten Zuschauerränge wieder instand gesetzt. Sie eilte über die Haupttribüne zum Paddock House. Die Tür zum Büro war nur angelehnt, und sie stieß sie auf. Drinnen legte eine rothaarige Frau in einem purpurfarbenen Kaftan auf Jacks Schreibtisch Patiencen.

Sie war auf eine nachlässige Art hübsch, hatte langes, ungekämmtes hennarotes Haar und schläfrige, sinnliche Augen. Sie mußte Ende Vierzig sein, obwohl das schwer zu sagen war. Sie wirkte jung und kraftvoll, hatte aber schon Falten im Gesicht. Neben ihr auf dem Schreibtisch standen die Überreste eines späten Frühstücks. «Kann ich Ihnen irgendwie helfen?» fragte sie, gähnte und streckte einen nackten Fuß aus, als wollte sie betonen, daß sie hier übernachtet hatte.

«Nein, vielen Dank.» Francesca trat zurück. «Ich habe mich geirrt.»

Jack fuhr mit seinem geliebten schwarzen Bentley langsam auf der M 23 in Richtung London. Er hatte zuviel getrunken. Normalerweise fuhr er in diesem Zustand nicht, heute abend jedoch war ihm das egal.

Auf dem Sitz neben ihm lümmelte ein zerzauster Rotschopf. Die junge Frau trug einen pinkfarbenen Lederrock, der ihr die Oberschenkel hinaufgerutscht war, und hatte die Beine einladend gespreizt. Auch sie war betrunken. Ihre Augen waren halb geschlossen. Dort, wo sich ihre falschen Wimpern gelöst hatten, konnte Jack an ihren Lidern einen weißen Streifen getrockneten Klebers sehen. Im Winkel ihres Schmollmundes hing eine Zigarette. Sie war mit zinnoberrotem Lippenstift beschmiert.

Jack hatte die junge Frau auf der Rennbahn von Brighton aufgelesen. Eigentlich hatte sie ihn aufgelesen. Sie hatte sich an der Bar an ihn herangemacht, war sich mit ihrer rosa Zunge über ihre schimmernd weißen Zähne gefahren und hatte ihm einen großzügigen Einblick in das Tal zwischen ihren vollen Brüsten gewährt. Jack hatte sie auf einen Drink eingeladen. Sie hieß Rita.

«Du bist ein gutaussehender Kerl», sagte sie jetzt, während sie in ihrer billigen Tasche nach einem Feuerzeug kramte. «Wieso hast du keine Freundin?»

«Ich will eben keine.»

«Schon gut! Kein Grund, mir gleich den Kopf abzureißen. Ich versuche doch nur, mich mit dir zu unterhalten.» Sie schloß die Augen. Jack fuhr schweigend weiter.

Marius saß am Küchentisch. Er blickte auf und lächelte, als Jack hereinkam. Dann erstarrte seine Miene.

«Das ist Rita», sagte Jack. «Los, Rita, sag hallo zu Marius.»

Das Mädchen taumelte vorwärts. Der Duft ihres billigen Parfüms verbreitete sich im ganzen Raum.

«Frankie war da», sagte Marius und vermied es dabei, Rita anzusehen.

«Das interessiert mich nicht.»

«Ich bin froh, daß sie nicht gewartet hat.»

«Ach, plötzlich hast du wohl nichts mehr gegen sie.»

«Ich hab nur was dagegen, daß sie verheiratet ist.»

«Und daß Dominique ihre Mutter ist?» Jack nahm eine Flasche Sekt und zwei Gläser. «Komm schon, Rita. Wir gehen nach oben! Wir wollen doch keine Zeit damit verschwenden, mit einem alten Mann zu reden, der glaubt, ich wäre sein Eigentum. Ich gehöre niemandem.» Er knallte die Flasche auf den Tisch. «Dir nicht. Marius nicht. Auch nicht...» Irgendwie schaffte er es nicht, Frankies Namen auszusprechen.

Die Makepeace Buildings hatten sich ebensowenig verändert wie die Kanzlei. Aber Francesca hatte sich verwandelt. Sie war jetzt nicht mehr diejenige, die sie noch zu Beginn des Sommers gewesen war. Eine kurze Zeit hatte sie geliebt und war geliebt worden. Sie hatte von der Freiheit gekostet und hatte das Lachen kennengelernt. Sie war sie selbst gewesen und hatte niemals das Gefühl gehabt, daß Jack sich eine andere, eine bessere Francesca wünschte. Sie hatte etwas riskiert, wenn auch nicht genug – und hatte verloren.

Der Sommer war vorbei. Die Tage waren kühl und herbstlich geworden. Das Laub der Bäume, die den Kiesweg in der Nähe des Embankment säumten, färbte sich golden. Morgens hingen die Tautropfen wie Diamanten im Gras der Inner Temple Gardens. Abends, wenn Francesca die Kanzlei verließ, glitzerte das Laternenlicht in der feuchten Luft.

Francescas Stimmung war gedrückt und traurig. Jack hatte sich nicht mit ihr in Verbindung gesetzt, und auch sie war nicht mehr zum Stadion hinausgefahren. Dennoch hoffte sie auch Wochen später noch, daß er es sein würde, wenn das Telefon klingelte. William hatte seit jener Nacht auf Kreta nicht mehr versucht, mit ihr zu schlafen. Im Grunde hatte er kaum mehr mit ihr gesprochen. Sie lebten nebeneinander her, sie in einem lieblosen Gefängnis und er als ihr Gefängniswärter. Manchmal wünschte sie sich, sie wäre Jack Broderick niemals begegnet.

Sie vertraute sich Melanie nicht an. Es schien jetzt keinen Sinn mehr zu haben. Sie trafen sich immer noch zum Mittagessen, aber in der Regel übernahm Melanie dabei den größten Teil der Konversation.

«Frankie, du hast heute noch kein Wort gesagt», beklagte sie sich eines Tages beim Essen. «William hat mir erzählt, ihr beide hättet… Probleme. Ich habe ihm zwar versprochen, nichts zu sagen, aber ich kann einfach nicht länger den Mund halten. Du siehst so unglücklich aus.»

Francesca starrte sie ungläubig an. «Er hat dir von unseren Problemen erzählt?»

«Sei nicht böse. Wir wollen dir doch alle nur helfen. Ich bin sicher, daß du bald ein Baby bekommen wirst.»

«Mel, ich bin nicht schwanger, und es ist auch völlig unwahrscheinlich, daß ich das werde.» Francesca erhob sich. «Es tut mir leid, aber ich muß jetzt gehen.» Sie eilte durch den Speisesaal und drängte sich durch die Menge zur Tür. Melanie versuchte, sich nicht allzu verletzt zu fühlen. Sie fragte sich, ob Frankie vielleicht eine Fehlgeburt gehabt hatte oder ob sie nur enttäuscht war, weil sie einfach nicht schwanger wurde.

Erst am Montag rief Francesca sie an, um sich zu entschuldigen. «Ich bin dir eine Erklärung schuldig», sagte sie. «Wie wäre es, wenn wir nach der Arbeit etwas trinken gingen?»

«Gerne.» Melanie klang hocherfreut.

Als Melanie in dem Weinlokal eintraf, sah sie, daß Francesca sich so weit wie möglich von den anderen Gästen weggesetzt hatte. «Ich muß mit dir reden», sagte Frankie.

«Und ich mit dir ebenfalls.» Melanie konnte ihr Geheimnis nicht länger für sich behalten. Mit einer großartigen Geste hielt sie ihre linke Hand hoch. Auf ihrem Mittelfinger steckte ein Verlobungsring mit einem Saphir. «Simon und ich werden heiraten.»

«Das ist ja eine wundervolle Neuigkeit!» Francesca sprang auf und umarmte sie. «Erzähl schon.»

«Er hat mich am Freitag gefragt.» Melanie kicherte. «Ich habe schon ja gesagt, bevor er überhaupt ausgeredet hatte. Wir haben den Ring dann gleich am Samstag gekauft. Am Sonntag sind wir zu meiner Mutter gefahren. Simon hat darauf bestanden, bei ihr um meine Hand anzuhalten! Und Weihnachten werden wir heiraten.

Ich weiß, daß das schon sehr bald ist, aber was hat es für einen Sinn, länger zu warten? Wir haben uns für die Temple Church entschieden, genau wie du und William. Simons Vater war Jude, aber seine Mutter gehörte der Church of England an. Ich bin Waliser Baptistin, aber schließlich hat uns der Temple zusammengebracht.» Sie berührte den Ring und wurde vor Freude rot. «Wir werden uns ein Haus kaufen. Irgend etwas Großes, wie das eure, das wir ganz nach unserem Geschmack einrichten werden. Aber zuerst geben wir eine Verlobungsparty. Hilfst du mir bei den Vorbereitungen? Du bist so gut darin, große Feste zu organisieren.» Sie hielt inne. «Was wolltest du mir eigentlich erzählen, Frankie?»

«Ach, nichts Wichtiges.» Francesca zwang sich zu einem Lächeln. Wie hätte sie Melanie diesen Tag verderben können?

Es machte ihr großen Spaß, Melanie dabei zu helfen, Simons nüchterne Junggesellenwohnung im Barbican für die Party in eine romantische Laube zu verwandeln. Sie beauftragten einen Partyservice, wählten ein Menü aus, bestellten die Blumen, gestalteten die Beleuchtung neu und probierten den Champagner. Bei Harvey Nichols kleideten sie sich neu ein. Melanies Kleid war romantisch blau und fließend, Frankies kurz, scharf und karminrot.

Am Abend des Festes kam sie in ihrem roten Kleid die Treppe herunter, das Haar zu einem lockeren Knoten geschlungen, aus dem vor jedem Ohr eine lange seidige Strähne heraushing. William starrte sie ungläubig an. «Das wirst du nicht tragen», stieß er hervor.

«William, das ist ein sehr teures Kleid.»

«Das ist mir egal. Es sieht billig aus. Zieh dich um.»

«Nein!» Sie drapierte sich ihr langes schwarzes Cape um die Schultern und verließ das Haus.

Simon stand an der Tür zu seiner Wohnung und hieß seine Gäste willkommen. Er küßte Frankie auf beide Wangen. «Der Urlaub mit euch beiden hat mir deutlich gemacht, was mir die ganze Zeit gefehlt hat», sagte er, als er sie in die Wohnung geleitete.

«Nun, ich habe auch erst mit sechsunddreißig geheiratet.» William legte den Arm um Francescas Schultern. «Damals war Frankie gerade mit ihrer Ausbildung fertig geworden. Sie hatte noch nichts erlebt, bevor sie mich kennenlernte. Nicht wahr, Liebling?»

«Das stimmt, mit William hatte ich mein erstes richtiges Rendezvous.» Sie lächelte Simon an. «Er hat mich in die Oper eingeladen, und danach sind wir essen gegangen. Ich war so nervös, daß er für mich bestellen mußte.»

Sie spürte, daß William sich über ihre Antwort freute. Sie trennten sich und unterhielten sich mit anderen Gästen. Alle ihre Kollegen aus der Kanzlei waren gekommen. Der große Geoffrey Culmstock mit der kleinen, gepflegten, spröden Virginia, seiner Ehefrau, die Francesca insgeheim nicht ausstehen konnte. Sanjiv und Deepa. Der elegante Desmond mit seiner hundenärrischen Frau. Rupert erschien wieder einmal mit einer neuen Freundin. Hugo und Thomas waren allein gekommen, James mit einer hübschen, rotwangigen Erzieherin aus Suffolk. Gemeinsam stießen sie auf Simon und Melanie an. Zum erstenmal seit langer Zeit war Francesca wieder glücklich. Es war die richtige Entscheidung gewesen, bei William zu bleiben. Diese Menschen hier waren ihre Freunde, dies hier war ihr Leben. Jack war nichts weiter als ein Traumbild.

Sie gingen erst spät. Als sie zu Hause ankamen, fragte sie William: «Möchtest du noch einen Schlummertrunk?»

«Nein.» Er sperrte die Haustür ab.

Sie begann langsam die Treppe hinaufzugehen, die Hand am hölzernen Treppengeländer, ihr Cape noch immer über den Schultern. Sie war erst vier Stufen weit gekommen, als William sehr ruhig sagte: «Verbrenn auf der Stelle dieses Kleid, und wage es ja nicht, dich mir noch einmal zu widersetzen.»

Sie lachte. «Sei nicht albern.»

«Ich sagte, verbrenn es! Du bist meine Frau. Ich lasse mich von dir nicht länger lächerlich machen.»

«William, ich habe dich nicht lächerlich gemacht. Alle haben gesagt, daß mein Kleid sehr hübsch ist.» Sie ging weiter die Treppe hinauf. Er folgte ihr.

«Hast du gedacht, du würdest damit durchkommen?» zischte er, als sie den Treppenabsatz erreichten. «Hast du gedacht, ich würde nichts merken?»

«Ich weiß nicht, wovon du sprichst.»

«Jack Broderick!»

Sie drehte sich erstaunt um. Er packte sie am Handgelenk. «Ich habe einige Zeit gebraucht, bis mir klar wurde, um wen es sich handelt», sagte er, «aber ich habe das Puzzle zusammengesetzt, Stück für Stück. Die Abbuchungen der Tankstelle in Richmond, wie die Rechnungsaufstellung deiner Kreditkarte beweist. Der Anruf von der Tankstelle auf dem Weg nach Knossos. Ja, eines Nachmittags, als du geschlafen hast, bin ich dorthin zurückgefahren. Die alte Frau hat dich nicht verraten, aber ihr Enkel hatte da keine Skrupel. Er hat eine Freundin bei der Telefonvermittlung, und für den Preis eines neuen Motorradreifens hat er mir die Nummer beschafft, die du angerufen hast.»

Er schrie jetzt. Francesca bekam Angst. Sie versuchte, sich ihm zu entziehen, aber er verstärkte seinen Griff. «Das letzte Puzzlestück hat mir Clarissa Riddle-Longman geliefert», fuhr er fort. «Von ihr habe ich erfahren, daß ein dunkelhaariger Mann mit einem Landrover, in dem hinten zwei Greyhounds saßen, dich hier besucht hat. Sie hat angenommen, daß wir uns einen Hund gekauft hätten. Du weißt, was für eine Hundenärrin sie ist. Aber deswegen war er nicht da, oder? Du hattest Besuch von deinem kriminellen Liebhaber. Und das in meinem Haus!» Ohne Warnung versetzte William Francesca einen Schlag in den Magen. Seine Faust traf sie am unteren Rippenbogen. Die Gewalt des Hiebes raubte ihr den Atem, so daß sie taumelnd zu Boden stürzte. «Ein Mörder. Ein Krimineller. Meine Frau geht mit einem Verbrecher ins Bett! Setzt meine Karriere aufs Spiel!» schrie er sie an, während sie, würgend und nach Luft ringend, am Boden lag. «Hast du geglaubt, ich wäre blöd? Wenn ich nach Hause kam, warst du nicht da. Wenn ich anrief, warst du nicht da. Du bist so unendlich dumm. Du schaffst es nicht einmal, mich hinters Licht zu führen.»

«Aber ich kann dich verlassen.» Sie zog sich am Geländer hoch. «Du hast mich jahrelang schikaniert, während ich versucht habe, dir eine gute Ehefrau zu sein. Wenn unsere Ehe schiefgegangen ist, hast du mindestens genausoviel Schuld wie ich. Wenn ich mich einem anderen Mann zugewandt habe, dann deshalb, weil du mich vernachlässigt hast.»

«Verschwinde aus meinem Haus!»

«Keine Sorge, ich gehe schon.» Sie begann die Treppe hinunterzugehen.

«Zu deinem Mörder?»

«Die Geschichte war vorbei, bevor sie überhaupt begonnen hatte. Wenn du schon so schlau bist, solltest du das eigentlich wissen.» Sie nahm ihr Cape, schlang es um ihre Schultern und ging in die Winternacht hinaus.

Kapitel 13

Als Francesca aufwachte, schien ihr die Sonne ins Gesicht. Sie lag, eingewickelt in ihr Cape, auf dem Boden ihres Büros. Ihr Gesicht brannte, und ihre Rippen schmerzten. Im ersten Augenblick wußte sie nicht, was sie hier machte. Dann fiel ihr alles wieder ein.

Nachdem sie das Haus verlassen hatte, war sie stundenlang durch die nächtlichen Straßen gefahren. Zu jedem anderen Zeitpunkt hätte sie Melanie angerufen, aber nicht in dieser Nacht, der Nacht nach ihrer Verlobungsfeier. Also war Francesca in die Kanzlei gefahren, an den einzigen Ort, der ihr zur Verfügung stand.

Sie erhob sich mit wackeligen Knien und öffnete die Tür.

Sanjiv holte sich draußen auf dem Flur gerade einen Kaffee. Er starrte sie erstaunt an. «Frankie! Was machen Sie denn hier?»

«Ich habe mich mit William gestritten.» Sie ließ sich auf einen Stuhl fallen. «Ich habe mitten in der Nacht das Haus verlassen.» Sie öffnete ihr Cape, um ihm ihr trägerloses Kleid zu zeigen. «Es ging um dieses Kleid. Ich habe es gestern abend auf Melanies Fest getragen, wie Sie sich vielleicht erinnern.» Obwohl sie Sanjiv nun seit zehn Jahren kannte, konnte sie sich nicht überwinden, ihm zu gestehen, daß William sie geschlagen hatte.

«In jeder Ehe gibt es einmal einen Streit. Das renkt sich schon wieder ein.» Er reichte ihr seinen Kaffeebecher und fügte hinzu: «Trinken Sie erst einmal einen Kaffee, und rufen Sie ihn dann an. Er wird sich bestimmt schon Sorgen machen.»

Sie trank dankbar den Kaffee und schüttelte die restlichen Nadeln aus ihrem Haar. «So einfach ist das Ganze leider nicht, Sanjiv. William und ich sind in letzter Zeit... äh... nicht besonders gut miteinander ausgekommen.»

«Ach, das kriegen Sie schon wieder hin. Sie sind doch unser Traumpaar.»

Francesca erkannte, daß Sanjiv nichts von ihren Eheproblemen hören wollte, nicht weil er gefühllos war, sondern weil er William wie alle anderen bewunderte. «Vielleicht sollten wir uns eine Zeitlang nicht sehen», sagte sie, ohne wirklich zu glauben, daß das ihre Ehe retten würde.

Sanjiv nickte. Er nahm wohl an, sie spreche von einem Zeitraum von ein paar Stunden. «Kommen Sie doch heute mittag mit mir zu meiner Familie zum Essen. Sie werden sich bestimmt besser fühlen, wenn Sie etwas im Magen haben. Sie können sich auch bei uns ausruhen. Dann sieht alles gleich ganz anders aus.»

Sie wandte ein, daß sie sich nicht aufdrängen wolle, aber er ließ nicht locker. Also fuhr sie am Mittag mit zu Sanjivs Familie. Sie folgte seinem Wagen mit ihrem eigenen Auto, froh darüber, einen Zufluchtsort gefunden zu haben, obwohl es ihr peinlich war, Sanjivs Familie am Sonntag zu belästigen. Außerdem plagte sie das schlechte Gewissen, weil sie und William Sanjiv und Deepa noch nie zu einer ihrer Dinnerpartys eingeladen hatten. Die beiden waren immer nur dann eingeladen worden, wenn sie einen Umtrunk für alle Kollegen der Kanzlei gegeben hatten.

Sanjiv lebte mit seiner Mutter, seiner Schwester und seiner Frau Deepa, die er erst kürzlich geheiratet hatte, in North Finchley. Frankie hatte noch nie zuvor einen indischen Haushalt von innen gesehen. Trotz ihrer momentanen Verfassung fand sie die Wohnung mit ihren kräftigen Farben, seidigen Teppichen und den Bildern des Gottes Shiva faszinierend. Sie hatte keine Ahnung, wie Sanjiv seiner Familie ihr plötzliches Eintreffen und ihr Abendkleid erklärt hatte, aber man zeigte sich besorgt, wusch ihr das Gesicht und die Hände und lieh ihr einen Schal, damit sie ihre nackten Schultern bedecken konnte.

Es war schon Spätnachmittag, als sie zu essen begannen. Das Curry war so scharf, daß Francesca Tränen in die Augen stiegen. Sie lachten auf ihre sanfte Art über sie. Sie hatte vorgehabt, gleich nach dem Essen zu gehen, aber Sanjivs Mutter bestand darauf, daß sie sich ausruhte, und so schlief sie schließlich auf dem Sofa ein. Es war schon dunkel, als sie erwachte. Irgend jemand hatte sie mit einer Decke zugedeckt. Sie schlief wieder ein und wachte erst wieder auf, als Deepa sie am Arm rüttelte und sagte: «Frankie, es ist sieben Uhr. Sanjiv ist schon in die Kanzlei gefahren. Er glaubt, daß Sie heute morgen zu Gericht müssen.»

«Er hat recht.» Frankie stand langsam auf. Ihre Rippen schmerzten immer noch, und sie fühlte sich ganz steif. «Ich weiß gar nicht, wie ich Ihnen danken soll.» Sie küßte Deepa auf beide Wangen. «Sie sind alle so nett zu mir gewesen.»

Sie fuhr mit Höchstgeschwindigkeit nach Hause. Diesen Morgen war Lindsay Daults Verhandlung, und sie mußte sich noch ihr Kostüm anziehen. Es schoß ihr durch den Kopf, daß William möglicherweise die Schlösser ausgetauscht haben könnte, aber das hatte er zum Glück nicht getan. Sie duschte rasch, stellte sich dann vor den Spiegel und drehte und wendete sich, um ihre Rippen zu untersuchen. Ein häßlicher, purpurfarbener Streifen zog sich von ihrem Bauch bis zu ihrem Rücken.

Frankie nutzte Williams Abwesenheit aus, um ihre wichtigsten Kleidungsstücke aus dem Schlafzimmer in den Schrank im Gästezimmer zu hängen. Als sie fertig war, hörte sie, wie Mrs. MacDougall die Haustür öffnete und rief: «Guten Morgen!» Schnell schrieb sie William eine Nachricht – *Ich werde meine Sachen solange im Gästezimmer aufbewahren, bis ich etwas gefunden habe, wo ich wohnen kann.* Dann steckte sie die Notiz in einen Umschlag, damit Mrs. MacDougall sie nicht lesen konnte.

«Gibt es diese Woche wieder irgendwelche Dinnerpartys, Mrs. Eastgate?» fragte Mrs. MacDougall.

«Bestimmt nicht!»

Auf Francescas Anweisung hin hatte Lindsay einen korrekten blauen Mantel angezogen und nur wenig Make-up aufgetragen. Ihr schlaffes Haar wurde von einer ordentlichen Schleife zusammengehalten. Sie sah aus wie ein furchtsames Kaninchen, dem man die Ohren hinter dem Kopf zusammengebunden hat.

Ihr Fall kam erst am späten Vormittag zur Verhandlung. Francesca bat um eine Vertagung, um den auf den neuesten Stand gebrachten Bericht der Sozialarbeiterin in ihre Verteidigung einbeziehen zu können. Der Richter stimmte ihrem Antrag zu.

«Wieder drei verdammte Monate!» stöhnte Lindsay, als sie das Gerichtsgebäude verließen. «Hätten Sie die doch einfach weitermachen lassen.»

«Wir brauchen den neuesten Bericht der Sozialarbeiterin. Nur dann können Sie hoffen, nicht ins Gefängnis zu kommen.»

«Ich möchte einfach mein Leben weiterleben.» Lindsay starrte teilnahmslos die Büroangestellten an, die die Straße entlangeilten, um in einer Imbißstube oder einem Pub zu verschwinden. All dies war für sie bedeutungslos. Sie hatte nie gearbeitet. Sie war noch nie in einem Büro gewesen, außer wenn sie einen Termin bei David oder ihrer Sozialarbeiterin hatte.

Sie gingen den Bürgersteig entlang. Francesca und Lindsay nebeneinander, während David ihnen folgte. «Warum lernen Sie nicht Maschinenschreiben?» schlug Francesca vor. «Jetzt, wo Ihre Kinder am Vormittag in der Schule sind, könnten Sie doch einen Kurs besuchen. Wenn Sie einen Job hätten, selbst wenn es nur stundenweise wäre, wären Sie weniger von anderen Menschen abhängig.»

«Dazu bin ich zu dumm.»

«Das sind Sie nicht.» Francesca wollte der jungen Frau plötzlich unbedingt helfen. «Sie sind genauso gut wie die anderen.»

Lindsay wurde rot. «Das hat mir noch niemand gesagt.»

«Aber es ist wahr.»

«Wer würde mich schon haben wollen? Ich bin vorbestraft, haben Sie das vergessen?» Lindsay kramte in ihrer Handtasche nach einer Zigarette und einem Feuerzeug. «Ich glaube, es ist besser für mich, wenn ich versuche, einen netten Kerl zu finden. Einen, der nicht die ganze Zeit in Schwierigkeiten steckt. Ist Ihr Mann nett zu Ihnen?»

«Ja... ja, natürlich ist er das.»

Lindsays Gesicht nahm einen forschenden Ausdruck an. «Sie klingen aber nicht sehr überzeugt.»

«In jeder Ehe gibt es Höhen und Tiefen.»

«Ihre ist nicht besonders glücklich, oder?» Lindsay kam einen Schritt näher. «Und Sie haben die Unverschämtheit, mir zu erzählen, ich sollte Maschinenschreiben lernen. Sie sind auch nicht besser als ich.»

«Das habe ich auch nie behauptet.»

«Aber Sie sollten es sein, das ist der Punkt.» Lindsay riß sich die ordentliche Schleife aus dem Haar und warf sie in den Rinnstein. Dann stürmte sie in Richtung U-Bahnstation davon.

Francesca, die zu verlegen war, um David anzusehen, bückte sich und hob die Schleife auf. Angelegentlich glättete sie die blauen Satinbänder.

«Sie haben sie nicht darum gebeten, ihre Heldin sein zu dürfen.» Er nahm sie beim Arm. «Kommen Sie! Sie können jetzt sicher einen Drink vertragen.»

Sie gingen in ein Pub in der Nähe. Er führte sie in eine ruhige Ecke und verließ sie dann, um eine Flasche teuren Wein und ein paar Sandwiches zu bestellen. Francesca schämte sich dafür, daß sie einst so geringschätzig über ihn gedacht hatte.

Als er zurückkam, sagte sie: «Lindsay hat allen Grund, von mir enttäuscht zu sein.»

David schenkte ihr ein Glas Wein ein. «Wenn Marius Charlwood Sie nicht empfohlen hätte, hätte ich Sie niemals gebeten, dieses Mandat zu übernehmen. Ich hätte es nie für möglich gehalten, daß die elegante Mrs. Eastgate verstehen könnte, daß Straftat nicht gleich Straftat ist.»

«Kennen Sie Marius gut?»

«Meine Schwester kennt ihn. Er hat ihr damals geholfen, ihren Antiquitätenladen aufzuziehen. Genaugenommen ist sie meine Stiefschwester. Sie ist zwanzig Jahre älter als ich. Sie sind ihr übrigens schon begegnet. Sie hat langes rotes Haar und kleidet sich wie ein Hippie.»

«Sie meinen die Frau ohne Schuhe?»

«Das war bestimmt Nicoletta.»

Francesca schenkte sich Wein nach und fragte so beiläufig, wie sie konnte: «Sind sie und Jack Broderick schon lange ein Paar?»

«Ach, da haben Sie mich aber falsch verstanden! Nicoletta ist Marius' Freundin. Er hat sie aus dem Dreck gezogen. Als sie ihn kennenlernte, war sie drogenabhängig, ihre Ehe war gescheitert, und sie stand kurz davor, das Sorgerecht für ihren Adoptivsohn Jolyon zu verlieren. Marius hat ihr den Glauben an die Zukunft wiedergegeben.»

«Wie er das auch bei Jack getan hat.» Francesca wurde plötzlich von Sehnsucht nach Jack überwältigt. Sie spülte in Wellen über sie hinweg, während sie David zuhörte, der aufzählte, was Marius für Nicoletta alles getan hatte. Sie wollte aus dem Pub rennen, ein Taxi herbeiwinken und schnurstracks zu Jack fahren. Die Angst, er könnte sie zurückweisen, hielt sie jedoch davon ab.

Es wäre vernünftig gewesen, in das Gästezimmer zu ziehen, aber Francesca wollte mit William nicht länger unter einem Dach leben. Vielleicht würde er sie noch einmal schlagen. Und selbst wenn er es nicht mehr täte, die Angst würde bleiben. Sie kehrte nach Hause zurück, packte eine Reisetasche und fuhr dann in den Straßen von Camden umher, bis sie ein passendes Hotel fand. Es war klein und anonym. Als sie die Tür ihres Zimmers hinter sich schloß und ihre Schuhe von den Füßen schleuderte, fühlte sie sich in ihrer gemieteten Isolation sicher. Sie lag auf dem Bett, aß ihr Abendessen, das sie sich unterwegs gekauft hatte, und sah dabei fern. Draußen herrschte noch reger Verkehr in Richtung Norden, nach Hampstead. Sie fragte sich, ob William sich Sorgen um sie machte. Ob sich überhaupt irgend jemand Sorgen um sie machte. Sie hatte das Gefühl, als hätte sie einen großen Schritt ins Ungewisse getan.

Am Morgen ging sie auf die unvertraute Straße hinaus. Sie hatte eine Besprechung mit einem Solicitor und seiner Mandantin, einer Mrs. Blackbird, einer eleganten Frau mittleren Alters, die entdeckt hatte, daß ihr kürzlich verstorbener Mann ein Doppelleben geführt hatte. Eine junge Frau aus Newcastle mit zwei kleinen Kindern hatte völlig unerwartet Ansprüche auf sein Vermögen angemeldet. In Mr. Blackbirds Papieren wurde diese junge Frau zwar nicht erwähnt, aber er hatte alle zwei Monate bei der Filiale seiner Bank in Newcastle tausend Pfund abgehoben. Die junge Frau behauptete nun, daß sie dieses Geld erhalten hätte. Mrs. Blackbird hatte von der ganzen Sache nichts gewußt.

Das Vermögen ihres Mannes bestand aus einem großen Haus in Surrey, einer Wohnung in London und mehreren über das ganze Land verstreuten Geschäften. Mrs. Blackbird hatte ihn bei der Gründung dieser Geschäfte unterstützt. Das Erbe ihrer Eltern hatte sie während der Rezession von 1979/80 über Wasser gehalten.

Sie weigerte sich zu glauben, daß ihr Mann sie hintergangen hatte. Francesca riet zu einer DNA-Analyse, um festzustellen, ob Mr. Blackbird der Vater dieser Kinder war. Mrs. Blackbird willigte ein. Sie war davon überzeugt, daß das nicht der Fall war.

Dieser Fall lenkte Francesca von ihren eigenen Problemen ab. Mittags kehrte sie nach Islington zurück, las ihre Post, packte ein paar Kleidungsstücke ein, ließ Geld für Mrs. MacDougall da und fütterte Jaws und Big Ears. Am Abend fuhr sie direkt zum Hotel zurück.

Als sie am nächsten Morgen in der Kanzlei eintraf, saß William an ihrem Schreibtisch. Es ärgerte sie, ihn dort sitzen und in ihrem Terminkalender blättern zu sehen. «Was soll das Ganze?» wollte er von ihr wissen.

«Du hast mich geschlagen. Oder hast du das etwa schon vergessen?»

«Du bist meine Frau. Erwartest du, daß ich einen Ehebruch einfach hinnehme?»

«William, es wäre nicht passiert, wenn du dich mir gegenüber nicht immer so abweisend verhalten hättest. Ich habe dich einmal geliebt. Aber du hast meine Gefühle für dich mit deiner ständigen Kritik abgetötet.» Sie holte tief Luft. «Wenn du dich von mir scheiden lassen willst, ist das dein gutes Recht.»

«Ein Eastgate läßt sich nicht scheiden!» Er ging zur Tür, riß sie auf und schloß sie dann wieder. «Ich könnte deine Untreue nicht vergessen, Francesca.» Er sprach mit ruhiger, trauriger Stimme. «Wenn ich mich aber darauf verlassen kann, daß so etwas nicht noch einmal passiert, könnte ich dir vielleicht verzeihen.»

«Und mich für den Rest meines Lebens damit erpressen?»

«Das würde ich nicht tun, das verspreche ich dir. Bitte komm zu mir zurück.»

«Ich weiß nicht», sagte sie leise. «Ich kann im Augenblick keinen klaren Gedanken fassen. Laß mir etwas Zeit.»

Als er den Raum verließ, klingelte das Telefon. Es war Alexanders Solicitor. «Schlechte Neuigkeiten», sagte er. «Die Kindergärtnerin des Jungen ist bei einem Bootsunfall ums Leben gekommen.»

«Was ist mit den Gutachten der Ärzte?»

«Der Psychologe hält es für äußerst unwahrscheinlich, daß der Junge je über den geistigen Entwicklungsstand eines Zehnjährigen hinauskommen wird. Der Kinderarzt bestätigt einen Hirnschaden, kann aber nicht genau bestimmen, wann er eingetreten ist. Die Tests, die nach der Geburt durchgeführt wurden, zeigen normale Ergebnisse. Aber natürlich hat man damals keine Computertomographie durchgeführt, denn dafür schien keine Notwendigkeit zu bestehen.»

Francesca versuchte sich zu konzentrieren, aber sie war noch ganz aufgewühlt von Williams Besuch und seiner ruhigen, traurigen Stimme. Der Solicitor plapperte weiter von der «Offenlegung prozeßwichtiger Urkunden» – dem Punkt, an dem jede Partei in einem Zivilverfahren der anderen Partei eine Liste aller vorhandenen Dokumente vorlegen und ihr Zugang zu den jeweiligen Beweismitteln gewähren muß.

Francesca unterbrach ihn. «Wenn wir nicht mehr Beweise haben, werden wir den Fall verlieren – und die zwanzigtausend Pfund. Haben Sie überprüft, ob es bei anderen Operationen an diesem Tag Probleme gegeben hat? Ich weiß, daß Sie die Krankenberichte Dritter nicht einsehen dürfen, aber Sie brauchen nur herauszufinden, ob es während einer vorhergehenden oder nachfolgenden Operation Probleme mit dem Sauerstoff gegeben hat. Gibt es irgendwelche Aufzeichnungen von Anrufen bei den Herstellern der medizinisch-technischen Geräte? Was ist mit dem Operationspersonal? Gibt es irgendwelche Berichte des Anästhesisten oder der Person, die die Geräte überprüft? Sind da irgendwelche Unstimmigkeiten?» Plötzlich merkte sie, daß sie in den Hörer schrie. «Ich lasse es Sie wissen, wenn mir noch etwas einfällt», schloß sie und legte auf.

Den Rest der Woche dachte Francesca zwar über das, was William ihr vorgeschlagen hatte, nach, aber sie setzte sich nicht mit ihm in Verbindung. Sie fürchtete, aus den falschen Gründen zu ihm zurückzukehren: aus Einsamkeit und Angst. Niemandem in der Kanzlei war bisher aufgefallen, daß in ihrer Ehe etwas nicht stimmte. Melanie hatte Urlaub genommen, um auf Haussuche zu gehen. Sie telefonierten miteinander, aber Francesca vertraute ihr ihre Probleme nicht an. Zu Sanjiv sagte sie lediglich: «Es ist wieder alles in Ordnung. Bitte sagen Sie Deepa und Ihrer Mutter herzlichen Dank für ihre Freundlichkeit.»

Aber sie war es nicht gewohnt, allein zu leben. Im Lauf der Zeit wurde ihr bewußt, wie sehr sie von William abhängig gewesen war. Manchmal fühlte sie sich einsam. Manchmal einfach nur allein. Am Wochenende ging sie ins Kino. Sie war noch nie allein im Kino gewesen und kam sich kühn und unabhängig vor. Danach ging sie in ein italienisches Restaurant und bestellte eine Pizza. Um sie herum saßen Paare, die Händchen hielten, Freunde, die miteinander plauderten, und Familien mit kleinen Kindern, die ein frühes Abendessen einnahmen. Es wurde Francesca schmerzhaft bewußt, daß sie außer Melanie keine engen Freunde hatte. Sie hatte sie nicht gebraucht, oder, besser gesagt, William hatte beschlossen, daß sie sie nicht brauchte. Und sie hatte den Fehler begangen, seine Entscheidung nicht in Frage zu stellen.

Am Sonntag spazierte sie über den Flohmarkt am Camden Lock und kaufte dort einen dicken gelben Pullover mit einem grünen Drachen darauf, nicht etwa weil sie etwas zum Anziehen brauchte, sondern weil der Mann, der ihr den Pullover verkaufte, fröhlich und gesprächig war. «Ich habe Sie hier noch nie gesehen», sagte er.

«Ich war auch noch nie hier.»

«Sind Sie gerade erst nach London gezogen?»

«So ähnlich.» Sie wäre gern noch geblieben und hätte sich weiter unterhalten, aber andere Kunden forderten seine Aufmerksamkeit.

Seine Freundlichkeit löste eine Welle von Einsamkeit in ihr aus. Sie suchte eine Telefonzelle und rief ihre Mutter an. «Aber Liebling», stieß ihre Mutter entsetzt hervor, als sie die Neuigkeit erfuhr, «du solltest nicht ausziehen. William wird die Schlösser austauschen lassen. Du wirst alles verlieren.»

«Das ist mir egal.» Francesca legte ohne ein weiteres Wort auf.

Wieder im Hotel, legte sie sich auf das Bett und starrte die langweiligen Vorhänge am Fenster an. Was sie erlebte, war kein Abenteuer mit ungewissem Ausgang mehr. Es war die Realität.

Tränen brannten in ihren Augen. Sie versuchte sie zu unterdrükken, aber es gelang ihr nicht.

Sie kämpfte sich durch eine weitere Woche, versuchte, sich auf ihre Arbeit zu konzentrieren. Morgens nach dem Aufwachen war sie erschöpfter als beim Zubettgehen. Bei jedem Bissen, den sie aß, mußte sie würgen. Es war jedesmal eine Erleichterung für sie, dem Hotel zu entfliehen und in die Kanzlei gehen zu können, zu ihrer Tagesfamilie, die jetzt ihre einzige Familie war. Sie vermißte William, obwohl sie ihren Beweggründen mißtraute. Sie vermißte es, mit jemandem zusammenzusein, mit jemandem zu reden, selbst wenn dieser jemand sie weitgehend ignorierte.

Melanie war immer noch auf der Suche nach einem Haus. Sie rief an, um mit Francesca über die Häuser zu sprechen, die sie sich angesehen hatte. Sie unterhielten sich über Farben und Ausstattung. Es erschien Frankie unglaublich, daß sie diese rationale Unterhaltung führen konnte, während sich ihr Leben auf so drastische Weise verändert hatte.

In dem Durchgang, der vom King's Bench Walk zur Temple Church führte, begegnete Francesca William. Als sie ihn auf sich zukommen sah, begann ihr Herz heftig zu klopfen. Sie wußte nicht, ob aus Angst, aus Liebe oder aus Nervosität.

«Hast du über das, was ich dir vorgeschlagen habe, nachgedacht?» fragte er sie steif.

«Ja. Aber ich brauche noch etwas Zeit, William. Ich möchte keinen Fehler machen.» Sie lächelte zaghaft. «Uns beiden zuliebe.»

Er machte einen Schritt auf sie zu. Sie glaubte, er würde sie in die Arme nehmen, aber er packte sie grob an den Schultern, so daß sie durch den Stoff ihres Jacketts hindurch seine Fingernägel spüren konnte. «Hier haben wir unser Ehegelübde abgelegt», zischte er, während er sie zwang, die Temple Church anzusehen. «Hier hast du versprochen, allen anderen Männern zu entsagen. Oder hast du das vergessen?»

«Und du hast versprochen, mich zu lieben und zu ehren, nicht, mich zu schlagen und zu tyrannisieren!» Sie entwand sich seinem Griff und eilte weiter. Wie hatte sie auch nur in Erwägung ziehen können, zu ihm zurückzukehren?

Am Wochenende fuhr sie nach White Oast, weil ihre Mutter gedroht hatte, sonst nach London zu kommen. «Ich werde dir keine Fragen stellen», versprach ihre Mutter. «Aber ich wollte, du würdest dir von mir helfen lassen. Ich habe Angst, daß du noch obdachlos wirst wie ich damals, als ich Ben verlassen habe.»

«Reden wir von etwas anderem. Bitte!» Frankie fügte nicht hinzu, daß ihre Mutter sie sowieso nicht verstehen würde, weil sie damals Leidenschaft gegen Sicherheit eingetauscht hatte. Liebe gegen Zuneigung. Ben gegen Steven. Frankie lebte ihr Leben genau umgekehrt.

Nach dem Komfort von White Oast fiel es ihr noch schwerer, in das trübselige Hotel zurückzukehren. Sie schleppte sich durch eine weitere Woche. Und noch eine. Von William hörte sie nichts, obwohl sie weiterhin nach Islington fuhr, um ihre Post und frische Kleidung zu holen und Big Ears und Jaws zu füttern. Melanie kam wieder zur Arbeit. Sie und Simon hatten ein Haus in West Kensington gefunden. Sie erzählte ganz aufgeregt davon. Francesca hörte zu. Sie vertraute sich ihr nicht an. Wieder hatte sich alles bereits viel zu weit entwickelt.

Langsam fühlte sie sich besser. Sie gewöhnte sich daran, allein essen zu gehen. Sie wurde Mitglied des National Film Theatre und sah sich jeden Film an, der auf dem Programm stand. Als David Jarrow anrief, um ihr ein gemeinsames Mittagessen vorzuschlagen, hatte sie das Gefühl, daß sie aus dem Gröbsten heraus war. Sie trafen sich wieder in dem Pub in der Nähe des Gerichts und redeten über dies und das. «Wie geht es Jack?» fragte sie schließlich ganz beiläufig.

«Ich habe ihn gestern gesehen. Er hat sich auch nach Ihnen erkundigt.» Er grinste. «Und das in genau demselben gleichgültigen Ton.»

Jack inspizierte gerade mit dem Architekten die Reparaturen, die an der tragenden Konstruktion des Stadions vorgenommen worden waren, als Francesca durch die obere Tür der Haupttribüne auf die Zuschauerränge hinausstürmte. Sie trug das schwarze Kostüm mit der kurzen Jacke und dem engen Rock, das sie bei ihrem ersten Besuch getragen hatte. Es wirkte elegant und streng. Mit ihrem geflochtenen Zopf sah sie von Kopf bis Fuß wie eine Anwältin aus. «Ich muß mit dir reden», rief sie zu ihm hinunter.

«Ich habe zu tun.»

«Ich kann nicht warten.»

Er beachtete sie nicht.

«Jack, es fällt mir nicht leicht.»

Er sagte etwas zu dem Architekten, drehte sich um und kam langsam auf sie zu. «Was willst du, Frankie?»

Sie stand einige Stufen über ihm und ballte und öffnete die Fäuste. Dann zuckte sie auf die ihr eigene hilflose, verletzliche Weise mit den Schultern. «Ich wollte dich sehen.»

Er rannte die breiten Stufen hinauf, packte sie bei der Hand und zerrte sie zum Paddock House.

«Jack! Warte!» Sie lachte, ihr Gesicht war rot geworden, und ihre Augen glänzten in der frostigen Morgenluft.

Er zog sie die Treppe hinauf ins Dachgeschoß, stieß die Tür auf und schlug sie dann hinter ihnen wieder zu. Genauso unvermittelt ließ er sie dann wieder los. «Die Frau eines anderen Mannes will ich nicht haben», sagte er. «Wenn du gekommen bist, um mir einige gestohlene Augenblicke anzubieten, kann ich darauf verzichten. Ich will morgens neben dir aufwachen. Ich will mit dir reden, ohne die Minuten zählen zu müssen. Ohne daran denken zu müssen, daß uns, wenn wir uns unterhalten, keine Zeit mehr für die Liebe bleibt. Ich will dich am Abend ausführen und stolz darauf sein können, wenn andere Männer mich beneiden. Ich will dich hier sehen, schmuddelig und mit ungekämmtem Haar, während du mich unter deinen geraden Augenbrauen hervor so merkwürdig streng ansiehst. Ich will mit dir streiten können, ohne Angst davor haben zu müssen, daß du mich am nächsten Tag verläßt. Ich will diese Treppe hinaufrennen und wissen, daß du da bist. Ich will lieben. Streiten. Lachen.»

«Ich habe William vor einem Monat verlassen.»

«Warum bist du dann nicht gleich zu mir gekommen?»

«Ich mußte mir erst sicher sein.»

«Daß du nicht einfach eine Lücke füllst?»

«Und daß ich stark genug bin, es zu überleben, wenn du mich wegschickst.»

Er nahm ihr Gesicht in die Hände. Sie umarmte ihn. Seine Lippen streiften ihren Mund so zart, daß sie ihn kaum berührten. Aber es reichte aus, um den Funken überspringen zu lassen. Ihr Mund öffnete sich. Er küßte ihren weichen Mundwinkel. Sie schmolz dahin. Jetzt drückte er seinen Mund fester auf den ihren, küßte sie leidenschaftlich.

Er löste ihren Zopf, so daß ihr Haar weich um ihr Gesicht fiel. Er streifte ihr das Jackett von den Schultern und knöpfte ihre cremefarbene Bluse auf. Er zog ihr den Rock aus und ließ ihn zu Boden gleiten. Nun stand sie in ihrer zarten, cremefarbenen Seidenunterwäsche und ihren hellen Seidenstrümpfen, die von kleinen, cremefarbenen Strapsen gehalten wurden, vor ihm.

«Was ist denn das?» Er hielt sie auf Armeslänge von sich ab und starrte auf die Prellung, die zwar blasser geworden war, sich aber immer noch auf dem unteren Teil ihres Brustkorbs abzeichnete. «Hat dieser elende Heuchler, der bei jedem Schläger den Moralapostel herauskehrt, etwas seine eigene Frau verprügelt?»

«Er hat das mit uns herausgefunden.»

«Und du bist trotzdem nicht gleich zu mir gekommen?» Er hob sie hoch und legte sie zärtlich auf sein Bett. Dann beugte er sich über sie, um die Prellung zu küssen. «Ich hasse Männer, die Frauen schlagen. Das ist mehr als feige. Brutale Männer tun so etwas. Die Armen. Die Ungebildeten. Die, die sich mit Worten nicht ausdrücken können. Sie tun es aus Frustration. Das könnte man fast verstehen. Bei einem Mann wie William Eastgate ist es absolut unbegreiflich.»

Sie streckte ihre Arme aus und zog ihn zu sich herunter. «Es spielt keine Rolle, Jack. Wir haben doch uns. Denk nicht an William. Er ist Vergangenheit. Er kann mir jetzt nichts mehr anhaben.»

Er zog sich rasch aus und legte sich neben sie, küßte ihre nackten Schultern und fuhr mit der Zunge in das Tal zwischen ihren Brüsten. Er strich mit seinen Fingern an ihrem Bein hinauf, streichelte dabei die zarte Haut auf der Innenseite ihrer Schenkel. Mit langsamen, kreisenden Bewegungen arbeitete er sich weiter nach oben. Sie flüsterte ihm etwas ins Ohr. Er liebkoste sie ohne jede Eile. Seine Lippen wanderten über ihren flachen Bauch. Sie zog ihn auf sich. Sie liebten sich auf Arten, die sie bei William peinlich, ja sogar abstoßend gefunden hätte. Bei Jack war das etwas anderes. Sie liebte es, seine Erregung zu spüren, zu wissen, daß sie ihm große Lust bereitete. Er war um sie herum. In ihr. Bei ihr. Über ihr. Es war, als wären ihre beiden Körper zu einem verschmolzen. Außerhalb des Dachzimmers existierte nichts mehr. Er riß sie mit sich fort, wobei er sie niemals zur Eile trieb, bis sie aufschrie, bis keiner von beiden sich länger zurückhalten konnte.

Im Gegensatz zu William rollte sich Jack nicht einfach zur Seite, sondern blieb schweratmend auf ihr liegen. Sie genoß sein Gewicht. «Ist es im Bett nicht viel bequemer als im Gras?» fragte er und küßte sie auf die Nasenspitze.

«Ach, mir hat dieses Fleckchen in den Downs gefallen. Ich habe oft daran gedacht. Eines Tages wäre ich fast dorthin zurückgefahren, nur um die Stelle noch mal zu sehen.»

«Ich war tatsächlich dort. Aber es war nicht dasselbe. Du warst nicht da.»

«Warum hast du dich dann nicht bei mir gemeldet? Du wußtest doch, daß ich dich sehen wollte. Ich war sogar im Stadion.»

«Und hast Nicoletta erzählt, du hättest dich geirrt.»

«Ich dachte, sie wäre deine neue Freundin.»

Er lächelte. «Warst du eifersüchtig? Ich hoffe, du warst es.»

«Ziemlich! Aber du hast meine Frage nicht beantwortet.»

Er rollte sich auf den Rücken und zog sie dabei mit sich, so daß sie auf ihm zu liegen kam, das Gesicht an seine Brust geschmiegt. «Als du an diesem Samstag nicht gekommen bist, habe ich die widersprüchlichsten Gefühle durchlebt. Sorge. Angst. Ungläubigkeit. Zorn. Noch größere Sorge. Ich habe bei dir zu Hause angerufen. Ich bin nach Islington gefahren. Ich habe dein Auto gesehen, aber das größere – seins – war weg! Ich habe gesehen, wie deine neugierige Nachbarin in euer Haus gegangen ist. Sie hatte einen Schlüssel. Da wußte ich, daß du verreist warst. Ich war so verletzt und wütend, daß ich dich am liebsten umgebracht hätte.»

«Ich hatte keine Ahnung, daß William die Flugtickets gekauft hatte, bis ich zu Hause ankam. Ich habe versucht, dich anzurufen, von zu Hause, vom Flughafen, an unserem ersten Morgen in dem griechischen Dorf, aber ich war nie allein.»

«Und du warst nicht bereit, ihm einfach zu sagen, daß du nicht mit ihm nach Griechenland fliegen würdest?» fragte Jack ruhig.

«Ich konnte mich nicht dazu überwinden, ihn wie einen Idioten dastehen zu lassen.»

«Deine Anwaltsfreunde werden sich von dir abwenden, wenn sie das mit uns herausfinden.»

«Mel nicht.» Francesca lächelte. «Sie ist meine beste Freundin. Die anderen sollen denken, was sie wollen. Es geht sie nichts an.»

Er packte sie bei den Armen. «Ich möchte nicht, daß man dir weh tut.»

«Das wird man auch nicht. Und außerdem habe ich ja dich, da wird mich ihr Verhalten nicht so sehr treffen.»

Sie liebten sich wieder. Der Morgen verging. Sie tranken Sekt und aßen Rührei, das Jack zubereitet hatte. Sie unterhielten sich und legten sich dann schlafen. Als sie aufwachten, war es früher Abend. Marius war zu Nicoletta gefahren. Frankie war froh darüber. In dieser ersten gemeinsamen Nacht hätte sie die Gegenwart des alten Mannes verlegen gemacht.

Sie wachte im Morgengrauen auf und lag neben Jack, ohne sich zu rühren, während sie auf seinen Atem lauschte und die Silhouetten in dem fremden Zimmer betrachtete. Schließlich schlüpfte sie aus dem Bett, duschte und zog die Kleider an, die sie tags zuvor getragen hatte. Sie hatte keine anderen. «Ich muß jetzt gehen», murmelte sie Jack ins Ohr.

Er öffnete ein Auge. «Was machst du denn in diesem schwarzen Kostüm? Es erinnert mich ans Gefängnis.»

«Ich habe um neun eine Besprechung. Ein Sorgerechtsfall.»

«Wann bist du zurück?»

«So bald wie möglich.»

Er umfaßte ihre Beine und zog sie zu sich aufs Bett.

Sie quietschte: «Nein! Jack! Ich komme zu spät.»

«Nein, kommst du nicht.»

Sie lag quer über dem Bett. Der enge, schwarze Rock war nach oben gerutscht, so daß ihre cremefarbenen Strapse zu sehen waren. Er zog ihr weder das Jackett noch den Rock aus, nicht einmal die Schuhe. Sie liebten sich hastig, dringlich, und die Eile steigerte ihre Leidenschaft.

Draußen vor den Makepeace Buildings stand Williams Auto. Francesca stellte ihren Wagen so weit entfernt wie möglich ab. Dann eilte sie über den Parkplatz und rannte die Treppen zu ihrem Büro hinauf. Sie war dankbar, daß sie keinem ihrer Kollegen begegnete.

Der Sorgerechtsfall war an sich eine Routineangelegenheit. Kompliziert wurde er nur dadurch, daß die Mutter des Kindes entschlossen war, dem Vater jeden Umgang mit dem Kind zu verweigern. Sie begründete ihr Verhalten ausschließlich damit, daß er nun mit einer anderen Frau zusammenlebte. Francesca dachte an ihre eigene Situation und war froh, daß sie keine Kinder hatten, denn William hätte bis zum letzten um diese Kinder gekämpft.

Den ganzen Morgen mußte sie immer wieder an Jack denken. Ihre Haut prickelte immer noch von seinen Liebkosungen. Ihre Wangen brannten, und ihre Augen strahlten. Ihr Mund war von seinen Küssen ganz geschwollen. Wenn sie sich bewegte, konnte sie auf ihren Kleidern ganz schwach seinen Duft riechen. Er roch wunderbar. Sie konnte gar nicht genug davon bekommen. Sie hob den Arm ans Gesicht, um am Ärmel ihres Jacketts zu schnuppern.

Mittags fuhr sie zu ihrem Hotel in Camden, packte ihre Sachen, bezahlte ihre Rechnung und schloß die Tür zu dem seelenlosen Zimmer, in dem ihr Abenteuer begonnen hatte. Vom Hotel aus fuhr sie eilig nach Islington, packte ein paar Kleidungsstücke ein, fütterte Jaws und Big Ears und rief ihre Mutter an. «Danke, daß du so viel Verständnis für mich gezeigt hast», sagte sie.

«Bist du immer noch in diesem schrecklichen Hotel?»

«Nein. Ich bin wieder im Haus», antwortete Francesca wahrheitsgemäß, gab aber keine genaueren Erläuterungen.

Auf ihrem Schreibtisch im Büro lag eine Nachricht von Melanie: *Essen wir morgen zusammen zu Mittag?*

Sie schrieb als Antwort: *Tut mir leid, ich kann diese Woche nicht. Ich erkläre dir später alles. Alles Liebe, Frankie.*

An diesem Abend führte Jack sie in ein kleines, intimes italienisches Restaurant in der Nähe des Richmond Hill. Sie saßen dort stundenlang und unterhielten sich. «Ich wünschte, du hättest Tante Phoebe noch kennengelernt», sagte er. «Du hättest sie gemocht. Und sie dich.»

«Hat sie wie deine Mutter ausgesehen?»

«Ach, sie war nicht meine richtige Tante. Sie hat mich adoptiert, allerdings nicht offiziell. Damals war man nicht so pingelig. Sie wollte mir nie erzählen, wo sie meine Mutter kennengelernt hatte. Es muß wohl in einem der Londoner Büros gewesen sein, die sie geputzt hat. Ich weiß nur, daß meine Mutter siebzehn war, als sie mich bekam, daß sie unverheiratet war und Jackie hieß.»

«Und dein Vater?»

«Er war verheiratet und wollte nichts von mir wissen.»

«Hast du niemals versucht, deine Mutter zu finden?»

«Wozu denn?» Er rührte Zucker in seinen schwarzen Kaffee. «Gut möglich, daß sie säuft und mich das angeekelt hätte. Oder daß sie durch und durch ehrbar ist und entsetzt wäre, einen Exsträfling zum Sohn zu haben. Phoebe war für mich wie eine Mutter.»

Er sagte das sehr leidenschaftlich. Francesca streckte ihren Arm über das karierte Tischtuch und nahm seine Hand.

Mit Jack zusammenzuleben war ganz anders als das Leben mit William. Als Nachtmensch liebte er es, sich bis drei oder vier Uhr morgens zu unterhalten, entweder unten mit Marius und Nicoletta bei einer Flasche Whisky oder im Bett mit Frankie, in eine eigene Welt gekuschelt. Unter der Woche hatten sie eine Vereinbarung: Sie lag spätestens um Mitternacht im Bett, damit sie am nächsten Morgen für die Arbeit frisch war. Am Wochenende wurde auch sie zu einem Nachtmenschen.

Jack haßte jede Art von Routine. In dieser Hinsicht war er wie ihr Vater. Manchmal aßen sie früh, manchmal spät, manchmal überhaupt nicht. Er spielte gern mit Marius und Eamonn zehn Stunden hintereinander Karten. Obwohl Marius dafür kein Verständnis zeigte, weigerte sich Frankie beharrlich, an ihrem Spiel teilzunehmen. Er ging gern mitten in der Nacht am Fluß spazieren, unter den Brücken und auf dem Treidelpfad unterhalb der Gärten des alten Richmond Palace entlang. «Ich wurde vierzehn Jahre lang von Mauern und einer Glocke beherrscht», erklärte er Frankie.

Nur am Morgen folgte er einem bestimmten Programm. Sobald

er aufstand, stieß er alle Fenster weit auf, ganz gleich, welches Wetter draußen herrschte. Als Francesca protestierte, sagte er: «Immer wenn ich morgens das Fenster öffne, denke ich daran, daß ich frei bin.» Da wußte sie, daß es keinen Sinn hatte, weiter mit ihm über diese Frage zu diskutieren.

Wegen Big Ears und Jaws kehrte Francesca jeden Tag nach Islington zurück. Bei einem ihrer Besuche fand sie auf dem Bett im Gästezimmer eine Nachricht von William: *Wir müssen miteinander reden. Bitte komm am Freitag um 17 Uhr.*

Als sie Jack davon erzählte, reagierte er nicht gerade erfreut. «Wir wollten doch zum Rennen nach Brighton fahren», wandte er ein.

Sie legte den Arm um ihn. «Ich bin bis halb sieben wieder zurück, das verspreche ich dir. Aber ich muß mich mit William treffen. Je eher alles geregelt ist, desto besser.»

Als sie eintraf, wartete William schon im Arbeitszimmer auf sie. Er saß vollkommen reglos da. Seine langen, bleichen Finger umklammerten den Rand seines Schreibtisches. «Du hast dich verändert», sagte er eisig. «Aber das ist vermutlich normal, wenn man mit einem Mörder zusammenlebt.»

Sie setzte sich nicht hin. «Wenn du beleidigend wirst, gehe ich sofort wieder.»

«Du bist meine Frau!» Er schlug mit der Faust auf den Tisch.

«Ich möchte die Scheidung.»

«Nach einem einzigen kleinen Streit?»

«Du hast mich geschlagen. Du hast mich tyrannisiert, was ich all die Jahre klaglos hingenommen habe. Ich habe mich wirklich darum bemüht, dir eine gute Ehefrau zu sein. Erinnerst du dich etwa nicht mehr daran, wie oft ich dich gebeten habe, mit mir zu reden? Nein, das tust du wohl nicht. Du hast mich als dein Eigentum betrachtet, so als wäre ich eins deiner Bücher. Ich war für dich nur als Gastgeberin von Bedeutung. Und nur vor deinen Gästen hast du mich gelobt. Ich habe mich so sehr bemüht, es dir recht zu machen, William, aber du warst nie zufrieden.»

«Du warst untreu. Du hast Schande über meinen Namen gebracht.»

«Unsere Ehe ist nicht wegen Jack gescheitert. Er war lediglich der Auslöser, nicht der Grund. Ich werde am Wochenende ausziehen.»

«Ziehst du bei diesem Mörder ein?»

Francesca gab ihm keine Antwort. Sie ging aus dem Arbeitszimmer und die Treppe hinauf.

«Wohin willst du?» rief er ihr nach.

«Ein paar Kleider holen. Sie gehören mir!»

Als sie nach ein paar Minuten in einer schwarzen Samthose und einem smaragdgrünen Jackett wieder herunterkam, rief er ganz leise: «Francesca!»

Sie ging an die Tür zum Arbeitszimmer.

Er saß mit gesenktem Kopf an seinem Schreibtisch und streichelte den in Leder gebundenen Gedichtband von Alexander Pope, den sie ihm im Sommer geschenkt hatte. «Hast du mich schon betrogen, als du mir das hier geschenkt hast?» fragte er.

Sie schüttelte stumm den Kopf.

Er musterte sie eindringlich. In seinen Augen stand die nackte Qual. «Hast du eine Ahnung, wie leer dieses Haus ohne dich ist?»

«Es tut mir leid. Ich wollte nicht, daß es so mit uns endet.»

«Geh nicht. Trink noch etwas. Du siehst so hübsch aus. Du leuchtest richtig von innen heraus, genau wie damals, als wir frisch verheiratet waren. Damals waren wir doch glücklich, nicht wahr?»

Sie nickte.

«Bitte setz dich. Nur ein paar Minuten.»

Sie warf einen Blick auf ihre Armbanduhr. Es war schon nach halb sechs. «Also gut. Aber ich muß rasch telefonieren.»

Er schob ihr den Apparat zu, aber sie wollte nicht in seiner Gegenwart mit Jack telefonieren. Sie ging in die Küche, wählte die Nummer des Paddock House und bat Marius, Jack auszurichten, daß sie ein bißchen später käme.

William hatte ihr den Rücken zugewandt, als sie zurückkehrte. Er starrte in den Garten hinaus. Auf dem Schreibtisch stand ein Glas Sherry. «Darf ich dich bitten, niemandem von Broderick zu erzählen?» sagte er. «Das wäre weder meiner noch deiner Karriere förderlich. Es ist allgemein bekannt, daß das Ministerium des Lordkanzlers ein Dossier über jeden potentiellen neuen Richter anlegt. Der Skandal, den es geben würde, wenn sich herumspräche, daß meine Frau jetzt mit einem Kriminellen zusammenlebt, könnte meine Chancen mit einem Schlag zunichte machen.»

«Natürlich werde ich diskret sein. Ich möchte deiner Karriere nicht schaden.»

«Könnten wir wenigstens bis Weihnachten so tun, als ob mit unserer Ehe alles in Ordnung wäre?» fuhr er fort. «Ich bitte dich nicht, hier zu übernachten. Aber wir sind zu Simons und Melanies Hochzeit eingeladen und zur Weihnachtsfeier bei den Culmstocks. Die Leute werden über uns reden, wenn wir bei diesem Anlaß nicht gemeinsam erscheinen.»

Francesca konnte nicht anders, sie empfand Mitleid für William. Er war in Regeln erstarrt, wohingegen sie, dank Jack, jetzt frei war. «Wir werden zusammen hingehen», sagte sie. Jack würde das mit Sicherheit nicht gefallen, aber sie brachte es einfach nicht über sich, William mehr als nötig weh zu tun.

Kapitel 14

Als Francesca das Stadion schliesslich erreichte, war Jack bereits auf dem Weg nach Brighton. Sie ging ins Dachgeschoß hinauf, legte sich aufs Bett, sah fern und wartete auf ihn. Um Mitternacht ging sie schlafen. Am nächsten Morgen war er immer noch nicht da.

Unten in der Küche strich ein Junge mit einem engelhaften Gesicht und Tätowierungen auf beiden Armen die Fensterrahmen. Zwei junge, schmuddelige, aber sehr hübsche Mädchen lümmelten sich auf Stühlen herum. Sie hatten die verdrossene Wachsamkeit von Schulschwänzerinnen an sich. «Ist Jack aus Brighton zurück?» fragte Francesca den Jungen.

Er grinste sie unverschämt an. «Keine Sorge, Schätzchen. Er wird schon irgendwann kommen. Wenn nicht heute, dann morgen. Sie kennen doch Jack.»

Als er mittags immer noch nicht zurück war, besuchte Francesca Nicoletta in ihrem kleinen, vollgestopften Antiquitätenladen. Das Geschäft war wie seine Inhaberin etwas verwahrlost, aber sehr hübsch. Auf einer beschädigten Frisierkommode stand ein zartes Coalport-Frühstücksservice mit Blumenmuster, ein Regency-Kartentisch wurde von den Brandflecken einer Zigarette verschandelt, und frische Blumen standen in einer Ming-Vase, die einen Sprung hatte.

Francesca hatte vorgehabt, einfach hereinzuschauen und Jack nur ganz nebenbei zu erwähnen, aber binnen kurzem marschierte sie zwischen einem Directoire-Stuhl und einem viktorianischen Schaukelpferd auf und ab und tobte: «Ich komme nur eine halbe Stunde zu spät, und er fährt einfach ohne mich. Und er ist immer noch nicht zurück!»

Nicoletta lachte und schaltete den Wasserkocher ein. Dann stellte sie sich vor den Spiegel und strich sich die langen, glatten Strähnen ihrer hennaroten Haare hinter die Ohren. «Woher sollte Jack denn wissen, daß du es dir nicht anders überlegt hast, als du deinen Mann und dein komfortables Zuhause wiedergesehen hast?» Ihr Tonfall war gemessen und erinnerte Frankie an ihre Mutter.

«Ich werde niemals zu William zurückkehren.»

«Du kannst es Jack nicht übelnehmen, wenn er das glaubt.» Nicoletta nahm einen Stapel uralter Notenblätter von einem alten Ledersessel, der neben dem Gasofen stand. «Setz dich, Frankie, bevor du mit deiner Herumrennerei noch irgendwas kaputtmachst.»

«Im Haus waren zwei Mädchen.» Francesca versuchte, unbeteiligt zu klingen, während sie sich bückte, um eine georgianische Frisierkommode zu bewundern.

«Die Mädchen gehören zu Angel. Er war im Gefängnis Jacks Laufbursche. Er ist gestern entlassen worden.»

«Ich mag ihn nicht.»

Nicoletta reichte ihr einen Becher Tee. «Du wirst viele von Jacks Freunden nicht mögen. Ich mag auch einige von Marius' Freunden nicht. Ich mag keine Hunderennen, keinen Lärm und keine Menschenmengen. Ich trinke keinen Alkohol, ich bin Vegetarierin. Aber ich habe die Hoffnung aufgegeben, Marius ändern zu können.»

«Ich möchte Jack gar nicht ändern.»

«Alle Frauen wollen einen Wolf zähmen. Das liegt in unserer Natur.»

Francesca zögerte, dann lächelte sie. «Du hast recht.»

«Aber Männer, die im Gefängnis waren, haben ihre besonderen Macken», warnte Nicoletta. «Es heißt, man kann den Mann zwar aus dem Gefängnis holen, nicht aber das Gefängnis aus dem Mann.»

«Also muß ich, wenn er sich bequemt, endlich nach Hause zu kommen, nett sein und verständnisvoll und geduldig und ...» – sie biß die Zähne zusammen – «all diese heuchlerischen Tugenden zeigen, die nicht meinem wirklichen Ich entsprechen.»

«Dann sei du selbst.»

Francesca wollte schon zu streiten anfangen. Dann jedoch gab sie ihr kehliges Lachen von sich. «Ich war jahrelang völlig frustriert, weil ich es nicht gewagt habe, ich selbst zu sein, und gerade eben wäre ich fast wieder in dieselbe Falle getappt.»

Eine Stunde später kehrte sie zum Stadion zurück, aber von Jack war noch immer nichts zu sehen. Sie rief ihre Mutter an und tat dabei so, als wäre sie in Islington. Sie sprach auf Melanies Anrufbeantworter und entschuldigte sich dafür, daß sie keine Zeit gefunden hatte, sich mit ihr zu treffen. Sie hätte Melanie auch bei Simon erreichen können, aber dann hätte sie unbequeme Fragen beantworten müssen.

Im Paddock House war es eiskalt, da Angel die Küchenfenster offengelassen hatte, damit die Farbe schneller trocknete. Sie suchte nach einem Dosenöffner, um sich eine Büchse Suppe warm zu machen. In einer Schublade fand sie ein paar Fotos. Auf einem war ihr Vater abgebildet. Es war dieselbe Aufnahme, die Marius ihr gegeben hatte. Ein weiteres zeigte einen hageren alten Mann. Sie drehte es um. *Ben, Sommer 1984.*

Sie fand Marius auf der Rennbahn. «Warum hast du mich, was meinen Vater angeht, belogen?» fragte sie.

«Weil ich wollte, daß du ihn in bester Erinnerung behältst.»

«Mir oder ihm zuliebe?»

«Euch beiden zuliebe.» Er runzelte die Stirn und kratzte seinen Ziegenbart. «Tu meinem Jack nicht weh, Frankie.»

«Ihm weh tun! Marius, ich liebe ihn.»

«Das wollte ich hören.» Jack stand plötzlich auf den Zuschauerrängen hinter ihnen.

«Wo zum Teufel bist du gewesen?» wollte sie wissen.

«Laß uns einen Spaziergang machen. Ich gehe im Winter gern in den Park, weil niemand dort ist.»

«Weich mir nicht aus, Jack!»

«Ich erzähle es dir, wenn wir allein sind.»

Bis auf die Rehe, die sich wegen der Kälte in Gruppen zusammendrängten und deren Atem schwer in der feuchten Luft hing, lag der Richmond Park verlassen da. Das winterliche Gras war dunkel und matt, der Himmel dicht bewölkt und grau. Die alten

Eichen streckten ihre kahlen Äste flehentlich der unsichtbaren Sonne entgegen.

Jack nahm ganz fest ihre Hand. «Ich war wütend. Ich hatte Angst, du würdest nicht zurückkommen, also habe ich mir ein Hotelzimmer genommen.»

«Ich war auch wütend.» Sie verschränkte ihre Finger mit seinen. «Ich bin zu Nicoletta gefahren und habe furchtbar über dich geschimpft.»

Während sie durch das hohe, nasse Gras gingen, erzählte sie ihm von ihrem Gespräch mit William. «Er hat mich gebeten, die Fassade unserer Ehe bis Weihnachten aufrechtzuerhalten. Wenn er mich angeschrien hätte, hätte ich mich geweigert. Aber er hat mich ganz demütig darum gebeten.»

«Also hast du es ihm versprochen?»

«Sei nicht böse, Jack. Es dauert doch nur noch einen Monat.»

«Ich werde dir nie böse sein, wenn du mir die Wahrheit sagst. Es sind die Halbwahrheiten, die ich nicht ertragen kann.»

Sie reckte sich zu ihm hoch, um ihn zu küssen. «Aber es sind genau diese Halbwahrheiten, die William immer von mir hören wollte. Ich habe keine Übung mehr darin, die Wahrheit zu sagen.»

Francesca fuhr weiterhin nach Islington. Sie hatte sich überlegt, ob sie Big Ears und Jaws ins Stadion holen sollte, aber aus Gründen, die sie selbst nicht verstand, unterließ sie es. Jack warf ihr vor, sie suche nur einen Vorwand, um immer wieder nach Islington fahren zu können. Sie hatte den Verdacht, daß er damit recht hatte. Sie sah William nur noch selten und nie im Haus. Meist sah sie ihn nur von weitem auf dem Parkplatz vor den Makepeace Buildings. Einmal begegneten sie sich vor der Bibliothek. Sie blieb stehen, um etwas zu sagen, er jedoch nickte ihr nur kurz zu und eilte weiter. Eines Nachmittags fand sie eine Nachricht auf ihrem Schreibtisch: *Sir Giles und Lady Henrietta haben uns zum Abendessen eingelasen. Ich habe gesagt, du seist nicht da.*

Sie hatte in der Kanzlei zu wenig zu tun, was sie zwar beunruhigte, ihr gleichzeitig aber auch gelegen kam, hatte sie so doch die Zeit, mit Jack in den Downs spazierenzugehen, in ihrem Dachgeschoß mit ihm zu schlafen, ihn zu umarmen, ihn zu küssen und mit ihm zusammenzusein.

Ihre Fälle befanden sich alle im Vorbereitungsstadium. Lindsay Dault hatte sie seit jenem Tag vor dem Gerichtsgebäude nicht mehr gesehen. Ihre Verhandlung war für Januar angesetzt worden. Der Bericht der Sozialarbeiterin war sehr positiv ausgefallen. Sie stellte Lindsay als gute Mutter dar. Der Fall von Mrs. Blackbird, der betrogenen Ehefrau, wurde hingegen immer komplizierter. Die angeordnete DNA-Analyse hatte bewiesen, daß Mr. Blackbird tatsächlich der Vater eins der beiden Kinder war, nicht jedoch des anderen. Damit relativierten sich die Ansprüche der Mutter aus Newcastle. Allerdings hatte eine andere Frau, die in Florida lebte, zwischenzeitlich einen Brief vorgelegt, in dem Mr. Blackbird ihr versprach, lebenslang für sie zu sorgen. Francesca hatte veranlaßt, daß der Brief von einem Graphologen überprüft wurde. Inzwischen hatte der Solicitor, der für die Testamentsvollstrekkung zuständig war, entdeckt, daß Mr. Blackbird Eigentümer mehrerer Immobilien in Miami war, die seine Frau nie erwähnt hatte. Der vermeintlich bescheidene, häusliche Mr. Blackbird entpuppte sich langsam als reicher Schürzenjäger.

Eines Mittags, als Francesca gerade nach Islington fahren wollte, rief der Solicitor des kleinen Alexander an. «Mrs. Eastgate, es gibt gute Neuigkeiten! Wir sind Ihrer Idee, das OP-Personal zu befragen, gefolgt. Eine Schwester, die inzwischen gekündigt hat, hat uns mitgeteilt, der Anästhesist habe sich während der Operation darüber beklagt, daß der Sauerstoffregulator nicht richtig funktionieren würde. Ein Erwachsener, dessen Gehirn drei Minuten lang keinen Sauerstoff erhält, erleidet einen schweren Hirnschaden oder stirbt sogar. Ein Kind überlebt aufgrund des geringeren Sauerstoffbedarfs etwas länger. Der schadhafte Regulator ließ zwar noch etwas Sauerstoff durch, aber nicht genug. Er wurde während der Operation ausgewechselt.»

«Warum stand das nicht in den Unterlagen?»

«Das weiß allein der Himmel! Aber aus dem, was die Schwester sonst noch gesagt hat, schließe ich, daß das OP-Personal eine Heidenangst vor dem Chirurgen hat.»

«Wird die Schwester vor Gericht aussagen?»

«Ja, das wird sie. Aber die anderen werden dies aus Angst um ihren Arbeitsplatz möglicherweise nicht tun.»

«Haben Sie es den Eltern erzählt?»

«Ja. Mr. Swaffield hat mich ausdrücklich gebeten, Ihnen seinen Dank auszurichten.»

Francesca fuhr in zufriedener Stimmung nach Islington. Zum erstenmal sah sie eine Chance, Alexanders Fall zu gewinnen. Sie reinigte gerade Jaws Aquarium, als es an der Haustür klingelte. Sie fluchte und rannte zur Tür.

Draußen stand Melanie, die in ihren hochhackigen Schuhen nervös von einem Fuß auf den anderen trat. «Ich möchte wissen, was ich falsch gemacht habe», sagte sie. «Du hast seit fast einem Monat nicht mehr mit mir geredet. Wenn ich dich beleidigt habe, sag es mir.»

«Nein, das hast du nicht.»

«Aber du gehst mir aus dem Weg.»

«Es tut mir leid. Du hast recht. Komm rein.» Francesca ging in die Küche voraus, wo Jaws wütend die Wand eines Marmeladenglases attackierte. Sie setzte ihn in sein sauberes Aquarium zurück. «Darf ich dir einen Drink anbieten... Kaffee... Tee?»

«Kaffee, bitte.» Melanie machte es sich auf einem der Barhocker bequem. «Frankie, warum machst du mitten am Tag das Aquarium sauber? Warum geht ihr nicht mehr mit uns essen? Was ist los?»

Francesca schaltete den Wasserkocher aus. «Ich wollte eigentlich schon eher mit dir sprechen. Aber erst ist alles so schnell gegangen, und jetzt darf ich nicht mehr darüber reden. Ich habe es William versprochen.»

«Also hat es nichts mit einem Baby zu tun?»

«Mel, ein Baby hat es nie gegeben. Wenn ich schwanger gewesen wäre, hätte ich es dann dir, meiner besten Freundin, nicht sofort erzählt?»

«Das habe ich immer angenommen. Aber auf Kreta hat William mir gesagt, du hättest zwar Probleme gehabt, würdest aber hoffen, endlich schwanger zu sein. Er sagte, du würdest nicht darüber sprechen wollen. Er hat uns sogar gebeten, dafür zu sorgen, daß du dich nicht überanstrengst. Dann hat er Nailbag im letzten Monat angewiesen, dir weniger Mandanten zuzuweisen.»

«Deshalb also habe ich in letzter Zeit so wenige Fälle bekommen. Himmel, das macht mich wahnsinnig. Wie kann es William wagen, sich in meine Arbeit einzumischen?» Francesca warf den Kaffee in den Kaffeefilter und goß heißes Wasser auf.

«Was ist denn los mit euch?» fragte Melanie.

Francesca zögerte. Sie war zwischen dem Versprechen, das sie William gegeben hatte, und ihrer Wut über seine Einmischung hin und her gerissen. Die Wut gewann. «Schwörst du mir, daß du niemandem davon erzählst, nicht einmal Simon?»

«Natürlich.»

«Ich habe mich verliebt. Ich darf dir aber nicht sagen, in wen. Im Grunde hätte ich dir nicht einmal das sagen dürfen. Ich habe es William versprochen.»

Melanie gab sechs Stück Saccharin in ihren Kaffee, ohne es zu merken. «Du hast eine Affäre!»

«Wenn es nur eine Affäre wäre, wäre das Ganze nicht so kompliziert.» Frankie ging in der Küche auf und ab und ballte und öffnete dabei ihre Fäuste. «Aber ich habe einen wundervollen Mann kennengelernt. Ich bin leidenschaftlich in ihn verliebt. Zum erstenmal seit Jahren fühle ich mich in meiner Haut wohl. Ich kann ich selbst sein und muß nicht die ganze Zeit schauspielern, nur weil ich glaube, daß ich ihm so besser gefalle. Mir ist jetzt erst klargeworden, wie sehr William mich unterdrückt hat. Ich hätte es niemals zulassen dürfen, daß er mich so tyrannisiert. Aber ich saß in der Falle. Um mich zu befreien, mußte ich mir endlich eingestehen, daß meine Ehe gescheitert ist. Mein Geliebter ist der Auslöser, nicht die Ursache dafür, daß ich mich befreit habe. Mel, ich bin so glücklich. Ich fühle mich wie sechzehn. Nein, besser, als ich mich mit sechzehn gefühlt habe. Wir reden miteinander, wir lieben uns, wir streiten uns, wir lachen. Er ist schwierig – ich scheine mich immer in schwierige Männer zu verlieben! Aber im Gegensatz zu William kann er es zugeben, wenn er im Unrecht ist. Wenn ich mich aufrege, spürt er das und lenkt ein. Mit jedem Mal werden wir stärker. Ich kann gar nicht glauben, daß dieser Mann, den ich vor einem Jahr nicht einmal gekannt habe, jetzt der Dreh- und Angelpunkt meines Lebens ist.»

Melanie starrte sie, den Teelöffel in der Hand, mit offenem Mund an. «Willst du William verlassen?»

«Ich darf dir jetzt nicht mehr sagen. Ich muß mein Versprechen wenigstens teilweise halten.»

«Weiß deine Mutter schon von der Sache?»

«Sie wußte schon, daß ich unglücklich war, bevor mir das selbst klar war. Oder, genauer gesagt, bevor ich es zugegeben habe. Sie hat immer gesagt, daß William zu alt für mich ist. Nicht nur an Jahren, sondern von seiner ganzen Einstellung her. Sie weiß, daß ich einen anderen Mann kennengelernt habe, aber ich bin mir nicht sicher, ob ihr bewußt ist, wie weit das Ganze zwischen uns schon fortgeschritten ist.»

«Ist dieser Mann ... auch Anwalt?»

Francesca lachte. «Nein. Du wärst entsetzt, wenn du wüßtest, wer er ist. Alle wären das. Er hat alle Eigenschaften, die mich bei Männern bisher abgestoßen haben, aber ich liebe ihn!»

Melanie hatte nicht die Absicht, Francescas Vertrauen zu mißbrauchen, aber sie war so schockiert über das, was sie von ihr erfahren hatte, daß sie Simon sofort alles erzählte. Er war entsetzt. «Der arme William. Kein Wunder, daß er in letzter Zeit so schroff ist.»

«Wenn er sich Frankie gegenüber anders verhalten hätte, wäre das alles sicher nicht passiert.»

«Mel, er ist der aufopferungsvollste Ehemann, den ich kenne. Du hast doch selbst gesehen, wie sehr er sich auf Kreta um sie bemüht hat.»

«Das tut er nur in der Öffentlichkeit. Privat ist er eiskalt, das hat Frankie mir schon vor Monaten erzählt. Simon, du mußt das für dich behalten. Versprich es mir! Ich habe es dir nur erzählt, weil ich so aufgeregt war. Ich hoffe, daß die beiden wieder zusammenfinden werden.»

Er nahm sie in die Arme. «So etwas wird uns nie passieren.»

Sie kuschelte sich an ihn. «Ich werde das niemals zulassen.»

Hinterher wünschte Melanie sich, sie hätte geschwiegen, denn von diesem Tag an versteifte Simon sich, wann immer sie Frankies Namen erwähnte. Sie erkannte, daß er ihr Verhalten auch dann mißbilligt hätte, wenn sie mit jemand anderem verheiratet gewesen wäre. Da sie Williams Ehefrau war, verurteilte er sie doppelt.

Francesca hatte ebenfalls ein schlechtes Gewissen, weil sie sich Melanie anvertraut hatte. Um ihren Fehler wiedergutzumachen, bot sie William an, sowohl auf dem Hinweg zum Fest der Culmstocks wie auch auf dem Rückweg zu fahren. Während der Fahrt nach Windsor erkundigte sie sich sogar nach seiner Mutter.

Das Haus der Culmstocks strahlte einladend in der Winternacht. «Ach, da seid ihr beiden ja. Fröhliche Weihnachten.» Geoffrey legte jedem einen Arm um die Schultern und zog sie in die Wärme und das Stimmengewirr hinein.

Francesca nahm sich ein Glas Champagner, lächelte und machte Konversation. Sie bedankte sich bei Virginia Culmstock für die Einladung, redete mit Rupert, der offensichtlich schon wieder eine neue Freundin hatte, und mit Charlotte, die ungewöhnlich freundlich zu ihr war. Sie plauderte mit Sanjiv und Deepa und erkundigte sich nach Sanjivs Mutter. Sie unterhielt sich mit Thomas, der schon einen Schwips hatte, und mit Hugo und James, die sie mit der neuesten Geschichte über den verdrießlichen Old Nailbag zum Lachen brachten. Das Fest unterschied sich in nichts von dem des letzten Jahres, auch nicht von dem des vorletzten, nicht einmal, was die Dekoration und die Gespräche anging. Als Francesca sich zu Geoffreys alter Mutter hinunterbeugte, schoß ihr durch den Kopf, daß sie zu denselben Leuten dieselben Dinge sagte wie letztes Jahr. Sie fragte sich, wie die Unterhaltung im nächsten Jahr aussehen würde, wenn ihre Kollegen von Jack wußten.

Auf der anderen Seite des Zimmers standen Simon und Melanie beim Weihnachtsbaum. Francesca lächelte. Melanie winkte ihr freundlich zu, aber Simon starrte direkt durch sie hindurch.

Francesca mußte bis nach dem Essen warten, bevor sie Melanie allein zu fassen bekam. «Plappermaul!» zischte sie ihr zu.

Melanie wurde rot. «Es tut mir leid, Frankie. Aber ich habe mir solche Sorgen gemacht. Simon ist sehr diskret. Du hast William doch bestimmt auch immer alles anvertraut!»

«Nicht deine Geheimnisse!»

Sie wurden von William unterbrochen. «Wir müssen gehen», sagte er schroff. «Ich habe mich schon verabschiedet. Dein Mantel ist im Flur.»

Sie hatte kaum Zeit, sich bei Virginia und Geoffrey zu bedanken, bevor er sie zum Auto brachte. Er schwieg, bis sie ein Stück weit gefahren waren, dann sagte er: «Du hast Melanie von Broderick erzählt. Leugne es nicht. Simon hat mich voller Mitleid angesehen. Mitleid! Und das mir!»

«Ich habe ihr Jacks Namen nicht verraten.»

«Du hattest versprochen, gar nichts zu erzählen.»

«Ich weiß. Es tut mir leid.» Sie hatte ein schlechtes Gewissen. «Aber ich war wütend. Mel hat mir erzählt, daß du Nailbag angewiesen hast, mir weniger Fälle zuzuweisen.»

«Ach, dann ist das Ganze also mein Fehler. Ich ruiniere deine Karriere. Aber du warst ein Nichts, als ich dich kennenlernte, eine Achtzehnjährige, die vor lauter Schüchternheit kein Wort herausbrachte.»

«Was dir anscheinend wesentlich besser gefallen hat!» Sie trat aufs Gaspedal und brauste die M 4 entlang.

«Willst du dir jetzt auch mit Mord oder Raub deinen Lebensunterhalt verdienen?» schrie er sie über den Motorenlärm hinweg an.

«Ich gebe meinen Job nicht auf.»

«Deine Kanzlei wird keinen besonderen Wert auf die Mitarbeit von Jack Brodericks Geliebter legen.»

«Meine Kollegen werden von Jack erst erfahren, nachdem ich ihnen bewiesen habe, daß sich meine Beziehung zu ihm nicht auf meine Arbeit auswirkt.»

Er legte seine Hand auf ihren Oberschenkel und zwickte sie. Es tat weh. «Ich hätte dich viel öfter schlagen sollen. Du brauchst das. Ich nehme an, daß dir das insgeheim sogar gefällt. Bei Frauen wie dir ist das so.»

«Nimm deine Hand weg!» schrie sie.

Er drückte noch fester zu. Sie versuchte, ihm einen Schlag zu versetzen, aber er wich ihr aus. Sie schlug wieder nach ihm. Diesmal glitt ihre Hand vom Steuer ab, und der Wagen schlingerte zur Straßenmitte, wo er nur knapp einen Laster verfehlte.

«Paß auf!» kreischte er, weiß vor Angst.

«Dann hör auf, mir weh zu tun.» Sie fuhr weiter, schnitt eine Kurve und fuhr dann die Ausfahrt zu einer Großtankstelle hinauf. Sie hielt vor dem Restaurant an. «Raus!» sagte sie.

Er rührte sich nicht.

Sie zog den Saum ihres Kleides hoch, so daß der knallrote Fleck auf ihrem Schenkel zu sehen war. «Willst du, daß ich die Polizei rufe und den Beamten erzähle, daß du über mich hergefallen bist?»

«Das würdest du nicht wagen.»

«Laß es doch darauf ankommen!»

Er zögerte, löste dann seinen Sicherheitsgurt und öffnete die Beifahrertür. «Das wirst du bereuen, Francesca. Dafür werde ich sorgen.»

Sie fuhr rasch davon. Das letzte, was sie von William sah, war, daß er auf die Münztelefone zuging, um sich ein Taxi zu rufen.

Als sie das Stadion erreichte, zitterte sie immer noch vor Aufregung. Jack, der spürte, daß der Abend sie verstört hatte, nahm sie in die Arme und liebte sie sanft und zärtlich. Es gelang ihm, sie zu beruhigen. Er hielt sie fest, liebkoste sie und sagte: «Ich liebe dich. Wir haben einander. Niemand kann uns weh tun.»

In der Folgezeit mied sie die Kanzlei und erledigte ihre Fälle im Dachgeschoß, während Jack unten im ehemaligen Kartenspielzimmer arbeitete. Bei der Arbeit war er sowohl schnell als auch peinlich genau. Er erstellte lange Listen von allem, was im Stadion noch erledigt werden mußte, geordnet nach Dringlichkeit. Das Vorhaben nahm seine Aufmerksamkeit voll und ganz in Anspruch. Keine Aufgabe war ihm zu mühsam, wenn es dem Stadion nützte. In dieser Hinsicht unterschied er sich sehr von ihrem Vater, der in seinem ganzen Leben keinen einzigen Tag gearbeitet hatte. Jeden Nachmittag begleitete Frankie Jack auf seiner Runde durch das Stadion. Wegen der Kälte in einen seiner übergroßen Pullover gehüllt, hörte sie zu, wenn er mit dem Architekten sprach, dem Bauunternehmer, den Zimmerleuten, den Elektrikern. Sie war von seiner Fähigkeit, den Überblick zu bewahren und dabei kein Detail zu übersehen, beeindruckt. Er hatte alle mit seinem Enthusiasmus angesteckt: Die Arbeiter kamen zeitig und gingen spät. Er zahlte gut. Er war fair. Frankie sah, daß sie ihn respektierten. Er war in jeder Bedeutung des Wortes ein großer Mann, und sie liebte ihn deswegen.

Zwei Tage nach der Weihnachtsfeier bei den Culmstocks zogen Melanie und Simon in ihr neues Zuhause, ein großes, baufälliges viktorianisches Haus in West Kensington. Es gab keine Zentralheizung und selten heißes Wasser, die Küche war kaum zu benutzen, und nur zwei der fünf Schlafzimmer waren vorläufig bewohnbar. Melanie war dennoch hellauf begeistert.

Als Francesca sie vom Stadion aus anrief, sagte Melanie: «Ich hatte schon befürchtet, daß du nie mehr mit mir reden würdest. Du hast wirklich allen Grund, auf mich böse zu sein.»

«Das Ganze war meine Schuld. Ich hätte dir nichts erzählen dürfen.» Francesca hielt inne. «Und wie ist das neue Haus? Wirst du mich auch einmal einladen?»

«Komm doch gleich heute! Am besten sofort! Mutter ist hier und schrubbt das Haus vom Keller bis zum Speicher. Sie ist felsenfest davon überzeugt, daß der letzte Eigentümer Aids hatte. Aber selbst wenn, so können wir uns wohl kaum am Haus anstecken.»

Als Francesca eintraf, stellte sie fest, daß es im ganzen Haus nach Desinfektionsmittel stank. Der Geruch schlug ihr entgegen, als sie durch die Haustür trat.

«Komm nach oben, bevor du erstickst!» rief Melanie vom Treppenabsatz herunter. «Ich muß mein Hochzeitskleid anprobieren. Ich glaube, es hängt an mir herunter wie ein alter Sack. Ich habe so viel abgenommen. Reine Nervosität!» Sie senkte die Stimme. «Mutter macht mich noch wahnsinnig. Ich habe ihr erklärt, daß der Empfang in der Hall stattfindet und daß das Essen von einem Partyservice geliefert wird, aber sie besteht darauf, Berge von Sandwiches zu machen.»

Das Kleid war aus elfenbeinfarbener Seide und hatte einen tiefen, runden Ausschnitt, lange, enganliegende Ärmel und einen weiten, bauschigen Rock. Melanie sah darin weiblich, zart und sehr hüsch aus.

Francesca sah zu, wie sie sich vor dem Spiegel drehte. «Es ist wunderschön. Perfekt. Wenn es enger wäre, würde es ordinär aussehen.»

«Willst du mir irgendwas ausleihen, damit ich etwas Geborgtes habe, wie es der Brauch verlangt?»

«Bin ich dafür die Richtige?»

Melanie zögerte. «Ach, Frankie, ich wünschte, du würdest William noch eine Chance geben. Er liebt dich, auch wenn es ihm schwerfällt, dir das zu sagen.»

«Er ist ein emotionaler Eisblock. Zum Teil ist wohl seine Mutter daran schuld. Sie ist die gefühlsärmste Frau, die ich kenne. Ich konnte mit seiner Reserviertheit fertig werden, solange ich ihn geliebt habe, weil er für seine Mutter genausowenig kann wie ich für meinen Vater. Aber ich liebe ihn nicht mehr. Er hat meine Liebe durch seine Tyrannei und seine ständige Kritik allmählich erstickt.» Frankie hielt inne, bevor sie hinzufügte: «Nach eurer Verlobungsfeier hat er mich geschlagen.»

Melanie war so schockiert, daß sie nur noch stottern konnte. «Du machst wohl Witze!»

«Er hat mich natürlich nicht ins Gesicht geschlagen. Dann hätte es nämlich Gerede gegeben. Er hat mich in den Magen geboxt, wo niemand es sehen konnte.»

«Frankie, das hättest du mir früher erzählen sollen. Das ist ja schrecklich. William Eastgate verprügelt seine Frau! Er ist als Richter im Gespräch.»

«Das paßt irgendwie nicht, oder?»

«Und du kannst mir immer noch nicht sagen, wer der andere Mann ist?»

«Ich darf es nicht. Ich fühle mich schon wegen unseres letzten Gesprächs wie eine Verräterin.»

Melanie schlüpfte aus ihrem Hochzeitskleid und hängte es sorgfältig auf einen mit Seide bezogenen, gepolsterten Bügel. Dann hüllte sie sich in einen flauschigen, rosa Morgenmantel und band ihn wegen der Kälte im Haus fest zu. «Frankie», sagte sie in besorgtem Ton, «William hat Simon bereits erzählt, daß in eurer Ehe zur Zeit nicht alles nach Wunsch läuft. Er hat das auch Rupert und Sanjiv erzählt. Sogar Charlotte weiß Bescheid. Von einem anderen Mann war jedoch nie die Rede. William hat behauptet, daß du ständig Schulden machst. Zu Simon hat er gesagt, du hättest Tausende von Pfund beim Glücksspiel verloren, und er müsse dauernd deine Schulden begleichen.»

«Ich spiele nie, und William weiß das auch. Ich habe gesehen, was das bei meinen Vater angerichtet hat.»

«Ich habe Simon gesagt, daß das nicht stimmt. Aber es ist allen aufgefallen, daß du die Kanzlei oft schon gegen Mittag verläßt.»

«Ich arbeite zu Hause – meinem neuen Zuhause.»

Melanie ließ den Gürtel ihres Morgenmantels nervös durch ihre Finger gleiten. «Ich erzähle dir das nur, weil man sich in der Kanzlei langsam Sorgen macht, Frankie.»

«Es hätte mir klar sein müssen, daß William versuchen wird, meine Karriere zu zerstören. Zuerst schwärzt er mich bei den Kollegen in der Kanzlei an. Als nächstes wird er mich aus dem Inn drängen wollen, dann aus meinem Beruf. Willst du immer noch wissen, wer mein Geliebter ist?» Francesca ballte die Fäuste. «Es ist Jack Broderick.»

Melanies Gesichtsausdruck wechselte von Erwartung zu äußerster Ungläubigkeit. «Doch nicht der Schwerverbrecher? Der, der dir das Disziplinarverfahren eingebrockt hat? Aber er ist doch ein Räuber und Mörder. Frankie, laß die Finger von ihm. Er wird dich ruinieren.»

«Ich liebe ihn. Und wenn du ihn kennenlernst, wirst du mich verstehen.»

«Ich will Jack Broderick nicht kennenlernen. Er hat einen Geschworenen bestochen und einen Zeugen umgebracht.»

«Ja, denjenigen, der ihn damals verraten hat. Das war im Gefängnis. Aber er hat sich verändert, Mel. Er hat ein neues Leben begonnen.»

«Um Himmels willen, Frankie! Es bleibt doch eine Tatsache, daß er einen Menschen getötet hat.»

Francesca nahm ihre Tasche und ging zur Tür. «Ich werde William Weihnachten verlassen», sagte sie. «Ich werde mit Jack zusammenleben.»

Als sie die Tür öffnete, stellte sich Melanie ihr in den Weg. «Willst du für einen Kriminellen wirklich alles aufgeben? Nicht nur William, auch deine Freunde, mich. Deinen Beruf, die Kanzlei, deine Kollegen, deine Karriere. Frankie, ich bitte dich, tu das nicht!»

«Ich werde meinen Beruf nicht aufgeben. Schon gar nicht, da ich auf ein Gebiet vorgedrungen bin, das mich wirklich interessiert. Ich habe dir doch von dem Jungen mit dem Hirnschaden erzählt.»

«Aber du kannst nicht ohne eine Kanzlei praktizieren, und die anderen werden dich per Abstimmung ausschließen.»

«Du wirst doch nicht gegen mich stimmen?»

«Natürlich nicht. Wir sind Freundinnen, was auch immer geschehen mag.» Melanie zögerte. «Du kommst doch zu meiner Hochzeit, oder? Auch wenn ich Jack Broderick nicht einladen werde?»

Francesca umarmte sie. «Ich würde keinem Mann auf dieser Welt zuliebe darauf verzichten.»

Kapitel 15

Francesca stand vor dem reichverzierten Wohnzimmerspiegel in Islington und rückte ihren schwarzen Pillboxhut zurecht. Er hatte einen kleinen, spinnwebfeinen Schleier mit scharlachroten Tupfen, die zur Farbe ihres eleganten Schneiderkostüms paßten, das sie sich extra für Melanies Hochzeit gekauft hatte. Sie nahm ihren Lippenpinsel, stippte ihn gegen ihren Lippenstift und begann sich die Lippen scharlachrot auszumalen. Früher hätte sie es nicht gewagt, roten Lippenstift zu tragen.

Das Telefon klingelte. William nahm oben ab. Einen Augenblick später rief er: «Francesca! Es ist für dich.» Das war das erstemal, daß er etwas zu ihr sagte, seit sie diesen Morgen im Haus eingetroffen war.

Sie legte ihren Lippenpinsel weg und griff nach dem Hörer.

«Mir ist schon klar, daß ich Sie nicht zu Hause anrufen sollte, aber ich weiß einfach nicht mehr weiter. Ich hab schon versucht, David Jarrow in seiner Kanzlei zu erreichen, aber er ist nicht da.»

Francesca brauchte einen Augenblick, um zu erkennen, daß die Stimme Lindsay Dault gehörte. «Wie haben Sie meine Nummer herausgefunden?» fragte sie. «Wir stehen nicht im Telefonbuch.»

«Ich hab für meine Kinder aus Davids Büro einen Notizblock zum Malen mitgenommen. Ihre Nummer stand oben drauf.»

Frankie hätte am liebsten gebrüllt: «Lindsay, Sie dumme Kuh! Sie werden immer wieder in Schwierigkeiten geraten, wenn Sie ständig Sachen mitnehmen, die Ihnen nicht gehören!», sagte aber statt dessen mit ruhiger Stimme: «Also? Was ist los?»

«Derek hat die Kinder mitgenommen. Er kam, als ich gerade im Pub war, um Zigaretten zu holen. Ich war höchstens zehn Minuten weg. Er muß die Wohnung beobachtet haben.» Lindsay begann zu weinen. «Er hat meiner Nachbarin erzählt, daß er einen Job in Australien bekommen hat und daß er den Kindern ein besseres Zuhause bieten würde, als ich es je könnte. Er hat gesagt, wenn ich versuchen würde, sie zurückzubekommen, würde er dem Gericht erzählen, ich hätte sie die ganze Nacht allein gelassen.»

Francesca nahm mit der einen Hand ihren Hut ab, während sie mit der anderen nach einem Stift griff. «Wann ist das alles passiert?»

«Gestern abend, kurz bevor das Pub zugemacht hat.»

Francesca warf einen Blick auf ihre Uhr. «Es ist fast zehn. Wir müssen rasch handeln. Die Kinder müssen auf der Stelle unter Amtsvormundschaft gestellt werden.»

«Nein!»

«Es ist der einzige Weg, um Derek daran zu hindern, sie außer Landes zu bringen.»

«Der Richter wird sagen, daß ich schuld bin, weil ich sie allein gelassen hab.» Lindsays Stimme schwankte. «Ich weiß, daß Sie denken, ich tauge nicht viel, aber ich habe mich wirklich bemüht.»

«Ich weiß», sagte Frankie sanfter. «Warten Sie zu Hause. Ich rufe gleich David oder Ihre Sozialarbeiterin an.»

«Werden Sie auch kommen, Mrs. Eastgate? Sie sind so tüchtig.» Lindsays Stimme war kaum hörbar. «Es tut mir leid, daß ich damals so grob zu Ihnen war.»

Francesca dachte an Melanies Hochzeit. Bis dahin waren es noch fünf Stunden. «Ich werde mitkommen», sagte sie.

Über Nicoletta beschaffte sie sich David Jarrows Privatnummer. Er hatte geschlafen, doch als sie ihm die Situation schilderte, war er plötzlich hellwach. «Ich werde sofort hinfahren», sagte er. Es war ein Rascheln zu hören, als er sein Federbett beiseite schob. «Und ausgerechnet dieses Wochenende habe ich kein Auto!»

«Ich hole Sie am Elephant & Castle ab. In der Zwischenzeit erkundige ich mich beim High Court, welcher Richter dieses Wochenende Dienst hat.»

Sie besprachen noch letzte Details. Francesca rief beim High Court an. Sie hatte gerade aufgelegt, als William in einem eleganten

Stresemann die Treppe herunterkam. Seine Lippen wurden schmal vor Mißbilligung, als er ihren kräftigen Lippenstift sah.

«Die Kinder einer Mandantin sind entführt worden», informierte sie ihn. «Ich muß sie sofort unter Amtsvormundschaft stellen lassen.»

«Die Culmstocks erwarten uns zum Mittagessen.»

«Erklär Geoffrey die Sachlage, er wird Verständnis haben. Arbeit ist Arbeit. Falls ich nicht mehr rechtzeitig zum Mittagessen komme, treffen wir uns vor der Kirche.»

«Du fährst zu Broderick. Ich wußte, daß du mich im Stich lassen würdest.»

«Ich fahre zu Lindsay Dault, einer der wenigen Mandantinnen, die mir Nailbag trotz deiner Anweisungen noch zugeteilt hat.» Sie nahm ihre Tasche und ihren Hut, verließ das Haus und knallte die Tür hinter sich zu.

David wartete schon am vereinbarten Treffpunkt auf sie. Er stand am Rand des Bürgersteigs und hielt zwischen den stinkenden Lastwagen und Bussen nach ihrem Wagen Ausschau. Er sprang zu Frankie ins Auto. «Gütiger Himmel!» Er starrte ihr elegantes, rotes Kostüm an. «Wohin sind Sie denn unterwegs?»

«Zur Hochzeit meiner besten Freundin.»

«Das hätten Sie mir sagen sollen.»

«Sie findet erst um drei Uhr statt. Ich verpasse nur das Mittagessen – das ist mir ganz recht so.»

Sie fuhr auf der Old Kent Road nach Osten, durch Gegenden, die ebenso ärmlich wirkten wie Lindsay, bis sie zu einer großen und seelenlosen Hochhaussiedlung kamen. Gerissener Asphalt, zerbrochene Fensterscheiben und mit Graffiti übersäte Garagen ließen das Ganze noch trostloser wirken. Die Atmosphäre zeugte von Verzweiflung, Zorn und latenter Gewalt. Francesca dachte an Jack. Er war in einer Umgebung wie dieser aufgewachsen.

Lindsay wohnte im siebten Stock. Im Lift stank es nach Urin. Francesca würgte. Oben folgten sie einem offenen Laufgang, vorbei an Eingangstüren, deren Mattglasscheiben mit Sicherheitsgittern verstärkt waren. Sie hörten zornige Stimmen, ein schreiendes Baby, Gelächter, Rockmusik, Folkmusik, einen Fernseher, der vor sich hin plärrte, dann wieder Rockmusik.

David klopfte an einer gelben Haustür. Nichts rührte sich.

Er öffnete den Briefschlitz. «Lindsay! Ich bin es, David Jarrow.»

Sie hörten schlurfende Schritte, dann wurde eine Kette aufgehakt und ein schwerer Riegel zurückgeschoben. Lindsay stand in der Tür. Sie trug einen ausgeblichenen Trainingsanzug, und ihr Gesicht war vom Weinen ganz fleckig. Zwischen ihren Fingern hielt sie eine feuchte Zigarette. Sie war viel zu verstört, um sie zu begrüßen.

«Wir sind hier, um Ihnen zu helfen.» David führte sie in die Wohnung. Aus der Innentasche seines Mantels holte er einen halben Liter Milch und eine kleine Schachtel mit Teebeuteln. «Wir trinken jetzt eine Tasse Tee, und Sie erzählen uns dabei, was genau passiert ist.»

Die Wohnung war spärlich möbliert – es gab nur ein Sofa, zwei Sessel und einen Tisch –, wirkte jedoch nicht kahl, da auf jeder verfügbaren Fläche, auf den Sesseln, dem Tisch, dem Fernseher, Stoffpuppen saßen. Sie waren aus billigem Material und relativ grob gearbeitet, besaßen aber etwas sehr Anziehendes. Jedes Gesicht war anders. Jedes Gesicht lächelte.

«Haben Sie die gebastelt?» fragte Francesca.

Lindsays Gesicht hellte sich auf. «Ja. Das mache ich gern. Ich nehm dafür die alten Kleider von meinen Kindern.»

Francesca bereitete den Tee zu, während David versuchte, Lindsay zu beruhigen. Als Frankie schließlich die Becher ins Wohnzimmer brachte, war es Mittag geworden. «Ich habe inzwischen mit dem diensthabenden Richter telefoniert.» Sie nahm zwei Puppen von einem Sessel und setzte sich. «Ich habe ihm die Situation erklärt, ohne Namen zu nennen. Er ist bei sich zu Hause in Pimlico, wir können die Verfügung dort abholen.»

Lindsay sah sie zweifelnd an. «Sind Sie sicher, daß man die Kinder nicht ins Heim stecken wird?»

«Wir tun unseres Bestes.» David lächelte aufmunternd. «Jetzt brauchen wir die Namen und Adressen von allen Leuten, zu denen Derek die Kinder gebracht haben könnte.»

«Aber Sie können mir nicht versprechen, daß ich die Kinder nicht verlieren werde.»

«Nein, Lindsay», sagte Francesca. «Aber wenn es ihm gelingt, sie nach Australien zu bringen, haben Sie sie mit Sicherheit verloren.»

Eine halbe Stunde später trafen sie im Haus des Richters ein. Er empfing sie in seinem Arbeitszimmer, dessen Terrassentür auf einen symmetrisch angelegten Garten hinausging. Während er die Verfügung unterschrieb, alarmierte David die Polizei, die wiederum die Flughäfen und die Seehäfen alarmierte. Francesca versuchte, nicht ständig auf ihre Armbanduhr zu sehen.

Das Hausmädchen, eine Filipina, brachte ein Tablett mit Kaffee und Keksen. Lindsay war so nervös, daß sie nichts davon anrührte. Francesca dachte an den trostlosen Hausgang und den Lift, der nach Urin stank. Am liebsten hätte sie die Hand ausgestreckt, um die kindlichen, schwieligen Hände zu beruhigen, die so sehr zitterten, daß sie nicht nach den teuren Keksen greifen konnten.

Als sie das Haus des Richters verließen, wandte sich David an Francesca. «Fahren Sie zu der Hochzeit. Den Rest schaffe ich schon allein. Alles, was wir jetzt noch tun können, ist neben dem Telefon sitzen und warten.»

«Ich fahre Sie zu Ihrer Kanzlei. Die Hochzeit fängt erst um drei an. Das Mittagessen habe ich ohnehin schon verpaßt.»

Die Kanzlei befand sich im Erdgeschoß eines dreistöckigen Hauses an der Brixton Road. David Jarrow war mit drei anderen jungen Solicitors assoziiert. Die Räumlichkeiten waren sehr beengt. Davids Büro war winzig und bot lediglich Platz für einen Schreibtisch und drei Stühle mit gerader Lehne.

Francesca machte Kaffee. Lindsay rauchte eine Zigarette nach der anderen. Die Minuten verstrichen nur langsam. Um Viertel nach zwei erhob sich Francesca. «Ich muß jetzt gehen», entschuldigte sie sich. «Ich darf Melanies Hochzeit nicht versäumen.» Sie ging in das winzige Badezimmer, um ihr Make-up aufzufrischen.

Das Telefon läutete. Sie alle fuhren zusammen. David nahm ab. «Ja? Ja!» Auf seinem Gesicht breitete sich ein Lächeln aus. «Man hat die Kinder im Hause von Dereks Schwester gefunden», informierte er Lindsay. «Die Polizei bringt sie jetzt nach Bethnal Green.»

Lindsay legte den Kopf auf den Schreibtisch und weinte vor Erleichterung. Auch in Francescas Augen standen Tränen. Sie verschmierten ihr das frisch aufgetragene Mascara, aber das war ihr egal. «Kommen Sie!» sagte sie und nahm ihre Autoschlüssel. «Ich bringe Sie hin. Aber wir müssen uns beeilen.»

Obwohl David einwandte, daß sie auch ein Taxi nehmen könnten, fuhr Francesca sie nach Bethnal Green. Als sie die Polizeiwache erreichten, sprang Lindsay aus dem Wagen und stürzte in das Gebäude zu ihren Kindern, um die sich eine Polizistin gekümmert hatte.

«Sie wollten nicht, daß ich ein Taxi nehme, weil Sie gesehen haben, wie arm ich bin.» David küßte Francesca auf beide Wangen. «Jetzt müssen Sie aber wirklich zu Ihrer Hochzeit! Die Polizei wird uns nach Hause fahren.»

Simon und Melanie waren schon dabei, die Heiratsurkunde zu unterzeichnen, als Francesca die Temple Church erreichte. Sie schlüpfte in eine Bank ganz hinten. Von dort konnte man durch einen Bogen in den ältesten Teil der Kirche, das Rundschiff, blikken, in dessen Steinboden die Grabplatten der Ritter aus dem dreizehnten Jahrhundert eingelassen waren. William saß in der ersten Reihe in der Nähe des Altars direkt neben den Culmstocks. Neben ihm war ein Platz frei – der ihre. Sie hoffte, Melanie würde es nicht bemerken.

Der Organist stimmte Widors «Toccata» an. Arm in Arm schritten Simon und Melanie den Mittelgang hinunter. Melanie lächelte, ihr Gesicht war vor Aufregung und Glück gerötet. Die Volants ihres elfenbeinfarbenen Seidenrockes glitten beim Gehen raschelnd über den steinernen Fußboden. Sie lächelte ihren Freunden zu, als sie jedoch an William vorbeikam, fiel ihr Blick auf den leeren Platz neben ihm. Sie stockte, dann ging sie weiter.

Als die offiziellen Fotos erst einmal gemacht waren, hielten sich die Leute nicht weiter auf dem kalten Platz vor der Kirche auf. Sie eilten hinüber in die warme Hall, wo der Empfang stattfand. Francesca tippte Virginia Culmstock auf die Schulter. «Es tut mir leid, daß ich nicht zum Mittagessen kommen konnte. Ich hoffe, William hat alles erklärt.»

«William tut mir leid.» Virginia drehte sich um und entfernte sich.

Francesca unterdrückte eine scharfe Erwiderung und ging zu Mrs. Llanellen, um ihr zu gratulieren. «Melanie sieht wundervoll aus. Das Kleid ist prachtvoll.»

«Danke, meine Liebe.» Mrs. Llanellen sah sie so erschreckt an wie ein Kaninchen, das plötzlich einem Fuchs gegenübersteht.

Simon und Melanie waren von Gratulanten umringt. Francesca schob sich durch die Menge. «Es tut mir so leid, daß ich zu spät gekommen bin.» Sie küßte Melanie auf beide Wangen. «Ich hoffe, William hat es dir erklärt.»

Melanie trat einen Schritt zurück. Ihre Stimme war schrill und zitterte. «Wenn du nicht ohne diesen Mann zu meiner Hochzeit kommen wolltest, hättest du so ehrlich sein und es mir sagen sollen, Frankie.» Sie drehte sich um und verschwand mit raschelndem Brautkleid in der Menge.

Francesca merkte, daß die Leute flüsterten. Auf der anderen Seite des Raumes konnte sie William sehen. Er war allein und starrte sie ausdruckslos an. Mit so viel Würde, wie sie aufbringen konnte, ging sie aus der Hall.

Der Platz vor der Hall war verlassen. Sie ging zur Kirche hinüber. Die Tür war offen. Sie trat ein und schritt den langen Gang hinauf zum Altar. Da es draußen langsam dunkel wurde, wirkten die bunten Glasfenster zu beiden Seiten ganz stumpf. An dem Tag, an dem sie William geheiratet hatte, hatte die Sonne einen roten Fleck, der wie Blut aussah, auf ihr weißes Kleid geworfen.

Hinter ihr öffnete sich die Kirchentür, und William trat ein. «Ich verstehe nicht, wie du es wagen kannst, in dieser Kirche zu erscheinen», sagte er.

«Warum hast du Melanie angelogen? Warum hast du ihr nichts von dem Sorgerechtsfall gesagt?»

«Erzähl mir nichts von Wahrheit und Lügen. Hast du vergessen, was du mir in ebendieser Kirche versprochen hast?» Er kam näher. «Weißt du, unter wessen Gedenktafel du gerade stehst?»

An der Wand über Francesca befand sich eine Marmortafel zum Gedenken an Lady Anne Morton.

«Lies das!» William packte sie bei den Schultern.

«Laß mich los!»

Er zwang sie, die Inschrift anzusehen, während er mit heiserer Stimme vorlas: «*Ein Vorbild an Frömmigkeit, Wohltätigkeit, Demut, Keuschheit, Treue und Duldsamkeit.* Das ist es, was ich von meiner Frau erwartet habe. Keuschheit. Treue. Und was habe ich bekommen? Eine Ehebrecherin!»

Francesca entwand sich seinem Griff, rannte den Gang hinunter und aus der Kirche. Hinter ihr fiel die Tür krachend ins Schloß.

William stand im Halbdunkel und hörte zu, wie ihre Schritte über dem Platz verhallten. Er wußte, wohin sie jetzt ging. Er ließ sich auf dem steinernen Sims nieder und senkte den Kopf.

Kapitel 16

Jack kam vom Rennen nach Hause und fand Francesca schlafend in seinem Bett. Sie lag auf dem Rücken, den Kopf leicht zur Seite geneigt, die Handflächen wehrlos nach oben gedreht, das Haar über das Kopfkissen gebreitet. Auf dem Stuhl neben dem Bett lag ihr rotes Kostüm, auf der Frisierkommode ihr Hut mit dem Schleier und ihre Tasche. Er blieb am Fuß des Bettes stehen und betrachtete sie. Sie bewegte sich und öffnete die Augen.

«Du hast William endgültig verlassen», stellte er fest.

«Woher weißt du das?»

«Nun, der riesige Goldfisch in der Küche und das völlig verängstigte Kaninchen in seinem Stall im Flur sind nicht zu übersehen.»

«Der arme Big Ears. Er riecht die Hunde und hat Angst.»

«Ich werde ihm morgen einen hundesicheren Auslauf im Garten bauen.» Er schloß sie in die Arme, vergrub sein Gesicht in ihrem Haar, küßte ihren Nacken und ihre Brüste. Er schmeckte nach Brandy, Zigaretten und Zigarren. Bei William war das nie der Fall gewesen. Jack verbreitete eine nächtliche Atmosphäre. Einen Augenblick lang hatte sie Angst – vor seiner Welt, die nun unweigerlich auch die ihre werden würde. Dann preßte er seine Lippen auf ihren Mund und küßte sie so leidenschaftlich und besitzergreifend, daß sie alles andere vergaß.

Am Morgen spürte sie, daß die Last der Unentschlossenheit von ihr abgefallen war. Sie lagen im Bett, liebten sich, dösten und redeten. Er zog sie auf sich und vergrub die Finger in ihrem zerzausten Haar. «Ich hasse es, daß du mit einem anderen Mann verheiratet bist. Ich hasse es, daß du seinen Namen trägst. Sag ihm, daß du dich scheiden lassen willst. Ich möchte dich heiraten, ich möchte, daß du meinen Namen trägst und meine Kinder zur Welt bringst.»

Sie küßte ihn auf die Nasenspitze. «Jack, es dauert zwei Jahre, bis ich mich scheiden lassen kann, es sei denn, William beschuldigt mich des Ehebruchs. Das wird er aber bestimmt nicht tun, weil er keinen Skandal will. Und wir wollen doch auch nicht, daß die Leute über uns tratschen und sich über uns lustig machen.» Sie zögerte, bevor sie fortfuhr. «Außerdem möchte ich nicht wieder heiraten. Nicht sofort. In zwei Jahren denke ich möglicherweise anders darüber. Vielleicht sogar schon in einem Jahr. Aber jetzt habe ich gerade erst William verlassen. Ich war zehn Jahre lang verheiratet. Ich brauche erst einmal Abstand.»

Er strich ihr das Haar glatt. «Das verstehe ich. Aber tu mir einen Gefallen: Verwende wieder deinen Mädchennamen.»

«Hier ist das kein Problem, aber in der Kanzlei kann ich das nicht machen. Das würde jeden verwirren. Ich wurde unter dem Namen Eastgate als Anwältin zugelassen.»

Er nahm ihr Gesicht in beide Hände. «Wenn du bei mir bist, heißt du Frankie Tiernay.»

Erst Stunden später standen sie auf und duschten sich. Als sie nach unten gingen, sahen sie, daß Marius Big Ears mit Karotten fütterte, die er durch das Gitter in den Stall steckte. «Jetzt sag bloß nicht, daß das dasselbe Kaninchen ist, das Ben dir damals zum Geburtstag geschenkt hat», meinte er.

Sie lächelte. «Aber nein. Der erste Big Ears ist schon lange tot. Der hier ist aus einer Kaninchenfarm ausgerissen.»

Jack nahm den Käfig mit dem Kaninchen und trug ihn in den kleinen, von einer Mauer umgebenen Garten auf der Rückseite des Paddock House. «Wir werden ein Stück Rasen abteilen.» Er schritt das Stück ab. «So hat er einen schönen Auslauf, auch wenn ich es hasse, ihn hinter Gittern zu sehen.»

Frankie legte ihre Hand auf seine Schulter. «Ich weiß. Aber Big Ears ist nicht wie du, Jack. Er würde in Freiheit nicht überleben.»

An diesem Nachmittag machten sie einen langen Spaziergang durch das alte Richmond und dann am Fluß entlang. Frankie hatte ihre Hand zu der seinen in seine Jackentasche geschoben. Sie unterhielten sich über alles und nichts. Unterwegs kamen sie an einem Zoogeschäft vorbei. Im Schaufenster entdeckten sie ein großes weißes Kaninchen.

«Big Ears braucht eine Frau», sagte Jack und betrat den Laden.

Lachend packte ihn Frankie am Arm. «Nein! Wir könnten uns vor jungen Kaninchen nicht mehr retten.»

«In Ordnung. Dann kaufen wir eine für Jaws.»

Sie kehrten mit einem hübschen, schwarzgoldenen Fisch nach Hause, den sie Mathilda tauften.

Francesca erzählte niemandem, daß sie William verlassen hatte, nicht einmal ihrer Mutter. Sie eröffnete Nailbag, daß sie erst nach Neujahr wieder in die Kanzlei kommen würde, was er kommentarlos zur Kenntnis nahm. Nach Islington kehrte sie jedoch nicht mehr zurück. Sie hatte mittlerweile schon einige Kleidungsstücke im Stadion. Außerdem lieh sie sich von Jack ein paar dicke Pullover aus. Sie brauchte sie auch, denn im Paddock House war es kalt. Jack ließ grundsätzlich alle Türen offen. Es war wie mit den Fenstern: Er wußte gerne, daß er frei war.

Am ersten Weihnachtstag wollte Jack Francesca nicht erlauben, die Augen zu öffnen. «Sonst bekommst du kein Geschenk», sagte er.

Sie lag im Bett und hörte, wie er etwas Schweres die Treppe hinauftrug und dann über den Boden zerrte. Schließlich sagte er zu ihr: «Jetzt kannst du die Augen aufmachen.»

In der Nische beim Fenster stand die herrliche georgianische Frisierkommode, die sie in Nicolettas Geschäft so bewundert hatte.

«Jack, sie ist wunderschön.» Sie sprang aus dem Bett, wickelte die Bettdecke um sich, damit sie nicht fror, und sah sich ihr Geschenk näher an. Sie öffnete nacheinander alle Schubladen und strich mit der Hand über die glatte Oberfläche. Die elegante Linienführung und der warme Schimmer des Mahagoniholzes schienen mit dem hellen, modernen Dachgeschoß unvereinbar. Dennoch sah es perfekt aus. Sie umarmte ihn. «Ich habe dir dein Geschenk schon gegeben. Ich habe es letzte Nacht unter deinem Laken versteckt, und du hast darauf geschlafen.»

Er lächelte über ihre Begeisterung. «Für wen hältst du mich eigentlich? Den Prinzen auf der Erbse? Dafür habe ich in meinem Leben schon in zu vielen klumpigen Gefängnisbetten geschlafen.» Er fuhr mit der Hand unter das Laken und zog eine kleine, hübsch verpackte Schachtel hervor. Ganz langsam löste er das rote Band. Dann wickelte er gewissenhaft das Papier ab.

Frankie beobachtete ihn amüsiert. «Es beißt nicht, Jack.»

«Ich habe seit vierzehn Jahren kein Weihnachtsgeschenk mehr ausgepackt, das nicht irgend jemand vorher überprüft hatte. Ich möchte es genießen.» Er legte das Papier auf die Seite, glättete es sorgfältig, als wollte er es aufheben, und öffnete dann die Schachtel. Darin lag ein Paar goldener Manschettenknöpfe, in die der Kopf eines Greyhounds eingraviert war. Er starrte sie ausdruckslos an.

«Gefallen sie dir nicht?» fragte sie ängstlich.

Tränen schimmerten in seinen strahlend blauen Augen. Vorsichtig legte er die Manschettenknöpfe wieder in die Schachtel, dann schloß er Frankie mitsamt der Bettdecke in die Arme. «Sie sind wunderschön. Und ich liebe dich.»

Unten bei Marius und Nicoletta gab es noch mehr Geschenke. Sie lachten viel, als sie gemeinsam das Essen zubereiteten, und Frankie mußte an ihr letztes Weihnachten im Paddock House denken, das über zwanzig Jahre zurücklag. Ihr Vater hatte sich als Weihnachtsmann verkleidet, und weil sie ihm den Spaß nicht verderben wollte, hatte sie so getan, als glaubte sie immer noch daran. Sie ging kurz ins Kartenspielzimmer hinüber, um ihre Mutter und Steven anzurufen. «Frohe Weihnachten», sagte sie heiter.

«Vielen Dank, Liebling», erwiderte ihre Mutter. «Wie geht es euch in Kingly Grange?»

«Äh… gut. Sehr gut.»

«Kommst du mit William morgen zu uns zum Mittagessen? Eure Geschenke liegen schon unter dem Baum.»

«Also… nein. Es ist nämlich so, daß wir für ein paar Tage wegfahren, bis nach Neujahr. Wir haben uns gerade erst dazu entschlossen.»

«Ich verstehe. Ihr braucht ein bißchen Abwechslung. Ich wünsche euch eine schöne Zeit.»

Sie hörte die Enttäuschung in der Stimme ihrer Mutter und machte sich Vorwürfe. Später sagte sie zu Jack: «Ich hasse es, meine Mutter anzulügen, aber ich wollte sie nicht ausgerechnet an Weihnachten mit den Tatsachen konfrontieren.»

Am Ende der Woche telefonierte Francesca mit William. Als er ihre Stimme hörte, schrie er: «Hast du genug davon, mit einem Mörder zusammenzuhausen?»

Ihre Zunge fühlte sich geschwollen an. Sie klebte ihr am Gaumen. «Ich möchte ein paar Kleidungsstücke holen», stotterte sie.

Er schwieg. Dann sagte er: «Ich will dich nicht sehen, Francesca. Das wäre zu schmerzlich für mich. Komm, wenn ich nicht da bin. Morgen. Aber untersteh dich, diesen Broderick mitzubringen.»

«Das würde ich dir nicht antun, William.»

Sie hatte das Haus in Islington erst vor einer Woche verlassen, aber es hätte genausogut ein Jahrzehnt sein können. Als sie in die Straße einbog, hatte sie eigentlich erwartet, von Verwirrung und Schmerz überfallen zu werden. Aber sie verspürte lediglich eine vage Wehmut, als hätte sie vor langer Zeit einmal dort gewohnt.

Als sie Jacks Landrover parkte, öffnete sich die Eingangstür, und ihre Schwiegermutter trat heraus. «Nun, Francesca! Bei so einem Vater war von dir wohl nichts anderes zu erwarten. Mein armer William!» Sie sagte das so laut, daß Clarissa Riddle-Longman, die gerade ihren Hund ausführte, es hören konnte.

«Mein Vater hat damit nichts zu tun.» Francesca drängte sich an ihr vorbei ins Haus.

Im Flur stand ihr elegantes fünfteiliges Kofferset aufgereiht an der Wand. Dahinter sah sie eine Umzugskiste mit ihren Schuhen und Taschen, mehrere Kisten mit Büchern, ihre Musikkassetten, zwei große Plastikbeutel mit Pullovern, einen Stapel Jacken und Mäntel und den grauen Filzelefanten, den sie bekommen hatte, als sie drei Jahre alt gewesen war.

«Alles, was dir gehört, steht hier», sagte Audrey schroff. «William und ich haben die ganze Nacht gepackt.»

«Danke.» Francesca begann die Treppe hinaufzugehen.

«Es besteht keine Notwendigkeit, daß du nach oben gehst.»

«Aber ich will hinaufgehen.» Sie ging einfach weiter. Audrey folgte ihr auf dem Fuß. Francesca sah ins Gästezimmer. Die Regale waren leer. Die Kleiderbügel frei. Sie ging ins Schlafzimmer, das jetzt Williams Zimmer war. Plötzlich überkam sie ein Gefühl des Versagens. Wie hatte sie mit jemandem, den sie nur selten sah und mit dem sie nur selten redete, dieses Bett teilen können, dieses Zimmer, dieses Bad, jede Intimität? «Du kannst William ausrichten, daß ich meine Bilder und meine Möbel zu einem späteren Zeitpunkt holen werde», sagte sie.

«Ich wußte, daß du versuchen würdest, das Haus auszuräumen.»

«Ich will nur das haben, was mir gehört.»

«Wenn du es darauf anlegst, von ihm Unterhalt zu bekommen, hast du dich verrechnet, dafür werde ich schon sorgen.»

«Ich brauche Williams Geld nicht. Ich verdiene mir mein Geld selbst.» Francesca eilte die Treppe hinunter, weg von den Erinnerungen, und begann ihre Koffer im Wagen zu verstauen.

An Silvester nahm Jack Frankie zum Greyhoundrennen in Brighton mit. Sie trug ein schwarzes Schlauchkleid aus Samt, das sie vor einem Jahr ein kleines Vermögen gekostet hatte. Der tiefe runde Ausschnitt enthüllte ihr Dekolleté, dessen Attraktivität sie sich bisher gar nicht bewußt gewesen war. Der Saum endete weit oberhalb der Knie. Der Stoff schmiegte sich an ihren Körper wie eine zweite Haut. William hatte das Kleid gehaßt. «Ich kann nicht einmal eine Erdnuß essen, ohne daß man es sieht», sagte sie zu Jack, als sie zu ihm ins Auto stieg.

«Nun, so genügsam waren die Damen, mit denen ich bisher ausgegangen bin, nicht.»

Sie hatten nie über Frauen gesprochen, die er früher gehabt hatte. Die wenigen gestohlenen Momente, die sie bisher mit Jack verbracht hatte, waren viel zu kostbar gewesen, um sie mit solch unwichtigen Gedanken zu vergeuden. Jetzt war Frankie höchst neugierig. «Hast du viele Damen zum Essen ausgeführt?» fragte sie.

Er nahm ihre Hand. «Keine, die so viel für mich aufgegeben hat wie du.»

Sie lehnte sich in der gemütlichen Dunkelheit des Autos an ihn. «Hast du eine von ihnen geliebt?»

«Es war keine Liebe. Es war Lust. Vergiß nicht, daß ich vierzehn Jahre gesessen habe. Da gab es keine Frauen. Einige Männer sind schwul geworden, ich nicht. Ich habe in meiner Zelle gelegen und mir ausgemalt, daß ich Hunderte von Frauen haben würde, wenn ich erst einmal wieder draußen sein würde. Eine Zeitlang war das auch so, ich hatte jede Nacht eine andere. Dann aber merkte ich, daß es nicht das war, was ich mir vom Leben erwartete.»

«Wie alt warst du, als du zum erstenmal mit einem Mädchen geschlafen hast?»

Er lachte. «Du bist vielleicht neugierig!»

«Ich würde es eben gerne wissen.»

«Ich war dreizehn. Es war mit der Tochter unserer Nachbarn, auf dem Rücksitz eines Rovers, den ich kurz zuvor gestohlen hatte.» Er tätschelte die Sitze seines Bentleys. «Seitdem mag ich Ledersitze.»

Der Parkplatz war belegt, aber Jack wurde zu einem Platz ganz vorn gewinkt. Die Leute strömten an ihnen vorbei zur Haupttribüne. Jene, deren Ziel das Erdgeschoß und die Zuschauerränge waren, hatten sich wegen der Kälte in Lederjacken und dicke Schals eingemummt. Diejenigen, die wie Jack und Francesca im Restaurant der Haupttribüne speisen wollten, waren in Abendkleidung erschienen. Die Männer trugen meist Anzüge, aber die Frauen kamen in jedem erdenklichen Outfit, von eleganten, zurückhaltenden Designermodellen bis hin zu straßbesetzten, knallengen Oberteilen, Steghosen aus Goldlamé und weißen hochhakkigen Lacklederschuhen.

In der gutbesuchten Cocktailbar trafen sie Eamonn, der mit zwei anderen Trainern gerade über das Rennprogramm diskutierte. «Wie ich höre, bist du bei diesem Banditen eingezogen!» Er zwinkerte Francesca zu.

Sie lachten und überließen den Trainer wieder dem Gespräch mit seinen Freunden. Als sie auf den Speisesaal zugingen, wurde ihr bewußt, daß sie beobachtet wurden. Sie hörte, wie die Leute leise «Jack Broderick» flüsterten. Abermals fürchtete sie sich vor seiner Welt.

Das Restaurant war terrassenförmig angelegt, so daß jeder Gast die Rennbahn überblicken konnte. Jack hatte einen Tisch neben dem riesigen Panoramafenster reservieren lassen. Eine Flasche Champagner wartete bereits auf sie. Von ihrem Tisch oberhalb der

Zielgeraden hatten sie einen ausgezeichneten Blick auf die gesamte Rennbahn. Auf der anderen Seite der Bahn befanden sich die billigeren Plätze. Dort gab es Imbißstände, und die offenen Zuschauerränge waren überfüllt. Auf ihrer Seite, unterhalb des Speisesaals, befanden sich weitere, offene Ränge, von denen man Zugang zu Bars im Inneren hatte. Die Besucher, die lieber draußen standen, drängten sich um die Buchmacher und traten frierend von einem Bein aufs andere.

Auf einem riesigen Monitor wurden die Wettquoten angezeigt.

«Jet ist im ersten Rennen der Favorit», sagte Jack. «Er ist ein Widerunner, das heißt, er läuft bis zur Mitte der ersten Kurve auf der Außenbahn. Er wurde für Startbox fünf ausgelost. Box sechs mag er allerdings noch lieber. Das W hinter seinem Namen im Rennprogramm bedeutet Widerunner.» Er zeigte es ihr. «Wenn er gut startet und nicht angerempelt wird, müßte er eigentlich gewinnen. Die Innenläufer, also die Hunde, die sich gleich nach dem Start dicht an der Innenseite der Bahn halten, wurden für Startbox eins bis drei ausgelost. Vielleicht auch vier. Hunde haben keine Reiter, die sie lenken könnten. Ein Innenläufer, den man in Startbox sechs setzt, rennt in der Regel quer über die Bahn und kracht in alle anderen Hunde hinein.» Dann erklärte er ihr den Totalisator. «Sechs verschiedene Wetten sind möglich. Du kannst auf Sieg oder auf Platz setzen. Oder du wettest auf den Einlauf, also welcher Hund als erster und welcher als zweiter ins Ziel kommt. Es gibt noch eine Reihe anderer Kombinationen, bis hin zur Dreierwette, dem sogenannten Superjackpot, wo du auf den Einlauf der ersten drei Hunde in den ersten drei Rennen wetten kannst.» Plötzlich stutzte er und lachte. «Wozu erzähle ich dir das überhaupt? Bestimmt erinnerst du dich noch an alles. Du warst doch früher mit deinem Vater oft beim Windhundrennen.»

«Ich habe alles vergessen. Oder, besser gesagt, ich habe es verdrängt.» Sie lächelte ihn wehmütig an. Es war seltsam, sich mit dem Mann, den sie liebte, plötzlich in einer Welt wiederzufinden, der sie den Rücken zugekehrt hatte.

«Dein Vater war ein Spieler», sagte Jack sanft. «Er konnte nie rechtzeitig aufhören. Mit dem Alkohol war es bei ihm genau dasselbe. Kluge Wetter bleiben nüchtern. Ich überlege mir vorher, wieviel ich mir zu verlieren leisten kann. Und dieses Limit überschreite ich nie. Für mich liegt der Reiz darin, meine geistigen Fähigkeiten mit denen der Buchmacher zu messen. Ich plaziere meine Wetten nicht am Totalisator! Durch den Totalisator teilt man nur den Pool auf. Wenn man der einzige ist, der eine hohe Wette plaziert, teilt man sein eigenes Geld auf.» Er fuhr mit dem Finger die Liste der Hunde, die im ersten Rennen starteten, entlang. «Einige Leute folgen einem System. Sie setzen immer auf den Hund in, sagen wir, Box zwei. Ich aber wähle mir einen Hund aus, von dem ich weiß, daß er gut in Form ist und korrekt eingestuft wurde und bei dem die Gewinnquoten günstig sind. Die Einstufung eines Hundes hängt, wie du dich bestimmt erinnerst, davon ab, wie schnell er bei den Klassifizierungsläufen war.»

«Du mußt auf Jet setzen.»

«Ich werde für dich hundert Pfund auf ihn setzen.»

Sie schüttelte den Kopf. «Ich wette nicht. Ich habe gesehen, was das bei meinen Vater angerichtet hat.»

Jack verschränkte seine Finger mit den ihren. «Frankie, Greyhoundrennen sind nur zum Wetten da. Das ist nun mal so, ob es dir gefällt oder nicht. Das Stadion zahlt dem Hundebesitzer eine Antrittsprämie. Ich bekomme heute abend zehn Pfund für Jet, selbst wenn er als letzter ins Ziel kommt. Wenn wir Richmond eröffnen, werden unsere Einnahmen vom Eintritt, der Bar und dem Restaurant kommen. Unser Anteil an den Wetten wird siebzehn Prozent betragen. Unser Erfolg wird letztlich also auch davon abhängen, ob die Leute wetten.»

«Das akzeptiere ich durchaus. Aber das heißt noch lange nicht, daß ich selbst auch wetten muß.» Sie beugte sich über den Tisch und gab ihm einen Kuß. «Würden Sie mich bitte jetzt, da die Einführungsveranstaltung beendet ist, zum ersten Rennen nach unten bringen, Mr. Broderick? Ich habe die Hektik unten an der Bande schon immer geliebt.»

Die Zuschauertribünen waren völlig überfüllt, der Boden war mit Zigarettenstummeln übersät. Das Publikum stellte eine seltsame Mischung dar. Da standen reiche Männer, die in ihren Kamelhaarmänteln und mit ihren goldberingten Händen, die sie in den Taschen vergraben hatten, wie Gangster aussahen. Ihre Ehefrauen und Freundinnen, braungebrannt und blond, hatten ihre Pelzmäntel fest um sich gewickelt. Junge Börsenmakler unterhielten sich laut mit Mädchen mit Samtstirnbändern. Frankie sah harte Männer mit schweren Lederjacken und Frisuren, wie sie in den siebziger Jahren modern gewesen waren, alte Männer, dürr wie Whippets, die das Rennprogramm durch Bifokalbrillen studierten, und einzelne Männer, allesamt fanatische Wetter, die mit niemandem sprachen.

Sie umklammerten ihre Wettscheine und starrten über das Oval hinüber, wo die Hunde unter dem gelben Licht am Rand der Bahn im Gänsemarsch vorgeführt wurden. Die Hunde trugen Maulkorb und Renndecke. Sie drehten den Kopf in Richtung des Lärms, der von der Haupttribüne kam.

Jack zeigte auf die Nummer fünf mit einer orangefarbenen Renndecke. «Da ist Jet.»

Der Ansager verkündete: «Die Greyhounds werden bereits in die Startboxen gebracht. Noch zwei Minuten bis zum Start.»

Einige Hunde ließen sich mühelos in die Startboxen führen, andere sträubten sich. Einer versuchte davonzulaufen. Schließlich standen sie alle mit dem Blick nach vorn in ihren Boxen.

«Der Hase läuft», verkündete der Ansager.

Am anderen Ende des Stadions hörte man ein rasselndes Geräusch. Es hallte an der Kontaktrolle entlang. Die Hunde begannen aufgeregt zu bellen. Durch die Gitterstäbe von Startbox fünf konnte Francesca Jets lange schwarze Schnauze sehen. Das Rasseln wurde lauter. Die Hunde legten sich winselnd auf den Boden. Als der Hase an den Startboxen vorbeikam, löste er einen Mechanismus an den Klappen aus, die daraufhin noch oben schnellten.

Die Hunde schossen aus den Boxen. Dale Hill Olga, eine kleine schwarze Innenläuferin, führte das Feld an. Jet lag an vierter Stelle. Vor der ersten Kurve gab es eine Rempelei. Einer der Hunde stolperte und stürzte. Schon in der ersten Kurve wurde Olga müde. Auf der zweiten Geraden, vor den billigeren Plätzen, zog sich das Feld auseinander. Twineham Digby schob sich nach vorn. Jet war jetzt dritter. In der Zielkurve näherten sich die Hunde einander wieder an. Ein weiterer Greyhound fiel zurück. Das Rennen würde jetzt zwischen den führenden drei Hunden ausgetragen werden: Twineham Digby, Roman Lisa und Jet. Unter dem Jubel der Menge hetzten die Hunde die Zielgerade entlang, die Zähne entblößt, die langen Körper parallel zum Sand.

«Komm schon, Jet!» Francesca umklammerte Jacks Hand.

Er mußte über ihre Begeisterung lachen. «Das war ein Fotoeinlauf. Es wird immer ein Foto gemacht. Roman Lisa hat gewonnen, Jet ist auf dem zweiten Platz gelandet.»

«Seine Läufe waren aber vorn.»

«Das mag sein, aber es kommt auf die Nase an. Laß uns zuschauen, wie die Hunde von der Bahn geführt werden. Ich habe ein paar Schokoladendrops für Jet gekauft, die mag er nämlich ganz besonders.»

Die Hundeführer hatten die Hunde inzwischen eingefangen und führten sie jetzt zu ihren Besitzern. «Gut gemacht, alter Junge.» Jack beugte sich über das Tor, um Jets bebende Flanken zu tätscheln.

«Armer Jet.» Francesca streichelte seinen Kopf. «Du hättest früher zum Endspurt ansetzen müssen.»

Eamonn sah Jack an, aber bevor einer der beiden etwas sagen konnte, meine Frankie: «Ich weiß, daß Greyhounds von Renntaktik nicht die leiseste Ahnung haben. Sie rennen einfach, so schnell sie können, bis sie müde werden. Ihnen ist die Ziellinie egal – oder wieviel Geld man auf sie gesetzt hat.»

Jack legte den Arm um sie. «Komm schon, du Expertin. Unser Essen wartet.» Als sie die Treppe hinauf nach oben gingen, blieb er stehen, um sie zu küssen. «Ein gutes neues Jahr», sagte er. «Unser erstes von vielen, die noch folgen werden.»

Kapitel 17

Frankie schob es immer wieder hinaus, in die Kanzlei zurückzukehren, weil sie nicht wollte, daß ihr Glück durch die Empörung anderer Leute getrübt wurde. Im Inn machten Gerüchte schnell die Runde. Jene, die bei der Hochzeit in ihrer Nähe gestanden hatten, hatten Mels Kommentar über «diesen Mann» mit Sicherheit gehört. Frankie war allerdings davon überzeugt, daß ihr Skandal binnen einer Woche von einem anderen abgelöst werden würde. Bis dahin ließ sie ihre Akten von einem Boten aus der Kanzlei holen und arbeitete im Stadion.

Von William hörte sie nichts. Obwohl sie es Jack gegenüber nicht zugeben wollte, dachte sie oft an ihn. Er war viel zu lange ein Teil ihres Lebens gewesen, als daß sie ihn jetzt so einfach hätte vergessen können.

Eines Morgens, als sie gerade am Fall Alexander Swaffield arbeitete, tauchte ihre Mutter im Paddock House auf. «Du hättest mir sagen sollen, daß du jetzt hier wohnst», sagte sie böse. «Du hättest es nicht soweit kommen lassen dürfen, daß ich es von Audrey Eastgate erfahre. Ich bin deine Mutter, ich hätte etwas Besseres verdient.»

«Ich weiß. Es tut mir leid.»

«Als wir Weihnachten miteinander telefonierten, hast du mich angelogen.»

«Ich wollte dir die Wahrheit sagen, aber...»

Jack erschien in der Tür. «Es ist meine Schuld, Dominique.»

Marius spielte an seiner Pfeife herum. «Nein, meine.»

«Keiner von euch beiden ist an irgend etwas schuld. Ihr seid beide nicht meine Tochter. Francesca, wir gehen zusammen zum Mittagessen. Ich will mit dir reden.»

Frankie schnappte sich eine Jacke und schlich hinter ihrer Mutter nach draußen. Schweigend fuhren sie zu dem italienischen Restaurant in der Nähe. Ihre Mutter bestellte Lasagne. Frankie ebenfalls. Schweigend warteten sie, bis die Bedienung ihnen das Essen gebracht hatte, dann sagte Frankie: «Es tut mir leid, daß ich dir nicht die Wahrheit gesagt habe, aber ich wollte euch euer Weihnachten nicht verderben.»

«Du hast mich angelogen, wie das dein Vater auch immer getan hat.»

«Das ist nicht fair. Du wußtest von Jack.»

«Mir war nicht klar, daß du bei ihm einziehen wolltest. Du vergißt, daß ich weiß, was für Männer das sind. Oh, sie sind amüsant. Charmant. Aber sie spielen, trinken und sind hinter den Frauen her.»

«Ich liebe Jack. Außerdem ist er nicht so!»

«Er ist gefährlich.»

«Ich verstehe dich nicht.» Francesca brach ein Stück Brot auseinander. «Du warst es doch, die mir gesagt hat, jeder sollte einmal eine große Liebe erfahren.»

«Ich habe damit aber nicht gemeint, daß du deinen Mann verlassen sollst, um zusammen mit einem Vorbestraften auf einer Hunderennbahn zu leben.»

«Du meinst, ich sollte mich heimlich mit ihm treffen, genauso heimlich, wie du dich mit meinem Vater getroffen hast?»

«Francesca!»

Sie saßen steif und wütend da und schwiegen. Schließlich sagte ihre Mutter: «Ich habe immer gesagt, daß William zu alt für dich ist, aber er ist ein guter Ernährer. Das ist wichtig.»

«Er ist ein Despot.» Francesca traktierte ihre Lasagne mit der Gabel. «Bis Weihnachten habe ich zwei Monate lang ein Doppelleben geführt. Lieber wäre ich völlig mittellos, als so eine Farce noch einmal mitzumachen.»

«Du denkst nur so, weil du noch nie mittellos warst.»

Sie beendeten ihr Mittagessen, ohne ein weiteres Wort zu wechseln oder sich anzusehen. Frankie fühlte sich erbärmlich. Sie war mit Jack so glücklich und wünschte sich, daß ihre Mutter sich mit ihr freute. Jetzt war sie wütend auf sie, hatte ihr gegenüber aber auch ein schlechtes Gewissen. Plötzlich wurde ihr klar, daß es gerade die Verantwortungslosigkeit ihres Vaters gewesen war, die sie dazu getrieben hatte, bei William Sicherheit zu suchen, so wie seine ständigen Lügen in ihrer Mutter den Wunsch nach Ehrlichkeit geweckt hatten. Weil sie aber wütend war, behielt sie diese Erkenntnis für sich.

Vor dem Restaurant verabschiedeten sie sich steif voneinander. Ihre Mutter fuhr wieder zurück nach White Oast. Frankie ging im Nieselregen die Queen's Road entlang zum Stadion zurück. Sie war immer noch entrüstet, als sie Jack von der Unterhaltung erzählte.

Zu ihrer Überraschung war er nicht beleidigt. Er lächelte lediglich und sagte: «Wenn wir eine Tochter haben, werde ich genau dasselbe empfinden wie deine Mutter, sollte sie sich mit einem Mann wie mir einlassen.»

Melanie stützte sich mit dem Ellbogen auf den steinernen Schutzwall der alten Festung und starrte von der Bergstadt Orvieto im Pagliatal den steilen Felsen hinunter auf das breite graue Band der *autostrada*, die nach Süden, Richtung Rom führte. Es war der letzte Tag ihrer Flitterwochen. Sie hätte eigentlich wunschlos glücklich sein sollen. «Es tut mir leid, daß ich ständig wieder von Frankie anfange, aber sie hat mich so verletzt», sagte sie. «Sie wußte, daß ich Jack Broderick nicht zu unserer Hochzeit einladen konnte. Aber sie hatte mir versprochen, daß nichts sie davon abhalten würde, trotzdem zu kommen.»

Simon stellte gerade das Zoomobjektiv seiner Leica ein, die ihm Melanie zur Hochzeit geschenkt hatte. «Liebling, Broderick hat sie verändert. Sie ist nicht mehr die Frankie, die wir gekannt haben. Natürlich hätte William sie nicht schlagen dürfen – falls er das überhaupt getan hat, was ich kaum glauben kann –, aber du kannst es ihm nicht verübeln, daß er wütend reagiert, wenn ihn seine Frau mit einem Kriminellen betrügt.»

Melanie seufzte. «Ich habe Frankie immer bewundert. Das ist wohl auch der Grund dafür, weshalb ich mich jetzt so von ihr im Stich gelassen fühle. Ach, es tut mir leid, daß ich dich dauernd damit langweile.»

Simon küßte sie auf den blonden, lockigen Scheitel. «Du langweilst mich nicht. Und selbst wenn das so wäre, würde ich dich immer noch lieben.»

Sie verließen die Festung und gingen durch die engen, mittelalterlichen Straßen zu ihrem Hotel hinunter. Simon hielt Melanie ganz fest. Sie hatte es nicht verdient, daß man ihr weh tat.

Am Vorabend des Tages, an dem Francesca wieder in der Kanzlei zurückerwartet wurde, konnte sie vor Nervosität nicht einschlafen. Sobald sie jedoch im Inn eintraf, kehrte ihr Mut zurück. Sie parkte ihren Wagen vor den Makepeace Buildings, wo ihn alle sehen konnten. Sie nahm sich auch die Zeit, nach Williams und Melanies Auto Ausschau zu halten. Sie sah jedoch keinen der beiden Wagen. Ruhig ging sie die Treppe hinauf, steckte den Kopf zur Tür der Kanzlei herein und rief Rupert, Charlotte und Nailsworth fröhlich entgegen: «Ein gutes neues Jahr.»

«Ach, Mrs. Eastgate», sagte Nailsworth stirnrunzelnd. «Mr. Culmstock wünscht Sie zu sehen.»

«Ich habe in fünfzehn Minuten eine Besprechung.»

«Er sagte, es sei dringend.»

«Ich habe gleich nach dem Mittagessen Zeit für ihn», erklärte sie und ging in ihr Büro. Sie würde sich weder von Geoffrey noch von Nailsworth, noch von sonst irgend jemandem schikanieren lassen.

In ihrem Zimmer roch es muffig. Sie öffnete das Fenster. Wintersonne und frische Luft strömten herein. Sie setzte sich an ihren Schreibtisch und bereitete ihre Unterlagen für Mrs. Blackbird vor.

Das Telefon klingelte. Es war Jack. «Haben sie dich schon in Stücke gerissen?» fragte er.

«Ich denke, sie haben es vergessen.»

«Du warst so nervös, daß du die ganze Nacht wach gelegen hast. Du hast zwar nichts gesagt, aber ich habe es gemerkt. Ich habe mitbekommen, daß du im Dunkeln an deinen Fingernägeln gekaut hast.»

Sie kicherte. «Ich habe jetzt damit aufgehört. Es ist alles in Ordnung. Ich liebe dich. Bis später.»

Mrs. Blackbird wurde immer kampflustiger. Als sie eintraf, stritt sie sich schon mit ihrem Solicitor. «Mein Mann hatte diese

Immobilien im Ausland als Altersversorgung für mich vorgesehen», beschwerte sie sich bei Francesca. «Es ist unfair, sie in eine Wertbestimmung mit einzubeziehen, um dem Kind dieses... dieses kleinen Flittchens noch mehr von meinem Geld zu geben.»

«Aber sie haben ihrem Mann gehört, und es ist sein Kind.» Francesca versuchte sie mit Argumenten zu überzeugen. «Außerdem haben Sie doch ursprünglich gesagt, daß Sie von diesen Immobilien gar nichts wußten.»

Die Frau suchte jedoch Streit. «Sie sollten eigentlich auf meiner Seite stehen, meine Liebe.»

«Das tue ich auch. Aber im Hinblick auf die widersprüchlichen Zeugenaussagen rate ich Ihnen dringend zu einem außergerichtlichen Vergleich.»

«Sie meinen also, wir sollen klein beigeben.» Mrs. Blackbird nahm ihre Handtasche und marschierte zur Tür. «Ich wünschte, ich wäre nie zum Anwalt gegangen.» Sie sah Francesca anklagend an. «Ich nehme an, ich muß Sie bezahlen, obwohl Sie mich nicht einmal vor Gericht vertreten müssen.»

«Selbstverständlich – für meine Zeit.»

Francesca war erleichtert, als die beiden schließlich gegangen waren. Sie setzte sich hin, um die Aussage der Operationsschwester im Fall von Alexander Swaffield zu studieren. Mittags blieb sie in ihrem Büro und aß Sandwiches. Um Punkt zwei Uhr machte sie sich dann auf den Weg zu Geoffreys Büro. Er saß hinter seinem riesigen Schreibtisch und hielt einen kleinen goldenen Füller, mit dem er sich Notizen an den Rand eines Schriftsatzes machte, in seinen großen Händen.

«Ein gutes neues Jahr, Geoffrey», sagte sie fröhlich.

Er sah sie ausdruckslos an. «Francesca, ich biete Ihnen die Möglichkeit, aus der Kanzlei auszutreten, bevor man Sie durch Abstimmung ausschließt.»

Ihr Lächeln verschwand. «Aus welchem Grund?»

«Wir brauchen keine Gründe. Es reicht, daß Ihre Kollegen wollen, daß Sie gehen. Aber falls Sie einen Grund brauchen – nun, Sie bringen unsere Kanzlei in Verruf.» Er hielt inne, dann fügte er ruhig hinzu: «Ich versuche es Ihnen leichtzumachen, Francesca.»

«Ich werde nicht freiwillig gehen.»

«Das wäre dumm. Wenn Sie aus freien Stücken gehen, besteht für Sie durchaus die Chance, in einer anderen Kanzlei unterzukommen – wobei ich allerdings nicht annehme, daß viele Kanzleien die Geliebte von Jack Broderick mit offenen Armen empfangen werden.»

Sie wurde rot. «William und ich hatten in dieser Hinsicht eigentlich Stillschweigen vereinbart.»

«Er hat Silvester mit uns verbracht. Er hat sich sehr aufgeregt und uns die ganze Geschichte erzählt. Rupert war da. Desmond ebenfalls. Und Hugo und Thomas auch. Sie waren alle sehr schokkiert. William hat uns sehr leid getan.»

«Geoffrey, ich werde nicht freiwillig gehen. Mein Privatleben geht niemanden etwas an. Es hat keinen Einfluß auf meine Arbeit.»

«Ihr Privatleben geht die Kanzlei sehr wohl etwas an, wenn Sie mit diesem Broderick zusammenleben. Jeder Jurastudent kennt seinen Fall. Er hat die Hälfte der Geschworenen bestochen! Sein Wiederaufnahmeverfahren hat den Steuerzahler ein Vermögen gekostet. Er hat denjenigen, der ihn verraten hat, umgebracht. Ich war der Vertreter der Anklage. Um Himmels willen, Francesca, wie können Sie erwarten, daß Ihre Kollegen die Augen verschließen, wenn der Ruf der Kanzlei auf dem Spiel steht? Gehen Sie freiwillig, sonst werden Sie auf unserer nächsten Versammlung rausgeworfen.»

«Mel und Sanjiv werden nicht gegen mich stimmen. Die beiden stehen hinter mir. Sie sind loyal.« Sie stolzierte aus dem Zimmer und knallte die Tür hinter sich zu.

Als Frankie wieder in ihrem Büro ankam, war es ihr unmöglich zu arbeiten. Dazu war sie viel zu empört und aufgewühlt. Sie ging auf und ab und ballte und öffnete ihre Fäuste. Schließlich gab sie es auf und fuhr nach Hause zu Jack. «Der Seniorpartner meiner Kanzlei hat mir nahegelegt, ich solle austreten», berichtete sie ihm halb zornig, halb unglücklich. «Er sagt, man wird mich sonst bei der nächsten Versammlung ausschließen.»

«Meinetwegen?»

«Deinetwegen, und weil sie William alle vergöttern.»

«Was ist mit deiner Freundin Melanie?»

«Mel wird zu mir stehen. Sie hat sich zwar aufgeregt, weil ich zu spät zu ihrer Hochzeit gekommen bin, aber sie wird mir verzeihen, wenn sie die Wahrheit erfährt. Mel hat mich gewarnt, also hätte ich gar nicht schockiert sein dürfen. Aber ich war es trotzdem!» Sie verzog das Gesicht. «Sie werden mich nicht rauswerfen. Es ärgert mich nur, daß sie es überhaupt versuchen, diese Judasse!»

Einige Tage später kehrte Melanie in die Kanzlei zurück. Francesca sah ihren Wagen draußen vor den Makepeace Buildings und stürmte, immer zwei Stufen auf einmal nehmend, die Treppe hinauf und in Mels Zimmer. «Ich bin so froh, daß du endlich wieder da bist.» Sie umarmte sie. «Hattet ihr schöne Flitterwochen? Du siehst phantastisch aus. Ach, Mel, ich habe dir das mit der Hochzeit erklären wollen, aber ich nehme an, daß du die Wahrheit inzwischen kennst.»

Melanie sagte nichts.

«Ich meine den Sorgerechtsfall», fuhr Frankie fort. «Den Grund, weshalb ich zu spät gekommen bin.»

«Frankie, ich weiß, warum du zu spät gekommen bist. Ich möchte nicht mit dir darüber reden. Bitte verlaß mein Büro.»

«Aber du gibst mir ja nicht einmal eine Chance, dir alles zu erklären.»

«Du hast deine Chance gehabt. Ich habe sogar William angerufen, um zu fragen, warum du zu spät gekommen bist. Er sagte mir, du hättest an jenem Morgen, kurz bevor du zu den Culmstocks fahren wolltest, einen Anruf bekommen.»

«Ja, das habe ich auch. Von meiner Mandantin!»

«Von Broderick!»

«Das ist eine Lüge. Der Anruf kam von Lindsay Dault.» Francesca machte einen Schritt rückwärts. «Aber ich sehe, daß du lieber William glaubst als mir. Ich vermute, das hat dir Simon befohlen. Nun, in dem Fall wirst du in deiner Ehe ebenso unterdrückt und unglücklich sein wie ich in meiner. Und du verdienst es nicht anders.» Sie drehte sich um. Erst da merkte sie, daß James an seinem Schreibtisch saß. Er starrte sie entsetzt an.

Sie stürmte aus dem Zimmer. Zehn Minuten später kehrte sie zurück. James war verschwunden. Melanie saß allein an ihrem

Schreibtisch. Tränen liefen ihr übers Gesicht. «Es tut mir leid, Mel», sagte Frankie. «Ich hätte das nicht sagen sollen. Es war grausam und ungerecht von mir. Aber ich war wütend, weil du dich offenbar auf Williams Seite geschlagen hast.»

«Simon hat recht. Broderick hat dich verändert.» Melanie sagte das mit leiser, ausdrucksloser Stimme. «Bitte, laß mich jetzt allein.»

Frankie erzählte Jack nicht gleich von Melanie, aber als er in ihr Dachzimmer kam, sah er, daß sie weinte. «William hat Melanie gegen mich eingenommen», schluchzte sie. «Sie wollen alle, daß ich gehe. Ich wußte, daß er versuchen würde, meine Karriere zu ruinieren, aber ich war mir so sicher, daß ich mich gegen ihn durchsetzen könnte.»

«Wann findet die Konferenz denn statt?»

«Morgen abend.»

«Soll ich in den Konferenzraum stürmen und sie alle über den Haufen schießen, oder soll ich sie nach und nach beim Rausgehen erledigen?»

Sie lachte mit Tränen in den Augen.

Er küßte sie auf die Nasenspitze. «Ich möchte, daß du gewinnst, weil du es willst. Wenn du aber verlierst, liebe ich dich ganz genauso. Vergiß das bitte nie!»

Sie schlang die Arme um ihn und zog ihn näher zu sich heran. Er küßte sie heftig, drückte seinen Mund fest auf den ihren und ließ sie ihre Angst vergessen. Sie liebten sich den ganzen frühen Abend lang. Dann lagen sie im Bett und sahen fern, aßen Pâté und knuspriges Baguette und lachten, als sie die Krümel vom Bett schnippten. Sie schlief in seinen Armen ein. Am nächsten Morgen fühlte sie sich wieder stark.

Auf der Treppe kam sie an Melanie vorbei. «Guten Morgen», rief sie ihr fröhlich zu.

Melanie sah sie verblüfft an.

An der Kaffeemaschine traf sie Sanjiv. «Ich hoffe, Sie sind nicht auch gegen mich», meinte sie mit munterer Stimme zu ihm.

«Ich bin gegen Scheidungen.»

«Das halbe Inn ist geschieden. Das Privatleben hat nichts mit der Arbeit zu tun.» Sie goß sich Kaffee ein.

«Ich mag Sie, Frankie.» Er lächelte sie traurig an, dann verschwand er in seinem Zimmer.

Francesca verbrachte den Tag damit, an ihren Fällen zu arbeiten. Sie besprach Lindsays Verhandlung mit David Jarrow und schrieb einen langen Brief an Alexanders Solicitor, in dem sie darlegte, welche Strategie sie bei der Verhandlung anwenden würden. Es fiel ihr jedoch schwer, sich zu konzentrieren, während sie überall um sich herum Verrat witterte.

Fünf Minuten vor sechs rief Jack an. «Viel Glück», sagte er.

«Danke.» Ihre Stimme klang erstickt. «Ich werde es brauchen.»

Sie ging durch den Empfangsbereich zu Geoffreys Büro. Die anderen hatten bereits Platz genommen: Geoffrey hinter seinem Schreibtisch, Rupert und Charlotte beim Fenster, Melanie neben Sanjiv, Desmond, Hugo, Thomas und James in einer Reihe an der Wand. Neben der Tür war noch ein Stuhl frei.

Frankie setzte sich nicht. Sie blieb stehen. Alle außer Melanie, die verlegen den Teppich betrachtete, starrten sie an. «Da ich der Grund für diese Konferenz bin, werde ich als erste sprechen», sagte Frankie mit lauter, klarer Stimme. «Sie wollen mich per Abstimmung aus der Kanzlei ausschließen. Genauer gesagt, Sie haben gehofft, daß ich mich fortstehlen würde, damit Sie es mir nicht ins Gesicht sagen müssen. Aber ich habe ein Recht, angehört zu werden.» Sie holte tief Luft. «Mein Privatleben geht Sie nichts an. Ich streite jedoch nicht ab, daß ich William, mit dem ich eine überaus unglückliche Ehe geführt habe, verlassen habe. Jetzt bin ich mit einem anderen Mann zusammen. Ich streite auch nicht ab, daß es sich dabei um Jack Broderick handelt. Aber ich habe sehr wohl etwas gegen die Unterstellung, daß dies meine Arbeit in der Kanzlei beeinträchtigen würde. Deshalb kann ich nur vermuten, daß William auf Sie Druck ausübt, damit Sie mich ausschließen, und Sie sich diesem Druck beugen. In dem Fall sind Sie Feiglinge und Schwächlinge. Und mit solchen Menschen möchte ich nicht länger zusammenarbeiten. Ich habe mich deshalb entschlossen, aus der Kanzlei auszutreten.» Sie verließ den Raum, bevor noch irgend jemand etwas sagen konnte. Sie wußte, daß sie sie sowieso ausgeschlossen hätten, aber wenigstens hatte sie nicht kampflos aufgegeben.

Es war seltsam, keinen Arbeitsplatz mehr zu haben. Natürlich hätte sie, solange ihr Vertrag noch galt, in die Kanzlei gehen können, aber es war für sie undenkbar, dorthin zurückzukehren, selbst wenn es nur für einen einzigen Tag gewesen wäre. Bis ihr Vertrag auslief, gehörte sie offiziell noch zur Kanzlei und konnte immer noch praktizieren. Das bedeutete aber nicht, daß Nailsworth ihr noch neue Mandate zugewiesen hätte. In den ersten paar Wochen nach ihrem großen Auftritt hatte sie genug damit zu tun, ihre Angelegenheiten zu ordnen. Dann überkam sie ein Gefühl tiefer Trauer. Sie wandte sich an keine andere Kanzlei, denn sie wußte instinktiv, daß man sie ablehnen würde. Das bedeutete, daß sie die Fälle, bei denen die Verhandlung auf einen Termin angesetzt war, an dem ihr Vertrag bereits ausgelaufen war, abgeben mußte.

Sie telefonierte mit David Jarrow. Er hörte ihr ruhig zu, als sie erklärte: «Ich habe keine neue Kanzlei, deshalb kann ich Lindsay nicht vor Gericht vertreten. Bitten Sie um Melanie Llanellen. Sie ist sehr gut und außerdem auf Familienrecht spezialisiert. Und richten Sie Lindsay aus, es tue mir sehr leid, daß ich ihr nicht mehr helfen kann.»

Sie schrieb einen Brief an Alexanders Solicitor und einen weiteren an Mr. Swaffield. «Ich habe ein so schlechtes Gewissen, daß ich sie alle im Stich lasse», erzählte sie Jack. «Vor allem diesen kleinen Jungen. Sein Vater hat mir vertraut, und der Fall ist bis jetzt ganz gut gelaufen.»

«Du bist nicht mehr in dieser Kanzlei, aber du bist noch Anwältin. Eröffne doch eine eigene Kanzlei.»

«Und welcher Solicitor würde mich mit der Vertretung seiner Mandanten beauftragen? Kein einziger! William würde meinen Ruf ruinieren, noch bevor ich überhaupt eine Chance gehabt hätte, meine Fähigkeiten unter Beweis zu stellen.» Sie biß die Zähne zusammen und versuchte Jack zuliebe nicht so deprimiert auszusehen. «Du wirst mir irgendeinen Job hier im Stadion geben müssen, damit ich zu grübeln aufhöre.»

«Ich werde mit Marius reden.»

«Warum? Wo liegt das Problem?»

«Wir müssen vorsichtig zu Werke gehen. Ich möchte nicht, daß der alte Junge das Gefühl bekommt, hinausgedrängt zu werden. Es ist schließlich sein Stadion. Vergiß nicht, er war es, der mir damals eine Chance gegeben hat.»

Sie schlang die Arme um ihn. «Du meinst, daß du ohne Marius wieder Tüten kleben würdest?»

«Wir kleben keine Tüten mehr. Das wird von Maschinen gemacht.» Er küßte sie auf die Nasenspitze. «Vielen Dank, daß du Verständnis hast.»

Goldie bekam ihre Welpen in der Nacht. Als Jack und Francesca am folgenden Nachmittag eintrafen, lag sie in ihrer mit Papierschnitzeln ausgelegten Wurfkiste, während acht runde kleine Welpen ihre winzigen Schnauzen in ihr Gesäuge drückten. Zwei waren schwarz. Drei waren gestromt. Drei waren rehbraun wie ihre Mutter. Sie rochen nach Wärme und Milch.

Francesca hob die beiden Schwarzen hoch. Sie quiekten und zappelten. Sie küßte erst den einen Welpen auf sein samtiges Gesicht, dann den anderen. Die Kleinen erinnerten sie an Maulwürfe: die Gentlemen im Samtrock aus den Bilderbüchern ihrer Kindheit.

Auf der anderen Seite des Hofes warf sich ein Hund bellend und jaulend gegen das Drahtgitter.

«Sei still, Blue!» rief Eamonn. «Dieser Hund kann einem wirklich auf die Nerven gehen. Keine Ahnung, warum ich ihn nicht schon längst habe einschläfern lassen.»

Jack lächelte. «Weil du das nie tust. Du behältst sie doch alle.»

Der Hund, um den es ging, war groß und unbeholfen und wirkte eher wie ein übergroßer Welpe. Er hatte ein bläulich-graubraunes Fell, riesige Pfoten und gelbbraune Augen. Jetzt legte er sich auf den Zementboden und starrte trübselig auf die neugeborenen Welpen, die so viel Aufmerksamkeit bekamen.

«Was stimmt denn nicht mit ihm?» fragte Francesca.

«Er ist ein Blauer», sagte Jack. «Man sagt, daß sie kein Glück bringen. Es heißt außerdem, daß sie schwierig sind. Sie haben keinen Hetztrieb.»

«Dafür kann der Hund aber nichts.» Eamonn hob seine Kappe, um sich am Kopf zu kratzen. «Sein Besitzer hat versucht, ihn aus der Hand starten zu lassen, aber er wollte nicht rennen, was mich nicht überrascht hat, da er zu diesem Zeitpunkt erst acht Monate alt war. Man läßt einen Hund erst mit einem Jahr aus der Hand starten. Jetzt ist er so verunsichert, daß er zu nichts mehr zu gebrauchen ist.»

«Dann kann er wirklich nichts dafür.» Francesca setzte die kleinen schwarzen Welpen wieder zu Goldie auf ihr Lager und ging quer über den Hof zu dem Blauen. Anders als die anderen Greyhounds in den Zwingern sprang er nicht fröhlich auf, um einen Besucher zu begrüßen. Statt dessen kauerte er auf dem Bauch und hatte den Blick abgewandt, wie um zu sagen, es sei ihm egal, wenn sie nicht mit ihm reden wolle.

Sie öffnete die Tür zu seinem Auslauf. «Hallo, Blue.»

Er zitterte.

Francesca ging hinein. «Komm her!» Sie streckte die Hand aus.

Der Hund erhob sich unsicher und kam langsam auf sie zu, so als wollte er sie nicht merken lassen, wie unbeholfen und linkisch er war. Dann aber, als er nur noch einen Meter von ihr entfernt war, vergaß er offensichtlich diesen Vorsatz. Sabbernd vor Begeisterung, warf er sich ihr entgegen, stützte seine dicken weißen Pfoten auf ihrer Hüfte ab und bettelte mit seinen großen gelbbraunen Augen: «Nimm mich!»

Francesca sah Jack an, der in gespielter Verzweiflung den Kopf schüttelte. «Du kannst diesen Hund doch gar nicht brauchen», sagte er. «Er wird nie ein Rennen laufen. Nimm einen von Goldies Welpen. Eamonn wird sie ordentlich trainieren.»

«Ich will aber keinen von Goldies Welpen.» Francesca lächelte den großen, jungen Hund an. «Blue hat einfach einen schlechten Start gehabt – wie noch jemand, den ich kenne!»

Frankie hatte keineswegs vergessen, daß sie im Stadion mitarbeiten wollte: Sie hatte lediglich beschlossen, Jack Zeit zu lassen, um Marius mit der Idee vertraut zu machen. Da sie jetzt Blue hatte, um den sie sich kümmern mußte, mit dem sie spazierenging, mit dem sie spielte und den sie trainierte, kam sie kaum dazu, über ihre zerstörte Karriere nachzugrübeln. Das größte Problem, das sie mit Blue hatte, bestand darin, ihn von Big Ears fernzuhalten. Einmal hatte sie die Gartentür offengelassen. Als sie hinausstürzte, stellte sie entsetzt fest, daß Blue neben Big Ears' Auslauf auf- und absprang, während sich das arme Kaninchen halbtot vor Angst in seinem Stall verkrochen hatte. Noch am selben Nachmittag baute Jack eine zweite Sicherheitstür ein.

Die Arbeiten am Stadion machten rasche Fortschritte. Frankie freute sich zu sehen, wie es allmählich wieder zum Leben erwachte. Wenn sie mit Blue um die Rennbahn spazierenging, hatte sie oft das Gefühl, als ginge ihr Vater lachend und scherzend neben ihr, ganz der unbußfertige Gauner, der er immer gewesen war. Sie schämte sich nicht mehr für ihn. Ihr tat es lediglich um die verlorenen Jahre leid.

Als die Bauarbeiten abgeschlossen waren, kamen die Maler, und es stank überall nach Farbe. Um den erstickenden Dämpfen zu entkommen, machten Jack und Frankie einen Kurzurlaub in Rom. Sie war mit William schon überall auf der Welt gewesen, nie jedoch hatte ihr ein Flug so viel Spaß gemacht wie die beiden Stunden, die sie mit Jack im Flugzeug verbrachte. Sogar die Verzögerung am Londoner Flughafen war komisch. Auch als sie in Rom auf ihr Gepäck warten mußten, welches natürlich als letztes vom Gepäckband kam, konnten sie darüber nur lachen. William hätte sie für diese Unannehmlichkeit sicher persönlich verantwortlich gemacht.

Sie wohnten in der Villa Medici. Von ihrem Schlafzimmerfenster aus konnten sie die Kuppel des Petersdoms sehen. Jack war noch nie in Italien gewesen. Wie Francesca sprach er kein Italienisch. Weil die beiden dunkelhaarig waren, hielten andere Touristen sie oft für Italiener und sprachen sie auf der Straße an, um nach dem Weg zu fragen. Wenn Jack sie unsympathisch fand, ruderte er wild mit den Armen, brabbelte dabei irgendein Kauderwelsch und wies sie in die falsche Richtung, während Francesca vor Lachen ganz atemlos danebenstand.

Im Gegensatz zu William haßte er Museen, denn sie erinnerten ihn an das Gefängnis. Er setzte sich sogar draußen auf die Eingangsstufen und wartete, als Francesca die Sixtinische Kapelle besichtigte. Was Jack gefiel, war das Leben in den Straßen: in einem Straßencafé zu sitzen und die Leute, die vorbeigingen, zu beobachten, durch schmale Gassen zu kleinen, kopfsteingepflasterten

Plätzen zu spazieren oder auf Stimmen zu lauschen, die sich hinter geschlossenen Fensterläden etwas zuriefen. Es gefiel ihm, am Tiber entlangzugehen oder auf der alten, schmalen Ponto Sisto zu stehen, in die dunklen Fluten des Flusses hinabzublicken und sich dabei zu fragen, wer wohl alles vor ihnen schon an diesem Fleck gestanden hatte.

Sein Charme überbrückte die Sprachbarrieren. Er scherzte mit Großmüttern in kleinen Trattorien. An der Bar redete er auf englisch über Fußball, und die anderen Gäste antworteten auf italienisch. Er kaufte Francesca ein Dutzend rote Rosen und küßte der Dame, die ihm die Blumen verkauft hatte, die Hand. Den Taxifahrern erzählte er, sie befänden sich in ihren Flitterwochen. Sie lachten, zwinkerten ihnen zu und wünschten ihnen Glück. Sie verstanden Jack. Das taten alle.

Nach ihrer Rückkehr packte Francesca im Dachgeschoß gerade ihre Koffer aus, als Angel sie über die Gegensprechanlage rief. «Sie haben Besuch», sagte er.

In der Hoffnung, es wäre Melanie, rannte Frankie die Treppe hinunter.

Im Flur stand jedoch Mr. Swaffield. Er hielt ihren Brief in der Hand. «Damit dürfen Sie nicht durchkommen, Mrs. Eastgate», brüllte er. «Sie haben meiner Familie Hoffnung gemacht. Ich habe Ihnen vertraut, meine Frau hat auf Sie gebaut. Wir dachten, Sie wollten unserem Sohn wirklich helfen.»

Francesca wurde rot. «Das wollte ich auch. Es hat mir sehr leid getan, daß ich den Fall abgeben mußte. Deshalb habe ich Ihnen ja auch persönlich geschrieben.»

«Sie hätten bis zu Alexanders Verhandlung nicht aus der Kanzlei ausscheiden dürfen, ganz egal, welche Probleme Sie haben. Aber Sie haben uns einfach jemand anderem übergeben. Sie haben uns im Stich gelassen. Es würde Ihnen ganz recht geschehen, wenn *Sie* ein behindertes Kind bekämen.» Er machte auf dem Absatz kehrt und ging.

Frankie stand mitten im Flur. Sie konnte sehen, daß Marius sie vom Kartenspielzimmer aus beobachtete, aber sie war zu beschämt, um irgend etwas sagen zu können. Sie schlich nach draußen. Blue folgte ihr, als sie an den Zuschauerrängen entlang zur anderen Seite der Arena ging, wo kein Mensch zu sehen war. Sie stieg bis zur obersten Treppenstufe hinauf. Dort setzte sie sich hin, den Pullover wegen der Kälte über die Knie gezogen, während Blue sich in ihre Arme kuschelte.

Es dauerte eine Stunde, bis Jack sie fand. «Marius hat mir erzählt, was passiert ist», sagte er. «Du hättest mich rufen sollen, ich hätte den Kerl rausgeschmissen.»

«Mr. Swaffield hat recht.»

Er kam die Stufen herauf und blieb vor ihr stehen. «Du mußt wegen mir alles aufgeben, stimmt's? Deine Mutter. Melanie. Deine Karriere. Bereust du das mit... uns?»

Sie schüttelte den Kopf. «Niemals. Vorher war ich tot. Jetzt lebe ich.»

Kapitel 18

Jack war entschlossen, Richmond Racing an Ostern zu eröffnen. Er war viel unterwegs, um mit Werbefachleuten und Rennsponsoren zu verhandeln. Francesca begleitete ihn, weil es ihr Vergnügen bereitete, bei ihm zu sein. Sie wartete im Auto, las ein Buch oder hörte Radio.

Marius blieb in dem immer größer werdenden Chaos im Paddock House zurück. Den ganzen Tag wälzte er fluchend Unterlagen und führte unzählige Bewerbungsgespräche mit Arbeitssuchenden, die sich für das Büro, für die Arbeit auf der Rennbahn oder für den Restaurantbetrieb gemeldet hatten – und da er sich keine Notizen machte, konnte er die Leute schließlich nicht mehr auseinanderhalten.

«Wir werden nie im Leben rechtzeitig fertig», beklagte sich Jack bei Frankie, als sie von einem ihrer Lieblingsrestaurants durch die schmalen Straßen des alten Richmond nach Hause gingen.

«Laß mich helfen, Jack. Ich brauche eine Beschäftigung.»

«In der obersten Schublade meines Schreibtisches liegen tausend Pfund, wenn du Geld brauchst.»

«Ich will keine Almosen. Ich möchte mitarbeiten. Du hast diesen Spitzbuben Angel eingestellt, warum nicht mich?»

«Geht dir Angel auf die Nerven?»

«Er ist frech zu mir. Ich traue ihm nicht.» Sie hielt inne. «Versuch bitte nicht, ständig das Thema zu wechseln.»

Er legte den Arm um sie. «Ich werde noch einmal mit Marius reden.»

«Heißt das, daß er bereits nein gesagt hat?»

«Er ist ein alter Mann. Du weißt, daß das Stadion sein ein und alles ist.»

«Manchmal glaube ich, er mag mich nicht», sagte Frankie. «Meine Mutter hat er anscheinend auch nie besonders gemocht.»

«Da täuschst du dich aber. Er war in sie verliebt, aber sie hatte nur Augen für Ben. Das hat sie allerdings nicht daran gehindert, Marius jedesmal um den kleinen Finger zu wickeln, wenn sie irgend etwas von ihm wollte. Er war es, der sie, wenn dein Vater wieder einmal nicht nach Hause gekommen war, von einer Bar zur anderen gefahren hat, um ihn zu suchen.»

«Ich hatte keine Ahnung, daß Marius sie geliebt hat.» Frankie schüttelte erstaunt den Kopf. «Mir wird immer mehr bewußt, daß ich meine Mutter kaum kenne. Vermutlich ist das genauso meine Schuld wie die ihre.»

«Wir sind alle allein. Das ist auch gut so.»

«Nur wir beide nicht.» Sie lächelte und lehnte sich an ihn.

Aber Jack küßte sie nicht, wie sie erwartet hatte. Er entzog sich ihr und ging ohne ein Wort weiter.

Frankie folgte ihm langsam. Sie war den Tränen nahe. Er war so gezeichnet vom Leben, dem Gefängnis und seiner Vergangenheit.

Auf halber Höhe des Richmond Hill blieb sie stehen. Er war ein gutes Stück voraus, fast schon außer Sichtweite. «Jack!» rief sie. «Ich habe zehn Jahre mit einem Mann verbracht, der mich am liebsten mit mißbilligendem Schweigen strafte. Ich liebe dich, aber ich werde nie wieder gegen das Schweigen ankämpfen.»

Er kam den Hügel herunter und nahm ihre Hände.

Das Chaos wurde immer größer. Immer wenn Jack sich beklagte, lachte Frankie und sang: «Hab ich dir's nicht gesagt?» zur Melodie von «Happy Birthday».

Anstatt Jack zu begleiten, half sie nun auch manchmal Nicoletta in deren Antiquitätenladen. Sie brachte die Geschäftsbücher auf den aktuellen Stand, etwas, was Nicoletta höchst ungern tat, überprüfte die Rechnungen und hakte die verkauften Artikel ab. Durch ihre juristische Ausbildung hatte sie gelernt, rasch und methodisch zu Werke zu gehen. Die Arbeit machte ihr Spaß, und Frankie genoß die Atmosphäre in dem kleinen Laden.

Eines Nachmittags vertrat Frankie Nicoletta, die zu einer Haushaltsauflösung aufs Land gefahren war. Es war ruhig. Sie hatte den ganzen Tag keine Kundschaft gehabt. Die Frühlingssonne schien durch die Bleiglasfenster, Staubkörnchen flimmerten in den Sonnenstrahlen. Auch im Laden wurde es allmählich wärmer. Frankie hatte es sich in einem alten Ledersessel gemütlich gemacht und döste, den Kopf auf den Arm gelegt und Blue zu ihren Füßen, vor sich hin.

Das Bimmeln der Messingglocke über der Tür holte sie wieder in die Wirklichkeit zurück. Bevor sie jedoch Zeit hatte, sich ordentlich hinzusetzen, stand David Jarrow vor ihr. Er blickte von ihr zu dem Hund, dann lachte er. «Tut mir leid, wenn ich Sie bei Ihrer Siesta störe, aber ich dachte, es würde Sie interessieren, daß Lindsay nicht wieder ins Gefängnis muß.»

«Ach, da bin ich aber froh.» Frankie setzte sich aufrecht. «Ich hatte ein sehr schlechtes Gewissen, weil ich sie im Stich gelassen habe.»

«Sie fragt oft nach Ihnen. Sie hat Melanie erzählt, daß Sie ihre Heldin sind.»

«Ich denke, da ist sie rasch eines Besseren belehrt worden.»

«Ganz und gar nicht. Melanie hat sich sehr schmeichelhaft über Sie geäußert.»

«Sind Sie da sicher?»

«Warum sollte ich Sie anlügen?»

«Es tut mir leid. Es ist nur so, daß Mel meine beste Freundin war und sie sich, ohne mir eine faire Chance zu geben, auf die Seite meines Mannes geschlagen hat. Wenigstens hatte ich diesen Eindruck.»

«Vielleicht haben Sie sich getäuscht. Wenn man unter Streß steht, interpretiert man eine Situation oft falsch.»

Frankie freute sich. Sobald David gegangen war, schrieb sie an Melanie. Sie hatte eigentlich vorgehabt, den Brief kurz zu halten, aber schließlich wurden daraus acht Seiten voller Erklärungen und Entschuldigungen. Sie schickte ihn sofort ab, bevor sie ihre Meinung ändern konnte.

An diesem Abend sagte sie zu Jack: «Mel war meine beste Freundin. Ich kann sie nicht einfach kampflos aufgeben.»

Er nickte. «Natürlich nicht. Ich würde Marius auch nicht aufgeben.»

Jeden Morgen, wenn die Post kam, hoffte Frankie auf eine Antwort von Melanie. Zwei Wochen vergingen, aber sie hörte nichts von ihr. Jetzt wünschte sie, sie hätte sich nicht die Mühe gemacht, ihr zu schreiben.

Als Blue älter wurde, befolgte Francesca Eamonns Rat und nahm ihn zu langen Spaziergängen durch den Park oder in die Downs mit, wo sie ihn immer wieder ermutigte, frei und schnell zu rennen. Er wurde langsam größer. Mächtiger. Kräftiger. Als sie eines Tages in den Downs unterwegs waren, schoß plötzlich ein Hase vor seiner Nase auf. Blue hetzte ihn quer über den Hang, das Maul geöffnet, die Zähne entblößt. Francesca hielt sich mit beiden Händen den Mund zu, um sich daran zu hindern, ihn zurückzurufen. Er erwischte den Hasen und riß ihn in Stücke. Als der Hase schrie, schrie auch sie. Vornübergebeugt übergab sie sich ins Gras.

Eamonn wartete auf sie, als sie zu den Zwingern zurückkehrte, wo sie ihr Auto abgestellt hatte. «Dieser Hund hat getötet», sagte er. «Ich kann es an seinen Augen sehen.»

«Ich hätte versuchen sollen, ihn zurückzuhalten. Es war schrecklich. Aber ich habe es nicht getan.»

«Dann gibt es für euch beide vielleicht doch noch Hoffnung.»

Auf der Rückfahrt nach Richmond mußte sie dauernd an den Hasen denken. Im Flur des Paddock House stieß sie auf einen zornigen Vertreter des National Greyhound Racing Club, des nationalen Dachverbandes für den Hunderennsport. «Wo ist Mr. Charlwood?» wollte er wissen. «Er hat mich gebeten, Ihre Hundezwinger zu prüfen, und jetzt warte ich schon seit über einer Stunde.»

Durch die geöffnete Tür sah Frankie Marius kommen. Sie hob die Stimme. «Es tut mir sehr leid. Darf ich Ihnen einen Kaffee anbieten? Ah, da ist ja Mr. Charlwood. Ich weiß, daß ihm das überaus peinlich ist.»

Nachdem der Inspektor gegangen war, trat Francesca ins Kartenspielzimmer. Sie setzte sich an den langen Tisch, nahm einen Stapel Unterlagen, die mit der Rennbahn zu tun hatten, und begann ihn durchzulesen.

«Was machst du da?» wollte Marius wissen.

«Ich werde dir helfen, mit dieser Unordnung fertig zu werden.»

«Du verstehst nichts von Greyhounds – du suchst dir doch bloß Blaue aus, die nicht rennen wollen.»

«Und du verstehst ganz offensichtlich nichts vom Geschäft.»

«Es ist mein Stadion.»

«Setz dich, du alter Bär.» Francesca klopfte auf seinen Stuhl. «Wir werden zusammenarbeiten.»

«Und wenn ich mich weigere?»

Sie lächelte ihn freundlich an. «Dann werde ich Jack erzählen, daß du den Inspektor des Rennverbandes glatt vergessen hast.»

Als Jack nach Hause kam, gab Francesca am Telefon gerade eine Anzeige für einen erfahrenen Personalchef auf, während Marius die Zeitschriften und Zeitungen auflistete, an die sie sich wegen der Eröffnung wenden wollten. Jack sah von einem zum anderen und hob dann eine Augenbraue, sagte aber nichts. Später fragte er Francesca: «Wie ist es dir gelungen, ihn zu überreden?»

«Ich habe ihn erpreßt!»

Als Personalchef stellten sie Bernard, einen Buchhalter mit Casinoerfahrung, ein. Er war sehr groß und sehr dünn und hatte eine ruhige, weiche Stimme. Nicht einmal Marius fand etwas an ihm auszusetzen. Er legte ihnen eine kurze Liste von Gastronomiechefs, Rennorganisatoren und Wettbüroleitern vor. Nach einer Reihe von Bewerbungsgesprächen stellten sie Signor Umberto als Chef des Restaurants ein, einen alten Freund von Marius namens Godfrey als Manager der Bahn und einen weiteren Buchhalter als Leiter des Wettbüros.

«Was ist mit Schreibkräften, Zwingerpersonal, Kellnerinnen, Köchen und Barpersonal?» fragte Marius Jack, als Frankie und Bernard das Zimmer verlassen hatten. «Diese feinen Manager werden weder einen Brief tippen noch einen Zwinger reinigen, noch den Gästen das Essen servieren.»

«Jeder Manager wird in Zusammenarbeit mit Bernard sein eigenes Personal einstellen. So was nennt man delegieren.» Jack reichte Marius ein Glas Whisky. «Alles, worum du dir Gedanken machen mußt, sind die Greyhounds.»

Die Organisation des Galaabends war harte Arbeit, aber Frankie genoß es. Sie und Marius erstellten eine Gästeliste von Funktionären des National Greyhound Racing Club, örtlichen Würdenträgern, Journalisten und Greyhoundliebhabern. Mit Jack besuchte sie Nachtclubs und Jazzclubs, um ein Jazzquartett auszuwählen. Sie beauftragten einen Grafiker, der das Logo des Stadions neu gestaltete. Es sollte auf den Einladungsschreiben und den Speisekarten erscheinen. Sie suchten die Blumen aus, mit denen die Treppe zum Restaurant auf der Haupttribüne geschmückt werden sollte. Sie schwankten zwischen weißen Rosen und pfirsichfarbenen Orchideen und einigten sich schließlich auf Orchideen. Sie wirkten exotischer.

«Wir haben Eamonn und vier weitere Trainer, die sich rund um die Uhr um die Rennbahn kümmern», sagte Jack zu Marius einmal spätabends, als Frankie bereits zu Bett gegangen war. «Bist du sicher, daß das ausreicht? Bei zwölf Rennen pro Abend gehen insgesamt zweiundsiebzig Hunde an den Start, und das dreimal die Woche.»

Der alte Mann knallte sein Whiskyglas auf den Tisch. «Frankie mag mich vielleicht für einen unfähigen Stümper halten, aber ich habe Hunde schon Rennen laufen lassen, bevor sie überhaupt auf der Welt war.»

«Ich weiß, was Dominique dir bedeutet hat, Marius, aber dafür kann doch Frankie nichts», sagte Jack. «Warum bist du so gegen sie? Sie mag dich sehr.»

Marius saugte an seiner Pfeife. «Ich mache mir Sorgen um sie. Sie ist fast wie eine Tochter für mich. Sie ist meine kleine Frankie. Ich sehe sie immer noch vor mir, wie sie auf Bens Knien sitzt, die Karten fest in ihren kleinen Händen, und versucht, ihr Taschengeld zu gewinnen. Selbst wenn sie gewonnen hat, ist er immer wieder an ihre Sparbüchse gegangen und hat es wieder herausgenommen, weil er einen Drink brauchte. Sie hat ihrer Mutter nie davon erzählt, denn sie wollte nicht, daß Ben noch mehr Ärger bekam. Sie war so loyal. Was mir angst macht, Jack, ist, daß sie dir gar so viel bedeutet, so wie Dominique damals mir. Ich habe Ben wirklich gemocht, bis auf die Momente, wo ich mir gewünscht habe, er wäre tot, damit ich seine Frau haben könnte. Wenn du wieder ins Gefängnis kommst, wird es wegen Frankie sein.»

«Warum sagst du das?»

«Weil ich Angst habe, daß du ihren Mann töten wirst, falls sie wieder zu ihm zurückkehrt, und sie dazu! Und ich liebe euch beide.»

Jack nahm Marius an den Schultern und sah ihm in die Augen. «Frankie wird nicht zu ihrem Mann zurückkehren, und ich werde niemals wieder ins Gefängnis kommen.»

Dominiques Geburtstag rückte näher. Frankie kaufte eine Karte. Weil sie aber immer noch verärgert war, entschied sie sich dann jedoch, sie nicht abzuschicken. Am Morgen drückte sie das schlechte Gewissen. Also rief sie an. «Bin ich bei deinem Geburtstagsessen immer noch willkommen?»

«Komm zum Frühstück, Liebling, und bleib den ganzen Tag!»

Steven führte sie in sein Lieblingsrestaurant aus. Er bestellte für sie alle Pilze in Knoblauch, gefolgt von Pfeffersteak. Es war genau das Menü, das er und ihre Mutter vor mehr als zwanzig Jahren gegessen hatten, als sie das erste Mal zusammen in diesem Restaurant gewesen waren.

Sie vermieden es, über Jack zu sprechen, obwohl das Thema in der Luft lag. Francesca war sich nicht sicher, wieviel Steven wußte. Früher hätte sie geschworen, daß ihre Mutter ihm alles erzählte, jetzt aber hatte sie ihre Zweifel.

Am Nachmittag spielten sie Scrabble, Stevens Lieblingsspiel, während Blue ausgestreckt auf dem Teppich vor dem Feuer lag. Zum Tee gab es selbstgemachtes Gebäck mit Unmengen von Butter, Marmelade und Sahne. Als Frankie, kurz bevor sie gehen wollte, das Teetablett in die Küche trug, sah sie, daß ihre Mutter sich gegen die Wand neben dem Fenster lehnte. Sie war kreidebleich und hatte Schweißperlen auf der Stirn.

«Mami! Was ist los?» Frankie hätte vor Schreck fast das Tablett fallen assen.

«Ich habe in letzter Zeit solche Verdauungsprobleme.»

«Warum hast du dann nicht etwas weniger Fettes bestellt?»

«Ich wollte Steven nicht enttäuschen. An meinem Geburtstag immer das gleiche Menü zu essen ist für ihn doch ein richtiges Ritual.» Dominique zwang sich zu einem aufrechten Gang, als sie

Francesca zu ihrem Auto hinausbegleitete. «Ich war verletzt, weil du dich mir nicht anvertraut hast», sagte sie.

«Ich weiß, Mama. Es war ein Fehler.»

«Hast du deine Möbel und deine Bilder schon abgeholt?»

«Nein, ich kann es einfach nicht ertragen, ins Haus zurückzukehren.»

«Du mußt vernünftig sein und von William deinen Anteil am Haus verlangen. Wenn die Sache mit Jack auseinandergehen sollte, wirst du ein Dach über dem Kopf brauchen.»

«An deinem Geburtstag streite ich nicht mit dir.» Frankie ließ Blue auf den Rücksitz ihres Wagens springen.

«Wenn du einmal Kinder hast, wirst du mich verstehen. Dann wirst du es auch nicht gerne sehen, daß sich deine Tochter mit einem Mann wie Jack Broderick einläßt.»

«Genau das hat Jack auch gesagt!»

Zum Galadinner anläßlich der Eröffnung trug Francesca ein Kleid aus magentafarbenem Crêpe de Chine. Es hatte einen schmiegsamen Tulpenrock, der hinten wadenlang war, vorn jedoch so verführerisch kurz wurde, daß man fast die obere Kante ihrer glänzend schwarzen Seidenstrümpfe sehen konnte. An einem nackten Arm trug sie zwölf schmale goldene Armreifen, am anderen eine kleine, feine Golduhr. Beim Gehen umspielte der Rock ihren festen Po. Der Rock deutete mehr an, als er enthüllte. Er zeigte nichts, aber er ließ vermuten.

Jack war in der Eingangshalle und überprüfte mit Bernard noch einmal letzte Details, als Frankie oben auf der Treppe erschien. Er sah zu ihr auf und hob eine Augenbraue. Sie erwiderte seinen Blick mit gespieltem Hochmut. Er zwinkerte ihr zu. Sie warf ihm eine Kußhand zu. Im Abendanzug sah er ausgesprochen elegant und attraktiv aus. Seine schwarze Smokingjacke saß wie angegossen. Die Fliege war perfekt gebunden. Die goldenen Manschettenknöpfe, die sie ihm geschenkt hatte, sahen zwar teuer aus, wirkten aber in keiner Weise protzig. Dennoch haftete ihm etwas von seiner gewalttätigen Vergangenheit an, das er nie ganz loswurde.

Sie beobachtete die Menge unten. Die Gäste trafen in Scharen ein. Garderobieren nahmen ihre Mäntel entgegen. Kellnerinnen in elegantem Schwarzweiß boten Rosésekt an. Die Blumenarrangements waren vollkommen. Pfirsichfarbene und cremeweiße Orchideen ergossen sich in tropischem Überfluß über die Geländer. Als Francesca die Treppe herunterkam, stimmte die Band «The Entertainer» an, Jacks Lieblingsmelodie.

Er drehte sich um und lächelte. Sie wußte, daß er stolz auf sie war, daher schritt sie hocherhobenen Hauptes die Treppe hinunter. Ihre Augen strahlten, ihre Lippen schimmerten. Sie warf ihre Mähne brauner Locken zurück und gab ein leises, kehliges Lachen von sich.

Als sie die unterste Stufe erreichte, konnte sie über die Köpfe der Gäste hinweg zur Eingangstür sehen, wo gerade ein mopsgesichtiger, untersetzter Schläger den Wachleuten seine Einladung zeigte. Francesca wußte, daß sie ihn schon einmal gesehen hatte, aber sie kam nicht darauf, wo das gewesen war. Jacks Blick folgte dem ihren. Er runzelte die Stirn und gab Angel einen Wink. Sofort war der Schläger von Wachleuten umringt, die ihn nach draußen beförderten.

Francesca schlängelte sich durch die Menge und trat zu Jack. «Wer war dieser Mann?»

Er schien über ihre Frage erstaunt zu sein. «Ein Unruhestifter.»

«Ich habe ihn schon einmal gesehen, aber ich kann mich nicht erinnern, wo.»

«Er wird nicht wiederkommen.» Jack griff nach ihrer Hand. «Nun, Bernard, glauben Sie, daß ich mich heute abend wegen Frankie duellieren muß?»

«Wenn sie zu irgend jemand anderem gehören würde, Jack, dann schon.»

Sie wußte, daß er sie damit ablenken wollte, und das machte sie nur um so neugieriger. Aber es war sinnlos, ihn zu fragen. Also hakte sie sich bei ihm ein und sagte zu Bernard: «Bei all diesen bezaubernden Frauen ringsum werde ich wohl eher auf Jack aufpassen müssen.»

Jack drückte ihr Handgelenk. Sie lächelte. Er gab ihr einen Stups, sie stupste zurück und vergaß die Sache mit dem Schläger. Alles, woran sie jetzt noch dachte, war, daß sie mit Jack schlafen wollte. Daß sie ihn am liebsten ins Büro hineingezogen, die Tür hinter sich geschlossen und ihn um sich herum, bei sich, in sich gespürt hätte. Ein wohliger Schauder lief ihr über den Rücken. Sie schmiegte sich an ihn. Er sah ihr in die Augen und las ihre Gedanken. Sie fuhr sich mit der Zunge über die Zähne. Er rollte die Spitze ihres kleinen Fingers zwischen Daumen und Zeigefinger, als wäre sie ihre Brustwarze.

«Hör auf, Jack!» murmelte sie leise.

«Warum?»

«Es gefällt mir zu sehr.»

«Heute nacht werde ich dich lieben, bis du darum bettelst, daß ich aufhöre.»

Sie hob ihr Kinn und blickte ihm in die Augen. «Soll das ein Versprechen oder eine Drohung sein?»

Die Jazzband spielte «Rhapsody in Blue», ein weiteres Stück aus der Zeit der schummrigen Lokale, die Jack so sehr liebte. Die Musiker wurden vom Lachen und dem Lärm der Leute, die sich auf der Treppe der Haupttribüne drängten, fast übertönt. Die Frauen trugen Cocktailkleider. Einige davon waren elegant, einige hübsch. Andere flatterten mit Federboas oder in Froufrou-Röcken aus flitterbesetztem Musselin umher, während die Männer in ihrer Begleitung Abendjacketts aus Samt trugen, Rüschenhemden im Stil der Sechziger und Armkettchen, auf denen in geschwungener Kursivschrift ihr Name eingraviert war. Frankie mußte unwillkürlich kichern, als sie sich vorstellte, was für ein Gesicht William angesichts dieser Versammlung gemacht hätte.

Sie kicherte immer noch, als Jack sie die Treppe hinauf zum Speisesaal geleitete. «Wenn ich einmal genug von dir habe, werde ich dich an Fat Dudley verkaufen.» Er zeigte auf einen Tisch, an dem etwa zwanzig Personen saßen. Die Gruppe wurde von einem großen, dicken Mann mit glattem, rosigem Gesicht und einem kleinen, mädchenhaften Kußmund beherrscht. Bis auf den weißen Babyflaum, der oben auf seinem kuppelförmigen Schädel wuchs, war der Mann kahl. Francesca sah fasziniert zu, als er einen Packen brandneuer Geldscheine aus seiner Tasche zog und der Angestellten, die die Wetten entgegennahm, tausend Pfund in die Hand zählte. Es war nicht die Höhe der Wette, die sie erstaunte, denn sie hatte ihren Vater schon größere Summen setzen sehen. Es war die

Art, wie dieser Mann mit seinen wunderbar manikürten Fingern, an denen dicke goldene Ringe steckten, die mehr Schlagringen als Schmuckstücken ähnelten, die Banknoten liebkoste.

Sie schmiegte sich eng an Jack. «Er sieht wie ein Schurke aus.»

«Das ist er auch. Ein ganz raffinierter. Man hat ihn noch nie erwischt.»

«Du ziehst mich schon wieder auf!»

Ihr Tisch stand in der Mitte, auf der obersten Plattform, so daß Jack sich unauffällig davonstehlen konnte, wenn er gebraucht wurde. Nicoletta saß bereits dort, prächtig gewandet in ein purpurrotes Zigeunerkleid, zu dem sie ein Stirnband aus Goldmünzen trug, die bei jeder Bewegung klimperten. Sie war mit einem Journalisten von der *Racing Post* ins Gespräch vertieft. Ihr gegenüber saßen zwei Funktionäre des National Greyhound Racing Club mit ihren Frauen. Francesca nahm gegenüber von Eamonn Platz.

«Ich würde dich gern um einen persönlichen Gefallen bitten», sagte sie, als alle abgelenkt waren. «Ich möchte Blue aus der Hand starten lassen. Ich möchte sehen, ob er rennen will.»

Er schenkte ihr sein sanftes, zufriedenes Schildkrötenlächeln. «Montag morgen. Ganz früh!»

Der Abendhimmel wurde allmählich dunkler. Die Grasfläche in der Mitte des Stadions nahm einen satten Smaragdton an. Helle Lichter wurden von der riesigen Anzeigetafel reflektiert. Draußen auf den Zuschauerrängen reckten die Leute die Hälse, um besser sehen zu können. Unten am Geländer riefen die Buchmacher ihre Quoten über das Stimmengewirr hinweg. Im Speisesaal der Haupttribüne bildete das Lochstreifensurren des Totalisators an den Wettschaltern ein unablässiges Hintergrundgeräusch.

Im Lautsprecher begann es zu knacken, dann ertönte dröhnend Marius' Stimme. «Guten Abend, meine sehr verehrten Damen und Herren. Heute ist ein großer Tag für das *Richmond Racing Stadium*, und ich freue mich, daß Sie an diesem Tag bei uns sein können. Einige von Ihnen haben sich bestimmt schon gefragt, ob sie es je erleben würden, daß diese alte Rennbahn wiedereröffnet wird. Nun, es ist geschehen, und zwar dank meinem Freund Jack Broderick.»

Die Leute klatschten oder erhoben ihre Gläser.

Jack lächelte bescheiden. Francesca griff unter dem Tischtuch nach seinem Oberschenkel und fuhr mit ihren karminroten Fingernägeln an der Innenseite seines Beins hinauf. «Du hast es verdient», sagte sie.

«Du hast mir dabei geholfen.» Er packte ihre Hand, streichelte ihre weiche Handfläche und fügte leise hinzu: «Benimm dich!» Er versuchte jedoch nicht, ihr Einhalt zu gebieten.

Das erste Rennen war eins der Klasse A 1, die Hunde waren also sehr schnell. Auf den Anzeigetafeln flackerten die Poolvorhersagen auf. Über Lautsprecher kam die Ansage: «Fünf Minuten bis zum Start. Erstes Rennen: Startbox eins, Suzie's Alice; Startbox zwei, Irish Alfie; Startbox drei, Patch Millie; Startbox vier, The Gloucester Piper; Startbox fünf, Battersea Ben; Startbox sechs, Jet Landing.»

Die Hunde wurden vorgeführt. Der Starter bückte sich, um noch einmal die Renndecke und den Maulkorb eines jeden Hundes zu überprüfen.

«Noch eine Minute bis zum Start.»

Der Starter brachte die Hunde in ihre Startboxen.

«Der Hase läuft.»

Von der anderen Seite der Arena hörte man das Rasseln der Kontaktrolle. Die Hunde begannen aufgeregt zu bellen. Als das Geräusch näher kam, legten sie sich, vor Aufregung winselnd, auf den Boden. Die Hasenattrappe passierte die Boxen. Die Startklappen schnellten nach oben, und die Greyhounds schossen heraus. Jet lag an vierter Stelle, die Innenläufer Suzie's Alice, Patch Millie und Irish Alfie führten. In der ersten Kurve fiel Jet zurück. Er rannte weit nach außen und wurde dabei von Battersea Ben überholt. Auf der Geraden holte er wieder auf, wurde in der nächsten Kurve aber wieder abgedrängt. Suzie's Alice ermüdete. Patch Millie ebenso. Das Rennen würde jetzt zwischen Jet, Irish Alfie und Battersea Ben entschieden werden, während The Gloucester Piper auf dem vierten Platz lag. In der letzten Kurve stolperte Ben und stürzte. Er riß Irish Alfie mit zu Boden. Jet, der Widerunner, rannte an dem Knäuel aus Hunden vorbei und lag plötzlich unangefochten an erster Stelle. Die Menge raste. Eine Nasenlänge vor The Gloucester Piper schoß Jet am Zielpfosten vorbei.

Es war weit nach Mitternacht, als schließlich alle Gäste und das Personal das Stadion verlassen hatten. Jack und Frankie gingen durch die verlassenen Bars, in denen Wettabschnitte und Zigarettenkippen herumlagen. Die Luft war von Nikotin und Bierdunst geschwängert. Sie gingen auf die Zuschauertribüne hinaus. Die Arena lag still da, nur erhellt vom fahlen Licht des Halbmondes. Die Luft war frisch. Es roch nach Frühsommer und Morgentau. Von der riesigen Menge waren nur noch Berge von Abfall übrig. Das einzige Lebenszeichen war das gelbe Licht im Büro des Nachtwächters beim Eingang.

«Als ich im Gefängnis war, habe ich jedes Detail dieses Tages geplant», sagte Jack. «Aber das wichtigste Detail, nämlich dich, hatte ich nicht mit einbezogen.» Er schlang die Arme um Frankie und zog sie an sich. «Oh, ich war überzeugt, daß ich eine Freundin haben würde. Ich stellte sie mir sehr sexy vor, hingebungsvoll, gefügig und wahrscheinlich dumm. Ich sah mich als Herrn, sie als Sklavin. Ich hätte nie gedacht, daß ich mich verlieben würde, daß ich, wenn ich nach Hause komme, die Treppe zu unserem Zimmer hinaufrennen würde. Ich gehe nicht hinauf, ich muß rennen. Ich möchte keine Minute unserer Zeit verschwenden. Aber nicht nur, weil ich mit dir schlafen will. Ich will auch mit dir reden. Ich möchte hören, wie dein Tag verlaufen ist, und dir von meinem erzählen. Ich möchte alles mit dir teilen. Dich lachen hören.»

Sie suchten sich ihren Weg über die Zuschauerränge zum Paddock House. Es war verlassen. Marius war zu Nicoletta gefahren. Noch in der Tür schloß Jack Frankie in die Arme und küßte sie leidenschaftlich. Er führte sie die Treppe hinauf, blieb dabei aber immer wieder stehen, um sie im Halbdunkel des Treppenhauses zu küssen. Das Dachzimmer über ihnen war von geisterhaftem Mondlicht erhellt. Jack knipste weder das Licht an, noch ließ er die Rolläden herunter. Er führte Francesca in den hellen Mondschein und streifte ihr die magentafarbene Seide von den Schultern und den Hüften. Er ließ seine Hände von ihrem Hals hinunter zu den weichen Hügeln ihrer Brüste gleiten und hakte ihren schwarzen Büstenhalter aus Musselin auf. Er zog ihr den Musselinslip aus und küßte ihren flachen Bauch. Dann legte er sie sanft aufs Bett.

Sie rekelte sich zwischen den Kissen und sah zu, wie er seine

Sachen auf einen Haufen warf. Als er sich ihr zuwandte, streckte sie die Arme aus. «Zum erstenmal habe ich das Gefühl, daß wir ewig Zeit haben», flüsterte sie.

«Das haben wir.» Er fuhr mit den Fingern durch ihr dichtes mahagonifarbenes Haar. «Und das werden wir immer haben!» Er küßte ihren Nacken und ihre Brüste und rollte ihre Brustwarzen zwischen Daumen und Zeigefinger, wie er es im Restaurant mit ihrem kleinen Finger gemacht hatte. Sie knabberte an seinen Ohrläppchen, forschte mit der Zunge. Er drehte sie auf den Bauch und küßte jeden einzelnen ihrer Wirbel. Sie genoß sein Gewicht auf ihrem Rücken und ihrem Po. Sie rollten, die Arme und Beine umeinandergeschlungen, wieder zurück, während der Mond sein Licht über ihre nackten Körper goß. Sie umfing ihn, ihr Gesicht in seinen warmen Bauch gedrückt. Er reizte und liebkoste sie, so zart, daß sie nach mehr verlangte. Das Mondlicht erfüllte das Zimmer, die Nacht, ihre Körper. Es verlieh dem ganzen eine romantische Atmosphäre. Sie liebten sich, als wäre dies das erste und das letzte Mal.

Als Francesca in der Morgendämmerung erwachte, fiel ihr plötzlich der Name des Schlägers wieder ein. Sie weckte Jack auf. «Es war Lex Gunter.»

Er machte nicht einmal die Augen auf. «Ich weiß.»

Kapitel 19

Eamonn überprüfte gerade die Startboxen auf der Trainingsbahn, als Frankie mit Blue eintraf. Es war ein feuchter, wolkenverhangener Morgen. Tau lag auf dem Sand. Aus den Zwingern schallte das Bellen der Hunde herüber. Sie konnte sehen, wie fünf von ihnen vom Zwingerpersonal auf dem nahen Hügel spazierengeführt wurden.

«Du erinnerst dich doch noch, wie man einen Hund aus der Hand starten läßt, oder?» fragte Eamonn. Der kleine, stämmige Mann pfiff Blue zu sich auf die Bahn, um es ihr zu zeigen. Er beugte sich über den Hund, hob ihn auf die Hinterbeine, wobei er mit der rechten Hand seinen Rumpf unterstützte und die linke fest auf der Brust des Hundes liegen hatte. «Wenn sich der Hase zu bewegen anfängt, bring Blue dazu, ihn zu beobachten. So!» Eamonn hielt den Kiefer des Hundes mit der linken Hand fest. «Wenn der Hase wendet, wendest du den Kopf des Hundes. Er darf seine Beute nicht aus den Augen lassen. Erst wenn die Beute an ihm vorbeigekommen ist, läßt du ihn los. Ermuntere ihn.»

«Ich werde ihn auch dann noch lieben, wenn er nicht rennen will.»

«Hör auf, Unsinn zu reden! Du machst mich ganz nervös. Weiß der Himmel, was du diesem Hund antust.» Eamonn ging schwerfällig zum Kontrollturm hinüber.

Frankie hielt Blue so, wie Eamonn es ihr gezeigt hatte. Zumindest versuchte sie es. Aber er wand sich und versuchte, ihr das Gesicht abzulecken.

«Halt ihn fest», schrie Eamonn zu ihr herunter. «Laß ihn an dich anlehnen!» Er setzte den Hasenzug in Bewegung. Beim Rasseln der Kontaktrollen spitzte Blue die Ohren.

«Auf die Hinterbeine!» schrie Eamonn.

Der Hase ratterte um die erste Kurve. Blue jaulte.

«Bring ihn dazu, den Hasen zu beobachten!»

Der Hase kam näher. Blue winselte. Er wand sich in Frankies Armen.

«Laß ihn erst los, wenn der Hase an euch vorbei ist!»

«Das versuche ich ja!» Verzweifelt bemühte sie sich, Blue festzuhalten, aber er entwand sich ihr und schoß quer über die Bahn frontal auf den Hasen zu. Als Blue seine Zähne in das Fell grub, stoppte Eamonn den Hasenzug.

«Tut mir leid!» Frankie zog Blue von dem Hasen weg. «Das war meine Schuld. Darf er es noch einmal versuchen? Bitte!»

Murrend kehrte der alte Trainer zum Kontrollturm zurück.

Frankie rief ihm nach: «Eamonn, laß du ihn doch aus der Hand starten! Du bist schließlich der Experte.»

«Damit du mir dann die Schuld gibst, wenn er nicht rennt? Das tue ich bestimmt nicht.»

Diesmal hielt Frankie Blue korrekt fest. Ihre rechte Hand lag sicher unter seinem Bauch, den linken Arm hatte sie quer über seine Brust gelegt, um mit der Hand seinen Kiefer zu halten. Sie beugte sich leicht vor, so daß sie das Gewicht seines langen Körpers stützen konnte. Als der Hase näher kam, jaulte und wand Blue sich wieder, aber sie hielt ihn fest. Als der Hase an ihnen vorbeikam, ließ sie Blue los und schickte ihn mit einem ermunternden Ruf hinterher.

Blue brauchte nicht erst angetrieben zu werden. Auf der Jagd nach seiner Beute schoß er den eisernen Hasenzug entlang. In der ersten Biegung lief er in den Sand hinaus, um dem Hasen den Weg abzuschneiden. Eamonn steigerte jedoch das Tempo, so daß der Hase immer die üblichen elf Meter Vorsprung hatte. Auf der anderen Seite der Bahn lief Blue wieder so nahe am Hasenzug entlang, daß er dort anstieß. Auf der Zielgeraden gelang es ihm dann, sich zu stabilisieren, und er schoß mit Höchstgeschwindigkeit dahin, während er den langen Körper horizontal zur sandigen Bahn hielt und seine langen Beine vorn und hinten weit ausgriffen.

Frankie erzählte weder Jack noch Marius, daß sie Blue trainierte. Für die beiden war er einfach ein Haustier, ein großer, linkischer Schatten, der ihr auf Schritt und Tritt folgte. Einen Monat später versuchten sie und Eamonn es mit der Startbox. Zuerst stieß Blue sich den Kopf an, als die Klappe nach oben ging. Beim zweitenmal zögerte er. Beim drittenmal schoß er wie ein Pfeil heraus, um seine Beute zu verfolgen, als hätte er in seinen Leben nie etwas anderes getan.

Jetzt, da das Stadion eröffnet war, stellte sich in Richmond eine gewisse Routine ein. In den Büros wurde ruhig und effizient gearbeitet. Die Telefone klingelten und wurden prompt abgenommen. Telexe standen ratternd mit anderen Telexen in Verbindung. Lieferwagen brachten Lebensmittel und Getränke. Laster holten die Hunde von ihren Zwingern außerhalb der Stadt. Nur das Paddock House war streng privat. Von organisatorischen Aufgaben weitgehend befreit, gönnten sich Jack und Frankie gelegentlich einen Nachmittag im Bett. Sie wurde langsam zu einem Nachtmenschen.

Eines Morgens räumte sie den Lagerraum neben der Küche aus. Während Angel ihn tapezierte, sahen sie und Nicoletta sich nach Möbeln um. Sie kauften ein weiches Sofa, zwei Sessel und einige Topfpflanzen. Ende der Woche war aus dem Lagerraum ein gemütliches Wohnzimmer geworden. Am nächsten sonnigen Tag widmete Frankie sich dem von einer Mauer umgebenen Garten. Sie stellte Kübelpflanzen und Gartenmöbel hinein, so daß er zu einem Patio wurde, wo sie gemütlich im Freien sitzen konnten. Big Ears sah von seinem Auslauf aus aufmerksam zu. Er hatte gern Gesellschaft, aber die Hunde machten ihn immer noch nervös.

An Rennabenden aßen Jack und Frankie immer im Restaurant auf der Haupttribüne. Jack mußte jederzeit erreichbar sein für den Fall, daß es Ärger geben sollte. Für gewöhnlich aßen sie zusammen mit Marius. Gelegentlich gesellte sich auch Nicoletta dazu, obwohl sie weder Alkohol trank noch wettete und auch keine Menschenmengen mochte. Samstags kam sie jedoch nie. Da saßen zehn oder zwanzig Leute an ihrem Tisch, Freunde von Marius, Geschäftsbekanntschaften von Jack. Leute, die unterhalten werden mußten.

Dies war der einzige Aspekt in Frankies neuem Leben, der ihrer

Ehe ähnlich war. Alles andere hätte nicht unterschiedlicher sein können. Daher gelang es ihr meist sogar, zu vergessen, daß sie ihren Beruf verloren hatte. Melanie konnte sie jedoch nicht vergessen – und William ebenfalls nicht. Auch ihre Mutter, die Jack immer noch ablehnend gegenüberstand, vermochte sie nicht umzustimmen. Sie sehnte sich danach, ihn nach White Oast mitzubringen, aber ihre Mutter machte ihr klar, daß er nicht willkommen war. Also beschränkte Frankie ihre Besuche auf ein gelegentliches Mittagessen.

Auf dem Heimweg von einem dieser Besuche brachte sie Blue zu Eamonns Zwinger. Der alte Trainer hatte schon auf sie gewartet. Schweigend übergab sie ihm ihren Hund, dann fuhr sie nach Richmond weiter.

An diesem Abend fragte Marius beim Essen im Restaurant: «Was ist denn mit diesem blauen Monster passiert? Er ist ja gar nicht im Haus.»

«Er ist bei Eamonn.»

«Eamonn nimmt doch nur Hunde, die im Training stehen.»

«Genau.» Frankie lächelte selbstgefällig und blätterte in ihrem Rennprogramm.

Jack stand hinter ihrem Stuhl. Er nahm ihr Kinn in die Hände. «Jetzt weiß ich endlich, wo du dich ständig herumgetrieben hast. Du kannst von Glück sagen, daß ich nicht eifersüchtig bin.»

Nicoletta lachte laut. «Das Mißtrauen hat dich fast zerfressen. Sieh mich nicht so böse an, Jack! Auch wenn viele vor dir Angst haben, ich habe keine.»

Frankie lächelte zu ihm hoch. «Vertraust du mir etwa nicht?»

«Ich vertraue niemandem.» Er ging weg.

Sie wurde kalkweiß. Sie kam sich vor, als hätte er ihr eine Ohrfeige gegeben, was er in gewisser Weise auch getan hatte. Er ging einfach davon, schob sich durch die Menge auf den Ausgang zu. Sie sprang auf, lief ihm hinterher und holte ihn an der Pendeltür ein. «Du hast mir sehr weh getan», sagte sie. «Und das nicht zum erstenmal. Wenn du das wieder tust, Jack, werde ich dich verlassen – so sehr ich dich auch liebe.»

«Warum sollte ich dir vertrauen?»

«Ich habe schließlich mein ganzes bisheriges Leben für dich aufgegeben.»

«Nein, das hast du nicht. Laß dich von William scheiden!»

Eine Woche lang setzte sie Briefe an William auf, bis sie schließlich einen abschickte. Es kam keine Antwort. Sie schrieb wieder. Diesmal erhielt sie ihren Brief zurück, auf dem mit roter Tinte stand: *Wenn Du mit mir reden willst, komm nach Islington.*

«Ich muß mich mit ihm treffen», erklärte sie Jack.

«Nein, das mußt du nicht. Beauftrage doch einen Anwalt.»

«Warum sollte ich ihn gegen mich aufbringen, wenn er bereit ist, mit mir zu sprechen? Es liegt in seiner Macht, uns zwei Jahre lang warten zu lassen. Er könnte sogar gegen den Scheidungsantrag Einspruch erheben, dann warten wir fünf Jahre!»

Jack wandte sich ab. Im Gehen rief er: «Du tanzt schon wieder nach seiner Pfeife.»

Frankie fuhr zu Eamonn, um Blue abzuholen. Dann ging sie mit ihm in den Downs spazieren, während sie den Wind und die Sonne auf ihrem Gesicht und in ihrem Haar genoß. Sie fragte sich, warum sie sich immer zu schwierigen Männern hingezogen fühlte. Und warum waren es immer schwierige Männer, die sich für sie interessierten? Sie hielt Jack zugute, daß er im Gefängnis gewesen war, aber sie würde nicht zulassen, daß er weiterhin so rücksichtslos mit ihr umsprang.

Als sie zum Stadion zurückkehrte, wartete er bereits auf sie. «In deinem Büro ist Besuch für dich», sagte er. Sein Ton ließ sie vermuten, daß es sich bei dem Besucher um William handelte.

Während sie sich mit den Fingern durch das vom Wind zerzauste Haar fuhr, rannte sie zur Haupttribüne. Sie wünschte sich, sie hätte etwas Eleganteres als ein altes Hemd und Jeans angezogen, denn William würde das ebenso kritisch zur Kenntnis nehmen, wie er das während ihrer gesamten Ehe getan hatte.

Melanie stand am Fenster und trat von einem Bein aufs andere. Als Frankie das Zimmer betrat, drehte sie sich um.

«Mel!» Frankie spürte, wie ihre Anspannung verflog. «Ich hatte schon Angst, daß William hier aufgetaucht wäre. Ach, ich freue mich so, dich zu sehen.»

Melanie hatte eine Plastiktüte in der Hand. Sie hielt sie Frankie entgegen. «Lindsay Dault hat mich gebeten, dir das hier zu geben.»

Frankie nahm die Tüte. Sie enthielt eine Stoffpuppe von der Art, wie sie sie in Lindsays Wohnung gesehen hatte. Ihr Gesicht war aus weißem Musselin gefertigt. Als Augen hatte sie braune Mantelknöpfe, darüber waren sorgfältig dichte, dunkle Augenbrauen gestickt. Ihr Haar bestand aus brauner Wolle, die ordentlich geflochten war, und sie trug ein rotes Kostüm wie jenes, das Frankie an dem Tag angehabt hatte, an dem sie nach den Kindern gesucht hatten.

«Sie hat sie nur für dich gemacht», fuhr Melanie fort. «Ich hätte sie dir schon vor einiger Zeit geben sollen. Ich wollte sie dir schikken, aber...» Sie brach ab.

«Ich bin froh, daß du es nicht getan hast, sondern selbst gekommen bist.»

«Ich habe sie schon seit dem Prozeß.»

«Mel, das spielt keine Rolle. Ich habe Lindsays Adresse und werde ihr schreiben und alles erklären. Ich freue mich einfach, dich zu sehen. Komm nach oben, und laß uns etwas trinken und miteinander reden. Ich habe dich vermißt. Warum hast du auf meinen Brief nicht geantwortet?»

«Ich kann nicht bleiben.»

«Weil Simon nicht weiß, daß du hier bist?» Frankies Stimme klang bitter.

«Er weiß es, aber es gefällt ihm nicht besonders», erwiderte Melanie abwehrend.

«Können wir die Männer in unserem Leben nicht einfach vergessen? Wir waren Freundinnen. Die besten Freundinnen.»

«Deswegen bin ich heute auch gekommen, Frankie. Aber Simon hat recht. Du hast dich verändert. Du bist so aggressiv.»

«Dann laß du dich mal von den Menschen, die du für deine Freunde gehalten hast, aus der Kanzlei rauswerfen.»

Melanie wurde rot. «Ich war deine Freundin. Ich habe dich verteidigt, auch noch, nachdem du gegangen warst. Aber die Frankie, die ich kannte, hätte den Fall eines behinderten Jungen nicht mitten im Prozeß hingeworfen. Letzte Woche war seine Verhandlung. Das Gericht hat ihm nur die zwanzigtausend Pfund zugesprochen. Und die sollen jetzt ein Leben lang reichen! Er hätte zwanzigmal soviel erhalten müssen. Aber das scheint dir ja mittlerweile völlig egal zu sein.»

Frankie öffnete die Tür. «Raus!»

Sie weinte, als Jack ins Büro zurückkam. Ihren Streit vergessend, ging er zu ihr und legte die Arme um sie. «Was ist passiert?»

«Melanie hat mir vorgeworfen, mir wäre dieser kleine Junge völlig egal.»

«Aber das stimmt doch nicht. Ich habe das doch mitbekommen.»

«Sie glaubt es aber. Ach, ich weiß, daß sie wegen ihrer Hochzeit böse war und wir vielleicht nie wieder miteinander geredet hätten, aber ich habe sie immer noch für meine beste Freundin gehalten.»

«Du vergißt eins: Sie war die Freundin von Mrs. Eastgate, nicht die von Frankie Tiernay.»

Wenn Francesca vorgehabt hatte, William entgegenzukommen, so war dies mit Melanies Besuch vorbei. Sie wollte jetzt endgültig mit der Vergangenheit brechen. Sie beauftragte David Jarrow, William um eine rasche Scheidung zu bitten. Diese Entscheidung ließ sie Jack noch näher kommen.

«Mir war nicht klar, daß dir das so viel bedeutet», sagte sie in der heimeligen Dunkelheit ihres Schlafzimmers zu ihm.

Er zog sie an sich. «Ein Teil von mir wird immer der Junge aus der Jugendstrafanstalt bleiben, der auf der Schattenseite des Lebens geboren wurde, während du die unerreichbare feine Dame bist.»

Als Marius hörte, daß Frankie sich scheiden lassen wollte, kam er in die Küche, wo sie gerade Sandwiches zum Mittagessen vorbereitete, legte ihr die Arme auf die Schultern und sah ihr in die Augen. «Ich habe mich scheinbar in dir getäuscht», sagte er.

Sie küßte ihn auf seine grauen Bartstoppeln. «Du wolltest Jack ja nur beschützen.»

Er ging weiter ins Kartenspielzimmer und sagte so laut, daß sie es hören konnte: «Da Frankie jetzt hierbleibt, würde ich vorschlagen, daß wir sie am besten auf die Gehaltsliste setzen. Was meinst du dazu, Jack?»

«Ich wäre mit einer prozentualen Beteiligung zufrieden», rief sie ihm hinterher. «Aber von den Bruttoeinnahmen und nicht vom Nettogewinn!»

«Das ist das Problem mit den Frauen», seufzte Marius. «Kaum

reicht man ihnen den kleinen Finger, wollen sie gleich die ganze Hand.»

Frankie lächelte, während sie Marius' Käsesandwich mit einer dicken Schicht Essiggurken belegte. «Ich bin es wert, du alter Chauvi! Überleg mal, ich bin im Interesse des Stadions sogar zu Fat Dudley nett.»

Fat Dudley war einer ihrer umsatzstärksten Gäste. Trotzdem bekam Frankie eine Gänsehaut, wenn sie ihn sah. Er wirkte wie ein großes Baby. Sein flaumiger Kopf schimmerte rosa. Sein Kußmund zuckte. Wenn er ihre Hand nahm, fühlte sich seine Haut feucht und kalt an.

«Du hast schon immer eine gewisse Vorliebe für Klasse gehabt», sagte er eines Abends zu Jack, als er seine weichen, nassen Lippen auf Frankies Handrücken drückte. «Ich ebenfalls.»

Jack legte schützend seinen Arm um Frankies Schultern. «Du sprichst mit meiner zukünftigen Frau.»

«Meine Glückwünsche! Und nichts für ungut.» Fat Dudley ließ sich in dem übergroßen Sessel nieder, den man extra für ihn bereitgestellt hatte. Er wartete, bis sich Jack und Frankie entfernt hatten, bevor er einen seiner Laufburschen losschickte, um Marius zu holen. «Ich bin daran interessiert, die Rennbahn zu kaufen», erklärte er dem alten Mann.

«Sie steht nicht zum Verkauf, Dudley.»

«Das wird sich ändern. Dir mögen vielleicht der Grund und die Gebäude gehören, aber Jack hat die Neuausstattung finanziert. Er kann also den Verkauf erzwingen. Und das wird er auch tun. Seine Klassefrau will bestimmt nicht, daß er mit Leuten wie mir zu tun hat.» Dudley lachte leise in sich hinein. «Oder dir!»

«Jack würde mich für keinen Menschen auf der Welt fallenlassen.»

«Aber Ben Tiernays Tochter wird das. Sie hat ihren Vater ja nicht einmal besucht, als er im Sterben lag.»

David Jarrow traf im Paddock House ein, als Jack und Frankie gerade bei einem späten Frühstück saßen. «Ihr Mann möchte sich mit Ihnen allein treffen», berichtete er Frankie und übergab ihr einen Brief, den er von William erhalten hatte.

«Damit er sie wieder verprügeln kann?» fragte Jack. «Kommt überhaupt nicht in Frage.»

David sah Frankie an. «Ist das Ihre Antwort?»

Sie zögerte. «Sagen Sie ihm, daß ich mich in der jetzigen Situation nicht mit ihm treffen will, aber seien Sie diplomatisch.» Sie legte ihre Hand auf Jacks Arm. «Hör zu! Bitte! Ich kenne William, es muß so aussehen, als würde ich ein wenig nachgeben. Er kann es nicht ertragen, auf ganzer Linie zu verlieren.»

Vierzehn Tage lang hörten sie nichts mehr. Als David nachfragte, unterrichtete man ihn, daß Mr. Eastgate nach Amerika geflogen sei und erst in ein paar Wochen wieder zurückerwartet werde.

Jack war optimistisch. Jetzt, da Frankie die Scheidung in die Wege geleitet hatte, war er überzeugt, daß sie bald nichts mehr mit William verbinden würde. Sie jedoch war wütend. «William läßt mich absichtlich zappeln», vertraute sie Nicoletta eines Nachmittags im Laden an. «Ich kenne seine Taktik ganz genau.»

«Mein Mann hat es damals genauso gemacht. Sein Stolz verbot es ihm, einfach zu akzeptieren, daß ich ihn verlassen hatte. Er hat sich dann gerächt, indem er das Sorgerecht für Jolyon erstritten hat. Und jetzt, wo er wieder eine Freundin hat, will er plötzlich, daß ich Jolyon in den Ferien zu mir nehme.»

«Aber das ist doch wunderbar! Freust du dich denn gar nicht?»

Eine dicke Träne lief Nicoletta über die blasse, zerfurchte Wange. «Natürlich freue ich mich! Aber ich habe Angst. Ich habe ihn seit zwei Jahren nicht mehr gesehen. Vielleicht mag er mich inzwischen gar nicht mehr.»

«Er mag dich bestimmt noch.» Frankie legte den Arm um Nicoletta. «Und wir werden dir alle helfen, damit er sich hier nicht langweilt.»

Der August war der erste flaue Monat im Stadion. Viele der Gäste waren im Urlaub. Bernard nahm sich vierzehn Tage frei. Signor Umberto fuhr nach Italien. Jack und Frankie verbrachten ein paar Tage in Sète, der alten französischen Küstenstadt im Westen von Montpellier. Tagsüber gingen sie Surfen oder faulenzten an den langen Sandstränden. Abends saßen sie in kleinen Hafenrestaurants oder fuhren ins Landesinnere, um Dörfer zu besichtigen, auf deren windigen Friedhöfen sich die Gräber junger Männer befanden, die für die Résistance gestorben waren.

Jolyon traf am selben Tag ein, als auch sie nach Richmond zurückkehrten. Nicoletta brachte ihn zum Mittagessen ins Paddock House mit. Er war ein hübscher kleiner Junge mit großen, dunklen orientalischen Augen und schwarzem Haar.

«Hallo, Jolyon», sagte Frankie und lächelte ihn an.

Er starrte geradewegs durch sie hindurch.

Jack hielt ihm eine Tüte Chips hin. «Du hast vermutlich Hunger.»

Jolyon drehte sich wortlos um. Er sah Marius an. «Zeigen Sie mir, wo der Hase ist?»

«Na klar.» Der alte Mann lächelte und streckte seine Hand aus. «Dann komm mal mit!» Sie gingen zur Rennbahn hinaus.

«Er ist nur schüchtern.» Nicoletta versuchte, nicht allzu besorgt zu klingen. «Das wird sich schon legen, wenn er euch erst einmal besser kennt.»

Beim Mittagessen weigerte sich Jolyon beharrlich, sich an den Tisch zu setzen. Er versteckte sich hinter Marius' Stuhl. Zu Frankie sagte er nur einmal etwas. Er fragte, ob er Jaws und Mathilda füttern dürfe. Später nahm sie ihn mit nach draußen, um ihm Big Ears zu zeigen. Seite an Seite schoben sie Karotten durch das Drahtgeflecht, mit dem der Auslauf eingezäunt war, und sie erklärte ihm, wie man für ein Kaninchen sorgt. Es dauerte mehrere Tage, bis der Junge etwas zu Jack sagte. Frankie gegenüber war er nicht ganz so zurückhaltend, jedenfalls solange sie über ihre Haustiere sprachen.

«Ich hoffe, ich werde erfolgreicher sein, wenn wir selbst einmal Kinder haben», gestand sie Jack.

Er küßte sie auf die Nasenspitze. «Ich hoffentlich auch.»

Bis Anfang September war das gesamte Personal wieder aus dem Urlaub zurück. Auch die Zuschauer kamen jetzt wieder in Scharen, die Reservierungen für das Restaurant nahmen zu, die Ränge waren wieder voll. Die Hunde rannten im kühlen Herbstwind.

Frankie wurde von ihrem Leben mit Jack so in Anspruch genommen, daß sie sich der Welt jenseits des Stadions kaum bewußt war. Als sie den Fernseher einschaltete und feststellte, daß London den Big Bang feierte, war es Jack, der ihr erklärte, daß damit die Öffnung und Reform der Londoner Börse gemeint war. Früher hätte sie das vermutlich selbst gewußt. Früher hätte sie das auch noch interessiert.

An einem stürmischen Montagmorgen bestritt Blue in Richmond seinen ersten Klassifizierungslauf. Um bei einem Rennen des National Greyhound Racing Club starten zu dürfen, mußte er mindestens dreimal eine Strecke von fünfhundertfünfzehn Metern in zweiunddreißig Sekunden bewältigen. Damit würde er als A 12, das heißt in die unterste Kategorie, eingestuft werden. Wenn es ihm beim ersten Versuch nicht gelang, sich zu qualifizieren, konnte er es noch einmal versuchen. Wenn er die Norm jedoch nicht erfüllte, würde er niemals auf einer Rennbahn der Spitzenklasse starten dürfen.

Frankie wartete schon auf dem Parkplatz, als Eamonns Hundetransporter eintraf. «Ich weiß, daß du es gut machen wirst», sagte sie zu Blue.

«Möglicherweise wird er das, aber nur, wenn du ihn nicht nervös machst.»

«Ich sage ihm doch nur, daß ich ihn liebe.»

«Wenn Jack einen Rivalen hat, ist es dieser blaue Hund. Er wird an einem Tag mehr gestreichelt als die meisten von uns in ihrem ganzen Leben.»

Eamonn ließ die erfahreneren Hunde zuerst ihre Klassifizierungsläufe absolvieren. Es waren Hunde, die in dieser Saison noch nicht gelaufen waren, weil sie entweder krank oder verletzt gewesen waren. Darunter befand sich auch ein häßlicher gestromter Hund namens The Mugger. Er qualifizierte sich als A 9.

«Blue ist als nächstes dran», rief Eamonn zu ihr herüber.

Sie führte Blue zu den Startboxen. Er hatte die Ohren gespitzt und sah sich, von den vielen anderen Hunden abgelenkt, nervös im Stadion um. Nur mit viel Mühe schaffte Frankie es schließlich, ihn in Startbox vier zu bringen. Er versuchte immer wieder, sich umzudrehen. Sie rannte zur Vorderseite herum und rief seinen Namen. Der Hase kam an seiner Zugmaschine angerattert. Blue jaulte. Der Hase kam näher. Blues Kopf war immer noch oben. «Platz! Platz!» Frankie klopfte verzweifelt auf den Boden.

Blues Maul war geöffnet, er winselte. Der Hase kam näher. Frankie schrie ihn an, er solle sich niederlegen. Sie hatte Angst, er würde aus der Startbox schießen und sich den Kopf an der Klappe anschlagen. Endlich legte er sich hin, und zwar genau in dem Augenblick, als der Mechanismus der Startbox ausgelöst wurde. Die Klappe schnellte nach oben. Blue schoß aus der Box und rannte einen so großen Bogen, daß er fast die äußere Bahnumrandung streifte. In der Kurve verlor er an Geschwindigkeit. Auf der Geraden zog er dann nach innen. Er streckte sich und holte mit seinen großen Pfoten weit aus.

Frankie fing ihn im Zielbereich wieder ein. Er suchte immer noch nach dem Hasen, der wieder in seinem Kasten verschwunden war.

Eamonn sah auf seine Stoppuhr. «Er hat es knapp geschafft. Zweiunddreißig Sekunden. Das entspricht A 12.»

«Das glaube ich dir nicht. Dieser häßliche Gestromte wurde als A 9 eingestuft. Blue ist viel schneller gelaufen.»

«The Mugger ist auch auf der Bahn geblieben, während dein Hund durch halb England gerannt ist. Er läuft nicht schlecht, aber er ist immer noch viel zu verspielt.»

«Wenn das so ist, will ich nicht, daß er Rennen läuft. Ich will nicht, daß Blue in der letzten Klasse mitläuft. Das ist demütigend für ihn.» Blue an der Leine, machte sie sich auf den Weg zur Haupttribüne.

Eamonn rannte hinter ihr her. «Ich trainiere einen jungen Hund doch nicht wochenlang für nichts und wieder nichts. Der Hund wird Rennen laufen, weil ich sein Trainer bin und es so will.» Er nahm Blue in seine Arme, als wäre er ein Baby, und trug ihn zum Hundetransporter.

Blue absolvierte noch zwei weitere Klassifizierungsläufe. Beim dritten qualifizierte er sich sogar für A 9. Zwischen den einzelnen Klassen lag jeweils weniger als eine Sekunde, aber kleinere, leichtere Hunde liefen schneller als Blue und wurden folglich auch höher eingestuft.

William stand am Fenster seines Büros in den Makepeace Buildings. In der einen Hand hielt er David Jarrows Brief. Er hatte ein nervenaufreibendes Wochenende in Kingly hinter sich. Seine Mutter war ununterbrochen über Francesca hergezogen und hatte erklärt, daß eine junge Frau, deren Vater Alkoholiker gewesen sei und deren Mutter sich habe scheiden lassen, zwangsläufig weder Moral noch Anstand besitzen könne. William hatte sie angefahren. Seine Mutter war schockiert gewesen und hatte wie immer behauptet, nur sein Bestes zu wollen. Er war im Garten auf und ab gegangen, vorbei an der Stelle, wo Francesca Big Ears gefunden hatte. Niemand außer ihr hatte das völlig verängstigte Tier beruhigen können. Er erinnerte sich daran, wie sie es an sich gedrückt hatte, die Arme um seinen zitternden Körper gelegt. Auf dieselbe schützende Art umarmte Dominique jeden, der nach White Oast zu Besuch kam. Er versuchte sich daran zu erinnern, wann ihn seine Mutter das letztemal umarmt hatte. Das mußte an dem Tag gewesen sein, an dem er ins Internat gekommen war. Damals war er sieben Jahre alt gewesen.

Jetzt, nachdem er wieder zurück in London war, griff er zum Telefon und tippte eine Nummer ein. Beim sechsten Klingeln wurde abgenommen. «Dominique? Ach, hallo, Steven. Wie dumm von mir. Ich habe ganz vergessen, daß Dominique Dienstag morgens immer einkaufen fährt. Ja, Steven, hier ist William. Also, mir ist klar, daß ich euch da nicht mit hineinziehen sollte, aber ich mache mir große Sorgen um Francesca. Obwohl sie mich sehr verletzt hat, habe ich sie doch immer noch gern und finde es deshalb schrecklich, mit ansehen zu müssen, wie sie ihr Leben ruiniert. Ihr Ansinnen, ich solle mich von ihr scheiden lassen, weil sie einen Geliebten hat, scheint mir äußerst voreilig zu sein. Was? Du hast gar nicht gewußt, daß sie mit einem anderen Mann zusammenlebt? Das erstaunt mich aber. Ja, Dominique weiß bestimmt Bescheid. Nun, es widerstrebt mir, daß ich derjenige bin, der es dir sagt, aber Francesca wohnt jetzt im *Richmond Racing* mit einem verurteilten Schwerverbrecher zusammen. Das ist richtig, Steven, dort hat früher auch ihr Vater gewohnt.»

Als Frankie und Jack von einem Treffen mit einem interessierten Sponsor nach Hause kamen, stellten sie fest, daß ihre Mutter im Büro auf und ab ging. «Warum mußtest du den armen Steven aufregen?» wollte sie wissen.

«Ich habe ihm doch gar nichts getan.» Frankie stellte ihre Taschen auf einem Stuhl ab.

«William hat heute morgen, als ich nicht da war, in White Oast angerufen. Er hat Steven erzählt, daß du ihn um die Scheidung gebeten hast und daß du jetzt hier wohnst.»

Jack machte einen Schritt auf sie zu. «Und das hatten Sie ihm bisher verschwiegen?»

Dominique hob das Kinn. «Wagen Sie es ja nicht, mir zu drohen, Jack. Ich habe auch einmal hier gelebt. Acht Jahre lang hatte ich es jeden Tag mit Leuten wie Ihnen zu tun.»

«Ich würde Ihnen niemals weh tun wollen», sagte er sanft. «Sie sind die Mutter der Frau, die ich liebe.»

«Dann lassen Sie sie gehen, bevor Sie ihr Leben ruinieren.»

Frankie nahm Jacks Hand. «Ich werde ihn nicht verlassen. Für nichts und niemanden.»

Ihre Mutter sah von einem zum anderen, dann verließ sie wortlos das Büro. Sie standen schweigend da, während sie dem Klicken ihrer hohen Absätze lauschten, als sie die Haupttribüne überquerte. Da ließ Frankie Jacks Hand los und rannte ihr hinterher. «Mami! Warte! Es tut mir leid, daß Steven sich aufgeregt hat. Aber Jack ist mein Leben. Bitte versuch wenigstens, mich zu verstehen.»

Ihre Mutter blieb stehen. «Du glaubst, du könntest ihn ändern, nicht wahr? Aber einen solchen Mann kann keine Frau ändern. Sie glaubt vielleicht, daß sie es geschafft hätte, aber nur so lange, bis es zu spät ist.»

«Jack ist nicht wie mein Vater.»

«Nein. Er ist viel schlimmer. Ben hat wenigstens niemanden umgebracht – außer sich selbst!»

KAPITEL 20

EAMONN ERZÄHLTE FRANKIE NICHT, DASS ER BLUE FÜR ein Rennen angemeldet hatte. Erst beim Abendessen, als sie ihr Rennprogramm zur Hand nahm, sah sie seinen Namen, ausgelost für Startbox sechs im ersten Rennen. «Aber er ist noch nicht soweit!» protestierte sie.

«Ich lasse ihn nicht streichen.»

«Blue ist mein Hund, Eamonn.»

«Wenn du mit mir als Trainer nicht zufrieden bist, Madam, kannst du dein Tier morgen früh aus meinem Zwinger holen.»

«Natürlich bin ich mit dir zufrieden, Eamonn.» Frankie lehnte sich wieder in ihrem Stuhl zurück. «Ich möchte nur nicht, daß Blue als letzter durchs Ziel geht. Es ist nicht wegen mir, sondern wegen ihm. Ich will nicht, daß die Leute über ihn lachen.»

Der Trainer wurde weich. Er tätschelte ihr die Hand. «Blue ist ein guter Hund. Wir beide wissen das.»

Die Hunde wurden an der Bahn entlang vorgeführt. Blue war der letzte in der Reihe und trug die schwarzweiß gestreifte Renndecke der Startbox Nummer sechs. Er sah jung, unbeholfen und verletzlich aus. Vor ihm befanden sich vier leichtgewichtige Innenläufer und The Mugger.

Die Lautsprecherstimme verkündete: «Noch zwei Minuten bis zum Start.»

Die Hundeführer gingen zu den Startboxen. Frankie knetete nervös ihre Hände. Sie sehnte sich nach Jack, aber der war noch bei Bernard im Büro, und sie zögerte, ihn holen zu lassen, da sie wußte, daß er beschäftigt war. Blue wurde in die Startbox bugsiert. Frankie betete, daß er nicht in Panik geraten würde. Die Lautsprecherstimme verkündete: «Der Hase läuft.» Sie hörte das Rasseln der Kontaktrollen. Die Greyhounds begannen zu bellen. Der Hase bog um die Ecke. Die Hunde gingen einer nach dem anderen zu Boden. Alle außer Blue. Er stand da, die Beine gestreckt, den Kopf hoch erhoben, die Ohren gespitzt. Frankie hätte weinen mögen.

Plötzlich spürte sie eine Hand auf ihrer Schulter. Sie drehte sich um. Hinter ihr standen Jack und Marius. «Hast du geglaubt, wir würden dich jetzt allein lassen?» fragte Jack.

Sie konnte nicht antworten.

«Das hast du doch, oder?» Er schüttelte den Kopf. «Wie wenig du mir doch vertraust.»

Der Hase löste den Öffnungsmechanismus aus. Die Hunde schossen heraus. Die kleinen, leichten Innenläufer stürmten in einem Pulk an der Innenkante der Bahn entlang. Eine schwarzweiße Hündin namens Miss Scallywag führte vor Digger Brown und einem großen gelben Hund namens Elsing Hermes. Blue lag weit zurück. Er hatte sich beim Start den Kopf an der Klappe angeschlagen.

In der ersten Kurve stürzte Miss Scallywag. Sie riß Digger Brown mit und brachte Elsing Hermes aus dem Rhythmus. Ein weiterer Hund krachte in die Gruppe hinein. Als sich alle wieder aufgerappelt hatten und weiterrannten, hinkte dieser Hund.

«Er hat sich das Sprunggelenk gebrochen», sagte Jack.

Frankie versuchte nicht daran zu denken, daß Blue sich verletzen könnte.

Auf der Geraden beschleunigte Blue. Er überholte Miss Scallywag und schob sich an Elsing Hermes vorbei, der sich abermals aus dem Rhythmus bringen ließ. Als sich die Hunde der Zielkurve näherten, jubelte die Menge. Blue befand sich an dritter Stelle, eingekeilt hinter Digger Brown. In der Kurve zog er nach außen. Dabei fiel er zwar etwas zurück, hatte jetzt aber freie Bahn. Auf der Zielgeraden überholte er Digger Brown. Er flog förmlich an ihm vorbei, wobei es so aussah, als müßte er sich dabei nicht einmal anstrengen. Den führenden Hund, den häßlichen Gestromten namens The Mugger, holte er jedoch nicht mehr ein.

Frankie war aufgesprungen, sobald das Rennen vorbei war. Sie umarmte Jack, umarmte Eamonn und drückte Marius die knorrige

Hand. «Wehe, ihr macht euch noch einmal über meinen wunderbaren Hund lustig», triumphierte sie.

Jack mußte angesichts ihrer Begeisterung lachen. «Ich habe mich geirrt», räumte er ein. «Er ist ein guter Hund. Er hat Durchhaltevermögen. Du solltest ihn beim Marathon starten lassen.»

Frankie bückte sich, um Jack einen Kuß zu geben. Sie wußte, wie schwer es ihm fiel, zuzugeben, daß er sich geirrt hatte.

Mitten in der Nacht wachte sie auf, weil Jack aus dem Bett schlüpfte. «Was ist los?» fragte sie.

Er hob die Hand, um ihr zu bedeuten, sie solle still sein, und schlich dann leise zum Fenster. Das Licht des Halbmonds fiel matt schimmernd auf seinen nackten Körper. An der Wand blieb er stehen, verharrte völlig reglos und lauschte. Dann flüsterte er: «Ich habe ein Geräusch gehört. Irgend jemand ist auf dem Zwingerdach.»

«Dann ruf doch Angel an. Er ist der Nachtwächter.»

«Das habe ich schon versucht. Er antwortet nicht.»

Das Stadion wurde spärlich vom Mondlicht erhellt. Große dahinjagende Wolken warfen ihre dunklen Schatten auf das Gelände. Es sah aus, als suchte jemand das Stadion mit einem Scheinwerfer ab. Jack spähte aufmerksam nach draußen. Frankie saß aufrecht im Bett, die Bettdecke fest um sich gewickelt.

«Warum auf dem Zwingerdach?» flüsterte sie. «Warum nicht im Büro? Dort steht doch der Safe.»

«Dopingmittel.»

«Aber die Hunde sind doch gar nicht mehr hier.»

Er zuckte mit den Achseln und versuchte es noch einmal mit dem Hausapparat. Angel meldete sich atemlos: «Wache hier.»

«Ich glaube, da ist jemand auf dem Zwingerdach. Überprüf das!»

«Sofort, Jack.»

Frankie trat zu Jack ans Fenster. Sie sahen, wie das Licht von Angels Taschenlampe langsam an den Zuschauerrängen entlang zum Hundeplatz wanderte. Sie hörten seine Stiefel auf dem Beton schaben und das Klicken der Zwingertür, als er sie öffnete. Sie beobachteten, wie er eine Leiter nahm und sie hochstieg, um dann den Strahl der Taschenlampe über das Zwingerdach schweifen zu lassen. «Da ist niemand, Jack», berichtete er.

«Wo warst du, als ich dich vorhin zum erstenmal angerufen habe?»

«Ich war schiffen.»

«Du hast ein Mobiltelefon, das du ständig bei dir tragen sollst.»

«Hab ich vergessen, Jack. Tut mir leid.»

«Wer war im Wachzimmer bei dir?»

Es folgte ein kurzes Schweigen. «Niemand.»

«Lüg mich nicht an, Angel!»

«Okay! Es war ein Mädchen, das ich vor kurzem im Pub kennengelernt habe. Ich weiß, daß sie eigentlich nichts im Stadion zu suchen hat, aber sie ist mich nun mal besuchen gekommen. Ich hab sie nicht drum gebeten, das schwöre ich. Aber sie war richtig scharf auf mich, Jack. Sie konnte gar nicht genug von mir kriegen.»

«Handelt es sich um dasselbe Mädchen, das letzte Nacht hier übernachtet hat und das ich heute morgen dabei ertappt habe, wie es in mein Büro einbrechen wollte?»

Angel gab keine Antwort.

Jack legte den Hörer auf und kletterte ins Bett.

«Das mit dem Mädchen hast du mir gar nicht erzählt», sagte Frankie.

«Angel ist meine Sache.»

Jack stand schon bei Tagesanbruch auf. Frankie hütete sich, ihm zu folgen. Als er schließlich zurückkehrte, saß sie an ihrem Schreibtisch. «Ich habe auf dem Dach einen kaputten Ziegel gefunden», berichtete er ihr.

«Was sagt Angel dazu?»

«Ich habe ihn gefeuert.»

«Ich kann nicht sagen, daß ich das bedauere. Ich habe ihn nie gemocht. Aber war das nicht ein bißchen voreilig?»

«Angel verachtet Schwäche. Ich konnte ihn also unmöglich behalten, nachdem er sich über meine Anordnungen hinweggesetzt hat.»

Frankie griff nach Jacks Hand. «Es tut mir leid, daß er dich im Stich gelassen hat.»

Jack verschränkte seine Finger mit den ihren. «Angel ist eigentlich kein schlechter Junge, zumindest war er es damals nicht, als er zum erstenmal in den Knast kam. Er machte Botengänge, tat, was man ihm sagte. Ich wollte ihm helfen.»

«So, wie Marius dir geholfen hat?»

Er nickte.

«Vielleicht glaubte Angel, du würdest wegen mir schwach werden?»

«Das tun sie alle. Angel. Fat Dudley.» Er lächelte. «Aber sie irren sich alle gewaltig. Ich bin nur noch stärker geworden, seit du bei mir bist. Marius hat mir eine echte Chance gegeben, ehrlich zu werden. Und du bist der Grund dafür, es auch zu bleiben.» Er ging zum Bürofenster hinüber und starrte in den Nieselregen hinaus, der den Sandboden der Rennbahn aufweichte. «Ein Dopingskandal, und wir wären erledigt. Bei meiner Vergangenheit würde uns niemand glauben, daß wir sauber sind. Wir müssen den Eindringling schnappen. Ich habe angeordnet, daß die Fernsehüberwachung auf alle Dächer und Außenbereiche ausgedehnt wird und Monitore im Büro und in unserem Dachgeschoß aufgestellt werden. Es könnte ein Wetter sein, der Schulden hat und einen hohen Gewinn braucht. Oder jemand, der uns kleinkriegen will. Jemand wie Fat Dudley. Er hat schon immer von einer eigenen Rennbahn geträumt.»

«Oder Lex Gunter. Ich dürfte dir das eigentlich nicht erzählen, aber da du ohnehin schon einen Verdacht hast, ist es egal. Hinter Gunters Angriff auf Marius steckte in Wirklichkeit Marmintoll Construction, die große Londoner Baufirma. Sie wollen den Grund hier als Bauland erwerben. Vielleicht versuchen sie es jetzt auf diese Weise.»

«Das wäre möglich.» Jacks Augen wurden schmal. «Sag Marius nichts von der Sache. Er macht sich sonst Sorgen.»

«Ich werde ihm nichts sagen, solange du kein Risiko eingehst», sagte sie. «Ich will nicht als Gefängniswitwe enden.»

Er lächelte sie mit grimmiger Verletzlichkeit an. «Das ist das erstemal, daß du von uns sprichst, als wären wir schon verheiratet. Ich würde dich das gerne noch einmal sagen hören.»

Die Monitore wurden noch am selben Nachmittag installiert. Wenn Jack eine Anweisung gab, wurde sie unverzüglich ausgeführt. An diesem Abend blieben er und Frankie wach. Voll angekleidet saßen sie da, beobachteten den flimmernden Bildschirm und lauschten auf Schritte. Erst als der Morgen dämmerte, erlaubten sie es sich, ins Bett zu sinken.

«Wahrscheinlich waren das gestern nur Kinder», sagte Frankie, als sie erschöpft die Augen schloß.

«Du brauchst nicht mit mir wach zu bleiben.»

«Nein, das brauche ich nicht.» Sie gähnte. «Ich will es aber.»

Am Ende der Woche waren sie beide völlig erschöpft. Samstag abends kamen immer die meisten Besucher, da es dann offene Rennen und Rennen ohne Klassifizierung gab und Hunde von anderen Bahnen starteten. Die Preisgelder waren höher. Die Wetten größer. Der Gewinnanteil des Stadions aus dem Wettgeschäft war doppelt so hoch wie an den übrigen Tagen der Woche. Männer, die an anderen Abenden allein kamen, brachten am Samstag ihre Ehefrauen oder Freundinnen mit. Sie tranken und aßen mehr. Das Restaurant war immer voll besetzt. Es wurde eine lange Nacht für Jack und Frankie. Keiner von beiden hatte schließlich noch die Kraft, die Monitore zu überwachen.

Um vier Uhr morgens wachte Jack auf. Er war schon aus dem Bett gesprungen und hatte seine Jeans angezogen, noch bevor Frankie überhaupt die Augen geöffnet hatte. «Schritte», flüsterte er. «Bleib hier.»

«Ruf die Wache.»

«Das hat keinen Sinn. Der Nachtwächter steht auf Fat Dudleys Gehaltsliste.»

«Du hast ihn eingestellt, obwohl du das wußtest?»

«Ich ziehe es vor, meine Feinde im Auge zu behalten.» Leise und ohne das Licht anzumachen nahm Jack einen Spiegel von der Wand und drückte auf einen Schalter.

Auf der anderen Seite des Zimmers glitt daraufhin plötzlich eins der zehn weißgestrichenen Eichenpaneele, das sich in nichts von den anderen neun unterschied, zur Seite und gab den Blick auf einen schmalen Safe frei. Jack öffnete ihn und nahm eine tückisch aussehende schwarze Pistole des Kalibers .45 heraus.

«Nein!» Frankie sprang aus dem Bett. «Nicht so!»

«Sei still!»

Sie packte ihn am Arm. «Jack! Ruf die Polizei!»

Er schüttelte sie ab. «Sei nicht dumm.» Er lud sieben Patronen ins Magazin.

Sie stand mit dem Rücken an die Tür gelehnt, die Arme ausgebreitet, nackt und verletzlich, aber entschlossen. «Ich lasse nicht zu, daß du wieder ins Gefängnis gehst. Du wirst zuerst mich erschießen müssen.»

Er kam, die Waffe in der rechten Hand, auf sie zu. Sie umklammerte die Türklinke, um besseren Halt zu haben. Er packte sie am Handgelenk und verdrehte ihr den Arm, worauf sie einen Schrei ausstieß und die Klinke losließ. Die Tür sprang auf.

Auf dem Treppenabsatz unten waren Geräusche zu hören. «Was zum Teufel ist denn hier los?» fragte Marius.

«Jack will einen Mann auf dem Dach erschießen. Versuch nicht, mich zum Schweigen zu bringen, Jack! Es ist mir egal, ob ich mit meinem Geschrei jemanden warne, wenn ich damit verhindern kann, daß du wieder im Gefängnis landest.»

«Aus dem Weg!» Er schob sie zur Seite, nicht grob, eher traurig, und rannte, die Pistole in der Hand, die Treppe hinunter.

«Sie hat recht, Jack», meinte Marius. «Und diesmal besuche ich dich nicht.»

Jack gab keine Antwort. Er ging in die Nacht hinaus.

Marius und Frankie starrten einander im dunklen Treppenhaus an. Plötzlich wurde ihr bewußt, daß sie nackt war. Sie drehte sich um und ging ins Schlafzimmer zurück, aber bevor sie noch die Tür schließen konnte, kam Marius die Treppe herauf. Er ging geradewegs ins Schlafzimmer und berührte dabei mit dem Ärmel seines gestreiften Pyjamas ihren nackten Arm. Sie machte einen Satz zur Seite: Sie konnte kaum glauben, was hier geschah. Sie haßte Marius, weil er die Situation ausnutzte, und sie haßte Jack, weil er sie allein ließ.

Marius nahm ihren Morgenmantel und hielt ihn ihr ausgebreitet hin. «Komm», sagte er sanft, «wir haben uns etwas von meinem Spezialkaffee mit einem Schuß Brandy verdient.»

Unfähig, etwas zu sagen, schlüpfte sie in den Mantel und band den Gürtel zu. Einen Augenblick lang ließ Marius seine Hände auf ihren Schultern ruhen. Beschützend. Väterlich. Sie war tief beschämt.

Jack kletterte auf das Zwingerdach. Von der Küche aus konnten Frankie und Marius seine Schritte hören. Durch das Fenster sah sie immer wieder kurz seinen Schatten, der sich am Sims entlangbewegte. Er ging nicht oben auf dem Dach, wo sich seine Silhouette dunkel gegen den Nachthimmel abgehoben hätte. Er schlich auf der Dachschräge entlang, wie es nur jemand tun konnte, der schon öfter in fremde Häuser eingedrungen ist.

Als Jack schließlich zu ihnen zurückkehrte, saßen Frankie und Marius immer noch am Küchentisch. «Sechs Ziegel sind gelockert worden», berichtete er ihnen. «Unter jedem wurde ein Loch in die Decke des Zwingers gebohrt, das groß genug ist, um ein Stück präpariertes Fleisch hinunterzuwerfen. Die Hunde sind immer zu zweit in einem Zwinger, das heißt, daß zwölf Hunde betroffen sein könnten. Hättest du dich nicht eingemischt, hätte ich ihn erwischt.»

«Was nützt es dem Stadion, wenn du wieder im Gefängnis sitzt?» fragte Frankie. «Weder Marius noch ich können uns gegen Fat Dudley oder gegen Marmintoll zur Wehr setzen.»

«Wenn es zu einem Dopingskandal kommt, wird es sowieso kein Stadion mehr geben. Dann werden wir nämlich bankrott sein.» Er drehte sich um und marschierte die Treppe hinauf.

Sie rannte hinterher und rief: «Jack, du spielst ihnen doch direkt in die Hände. Sie erwarten, daß du mit Gewalt reagierst. Sie wollen, daß du eine Waffe trägst. Sie wissen ganz genau, daß du bei deinen Vorstrafen niemals einen Waffenschein bekommen würdest. Begreifst du denn nicht, sie wollen dich dazu bringen, das Gesetz zu brechen. Sie wollen, daß du wieder ins Gefängnis kommst.»

Er hatte ihr den Rücken zugewandt, als er die Waffe wieder in den Wandsafe zurücklegte. «Meine Sprache ist nun einmal die Gewalt.»

«Das muß aber nicht so sein. Ruf die Polizei an. Zeige ihnen, daß du sauber bist.»

«Glaubst du denn, die Polizei wäre mir gegenüber höflich und zuvorkommend? Glaubst du, die Polizisten werden mir Tee anbieten, mich trösten und mir versichern, daß die Verbrechensrate in der Stadt nicht so hoch ist, wie die Leser des *Daily Telegraph* annehmen? Nein, sie werden mich auslachen. Sie würden es liebend gern sehen, wenn Jack Broderick von Leuten seines Schlages aus dem Weg geräumt wird.»

«Besser, sie lachen dich aus, als daß du wieder im Gefängnis landest.»

«Dann glaubst du also, die Polizei würde Fat Dudley oder Gunter oder wen auch immer festnehmen? Werd erwachsen, Frankie. Das hier ist die Wirklichkeit. Wahrscheinlich stehen die Bullen auf der Gehaltsliste von Fat Dudley.»

«Warum behauptest du so etwas?»

«Weil sie nicht auf der meinen stehen.»

«Nicht alle Polizisten sind unredlich.»

«Jeder ist es. Sogar du. Man braucht sich doch nur anzusehen, wie du deinen Mann betrogen hast.»

Sie wurde blaß, antwortete aber nicht. Sie zog ihren Morgenmantel aus, schlüpfte in Jeans und einen Pullover. Dann holte sie ihren Koffer aus dem Schrank, öffnete die Schubladen ihrer Frisierkommode und warf den Inhalt in den Koffer. Sie machte sich nicht die Mühe, die Sachen zu glätten. Sie ging mit ihnen um, als wären sie wertloser Plunder, den sie nicht mitnehmen wollte, aber auch nicht zurücklassen durfte.

«Was machst du da?» wollte er wissen.

«Ich werde nicht einfach tatenlos dasitzen und warten, bis du verhaftet wirst.»

«Soviel zur Liebe!»

«Ich tue das, gerade weil ich dich liebe.» Sie nahm ihre Kleider von der Kleiderstange und warf sie in einen zweiten Koffer. Sie bildeten einen wirren Haufen, in dem sich die Bügel verhakten.

«Ich hätte das mit William nicht sagen sollen», sagte er schließlich. «Es tut mir leid. Ich vertraue dir durchaus.»

«Das ist nicht der Grund, warum ich gehe. Es ist die Pistole.»

«Aber warum willst du mich dann verlassen? Was hat meine Auseinandersetzung mit Fat Dudley denn mit uns zu tun?»

«Ich habe Angst vor Gewalt. Als ich noch klein war, habe ich gesehen, wie mein Vater zusammengeschlagen wurde. Es ist hier passiert, unten an der Rennbahn. Ich kann immer noch sein Blut sehen.» Frankie nahm ihre Koffer. «Auf Wiedersehen, Jack.»

Sie erwartete, daß er sie aufhalten würde. Als sie die Treppe hinunterging, hoffte sie, seine Schritte zu hören. Aber er folgte ihr nicht.

Der Nachtwächter starrte sie erstaunt an, als sie das Haupttor öffnete und zu ihrem Auto ging. Sie startete den Motor und blieb dann, den Fuß auf dem Gaspedal, sitzen, weil sie sich sagte, daß der Motor erst noch warm werden mußte. Schließlich legte sie den ersten Gang ein und fuhr langsam Richtung Ausgang. Der Nachtwächter sah ihr dabei zu. Sie fragte sich, wie lange es dauern würde, bis Fat Dudley erfuhr, daß sie Jack verlassen hatte.

Als sie auf die äußere Schranke zufuhr, drückte sie auf ihre Fernbedienung. Die Schranke hob sich. Frankie beschleunigte. Aber in dem Moment, wo sie die Schranke erreichte, sauste sie plötzlich herunter und verfehlte die Motorhaube ihres Wagens nur um wenige Zentimeter.

«Dachtest du, ich würde dich so einfach gehen lassen?» hörte sie Jacks Stimme über den Platzlautsprecher.

Sie blieb zitternd am Steuer sitzen, den Kopf in die Hände gestützt. Er kam herunter, um sie zu holen. Er hob sie zärtlich aus dem Wagen, als wäre sie ein Kind. «Du hättest mich umbringen können», murmelte sie, während sie ihr Gesicht in seiner warmen Jacke vergrub.

«Ich habe das Ganze am Monitor beobachtet.» Er trug sie durch das Stadion zum Paddock House, hinauf in ihr Zimmer. Die zerwühlten Laken, die leeren Kleiderbügel und die offenen Schubladen ihrer Frisierkommode zeugten noch von ihrem hastigen Aufbruch.

Er legte sie aufs Bett, strich ihr das Haar aus dem Gesicht und sah sie dabei an, als wollte er alles über sie erfahren, damit sie sich niemals wieder streiten würden. «Das mit deinem Vater tut mir leid», sagte er. «Warum hast du mir das nicht schon früher erzählt?»

«Es ist etwas, was ich gerne vergessen würde.»

«Hättest du mich heute nacht wirklich verlassen?»

«Ja. Ich will nämlich nicht zusehen müssen, wie du wieder ins Gefängnis kommst.»

Er küßte sie heftig und wild. Sie öffnete sich ihm, wollte, daß er sie umgab. Er zog ihr den Pullover über den Kopf und die Jeans von den Hüften. Sie trug weder BH noch einen Slip, denn bei ihrer eiligen Flucht hatte sie keine Zeit gehabt, sich auch noch Unterwäsche anzuziehen. Oder, um der Wahrheit die Ehre zu geben, wenn sie noch eine Minute länger gebraucht hätte, wäre sie vielleicht niemals gegangen. Nun küßte er ihren Nacken und ihre Schulter so sanft, daß er sie kaum berührte. Er fuhr mit seinem Mund ihren Körper hinunter, küßte dabei ihren Bauch und die weiche Innenseite ihrer Schenkel. Sie streckte die Arme nach ihm aus, begehrte ihn nun, da sie ihn beinahe verloren hätte, um so heftiger. Sie wollte ihm Vergnügen bereiten, weil ihr dies selbst Vergnügen bereitete. Sie wollte es so sehr, daß sie nicht wußte, wo ihre Gefühle endeten und die seinen begannen. Mit William war es nie so gewesen. Bei ihnen hatte es stets eine Trennungslinie gegeben zwischen dem, was er mit ihr machte, und dem, was sie mit ihm machte. Meist hatte sie seine Bedürfnisse befriedigt.

Mit Jack war es völlig anders. Für ihn wollte sie Dinge tun, die sie für keinen anderen Mann je getan hatte noch je würde tun wollen. Dinge, die sie außerhalb ihrer Beziehung zu Jack und ohne seine Liebe mit Ekel erfüllt hätten. Nichts, was sie mit Jack tat, ekelte sie an. Die Prüderie, die ihre Beziehung zu William gekennzeichnet hatte, war verschwunden. Sie wollte, daß Jack sie auf alle erdenklichen Arten liebte. Sie sehnte sich danach, ihn tief in sich zu spüren, in ihrem Schoß, während sich ihre Muskeln zusammenzogen, um ihn länger und fester zu halten. Sie wollte, daß er zärtlich zu ihren Augen war, ihren Ohren, ihren Füßen, zu jedem Teil von ihr. Sie genoß seinen Mund, seine Zunge, seine Finger, sein Geschlecht. Sie hatte Spaß daran, wenn er ihr weh tat. Nicht jedesmal, wenn sie sich liebten, nur gelegentlich, wenn es sie nach der Erotik der Brutalität verlangte. Wenn sie beherrscht werden wollte. Aber das war, wie so vieles andere, nur mit Jack möglich.

Bei anderen Gelegenheiten, und dies war eine, sehnte sie sich nach Zärtlichkeit, und er schenkte sie ihr. Er war sanft und liebevoll. Sie faßten einander so zart an, daß sich ihre Haut kaum berührte. Sie liebten sich langsam, sehnsuchtsvoll, sacht erforschend, aufeinander wartend. Er hielt sich zurück, bis sie bereit war, und küßte sie, als er in sie eindrang. Das graue Licht der Morgendämmerung liebkoste ihre Körper. Sie sahen einander in die Augen, und die Welt der Gewalt existierte nicht mehr.

Kapitel 21

Francesca sprach Jack weder auf den Eindringling noch auf die Polizei an, obwohl das Thema in der Luft lag. Sie hatte sich ihm gegenüber behauptet, und wenn nötig würde sie sich wieder behaupten. Nun wollte sie ihm erst einmal Zeit zum Nachdenken geben.

Er kam ins Badezimmer, als sie gerade in der Wanne lag. «Also gut», sagte er. «Wir werden das tun, was du vorgeschlagen hast. Wenn wir noch einmal jemanden hören, rufen wir die Bullen. Aber wenn sie ihn nicht schnappen, werde ich mich auf meine Art um die Sache kümmern.»

Sie streckte ihm ihre glitschige, seifige Hand entgegen. «Jack, ich will, daß wir die Polizei sofort anrufen.»

«Damit hier eine Meute von Polizisten herumschnüffelt?»

«Sie werden besser auf dich zu sprechen sein, wenn du ihnen die Sache von Anfang an übergibst.»

Sie dachte zuerst, er würde sich weigern, aber das tat er nicht. Er lachte und warf den Schwamm nach ihr. «Zu Befehl, Madam!»

Eine Stunde nach Frankies Anruf trafen zwei Beamte in Zivil ein. Der jüngere war klein und hatte dunkle Locken, der ältere war groß, blond und hatte ein eckiges Gesicht. In ihren Jeans, den speckigen Lederjacken, den T-Shirts und Turnschuhen hätten sie auch zwei ältere Studenten an einer Londoner Fachhochschule sein können. Sie ließen sich in den Sesseln nieder und holten Notizblöcke und billige Kugelschreiber hervor. Jack beobachtete sie von seinem Ledersessel aus wie ein Fuchs die Jäger.

Frankie übernahm das Reden. Jack hörte zu. «Nun, ich denke, das ist alles», sagte sie schließlich, vor Nervosität ganz zappelig. Sie wünschte sich, daß Jack endlich etwas sagen würde.

«Sie müssen doch irgendeinen Verdacht haben, Miss Tiernay», sagte der kleine, dunkelhaarige Beamte.

«Ach, da gibt es einige Leute», begann sie. Dann brach sie ab, da sie Jacks Empörung spürte.

«Und die wären?»

«Äh... niemand Bestimmtes.»

«Aber eben haben Sie doch gesagt, es gäbe da einige Leute.»

«Nein, das hat sie nicht gesagt!» unterbrach ihn Jack sofort.

Die Beamten tauschten Blicke, dann erhoben sie sich. «Wir kommen heute abend wieder vorbei, und falls sich heute nacht nichts rühren sollte, auch die nächsten Tage. Irgendwann werden wir ihn schon schnappen», sagte der große Blonde. Er streckte Jack die Hand entgegen. «Wir freuen uns wirklich, daß Sie uns gerufen haben, Sir. Das entspricht so gar nicht Ihren Gewohnheiten.»

Frankie dachte, daß Jack gleich explodieren würde. Seine Fingerknöchel waren weiß, sein Unterkiefer angespannt. Dann plötzlich lächelte er die beiden mit seinem jungenhaften Grinsen an. «Nun, ich bin von der Frau, die ich liebe, ausmanövriert worden.» Er schüttelte den Beamten die Hand. «Das passiert auch den Besten von uns.»

In dieser Nacht saßen sie alle im Kartenspielzimmer und beobachteten den Monitor. Jack, Frankie, Marius, Nicoletta und die beiden Beamten, die Jack nach den Polizisten der gleichnamigen Fernsehserie Starsky und Hutch getauft hatte.

«Natürlich führt kein Bulle das tolle Leben, das einem im Fernsehen vorgeführt wird», sagte Jack, während er seinen Blick über die schmuddelige, billige Kleidung der Beamten schweifen ließ. «Das tun nur die Kriminellen. Aber im Fernsehen darf man schließlich nicht zeigen, daß sich Verbrechen auszahlen. Das würde dem Zensor gar nicht gefallen.»

«Jack.» Frankie legte ihm die Hand auf den Arm. «Laß sie in Ruhe.»

«Warum denn? Die Polizei zu ärgern war immer mein liebstes Hobby.»

«Ich wette, man hat sie angewiesen, sich nicht provozieren zu lassen.»

«Hat man das?» Er wandte sich an die Polizisten.

Sie antworteten nicht. Aber die Möglichkeit faszinierte Jack. Er bot ihnen einen Whisky an, den sie ablehnten. Eine Tasse Kaffee nahmen sie jedoch dankend an. Als der Morgen dämmerte, stand Jack auf und streckte sich. «Jetzt kommen sie nicht mehr.» Er begann die Treppe hinaufzusteigen, dann blieb er plötzlich stehen. «He, Starsky, ich sag Ihnen was. Kriminelle haben eindeutig mehr Spaß. Sie müssen nicht ständig wie Sie rumhängen. Sie wissen, wann sie handeln müssen.» Er ging weiter die Treppe hinauf und sang dabei «Jailhouse Rock».

Eine Woche lang überwachten die Polizisten das Stadion. Jack blieb mit ihnen auf. Anfangs wollte er nur sichergehen, daß sie nicht herumschnüffelten. Seine Vergangenheit hatte ihn gelehrt, allen Polizisten zu mißtrauen. Mit der Zeit jedoch begann er die beiden Beamten zu mögen, obwohl er das vor Frankie nicht zugeben wollte. Aber sie hörte stets gedämpftes Lachen, während sie in den Schlaf hinüberglitt. Eines Abends kam sie die Treppe herunter und stellte fest, daß er in Erwartung der Ankunft der Beamten gerade vergnügt das Scrabblebrett aufstellte. Sie überlegte, wie ähnlich sich Jäger und Fuchs im Grunde waren.

«Es wäre recht hilfreich, wenn wir ihnen ein paar Namen nennen würden», sagte sie zu ihm, als er eines Morgens völlig erschöpft ins Bett fiel.

«Ich verpfeife niemanden.»

«Ich dachte, du findest die Beamten sympathisch.»

«Das hat damit nichts zu tun.»

«Aber Jack, wir wissen doch, daß es entweder Fat Dudley oder Gunter ist.»

«Tatsächlich?» Er stützte sich auf die Ellbogen und sah ihr ins verschlafene Gesicht. «Es könnte auch dein Mann sein.»

«William würde nicht auf einem Dach herumklettern. Dafür ist er sich seiner Position viel zu sehr bewußt. Und überhaupt, warum sollte er so etwas machen?»

«Um mich zu ruinieren. Um uns zu ruinieren.»

Das erste Rennen, das Blue gewann, war ein Marathon. Er verwies The Mugger mit einer knappen Kopfeslänge Vorsprung auf den zweiten Platz. Frankie war so aufgeregt, daß sie kaum beim Zieleinlauf zusehen konnte. Danach rannte sie zum Hundeplatz hinunter, um Blue zu umarmen. Als sie an ihren Tisch zurückkehrte, hatte Jack Champagner und Erdbeeren bestellt. Er ließ auch Erdbeeren ins Paddock House bringen und erklärte, er wolle sie zum Frühstück essen. Frankie lächelte, sagte aber nichts. Jack konnte lange behaupten, daß er die beiden Polizisten nicht leiden könne.

Sie taten ihr Bestes, um geheimzuhalten, daß das Stadion polizeilich überwacht wurde, aber irgendwie sickerte es dann doch durch.

«Ich rieche einen Bullen, Jack», sagte Fat Dudley eines Abends, als er sich mit seiner Körperfülle in dem besonders gepolsterten Sessel niederließ. «Bist es du oder ich, den sie im Auge haben?»

Jack lehnte sich lässig an den Wettschalter. Er sah elegant und entspannt aus und wirkte in seinem schwarzen Smoking und mit seinem höflichen Lächeln wie der perfekte Gastgeber. «Dreimal darfst du raten, Dicker.»

«Mein lieber Junge, wenn ich auf deinem Dach gestanden hätte, wäre jetzt nichts mehr davon übrig.»

«Woher willst du wissen, daß jemand auf dem Dach gewesen ist?»

«Ach, komm schon, Jack. Wir beide waren schon immer gut informiert.» Dudley spitzte seinen kleinen Kußmund, um einen Schluck Champagner zu trinken. Dann tupfte er sich seine rosa Lippen mit dem Zipfel des Damasttischtuchs trocken. «Du machst dich gut, Jack», sagte er. «Niemand würde darauf kommen, was für eine Vergangenheit du hast. Den meisten merkt man das Gefängnis an. Es liegt in ihren Augen, in ihrem Gang, in der Art, wie sie reden. Bei dir ist das anders. Du bist clever. Das warst du meiner Meinung nach schon immer, auch als du noch ein Junge warst und Autoradios gestohlen hast. Aber es war dumm von dir, diesen Mann im Gefängnis umzubringen. Du hättest das von jemand anderem erledigen lassen sollen. Ich jedenfalls hätte es so gemacht. Mach dir niemals die eigenen Hände schmutzig, Jack. Laß niemals Gefühle Macht über dich gewinnen. Das zahlt sich nicht aus.»

Dudley hob sein Champagnerglas und trank wieder einen kleinen Schluck. «Wir beide würden hervorragend zusammenpassen. Ich habe Geld. Du hast Charme. Die Leute erzählen uns vieles, weil sie Angst haben, weil sie bestechlich sind oder weil sie sich einen Gefallen oder Schutz von uns erhoffen. Wir beide sind vom selben Schlag, Jack. Wir sind beide clever, skrupellos und unredlich.»

«Skrupellos vielleicht. Aber nicht unredlich. Nicht mehr. Die Zeiten sind für mich vorbei, Dudley.»

«Wegen einer Frau?» Fat Dudley kicherte. «Wirklich, Jack, du wärst der letzte, von dem ich angenommen hätte, daß er weich werden würde.»

«Die Liebe hat mich nicht weich gemacht, Dudley. Sie ist nur der Grund dafür, daß ich sauber bleibe. Sie hat mir neue Ideale gegeben, nach denen ich mich richten will.»

«Dir liegt tatsächlich etwas an Frankie, nicht wahr?»

«Ich würde den Mann umbringen, der ihr etwas antut. Oder Marius. Die beiden sind die wichtigsten Menschen in meinem Leben.» Als Jack den Tisch verließ, wünschte er sich bereits, seine Gefühle für sich behalten zu haben. Durch seine Offenheit hatte er Frankie und Marius eventuell in Gefahr gebracht.

Dominique lag auf ihrem Bett in White Oast, einen Morgenmantel schützend um sich gewickelt. Der Schein der Nachttischlampe hüllte sie in helles goldenes Licht, das das blasse Rosa ihres Morgenmantels aus Satin zum Leuchten brachte. Es liebkoste ihr blondgesträhntes Haar. Auf der Treppe hörte sie Stevens schlurfende Schritte. Er klopfte an ihre Tür. «Eine Tasse Tee, Liebes?»

«Ja, bitte.» Sie setzte sich mühsam auf und biß wegen der Schmerzen in ihrer Seite die Zähne zusammen.

Er trat mit einem freundlich-besorgten Lächeln ein und stellte die Tasse auf ihren Nachttisch. «Fühlst du dich jetzt besser?»

«Ein wenig.»

«Ich habe mit dem Doktor telefoniert. Er wird in einer Stunde hier sein. Und widersprich mir nicht! Du brauchst ihn, du bist krank.» Er ging wieder zur Tür.

Sie rief ihm hinterher: «Steven, es tut mir leid, daß William dich so aufgeregt hat. Ich hatte vor, dir zu sagen, daß Frankie jetzt in Richmond wohnt, aber ich wußte nicht, wie ich es dir beibringen sollte. Ich weiß doch, was du im Hinblick auf das Stadion fühlst.»

Er schlurfte zu ihrem Bett zurück. «Meine Liebe, ich habe immer gewußt, daß du mich nie so geliebt hast wie Ben.» Er hob die Hand, um jeden Widerspruch im Keim zu ersticken. «Aber zu wissen, daß er jetzt tot ist, hilft mir. Weißt du, ich hatte immer Angst, daß du zu ihm zurückkehren könntest.»

«O nein! Du hättest dir keine Sorgen zu machen brauchen. Ich habe nie auch nur daran gedacht. Hättest du mich nur gefragt, ich hätte dich beruhigen können.» Dominique nahm seine knorrige Hand und umschloß sie mit beiden Händen. «Mit dir bin ich viel glücklicher. Ich liebe die sanfte Ordnung in unserem Leben. Ich liebe den Frieden und die Sicherheit. Deshalb habe ich auch Angst um Frankie. Nicht nur weil sie einen Mann wie Jack Broderick liebt, sondern weil er Ben so ähnlich ist.»

Obwohl Frankie William über ihren Solicitor geantwortet hatte, schrieb er sie persönlich an und bat sie, sich mit ihm allein zu treffen. Sie gab Jack den Brief und sagte: «Ich werde hingehen müssen, sonst wird er nie in die Scheidung einwilligen.»

«Nur wenn ich mitkomme.»

Sie nahm seine Hand. «Jack, es ist besser, wenn ich mich allein mit William treffe. Ich muß mich dem Minotaurus stellen.»

Er verschränkte seine Finger mit den ihren. «Wenn dieser Mistkerl es noch einmal wagt, dich zu schlagen, bringe ich ihn eigenhändig um. Mir ist es völlig egal, wenn ich danach für den Rest meines Lebens ins Gefängnis muß.»

Weder Islington noch die Straße, in der sie gewohnt hatte, weckten irgendwelche Gefühle in Francesca, wohl aber das Haus, und zwar mehr als bei ihrem letzten Besuch. Sie hatte Angst, auch wenn sie sich einredete, keine zu empfinden. Sie hatte einen trokkenen Mund und feuchte Hände, als sie auf den Klingelknopf drückte. Sofort hörte sie Williams Schritte im Flur. Der Schlüssel wurde herumgedreht, der Riegel kratzend zurückgeschoben. Schweigend starrten sie sich an. Er sah blasser und älter aus, sein blondes Haar wirkte grauer. Er war sehr dünn. Verglichen mit

Jack wirkte er irgendwie zerbrechlich. Sie konnte gar nicht glauben, daß er die Kraft gehabt hatte, sie zu schlagen. Sie fragte sich, wie sie sich von einem solchen Mann hatte unterdrücken lassen können.

«Guten Abend, Francesca», sagte er ruhig.

Sie versuchte hallo zu sagen, brachte das Wort aber kaum heraus.

Er trat zurück. «Komm doch rein.»

Sie trat in den Flur, ihren Flur. Nur daß es jetzt nicht mehr ihr Flur war. Er führte sie in sein Arbeitszimmer. Sie setzte sich in einen der Sessel am kalten Kamin, in dem sich nicht einmal Feuerholz befand. Der schwarze Feuerrost war leer und staubig. Er ließ das Zimmer traurig aussehen.

William reichte ihr einen trockenen Sherry, ohne zu fragen, ob sie vielleicht etwas anderes haben wollte, dann nahm er hinter seinem Schreibtisch Platz und lehnte sich in seinem schweren Ledersessel leicht nach hinten. «Wie geht es dir?» fragte er.

«Danke... gut.»

«Und deiner Mutter und Steven?»

«Das weißt du doch selbst, William. Du hast Steven angerufen. Er hat sich sehr aufgeregt.»

«Meine Eltern haben sich auch aufgeregt.» Er runzelte die Stirn. «Bist du schwanger?»

Sie wurde rot. «Nein.»

«Warum dann die schnelle Scheidung?»

«Wir wollen eben keine zwei Jahre warten.»

«Ich bin erstaunt, daß solche Feinheiten wie eine Ehe auf einer Hunderennbahn eine Rolle spielen.»

Sie holte tief Luft. Jetzt erinnerte sie sich wieder allzu gut daran, wie er sie mit seinem Spott und seiner Kritik vernichtet hatte. «William», sagte sie, «ich bin nicht gekommen, um mit dir zu streiten. Wenn du mit einer baldigen Scheidung nicht einverstanden bist, sag es, und ich gehe.»

Er legte die Fingerspitzen aneinander und stützte sein Kinn darauf. «Du hast gelernt zu kämpfen. Das wird wohl auch notwendig gewesen sein, da du ja mit einem Kriminellen zusammenlebst. Sag, verprügelt er dich?»

«Nein, das tut er nicht. Im Gegensatz zu dir!» Frankie stand auf. «Mach dir nicht die Mühe, mich hinauszubegleiten.»

Als sie auf die Tür zuging, rief er ihr hinterher: «Hast du eine Vorstellung davon, wie es für mich ist, ohne dich in diesem Haus zu leben? In dem Bett zu schlafen, das wir einst miteinander geteilt haben? Nach Hause zu kommen und nur von Schweigen empfangen zu werden? Am Tisch zu sitzen, aufzublicken und niemanden zu sehen?»

Ihr Zorn verebbte. «Es tut mir leid, William. Ich wünschte, es wäre anders zwischen uns gelaufen.»

«Du könntest zu mir zurückkommen.»

Sie war vor Verblüffung sprachlos.

Als sie nicht sofort antwortete, fuhr er fort: «Gib mir noch bis Mai Zeit, dann willige ich in die Scheidung ein.»

Sie sagte so freundlich, wie sie konnte: «Es wird keinen Unterschied machen, William. Ich liebe Jack, und ich werde ihn heiraten, auch wenn ich fünf Jahre warten muß.»

«Für mich macht es aber einen Unterschied», antwortete er steif. «Voraussichtlich werde ich im April zum Richter am High Court ernannt. Der Skandal, daß meine Frau mit einem Kriminellen wie Broderick zusammenlebt, könnte meine gesamte Zukunft gefährden.»

Als Frankie das Stadion erreichte, hatte sie hämmernde Kopfschmerzen und einen rauhen Hals. Die Rennen hatten schon begonnen, so daß sie keine Gelegenheit hatte, mit Jack allein zu sprechen. Sie setzte sich zu Marius und Nicoletta an den Tisch, sah zu, wie Blue The Mugger abermals mit einer Kopfeslänge Vorsprung schlug, und diskutierte mit Eamonn über die Möglichkeit, den Hund auf einer anderen Rennbahn starten zu lassen. Es war noch früh am Abend, als sie sich ins Dachgeschoß davonstahl.

Gegen Mitternacht kam Jack zu ihr hoch und stellte fest, daß sie sich mit hohem Fieber unruhig im Bett herumwarf. «Ich rufe einen Arzt», sagte er.

«Nein, es ist nur eine Grippe.» Sie schnitt eine Grimasse. «Wahrscheinlich hat mich das Treffen mit William so geschwächt.»

Jack setzte sich auf die Bettkante und strich ihr das Haar aus der heißen Stirn. «Was hat er zur Scheidung gesagt?»

«Er will bis Mai warten. Im April soll er Richter am High Court werden, deshalb möchte er vorher keinen Skandal riskieren.»

«Das ist ja noch ein halbes Jahr.»

«Welchen Sinn hätte es, seine Karriere zu zerstören? Wir können doch warten. Wir haben ja uns.»

«Das ist nicht der Punkt, Frankie. Er hat immer noch Gewalt über dich.»

«Schrei mich nicht an, Jack! Ich kann eine rasche Scheidung nicht erzwingen. Das hängt von William ab.»

«Ich vermute, er hat dir gesagt, daß er dir verzeihen wird, wenn du zu ihm zurückkommst.»

Das Summen des Telefons neben ihrem Bett ersparte ihr die Antwort. «Ja!» schrie Jack in den Hörer.

«Eindringling hinter der Haupttribüne, bewegt sich auf die Zwinger zu. Klein, männlich, Skimütze über dem Gesicht», sagte einer der Polizisten.

Jack schaltete den Monitor ein. Es war eine kleine, dunkle Gestalt zu erkennen, die sich entlang der Haupttribünenmauer von einem Schatten zum nächsten schlich.

«Er scheint sich hier auszukennen», sagte Jack, während er rasch sein Jackett gegen einen dunklen Pullover vertauschte. Der Pullover hatte einen Rollkragen, unter dem er den Kragen seines weißen Hemdes verstecken konnte.

Frankie schlug die Bettdecke zurück.

«Bleib im Bett», sagte Jack. «Du bist krank.»

«Ich möchte aber mitkommen», sagte sie und war auch schon aus dem Bett gestiegen. Sie zog sich einen Trainingsanzug an und versuchte ihre hämmernden Kopfschmerzen zu ignorieren.

Ohne das Licht anzuschalten, tasteten sie sich die Treppe hinunter zum Büro, wo die Beamten in der Dunkelheit saßen und die Szene beobachteten. Auch Marius und Nicoletta, die in ihrem grauen Kaftan wie ein Geist wirkte, gesellten sich zu ihnen. Sie scharten sich um den Monitor, schalteten von Kamera zu Kamera und nahmen den Eindringling so genau ins Visier, daß sie erkennen konnten, wie sich seine Augen hinter den Schlitzen der Skimütze hin und her bewegten.

«Das ist ein Insider», sagte Jack. «Er weiß, wo sich die Kameras befinden. Schaut, wie er immer wieder versucht, sein Gesicht abzuwenden.»

Als der Eindringling bei den Zwingern angelangt war, zog er ein Stück Seil aus der Tasche und band an dessen Ende einen kleinen Anker fest. Dann holte er aus und schleuderte den Anker nach oben. Beim erstenmal prallte er von der Mauer ab, beim nächstenmal verhakte er sich am Dach. Der Mann stand still da und lauschte. Sie spürten förmlich, wie angespannt seine Nerven waren. Er zog ein paarmal am Seil, um sich zu vergewissern, daß es fest verankert war und nicht nur an der Dachrinne festhing. Dann begann er an der Mauer hochzuklettern, wobei er sich mit den Füßen Stück für Stück am Ziegelwerk emporarbeitete.

«Ein junger, durchtrainierter Mann», sagte Hutch mit widerwilliger Bewunderung.

Als er auf dem Dach war, zog der Eindringling sein Seil herauf und rollte es ordentlich zusammen, so daß es für ihn zwar griffbereit war, von unten aber nicht entdeckt werden konnte. Er kauerte sich hin und lauschte. Nachdem er eine ganze Minute gewartet hatte, begann er über die Dachziegel zu schleichen wie eine Katze auf unbekanntem Terrain.

Als er sich direkt über der rückwärtigen Zwingerreihe befand, holte er einen Schraubenzieher hervor und löste vorsichtig einen Dachziegel. Mit einem langen, spitzen Handbohrer bohrte er direkt in die Zwingerdecke ein Loch. Er überprüfte seine Arbeit mit einer Taschenlampe, die einen bleistiftdünnen Lichtstrahl erzeugte, stieß dann mit einem Stock irgend etwas durch das Loch und legte anschließend den Ziegel an seinen Platz zurück. Dann maß er einen Meter nach rechts ab und entfernte genau über dem angrenzenden Zwinger einen weiteren Ziegel.

«Ich wußte, daß es ein Dopingmittel ist.» Jack zündete sich eine Zigarette an, wobei er das glühende Ende in seiner hohlen Hand verbarg, damit der Eindringling nicht gewarnt wurde. «Das Fleisch, das er durch die Löcher wirft, enthält irgendein Medikament.»

«Ich nehme an, daß er mit einem der Hundeführer gemeinsame Sache macht. Dieser Hundeführer bringt dann die entsprechenden Tiere in die Zwinger, in denen die Fleischbrocken liegen», sagte der große blonde Hutch.

«Sie haben recht.»

«Aber das Mittel würde sich doch bestimmt beim Urintest nachweisen lassen», flüsterte Starsky, der seinen Spitznamen nicht besonders mochte.

«Nicht wenn die Hunde das Fleisch zwischen dem Test und dem Rennen fressen», erklärte Marius. «Vor dem Krieg hatten wir schon mal so einen Fall. Die Leute, die auf die Verliererhunde gewettet hatten, brachen dem Betrüger das rechte Bein, um ihm eine Lektion zu erteilen.»

Frankie dachte an ihren Vater. Nichts hatte ihm eine Lektion erteilen können.

Während sie sich flüsternd miteinander unterhielten, begann der Eindringling schneller zu arbeiten. Er sah sich dabei ständig um.

«Sie werden ihn hochnehmen müssen», sagte Jack zu Hutch.

«Wenn wir ihn jetzt verhaften, warnen wir den Hundeführer.»

«Er hat Verdacht geschöpft. Ich sehe das daran, wie er sich bewegt. Der Mann weiß, daß die Bullen auf ihn warten. Der einzige Grund, warum er nicht abgehauen ist, bevor er seinen Job erledigt hat, ist der, daß er vor demjenigen, der ihn angeheuert hat, noch mehr Angst hat als vor der Polizei. Das ist jetzt der letzte Zwinger.» Bevor die Beamten eingreifen konnten, beugte sich Jack über den Monitor und schaltete die Stadionbeleuchtung ein. Mit einem Schlag war das Dach in grellweißes Licht getaucht. «Du da auf dem Dach.» Seine Stimme schallte über die Sprechanlage. «Steh auf, und zeig dein Gesicht.»

Die Gestalt erstarrte.

«Ich zähle bis zehn, dann schieße ich.»

Langsam begann sich die Gestalt aufzurichten.

«Nimm die Skimütze ab.»

Die Hände gingen nach oben. Die Finger packten den Rand der Strickmütze und rollten ihn langsam hoch. Dann wurde die schwarze Wollmaske in einem Anflug von seltsamem Heldenmut heruntergerissen, wobei der Eindringling geradewegs in die Kamera blickte. Das weiße Licht warf Schatten auf sein Gesicht, die das Bild auf dem Monitor wie ein altes Schwarzweißfoto wirken ließen. Es war Angel.

«Du kleine Ratte!» schrie Jack. Er war schon aus dem Zimmer gerannt, bevor ihn noch irgend jemand aufhalten konnte.

Angel lief hastig über das Dach zurück. Die Polizisten riefen ihm zu, er solle stehenbleiben, aber er nahm keine Notiz davon. Er erreichte die Ecke, warf das Seil hinunter, drehte sich um und begann sich hastig abzuseilen, wobei er sich mit beiden Füßen zugleich von der Mauer abstieß. Bevor er jedoch noch halb unten war, stand Jack schon bei ihm. Er packte das Seil und riß daran, so daß Angel wie eine Stoffpuppe hin und her baumelte und dabei mit dem Körper mehrmals gegen die Wand krachte. Schließlich ließ er los und stürzte zu Boden.

Jack zog den Jungen auf die Füße, packte ihn am Hals und drückte langsam zu. «Warum?»

Es waren die beiden Polizisten, die Angel das Leben retteten. Sie zerrten Jack von ihm weg und sagten bemerkenswert verständnisvoll: «Kommen Sie, Sir, er ist es nicht wert, daß Sie wieder ins Gefängnis kommen.»

Sie belehrten Angel über seine Rechte und legten ihm Handschellen an. Dann durchsuchten sie seine Taschen und fanden einen Bohrer, eine Taschenlampe und eine kleine Kühltasche, in der sich ein halbes Dutzend Trockenfleischwürfel befanden. «Mit Dopingmittel versetzt, nehme ich an?» Hutch roch an der Tasche.

Angel gab keine Antwort.

Jack sah schweigend und mit ausdruckslosem Gesicht zu. Erst als die Beamten Angel abführen wollten, machte er einen drohenden Schritt auf ihn zu. Einen Augenblick lang fürchtete Frankie, Jack würde ihn schlagen. Aber er sagte nur: «Warum hast du mich verraten?»

Angel hob den Kopf und sah Jack rebellisch an. «Alle sagen, daß du langsam zum Weichling wirst, Jack. Ich möchte auf der Gewinnerseite sein.»

«Wer sagt, daß ich zum Weichling werde?»

«Na, er. Du weißt schon. Ich kann seinen Namen nicht sagen.

Er sagt, du hättest vor, die Rennbahn zu verkaufen, und wenn ich ihm helfe, bekomme ich einen Job.»

«Und das hast du ihm geglaubt? Du bist dumm, Angel. Er wollte einen Skandal in *Richmond Racing*, damit wir unsere Lizenz verlieren. Oder daß ich dich umbringe, damit ich wieder in den Knast komme. Was auch passiert wäre, du wärst entweder tot oder im Gefängnis.»

«Das sagst du doch nur so, oder?»

«Habe ich dich je angelogen?»

«Nein.» Angel sackte mutlos zusammen. «Du bist immer ehrlich zu mir gewesen, Jack. Du hast mir im Knast geholfen, und du hast mir eine Chance gegeben, als ich rauskam.»

Die Beamten führten ihn zu dem Polizeiwagen, der mittlerweile eingetroffen war. «Wenn Sie ein volles Geständnis ablegen, wirkt sich das vielleicht strafmildernd aus», sagte Hutch.

Angel hob das Kinn. Er straffte die Schultern. «Ich sage nichts. Man kann mir ja viel vorwerfen, aber nicht, daß ich jemanden verpfeife. Ich habe meinen Stolz.» Er blickte zurück, um zu sehen, ob er Jacks Anerkennung fand, und er fand sie.

Kapitel 22

Die Fleischwürfel in Angels Tasche waren mit Acetylpromazin, einem Beruhigungsmittel, präpariert worden. Die Dosis reichte zwar aus, um einen Greyhound in seiner Leistungsfähigkeit zu beeinträchtigen, war aber nicht stark genug, um Verdacht zu erwecken. Angel wurde angeklagt und in Untersuchungshaft genommen. Jack kam sein Name nie wieder über die Lippen.

Frankie erfuhr das meiste davon aus zweiter Hand von Nicoletta oder Marius, da sie mit Grippe im Bett lag. Sie konnte sich nicht erinnern, daß sie sich jemals so krank gefühlt hatte. Ihr Hals war entzündet. Das Fieber stieg. Sie hatte Gliederschmerzen. Ihre Augen tränten. Sie fröstelte, dann schwitzte sie wieder. Abwechselnd zog sie sich die Bettdecke bis unters Kinn und strampelte sich dann wieder frei, als wäre sie in den Tropen. Damit sie sich ungehindert im Bett herumwälzen konnte, schlief Jack im Gästezimmer. Er ließ jedoch die Tür offen, damit er sie hörte, wenn sie nach ihm rief.

Jeden Morgen brachte er ihr das Frühstück ans Bett, obwohl sie meistens gar nichts essen konnte. Mittags brachte er ihr Suppe und ein frisches Vollkornbrötchen. Auf dem Tablett lagen auch immer eine gestärkte weiße Serviette und eine rote Rose. An Renntagen kam er im Laufe des Abends mehrmals zu ihr, um sich zu vergewissern, daß alles in Ordnung war.

«Du würdest einen guten Arzt abgeben», sagte sie eines Abends, als er ihre Kissen aufschüttelte, die Bettdecke zurechtzog und ihr das Haar aus der Stirn strich.

«Es macht mir Spaß, mich um dich zu kümmern.» Er ließ die Jalousien herunter, damit das grelle Licht von der Rennbahn nicht ins Zimmer schien. «Ich liebe dich, wenn du fit, gesund und vergnügt bist. Aber ich liebe dich auch, wenn du krank bist, wenn deine Nase läuft und du ein verschwitztes Gesicht hast oder wenn du vor Regelschmerzen Schatten um die Augen hast. Ich liebe dich, weil du mich dann brauchst. Du bist mein kleines Mädchen. Es wird mir bestimmt auch Spaß machen, mich um unsere Kinder zu kümmern.»

«Du bist wirklich eine seltsame Mischung, Jack.» Sie kuschelte sich in die Kissen, schloß die Augen und schlief ein.

Ihre Mutter besuchte sie und brachte einen Strauß zart duftender Freesien und eine große Tüte Trauben mit.

«Woher wußtest du, daß ich krank bin?» fragte Frankie, während sie sich mühevoll in ihrem Bett aufsetzte.

«Jack hat mich angerufen.» Ihre Mutter nahm auf der Bettkante Platz. Sie war vom Treppensteigen ganz außer Atem, und es dauerte einige Augenblicke, bis sie wieder Luft bekam.

Frankie betrachtete sie besorgt. «Du siehst müde aus, und du hast abgenommen. Ist irgend etwas... nicht in Ordnung? Hast du wieder diese Schmerzen?»

«Das ist etwas, worüber ich mit dir reden wollte. Erinnerst du dich an den Tag, wo du mich in der Küche gefunden hast? Ich dachte, es wären Verdauungsbeschwerden. Aber die Schmerzen wurden immer schlimmer. Schließlich habe ich es Steven erzählt. Natürlich hat er mich zum Arzt geschickt.» Ihre Mutter lächelte gezwungen. «Nächste Woche muß ich ins Krankenhaus.»

«Ist es etwas... Ernstes?»

«Ach, du weißt ja, wie die Ärzte sind.»

«Mutter!»

«Ich habe einen Knoten in der Gebärmutter. Nur einen kleinen. Aber man hat entschieden, eine Totaloperation zu machen.»

«Ist der Knoten... bösartig?»

«Das wird man erst nach der Operation sagen können. Frankie, könntest du, solange ich im Krankenhaus bin, Steven in White Oast Gesellschaft leisten? Du weißt, er ist nicht gern allein. Ich werde ungefähr eine Woche im Krankenhaus bleiben müssen.»

«Natürlich werde ich mich um Steven kümmern. Was ist, wenn du wieder aus dem Krankenhaus kommst? Du mußt dir von mir helfen lassen.»

«Die gute alte Mrs. Broom wird jeden Tag kommen. Sie wird nicht nur putzen, sondern auch kochen und einkaufen.» Dominique hielt inne und zupfte an der Bettdecke. «Frankie, du darfst Jack auf keinen Fall nach White Oast mitbringen, Steven würde sich nur aufregen.»

«Wenn du darauf bestehst. Aber ich werde ihn heiraten, also wäre es einfacher, wenn ihr beide versuchen würdet, ihn zu mögen.»

Ihre Mutter seufzte. «Wir werden darüber reden, wenn ich wieder gesund bin.»

«Wenn du wieder gesund bist», wiederholte Frankie. Plötzlich wurde sie von einer schrecklichen Ahnung erfaßt.

Jack fuhr zum Rennen nach Brighton. Obwohl es Frankie besser ging, war sie noch nicht kräftig genug, um ihn begleiten zu können. Statt dessen lümmelte sie auf dem Bett, sah sich *Jenseits von Afrika* auf Video an und stellte sich vor, sie würde mit Jack auf Safari gehen.

Er kehrte um Mitternacht zurück und sagte: «Ich habe Besuch für dich mitgebracht.»

Sie setzte sich auf. «Um diese Zeit?»

Er öffnete die Tür, und Blue kam hereingeschossen. Er sprang aufs Bett, trampelte tolpatschig auf Frankie herum und versuchte immer wieder, ihr das Gesicht abzulecken. Sie wehrte ihn lachend ab.

«Runter vom Bett!» zischte Jack. «Und mach keinen solchen Lärm, du undankbares Vieh, sonst weckst du Marius auf.»

Blue kümmerte sich nicht darum. Er streckte sich auf der Bettdecke aus, die Schnauze neben Frankies Gesicht, die Zähne zu einem Grinsen entblößt, während er mit seiner dünnen, gebogenen Rute auf das Bett klopfte.

«Runter!» Jack gab ihm einen Klaps. «Du hast auf meinem Platz nichts zu suchen. Du bist mein Rivale.» Zu Frankie sagte er dann: «Zum Glück hat Jaws schon Mathilda, sonst wäre er auch noch hier oben und würde um deine Zuneigung kämpfen. Und Big Ears auch, wenn er stubenrein wäre.» Er legte eine dicke Decke in die wärmste Ecke des Zimmers und faltete sie mehrmals zusammen, so daß sie eine bequeme Unterlage darstellte. «Komm her, Blue», sagte er mit gespielter Strenge. «Und laß dich bloß nicht dabei erwischen, wie du zu uns ins Bett zu kriechen versuchst.»

In den frühen Morgenstunden trug Jack Blue die Treppe hinunter, damit Marius nicht durch das Geräusch der Hundekrallen auf den Dielen geweckt wurde. Frankie beugte sich über das Geländer und machte ein Foto. Sie drückte gerade in dem Moment auf den Auslöser, als Jack sich mit Blue im Arm im Treppenhaus umdrehte und die langen Beine des Hundes hilflos in der Luft baumelten, während er seine schmale Schnauze liebevoll unter Jacks Kinn gelegt hatte.

Am Tag, an dem ihre Mutter operiert wurde, verließ Frankie das Paddock House zum erstenmal nach ihrer Krankheit. Jack fuhr sie nach White Oast, weil sie, wie sie Steven erklärte, noch zu schwach war, um selbst fahren zu können.

Ihre Mutter war am Abend zuvor im Krankenhaus aufgenommen worden, deshalb empfing sie ihr Stiefvater. Er kam mit unsicherem Schritt aus der Haustür und sah dabei mehr denn je wie ein alter Hamster aus. Er gab Frankie einen Kuß auf die Wange. Sein Bart kitzelte sie. Dann reichte er Jack die Hand. «Vielen Dank, daß Sie Frankie hergefahren haben. Ich kann nicht behaupten, daß Sie hier willkommen sind, denn das wäre eine Lüge, aber ich bin Ihnen sehr dankbar.»

«Es wäre mir auch nicht recht, wenn Sie mir eine Komödie vorspielen würden, Sir», sagte Jack so höflich, daß Frankie ihn dafür hätte umarmen können.

Sie setzten sich vor den Kamin im Wohnzimmer und warteten auf einen Anruf aus dem Krankenhaus. Frankie versuchte, nicht daran zu denken, daß ihre Mutter gerade auf dem Operationstisch lag. Sie sagte sich, daß die schlimme Vorahnung, die sie seit Tagen quälte, nur Einbildung war, eine Folge ihrer eigenen Krankheit. Natürlich wußte sie, daß ihre Mutter eines Tages sterben würde, wie ein Teenager weiß, ohne es wirklich zu glauben, daß er eines Tages dreißig Jahre alt werden wird, aber eines Tages war nicht heute.

Das Telefon klingelte. Sie schraken alle hoch. «Nimm ab, meine Liebe», sagte Steven nervös und umkrallte die Armlehnen seines Sessels.

Es war das Krankenhaus, das ihnen mitteilte, daß man die Operation ihrer Mutter wegen eines Notfalls auf den Nachmittag hatte verschieben müssen.

Sie aßen zu Mittag Schinken, Salat und gebackene Kartoffeln. Allerdings waren die Kartoffeln nicht richtig durchgebacken. Sie waren zwar warm, aber nicht gar, weil Steven den Temperaturschalter des Backofens mit der Vorwärmstufe für die Teller verwechselt hatte. Nicht daß Frankie das etwas ausgemacht hätte. Ihr war ohnehin so übel, daß sie kaum etwas essen konnte.

Der Nachmittag schleppte sich dahin. Immer dickere Wolken zogen auf und verdunkelten den Himmel. Frankie war sich sicher, daß es normalerweise nicht so früh dunkel wurde. Abermals überkam sie eine Vorahnung.

«Du siehst schrecklich aus», sagte Jack, wobei er sie sanft am Arm berührte. «Leg dich ein bißchen schlafen.»

Steven nickte. «Das ist eine gute Idee. Wir sagen dir sofort Bescheid, wenn sich etwas Neues ergibt.»

Nachdem Frankie gegangen war, starrten die beiden Männer weiter schweigend ins Feuer. Schließlich fragte Steven: «Mögen Sie Scrabble?»

«Das habe ich früher jeden Tag gespielt.»

«Gütiger Himmel! Dann müssen Sie ja richtig gut sein.» Steven eilte zu seinem Schreibtisch, um das Brett und das Säckchen mit den Buchstaben zu holen. «Ich liebe dieses Spiel. Frankie spielt sonst immer mit mir.»

Ein paar Stunden später weckte Jack Frankie auf, um ihr zu sagen, daß die Operation ihrer Mutter erfolgreich verlaufen war.

«Bist du sicher?» fragte sie ängstlich, da sie ihre Ahnung noch immer nicht losließ.

«Mach dir keine Sorgen, es wird ihr schon bald wieder gutgehen. Sie machen jetzt noch verschiedene Tests, und in ein paar Tagen wird dann das Ergebnis vorliegen. Der Chirurg ist jedenfalls zufrieden.»

Frankie lehnte sich in die Kissen zurück. «Ich dachte, meine Mutter würde sterben. Ich weiß nicht, warum, aber ich war überzeugt davon.» Sie lächelte ihn an. «Danke, daß du so geduldig mit Steven warst.»

«Ich mag ihn. Er ist ein netter alter Mann. Wir haben Scrabble gespielt, und ich habe gewonnen!» Jack zwinkerte. «Ich habe ihm aber nicht erzählt, daß ich es im Gefängnis von einem kriminellen Anwalt gelernt habe.»

Frankie kicherte. «Behalt das lieber für dich! Er wäre beschämt.»

Er küßte sie zärtlich. «Schlaf gut. Ich rufe dich morgen an.»

Er ging. Ein paar Minuten später hörte sie, wie sich die Haustür öffnete und Stimmen draußen murmelten. «Gute Nacht», drang Stevens Stimme zu ihr herauf. «Wenn Sie Frankie am Freitag abholen, müssen wir unbedingt wieder spielen. Mich hat schon seit Jahren niemand mehr geschlagen.»

Frankie lächelte in die Dunkelheit hinein. Wieder war sie von ihrer Kindheit umgeben, ihren Büchern und Spielsachen, der Sprechpuppe, die sie von ihrem Vater geschenkt bekommen hatte und die auf dem obersten Regalbrett saß, dem Duft der frischgewaschenen Tagesdecke und den gedämpften Geräuschen, die aus dem Garten durch ihr Fenster drangen. Sie versuchte zu ergründen, warum sie solche Angst um ihre Mutter gehabt hatte. War ihre Vorahnung so intensiv gewesen, weil Jack ihre schlummernden Gefühle geweckt hatte? Mit ihm liebte und haßte, lachte und weinte sie. Er hatte ihre Gefühle entfesselt. Sie war frei, wie sie es als Kind gewesen war, bevor sie Angst davor bekommen hatte, anders als die anderen zu sein.

Jack saß am Schreibtisch seines Büros im Erdgeschoß der Haupttribüne und rechnete die Einnahmen dieses Abends zusammen. Es war schon spät, weit nach Mitternacht. Eigentlich hätte dies eine ideale Zeit zum Arbeiten sein müssen. Keine Frankie. Keine Ablenkung. Aber die Zahlen auf dem Papier verschwammen ihm immer wieder vor den Augen. Er mußte ständig an sie denken. Er vermißte sie. Er hatte sie schon von dem Augenblick an vermißt, wo er White Oast verlassen hatte.

Er stellte sich vor, wie sie in dem kleinen Schlafzimmer lag, und eine Woge der Wärme und Liebe überkam ihn, die nur zum Teil seinem körperlichen Verlangen nach ihr entsprang. Er malte sich aus, wie ihr Stiefvater durch das alte Haus schlurfte und sich dabei bemühte, keinen Lärm zu machen, damit er Frankie nicht weckte, und fragte sich, was für ein Mensch er selbst wohl geworden wäre, wenn er in der ländlichen Sicherheit von Rockhurst aufgewachsen wäre, wo einmal am Tag ein Bus nach Tunbridge Wells fuhr und am Samstag zweimal.

Mehr denn je war er sich bewußt, wie öde und einsam sein Leben in der Zeit vor Frankie gewesen war. Er hatte nichts anderes gekannt als bittere Armut, die Jugendstrafanstalt, eine Zeit des wilden, ungezügelten Luxus und dann das Gefängnis. Das Fehlen jeglicher Privatsphäre hatte ihm im Gefängnis am meisten zugesetzt. Vor drei anderen Männern auf die Toilette gehen zu müssen. Im Fäkaliengestank eines anderen zu schlafen. Es war menschenunwürdig, erniedrigend. Er konnte dem Geruch niemals entkommen. Er konnte dem Lärm niemals entgehen. Dem Türenknallen, den lauten Rufen. Der heftigen Einsamkeit, die einen umgab, wenn man niemals allein war. Viele Männer hatte es zerstört, ihn nicht. Nichts hatte ihn berührt. Er war Zeuge geworden, wie sich erwachsene Männer in Zombies und Jungen wie Angel in Monster verwandelten. Er hatte Männer weinen sehen. Er hatte Männer zum Weinen gebracht.

Plötzlich öffnete sich die Tür, und Fat Dudley betrat das Büro. «Ich dachte mir, daß ich dich hier finde», sagte er liebenswürdig.

«Wir haben geschlossen, Dudley. Ich wollte gerade ins Bett gehen.»

Fat Dudley nahm keine Notiz davon. Er ließ sich auf einem Stuhl nieder. «Wie unklug von dir, hier allein zu arbeiten. Es sieht dir gar nicht ähnlich, ein solches Risiko einzugehen, Jack.»

«Das Stadion ist gut bewacht, wie du weißt.»

«Sind deine Wachleute alle so zuverlässig wie Angel?» Dudley kicherte. «Du hast mir eine Menge Ärger gemacht. Die Loyalität dieses Jungen hat mich überrascht. Es hat viel Zeit und Geld gekostet, ihn auf meine Seite zu bekommen.»

Jacks rechte Hand wanderte langsam zur offenen Schublade seines Schreibtischs. «Angel wird erwarten, daß du dich um ihn kümmerst, wenn er wieder draußen ist», sagte er. «Du hast natürlich gehofft, ich würde ihn erschießen. Dann wärst du uns beide auf einen Schlag losgeworden.»

Der Stuhl knarrte, als sich Fat Dudley zurücklehnte. «Hören

wir auf, um den heißen Brei herumzureden. Ich werde dir ein gutes Angebot machen.»

«Die Rennbahn steht nicht zum Verkauf.»

«Ich will dieses Stadion haben, und nichts wird mich aufhalten. Marius wird tun, was du ihm sagst. Also laß uns wie vernünftige Menschen darüber reden.»

«Du verschwendest nur deine Zeit, Dicker.»

«Wenn du nicht an mich verkaufst, Jack, wird es dir noch leid tun. Dir und deiner noblen Lady.»

Blitzschnell hatte Jack die Pistole aus der Schublade genommen. Er zielte direkt auf Dudleys Herz. «Wenn du Frankie auch nur anrührst, bist du ein toter Mann.»

Fat Dudley zuckte mit keiner Wimper. «Ach, du liebe Güte! Ich dachte, du wolltest alles tun, um sauber zu bleiben, damit Frankie stolz auf dich sein kann. Was würden deine Freunde von Scotland Yard denn sagen, wenn sie dich so sehen könnten? Ich glaube, auf unerlaubten Waffenbesitz stehen drei Jahre. Oder haben sie ein Auge zugedrückt und einem Mann, der vierzehn Jahre wegen bewaffneten Raubs gesessen hat, einen Waffenschein ausgestellt? Das bezweifle ich doch sehr.»

Jacks Finger krümmte sich um den Abzug. «Erpreß mich nicht, Dickerchen!»

«Wenn du mich erschießt, Jack, kriegst du lebenslänglich. Ich kann mir Ben Tiernays Tochter nicht als treue Gefängniswitwe vorstellen. Du etwa?»

Jack zielte sorgfältig, bevor er schoß. Die Kugel streifte die Wange des schwergewichtigen Mannes und drang dann in die Wand hinter ihm ein. Dudley stieß einen quiekenden Angstschrei aus. «Du hast mich fast umgebracht.»

«Wenn ich dich hätte umbringen wollen, Dudley, wärst du jetzt ein toter Mann. Verschwinde, bevor ich es mir anders überlege.»

Als Fat Dudley schwerfällig das Zimmer verließ, spürte Jack eine warme Woge der Befriedigung. Frankie wäre stolz auf ihn gewesen. Er wünschte sich, er könnte ihr erzählen, daß er Dudley absichtlich nicht ernsthaft verletzt hatte. Aber das konnte er nicht, ohne sie mit der dunklen Seite seines Lebens zu konfrontieren.

Kapitel 23

Die Untersuchungen zeigten, dass der Tumor ihrer Mutter bösartig gewesen war. Der behandelnde Arzt teilte es Steven und Frankie mit, als sie das Krankenhaus nach ihrem täglichen Besuch verlassen wollten. Für Frankie war es ein absoluter Schock, denn ihre Mutter hatte so viel besser ausgesehen, daß sie geglaubt hatte, das Schlimmste sei nun vorbei. Jetzt kam es ihr so vor, als wäre sie aus einem Alptraum erwacht, nur um festzustellen, daß die Wirklichkeit noch viel schlimmer war.

«Um ganz sicherzugehen, empfehlen wir eine Chemotherapie», erklärte ihnen der Arzt freundlich. «Wir sollten im Januar beginnen, wenn Ihre Mutter sich von der Operation erholt hat. Es werden vier Behandlungseinheiten nötig sein, jeden Monat eine. Wir werden ihr über einen Tropf Zytostatika verabreichen. Die Nebenwirkungen sind in den letzten Jahren deutlich reduziert worden, aber ihr wird möglicherweise übel werden.»

«Aber sie wird nicht sterben?» fragte Steven verstört.

«Wir sind, was ihre Genesung angeht, durchaus optimistisch.»

«Und ihr wunderschönes Haar. Wird es ausfallen? Meine Frau würde das entsetzlich treffen.»

«Es wird wieder nachwachsen.»

Während Frankie Stevens ängstlichen Fragen zuhörte, kaute sie auf ihrer Unterlippe, damit sie nicht in Tränen ausbrach. Sie drehte sich von Steven weg, um ihn mit ihrem Kummer nicht noch zusätzlich zu belasten. Zwei Schwestern gingen, ins Gespräch vertieft, in dem grell erleuchteten Korridor an ihr vorbei. Hinter ihnen erschien ein älteres Ehepaar, das sich gegenseitig stützte und dem sich der Kummer tief ins Gesicht gegraben hatte. Frankie fragte sich, ob die beiden eine Tochter oder einen Sohn verloren hatten.

Sie dachte an ihren Vater. Hätte sie sich nicht von ihm abgewandt, hätte sie dies alles bereits einmal durchlebt: Krankenhauskorridore, den Geruch nach Desinfektionsmittel, Ärzte, die versuchten, freundlich zu sein. Sie empfand den Verlust ihres Vaters in diesem Augenblick heftiger als je zuvor, als wäre er erst gestern gestorben und nicht vor zwei Jahren. Sie erinnerte sich, daß Melanies Vater vor fünf Jahren ganz plötzlich einem Herzinfarkt erlegen war. Mel war völlig verzweifelt gewesen. Frankie hatte ihr Mitgefühl gezeigt, hatte damals aber nicht begriffen, was es bedeutete, den Vater oder die Mutter zu verlieren.

Als sie Steven nach White Oast zurückfuhr, sagte sie so munter, wie es ihr möglich war: «Es wird ihr bald wieder bessergehen, weißt du. Da bin ich mir sicher.»

Er tätschelte ihr die Schulter. «Wir dürfen sie nicht dadurch verängstigen, daß wir ihr zeigen, wie besorgt wir um sie sind. Aber ich denke, wir sollten Robert und Priscilla anrufen. Vielleicht könntest du es ihnen erklären.»

«Natürlich mache ich das.»

Frankie erbot sich, weitere vierzehn Tage in White Oast zu bleiben, um ihrer Mutter die Möglichkeit zu geben, sich zu erholen. Die gute alte Mrs. Broom tat zwar ihr Bestes, um mit dem Haushalt fertig zu werden, aber es machte sie nervös, wenn sie nicht nur putzen, sondern auch kochen und einkaufen sollte. Ihre Mutter war eine solche Perfektionistin, daß sie sich, wenn das Haus nicht tadellos sauber oder das Essen nicht so zubereitet war, wie Steven es mochte, aus dem Bett quälen und sich selbst um alles kümmern würde. Also blieb Frankie in White Oast.

Sie vermißte Jack, und er vermißte sie. «Könnte er nicht zu Besuch kommen, nur für ein paar Tage?» fragte sie, als sie ihrer Mutter eines Abends ins Bett half.

«Es tut mir leid, Liebling. Aber das will ich nicht.» Ihre Mutter sank in die Kissen zurück. «Und ich fühle mich nicht wohl genug, um jetzt darüber nachzudenken.»

Frankie atmete tief durch und versuchte, ihren Ärger nicht zu zeigen. Sie liebte ihre Mutter. Sie waren sich jetzt näher als je zuvor. Aber je besser sie sie kennenlernte, mehr als Freundin denn als Mutter, desto deutlicher sah sie, daß ihre Mutter ihre Umgebung auf höchst subtile Weise manipulierte. Sie erinnerte sich daran, daß Jack gesagt hatte, ihre Mutter habe Marius schon immer um den Finger wickeln können.

Als die vierzehn Tage schließlich vorbei waren, raste Frankie förmlich nach Richmond zurück. Jack war oben im Dachgeschoß. Sie rannte, immer zwei Stufen auf einmal nehmend, die Treppe hinauf und warf die Arme um ihn. Er hob sie hoch, wirbelte sie herum, lachte und küßte sie. An diesem Abend fanden keine Rennen statt. So hatten sie die ganze Nacht, um sich zu lieben, langsam und sehnsuchtsvoll, während das Licht der Nachttischlampen auf ihren nackten Körpern spielte.

«Ich hätte nicht gedacht, daß es möglich ist, jemanden so sehr zu vermissen», sagte er. «Da war niemand, mit dem ich vor dem Einschlafen noch reden konnte, niemand, neben dem ich aufwachte. Laß mich nie wieder so lange allein.»

«Das werde ich nicht, ich verspreche es dir.»

Als Weihnachten näher rückte, veranstaltete ihre Mutter ein endloses Theater darum, wer das Festtagsessen in White Oast zubereiten sollte. «Ich bin dazu noch nicht in der Lage», bemerkte sie zum drittenmal binnen eines Tages vielsagend. «Steven wird sehr enttäuscht sein, wenn wir in einem Hotel essen müssen.» Sie lag auf dem Sofa im Wohnzimmer und sah zu, wie Frankie Chrysanthemen in einer Schale arrangierte. «Was machst du denn an Weihnachten?» fragte sie.

«Ich werde Weihnachten mit Jack verbringen. Ich werde ihn auf keinen Fall allein lassen.»

Es folgte Schweigen. Frankie widmete sich weiter den Blumen, während sie den Rücken dem Sofa zugekehrt hatte. Sie konnte sich vorstellen, was für ein Gesicht ihre Mutter jetzt gerade machte, und hätte fast gelacht. Zu jedem anderen Zeitpunkt hätte sie nachgegeben.

Es dauerte fünf Stunden, bis ihre Mutter kapitulierte. «Ich denke, wir sollten ihn auch einladen», sagte sie. «Aber nur für einen Tag.»

Frankie umarmte sie.

Jack gab sich größte Mühe, bei ihrer Mutter einen guten Eindruck zu hinterlassen. Er brachte ihr einen riesigen Strauß Freesien mit. Er ging langsam und bewundernd im winterlichen Garten umher. Er begleitete sie und Frankie zur Messe. Er ließ Steven beim Scrabble gewinnen. Während Frankie den Truthahn füllte, hackte er so viel Holz, daß es für vierzehn Tage reichte. Als sie ihm durch das Küchenfenster zuwinkte, schüttelte er verzweifelt den Kopf, als wollte er sagen: «Was man aus Liebe nicht alles tut!»

Während des Abendessens zeigte sich Jack weiterhin von seiner besten Seite. Frankie beobachtete ihn stolz im flackernden Kerzenlicht. Er sah ihren Blick. Sie lächelte. Er lächelte zurück. Sie liebte ihn mehr denn je.

Ihre Mutter ging früh zu Bett. Als Frankie zu ihr nach oben ging, um sich von ihr zu verabschieden, saß sie aufrecht im Bett, einen weichen pfirsichfarbenen Schal um die Schultern gewickelt. «Ich hätte nie gedacht, daß ich das einmal sagen würde, aber ich mag Jack», meinte ihre Mutter. «Er ist großzügig. Ich habe dich lachen hören. Es klang genauso wie damals, als du noch ein Kind warst. Du warst immer so lebhaft und fröhlich, nicht so verschlossen wie jetzt. Ich sage nicht, daß William daran schuld ist. Es war mein Fehler. Ich hätte dir damals, als wir zu Steven gezogen sind, nicht verbieten sollen, über die Rennbahn zu sprechen. Ich habe dir damit das Gefühl vermittelt, es gäbe etwas, dessen du dich schämen müßtest.»

Frankie küßte ihre Mutter auf die Stirn. «Es war auch mein Fehler. Ich habe den Leuten immer erzählt, mein Vater wäre tot. Ich habe die Vergangenheit verdrängt. Und während meines letzten Jahres mit William manchmal sogar die Gegenwart. Aber so werde ich nie wieder leben, und ich werde auch nie wieder so tun, als wäre mir etwas egal, wenn es nicht stimmt.»

Ihre Mutter lächelte. «Gute Nacht, Liebling. Es war ein wunderschönes Weihnachten.»

Frankie knipste die Nachttischlampe aus und ging zur Tür. Als sie sie öffnete, rief ihr ihre Mutter in der Dunkelheit noch hinterher: «Sag Jack, daß ich mich auch bei ihm bedanke.»

Anfang Januar begann ihre Mutter mit der Chemotherapie. Frankie und Steven brachten sie zu ihrer ersten Behandlungseinheit ins Krankenhaus. Da die Behandlung etwas Zeit in Anspruch nahm, fuhren sie nach Tunbridge Wells weiter, um im Supermarkt einzukaufen. Ohne Steven, der den Einkaufswagen wegen seines steifen Beines nur langsam durch die Gänge schieben konnte, wäre Frankie schneller gewesen, aber sie spürte, daß er etwas Gesellschaft brauchte. Sie hatten gerade den Bäckereistand erreicht und versuchten, sich zwischen süßen Brötchen und Hefegebäck zu entscheiden, als sie von einer scharfen Stimme unterbrochen wurden.

«Francesca! Was in aller Welt machst du denn hier?»

Frankie drehte sich um und sah, daß ihre Schwiegermutter sie böse anstarrte. Sie trug eins ihrer blauen Wollkleider, von denen sie stets zwei auf einmal bei Army & Navy bestellte.

«Frankie kümmert sich um uns», kam Steven ihr zu Hilfe. «Meiner Frau geht es nicht gut.»

«Doch nichts Ernstes?»

«Sie ist im Krankenhaus und bekommt gerade eine Chemotherapie.»

«Das ist doch Zeitverschwendung! Alle Krankheiten sind psychosomatisch. Nun, ich muß mich beeilen. Ich habe keine Zeit zum Tratschen.» Audrey Eastgate schnappte sich den billigsten Brotlaib, einen, der bereits sein Mindesthaltbarkeitsdatum erreicht hatte, und rauschte dann zum Recyclingtoilettenpapier davon.

Steven und Frankie sahen sich an und kicherten. «Sie ist wirklich eine entsetzliche Frau», sagte er. «Aber den armen alten Mortimer habe ich immer gemocht. Also, Frankie, meine Liebe, ich glaube, jetzt haben wir uns sowohl das Hefegebäck als auch die Brötchen verdient.»

«Und Marmelade. Und ganz viel Sahne.»

Sie schlichen zwischen den Regalen herum wie Schulkinder, die etwas angestellt hatten, und versteckten sich jedesmal, wenn sie die wohlbeleibte Audrey Eastgate in ihrem blauen Wollkleid sahen. An der Kasse waren sie dann ein gutes Stück vor ihr. Als sie sich hinten in ihre Schlange einreihte, taten sie so, als hätten sie das nicht bemerkt. Sie lachten noch immer, als sie Dominique abholten.

Während der folgenden Wochen fuhr Frankie ständig zwischen White Oast und Richmond hin und her. Jack zeigte sich verständnisvoll. Obwohl er wenig Erfahrung mit dem Familienleben hatte, akzeptierte er die Bande der Liebe und der Verpflichtung, die zwischen Frankie und ihrer Mutter und Steven existierten, da er erkannte, daß er für Marius etwas Ähnliches empfand.

Ihre Mutter wurde durch die Behandlung teilnahmslos, und außerdem war ihr ständig übel. Ihr blondgesträhntes Haar hing schlaff herunter. Es fiel ihr büschelweise aus. Ihre Mutter, der Schönheit so viel bedeutete, litt entsetzlich darunter.

Frankie versuchte sie zu beruhigen. «Der Arzt hat doch gesagt, daß es wieder nachwächst.»

«Und wenn nicht?»

«Es wird nachwachsen. Alles wird wieder gut werden.» Frankie war sich bewußt, daß sie allmählich ihre Rollen tauschten. Sie mußte daran denken, wie ihre Mutter damals, als sie ihren Vater verlassen hatten, auf ihr ständiges: «Was wird aus uns werden?» immer geantwortet hatte: «Es wird alles gut werden.»

«Ich wünschte, ich wäre nicht dauernd so müde. Es ist wegen Steven», fuhr ihre Mutter fort. «Mußt du heute abend wirklich nach Richmond zurückfahren? Er sitzt immer so allein unten im Wohnzimmer, wenn ich zu Bett gegangen bin.»

«Ich werde heute nacht hierbleiben», sagte Frankie. «Mach dir keine Sorgen.»

Sie rief Jack an und erklärte: «Ich habe Angst, daß Mutter, wenn ich nicht hierbleibe, aufsteht, um Steven Gesellschaft zu leisten.»

«Frankie, ich verstehe das. Ich komme morgen und lasse Steven beim Scrabble gewinnen. Dann geht es ihm bestimmt ein bißchen besser.»

Sie lächelte ins Telefon. «Habe ich dir in letzter Zeit eigentlich gesagt, wie sehr ich dich liebe?»

«Ja, aber du kannst es mir ruhig noch einmal sagen.»

Am folgenden Morgen stand Frankie in der Küche und spülte gerade das Frühstücksgeschirr ab, als sie hörte, wie ein Wagen vorfuhr und es an der Haustür klingelte. Überrascht, daß Jack schon so früh kam, wo er doch immer sehr spät ins Bett ging, trocknete sie sich die Hände ab und rannte zur Eingangstür.

«Ich mach schon auf», rief sie zu Steven hinauf, der ihrer Mutter gerade die Treppe hinunterhalf. Lächelnd öffnete sie die Haustür. Dann erstarrte sie. Es dauerte einen Augenblick, bis sie herausbrachte: «William!»

Er trug einen dunklen Anzug. Der matte Schein der Wintersonne glänzte auf seinem hellen Haar wie damals bei ihrer ersten Begegnung, als er in seiner Kanzlei das Bewerbungsgespräch mit ihr geführt hatte. Er wirkte dünner und größer. Aber nicht bedrohlich. Tatsächlich war er ziemlich nervös. In der rechten Hand hielt er einen in dunkelgrünes Seidenpapier gewickelten Strauß hellrosa Rosen, die ihre Blütenköpfe noch nicht geöffnet hatten. Er zupfte an dem Papier. «Ich habe gehört, daß es deiner Mutter nicht gutgeht», sagte er. «Mutter hat es mir erst gestern abend erzählt.» Er überreichte Frankie die Rosen. «Rosa Rosen sind, wenn ich mich recht erinnere, die Lieblingsblumen deiner Mutter.»

Er irrte sich, es waren Freesien. Aber Frankie korrigierte ihn nicht. «Danke.» Sie brachte das Wort kaum heraus.

Plötzlich erinnerte sie sich wieder an ihre Mutter und Steven. Sie waren gerade am Fuß der Treppe angekommen und starrten William erstaunt an.

«Guten Morgen», sagte er würdevoll. «Es tut mir leid, daß du krank gewesen bist, Dominique.»

«Ach, William. Wie nett von dir, daß du gekommen bist», sagte ihre Mutter in perfektem Gastgeberinnenton. «Rosa Rosen! Meine Lieblingsblumen!»

Es herrschte verlegenes Schweigen, während William auf der Schwelle wartete. Frankie wollte, daß er wieder ging, damit Jack ihm nicht begegnete. Gleichzeitig kam es ihr ungehobelt vor, ihn nicht hereinzubitten. Immerhin war er eine ziemlich weite Strecke gefahren.

«Wir wollten gerade Kaffee trinken», fuhr ihre Mutter fort. «Setz dich doch ein bißchen zu uns, bevor du wieder zurückfährst.»

William sah Frankie an. «Nur, wenn du das willst.»

Was hätte sie anderes tun können, als ja zu sagen und in die Küche zu eilen, um rasch Kaffee zu kochen, damit er so bald wie möglich wieder aus dem Haus war? Aber noch bevor das Wasser sprudelte, hörte sie den Kies vor dem Haus knirschen. Wieder rannte sie zur Tür, riß sie auf und rief: «Jack! Hör zu...»

«Stimmt was nicht?» Er legte tröstend den Arm um sie. «Ist etwas mit... deiner Mutter?»

«Nein, es ist...»

In diesem Augenblick warf Jack einen Blick durch die offene Wohnzimmertür und sah Steven, ihre Mutter und William, die um den Kamin saßen. Er ließ Frankie los. «Was zum Teufel geht hier vor?» wollte er wissen.

«Jack! Bitte! Mach keine Szene. William ist nur gekommen, um meine Mutter zu besuchen.»

«Wann? Letzte Nacht? Wolltest du deswegen hierbleiben?»

«Er ist heute vormittag gekommen.»

«Den ganzen weiten Weg von London? Ach, komm schon, Frankie, du hältst mich wohl für einen Idioten? Er war über Nacht hier, nicht wahr?»

«Nein.» Da sie merkte, daß das Gespräch im Wohnzimmer verstummt war, packte sie Jack am Arm, damit er im Flur blieb, und sagte: «Verdirb jetzt nicht alles, Jack. Nicht nachdem du so hart daran gearbeitet hast, daß sie dich akzeptieren.»

Im Wohnzimmer erhob sich William. «Ich denke, ich sollte jetzt gehen», sagte er zu ihrer Mutter. «Ich möchte nicht, daß es meinetwegen Ärger gibt, vor allem nicht, da es dir nicht gutgeht. Vielleicht ist es besser, wenn ich das Haus durch die Hintertür verlasse.»

«Was ist los?» fragte Jack und schob Frankie zur Seite. «Haben Sie Angst, mir gegenüberzutreten?» Seine Stimme klang barscher als sonst. Oder klang sie nur im Vergleich zu Williams Stimme so?

«Ich wollte nur auf Dominique Rücksicht nehmen», erwiderte William. Stocksteif und sehr blaß ging er auf Jack zu, der den Ausgang mit seinem muskulösen Körper blockierte.

Einen Augenblick starrten sie sich an. Sie waren weniger als einen Meter voneinander entfernt. Frankie sah, wie in Williams Halsschlagader das Blut pulsierte, und ihr wurde klar, daß er Angst hatte. Plötzlich hatte sie Mitleid mit ihm. Hinter William erblickte sie ihre Mutter, die ein ganz verwirrtes Gesicht machte, und ihren Stiefvater, der sich tapfer erhob, obwohl er zu klein und zu alt war, um irgend jemanden zu beschützen.

Früher hätte Jack William ohne Zweifel auf der Stelle pulverisiert. Jetzt riß er sich Frankie zuliebe zusammen und trat zähneknirschend zur Seite. Als William an ihm vorbeiging, sagte er: «Kommen Sie Frankie nie wieder zu nahe.»

Erleichtert erreichte William die sichere Haustür. Erst dann drehte er sich um und sagte hochnäsig: «Mein Guter, Sie vergessen eins: Francesca ist immer noch meine Frau.»

Bevor William eine Chance hatte, die Flucht anzutreten, war Jack schon bei ihm. Er schlug nicht fest zu, aber sein Faustschlag reichte aus, um William rückwärts die Treppe hinuntertaumeln und gegen seinen Wagen prallen zu lassen.

Frankie stieß einen Angstschrei aus. «Jack! Nein!» Sie stürzte nach draußen und stellte sich zwischen die beiden Männer. William richtete sich langsam auf. Er blutete nur ein ganz klein wenig aus der Nase, aber er war totenblaß und sah aus, als müßte er sich gleich übergeben. Ohne Jack zu beachten, nahm Frankie Williams Arm. Sie konnte spüren, wie er zitterte. «Komm rein», drängte sie ihn. «Ich helfe dir, dich sauberzumachen.»

«Nein, danke.» Er zog ein schneeweißes Taschentuch aus seiner Brusttasche und tupfte sich damit das Blut ab. Es war nur sehr wenig. Er vermied es, Jack anzusehen, der auf der obersten Treppenstufe stand, und sagte zu Steven und Dominique, die sich ängstlich in der Tür aneinanderdrängten: «Ich entschuldige mich für die Störung. Ich werde keine Anzeige erstatten.» Er öffnete die Tür seines Autos, stieg ein, fuhr langsam die Auffahrt hinunter und jagte dann den Motor in der für ihn typischen Art, an die Frankie sich so gut erinnerte, hoch.

Jack drehte sich zu Steven um. «Ich hätte ihn nicht in Ihrem Haus schlagen dürfen, aber er hat mich provoziert.»

Steven zitterte vor Zorn. «Sie haben meine Frau aufgeregt. Bitte gehen Sie.»

«Aber Sie haben doch gehört, was er gesagt hat.»

«Das ist keine Entschuldigung, Jack. Wir sind Gewalttätigkeit nicht gewöhnt, und das soll auch so bleiben. Sie sind in White Oast nicht mehr willkommen.»

Einen Augenblick lang fürchtete Frankie, Jack würde ihren Stiefvater ebenfalls schlagen. Er ballte die Fäuste und öffnete sie dann wieder: Wie merkwürdig, daß sie ausgerechnet jetzt entdeckte, daß sie diese Gewohnheit teilten.

«Komm ins Haus, Francesca», sagte Steven. «Deine Mutter braucht dich jetzt.» Er legte ihrer Mutter den Arm um die Schulter und führte sie sanft nach drinnen.

Frankie wandte sich an Jack. Vor Wut weinte sie fast. «Hättest du dich mir zuliebe nicht beherrschen können?» schrie sie. «Nur einmal.»

«Er hat es herausgefordert.»

«So wie du es herausforderst, wieder ins Gefängnis zu kommen.»

Sein Mund wurde schmal. «Ich warte im Auto auf dich.»

Sie hatte das Gefühl, als sprächen sie verschiedene Sprachen. «Jack, ich kann die beiden jetzt nicht allein lassen. Sie sind völlig aufgelöst.» Sie ging ins Haus und schloß die Tür hinter sich. Ein paar Minuten später hörte sie Jack davonfahren.

Ihre Mutter und Steven erwähnten Jack den ganzen Tag mit keinem Wort, obwohl sie alle an ihn dachten, vor allem Frankie. Sie war rasend vor Zorn. Erst am Spätnachmittag fühlte sie sich in der Lage, nach Richmond zurückzukehren. Als Steven sie zu ihrem Wagen begleitete, sagte er: «Es wäre klug, wenn du deine Beziehung zu einem Menschen, der so schnell die Kontrolle über sich verliert, noch einmal überdenken würdest.»

Sie antwortete nicht. Was hätte sie zu Jacks Verteidigung auch sagen können?

Jack saß im Kartenspielzimmer, als sie im Paddock House ankam. Er musterte sie, wie sie am Türpfosten lehnte, den Reißverschluß ihrer Lederjacke wegen der kalten Nachtluft bis oben zugezogen, das Haar ungebürstet, das Gesicht blaß und angespannt. Er mußte an den ersten Nachmittag denken, als er ihr an der Rennbahn begegnet war und sie ihm mit vorgespieltem Mut hochmütig erklärt hatte, daß Kriminelle das Gefängnis verdienten.

Frankie sah ihn an und sah einen Fremden anstatt des Mannes, den sie liebte. Sie erinnerte sich daran, daß Gunter gesagt hatte: «Ich hätte mich niemals auch nur in die Nähe der verdammten

Rennbahn gewagt, wenn ich gewußt hätte, daß Jack Broderick aus dem Knast raus ist.»

«Ich liebe dich», sagte er.

«Mag sein, Jack, aber ich weiß nicht, ob ich mit der Art, wie du mir das zeigst, fertig werde.» Sie drehte sich um und ging traurig die Treppe hinauf. Sie hatte etwas gewagt und verloren. Und sie hatte sehr vielen Menschen weh getan.

Bevor sie jedoch das Dachzimmer erreichte, war Jack bei ihr, hatte die Arme um sie gelegt und sie, ihre Zweifel ignorierend, an sich gezogen. «Ich habe nur deshalb so reagiert, weil ich wütend war.» Er sprach in ihr Haar. «Ich habe William zusammen mit deiner Mutter und Steven im Wohnzimmer sitzen sehen, während sie es mir kaum gestatten wollten, das Haus auch nur zu betreten. Ich wollte ihm weh tun, aber dabei habe ich nur uns weh getan. Wenn ich die Uhr zurückdrehen könnte, würde ich das tun, glaub mir.»

Sie fühlte sich schwach. Ihre Gefühle für Jack überwältigten sie. Ihre Liebe war nicht gestorben, sie war nur verwundet worden. Diese Wunde war tief, und sie tat weh. Wie aber hätte sie Jack nicht lieben können, wenn er die Größe besaß zuzugeben, daß er im Unrecht war?

Kapitel 24

Ohne Frankie etwas davon zu sagen, schrieb Jack Steven einen Brief, in dem er sich entschuldigte. Sie erfuhr davon erst bei ihrem nächsten Besuch in White Oast. «Sein Brief ändert nichts», erklärte Steven ruhig, aber entschlossen. «Jack Broderick ist in diesem Haus nicht mehr willkommen.»

«Kannst du ihm denn nicht noch eine Chance geben? Bitte! Ich dachte, du magst ihn.»

«Das stimmt auch, aber ich werde nicht zulassen, daß sich deine Mutter noch einmal so aufregt. Ich mache mir auch um dich Sorgen, Liebes. Dieser Mann wird mit Sicherheit wieder im Gefängnis landen.»

Nachdem Frankie zum Stadion zurückgefahren war, berichtete sie Jack, was Steven gesagt hatte. Sie war zu enttäuscht, um ihre Gefühle vor ihm zu verbergen.

«William ist sicher willkommen», sagte er sarkastisch, während er mit dem Kugelschreiber auf seine Schreibtischplatte einstach. «Aber er wird ja auch bald Richter.»

Frankie antwortete nicht. Sie ging in die Küche, wo Marius Jolyon bei den Hausaufgaben half. «Wie geht es Dominique?» fragte er sie.

«Sie versucht, tapfer zu sein.»

Jolyon bestand darauf, Frankie zu zeigen, wie gut er sich um das Aquarium von Jaws und Mathilda gekümmert hatte. Dann zog er sie hinaus zu Big Ears. Während Frankies Abwesenheit hatte er das Kaninchen mit Begeisterung gefüttert. Der Platzwart des Stadions hatte die Aufgabe übernommen, den Stall sauberzuhalten.

Als sie allein in die Küche zurückkehrte, sagte Marius: «Jack hat mir erzählt, was passiert ist. Es ist eine Schande, aber wenigstens hat er sich entschuldigt. Bevor er dich kennengelernt hat, hätte er das nie getan.»

Frankie seufzte. «Ich liebe Jack, aber manchmal frage ich mich, ob ich dem Ganzen gewachsen bin. Es macht mir angst, wenn er die Kontrolle über sich verliert. Ich habe dann das Gefühl, als hätte ich nicht den Jack Broderick vor mir, den ich kenne, sondern einen ganz anderen Menschen. Einen völlig Fremden.»

Der alte Mann reichte ihr eine Tasse Tee. «Du bist das Beste, was Jack passieren konnte. Denk nur dran, wie du ihn dazu gebracht hast, die Polizei zu rufen, um Angel zu schnappen. Er liebt und respektiert dich. Er wäre am Boden zerstört, wenn du ihn verlassen würdest.» Er hielt inne und schüttelte ungläubig den Kopf. «Weißt du, daß ich deiner Mutter hier in dieser Küche vor Jahren genau dasselbe gesagt habe, als sie sich wieder mal wegen Bens Trinkerei aufgeregt hat?»

«Du hast ihr gesagt, mein Vater wäre am Boden zerstört, wenn sie ihn verlassen würde?»

«Ja. Und ich hatte recht damit. Zwischen Jack und Ben besteht aber ein großer Unterschied. Jack will seine alten Gewohnheiten aufgeben. Ben war glücklich, wie er war. Gib ihm eine Chance, Frankie. Er ist ein guter Mensch, sonst hätte ich ihm nicht mein Stadion anvertraut.»

Sie küßte den alten Mann auf die Wange, nahm ihren Tee und ging ins Dachzimmer. Als Jack nach oben kam, schlief sie fest, das Haar wirr über das Gesicht gebreitet, einen Arm über sein Kopfkissen gestreckt. Ganz sanft legte er eine Decke über sie.

Als ihre Mutter krank geworden war, hatte sich Frankie körperlich zwischen Richmond und White Oast aufgeteilt. Jetzt war sie auch emotional gespalten. Steven und ihre Mutter erwähnten Jack nicht mehr, und er erkundigte sich nur noch nach dem Gesundheitszustand ihrer Mutter. Es war ihm zwar nicht untersagt worden, in White Oast anzurufen, aber sein Stolz verbot es ihm. Wenn sie im Stadion anriefen, hinterließen sie lieber eine Nachricht im Büro, als Jacks Privatnummer, die zu dem Telefon im Schlafzimmer unter dem Dach gehörte, zu wählen. Für Frankie bedeutete dieses Zerwürfnis eine zusätzliche Belastung. Sie lebte in zwei Welten, zwischen denen es so gut wie keine Kommunikation gab.

Sie hatte das Gefühl, als müßte sie auf der Höhe des kalten Krieges einen Brückenschlag zwischen Ost und West versuchen.

Wenn es noch hell genug war, fuhr sie auf dem Rückweg nach London oft bei Eamonns Zwinger vorbei, um Blue zu besuchen. Während sie mit ihm in den Downs spazierenging, hatte sie Zeit, sich von der einen Welt auf die andere umzustellen.

Von William hörte sie nichts, obwohl sie mehr an ihn dachte, als ihr lieb war. Es war aufmerksam von ihm gewesen, ihrer Mutter Rosen mitzubringen. Sie erinnerte sich an die ersten Monate ihrer Ehe, als er auch zu ihr nett gewesen war, zum Beispiel bei ihren ersten Versuchen als Gastgeberin. Als ihr erster Sommerpudding zusammengefallen war, hatte er den Arm um sie gelegt und vor allen Anwesenden gesagt: «Bin ich nicht ein glücklicher Mann?» Erst später, als sie weniger Zeit darauf verwendet hatte, es ihm recht zu machen, und mehr Zeit darauf, ihre Beziehung zu hinterfragen, hatte er angefangen, sie ständig abzukanzeln.

Die Begegnung mit William hatte die Erinnerungen an ihr früheres Leben wieder aufleben lassen: an das Inn, ihren Beruf und besonders an Melanie. Auf dem Weg von und nach Rockhurst dachte Frankie sehr oft an Mel. Sie unterhielt sich im Geiste mit ihr, wobei sie nach drei Sätzen wieder die besten Freundinnen wurden.

Eines Abends entschloß sie sich, nicht nach Richmond, sondern weiter nach West Kensington zu fahren. Erst als sie die Straße erreichte, in der Simon und Melanie wohnten, verlor sie den Mut. Sie parkte ein ganzes Stück von ihrem Haus entfernt, blieb im Auto sitzen und beobachtete den Eingang im Rückspiegel. Einerseits fürchtete sie die Begegnung mit Melanie, andererseits wußte sie aber, daß sie es bereuen würde, wenn sie unverrichteter Dinge wieder wegfuhr. Schließlich holte sie tief Luft und stieg aus dem Auto.

Ein paar Tage vor Melanies Hochzeit war Frankie zum letztenmal in diesem Haus gewesen. Damals wurde es gerade renoviert. Jetzt war die Fassade strahlend weiß. Die Veranda war instand gesetzt, das schwarze schmiedeeiserne Geländer ersetzt worden. Sie drückte auf die Klingel. Das Läuten schallte durch das ganze Haus, dann hörte sie das Klappern hoher Absätze auf poliertem Boden und wappnete sich für den Augenblick, wo sich die Tür öffnen würde.

«Frankie!» Melanie war gerade erst nach Hause gekommen und trug noch ihr schwarzes Anwaltskostüm. Sie erwartete einen Kurier der Kanzlei. Als sie Frankie vor der Tür stehen sah, wollte sie ihren Augen nicht trauen.

Trotz all der schönen Ansprachen, die Frankie sich zurechtgelegt hatte, brachte sie jetzt nur heraus: «Verzeih mir!»

Melanies Gesicht wurde weich. «Ach, Frankie. Es war auch meine Schuld. Ich hätte dir das mit unserer Hochzeit glauben sollen. Und ich hätte dir im Stadion wegen des kleinen Jungen keine Vorwürfe machen sollen. Aber du hattest mich verletzt, also wollte ich dich auch verletzen.»

«Ich hätte dich nicht rauswerfen sollen. Nachdem du weg warst, hat es mir leid getan. Fast wäre ich dir noch nachgerannt.»

Sie umarmten sich auf der Schwelle.

«Komm rein», sagte Melanie. «Trinken wir zur Feier des Tages einen Schluck. Wir müssen über so viele Dinge reden.»

«Hat Simon denn nichts dagegen?»

«Frankie, du warst es doch, die gesagt hat, wir dürften uns von unseren Männern keine Vorschriften machen lassen.»

«Das habe ich nur gesagt, weil ich mich so lange Zeit nach Williams Vorschriften gerichtet habe», sagte Frankie. Dann trat sie in den cremefarbenen Flur.

«Aber du hattest völlig recht. Ich war schon dabei, für Simon der Fußabstreifer zu werden. Ich war so wild darauf, ihn zu heiraten, daß ich mich vor lauter Angst, er könnte mich verlassen, nicht getraut habe, mit ihm zu streiten. Jetzt sage ich es ihm, wenn ich anderer Meinung bin als er. Er beklagt sich inzwischen schon, daß ich noch herrschsüchtiger sei als seine Mutter.» Sie kicherte glücklich und verliebt. «Komm und sieh dir das Haus an. Du wirst bestimmt überrascht sein.» Sie öffnete die Tür zum Wohnzimmer.

Frankie war sprachlos. Melanies Wohnzimmer war eine genaue Kopie des Wohnzimmers in Islington. Die Wände, Vorhänge, Überwürfe und Kissen waren in denselben hellen Gelb- und Türkistönen gehalten.

«Ich hoffe, du nimmst es uns nicht übel, daß wir es euch nachgemacht haben», sagte Melanie schüchtern. «Wir haben euren Geschmack immer bewundert.»

«Ich bin geschmeichelt.» Dies war nicht der rechte Augenblick, um Melanie darauf hinzuweisen, daß das Haus in Islington fast ausschließlich nach Virginia Culmstocks Geschmack eingerichtet worden war.

Sie gingen weiter in die Küche. Wie in Islington war sie weiß und hell, aber viel unordentlicher. Auf dem Tisch stand, frech aufragend, eine Einkaufstasche von Dining & Wining. Frankie fragte sich, ob William die vielen Tüten, die sie unter der Küchenanrichte versteckt hatte, inzwischen gefunden hatte.

«William hat Simon erzählt, daß es deiner Mutter nicht gutgeht», sagte Melanie, als sie eine Flasche Weißwein aus dem Kühlschrank holte. «Ich wollte dir schon schreiben. Wird sie wieder gesund werden?»

«Die Ärzte sind zuversichtlich. Gott sei Dank! Als man uns sagte, daß der Tumor bösartig ist, war ich sicher, daß sie sterben würde. Zu der Zeit habe ich oft an dich denken müssen. Und daran, wie dein Vater gestorben ist. Ich wünsche mir jetzt, daß ich damals einfühlsamer gewesen wäre.»

«Frankie, du hättest nicht freundlicher sein können. Du und William, ihr habt mich sogar zu einem Wochenende nach Paris eingeladen.» Melanie reichte Frankie ein Glas Wein. «Ich habe dich vermißt.»

«Ich habe dich auch vermißt. Es ist leicht, Bekanntschaften zu schließen, aber echte Freunde findet man selten.»

Sie stießen lächelnd miteinander an.

«Die Kanzlei ist nicht mehr das, was sie einmal war, seit du weg bist», sagte Melanie. «Jetzt habe ich niemanden mehr, mit dem ich herumalbern kann. Und niemanden, dem ich etwas anvertrauen und dabei sicher sein kann, daß es nicht weitergetragen wird.»

Frankie sehnte sich nach Neuigkeiten aus dem Inn. Sie war überrascht, wie stark dieses Verlangen war. «Wie geht es den anderen? Wie geht es Old Nailbag?» fragte sie, während sie auf einem Küchenhocker Platz nahm.

«Er leidet an Hämorrhoiden und ist genauso mißmutig wie eh und je.»

«Und Sanjiv?»

«Der schwebt im siebten Himmel. Deepa erwartet im Frühling ein Baby.»

«Und Rupert? Hat es Charlotte endlich geschafft, ihn in ihr Bett zu bekommen?»

«Ja! Aber nur ein einzigesmal! Nach einer durchzechten Nacht. Jetzt ist er schwer hinter unserer neuen Referendarin her. Es ist immer das gleiche. Hugo ist so dick und aufgeblasen wie immer, James hat geheiratet, und seine Frau erwartet ebenfalls ein Baby. Thomas hat wegen Alkohols am Steuer seinen Führerschein verloren.» Melanie schnitt ein Stück fetten, reifen Brie ab und legte ihn auf eine dicke Scheibe Vollkornbrot. Sie reichte Frankie ein Stück. Das Brot erinnerte Frankie an Jack. Es war genau die Sorte, die er mochte.

Im Lauf ihrer Unterhaltung verflüchtigte sich die Entfremdung, die zwischen ihnen eingetreten war. Sie hatte jedoch Spuren hinterlassen, die die Zeit nur vielleicht würde heilen können. Der Bruch hatte ihre Freundschaft verletzlich gemacht.

Melanie füllte ihre Gläser wieder. «Lindsay Dault hat schon wieder Ärger am Hals. Ihr sommersprossiger Solicitor hat heute angerufen, als ich gerade gehen wollte. Sie hat ihrem neuen Freund erlaubt, zehn gestohlene Videorecorder unter ihrem Bett zu lagern. Ich fürchte, diesmal wird ihr das Gefängnis nicht erspart bleiben.»

«Die arme Lindsay. Das Leben spielt ihr schon übel mit.»

«Sie sucht sich eben immer die falschen Männer aus.»

«Da ist sie nicht die einzige.»

«Ist bei dir alles ... in Ordnung?» fragte Melanie vorsichtig.

«Hat William Simon erzählt, was in White Oast passiert ist?»

Melanie nickte. «Frankie, wenn du einen sicheren Unterschlupf brauchst, bist du hier jederzeit willkommen.»

«Mir geht es gut. Wirklich. Wir streiten uns hin und wieder, aber das tut doch jeder. Jack kann Williams Anblick einfach nicht ertragen. Das war zu erwarten. Außerdem hat William ihn provoziert.» Frankie lächelte gezwungen. Sie sehnte sich danach, Melanie ihre Ängste wegen Jack anzuvertrauen, aber sie fürchtete, daß Melanie dann denken würde, dies wäre der einzige Grund für ihren Besuch gewesen. Sie erhob sich. «Ich gehe jetzt besser. Es ist schon spät, und Jack wird sich Sorgen machen. Ich komme nämlich direkt von White Oast.» Gerade als Frankie auf die Haustür zuging, öffnete sie sich, und Simon trat ein.

«Keine Bange, Simon», sagte Frankie. «Ich bin schon am Gehen. Melanie wird dich sicher nicht für ein Leben voller Laster und Verbrechen fallenlassen.»

«Frankie macht bloß Spaß», unterbrach Melanie sie. «Sie ist gekommen, um mit mir zu reden. Und ich bin sehr froh darüber, daß sie das getan hat.»

Auf der Schwelle umarmten sie sich mit der Traurigkeit von Frauen, deren Männer gegnerischen Parteien angehören.

Als Frankie das Stadion erreichte, hatten die Rennen schon begonnen. Im Lautsprecher hörte sie Marius' Stimme, und durch den Eingang konnte sie Jack sehen. In Melanies Küche hatte es einen Augenblick gegeben, wo sie ihn vor lauter Verlangen nach Neuigkeiten aus der Kanzlei und einer Welt, die einst die ihre gewesen war, ganz vergessen hatte.

Sie eilte ins Dachgeschoß hinauf, duschte und schlüpfte dann in ihr magentafarbenes Kleid aus Crêpe de Chine, das sie anläßlich der Eröffnungsgala getragen hatte und das Jack so gefiel. Es schmiegte sich in weichen Falten um ihren Körper. Es brachte ihre Augen zum Strahlen und verlieh ihrer Haut einen sanften Schimmer. Sie beeilte sich, weil sie so schnell wie möglich wieder an seiner Seite sein wollte. Sie legte Lipgloss auf, umrahmte ihre Lippen mit einem dunkleren Konturenstift und malte dann die weiche Mitte ihrer Unterlippe aus, bis sie einen vollen Schmollmund hatte.

Jack saß an ihrem Tisch und unterhielt sich mit Marius. Als Frankie näher kam, ließ er sein Rennprogramm sinken und musterte sie von oben bis unten.

«Willst du mir keinen Kuß geben?» fragte sie lächelnd.

«Steven hat angerufen. Es war nichts Wichtiges. Ich hatte eigentlich gedacht, du wärst noch in White Oast. Er sagte, daß du gleich nach dem Mittagessen gefahren bist, also nahm ich an, du wärst bei Eamonn. Aber er hat dich den ganzen Tag nicht gesehen.»

«Ich habe Melanie besucht.»

«Bist du sicher, daß du nicht William meinst?»

«Ganz sicher.» Sie zog sich einen Stuhl heraus, da Jack ihr offensichtlich keinen Platz anzubieten beabsichtigte.

Er stieß den Stuhl mit dem Fuß weg. Der Stuhl fiel um. Die Leute drehten sich nach ihnen um und sahen dann rasch wieder weg. «Lüg mich nicht an!» zischte er.

«Ich habe sehr viel für dich aufgegeben, Jack, und ich verdiene dein Vertrauen.» Frankie nahm sich einen anderen Stuhl, setzte sich an den Tisch und winkte dann einem verschreckten Kellner, ihr ein Glas Sekt zu bringen.

Im Restaurant wurde es still. Die Leute warteten gespannt auf das, was jetzt kommen würde. Nur das Surren des Totalisators und das gedämpfte Geräusch, das die Schuhe der Bedienungen auf dem dicken Teppich des Restaurants machten, waren zu hören.

Jack ballte die Faust und bewegte sich auf sie zu. Sie hob ihr Kinn und begegnete seinem Blick. Einen Augenblick lang glaubte sie, daß er sie schlagen würde, wie er William geschlagen hatte. Aber er lachte leise, streichelte mit seinen Fingerknöcheln ihre Wange und murmelte: «Du wirst dich freuen zu hören, daß ich das Boxen aufgegeben habe.»

Sie nahm seine Faust mit beiden Händen, öffnete seine Finger und küßte ihn auf die Handfläche.

In dieser Nacht liebten sie sich voller Verzweiflung, als wäre es das letzte Mal.

Kapitel 25

Frankies Konfrontation mit Jack hatte die Luft zwischen ihnen gereinigt, und so wurde ihre Beziehung wieder so liebevoll wie zuvor. Sie kam zu dem Schluß, daß ihre Ängste wegen Jack durch die Sorge um ihre Mutter verschlimmert worden waren.

Melanie verteidigte gerade eine minderjährige Mutter, die angeklagt war, ihr Baby ermordet zu haben. Es war ein trauriger Fall, der Mels ganze Energie beanspruchte. Obwohl sie und Frankie oft miteinander telefonierten, verabredeten sie sich nie. Nicht daß das von Bedeutung gewesen wäre. Was zählte, war einzig und allein, daß sie nun wieder Freundinnen waren.

Nachdem die Chemotherapie abgeschlossen war, besserte sich auch die Stimmung ihrer Mutter. Die Ärzte waren zuversichtlich, hielten aber eine regelmäßige Nachuntersuchung für nötig. Als Frankie wieder einmal nach White Oast zu Besuch kam, sah sie ihre Mutter draußen im Frühlingssonnenschein sitzen. Sie war von nickenden gelben Narzissen umgeben und plante lächelnd, was sie in diesem Jahr neu anpflanzen würde.

«Komm und setz dich zu mir, Liebling!» rief ihr ihre Mutter fröhlich entgegen. «Du brauchst mich jetzt nicht mehr zu bemuttern. Du warst uns beiden eine wunderbare Hilfe.» Sie griff nach Frankies Hand. «Es war nicht leicht für dich, das ist mir klar, aber jetzt kommt alles wieder in Ordnung. Im September fährt Steven mit mir nach Frankreich. Wir werden uns ein neues Auto kaufen. Eins mit Automatik, damit mich das Fahren nicht so anstrengt. Natürlich könnte auch er fahren, aber sein Bein ist so steif, daß er es nicht mehr riskieren will. Wir werden also die Fähre nach Dieppe nehmen und dann jeden Tag ein Stückchen fahren. Ach, ich freue mich schon so darauf, Frankreich wiederzusehen. Ich hoffe nur, daß meine Haare bis dahin nachgewachsen sind. Ich habe meine Cousinen seit zehn Jahren nicht mehr gesehen.» Sie gab ihr klingendes Lachen von sich. «Ich kann doch nicht zulassen, daß ich ihnen kahl gegenübertrete.»

Frankie lächelte. «Das wirst du auch nicht. Du wirst wunderschön aussehen. Du siehst schon jetzt viel besser aus.»

Sie saßen Seite an Seite im Sonnenschein. Frankie hoffte, daß ihre Mutter nach Jack fragen würde, aber das tat sie nicht, und Frankie entschied, daß es noch zu früh war, auf eine zweite Chance zu drängen.

Blue hatte eine Gewinnserie gehabt. Sie riß ab, als er in einem Rennen nur dritter wurde. Eine Woche später ging er sogar als letzter durchs Ziel. Auf Eamonns Vorschlag hin gewährte Frankie ihm eine Trainingspause. An einem sonnigen Tag im Frühling nahmen sie und Jack die Hunde auf einen langen Spaziergang in die Downs mit. Sie waren bis zum Spätnachmittag unterwegs. Blue und Jet sprangen durchs Gras, wobei Blue zwar schneller rannte, Jet ihn aber bei jeder Gelegenheit anrempelte. Goldie war ruhiger, denn sie war wieder trächtig und spürte wohl schon das zusätzliche Gewicht. Sie ging an Jacks Seite wie ein braves Mädchen, das seine wilden Brüder ignoriert.

Zum erstenmal unterhielten sich Frankie und Jack ernsthaft darüber, ein eigenes Haus zu kaufen, das nicht in der Nähe der Rennbahn lag.

«Da gibt es nur ein Problem», sagte er. «Nicoletta wird nicht im Paddock House leben wollen, und ich will Marius nicht allein dort lassen. Er würde sich sehr einsam fühlen. Nach allem, was er für mich getan hat, könnte ich es nicht ertragen, wenn er unglücklich wäre.»

«Natürlich dürfen wir ihn nicht im Stich lassen.» Frankie hängte sich bei Jack ein. «Wir werden ihm ein Zimmer in unserem Haus einrichten, dann kann er zu uns kommen, wann immer er möchte.»

Jack zog sie an sich. «Das würde dir nichts ausmachen?»

«Er ist ein Teil meiner Kindheit. Meinem Vater habe ich nicht zur Seite gestanden, als er im Sterben lag. Vielleicht kann ich das wiedergutmachen, indem ich mich um seinen besten Freund kümmere.»

Sie machten sich auf den Rückweg zu den Zwingern. Die Luft war kalt. Die Sonne verbreitete ein blasses Gold, was die Landschaft wie ein Gemälde wirken ließ. Sie strahlte jene besondere Atmosphäre aus, die Frankie an den Inner Temple Gardens so geliebt hatte. Sie fragte sich, ob die Magnolien vor den Makepeace Buildings gerade blühten.

Frankie fuhr weiterhin nach White Oast zu Besuch, aber nicht mehr so oft wie früher. Jack wurde nach wie vor nicht erwähnt. Sie beschloß, das Thema nicht anzusprechen, bis ihre Mutter wieder zu Kräften gekommen war.

Am Abend, bevor Frankie ihre Mutter zu ihrer ersten Kontrolluntersuchung fahren sollte, saßen sie und Jack allein an ihrem Tisch im Restaurant auf der Haupttribüne. Als er aufstand, um sich einem Gast zu widmen, der eine Frage an ihn gerichtet hatte, kam Fat Dudley auf sie zu. Er legte Frankie die Hand auf die Schulter. «Ich bin froh zu hören, daß es Ihrer Mutter jetzt wieder bessergeht.»

«Danke, Dudley.» Sie versuchte krampfhaft, sich seinen schwammigen Fingern nicht zu entziehen.

«Ein hübsches Dorf, dieses Rockhurst. Ich hätte dort früher fast einmal ein Haus gekauft.» Er watschelte wieder zu seinem Tisch zurück.

Frankie erzählte es Jack noch am selben Abend. «Kannst du dir vorstellen, was Mutter und Steven gesagt hätten, wenn Fat Dudley ihr Nachbar geworden wäre?» stöhnte sie halb entsetzt, halb belustigt.

Jack lachte jedoch nicht.

Als Frankie am folgenden Morgen in White Oast eintraf, stellte sie fest, daß der Ford Fiesta ihrer Mutter nicht mehr vor dem Haus stand. Statt dessen sah sie einen eleganten dunkelroten Peugeot. Steven kam strahlend aus dem Haus. «Ich wollte ihn eigentlich erst kurz vor dem Urlaub kaufen», sagte er, «aber ich dachte, daß der Anblick deiner Mutter neuen Mut geben würde.» Er tätschelte die glänzendrote Motorhaube. «Es ist ein französischer Wagen. Normalerweise kaufe ich nur britische Autos, aber ihr zuliebe habe ich eine Ausnahme gemacht.»

«Ihr werdet einen wunderbaren Urlaub haben», sagte Frankie und ging ins Haus, um ihre Mutter zu suchen. Als sie den Flur entlangging, stolperte sie über den Läufer, fiel hin und verdrehte sich dabei den Fuß.

«Hast du dir weh getan?» rief ihre Mutter aus dem Wohnzimmer.

«Es geht gleich wieder.» Frankie umklammerte ihren Knöchel. Der Schmerz war unerträglich.

Mit Stevens Hilfe gelang es ihr, sich wieder aufzurappeln. Vorsichtig versuchte sie, den Fuß auf den Boden zu setzen. Es tat höllisch weh. Sie hüpfte ins Wohnzimmer und sank in einen Sessel.

«Du wirst nicht in der Lage sein, mich ins Krankenhaus zu fahren», sagte ihre Mutter besorgt. «Ich rufe besser ein Taxi. Du kommst am besten gleich mit und läßt deinen Fuß röntgen.» Während sie noch nach der Nummer der Taxizentrale suchte, klingelte das Telefon. Sie nahm ab, dann sah sie Frankie an und sagte: «Kann sie dich später anrufen, William? Sie hat sich gerade den Fuß verdreht, und ich muß ein Taxi rufen, das uns ins Krankenhaus bringt.» Vom Sessel aus konnte Frankie Williams Stimme durch den Hörer quaken hören. Dann hielt ihre Mutter die Sprechmuschel zu. «Er hat angeboten, uns ins Krankenhaus zu fahren.»

«Das möchte ich lieber nicht.»

«Ich weiß, Liebling, aber angenommen, wir bekommen kein Taxi. Ich darf meinen Termin auf keinen Fall versäumen.»

Frankie dachte an Jack. Er wäre fuchsteufelswild. Aber sie hatte keine andere Wahl. Widerwillig stimmte sie zu.

William kam unverzüglich. Er fuhr sie ins Krankenhaus, wo er ihre Mutter zu ihrer Kontrolluntersuchung begleitete, während Frankie in die Ambulanz hüpfte. Ihr Knöchel war verstaucht, aber Gott sei Dank nicht gebrochen. Eine Schwester bandagierte ihn. Danach kehrte sie zur Rezeption zurück. Vom Fenster aus konnte sie sehen, wie William und Steven langsam im Park spazierengingen, wobei William auf das steife Bein ihres alten Stiefvaters Rücksicht nahm. Sie mußte an jenen Samstag in White Oast denken, wo sie nach oben gegangen war, um Jack zum erstenmal heimlich anzurufen.

«Es war gut, daß du uns gefahren hast», sagte Steven zu William, als sie wieder in White Oast ankamen. «Bleib doch noch zum Tee.»

William sah Frankie an. «Ich möchte nicht, daß es Probleme gibt.»

«Bleib», sagte sie und humpelte durch das Haus, um den jaulenden Blue aus der Vorratskammer zu befreien.

William folgte ihr. «Ich wußte nicht, daß du einen Hund hast.»

«Er heißt Blue.» Sie wartete darauf, daß William sagte: «Hunde sind schmutzige Tiere», aber das tat er nicht.

Sie öffnete die Tür zum Garten, und Blue schoß nach draußen. Am anderen Ende des Gartens brachte sich ein Eichhörnchen auf einen Baum in Sicherheit. Blue jagte ihm bellend hinterher. Als er den Baum jedoch erreichte, war das Eichhörnchen schon oben und hüpfte, wie um ihn zu ärgern, von einem Ast zum anderen.

«Hat Broderick dir den Hund geschenkt?» fragte William, wobei er die Lippen schürzte.

«Nein. Er wollte mir einen schenken, als seine Hündin Goldie Junge bekam. Aber als ich mir einen der Welpen aussuchen wollte, habe ich Blue gesehen. Seine Besitzer wollten ihn nicht mehr haben. Es heißt nämlich, blaue Hunde würden einem kein Glück bringen.»

«Warum hast du mir nie gesagt, daß du einen Hund willst?»

Sie drehte sich um und sah ihn an. «William, du hast immer gesagt, sie seien schmutzig. Außerdem waren wir beide den ganzen Tag außer Haus. Wir hätten uns jemanden suchen müssen, der mit dem Hund spazierengeht.»

«Aber du wolltest einen, oder?» In seiner Stimme lag eine Dringlichkeit, die nicht zu seiner Frage paßte.

Frankie nickte.

Er seufzte. «Ich wünschte, du hättest es mir erzählt. Ich wünsche mir bei so vielen Dingen, daß du sie mir erzählt hättest. Vielleicht wäre dann all das gar nicht passiert.»

Sie war über die Demut in seiner Stimme so überrascht, daß sie nicht wußte, was sie antworten sollte. Um die verlegene Pause zu überbrücken, beschäftigte sie sich mit dem Teetablett.

William ging auf und ab, die Hände tief in seinen Hosentaschen vergraben, während er mehr zu sich selbst als zu ihr sagte: «Als ich von Broderick erfuhr, wollte ich es zuerst gar nicht glauben. Meine Frau! Die Frau, die meinen Namen trägt, und ein anderer Mann! Und dennoch, es hatte schon vorher Anzeichen gegeben. Ich war wohl nur zu arrogant, um sie richtig zu deuten. Meine zweite Reaktion war kalte Wut. Daß du mich wegen eines solchen Mannes verlassen konntest. Es tut mir leid, wenn dich das verletzt, aber so empfinde ich es nun einmal. Mein Zorn dauerte an, bis du ausgezogen warst. In den ersten Wochen war ich tatsächlich froh, daß du weg warst. Ich redete mir ein, ich hätte Glück, daß ich dich los war. Dann bist du nach Islington gekommen. Du hast so hübsch ausgesehen, so glücklich. Das hat mich daran erinnert, wie es war, als wir frisch verheiratet waren. Damals hast du die ganze Zeit so ausgesehen. Da wußte ich, wie sehr ich dich vermisse.» Er hatte aufgehört, hin- und herzugehen, und stand jetzt mitten in der Küche und beobachtete sie. «Wie du weißt, fällt es mir nicht leicht, einen Fehler einzugestehen. Aber mir ist jetzt klar, daß ich dich ungerecht behandelt habe. Ich hätte mehr Verständnis zeigen sollen, als du dich dem Disziplinarverfahren stellen mußtest. Ich wurde dazu erzogen, keine Gefühle zu zeigen. Meine Eltern tun das nie. Das weißt du ja. Ich hätte begreifen müssen, daß du anders bist. Aber ich habe dich im Stich gelassen, als du mich gebraucht hast.» Er hielt inne und ließ hilflos die Arme hängen. «Wenn wir beide immer noch glücklich miteinander gewesen wären, hättest du mich dann auch wegen Broderick verlassen?»

Frankie schüttelte den Kopf.

Sie lächelten einander zaghaft an. Es lag Trauer und Resignation in diesem Lächeln, aber auch Erleichterung darüber, daß sie sich beide nicht getäuscht hatten: Es hatte einmal etwas Gutes zwischen ihnen gegeben.

William verließ sie gleich nach dem Tee. Frankie war froh darüber. Auf dem Sofa ausgestreckt, den verstauchten Knöchel auf ein Kissen gebettet, schloß sie die Augen und ließ die Unterhaltung in der Küche noch einmal Revue passieren. Sie rief Jack an, wie sie das fast jeden Abend tat, wenn sie getrennt waren. Sobald sie seine Stimme hörte, konnte sie ihre herzlichen Gefühle für William wieder richtig einordnen. Es war lediglich die Erleichterung darüber, daß die Feindseligkeiten nun offenbar vorbei waren. «Ich habe mir den Knöchel verstaucht, als wir gerade losfahren wollten», erzählte sie Jack.

«Wie seid ihr dann ins Krankenhaus gekommen?»

«Wir wurden mitgenommen.» Sie holte tief Luft. «Jack, ich will nichts vor dir verbergen. William hat uns gefahren.»

«Was!»

«Er hat angerufen, kurz nachdem ich mir den Knöchel verletzt hatte. Es war klar, daß ich nicht fahren konnte.»

«Und ihr konntet kein Taxi nehmen?»

«Wir mußten eine Stunde später im Krankenhaus sein. Mutter hatte Angst, wir würden so kurzfristig kein Taxi bekommen. Wir sind hier in Rockhurst, nicht in London. Sie durfte ihren Termin auf keinen Fall versäumen. Mir blieb keine andere Wahl, als William fahren zu lassen.» Frankie bettete den Hörer unter ihr Kinn und redete leise weiter. «Jack, fauch mich nicht so an. Du bist der Mann, den ich liebe. Wenn ich etwas verbergen wollte, hätte ich dir doch nicht erzählt, daß William hier war, oder?»

«Bleibt er über Nacht?»

«Natürlich nicht. Er ist schon nach dem Tee wieder nach London zurückgefahren.»

«Aber er ist in White Oast willkommen, während ich es nicht bin.»

«Daran bist du selber schuld.»

Sie wußte nicht, wer von ihnen beiden zuerst aufgelegt hatte, aber als sie aufblickte, sah sie, daß Steven sie von der Tür aus beobachtete. «Erzähl deiner Mutter nicht, daß du Probleme hast», sagte er. «Sie würde sich nur Sorgen machen. Es heißt, Streß fördert den...» Selbst jetzt konnte er sich nicht dazu überwinden, das Wort «Krebs» auszusprechen.

In dieser Nacht dauerte es lange, bis Frankie einschlief. Bilder von Jack und William schossen ihr durch den Kopf. Sie wachte auf und stellte fest, daß Steven sie am Arm schüttelte. «Steh auf!» flüsterte er. «Komm schon!»

«Ist etwas mit... Mami?»

«Nein! Komm runter, aber mach keinen Lärm.» Er verschwand die Treppe hinunter.

Verschlafen zog sie ihren Morgenmantel an und hinkte ihm hinterher, während sie sich fragte, was wohl so dringend sein könnte. Die Haustür stand weit offen. Blue schnüffelte im Gebüsch herum. Steven stand steif neben dem neuen Auto ihrer Mutter.

Der Kies knirschte unter ihren Hausschuhen, als sie auf ihn zuging. «Was ist denn los?»

Seine Augen füllten sich mit Tränen. «Das!» Aus allen vier Reifen hatte man die Luft herausgelassen. «Das war Broderick», stieß er hervor. «Ich wußte, daß er so etwas tun würde. Wir müssen sofort die Polizei rufen.»

«Das würde Jack nicht machen», sagte Frankie. «Das waren Rowdys oder Kinder, die dir einen Streich spielen wollten. Das Ganze ist zwar ärgerlich, aber die Reifen sind schnell wieder aufgepumpt. Du brauchst dir keine Gedanken zu machen!»

«Es war Broderick. Er hat sich gestern abend mit dir gestritten, oder? Und er ist wütend auf William.»

«Ja, aber...»

Steven wollte nicht mit sich reden lassen. «Er ist letzte Nacht hergekommen, hat das Auto gesehen und angenommen, es gehöre William. Das kommt davon, wenn man sich mit einem Mann wie ihm einläßt. Ach, wie soll ich das nur deiner Mutter beibringen? Durch eine derartige Aufregung könnte sie einen Rückfall bekommen.»

Frankie hatte in ihrem Leben nur sehr selten mit Steven gestritten. Als er jetzt eigensinnig vor sich hin murmelte und Jack ohne jeden Beweis beschuldigte, hätte sie ihn am liebsten angeschrien. Statt dessen sagte sie jedoch ganz ruhig: «Ich werde die Werkstatt bitten, den Wagen abzuholen. Sie werden sich darum kümmern. Du kannst Mutter sagen, daß sie einen Reifen wechseln. Aber hör auf, mir zu erzählen, daß Jack das getan hat. Er mag seine Fehler haben, aber er gibt sich nicht mit Kleinkram ab. Wenn er das Auto hätte beschädigen wollen, hätte er es in die Luft gesprengt.» Sie zog den Gürtel ihres Morgenmantels fester um ihre Taille und hinkte ins Haus zurück.

Nachdem sie das Auto an diesem Morgen hatte abholen lassen, rief sie Jack an. Als er ihre Stimme hörte, sagte er: «Ich konnte letzte Nacht nicht schlafen. Ich wollte dich noch einmal anrufen, aber ich hatte Angst, deine Mutter zu wecken. Es tut mir leid, daß ich dich angeschrien habe. Das hast du nicht verdient. Du brauchst Liebe und Verständnis. Ich bin nur deshalb so wütend, weil ich ausgeschlossen werde.»

Sie verzieh ihm sofort. Nach den Jahren mit William, der niemals auch nur den kleinsten Fehler zugegeben hatte, war es so erfrischend, mit jemandem zusammenzusein, der das tat. «Ich habe einen Morgen hinter mir, der sogar eine Heilige auf die Probe gestellt hätte», erzählte sie ihm und redete dabei leiser, damit niemand mithören konnte. «Jemand hat am neuen Auto meiner Mutter die Luft aus den Reifen rausgelassen. Steven hat sich gar nicht mehr beruhigen lassen. Man könnte glauben, hier wäre ein Mord geschehen.»

Jacks Stimme nahm einen anderen Ton an. Plötzlich klang er wie ein Polizeibeamter. «Ist letzte Nacht, nachdem William gegangen war, irgend jemand in die Nähe des Hauses gekommen?»

«Niemand. Das hätte ich gehört.»

«Bist du sicher?»

«Ganz sicher. Ich habe genau wie du noch stundenlang wachgelegen. Ich hasse es, wenn wir uns streiten und ich nicht bei dir bin, um die Sache wieder einzurenken.»

Er redete leiser. «Ich werde dich nicht wieder anfauchen. Ich ändere mich. Aber das sage ich jedesmal, nicht wahr? Es ist meine blöde Eifersucht. Du bist für mich noch immer die feine Dame, und ich bin der Junge aus der Jugendstrafanstalt. Manchmal kann ich einfach nicht glauben, daß du bei mir bleiben wirst. Ich schreie dich an, fast so, als wollte ich, daß du mich verläßt, damit ich dann sagen kann, ich hätte es die ganze Zeit gewußt.»

«Ich möchte nicht, daß du dich änderst, Jack», sagte sie mit einem leisen, kehligen Lachen. «Du gefällst mir als mein Tiger. Es wäre nur schön, wenn du die Krallen einziehen würdest, bevor du mit der Pranke ausholst.»

Kapitel 26

Es dauerte mehrere Tage, bis Frankie nach Richmond zurückfahren konnte. Wegen ihres Fußes nahm sie den Zug und ließ ihr Auto und Blue in White Oast zurück. Jack wartete schon ungeduldig auf dem Bahnsteig der Victoria Station auf sie. Er eilte auf sie zu, hob sie hoch und küßte sie. Dann trug er sie zur Belustigung anderer Reisender durch den Bahnhof.

Sie wurde rot und sagte lachend: «Laß mich runter, Jack. Ich kann schon wieder laufen.»

Er küßte ihre Nasenspitze. «Ich kümmere mich aber gern um dich.»

Auf der Fahrt nach Richmond fragte er: «Gab es wieder Ärger mit Rowdys?»

«Nein. Das hast du mich gestern abend schon gefragt. Und vorgestern auch.»

«Ich mache mir eben Sorgen um dich.»

Lächelnd legte sie ihm ihre Hand auf den Schenkel und ließ ihre Finger sanft kreisen. «Jack, ich kann dir versichern, daß es in Rockhurst keine Mafia gibt», sagte sie.

Es war wunderbar, wieder daheim im Paddock House zu sein. Marius und Nicoletta begrüßten sie herzlich, und sogar Jolyon rang sich ein Lächeln ab. Er hatte sich die ganze Zeit um Jaws und Mathilda gekümmert.

«Sie sehen sehr glücklich aus», versicherte sie ihm. «Ihr Aquarium glänzt ja richtig.»

Oben im Dachzimmer packte sie nicht gleich aus, sondern ging ans Fenster und beobachtete das vertraute geschäftige Treiben im Stadion. Auf dem Balkon neben dem Haupttribünenrestaurant sprach Bernard, der Manager, gerade mit Signor Umberto. Unten fuhr der Wasserwagen langsam über die Sandbahn. An den Startboxen überprüfte der Mechaniker gerade die Funktion der Klappen.

Frankie ließ sich Badewasser ein, parfümierte es mit reichlich Badeöl und wusch dann, den verletzten Fuß auf den Wannenrand gebettet, die Zugfahrt von sich ab. An diesem Abend fanden keine Rennen statt. Sie war froh darüber, denn sie wollte Jack für sich allein haben.

Als sie, ein dickes Handtuch um sich gewickelt, das Badezimmer verließ, kam er gerade mit einer Flasche Sekt und zwei Gläsern nach oben.

«Es hat also keinen Ärger mehr mit Rowdys gegeben?» wollte er wissen.

«Nein, Jack. Warum fragst du mich das ständig?» Da sie wegen ihrer argwöhnischen Reaktion gleich wieder ein schlechtes Gewissen bekam, schlang sie die Arme um seinen Nacken und zog ihn zu sich, während sie auf ihrem gesunden Fuß balancierte. Er fuhr mit den Lippen über ihren nackten Hals und ihre Schultern und küßte ihre warme Haut.

Es war schon über eine Woche her, daß sie miteinander geschlafen hatten. Es kam ihr wie Jahrzehnte vor. In dem Bewußtsein, daß sie den ganzen Abend Zeit hatten, küßten sie sich sanft und zärtlich. Jack streifte das Handtuch von ihrem Körper. Er begehrte sie, weil er jeden Zentimeter an ihr kannte, und war dennoch gleichzeitig so erregt, als hätte er noch nie mit ihr geschlafen. Er hob sie hoch und trug sie zum Bett. Vorsichtig, damit er ihren verletzten Fuß nicht berührte, legte er sie dort ab. Er zog sich aus, legte sich zu ihr und nahm sie in die Arme. Er küßte ihre Brüste und ihren Bauch. Er küßte ihren Nacken und ihre Arme. Er fuhr mit den Fingern ihren Rücken hinunter, berührte dabei jeden einzelnen Wirbel. Sie liebkoste ihn mit ihrem Mund, streichelte ihn mit ihrer forschenden Zungenspitze und ließ ihn vor Vergnügen erschaudern. Sie griff in die Schublade ihres Nachttisches, holte ein Fläschchen mit Duftöl heraus und rieb sich damit Brüste, Bauch, Schenkel und Oberarme ein. Dann massierte sie ihn, ohne dabei ihren Fuß zu belasten, geschickt mit ihrem nackten Körper, bis das Haar auf seiner Brust vom warmen Öl glänzte. Sie glitt zu seinen Füßen hinunter, küßte seine Zehen und leckte sie in den Zwischenräumen, dann arbeitete sie sich nach oben zu der zarten Haut in seinen Kniekehlen. Dann noch etwas weiter nach oben. Sie glitt an ihm herauf, massierte ihn dabei mit ihrem Körper und verteilte so das Öl. Während sie sich bewegte, erregte sie ihn, entzog sich ihm dann neckend wieder. Sie tat es nicht um ihres eigenen körperlichen Vergnügens willen, sondern weil es ihr Freude machte, sich ganz auf ihn zu konzentrieren, und sie ihn ihrer Liebe und ihres Vertrauens versichern wollte.

Zu Frankies Überraschung stand Jack am nächsten Morgen schon sehr früh auf. «Ich werde den ganzen Tag unterwegs sein», sagte er. «Vor Mitternacht werde ich nicht wieder zurück sein.»

«An meinem ersten Tag zu Hause?»

«Ich kann es nicht ändern.»

«Jack, gestern hast du kein Wort davon gesagt.»

«Bestimmt habe ich das.»

«Nein, das hast du nicht.» Verletzt und überrascht hielt sie inne. «Wohin fährst du?»

«Ach… überallhin», antwortete er irritiert und verschwand im Badezimmer.

Sie lag im Bett und hörte zu, wie er duschte und sich dann rasierte. Sie war verwirrt, enttäuscht und abermals verunsichert. Als er wieder ins Schlafzimmer trat, fragte sie: «Kann ich mitkommen?»

«Du würdest dich nur langweilen. Ich werde den ganzen Tag in irgendwelchen Besprechungen sitzen.»

«Jack, stimmt etwas nicht?»

«Ich möchte noch ein Stadion eröffnen. Behalte das aber für dich. Es ist nur so eine Idee von mir.»

«Das ist doch wunderbar. Natürlich werde ich mit niemandem darüber sprechen.» Sie war geschmeichelt und erleichtert zugleich. Die Erleichterung ließ sie drauflosreden. «Ich werde dir helfen. Es ist mir zuwider, einfach nur faul herumzusitzen. Die Unterhaltung mit Mel hat mich daran erinnert, welche Befriedigung mir meine Arbeit immer verschafft hat. Sie hat mir einen Sinn und ein Ziel gegeben.»

Er zog sein Jackett an. «Ich habe dich nie daran gehindert, wieder in deinem Beruf zu arbeiten.»

«Ich weiß. Es liegt an mir. Die Vorstellung, mich bei einer anderen Kanzlei zu bewerben, nur um abgelehnt zu werden, ist zu abschreckend. Und mich selbständig zu machen, nun… das wäre schwierig. Um es allein zu schaffen, braucht ein Anwalt einen wahnsinnig guten Ruf und eine Stammklientel.»

«Wenn du es getan hättest, hätte ich dich dabei unterstützt.» Jack schloß den Safe auf, nahm eine Rolle Geldscheine heraus und versteckte die Scheine in verschiedenen Taschen. Dann wandte er sich zur Tür. «Wir sehen uns heute nacht.»

«Gibst du mir denn keinen Abschiedskuß?» fragte sie ungläubig.

Er kam zum Bett zurück, küßte sie flüchtig und eilte dann aus dem Zimmer.

Sie lauschte seinen Schritten, als er die Treppe hinunterging. Sie hörte, wie er stehenblieb, um kurz mit Marius zu reden. Dann fiel die Haustür ins Schloß, und er war weg. Frankie lag im Bett und kaute am Zipfel der Bettdecke. Irgend etwas stimmte nicht. Daran gab es keinen Zweifel. Zum erstenmal zog sie die Möglichkeit in Erwägung, daß er eine andere Frau haben könnte. Bei dieser Vorstellung wurde ihr ganz schlecht. War er jetzt auf dem Weg zu ihr? Küßte er sie? Schlief er mit ihr?

Es kostete Frankie große Anstrengung, aufzustehen und der Welt gegenüberzutreten, aber sie zwang sich dazu. Im Kartenspielzimmer fand sie Marius und Nicoletta. Sie hatten die Köpfe zusammengesteckt und lachten. Frankie beneidete sie.

«Jack scheint mir irgendwie beunruhigt», bemerkte sie so beiläufig, wie sie konnte.

Marius warf Nicoletta rasch einen Blick zu, jedenfalls schien es Frankie so, dann antwortete er ungezwungen: «Es ist dieses neue Stadion. Ich habe keine Ahnung, warum er expandieren will, aber er ist wild entschlossen dazu.»

«Das wird es wohl sein.» Frankie goß sich einen Becher Kaffee ein und zog sich dann ins Dachgeschoß zurück. Die Freude, Jacks einzige Vertraute zu sein, war verpufft. Sie fragte sich, wie lange Marius und Nicoletta schon von dem neuen Stadion wußten und warum ihr Jack nicht schon früher von seinen Plänen erzählt hatte.

Sie rief Melanie an. Zwar hatte sie überhaupt nicht vorgehabt, über Jack zu sprechen, aber dann vertraute sie ihr an: «Irgend etwas stimmt nicht, und ich weiß nicht, was.»

Melanie zeigte sich mitfühlend. «Komm heute abend zu mir. Simon hat in Birmingham zu tun. Wir sind also ungestört. Bring eine Zahnbürste mit, und bleib über Nacht.»

Punkt acht Uhr stand Frankie bei Melanie vor der Tür. Ihr Taxi fuhr gerade weg. Als Melanie die Tür öffnete, drückte ihr Frankie eine Flasche Sekt in die Hand. «Bitte glaub nicht, daß ich nur gekommen bin, um dich mit meinen Problemen zu belasten», sagte sie.

«Im Gegenteil, ich freue mich, daß du dich an mich gewandt hast.» Melanie half ihr ins Wohnzimmer und arrangierte die Kissen auf dem Sofa, damit Frankie ihren Fuß darauf betten konnte. «In den zehn Jahren, die wir zusammengearbeitet haben, habe ich dir so oft wegen Simon, Rupert und ich weiß nicht wem die Ohren vollgejammert, während du mir nie was von deinen Problemen erzählt hast. Du bist meine beste Freundin, aber ich war so mit mir und meinen Problemen beschäftigt, daß ich gar nicht gemerkt habe, wie unglücklich du warst. Ich habe dein Leben für traumhaft gehalten und dich darum beneidet. Du warst mein Vorbild, Frankie. Als wir damals vom Mittagessen zurückkamen und du mir erzählt hast, daß es dir schlechtgeht, war ich sehr erstaunt. Es hat mich gelehrt, Dinge nicht nach dem äußeren Anschein zu beurteilen.»

«Solange ich niemandem erzählt habe, daß ich unglücklich war, konnte ich so tun, als wäre mit meiner Ehe alles in Ordnung», sagte Frankie. «Von Jack habe ich gelernt, daß man sich rühren muß, wenn einen etwas stört.»

«Also, was ist los?»

«Ich weiß es nicht. Aber er hat irgend etwas vor. Ich habe keinen konkreten Hinweis, nur so ein Gefühl.»

«Eine andere Frau?»

«Heute morgen war ich noch dieser Meinung. Jetzt bin ich mir da nicht mehr so sicher. Aber irgendwas stimmt nicht, das fühle ich. Obwohl ich gerade erst wieder heimgekommen bin, hat Jack heute morgen das Haus verlassen und mir gesagt, daß er nicht vor Mitternacht zurück sein wird. Als ich ihn fragte, ob ich mitkommen könnte, sagte er, daß ich mich nur langweilen würde. Er wollte mich ganz eindeutig nicht dabeihaben, Mel.» Frankie ballte die Fäuste. «Und da ist noch etwas. Ich war überzeugt, daß Jack ehrlich bleiben wollte. Ich könnte nicht mit ihm zusammensein, wenn ich das nicht glauben würde. In letzter Zeit jedoch spüre ich eine Gewaltbereitschaft in ihm, die er nicht zu beherrschen versucht. Daß er William einen Fausthieb versetzt hat, war nur ein Indiz.»

«Ist er gewalttätig zu dir?»

«O nein! Er ist nett und liebevoll und...» Frankie wurde rot. «Der Sex ist großartig, was mich in gewisser Weise aber auch beunruhigt. Gerade weil es so toll ist, habe ich Angst, daß das alles ist, was uns verbindet, und daß ich mich davon blenden lasse.»

Frankie hatte vorgehabt, über Nacht zu bleiben, überlegte es sich jedoch im Laufe des Abends anders. «Nimm es mir nicht übel, Mel», sagte sie, «aber ich möchte nach Hause fahren. Ich ertrage es nicht, wenn das hier so weitergeht. Ich muß Jack zur Rede stellen.»

Als das Taxi Frankie schließlich am Stadion in Richmond abgesetzt hatte, war es weit nach Mitternacht. Das Paddock House war hell erleuchtet, obwohl sich im Erdgeschoß niemand aufhielt. Auch Marius war nicht in seinem Zimmer. Die Tür stand weit offen. Frankie nahm an, daß er zu Nicoletta gefahren war. Sie humpelte die Treppe hinauf. Jack würde sich sicher schon Sorgen machen.

Die Tür zum Dachzimmer war geschlossen. Sie öffnete sie und erwartete, daß Jack ihren Namen rief. Er tat es nicht. Im Zimmer war es dunkel, aber sie schaltete das Licht nicht an, weil sie ihn nicht wecken wollte. Statt dessen machte sie die Tür noch ein Stück weiter auf. Als das Licht vom Treppenhaus ins Zimmer fiel, sah sie, daß das Bett leer war. Jetzt schaltete sie das Licht an. Das Zimmer war so, wie sie es verlassen hatte. Jack war in der Zwischenzeit nicht nach Hause gekommen.

Sie sagte sich, daß es noch nicht spät war, jedenfalls nicht nach Jacks Begriffen. Vielleicht war er aufgehalten worden. Seine Besprechung hatte länger gedauert als geplant, sein Auto hatte einen Defekt. Es gab tausend Gründe, und alle erschienen ihr plausibel, aber das hielt sie nicht davon ab, sich Sorgen zu machen. Ohne sich die Mühe zu machen, sich auszuziehen, legte sie sich aufs Bett und zog sich die Decke über die Beine. Irgendwo draußen in der Nacht hörte sie eine Polizeisirene. Sie schauderte.

Um drei Uhr hielt sie es nicht mehr aus. Wenn Jack verletzt in einem Straßengraben lag, brauchte er Hilfe. Wenn man ihn verhaftet hatte, wollte sie das lieber gleich wissen. Sie wählte die Nummer der Polizei, die man ihnen genannt hatte, als Angel bei ihnen eingebrochen war.

Zu ihrer Erleichterung nahm Starsky ab. Er sah im Computer nach und sagte: «Nein, es wurde kein Unfall gemeldet.»

«Würden Sie es wissen, wenn Jack verhaftet worden wäre?»

Starskys Stimme nahm einen vorsichtig forschenden Ton an. «Gibt es irgendeinen Grund, weshalb Sie das vermuten?»

«Nein! Natürlich nicht.» Sie wünschte sich, sie hätte das nicht gefragt. «Ich mache mir nur Sorgen, weil er nicht nach Hause gekommen ist. Aber ich bin sicher, daß er bald da sein wird. Vielen Dank.» Jetzt blieb noch die andere Möglichkeit: Jack hatte eine andere Frau. War sie jünger? Hübscher? Machte es mit ihr mehr Spaß? Wo wohnte sie? Wie hatten sie sich kennengelernt? Was hatte sie, das Frankie nicht hatte? Schlief er jetzt gerade mit ihr, oder lag er satt und zufrieden neben ihr? War sie im Bett besser? Während die Nacht verstrich, wechselten ihre Gefühle zwischen Sorge und Eifersucht.

Jack fuhr aggressiv und schnell. Er raste die Umgehungsstraße von Brighton entlang, bevor er dann die A 23 in nördlicher Richtung nach London nahm. Er hätte Frankie unmöglich mitnehmen können. Sie hätte ihn ausgefragt. Er hatte versucht, nach ihren Regeln zu leben, und es ärgerte ihn, daß er versagt hatte, auch wenn es nur dieses eine Mal war. Aber Gewalt war die einzige Sprache, die Fat Dudley verstand. Alles andere legte er als Schwäche aus. Eines Tages, so hatte Jack beschlossen, würde er all das hinter sich lassen. Bis dahin konnte er es sich nicht leisten, daß Fat Dudley die Oberhand gewann. Nicht um seiner eigenen Sicherheit willen, sondern wegen Frankies.

Erpressung war ein schmutziges Geschäft. Er wünschte sich,

daß er nicht so weit hätte gehen müssen. Aber wenn man einen Dreckskerl wie Fat Dudley zum Gegner hatte, blieb einem nichts anderes übrig, als selbst zu einem Dreckskerl zu werden. Er hatte den Dicken so in die Zange genommen, daß er es in Zukunft nicht mehr wagen würde, sich an Frankie oder ihre Familie heranzumachen. Sonst würde Jack die abscheulichen Fotos der Polizei schikken.

Er warf einen Blick auf den braunen Umschlag, der auf dem Beifahrersitz lag. Wenn er an die Fotos dachte, die sich darin befanden, wurde ihm schlecht. Er hatte nicht erwartet, daß er so schockiert sein würde. Er hatte im Leben schon so viel gesehen, daß ihn jede wie auch immer geartete sexuelle Perversion nicht hätte überraschen sollen. Aber die Erinnerung an die Kindergesichter, die voller Entsetzen in die Kamera starrten, weckten in ihm den Wunsch, sowohl die Vergewaltiger als auch die Zuhälter umzubringen. Immer wieder mußte er daran denken, daß das auch seine Kinder hätten sein können. Seine und Frankies.

Fat Dudley ging in seiner geräumigen, marmorgefliesten Wohnung auf und ab. Ein Spiegel war zerschlagen. Eine Vase mit Lilien war umgekippt, das Porzellan zerbrochen, die Blüten zertrampelt. Die Onyxstatue eines nackten kleinen Mädchens, sein Lieblingsstück, war in viele Stücke zerbrochen. Er verfluchte sich dafür, daß er die Tür geöffnet hatte. Dummerweise hatte er geglaubt, Jack sei gekommen, um ihm das Stadion zum Kauf anzubieten. Dieses nächtliche Treffen, weitab von Marius' argwöhnischen Blicken, war ihm völlig plausibel vorgekommen.

Er verfluchte sich dafür, daß er sich hatte bloßstellen lassen. Es war ein großer Fehler gewesen, sich mit diesem kleinen Mädchen fotografieren zu lassen, und es war ein noch größerer Fehler gewesen, die Fotos nicht zu vernichten. Aber er sah sich die Bilder gerne an. Er hatte dem Mädchen nicht weh getan. Nicht wirklich. Und wer machte sich schon Gedanken darüber, wenn ihm ein paar Straßenbälger in irgendeiner weit entfernten südamerikanischen Stadt ihre jungen Körper zur Verfügung stellten? Er zahlte gut. In ein paar Jahren würden sie ohnehin auf den Strich gehen. Er wollte frische Ware, wollte der erste sein. Dafür bezahlte er schließlich. Er zahlte gern, denn dann lachten sie ihn nicht aus.

Es ging Jack Broderick nichts an, was andere Männer in ihrem Privatleben taten. Aber seit diese Frau in sein Leben getreten war, verhielt sich Jack anders als früher. Ihm mit einer Anzeige zu drohen! Dudley konnte es immer noch nicht fassen. Er stieß die zerbrochene Onyxstatue mit seinem kleinen, spitzen Fuß zur Seite. In seiner Jugend hatten ihn Frauen wie Frankie fett genannt und über seinen kleinen Penis gelacht. Deshalb kaufte er sich diese kleinen Mädchen. Er schürzte seinen Kußmund. Es war nicht seine Schuld. Es war die Schuld von Frauen wie Frankie, die sich über ihn lustig gemacht hatten.

Um sechs Uhr wachte Frankie auf und stellte fest, daß Jack am Fußende des Bettes stand. Er sah müde und unordentlich aus. «Hast du eine andere Frau?» fragte sie. «Ich muß es wissen.»

«Natürlich nicht!»

«Wo bist du dann gewesen?»

«Wo warst du um Mitternacht, als ich angerufen habe?»

«Bei Melanie. Jack, du hast meine Frage nicht beantwortet.» Als ihr Blick klarer wurde, sah sie, daß die Tasche seines Jacketts zerrissen war und ein Hemdknopf fehlte. «Was ist passiert? Jack, bist du verletzt?»

«Es ist nichts. Ich bin zufällig in eine Schlägerei geraten. Das ist alles. Mach dir keine Sorgen, es ist nichts Ernsthaftes passiert.»

«Ich habe Starsky angerufen», sagte sie. «Ich dachte, du hättest einen Unfall gehabt.»

«Das war verdammt dumm von dir.»

«Nur, wenn du etwas zu verbergen hast.»

«Das ist doch Unsinn, und das weißt du auch. Niemand, der einmal gesessen hat, will etwas mit der Polizei zu tun haben.» Er ging zum Safe, zog die Pistole aus seiner Tasche und sperrte sie weg. Erst jetzt merkte Frankie, daß er sie mitgenommen hatte. «Es gibt Dinge, die ich dir nicht sagen kann», meinte er. «Eines Tages werden sie Vergangenheit sein. Das verspreche ich dir. Vertrau mir bitte!»

«Wie soll ich dir vertrauen, wenn du dich mir nicht anvertraust? Wo bist du die letzte Nacht gewesen? Warum hast du die Waffe mitgenommen? Ich kann es nicht ertragen, Jack. Ich will nicht in ein Netz von Gewalt gezogen werden. Es macht mir angst, du machst mir angst. Ich kann nicht mit dir zusammenleben, wenn ich befürchten muß, daß die Polizei jeden Moment vor der Tür steht, dich verhaftet und ich dich dann jahrelang nicht wiedersehe.»

«Wenn ich das Gesetz übertreten habe, dann nur, um dich zu schützen.»

«Wegen mir!» Sie starrte ihn ungläubig an. «Was hast du getan?»

«Wenn du mir vertrauen würdest, würdest du mich nicht fragen.»

«Wenn du mich lieben würdest, würdest du es mir erzählen», schrie sie ihn frustriert an.

Er ging zur Tür, drehte sich dann um und sah sie an. Sie kniete mitten auf dem Bett, die Fäuste zornig geballt. Er hätte ihr das mit Fat Dudley erklärt, aber er wollte ihr nicht angst machen. Er hatte Marius gefragt, was an dem Tag geschehen war, als ihr Vater verprügelt worden war: Bens Blut war ihr nicht nur auf den Overall gespritzt, sondern auch ins Gesicht und in die Augen. Sie war so verängstigt gewesen, daß sie eine Woche lang kein Wort gesagt hatte.

Als Jack das Zimmer verließ, sank Frankie in die Kissen zurück. Das war nicht mehr die allumfassende Liebe, die sie mit Jack verbunden hatte. Vielleicht hatte diese Liebe nie existiert. Sie hatte ihren Beruf aufgegeben, ihre Ehe, ihre gesellschaftliche Stellung – für eine Illusion. Sie erinnerte sich daran, daß Jack ihr erzählt hatte, Marius' Schuldner hätten nun alle ihre Schulden beglichen. Jack hatte sie dazu gebracht. Wie? Mit Gewalt! Wie die Männer, die ihren Vater zusammengeschlagen hatten?

Das Telefon klingelte. Sie hob ab.

«Deine Mutter ist wieder im Krankenhaus!» schrie Steven aufgeregt. «Ich rufe von dort aus an. Letzte Nacht hatte sie wieder Schmerzen. Ich habe den Arzt gerufen, und er hat einen Krankenwagen kommen lassen. Ich habe gerade mit dem Doktor gesprochen, Frankie. Der... die Krankheit hat sich im Lymphsystem ausgebreitet. Es ist überall.» Er begann zu schluchzen. «Man kann nichts mehr für sie tun. Sie wird sterben.»

«Ich komme, so schnell ich kann, aber ich kann immer noch nicht fahren. Mein Auto steht sowieso noch in White Oast.»

«Nimm ein Taxi. Aber fahr erst zum Haus. Deine Mutter braucht ihren pfirsichfarbenen Morgenmantel und die dazu passenden Haarbürsten.»

Frankie humpelte zur Tür und schrie die Treppe hinunter: «Jack!»

Marius antwortete von unten: «Er ist weggefahren.»

«Mutter ist im Krankenhaus. Der... Krebs hat sich ausgebreitet. Ich muß sofort nach White Oast fahren.»

Marius blickte durch das düstere Treppenhaus zu ihr auf. Sie sah Tränen in seinen Augen. «Ich werde einen der Angestellten bitten, dich hinzufahren», sagte er sanft. «Ich würde dich gern selbst hinbringen, aber ich glaube nicht, daß das deinem Stiefvater gefallen würde. Ich wünschte, ich könnte Dominique sehen. Sie ist für mich immer etwas Besonderes gewesen, aber das weißt du ja.» Er richtete sich auf. «Wie lange brauchst du?»

«Zwei Minuten.» Sie steckte ihren Toilettenbeutel in ihren Koffer und klappte ihn zu. Sie hatte noch nicht ausgepackt. Es war, als hätte ihr Unterbewußtsein ihr gesagt, daß das nur ein kurzer Besuch sein würde.

Als sie im Erdgeschoß ankam, fiel ihr ein, daß sie Jack keine Nachricht hinterlassen hatte. Sie ging ins Kartenspielzimmer und nahm einen Stift und einen Block. Dann schob sie beides wieder weg. Sie wußte nicht, was sie hätte schreiben sollen. Jack war ihr fremd geworden.

Kapitel 27

Zu dem Zeitpunkt, da Frankie White Oast erreicht hatte, tat es ihr längst leid, daß sie im Zorn gegangen war. Als sie aus dem Auto stieg, kam Blue aufgeregt bellend um die Ecke geschossen. Ihm folgte William. «Was machst du denn hier?» wollte sie fassungslos wissen.

«Steven hat mich gebeten, den Hund in den Garten zu lassen und dich zum Krankenhaus zu fahren.»

«Oh... ich verstehe.» Sie drehte sich zu dem Fahrer um, dem Platzwart, der Jolyon dabei half, sich um Big Ears zu kümmern. «Vielen Dank, daß Sie mich gefahren haben.» Sie wollte ihm noch eine Nachricht für Jack mitgeben, aber da William neben ihr stand und wartete, beschloß sie, sich das für später aufzuheben.

Sie trafen Steven im Wartezimmer des Krankenhauses an. Er umklammerte einen Plastikbecher mit süßem, schwarzem Kaffee. «Ihr wird es bald wieder bessergehen», erklärte er ihnen mit zitternder Stimme. «Wenigstens ein paar Monate lang. Vielleicht sogar ein Jahr. Das kann niemand genau sagen. Sie muß noch ein oder zwei Tage hierbleiben, dann darf sie wieder nach Hause. Sie redet immer noch von unserem Urlaub in Frankreich, aber ich glaube nicht, daß sie kräftig genug sein wird, um den Wagen zu fahren.»

Frankie küßte ihn auf seine bärtige Wange. «Ihr werdet euren Urlaub in Frankreich verbringen, und wenn ich euch fahren muß.»

«Danke, Liebes.» Er drückte ihr die Hand. «Ach, da ist noch die Sache mit den Reifen. Die Polizei hat ein paar Burschen geschnappt, die beim Auto des Pfarrers dasselbe gemacht haben. Das Ganze war eine Mutprobe; sie wollten bei jedem Auto im Dorf die Luft aus den Reifen lassen. Solche Schlingel! Es tut mir leid, daß ich... du weißt schon, wen, verdächtigt habe.»

«Mach dir keine Gedanken», sagte Frankie, während sie daran dachte, wie heftig sie Jack verteidigt hatte. Es kam ihr unglaublich vor, daß alles so rasch hatte schiefgehen können.

Bevor sie das Krankenhaus verließen, besuchten sie noch kurz ihre Mutter. Sie wirkte blaß und müde. Nachdem sie wieder in White Oast waren, schien es ganz natürlich, daß William noch zum Essen blieb. Als Frankie zusah, wie er ihrem Stiefvater fürsorglich in seinen Sessel neben dem Kamin half, war sie dankbar, daß er da war.

Jack kehrte eine Stunde nach Frankies Aufbruch ins Stadion zurück. Nachdem er dreimal um den Richmond Park gefahren war, hatte er eingesehen, daß er alles nur noch schlimmer machte, wenn er jedesmal wütend aus dem Haus rannte. Als Marius ihm erzählte, daß Dominique wieder im Krankenhaus war, vergaß er sofort den Streit, den er mit Frankie gehabt hatte, und rief in White Oast an. Es nahm jedoch niemand ab.

Mittags suchte er den Platzwart, der Frankie nach White Oast gebracht hatte. «Hast du sie weiter zum Krankenhaus gefahren?» fragte er.

«Das wollte ich, Jack, aber ein Gentleman hat auf sie gewartet.»

«Ein kleiner, älterer Gentleman?»

«O nein! Er war groß und blond. Ein richtig feiner Pinkel.»

Jack ging zum Paddock House zurück, marschierte die Treppe hinauf und knallte die Tür hinter sich zu. Er ging zu dem Frisiertisch, den er Frankie zu Weihnachten geschenkt hatte, und schlug mit der Handkante gegen den Spiegel. Er zerbrach in tausend Stücke.

Als Frankie im Paddock House anrief, kam Marius ans Telefon. «Wie geht es Dominique?» fragte er.

«Sie ist immer noch im Krankenhaus. Sie wird langsam sehr vergeßlich, und das beunruhigt sie. Heute konnte sie sich nicht mehr an Blues Namen erinnern. Sie hat ihn ständig Grey genannt.» Frankie hielt inne. «Ist Jack in der Nähe?»

«Der ist unterwegs.»

«Hast du ihm von meiner Mutter erzählt?»

«Natürlich.»

«Es wundert mich, daß er mich nicht angerufen hat.» Sie war verletzt, und das war ihr anzumerken. Marius sagte nichts.

Frankie blieb in White Oast, weil Steven viel zu verstört war, als daß sie ihn hätte allein lassen können. In den nächsten paar Tagen versuchte sie ein dutzendmal, Jack anzurufen. Er war nie da und rief sie auch nie zurück. Schließlich sagte sie zu Nicoletta: «Ich werde ihm nicht mehr hinterhertelefonieren. Bitte sag ihm das.» Sie war wütend und verstört. Ihre Mutter war krank. Sie brauchte Jacks Unterstützung. Sie würde es ihm nicht vergessen, daß er sie in dieser Situation allein ließ.

Ihre Mutter kam sehr geschwächt aus dem Krankenhaus, und Frankie sah sich nicht in der Lage, White Oast zu verlassen. Sobald ihr Fuß wieder in Ordnung war und sie wieder Auto fahren konnte, nahm sie Mrs. Broom sämtliche Einkäufe und das Kochen ab. Sie vermißte Jack und sehnte sich danach, mit irgend jemandem über ihn zu sprechen, aber sie wagte es nicht, ihre Mutter zu beunruhigen. Statt dessen machte sie ihm vor dem Badezimmerspiegel stille Vorwürfe und stritt mit ihm, während sie in Tunbridge Wells Lebensmittel einkaufte. Als sie das Mittagessen zubereitete, gab sie ihm hier und da auch einmal recht.

Am Wochenende kam William zum Essen. Frankie erhob keine Einwände. Sie sah, wie sehr ihre Mutter und Steven diese Ablenkung brauchten. Und, um die Wahrheit zu sagen, sie selbst freute sich auch, ihn zu sehen. Er war zuverlässig, er sagte stets das Richtige. Seine Welt war sicher: In ihr gab es keine Männer, die Pistolen im Gürtel trugen.

Melanie rief häufig an. Sie wurde Frankies Verbindung zur Welt außerhalb von White Oast. «Hast du William schon einmal gesehen?» fragte sie.

«Er war am Wochenende hier.»

«Wirklich! Glaubst du, daß du zu ihm zurückkehren wirst?»

«Himmel, nein! Ich habe nicht vergessen, wie er mich all die Jahre tyrannisiert hat. Daß er mich geschlagen hat. Zu William zurückzukehren wäre, als würde ich einen alten, zu engen Schuh anziehen. Ich habe Jack viel zu sehr geliebt, um mich jetzt mit etwas Geringerem zufriedenzugeben.»

Erst hinterher merkte Frankie, daß sie von Jack in der Vergangenheit gesprochen hatte.

Es war vierzehn Tage her, daß sie mit ihm das letztemal gesprochen hatte. Je länger sie nichts von ihm hörte, desto stärker beherrschte seine dunkle Seite ihre Erinnerungen, bis sie ihn schließlich nicht mehr als ihren Freund, ihren Geliebten, den Mann, der sie zum Lachen brachte, sah, sondern als bösartigen, waffentragenden Kriminellen. Einen Mann, der sie nicht anrief, wenn ihre Mutter krank war. Einen Mann, der getötet hatte.

Dennoch war er wie eine Droge für sie. Sie verlangte nach ihm, verlangte nach Neuigkeiten von ihm. Sie rief Marius an. Er erkundigte sich nach ihrer Mutter, und sie sagte ihm, wie es um sie stand. Sie sprachen über Nicoletta, Jolyon, Jaws und Mathilda, Big Ears und Blue. Darüber, welche Hunde am letzten Abend gewonnen hatten und welche schlecht gelaufen waren. Da Marius Jack mit keinem Wort erwähnte, war Frankie schließlich gezwungen, direkt nach ihm zu fragen: «Geht es Jack gut?»

«Er ist gesund, wenn es das ist, was du meinst.»

«Das meine ich nicht, und du weißt das ganz genau.»

«Frankie», sagte der alte Mann. «Ich liebe euch beide, aber ich habe nicht vor, den Eheberater zu spielen. Alles, worum ich dich bitte, ist, daß du es Jack ins Gesicht sagst, falls du zu deinem Mann zurückkehren willst. Laß meinen Jungen nicht zappeln.»

«Ich werde nicht zu William zurückkehren, aber ich will auch nicht mit einem Kriminellen auf der Flucht zusammenleben. Oder eine Gefängniswitwe werden. Oder vielleicht sogar Witwe.»

«Für jemanden mit Jacks Vergangenheit ist das Leben nicht einfach.»

«Das weiß ich. Aber kaum taucht das kleinste Problem auf, greift er schon zur Waffe.»

«Kaum habt ihr den kleinsten Streit, mißtraust du ihm schon.»

«Mit gutem Grund!» rief sie.

Frankie mußte Jack zur Rede stellen. Sie beschloß, am nächsten Tag nach Richmond zu fahren. Am selben Abend jedoch verlor ihre Mutter im Badezimmer das Gleichgewicht und schlug sich am Waschbecken die Stirn auf. Danach gestand sie Frankie, daß sie nicht zum erstenmal gestürzt war.

Steven war außer sich. «Sie haben doch gesagt, daß meiner Frau noch ein ganzes Jahr bliebe», sagte er mit Tränen in den Augen zum behandelnden Arzt. «Wir wollen im September nach Frankreich fahren. Sie freut sich so darauf.»

Es gab nichts, womit der Arzt ihn hätte trösten können. Dominique wurde nicht mehr ins Krankenhaus eingewiesen. Sie blieb in White Oast, im Bett. Frankie gab daraufhin ihr Vorhaben, nach Richmond zurückzukehren, auf. Sie konnte ihre Mutter jetzt nicht im Stich lassen.

Gegen Ende der Woche rief William an. Er war sehr mitfühlend. «Du mußt einmal aus diesem Haus herauskommen, Francesca», sagte er. «Ich lade dich am Samstag zum Abendessen ein.»

«Ich kann die beiden jetzt nicht allein lassen. Nicht, nachdem das hier passiert ist.»

«Wir könnten in ein Restaurant irgendwo in der Nähe gehen.»

Sie zögerte.

«Ich verspreche, daß ich dich nicht schikanieren werde. Ich hätte es früher schon nicht tun dürfen, und jetzt erst recht nicht.»

«In Ordnung», sagte sie. «Danke für die Einladung. Ich würde gern mit dir essen gehen.»

Hinterher wünschte sie sich, sie hätte nein gesagt. Sie wollte daheim bei ihrer Mutter bleiben, als Ausgleich für all die gemeinsamen Abende, die ihnen in Zukunft versagt sein würden. Als William anrief, um ihr mitzuteilen, daß sie ein Cocktailkleid anziehen und pünktlich fertig sein solle, sagte sie: «Vielleicht sollten wir das Ganze doch lieber bleibenlassen.»

«Wenn du darauf bestehst.» Er klang sehr geknickt.

«Also gut. Aber es darf nicht so spät werden. Bitte!»

Ihre Mutter und Steven sagten kein Wort dazu. Sie spürte, daß sie sich auf diese Vorgehensweise geeinigt hatten. Das allein schon setzte sie unter Druck. Sie wählte absichtlich ein Kleid aus, von dem sie wußte, daß William es mißbilligen würde: ein hautenges Schlauchkleid aus schwarzem Crêpe, das sich um ihren Körper schmiegte.

William kam wie immer pünktlich. Er erschien ganz korrekt im Smoking. «Sagst du mir jetzt endlich, warum ich so früh fertig sein sollte?» fragte sie ihn barsch, da sie ihre Nervosität zu verbergen suchte.

«Schau!» Er hielt ihr zwei Eintrittskarten entgegen.

Sie starrte die Karten an. *«La Bohème!»*

«Die Oper, die wir uns an unserem ersten gemeinsamen Abend angesehen haben. Auf Glyndebourne gibt es eine außerplanmäßige Vorstellung.» Er lächelte. «Du siehst sehr hübsch aus.»

Während ihrer Ehe waren sie zwar oft beim sommerlichen Opernfestival auf Glyndebourne gewesen, aber niemals allein. Sie waren immer in Gesellschaft gewesen, hatten Richter oder herausragende Kronanwälte zu Gast gehabt. Frankie liebte Glyndebourne, den großen Landsitz, der ganz der Oper gewidmet war und sich in die grünen Hügel der South Downs schmiegte. Sie fand den Park und den See wildromantisch. Aber ihre früheren Besuche waren ihr durch die Angst vergällt worden, daß William das von ihr zusammengestellte Picknick mißbilligen würde. Es war nämlich üblich, daß das Publikum während der großen Pause am See ein Picknick aus Räucherlachs, Wachteleiern, Champagner und Erdbeeren zu sich nahm. William hatte von ihr immer erwartet, daß ihr Picknick vom Feinsten war.

Auf der Fahrt zu dem Landsitz schien es ihr unglaublich, daß sie sich von dem Mann, der da neben ihr saß, all die Jahre so unterdrücken lassen hatte. Sie parkten den Wagen und begaben sich in den Zuschauerraum. Da sie neugierig war, was er antworten würde, sagte sie, als sie ihre Plätze einnahmen: «Wir haben kein Picknick dabei.»

William reichte ihr ein Programmheft. «Ich hätte dich ja kaum bitten können, eins vorzubereiten.»

«Weißt du, daß ich, wenn wir Gäste hatten, das Essen immer bei Dining & Wining bestellt habe?»

«Ich habe dreißig Einkaufstüten unter der Anrichte gefunden.»

Sie sahen sich an und lächelten in der Dunkelheit, die sie umgab, bevor sich der Vorhang hob und die Bühne in helles Licht getaucht wurde.

Die Inszenierung war ausgezeichnet. Frankie war wie immer von der Musik verzaubert. Sie holte sie aus ihrem Leben und versetzte sie in eine Phantasiewelt.

In der Pause aßen sie im Restaurant. William redete über die Kanzlei. Frankie redete über ihre Mutter. Er sprach von Kingly Grange. Sie erzählte ihm, daß sie Mel besucht hatte. Zu Frankies Erleichterung gelang es ihnen, nicht über ihre Ehe zu sprechen.

Erst als sie Kaffee tranken und die Vorstellung in fünfzehn Minuten weitergehen sollte, sagte William: «Ich wünschte, du würdest uns noch eine Chance geben. Ich verspreche dir, daß es diesmal anders wäre. Ich würde wirklich versuchen, dich glücklich zu machen.»

Nach dem, was er in der Küche von White Oast gesagt hatte, hätte seine Bitte sie eigentlich nicht schockieren sollen, aber seine Intensität überraschte sie. «Ich bin nicht mehr derselbe Mensch wie früher», sagte sie. «Ich bin endlich erwachsen geworden. Ich habe mich verändert.»

«Das könnte ich akzeptieren.»

«Wir können die Zeit nicht einfach zurückdrehen», sagte sie, so freundlich sie konnte. «Dazu ist zu viel geschehen. Es würde nicht funktionieren.»

«Wenn du meinst, ich könnte dir nicht vergeben, solltest du wissen, daß ich viel darüber nachgedacht habe. Ich bin mir jetzt sicher, daß ich es könnte. Ich würde zwar nicht vergessen können, was du getan hast, aber ich könnte damit abschließen.»

«Ich könnte es aber nicht vergessen», sagte sie. «Du hast mich all die Jahre tyrannisiert. Ich hätte es nicht zulassen dürfen, aber du hast es getan.»

Williams Kiefer verspannte sich. Sie dachten beide an die Nacht, in der er ihr den Faustschlag versetzt hatte. «Liebst du Broderick noch immer?» fragte er steif.

«Unsere Beziehung ist im Augenblick nicht so einfach, das muß ich gestehen. Vielleicht sollte ich meinen Mut zusammennehmen und meinen eigenen Weg gehen, aber da meine Mutter so krank ist, fällt es mir schwer, dafür noch Energie aufzubringen.»

«Wir hätten Kinder haben sollen», sagte er. «Wir wollten doch beide welche, leider nie zur selben Zeit. Unser Beruf hat uns zu sehr in Anspruch genommen. Wir hatten keine Zeit füreinander.»

Sie seufzte. «Das Leben ist voller ‹Was wäre wenns›.»

«Ich würde dich nicht wieder vernachlässigen», fuhr er fort, offensichtlich ermutigt von ihrem nachdenklichen Gesichtsausdruck. «Ende April werde ich zum Richter ernannt. Statt Mannschaftskapitän bin ich dann Schiedsrichter. Ich werde dann nicht mehr so unter Druck stehen.» Er hielt inne. «Weißt du noch, wie wir das Haus in Islington gekauft haben? Wir hatten unsere Eltern zum Abendessen eingeladen, und du hast zwei volle Tage damit verbracht, einen Pudding zuzubereiten, der dann aussah wie das Resultat einer Massenkarambolage.»

Sie lachte. «Es hätte eigentlich ein Sommerpudding werden sollen.»

Die Glocke läutete. Sie standen vom Tisch auf.

«Alles, worum ich dich bitte, ist, daß du nicht zu mir zurückkommst, nur um mich dann wieder zu verlassen», sagte er.

«Das würde ich dir nicht antun», erwiderte sie. «Das verspreche ich.»

Die zweite Hälfte der Vorstellung konnte Frankie nicht mehr so fesseln. Sie dachte über das nach, was William gesagt hatte. Sie hatte Jack geliebt. Zwanghaft, wild und bedingungslos. Sie hatte ihn begehrt, wie sie es nie für möglich gehalten hatte. Aber hatte sie die Intensität ihrer körperlichen Leidenschaft für Jack als Menschen blind gemacht? William war ungefährlich. Er würde es nicht wagen, sie noch einmal zu mißhandeln. Er bot ihr die Sicherheit einer Ehe. Er war verantwortungsvoll. Sie hatte es genossen, verheiratet zu sein, jedenfalls am Anfang. Er bot ihr Respektabilität. Nicht, daß sie sich darum kümmerte, was andere Leute über sie dachten, denn seit sie mit Jack zusammen war, spielte das keine Rolle mehr. Ihre Mutter und William waren da anders. Für sie war ihre Position in der Gesellschaft wichtig. Ohne diese Position fühlten sie sich minderwertig. Wenn William erst einmal Richter am High Court war und in den Ritterstand erhoben wurde, würde er es sicher genießen, als Sir William vorgestellt zu werden. Für Frankie waren solche Dinge lediglich Beiwerk: amüsant, aber unwichtig. Jack hatte ihre Einstellung nicht geändert, sie hatte nur zu ihrer früheren Einstellung zurückgefunden. So hatte auch ihr Vater das Leben gesehen. Und was hatte ihm seine sorglose Haltung eingebracht? Er war als mittelloser Trinker gestorben. Und Jack? Wie lange würde es dauern, bis er wieder im Gefängnis landete?

Auf der Bühne lag Mimi gerade im Sterben. Rodolfo rief ihren Namen, außer sich vor Schmerz über den Tod seiner großen Liebe. Frankie dachte an die Liebe, die sie mit Jack kennengelernt hatte. Sie brauchte diesen wilden Rausch der Leidenschaft. Wie konnte sie auch nur in Erwägung ziehen, sich mit weniger zufriedenzugeben? Sie fühlte sich nur so verletzlich, weil ihre Mutter im Sterben lag.

William fuhr sie nach der Vorstellung nach Hause. Er sagte nichts, denn er spürte, daß sie sich innerlich von ihm zurückgezogen hatte. Als sie White Oast erreichten, meinte er: «Ich begleite dich noch zur Tür.»

Sie stieg aus dem Auto. «Danke. Es war ein schöner Abend.» Sie lud ihn nicht ein, noch hereinzukommen.

Sie nahm ihren Schlüssel und sperrte die Haustür auf. Blue kam herausgeschossen, raste die Auffahrt entlang und rannte dann wieder nach drinnen. «Also...» Frankie flüsterte, damit sie Steven und ihre Mutter nicht aufweckte. «Noch mal vielen Dank.»

Er sah ihr nicht in die Augen. «Gute Nacht, Francesca», sagte er und ging mutlos zu seinem Auto zurück.

Frankie schloß die Tür. Mehr denn je spürte sie, daß ihre Ehe zu Ende war. Sie streichelte Blue. «Dann bleiben also nur noch wir beide, mein Junge», sagte sie und wandte sich der Treppe zu. Erst jetzt bemerkte sie die Nachricht auf dem Tisch.

Deiner Mutter geht es wieder schlechter. Wir sind im Krankenhaus. Ruf mich dort an. Alles Liebe, Steven.

Sie stürzte zur Tür, riß sie auf und schrie: «William! Warte!»

Er hatte gerade das Tor erreicht und drehte sich sofort um. «Was ist los?»

«Es ist Mutter. Sie ist im Krankenhaus. Bitte komm noch für ein paar Minuten rein.»

Er trat ins Haus und stellte sich neben sie, während sie mit Steven telefonierte. «Sie hatte wieder diese Schmerzen», sagte Steven, «aber sie haben ihr etwas gegeben, damit sie schlafen kann. Geh du ins Bett, Frankie, mein Liebes. Hol mich morgen früh ab. Und mach dir keine Sorgen!»

Sie legte auf, schlug die Hände vors Gesicht und begann ganz leise zu weinen. Schlagartig wurde ihr klar, daß ihre Mutter wirklich im Sterben lag. Ein paar Wochen noch, dann würde sie sie nie wiedersehen, würde nie wieder den Telefonhörer abnehmen und das überkorrekte Englisch hören. Plötzlich wurde Frankie bewußt, daß William sie tröstend in die Arme genommen und an sich gezogen hatte, daß sie ihr Gesicht an seiner Schulter vergraben hatte und er ihr mit seinen langen Fingern übers Haar strich.

«Geh ins Bett», sagte er. «Ich mache dir eine heiße Milch mit Brandy. Das hat dir doch immer beim Einschlafen geholfen.»

Er redete mit ihr, als wäre sie ein Kind. Aber das störte sie nicht. Sie wollte ein Kind sein. Oben zog sie ihr enges Kleid aus, nahm ihren auffälligen Schmuck ab und ließ alles auf den Boden fallen. Dann schlüpfte sie in ein altes Baumwollnachthemd, eins, das sie schon vor ihrer Hochzeit besessen hatte. Im Badezimmer schrubbte sie sich das Make-up vom Gesicht und putzte sich mit Stevens Zahnpasta die Zähne, weil sie ihre eigene nicht finden konnte. Sie lag bereits im Bett, als William zu ihr heraufkam.

«Ich habe Blue in die Speisekammer gesperrt», sagte er.

«Danke.» Sie nahm den Becher, den er ihr gab. «Danke, daß du geblieben bist.» Tränen traten ihr in die Augen, und sie stellte die Milch rasch ab, bevor sie sie verschüttete.

William setzte sich neben sie. «Weine nicht, Liebling.»

«Ich kann nicht aufhören.»

Er nahm ihre Hände. Sie lehnte sich an ihn und vergrub abermals ihr Gesicht an seiner tröstlichen Schulter. Zuerst hielt er sie nur zaghaft fest, da er befürchtete, daß sie ihn zurückweisen würde. Aber Frankie war vor Kummer wie betäubt. Er küßte sie auf die Stirn und auf die zarte Haut ihrer Wangen. Immer noch entzog sie sich ihm nicht. Sie merkte, daß William die Arme um sie gelegt hatte. Eine innere Stimme sagte ihr, daß das nicht richtig war. Es war nicht fair. Aber eine andere Stimme in ihr schrie: Halte mich fest! Tröste mich! Mach, daß ich mich sicher fühle! Er berührte mit seinen Lippen leicht und zärtlich ihren Mund. Sie spürte eine Woge der Zuneigung, jedoch keine Leidenschaft. Diese Zuneigung entstammte der Vertrautheit zwischen ihnen, den gemeinsamen Erinnerungen. Er war ihr Ehemann, er bot ihr eine Zufluchtsstätte vor all den Dingen, die ihr angst machten, vor Tod und Gewalt.

William zog sich rasch aus und schlüpfte zu ihr in das schmale Bett aus ihrer Kindheit. Er nahm sie in die Arme und küßte ihren Nacken und ihre Schultern. «Es ist richtig, was du tust, Liebling», murmelte er. «Das weiß ich.»

Sie schloß ihm mit einem Kuß den Mund. Sie wollte jetzt nicht reden. Er zog sie auf sich, wie er das immer gern gehabt hatte, und blickte ihr in die Augen. Sie bewegte sich langsam und massierte ihn dabei mit ihrem Körper. Sie rieb ihre Brüste an seiner Brust, während sie mit ihren Beinen seine Schenkel streichelte. Sie liebte ihn, wie sie es schon so oft getan hatte. Sie schenkte ihm Vergnügen und versuchte dabei auch selbst zum Höhepunkt zu kommen. Er keuchte, grub seine Finger in ihr Fleisch und rief: «Beweg dich nicht.» Sie bewegte sich nicht, obwohl sie sich danach sehnte. In diesem Augenblick mußte sie an Jack denken und an die Ekstase, die sie miteinander erlebt hatten.

Ausnahmsweise schlief William nicht sofort ein. Er hielt sie fest, strich ihr übers Haar und küßte ihre kleinen Ohren. «Laß uns sofort Kinder bekommen», sagte er. «Das ist doch das, was wir beide wollen, nicht wahr, Liebling? Du brauchst nicht zu arbeiten.» Er küßte sie. «Ich werde für dich sorgen. Du brauchst jemanden, der das tut.»

Indem Frankie mit William geschlafen hatte, hatte sie ihre Liebesaffäre mit Jack unweigerlich beendet. Sie hatte William versprochen, daß sie ihn kein zweitesmal verlassen würde. Und was Jack betraf, so würde er sie jetzt nicht mehr haben wollen. Er würde ihr an den Augen ablesen, was geschehen war. Sie dachte an die Leidenschaft, die sie miteinander verbunden hatte. Das Lachen. Aber Jack war nicht für sie bestimmt. William war ihr Mann. Alle würden sehr erfreut darüber sein, daß sie nun wieder zusammen waren. Sie würden sagen, daß sie endlich wieder Vernunft angenommen habe und daß William ein Heiliger sei, weil er ihr so großmütig verzieh. Sie würde ihr Bestes tun, um ihm eine gute Ehefrau zu sein. Er würde streng, aber gerecht zu ihren Kindern sein und freundlich zu Steven, wenn ihre Mutter gestorben war. Und eines Tages wäre sie die Herrin auf Kingly Grange.

Es kam ihr ganz natürlich vor, mit William aufzuwachen und seine exakten Bewegungen zu beobachten, als er zwischen dem Schlafzimmer und dem Bad hin und her ging. Sie war zufrieden und schläfrig. Nicht satt, wie sie es bei Jack gewesen war. Aber sie durfte jetzt nicht mehr an Jack denken. Dies hier war eine verordnete Zufriedenheit. Dies hier war für immer.

Beim Frühstück teilten sie sich die *Sunday Times*. Sie las die farbige Beilage, er las den Wirtschaftsteil. Erst als sie Blue in den Garten hinausließ, blickte er von seiner Lektüre auf. «Was wirst du mit dem Hund machen?» fragte er.

«Er kann entweder bei uns leben, oder ich gebe ihn wieder ins Training.»

«London ist nichts für einen großen Hund. Ich glaube, das Training wäre das beste für ihn.»

Sie sah zu, wie Blue über den Rasen jagte. «Du hast recht.»

Mittags verließen sie das Haus, um gemeinsam zum Krankenhaus zu fahren. William reichte Frankie automatisch die Autoschlüssel und sagte: «Fahr du, Liebling.» Er stellte Radio 3, den Klassiksender, ein. Sie hörten sich Bach an. Erst als sie das Krankenhaus erreichten, fragte er sie schüchtern: «Sollen wir ihnen von uns erzählen?»

Sie lächelte. «Ich denke, sie werden es ahnen.»

Ihre Mutter saß im Bett. Sie war sehr blaß, aber sie lächelte. Ihr Blick wanderte von Frankie zu William. «Wenigstens müßt ihr nicht erst heiraten», sagte sie. Sie lachte ihr altes Lachen und drückte Frankie die Hand.

Später, als Steven und William einen kleinen Spaziergang im Park machten, sagte sie: «Frankie, bist du sicher, daß du das Richtige tust? William ist nicht der Mann, der seiner Frau einen Seitensprung vergibt. Ich will nicht, daß du nur meinetwegen zu ihm zurückkehrst.»

«Nein, das tue ich nicht. Es ist für uns beide das beste.» Frankie wollte sich die Zweifel ihrer Mutter nicht anhören.

Es dauerte noch einige Tage, bis Frankie White Oast verlassen konnte. Inzwischen war ihre Mutter wieder daheim, und sie hatten die Schwiegertochter von Mrs. Broom eingestellt, die sich um das Einkaufen und das Kochen kümmern sollte.

«Es wäre schön, wenn du nach Kingly Grange fahren und Mutter besuchen würdest», sagte William zu Frankie, als er ihr dabei half, Blue hinten im Wagen unterzubringen. «Du wirst ihr im Büro des Lordkanzlers begegnen, wenn ich vereidigt werde.»

Sie schloß den Kofferraum. «Ich muß zum Stadion. Ich bin es Jack schuldig, daß er es von mir persönlich erfährt.»

«Du bist meine Frau, Francesca! Du bist diesem Kriminellen gar nichts schuldig.»

«Fang nicht schon wieder an, mich anzuschreien, William.»

Sie dachte, er würde gleich explodieren. Aber er holte tief Luft und sagte: «Du hast recht. Es tut mir leid, Liebling. Aber du verstehst doch, warum ich beunruhigt bin. Ich bin mir deiner noch nicht sehr sicher.»

Über sein Eingeständnis erfreut, legte sie den Arm um ihn. «Du hast nichts zu befürchten. Ich habe meine Entscheidung getroffen. Ich werde dich nicht wieder enttäuschen.»

Es regnete heftig, als sie die Zwinger erreichte. Der Aprilwind pfiff durch das hohe Gras in den Downs und blies Regenböen über die Straße auf ihre Windschutzscheibe. Zu Frankies großer Erleichterung war Eamonn nicht da. Den ganzen Weg nach Richmond hatte Frankie durchgespielt, was sie Jack sagen würde. Bis zu dem Augenblick, wo sie den Park erreichte, war sie noch einigermaßen gefaßt gewesen. Dann jedoch verließen sie die Nerven. Sie mußte auf einem der kiesbestreuten Parkplätze anhalten und tief durchatmen. Auf dem Hang vor ihr wanderte ein Rudel Rehe durch das tropfnasse Gras. Frankie beneidete die Tiere. Sie brauchten sich niemals um den nächsten Tag Gedanken zu machen.

Das Stadion sah blitzsauber aus. Die weißen Begrenzungslinien waren frisch gezogen worden. Sie ging durch die Haupttribüne, die von den vertrauten, vormittäglichen Geräuschen der Putzfrauen, Sekretärinnen, Lebensmittellieferanten und des Zwingerpersonals erfüllt war. Alle waren mit den Vorbereitungen für den Rennabend beschäftigt. Bernard, der oben auf der Treppe stand, erkundigte sich nach ihrer Mutter. Auch Signor Umberto fragte nach dem Befinden ihrer Mutter. Sie antwortete so normal wie möglich, während sie die ganze Zeit nervös darauf wartete, Jacks Schritte zu hören.

Das Paddock House stellte das übliche, liebenswerte Durcheinander aus edwardianischem Wohnraum und High-Tech-Büro dar. Hinter der geschlossenen Tür des Kartenspielzimmers hörte sie das Telex rattern und die Klänge von «The Entertainer». Ihr wurde plötzlich klar, wie sehr sie das Leben auf der Rennbahn vermissen würde. Nichts würde ihm je gleichkommen. Sie ballte die Fäuste und öffnete sie wieder. Dann machte sie die Tür zum Kartenspielzimmer auf.

Marius und Nicoletta saßen auf dem Sofa am Fenster. «Ist Jack da?» fragte sie, wobei ihre Stimme ganz piepsig klang.

Marius sah sie finster an. «Er ist unterwegs. Und wenn ich du wäre, würde ich verschwinden, bevor er zurückkommt.»

«Ich möchte es ihm persönlich sagen.»

«Warum? Um ihm noch eins reinzuwürgen? Um zu sehen, wie weh es ihm tut?»

«Natürlich nicht! Ich weiß, daß er mir niemals verzeihen wird. Genausowenig wie du. Aber wenn Jack sich vom Verbrechen ferngehalten hätte, hätte ich ihn nicht verlassen. Ich habe ihn wirklich geliebt.» Sie brachte die Worte kaum heraus, drehte sich um und rannte aus dem Zimmer.

Nicoletta folgte ihr. Sie legte Frankie mitfühlend die Hand auf den Arm. «Brauchst du Hilfe? Soll ich einen Platzwart holen, der dir beim Einladen hilft? Was ist mit Big Ears?»

«Könntest du jemanden bitten, ihn zu meinem Auto zu bringen? Jaws und Mathilda würde ich gern Jolyon schenken. Er hat sich immer so gut um sie gekümmert.»

«Da wird er bestimmt begeistert sein.»

Frankie zögerte. «Nimmst du es mir auch übel, daß ich Jack verlasse?»

«Du solltest beide verlassen und deinen eigenen Weg gehen.»

«Vielleicht hast du recht. Aber ich bin im Augenblick nicht besonders stark, weil meine Mutter so krank ist. Ich brauche in meinem Leben einen Fixpunkt. Ich liebe William vielleicht nicht, aber er ist mir auch nicht gleichgültig. Ich möchte Kinder haben, eine Familie. Ich weiß, daß ich mit William glücklich sein werde – jedenfalls, wenn es mir gelingt, Jack zu vergessen.»

«Und wenn du ihn nicht vergessen kannst?»

«Ich bin entschlossen, daß ich das werde.» Sie eilte die Treppe hinauf. Am Treppenabsatz hielt sie inne und beugte sich über das Geländer. «Es täte mir leid, wenn wir uns nicht mehr sehen würden, Nicoletta.»

«Ruf mich im Laden an. Wenn du nicht klarkommst, Frankie, kannst du mir immer noch bei der Inventur helfen. Niemand kann das so gut wie du.»

Frankie lachte und ging nach oben.

Im Dachzimmer herrschte das reinste Chaos. Das Bett war nicht gemacht, die Kopfkissen lagen auf dem Boden. Im Badezimmer tropfte der Wasserhahn. Plötzlich wollte sie Jack nicht mehr sehen. Sie wollte nur noch weg von hier. Hastig zog sie ihre Koffer aus dem Schrank und warf ihre Kleider und Jacketts mitsamt den Kleiderbügeln hinein. Sie sammelte ihre Schuhe zusammen und schleuderte sie in eine Kiste. Sie ging zu ihrem Frisiertisch. Erst jetzt sah sie, daß der Spiegel zertrümmert war und ihre Parfümflakons auf dem Boden lagen, als hätte Jack versucht, jeden sichtbaren Hinweis auf ihre Existenz hinwegzufegen. Sie räumte die Flaschen in eine weitere Schachtel und leerte dann alle Schubladen. Als sie fertig war, stellte sie die Koffer auf den Treppenabsatz und rief dem Platzwart zu, er solle sie in ihr Auto einladen.

Dann ging Frankie ins Zimmer zurück, schloß die Tür und setzte sich still für einen letzten Augenblick auf das Bett. Sie ließ noch einmal alles Revue passieren. Das erste Mal, als sie hierhergekommen war und sie gemeinsam die Bauzeichnungen zusammengeklebt hatten. Die Nacht, in der sie William endgültig verlassen hatte und Jack sie, als er nach Hause gekommen war, in seinem Bett vorgefunden hatte. Die Zeit, als sie krank gewesen war und er ihre Mutter angerufen hatte. Den Abend, als er Blue zu einem Besuch zu ihr heraufgebracht hatte.

Sie hörte Schritte auf der Treppe. «Das waren alle Koffer», rief sie.

Jack stieß die Tür auf. Sie starrten sich an, er von der Schwelle aus, sie, die Hände nervös zusammengekrampft, von dem Bett aus, auf dem sie gelacht und sich geliebt hatten.

«Raus!» schrie er.

«Jack», begann sie, «laß es mich bitte erklären.»

Er machte einen Schritt auf sie zu. «Raus, bevor ich dich umbringe!»

Sie rannte aus dem Zimmer, die Treppe hinunter und hinaus zu ihrem Auto. All ihre Ängste hatten sich als zutreffend erwiesen. Er hatte sich nicht unter Kontrolle, und er war gewalttätig. Sie fuhr nach Hause, nach Islington, dorthin, wo sie in Sicherheit war.

KAPITEL 28

WILLIAM WARTETE SCHON AUF DER SCHWELLE, ALS Frankie vor dem Haus hielt. Er wirkte sehr erleichtert, als er sie sah. Dieser Mangel an Selbstbewußtsein ließ ihr klarwerden, wie sehr er sich verändert hatte, und das weckte mütterliche Gefühle in ihr. Sie wollte ihn beruhigen. Er trug ihre Koffer ins Haus und stöhnte, als er sah, daß auch Big Ears wieder da war. «Hättest du das elende Kaninchen nicht dort lassen können?» fragte er.

«Nicht in Richmond. Er hatte Angst, die Hunde würden ihn fressen. Aber es wird dich freuen zu hören, daß ich Jaws weggegeben habe.»

«Na, das ist doch wenigstens etwas!»

Früher hätte sie seine Kritik aus der Fassung gebracht. Jetzt holte sie tief Luft und ließ sie an sich abprallen. Auch sie hatte sich verändert.

Aus dem Arbeitszimmer drangen Mozartklänge. Sie wanderte durch die vertrauten Zimmer und konnte kaum glauben, daß sie weg gewesen war. Es war, als hätte es Jack niemals gegeben.

«Ich habe die ganzen Zimmerpflanzen rausgeworfen», sagte William verlegen, als er sie in der kahlen Küche stehen sah. «Ich konnte ihren Anblick einfach nicht mehr ertragen, nachdem du fort warst.»

Sie schob ihre Arme um seine Taille. «Ich werde neue kaufen. Und bevor du dich beklagst, denk dran, daß ich nicht arbeiten werde. Zumindest ein oder zwei Jahre nicht.»

«Was ist mit dem Baby?»

Sie hauchte ihm einen Kuß auf die Wange. «William, eine Schwangerschaft dauert neun Monate, wie dir vielleicht bekannt sein dürfte – und ich bin noch nicht einmal schwanger.»

Er strich ihr das Haar aus dem Gesicht. «Dagegen müssen wir etwas unternehmen.»

Sie wies ihn nicht darauf hin, daß sie sich zuerst die Spirale entfernen lassen mußte, denn in solchen Dingen war er ziemlich prüde.

William hatte an diesem Nachmittag in der Kanzlei zu tun. Er mußte seinen letzten Fall abschließen, bevor er Richter wurde. Sobald er das Haus verlassen hatte, rief Frankie Melanie an und sagte: «Rate mal, wo ich bin!»

«Wieder in Islington?»

«Woher weißt du das?»

«Frankie, du erzählst mir vielleicht nicht alle deine Geheimnisse, aber ich bin nicht dumm. Du warst so unerbittlich, daß ich wußte, es war etwas los. Ich bin begeistert. Wirst du wieder in der Kanzlei arbeiten?»

«Vorerst nicht. Ich möchte erst ein Baby haben. Und wir wollen nicht wieder den Fehler machen, beide so viel zu arbeiten, daß wir keine Zeit mehr füreinander haben. Aber laß uns später miteinander plaudern. Komm doch heute abend zu uns zum Essen.»

«Aber das geht doch nicht. Nicht an eurem ersten Abend.»

«William würde sich sicher freuen.»

«Wir ebenfalls. Ich bin so glücklich. Alles wird wieder genau so, wie es früher war.»

«Nein, besser. Ganz bestimmt.»

Frankie legte auf und schrieb eine Einkaufsliste. Nach dem geschäftigen Treiben im Stadion kam ihr das Haus in Islington sehr still vor. Sie stellte das Radio an und drehte am Abstimmregler, bis sie einen Verkehrssender gefunden hatte. Ihr war alles recht, solange es die Stille vertrieb. Sie fragte sich, was Jack gerade dachte. Was er machte. Sie starrte das Telefon an und wurde von dem Verlangen gepackt, seine Stimme zu hören. Rasch nahm sie ihren Autoschlüssel und rannte aus dem Haus, um der Versuchung zu entfliehen.

William kam pünktlich nach Hause und brachte ihr ein Dutzend rote Rosen mit. «Du weißt ja gar nicht, was es für mich bedeutet, nach Hause zu kommen und zu sehen, daß du da bist», sagte er, während er zusah, wie sie die Rosen in einer Schale arrangierte.

«Ich habe Simon und Mel eingeladen.»

«Ach, das ist gut! Alles wird wieder wie früher.»

Sie lächelte. «Das hat Mel auch gesagt. Ich habe ihr geantwortet, daß es besser werden würde.» Sie gab ihm einen Kuß aufs Kinn und fuhr dann damit fort, die hausgemachte Pastete in eine ovale Schüssel zu füllen und glattzustreichen. «Ich brauche irgendeine Aufgabe, wenn ich jetzt daheim bleibe. Ich denke, wir sollten das Haus renovieren.»

«Virginia Culmstock würde dir sicher gern dabei helfen.»

«Damit sie sich dann wieder ständig über mich mokiert? Nein, William. Diesmal werden wir alles selbst aussuchen. Ich möchte für unseren Neuanfang schöne warme Farben haben.»

«Was immer du willst, Liebling.» Er ging in den Keller, um für das Abendessen einen Wein auszusuchen. Von der Küche aus konnte Frankie ihn hören, wie er vor sich hin summte, dabei aber den Ton nicht traf.

Während der folgenden Tage dachte Frankie häufig an Jack. Aber sie versuchte sich abzulenken, indem sie verschiedene Dinge erledigte. Sie ging zu ihrem Gynäkologen. Sie packte ihre Koffer aus und organisierte den Haushalt neu. Sie kaufte Vorräte ein und füllte die Gefriertruhe mit Fleisch. In der Kanzlei hatte sie immer sehr effizient und sorgfältig gearbeitet, zu Hause neigte sie dazu, schlampig zu sein. Zumindest hatte William das stets behauptet. Jetzt machte sie sich Listen, um den Haushalt besser in den Griff zu bekommen. Wenn William nach Hause kam, war das Abendessen schon fast fertig. Wenn er ins Theater gehen wollte, dachte sie daran, Karten vorzubestellen. Wenn sie zum Essen gehen wollten, ließ sie vorher einen Tisch reservieren.

Frankies einzige Verbindung zum Stadion war Eamonn. Blue hatte wieder eine Siegesserie, und sie hätte ihn gerne einmal besucht. Auf dem Rückweg von Rockhurst war sie oft drauf und dran, zum Zwinger zu fahren, aber die Angst, Jack zu begegnen, hielt sie davon ab.

Alle paar Tage fuhr sie nach White Oast. Ihre Mutter war schwach und sehr dünn geworden. Von Frankreich war nicht mehr die Rede. Statt dessen sprachen sie von der Vergangenheit, von Frankies Kindheit. Sie schwelgten in Erinnerungen an einen wunderbaren Urlaub mit ihrem Vater in Cornwall, ihren einzigen gemeinsamen Urlaub. Er war nach Hause gekommen und hatte verkündet, daß er ein abgelegenes Bauernhaus an der Küste von Cornwall gemietet hatte; Jahre später hatten sie herausgefunden, daß er sich dort versteckt hatte, weil er Spielschulden hatte. Das Haus hatte oberhalb eines Sandstrands gestanden. Die Atlantikwellen waren so lange auf ihn eingestürmt, daß er hart und dunkel geworden war. Frankie hatte den Urlaub schon fast vergessen. Sie hatte alle Erinnerungen, die mit ihrem Vater zu tun hatten, lange verdrängt. Jetzt fiel ihr wieder ein, daß sie ihrem Vater stundenlang dabei zugesehen hatte, wie er in Pfützen, die die Flut auf den Felsen hinterlassen hatte, mit einem grünen Fischernetz kleine Krebse und Krabben fing. Sie erinnerte sich an den Tag, an dem er einen Hummer gefangen hatte, an die Aufregung und den Triumphzug zum Bauernhaus, um ihn dort zuzubereiten.

«Du hast deine Petticoats in Zuckerwasser gekocht», sagte sie zu ihrer Mutter.

«Ben hat mich eines Abends zum Tanzen ausgeführt. Rock 'n' Roll! Wir haben dich bei unserer Bauersfrau gelassen. Du warst so wütend.» Ihre Mutter lachte und sang mit zitternder Stimme die ersten Zeilen von «Rock around the Clock». Dann brach sie mit Tränen in den Augen ab.

Eine Woche bevor William seinen Amtseid als Richter ablegen sollte, traf sich Frankie mit Mel bei Harvey Nichols, um sich für diesen Anlaß eine Kleid auszusuchen. «Es soll elegant und mondän sein», sagte sie, als sie durch die Designerabteilung gingen. «Und für Williams Vereidigung vor dem Lordkanzler brauche ich einen Hut.»

«Zumindest wird dich Williams Mutter nicht ausstechen», sagte Mel lachend. «Wahrscheinlich wird sie in ihren Gummistiefeln erscheinen.»

«Die alte Hexe! Sie ruft nicht einmal bei uns an, weil ja ich ans Telefon gehen könnte. Ich habe sie, seit ich wieder mit William zusammen bin, noch nicht einmal gesehen. Bei der Vereidigung werden wir uns zum erstenmal wieder begegnen.» Frankie schlüpfte in ein ausgesprochen elegantes schwarzes Crêpekleid, das mit braungrauen Insekten bedruckt war.

«Du wirst auch allen anderen aus der Kanzlei begegnen», sagte Melanie und half ihr, den Reißverschluß zu schließen. «Sie sind anschließend alle zur Feier in Williams Kanzlei eingeladen.» Sie trat einen Schritt zurück. «Das Kleid ist phantastisch.»

«Ich kann mir gut vorstellen, wie sie über mich hergezogen sind.» Frankie setzte sich einen schwarzen Husarenhut mit hoher Krempe auf. «‹Ach, der arme William! Ein wirklicher Heiliger! Wie konnte er nur so großmütig sein, sie wieder bei sich aufzunehmen!›»

Melanie kicherte. «Mach dir keine Gedanken! Virginia Culmstock wird bestimmt vor dir kriechen, wenn du erst einmal Lady Eastgate bist.»

«Ich kann doch von Leuten, die mich schon seit Jahren kennen, nicht verlangen, mich plötzlich mit Lady Eastgate anzusprechen.»

«Dann bist du, soweit ich weiß, die einzige, die das nicht tun würde.»

«Ich käme mir wie eine Hochstaplerin vor. Ich habe mir den Titel nicht verdient. Der Titel ist allein Williams Verdienst. Und ich kann wirklich nicht für mich in Anspruch nehmen, ihn dabei immer unterstützt zu haben. Ich hatte ihn sogar verlassen.» Frankie nahm den Hut ab und zwinkerte Melanie zu. «Wie schade, daß es kein Titel des Hochadels ist. Dann wäre meine Schwiegermutter nämlich sogar verpflichtet, vor mir einen Knicks zu machen.»

An einem sonnigen Nachmittag im April saß Frankie neben William auf dem Rücksitz einer gemieteten Limousine, die sie über den Parliament Square zum Oberhaus brachte. Sie trug das schwarze Crêpekleid und den Husarenhut. Er hatte die richterlichen Amtsinsignien angelegt: eine rote Robe, einen weißen Kragen und eine schulterlange Lockenperücke. William war sichtlich nervös. Sie griff nach seiner Hand. «Du wirst ein hervorragender Richter werden», sagte sie. «Ich bin stolz auf dich.»

Sie fuhren durch das Chancellor's Gate in einen gotischen Hof, der jetzt als Parkplatz diente. Dort warteten schon Williams Eltern, sein persönlicher Sekretär aus der Kanzlei, ein Mitarbeiter des Lordkanzlers und der offizielle Fotograf auf sie. Mortimer machte höflich Konversation. Audrey war in einem grimmig blauen Wollkleid und mit einem Topfhut erschienen, der sie wie Goebbels aussehen ließ.

«Guten Morgen, Francesca», sagte sie laut und vernehmlich. «Ich hoffe, du bist sehr stolz auf deinen Mann.»

«Das bin ich. Gerade eben im Auto habe ich es ihm gesagt.» Lächelnd schüttelte Francesca dem Mitarbeiter des Lordkanzlers die Hand, küßte ihren Schwiegervater auf die Wange und begrüßte Williams Sekretär. Fest entschlossen, sich an Williams großem Tag nicht von Audrey provozieren zu lassen, plauderte sie freundlich mit allen Anwesenden.

Sie stellten sich zum Erinnerungsfoto zusammen, traten dann aber zur Seite, als von William das offizielle Porträt gemacht wurde. Dann führte man sie auf einer breiten, verzierten Treppe, die geschichtsträchtig knarrte, hinauf zum ständigen Staatssekretär des Lordkanzlers, der mit ihnen noch einmal den Ablauf der Zeremonie durchging. Selbst Audrey war angesichts der Feierlichkeit des Anlasses verstummt. Schließlich waren sie soweit. William drehte sich zu Frankie um. Er sah sehr blaß aus. Sie lächelte ihn strahlend an. Dann ging er, die Bibel in der rechten Hand und den Eidestext in der linken, in das Büro des Lordkanzlers voraus.

Es war ein großes, zum Teil holzgetäfeltes Zimmer, an dessen Wänden goldgerahmte Porträts früherer Lordkanzler hingen. Polierte antike Möbel reflektierten das warme Rot des Teppichs. Durch das Fenster bot sich Frankie ein umwerfender Blick auf die Themse. Der Lordkanzler stand vor seinem Schreibtisch. William wandte sich, wie man ihn angewiesen hatte, sofort auf die linke Seite des Zimmers und stellte sich neben einen achteckigen Bibliothekstisch. Frankie, seine Eltern und sein Sekretär stellten sich vor dem Fenster auf. Da Francesca wußte, daß William nervös war, war sie es ebenfalls. Sie ballte hinter ihrem Rücken die Fäuste, um zu verhindern, daß sie nervös herumzappelte und ihn dadurch ablenkte.

Der Lordkanzler nickte William zu, der daraufhin den ersten Eid ablegte, den Treueid gegenüber der Krone: «Ich, William Alexander Eastgate, schwöre bei Gott dem Allmächtigen, daß ich Ihrer Majestät Königin Elisabeth der Zweiten, ihren Erben und

Nachfolgern gemäß britischem Recht treu dienen werde.» Dann ging er sofort zum zweiten Eid, dem Richterschwur, über. Als Frankie seine Worte hörte, war sie mehr denn je davon überzeugt, daß es richtig gewesen war, zu William zurückzukehren. Er würde ein großartiger Richter werden. Sie fühlte sich geehrt, an seiner Seite zu sein.

Nachdem William die Eidestexte unterzeichnet hatte, überreichte ihm der Lordkanzler seine Berufungsurkunde, in welcher die Königin ihn zum Richter ernannte. Sie trug das große Siegel und lag zusammengerollt und mit rotem Band verschnürt in einer roten Lederschatulle.

«Meine Glückwünsche!» Der Lordkanzler schüttelte William freundlich die Hand. «Möchten Sie mir nun Ihre Familie vorstellen?»

Entschlossen trat Audrey vor. Eigentlich hätte Frankie als Williams Frau den Vortritt gehabt, aber das war ihr egal. Sie hörte, wie der Lordkanzler zu ihren Schwiegereltern sagte: «Sie können sehr stolz auf Ihren Sohn sein.»

Dann sagte William: «Darf ich Ihnen meine Frau Francesca vorstellen?»

Frankie reichte dem Lordkanzler die Hand. Er lächelte sie an, und sie erwiderte dieses Lächeln. Sein Blick war jedoch kritisch. Er wußte, daß sie nicht immer an Williams Seite gewesen war, dessen war sie sich sicher.

Die Zeremonie hatte kaum eine halbe Stunde gedauert. Danach fuhren sie direkt zu Williams Kanzlei. Er trug immer noch seine neue Richterrobe. Alle waren gekommen, um ihm zu gratulieren. Abgesehen von den Kollegen seiner eigenen Kanzlei, waren auch Sir Giles und Lady Henrietta anwesend, Geoffrey und Virginia Culmstock, Simon und Melanie, der kleine, elegante Desmond und seine hundenärrische Frau, Rupert Barbour, der ein Auge auf eine von Williams Referendarinnen geworfen hatte, Sanjiv und Deepa, die ihr zweites Kind erwartete, James und seine hochschwangere Frau, die Lehrerin war, Hugo und Thomas, die beide sichtlich zuviel Champagner getrunken hatten. Und Old Nailbag, der sich verdrießlich in dem fröhlichen Zimmer umsah.

Die meisten der Anwesenden wußten bereits, daß Frankie zu

William zurückgekehrt war, aber sie tauschten bedeutungsvolle Blicke, als sie sie sahen.

«Das ist aber eine Überraschung, Francesca», sagte Virginia mit ihrer metallischen Stimme.

«Ja.» Melanie hakte sich bei Frankie unter. «Ist es nicht wunderbar?»

«Das finde ich auch», stimmte Sanjiv zu. «Frankie, ich wünschte, Sie würden wieder bei uns in der Kanzlei arbeiten. Ich vermisse Ihr strahlendes Lächeln.»

«Ich ebenfalls», sagte James. «Als ich in der Kanzlei anfing, haben Sie beide, Sie und Melanie, mir das Gefühl gegeben, willkommen zu sein.»

Frankie wurde vor Überraschung und Freude ganz rot. «Das freut mich, aber im Augenblick habe ich nicht vor zu arbeiten. Vielleicht in ein oder zwei Jahren.» Sie drehte sich um, damit sie ihr Glas auf einem Tisch abstellen konnte, und stellte fest, daß Geoffrey Culmstock hinter ihr stand.

«Es ist wirklich sehr großzügig von William, Sie wieder aufzunehmen. Ich hätte das nicht getan», brummte er mit seiner barschen Yorkshire-Stimme. «Aber glauben Sie bloß nicht, daß Sie einfach wieder in die Kanzlei zurückkehren können. Einige Ihrer ehemaligen Kollegen mögen vielleicht dafür sein, aber die Mehrheit ist dagegen. Das hat man mir bereits mitgeteilt.»

Frankie wurde puterrot, und Geoffrey entfernte sich. Sie wollte ihm hinterherschreien, daß sie gar nicht die Absicht hatte, mit Heuchlern zusammenzuarbeiten, aber sie verkniff es sich. Es wäre William gegenüber nicht fair gewesen, Geoffrey eine Szene zu machen. Das war sein Tag.

Zwei Wochen später erhielt William einen Brief, der seine Erhebung in den Ritterstand bekanntgab: Im Gegensatz zu den meisten anderen Titeln wurde die Ritterwürde eines Richters am High Court nicht in der zweimal jährlich erscheinenden Liste der Titel- und Rangverleihungen aufgeführt. Sie durften sich aber ab jetzt Sir William und Lady Eastgate nennen, obwohl er den Ritterschlag im Buckingham Palace erst im September erhalten sollte, wenn die Königin aus ihrem Sommerurlaub auf Balmoral Castle zurückgekehrt war.

William war über den Titel begeistert. Er bestellte sofort neues Briefpapier. Seine Mutter war entzückt. Sie würzte ihre Gespräche mit «Mein Sohn, Sir William». Sogar Mrs. MacDougall war beeindruckt. Sie erklärte Frankie, daß ein Haushalt mit Titel einen besseren Staubsauger brauche. Nur Frankie war das alles ein wenig peinlich. Sie konnte sich nicht dazu durchringen, sich in der Reinigung, in der man sie seit jeher als Mrs. Eastgate kannte, nun mit Lady Eastgate ansprechen zu lassen.

Ihr Leben spielte sich zu einer angenehmen Routine ein. Am Donnerstag hatten sie meistens Gäste, darüber hinaus nahmen sie höchstens drei Einladungen pro Woche an. Weil Frankie darauf bestanden hatte, luden sie Sanjiv und Deepa zu einem ihrer eleganteren Dinners ein, denn sie hatte nicht vergessen, wie freundlich die beiden zu ihr gewesen waren. Samstags fuhren sie nach Kingly, sonntags nach White Oast. Frankie besuchte ihre Mutter noch an wenigstens einem anderen Tag in der Woche. Sie zog die Besuche unter der Woche vor, weil sie dann beide ungestört über ihre Erinnerungen plaudern konnten.

In London konzentrierte sich Frankie auf das Haus. Sie genoß es, Farbtabellen auszuarbeiten, von jedem Zimmer einen Plan zu zeichnen und Musterproben zu sortieren. «Was gefällt dir besser?» fragte sie William eines Abends. «Dieser Chintz in Rostrot und Blau oder das bräunliche Orange?»

«Das Orange finde ich nicht gut. Es ist zu kräftig.» Er zeigte auf eine Zeichnung. «Was ist das?»

«Das kleinere Gästezimmer.»

Er legte den Arm um sie. «Du meinst das Kinderzimmer?»

«Psst. Wir dürfen das Schicksal nicht herausfordern. Vielleicht werde ich ja überhaupt nicht schwanger.»

Er küßte sie auf den Scheitel. «Natürlich wirst du das.»

Als sie an diesem Abend zu Bett gingen, sagte sie: «William, ich habe nur noch hundert Pfund. Ich fürchte, daß du mir jetzt, da ich nicht mehr arbeite, Geld geben mußt.»

«Ich lasse dir morgen zwanzig Pfund da.»

«Das wird nicht weit reichen. Vor allem nicht, wenn du Räucherlachs und Wachteleier essen willst.»

«Dann fünfzig.»

Sie diskutierte nicht weiter. Es war zu spät. Aber sie fragte sich, wie andere Frauen es schafften, ihren Männern Geld zu entlocken. William hatte immer die Hypotheken für das Haus und alle sonstigen Rechnungen bezahlt. Sie war für das Essen, den Lohn für Mrs. MacDougall und ihre eigene Kleidung aufgekommen. Sie hatte ein eigenes Bankkonto gehabt und über verschiedene Kredit- und Kundenkarten verfügt. Jetzt war sie vollkommen von William abhängig.

Beiihrem nächsten Besuch in White Oast bat sie ihre Mutter um Rat. «Du mußt dir von ihm Haushaltsgeld geben lassen», erwiderte ihre Mutter tief besorgt. «Du kannst doch nicht immer warten, bis er dir etwas gibt. Warum solltest du auch? Für jemanden, der so intelligent ist wie du, Liebling, bist du wirklich sehr naiv. Und vergiß auf keinen Fall, ein eigenes Konto zu eröffnen und dir jeden Monat etwas zurückzulegen. Für Notfälle.»

«Ich habe nicht die Absicht, William zu verlassen.»

«Er könnte auch dich verlassen. Läuft das Haus immer noch auf seinen Namen?»

«Mutter! Mach dir darüber keine Gedanken!» Frankie nahm die Hand ihrer Mutter und wechselte das Thema.

Dennoch legte sie William einen sorgfältig ausgearbeiteten Haushaltsplan vor.

«Zwölfhundert im Monat!» japste er.

«Soll ich deinen Kaviar streichen?»

«Nein, Liebling, aber...» Sein Blick wanderte die Ausgabenliste hinunter. «Was ist das? Zwingergebühren? Hundertfünfzig Pfund im Monat? Ich gebe doch nicht so viel Geld für das Training deines Hundes aus.»

«In Ordnung. Wir wollen nicht darüber diskutieren.»

Er öffnete den Mund, um etwas zu sagen, aber sie legte ihm den Zeigefinger auf die Lippen. «William, wir werden uns wegen Blue nicht streiten.»

Es dauerte zwei Tage, bis Frankie Zeit fand, Blue abzuholen. Sie erzählte William nicht, was der Grund für diese Verzögerung war: daß sie einen Termin bei ihrem Gynäkologen hatte. Auf dem Weg zu den Zwingern war sie vollkommen ruhig. Als sie jedoch dort ankam, begann ihr Herz wie wild zu klopfen.

Eamonn kam sofort heraus. Er führte Blue an der Leine. «Du solltest ihn nicht aus dem Training nehmen», murrte er. «Schade um den guten Hund.»

«Mein Mann möchte nicht, daß er hierbleibt.»

«Wegen Jack?»

«Zum Teil.» Frankie wollte Eamonn gegenüber nicht zugeben, wie geizig William war.

Der alte Trainer warf einen raschen Blick auf die Straße. «Dann verschwindest du am besten so schnell wie möglich.»

Sie drehte sich um. Jacks Landrover kam die Straße herauf, Staub und Steine spritzten unter seinen Reifen weg. Er war allein, und er fuhr schnell. Sie stand neben der offenen Fahrertür ihres Wagens. Sie wußte, daß sie davonfahren konnte, aber sie schaffte es nicht, sich von der Stelle zu rühren. Er starrte sie durch die schmutzige Windschutzscheibe an. Erhobenen Hauptes begegnete sie seinem Blick. Er öffnete die Tür des Landrover und stieg aus. Er war all das, woran sie sich erinnerte, und mehr. So viel mehr. Ihre Brust war wie zusammengeschnürt. Sie bekam einen trockenen Mund und mußte schlucken. Jack kam auf sie zu. Sie wartete darauf, daß er etwas zu ihr sagte, aber er ging einfach an ihr vorbei und verschwand zwischen den Zwingern.

Da wußte sie, daß sie ihn immer noch liebte. Oder vielleicht auch haßte. Auf keinen Fall war er ihr gleichgültig. Blue im Zwinger zu lassen war das letzte Bindeglied gewesen. Das wurde ihr jetzt klar. William hatte recht, wenn er darauf bestand, daß sie den Hund von dort wegholte. Als sie nach London zurückfuhr, fragte sie sich, ob sie dem Kind, das sie unter dem Herzen trug, einst sagen würde, daß jeder einmal eine große Liebe erfahren sollte, wie ihre Mutter das zu ihr gesagt hatte.

Kapitel 29

Als Frankie zu Hause ankam, schalt sie sich insgeheim dafür, daß sie sich William gegenüber so illoyal verhielt. Er war ihr Ehemann, der Vater ihres ungeborenen Kindes. Jack zu lieben war verrückt, genau wie ihre Mutter verrückt gewesen war, ihren Vater zu lieben.

Für den Augenblick, in dem sie William von dem Baby erzählen würde, plante sie ein perfektes Ambiente. Sie holte eine Flasche Krug, den Champagner, den er so mochte, aus dem Keller und verteilte Belugakaviar auf kleine Dreiecke aus dunklem Brot. Sie ließ sich Badewasser ein, gab reichlich Duftessenzen hinein, achtete aber darauf, daß das Wasser nicht zu heiß war, damit es dem Baby nicht schadete. Als sie in dem warmen Wasser lag, seifte sie sich sorgfältig den Bauch ein und fragte sich, ob ihr Baby wohl die Streichelbewegungen spüren konnte. Als sie sich abtrocknete, achtete sie wieder darauf, daß sie mit dem Handtuch nicht zu fest rubbelte.

Als William nach Hause kam, saß sie in einem hübschen cremefarbenen Seidenkleid, eine Perlenkette um den Hals, im Garten. Der Champagner wartete in einem silbernen Eiskübel auf dem Tisch. Daneben standen zwei von Williams besten Waterfordgläsern und eine Platte mit Kaviar. Er starrte den Champagner an. Frankie lächelte. Bevor sie jedoch etwas sagen konnte, kam Blue in den Garten gesprungen.

«Was macht der Hund hier?» wollte William wissen.

«Du hast gesagt, ich soll ihn aus dem Training nehmen.»

«Ich habe aber nicht gesagt, daß du ihn herbringen sollst.»

«Wo soll er denn sonst hin? Er ist mein Hund.»

William schürzte die Lippen. «Und was soll das mit dem Champagner? Um Himmels willen, Francesca! Der Krug ist doch nur für besondere Gelegenheiten.»

Tränen traten ihr in die Augen. «Das ist eine besondere Gelegenheit», flüsterte sie. «Ich bekomme nämlich ein Baby.»

«Ach, Liebling!» Sofort war er bei ihr. «Es tut mir leid, daß ich dich so angefahren habe. Du hättest mir das gleich sagen sollen. Ach, ich bin ja so glücklich.» Er küßte sie zärtlich. «Wann kommt es?»

«Im Januar.»

«So lange kann ich nicht warten.»

Sie lachte. «Es wird dir wohl nichts anderes übrigbleiben.»

Er lächelte stolz. «Wir müssen dieses Wochenende eine Familienfeier in Kingly machen. Weiß deine Mutter schon davon?»

«Nein. Ich wollte, daß du es als erster erfährst.»

«Wir müssen einen Namen aussuchen. Wir werden uns den Stammbaum der Eastgates ansehen. Alexander hat mir schon immer gut gefallen. Außerdem ist das mein zweiter Vorname.»

«William, vielleicht wird es ein Mädchen.»

Er strich ihr über den Bauch. «Nein, es wird mit Sicherheit ein Junge.»

Sie blieben draußen im Garten sitzen und redeten begeistert über das Baby, bis sich der warme Maitag seinem Ende zuneigte. William telefonierte mit seinen Eltern. Frankie rief in White Oast an. Ihre Mutter weinte vor Freude. Dann riefen sie Simon und Melanie an. Es war schon spät, als sie zu Bett gingen. Sie küßten sich und hielten sich eng umschlungen.

«Schadet es dem Baby, wenn wir miteinander schlafen?» flüsterte William ihr ins Ohr.

Sie lächelte. «Natürlich nicht.»

Er war besonders sanft zu ihr. Danach drehte er ihr nicht den Rücken zu, sondern hielt sie noch im Arm. Als Frankie seinen tiefen Atemzügen lauschte, fühlte sie sich sicher. Das Baby würde ihr Leben ausfüllen. Wenn es ein Mädchen wurde, würden sie es Dominique nennen. Eine Tochter würde ihre Mutter zwar nicht ersetzen, aber sie würde eine Verbindung zu ihr darstellen. Falls es einen Gott gab, war er offensichtlich erfreut darüber, daß sie zu William zurückgekehrt war.

Die Freude über das Baby verdrängte Jack aus ihren Gedanken. Nur ein einziges Mal gestattete sie sich, daran zu denken, daß dieses Kind von ihm hätte sein können. Dann rief sie sich ins Gedächtnis, daß Jacks Kind in einer Welt voller Gewalt und Waffen aufgewachsen wäre.

Alle freuten sich, daß Frankie schwanger war. Ihre Schwiegermutter gab ihr sogar einen Kuß. Virginia Culmstock schickte ihr Blumen. In den folgenden Tagen war William überaus aufmerksam zu ihr. Als die Maler und Tapezierer kamen und im ganzen Haus Chaos herrschte, brachte er Frankie nach White Oast, damit sie dem Aufruhr und dem Gestank der Farbe entfliehen konnte. Sie war erleichtert darüber, denn inzwischen war ihr öfters übel.

Es war wunderschön, mit ihrer Mutter im Garten zu sitzen und über das Baby zu sprechen, während Blue ständig irgendeinem der zahlreichen Eichhörnchen hinterherjagte. Die frische Luft und das warme Wetter hatten Farbe auf Frankies blasse Wangen gezaubert. Gelegentlich machten ihr leichte Schmerzen im Bauch zu schaffen. Sie beschloß, den Arzt ihrer Mutter aufzusuchen; bis sie dann aber einen Termin bei ihm hatte, waren die Schmerzen wieder verschwunden.

Eines Morgens sprach ihre Mutter aus, woran sie beide ständig dachten. «Ich wünsche mir nur, daß ich lange genug lebe, um die Kleine noch zu sehen», sagte sie. «Nur um sie wenigstens einmal in den Armen zu halten.»

«Ich werde ihr von dir erzählen.» Frankie lächelte mit Tränen in den Augen. «Aber William ist überzeugt, daß es ein Junge wird.»

«O nein. Es wird ein Mädchen! Als ich dich erwartet habe, wußte ich, daß du ein Mädchen wirst. Ich habe dir immer etwas vorgesungen. Französische Wiegenlieder. Ben war überzeugt, daß ich einen Jungen bekommen würde. Er hat dir immer schrecklich ordinäre Rugby-Lieder vorgesungen. Ich war jung und unschuldig und fürchterlich schockiert!» Ihre Mutter schüttelte den Kopf. «Nach all den Jahren kann ich immer noch nicht begreifen, wie jemand, der so praktisch veranlagt ist wie ich, einen Mann wie Ben heiraten konnte. Und das zehn Tage nachdem wir uns kennengelernt hatten! Es war Winter. Wir hatten kein Geld. Bevor ich Steven begegnet bin, hatte ich niemals Geld. Wir haben unsere Flitterwochen in einem billigen Hotel in Brighton verbracht. Es war die Art Etablissement, wo man die Heizung erst am Abend anstellt, also sind wir nachmittags ins Kino gegangen oder haben in Antiquitätenläden herumgestöbert. Manchmal taten wir so, als wollten wir etwas kaufen, nur um uns aufwärmen zu können. Bei meinen englischen Verwandten habe ich mich erst gemeldet, als ich verheiratet war. Die Ärmsten! Sie waren vor Sorge fast verrückt geworden, als ich nicht wie geplant bei ihnen eingetroffen war. Als sie Ben kennenlernten, waren sie entsetzt. Sie haben ihn ‹diesen Iren› genannt. Aber ich war verliebt, und deshalb war mir das egal. Später, nach meiner Scheidung, hab ich sie zufällig im Kaufhaus getroffen. Ich tat so, als wäre ich immer noch verheiratet, weil ich es nicht ertragen konnte, ihnen die Genugtuung zu verschaffen, daß sie recht gehabt hatten.»

Frankie mußte über die Geschichte ihrer Mutter laut lachen.

Als sie nach London zurückkehrte, stellte sie erfreut fest, daß im Haus bereits wieder Ordnung herrschte. Im frisch tapezierten Wohnzimmer hingen schon die neuen blauen und rostroten Vorhänge, das Speisezimmer war durch den warmen, burgunderroten Samt wie verwandelt, und das klinische Weiß der Küche war heller Eiche und hübschen spanischen Kacheln gewichen. Das Schlafzimmer war nun nicht mehr blaßblau, sondern in Biskuit- und Buttermilchtönen ausgestattet: Diese Farben hatte sich William ausgesucht.

Sie ging hinunter, um ihren Koffer zu holen, doch als sie im Flur war, wurde ihr plötzlich übel. Da sie glaubte, das käme vom Geruch der Farbe, eilte sie in den Garten hinaus. Aber auch dort wurde ihr nicht besser. Es war nicht nur Übelkeit, sie verspürte auch einen bohrenden Schmerz in der Seite.

Als William nach Hause kam, lag sie auf dem Bett und hielt sich den Bauch. «Du siehst ja schrecklich aus», rief er. «Hast du den Arzt gerufen?»

«Ich habe morgen ohnehin einen Termin bei ihm.»

«Liebling, du brauchst ihn sofort.» Er griff zum Telefon.

Als der Arzt eintraf, fühlte sich Frankie bereits ein wenig besser. Er untersuchte sie gründlich und sagte dann: «Es scheint alles in Ordnung zu sein, Lady Eastgate. Natürlich kann nicht jede Komplikation durch eine Tastuntersuchung abgeklärt werden, nicht einmal eine Ultraschalluntersuchung hilft manchmal weiter, aber ich möchte Sie nicht unnötig quälen. Die Schmerzen haben ja nachgelassen, und solange Sie keine Blutungen bekommen, sollten wir, denke ich, das Ganze lediglich weiter beobachten. Bleiben Sie im Bett. Ruhen Sie sich richtig aus. Wenn die Schmerzen wiederkommen, rufen Sie mich bitte sofort an. Ansonsten lassen Sie mich morgen früh wissen, wie Sie sich fühlen.»

William schüttelte ihre Kissen auf, während sie sich auszog. Als sie in ihr Nachthemd schlüpfte, klingelte das Telefon. William nahm ab. Sie hörte ihn sagen: «Natürlich sage ich es ihr, Steven. Wir werden morgen mittag kommen.» Er legte den Hörer auf und nahm Frankies Hand. «Liebling, deine Mutter ist wieder im Krankenhaus. Nun, es ist kein Krankenhaus, es ist ein Hospiz.»

«O nein!»

Er legte den Arm um sie. «Sie ist noch nicht tot. Sie hat noch ein paar Wochen, vielleicht sogar mehr. Und in einem Hospiz wird sie sich wohler fühlen. Dort kann man ihr die richtigen Schmerzmittel verabreichen.»

«Ich muß sofort zu ihr.»

«Ich fahre dich morgen zum Hospiz.»

«Vielleicht stirbt sie in dieser Nacht. Ich will bei ihr sein.» Sie begann zu weinen.

«Liebling, du mußt an unseren Sohn denken. Dir ging es bis vor kurzem noch sehr schlecht, du kannst nicht mitten in der Nacht durch die Gegend fahren. Das ist unverantwortlich. Deine Mutter würde nicht wollen, daß du unserem Baby schadest. Geh ins Bett. Der Doktor hat gesagt, du sollst dich ausruhen.»

Frankie ließ sich schließlich überreden. William hatte recht. Sie mußte an das Baby denken. Er ging nach unten, und sie hörte, wie er in der Küche sein Abendessen zubereitete. Sie dachte an ihre Mutter, die in einem anderen Bett lag, und Tränen rannen ihr an der Nase entlang und fielen aufs Kopfkissen.

William mußte am nächsten Morgen zum Gericht, aber er versprach, bis zehn Uhr wieder zurück zu sein. Um die Zeit zu überbrücken, machte Frankie mit Blue einen kurzen Spaziergang. Es war ein sonniger Morgen, ein Morgen, wie ihn ihre Mutter liebte.

Der Gedanke ließ ihr die Tränen in die Augen schießen. Ihr war schlecht, und sie fühlte sich schwach, obwohl sie sich nicht sicher war, ob das nun von ihrer Schwangerschaft oder von ihrem Kummer kam. Sie hatte kaum das Ende der Straße erreicht, als sie wieder diese bohrenden Schmerzen im Bauch spürte. Sie machte sich sofort auf den Rückweg. Die Sonne brannte ihr auf den Kopf, und Schweiß lief ihr übers Gesicht. Die Schmerzen wurden immer schlimmer. Sie blieb stehen und wartete ab, ob sie vorübergingen. Sie taten es nicht. Sie ging wieder ein paar Schritte weiter. Die Schmerzen wurden unerträglich. Sie hatte das Gefühl, als würde man ihr den Bauch auseinanderreißen. Sie taumelte und hielt sich hastig an einem Laternenpfahl fest. Blue sah sie verwirrt an. Sie versuchte zu schreien, aber es kam kein Laut aus ihrer Kehle. Die Straße und die Häuser begannen sich um sie zu drehen. Sie rutschte zu Boden. Im Fallen schlug sie sich den Kopf am Bordstein auf.

Als sie wieder zu sich kam, stellte sie fest, daß sie in einem Bett in einem kleinen, kahlen Zimmer lag. Auf einem Stuhl neben ihr saß eine Schwester. Die Schmerzen in ihrem Bauch waren immer noch da, außerdem tat ihr der Kopf fürchterlich weh. Vorsichtig hob sie die Hand und ertastete einen Verband.

Die Tür öffnete sich, und William kam herein. Er sah, daß sie wach war. «Wie geht es dir, Liebling?» fragte er.

«Ist mit dem Baby alles in Ordnung?»

«Oh, das... äh... das wird dir der Arzt sagen.»

«Was ist mit meiner Mutter?»

«Es geht ihr gut. Oh... äh... hier ist der Arzt, Liebling.»

«Es ist leider das, was ich befürchtet habe», sagte ihr Arzt und tätschelte ihr dabei die Hand. «Eine ektopische Schwangerschaft. Das befruchtete Ei hat sich im Eileiter eingenistet und entwickelt. Das ist der Grund für Ihre Schmerzen.»

«Können Sie mein Baby retten?» fragte sie matt.

«Leider nein.»

«Wie bald wird sie wieder schwanger werden können?» fragte William.

«Zuerst einmal bringen wir das hier hinter uns, meinen Sie nicht auch, Sir William?» Der Arzt lächelte Frankie mitfühlend an. «Sie haben sich böse den Kopf aufgeschlagen. Dennoch müssen wir Sie noch heute operieren. Der Fötus hat vermutlich den Eileiter durchbrochen. Wir müssen ihn entfernen, solange der Eileiter noch zu retten ist. Sie dürfen bis zur Operation nichts essen. Versuchen Sie sich auszuruhen, und machen Sie sich keine Sorgen! Ich bin sicher, Sie werden noch viele Kinder bekommen.»

«Aber ich wollte dieses hier haben.»

«Ich verstehe.»

«Nein, das tun Sie nicht. Meine Mutter liegt im Sterben. Dieses Baby war ein Teil von ihr.» Sie wandte das Gesicht ab und begann leise ins Kopfkissen zu weinen.

William kam abends kurz vor der Operation wieder vorbei. Er wirkte steif und verlegen. «Wie fühlst du dich?» fragte er.

«Miserabel, aber ich habe mich damit abgefunden. Wie geht es meiner Mutter?»

Er nahm ihre Hand und spielte an ihren bleichen Fingern herum, sah ihr dabei aber nicht in die Augen.

«Irgend etwas stimmt nicht, oder?» Ihre Stimme wurde lauter. «Was ist mit ihr?»

Er sah jetzt noch verlegener aus. «Liebling, ich dürfte es dir eigentlich erst nach der Operation sagen.»

«Ist sie... tot?»

«Sie ist heute nachmittag gestorben. Sie ist einfach eingeschlafen. Steven war bei ihr.»

«Wußte sie, daß ich das Baby verlieren werde?»

«Ja. Aber sie lag schon im Sterben, Frankie. Es hatte mit dem Baby nichts zu tun.» Er redete weiter, fragte sie, was für Blumen er zur Beerdigung schicken sollte, wollte wissen, ob er Melanie Bescheid sagen sollte. Aber Frankie konnte ihm nicht antworten. Sie war vor Kummer wie betäubt. Sie spürte nicht einmal den Stich im Arm, als der Arzt ihr ein Beruhigungsmittel spritzte. Alles, was sie noch wahrnahm, war, daß sie in eine Welt des Vergessens sank, aus der sie nie wieder auftauchen wollte.

Kapitel 30

Frankie fühlte sich nicht gut genug, um zur Beerdigung ihrer Mutter zu gehen. Statt dessen lag sie in ihrem Krankenhausbett, und Tränen liefen ihr die Wangen hinunter, als sie sich die kleine Kirche und den sanft abfallenden Friedhof vorstellte, auf dem ihre Mutter unter einer alten Eibe bestattet werden sollte.

Sie weinte unablässig. Der Arzt sagte, das wäre normal und käme sowohl vom Kummer als auch von der Hormonumstellung. William war mitfühlend. Er versuchte sie aufzumuntern, indem er sagte: «Wir werden bald wieder ein Baby haben», aber daraufhin weinte sie nur noch heftiger. Nichts konnte die Leere, die in ihr entstanden war, füllen, nichts ihre tiefe Trauer um ihre Mutter, von der sie nicht einmal hatte Abschied nehmen können, und ihre Verzweiflung wegen des Babys lindern. Sie gab sich die Schuld, daß sie es verloren hatte, was zwar widersinnig war, aber Gefühle folgen schließlich nicht den Gesetzen der Logik.

Zu allem Unglück wurde dann auch noch Melanie schwanger. «Ich hätte es dir beinahe nicht erzählt», sagte sie, als sie Frankie, die gerade aus dem Krankenhaus entlassen worden war, besuchte. «Dann habe ich erkannt, daß es für dich erniedrigend wäre, wenn ich es dir nicht sagen würde.»

«Ich freue mich für dich.» Frankie versuchte begeistert zu klingen, aber es war ihr unmöglich, keinen Neid zu verspüren. Melanie hatte ein Baby, das in ihr wuchs und gedieh, während sie selbst versagt hatte.

Robert und Priscilla waren zur Beerdigung aus Amerika angereist. Sie wohnten bei Steven. Sie besuchten Frankie im Krankenhaus und dann noch einmal zu Hause. «Sobald es dir wieder gutgeht, kommst du uns mit William besuchen», erklärte ihr Robert überaus energisch. «Ihr wolltet eigentlich schon vor zwei Jahren kommen. Im September ziehen wir wieder nach San Francisco, aber vorher erwarten wir euch noch in Dallas. Wir lassen keine Ausreden mehr gelten.»

Sie nickte matt. Robert war zwar anstrengend, aber er war auch sehr freundlich zu ihr. Alle waren freundlich zu ihr. In gewisser Weise machte das alles nur noch schlimmer.

«Ich habe auch ein Baby verloren», sagte Priscilla, als sie sah, daß Frankies Gesicht einen traurigen Ausdruck annahm. «Im dritten Monat. Ich dachte, ich würde niemals darüber hinwegkommen, aber ich habe es dann doch geschafft.»

«Davon wußte ich gar nichts.» Frankie sah Priscilla mit neuen Augen. Sie hatten sie als dumm abgestempelt, aber sie besaß offenbar andere Qualitäten, zum Beispiel Geduld und Wärme. Frankie hätte sich gern länger mit ihr unterhalten, Robert hatte es jedoch eilig, weil er noch vor Ladenschluß zu Harrods wollte.

An diesem ersten Wochenende fuhr William mit ihr nach White Oast. Sie war schockiert, als sie Steven sah. Er war in kürzester Zeit förmlich zusammengeschrumpelt und um mehrere Jahre gealtert. Er hatte schon immer gehinkt, aber jetzt konnte er kaum noch ohne fremde Hilfe gehen. William ließ sie zusammen mit Blue in White Oast und fuhr dann nach Kingly weiter. Sie war froh, mit Steven allein in dem Haus sein zu können, in dem so vieles an ihre Mutter erinnerte, in dem jedoch ihr leichter Schritt verklungen war.

«Sie hat mich sehr glücklich gemacht», sagte Steven, als sie langsam die Straße zum Friedhof entlanggingen.

«Sie war auch sehr glücklich mit dir.» Frankie drückte seine knochige Hand. «Viel glücklicher als mit meinem Vater. Ich habe Jahre gebraucht, um das zugeben zu können.»

«Hast du es damals schlimm gefunden, daß sie mich geheiratet hat?»

«Ach, Steven, du warst immer so freundlich zu uns. Aber wie die meisten Scheidungskinder hoffte ich, daß meine Eltern wieder zusammenkommen und wir glücklich bis an unser Ende leben würden. Als meine Mutter dann dich geheiratet hat, war es vorbei mit dieser Hoffnung. Obwohl ich meinen Vater aus denselben Gründen ablehnte, aus denen meine Mutter ihn verlassen hatte, habe ich es ihr doch übelgenommen, daß sie ihn im Stich gelassen hat. Das war ihr gegenüber sehr unfair. Wenn ich einmal Kinder habe, werden sie hoffentlich nicht ebenso hart über mich urteilen wie ich über meine Mutter.»

Steven tätschelte ihr die Hand. «Du warst später immer sehr gut zu ihr. Du warst gut zu uns beiden.»

Sie hatten die kleine Kirche erreicht, wo ihre Mutter jeden Sonntag den Gottesdienst besucht hatte. Das Gebäude war alt und aus grauen Steinen erbaut. Der Friedhof dahinter fiel sanft zu einem kleinen Wald ab. Sie folgten dem Pfad zwischen alten, verwitterten Grabsteinen, von denen viele umgestürzt waren, bis zu einer Gruppe Eiben. Selbst aus der Ferne erkannte Frankie das Grab ihrer Mutter. Es war mit Freesien überhäuft.

«Bist du heute morgen schon einmal hier gewesen?» fragte sie Steven.

Er nickte. «Ich bringe ihr jeden Tag Freesien. Die mochte sie am liebsten.»

Eine Zeitlang standen sie, jeder in seine eigenen Gedanken versunken, einfach schweigend da und blickten auf das Grab. Dann gingen sie langsam wieder nach White Oast zurück, um Tee im Garten zu trinken, in dem sich bereits erste Anzeichen von Vernachlässigung bemerkbar machten. Der Garten schrie förmlich nach der ordnenden Hand ihrer Mutter.

Als sie wieder in London war, bemühte sich Frankie, zum Alltag zurückzukehren. Die Routine ihres gemeinsamen Lebens mit William half ihr dabei. William war freundlich, hatte aber viel zu tun. Sie fühlte sich innerlich leer, selbst wenn sie miteinander schliefen.

Sie hatte eine ganze Reihe von Kondolenzschreiben erhalten und war eine Weile damit beschäftigt, sie alle zu beantworten. Es war sogar eins von Marius dabei. Sie hätte sich gerne mit ihm getroffen und über ihre Mutter gesprochen, aber sie fühlte sich zu schwach dafür. Sie dankte ihm kurz auf ihrem neuen Lady-Eastgate-Briefpapier.

Sie hatte den Schmuck ihrer Mutter und einige persönliche

Dinge geerbt. Die Kleider ließ sie in White Oast. Sie waren ihr ohnehin zu kurz. Außerdem spürte sie, daß Steven den Anblick eines leeren Schranks fürchtete. Die Schmuckschatulle nahm sie jedoch mit nach London. Sie hatte einen halben Tag damit zu tun, den Inhalt zu katalogisieren. Ihr Lieblingsstück war die zarte Piaget-Armbanduhr ihrer Mutter.

William zuliebe versuchte Frankie fröhlich zu sein; wenn er jedoch zur Arbeit gegangen war, legte sie sich oft wieder ins Bett, zog die Decke über den Kopf und weinte. Mit Ausnahme der letzten Monate, wo sie die Renovierung und der Gedanke an das Baby in Atem gehalten hatten, hatte sie immer gearbeitet. Jetzt hatte sie nichts mehr zu tun. Mrs. MacDougall kam zweimal die Woche, aber an den anderen Tagen sah Frankie von dem Augenblick, wo William das Haus verließ, bis zu seiner Rückkehr oft keine Menschenseele.

Wegen Blue mußte sie jeden Tag an die frische Luft. Manchmal fuhr sie zur Hampstead Heath und ging mit ihm durch das hohe Gras spazieren. Das gefiel Blue am besten. An anderen Tagen führte sie ihn durch die Straßen in der näheren Umgebung. Sie versuchte zu lächeln, wenn ihr andere Frauen begegneten, weil sie hoffte, sie würden stehenbleiben und mit ihr plaudern. Sie eilten jedoch weiter und hielten sie für merkwürdig.

Das Wetter war herrlich. Die Leute sonnten sich in ihren Gärten und veranstalteten Barbecues. Über die Mauern drangen Lachen und der Geruch gegrillter Würstchen. Durch die offenen Fenster konnte Frankie Frauenstimmen auf der Straße hören, Mütter, die sich miteinander unterhielten, während sie ihre Kinder zur Schule brachten, oder die sich zum Kaffee verabredeten. Es gab eine Clique von fünf Frauen, zu der auch Clarissa Riddle-Longman gehörte. Sie war die herrschsüchtigste und älteste. Die anderen vier kannte Frankie nur vom Sehen, weil sie tagsüber nie daheim gewesen war und auch keine Kinder hatte, die zu den Geburtstagsfeiern der anderen Kinder eingeladen wurden. Manchmal stand sie am Fenster und beobachtete die Frauen neidisch durch den Vorhang. Aber wenn sie nach draußen ging, verstummte das Gespräch. Zumindest kam es Frankie so vor.

Einmal, als sie gerade im Garten saß und sich sonnte, hörte sie, wie sich die Frauen bei den Riddle-Longmans trafen. Sie blieb still liegen und hörte zu, wie sie von Kindern und der Schule sprachen. Dann sagte eine der Mütter: «Sag mal, Clarissa, ist die Frau deines Nachbarn wieder mal durchgebrannt?»

«Nein. Sie ist zurückgekommen, um Lady Eastgate zu werden.»

Die Frauen lachten. Frankie stahl sich ins Haus und schloß die Tür. Als sie in der schattigen Küche stand, mußte sie an das Wochenende denken, das sie hier allein verbracht hatte. Es war das Wochenende gewesen, bevor sie und Jack ein Liebespaar geworden waren. Plötzlich wurde sie von dem heftigen Verlangen gepackt, mit Jack zu schlafen. Es überkam sie in Wellen, so übermächtig, daß sie die Augen schloß und wimmerte. Sie griff nach dem Telefon. Dann machte sie einen Satz rückwärts, rannte die Treppe hinauf, zog sich etwas über und ging mit Blue spazieren. Sie schritt rasch und energisch über das warme Pflaster.

Melanie kam zum Mittagessen. Sie schien viel zu tun zu haben. Frankie hätte am liebsten geschrieen: «Hilf mir! Ich bin so einsam!», aber sie schwieg, wie sie das all die Jahre getan hatte.

Um etwas Konstruktives zu unternehmen, trat Frankie einem Fitneßclub bei und schrieb sich für einen Aerobic-Kurs ein, der an drei Vormittagen in der Woche stattfand. Im Laden des Fitneßclubs kaufte sie sich einen pinkfarbenen Gymnastikanzug. Die zwanzig anderen Frauen trugen alle Schwarz. Da Frankie neu war, wies man ihr einen Platz in der ersten Reihe zu. Die Übungen wurden sehr schnell ausgeführt, und sie hatte keine Ahnung, was sie eigentlich tun sollte. Während sich die anderen im Takt zur Musik reckten und streckten, zappelte sie wie ein rosa Käfer herum, hüpfte nach rechts, wenn sie nach links springen sollte, und krachte mit ihrer Nachbarin zusammen, einer der hochnäsigen Freundinnen von Clarissa Riddle-Longman, die ein Gesicht wie eine Giraffe mit Verstopfung hatte. Am Ende der Stunde eilten alle schnatternd an die Fruchtsaftbar. Frankie blieb allein zurück, zog ihren Trainingsanzug an und schlich nach Hause.

«Es gelingt mir nicht einmal, mich im Takt der Musik zu bewegen», erzählte sie William, als sie ihm von ihrem Vormittag berichtete.

Lachend legte er den Arm um sie. «Du brauchst wieder ein Baby.»

«Damit müssen wir noch ein paar Monate warten.»

«Aber du mußt dich irgendwie beschäftigen. Mutter macht sich schon Sorgen um dich. Steven ebenfalls. Ich denke, wir sollten wieder anfangen, Gäste einzuladen. Dann hast du wenigstens etwas zu tun. Ich möchte den Lordkanzler zum Abendessen bitten. Ruf doch im Ministerium an und erkundige dich, wann es ihm passen würde.»

«William, noch nicht. Bitte! Das schaffe ich nicht.»

«Jetzt stell dich nicht so an, Francesca. Natürlich schaffst du es.» William gab ihr einen flüchtigen Kuß auf die Wange und ging in sein Arbeitszimmer, um die Zeitung zu lesen.

Frankie hatte das Gefühl, als wäre eine Falle zugeschnappt. William konnte nichts dafür, es war ihre eigene Schuld. Sie begann, die *Times* nach Stellenanzeigen für Juristen zu durchforsten. Sie erzählte niemandem davon, nicht einmal William, denn sie bezweifelte, daß man sie überhaupt zu einem Vorstellungsgespräch einladen würde. Vierzehn Tage später sah sie jedoch ein Stellenangebot, das sie interessierte: *Internationaler Pharmakonzern sucht erfahrene(n) Anwalt/Anwältin für die Rechtsabteilung*.

Sie brauchte den ganzen Vormittag, um ein Bewerbungsschreiben und ihren Lebenslauf zu formulieren. Am Nachmittag ging sie dann mit Blue zum Briefkasten. Selbst wenn sie die Stelle nicht bekam, fühlte sie sich allein durch die Tatsache, daß sie es versucht hatte, weniger niedergeschlagen. Am nächsten Vormittag ging sie wieder in ihren Aerobic-Kurs und schaffte es diesmal fast, im Takt zu bleiben. Sie lächelte die anderen Frauen auf der Straße nicht mehr unterwürfig an. Wenn sie nicht mit ihr reden wollten, war das nicht ihr Problem!

Der Pharmakonzern rief an und bat sie für den nächsten Vormittag zu einem Vorstellungsgespräch. Als William nach Hause kam, stand sie gerade im Schlafzimmer und probierte die Kostüme, die sie in der Kanzlei getragen hatte, an. Sie gefielen ihr inzwischen alle nicht mehr. «Ich habe gute Neuigkeiten», rief sie.

«Bist du wieder schwanger?»

«Noch nicht!» Sie lächelte, als sie die Treppe herunterkam. «Ich habe mich um einen Job beworben, und sie haben mich morgen zu einem Vorstellungsgespräch eingeladen.»

Er starrte sie an. «Was für ein Job?»

«In der Rechtsabteilung von Health & Medicine. Sie haben in der *Times* inseriert. Das Gehalt ist nicht gerade umwerfend, aber der Job scheint mir sehr interessant zu sein. Außerdem sind die Anforderungen, die sie stellen, nicht allzu hoch.»

«Du hast dich hinter meinem Rücken beworben?»

Sie war über seinen gehässigen Ton überrascht. «William, ich habe dir nichts davon erzählt, weil ich befürchtet habe, daß sie mich gar nicht erst einladen. Ich fühle mich in letzter Zeit so nutzlos.»

«Was ist mit dem Baby? Oder hast du dich auch dagegen entschieden, ohne mir etwas davon zu sagen?»

«Natürlich nicht! Aber ich bin noch nicht schwanger. Und ich kann nicht monatelang hier im Haus herumsitzen. Das bin ich einfach nicht gewohnt. Du weißt doch, wie elend ich mich gefühlt habe. Ich möchte mein eigenes Geld verdienen, ich möchte etwas zu unserem Lebensunterhalt beitragen. Ich dachte, du würdest dich freuen, wenn ich wieder arbeite. Du hast doch selbst gesagt, ich würde eine Beschäftigung brauchen.»

«Ich meinte, daß du meine Ehefrau sein sollst», schrie er. «Daß du Gäste zu uns einlädst, meinen Haushalt führst, meine Kinder bekommst. Nicht, daß du arbeiten gehst und andere Männer kennenlernst.»

Sie ließ sich jedoch nicht beirren. Früher hätte sie klein beigegeben, jetzt jedoch antwortete sie ruhig: «Ich versuche nicht, andere Männer kennenzulernen. Ich habe mir extra eine Stelle ausgesucht, die mit unserer Ehe vereinbar ist. Ich werde nicht den ganzen Tag allein zu Hause bleiben.» Sie schlüpfte aus ihrem schwarzen Kostüm und hängte es auf einen Bügel, während er sie, bleich vor Zorn, beobachtete. Dann zog sie ein T-Shirt und Shorts an und ging nach unten, um Big Ears und Blue zu füttern.

Sie sprachen an diesem Abend kein Wort mehr miteinander.

Am nächsten Morgen mußte Frankie noch vor William das Haus verlassen. «Auf Wiedersehen!» rief sie zu ihm hinauf.

Er antwortete nicht.

Die Hauptverwaltung von Health & Medicine lag in Knightsbridge. Frankie parkte hinter Harrods und erreichte das elegant renovierte Gebäude aus georgianischer Zeit fünf Minuten vor ihrem Termin.

«Eastgate? O ja, natürlich.» Die Empfangsdame lächelte sie forsch an. «Mr. Brewer erwartet Sie. Erster Stock.»

Bis zu diesem Moment war Frankie zuversichtlich gewesen. Jetzt wünschte sie sich, sie wäre zu Hause geblieben.

Roland Brewer, der Personalchef, wartete oben an der Treppe auf sie. Er war rundlich, trug eine Brille mit dicken Gläsern und hatte ein einnehmendes Schuljungengrinsen. Frankie fand ihn sofort sympathisch. «Wir beschäftigen zur Zeit drei Juristen in der Rechtsabteilung», erklärte er, während er sie in sein Büro führte und seine Sekretärin bat, Kaffee zu machen. «Als Hersteller von Medikamenten werden immer wieder Schadenersatzforderungen an uns gestellt. Einige davon sind berechtigt. Die meisten sind es jedoch nicht. Ihre Aufgabe wäre es, diese Forderungen zu prüfen.»

«Und nicht mehr als nötig zu prozessieren?»

«Genau. Prozesse sind so teuer. Wir ziehen außergerichtliche Einigungen vor.»

Sie sprachen über ihre Berufserfahrung. Er erzählte ihr von der Firma. Am Ende schüttelte er ihr kräftig die Hand. «Handelt es sich bei Ihrem Ehemann um Sir William Eastgate, unseren neuen Richter am High Court?» fragte er.

«Ja. Aber mir wäre es lieber, wenn Sie mich mit Mrs. Eastgate ansprechen würden.»

«Das wäre uns ebenfalls lieber.» Er lächelte. «Sie hören von uns.»

Sie verließ glücklich die Firma. Wenn William nicht so unwirsch wegen des Jobs gewesen wäre, hätte sie ihn angerufen, um ihm ihre Neuigkeiten mitzuteilen. Statt dessen fuhr sie nach Islington zurück.

Als sie das Haus erreichte, war Blue schon seit fünf Stunden eingesperrt gewesen. Als sie in den Flur trat, hätte er sie in seiner Begeisterung fast umgeworfen. «Schon gut! Ich gehe ja schon mit dir spazieren», sagte sie und überlegte, daß sie jemanden finden mußte, der Blue ausführte, falls sie die Stelle bekam.

Als sie ihr Jackett auf den Küchenstuhl warf, bemerkte sie zu ihrer Überraschung, daß die Terrassentür offenstand. Sie trat nach draußen und spürte, wie es ihr eiskalt über den Rücken lief. Ihre Blumentöpfe waren zerschlagen, die Pflanzen abgebrochen. An der Umzäunung war die Erde plattgetreten. Dann stieß sie einen leisen Schrei aus. Die Tür von Big Ears' Stall stand offen. In einer Ecke des Gartens lagen einzelne blutige Fellstückchen. «Blue!» schrie sie. «Du hast Big Ears umgebracht!» Sie schlug auf den Hund ein. Blue schlich davon.

William fand Frankie im Garten. Sie stand neben einem kleinen Erdhügel. «Big Ears ist tot», sagte sie mit Tränen in den Augen. «Blue hat ihn totgebissen. Das arme Kaninchen! Big Ears muß in Todesangst immer ringsherum gerannt sein, bis er erschöpft war. Und es ist meine Schuld. Ich muß vergessen haben, den Stall zuzusperren, als ich ihn heute früh gefüttert habe.»

«Das kommt davon, weil du dir zuviel vornimmst», sagte William und legte ihr tröstend den Arm um die Schulter. «Du hast einfach nicht die Zeit, irgend etwas ordentlich zu Ende zu führen. Das war schon immer dein Problem, Liebling.»

Er erkundigte sich nicht nach ihrem Vorstellungsgespräch, und sie erzählte ihm nichts davon. Sie sprachen von Robert und Priscilla und darüber, ob es in Dallas für einen Sommerurlaub nicht zu heiß sein würde.

Als Frankie hörte, daß man sie für die Stelle in die engere Wahl gezogen hatte, war sie sehr aufgeregt. Sie rief Melanie an und erklärte ihr die Situation. «Ich brauche deine Unterstützung», sagte sie. «Könnt ihr nicht morgen abend zu uns zum Essen kommen? Mein zweites Gespräch findet gleich übermorgen statt. William muß endlich Vernunft annehmen.»

«Ach, das wird er. Wir werden dich beide unterstützen. Das letzte, was du nach deiner Mutter und dem Baby brauchen kannst, ist, den ganzen Tag zu Hause herumzusitzen.»

Während des Abendessens erwähnte niemand das Vorstellungsgespräch. Aber als Frankie Käse und Kaffee brachte, hob Melanie ihr Glas. «Meine Glückwünsche, Frankie», sagte sie laut und klar. «Du verdienst es, die Stelle zu bekommen.»

William wurde blaß. «Welche Stelle?»

«Die, von der ich dir erzählt habe», erwiderte Frankie so gelassen, wie sie konnte. «Ich bin in die engere Wahl gekommen.»

Es herrschte verlegenes Schweigen, dann sagte William: «Ich habe dir bereits gesagt, Francesca, daß du nicht wieder zur Arbeit gehen wirst.» Er stand auf. «Simon, ich muß mich entschuldigen. Meine Frau ist so dumm, daß sie es nicht versteht, wenn man ihr etwas deutlich sagt. Aber was kann man schon von einer Frau erwarten, die aus ihrer Ehe ausbricht, um an einer Hunderennbahn zu leben? Einer Frau, die so unfähig ist, daß sie nicht einmal ein Baby austragen kann.»

Frankie war zu verletzt, um etwas erwidern zu können. Sie hatte das Gefühl, als hätte er ihr einen Schlag in den Magen versetzt.

Melanie und Simon starrten sie schockiert an. «Komm, Mel.» Simon erhob sich. «Wir gehen besser.»

«Nein», sagte Melanie. «Ich werde Frankie jetzt nicht allein lassen. William, du bist ein Tyrann. Ich habe nie so recht verstanden, warum Frankie dich verlassen hat. Sogar als sie mir erzählt hat, daß du sie geschlagen hast, war ich fast bereit, eine Entschuldigung für dich zu finden, weil du Grund zur Eifersucht hattest. Aber für das hier gibt es keine Entschuldigung! Was du eben gesagt hast, ist das Grausamste, was ein Mann zu seiner Frau sagen kann. Wenn sie dich wieder verläßt, hast du das verdammt noch mal verdient!»

«Melanie!» Simon nahm sie beim Arm. «Die Sache geht uns nichts an. Laß uns gehen.»

«Ist schon gut, Mel.» Frankie zwang sich zu einem Lächeln. «Danke für deine Unterstützung. Ich melde mich morgen bei dir.» Sie hob trotzig das Kinn. «Nach meinem Vorstellungsgespräch!»

Während William die beiden zur Haustür begleitete, ging Frankie nach oben ins Gästezimmer und schloß die Tür. Ihre Mutter hatte recht gehabt. William würde ihr niemals vergeben.

Die Tür wurde aufgerissen. Er stand auf der Schwelle. «Du wirst nicht zu diesem Gespräch gehen.»

«Unsere Ehe ist endgültig vorbei.» Sie sprach ruhig. «Laß uns das Ganze wie zivilisierte Menschen regeln, uns beiden zuliebe.»

Er hob die Hand und schlug sie so hart ins Gesicht, daß sie rückwärts aufs Bett fiel. «Du wirst überhaupt nirgendwo mehr hingehen. Du bist meine Frau. Du läßt mich nicht noch einmal wie einen Idioten dastehen.»

Sie rappelte sich auf. «Wenn du mich noch einmal schlägst, rufe ich die Polizei.»

Er stieß sie zurück auf das Bett. «Ich hätte dich schon vor langer Zeit windelweich prügeln sollen. Das ist anscheinend die einzige Sprache, die du verstehst.» Plötzlich zog er einen Gürtel aus der Hosentasche, holte damit aus und zog ihr das Ende mit der Schnalle quer über die Beine. Die Metallschließe riß ihre Strümpfe und die Haut darunter auf. Sie schrie auf und trat mit dem Fuß nach ihm. Er schlug sie wieder. Sie rollte sich vom Bett herunter und stürzte zur Tür. Er packte sie und warf sie aufs Bett zurück. «Du bist meine Frau! Du gehörst mir!» Er preßte seine Beine gegen ihre, um sie so festzuhalten, und zerriß ihr den Seidenrock und den Slip. Dann öffnete er seine Hose. «Jetzt hast du keine Mama mehr, zu der du rennen kannst. Du hast niemanden mehr außer mir. Du hast kein Geld, obwohl du dich nach Kräften bemüht hast, mich auszunehmen. Du gehörst mir!» Er drang gewaltsam in sie ein. «Mir!»

Frankie hörte auf, sich zu wehren. Er würde ihr sonst nur noch mehr weh tun. Sie lag vollkommen reglos da und starrte an die Decke.

Als er fertig war, stand er auf. «Erzähl mir nicht, daß dir das nicht gefallen hat», sagte er.

Sie gab ihm keine Antwort.

Er ging die Treppe hinunter. Sie blieb, den zerrissenen Rock um die Taille, auf dem Bett liegen. Jack war im Gefängnis gewesen. Sie war ebenfalls im Gefängnis. Sie war einmal davongekommen, aber sie hatte sich wieder einfangen lassen. Jetzt mußte sie erneut ausbrechen. Diesmal würde es schwieriger werden. Sie mußte es ohne Jack schaffen. Ohne ihre Mutter in White Oast. Ohne Karriere.

Sie ging ins Badezimmer. Ihre Wimperntusche war verlaufen und hatte dunkle Spuren auf ihren Wangen hinterlassen. Unter ihrem linken Auge waren die ersten Anzeichen eines Blutergusses zu erkennen. Ihre Lippe war aufgeplatzt. Sie zog sich aus und stellte sich unter die Dusche, um William von ihrem Körper zu waschen. Ihre Wut konnte das Wasser jedoch nicht wegspülen.

Als sie nach unten ging, stand er in seinem Arbeitszimmer und ordnete die ledergebundenen Bücher auf den Regalen neu. Sie ignorierte ihn und rief nach Blue. Er kam nicht. Sie ging in den Garten. Er war nicht da. Da bemerkte sie, daß die Eingangstür ein kleines Stück offenstand. Sie rannte auf die Straße hinaus und rief: «Blue! Blue!» Aber es war nichts von ihm zu sehen.

Immer noch im Morgenmantel, stieg sie in ihr Auto und fuhr in den Straßen der Umgebung auf und ab und hielt immer wieder an, um jeden, der ihr begegnete, zu fragen, ob er einen Greyhound gesehen hatte. Sie fuhr nach Hause und rief bei der Polizei an. Niemand hatte dort Blue abgegeben. Ohne etwas zu William zu sagen, der immer noch im Arbeitszimmer saß, verließ sie das Haus und fuhr zur Essex Road, wo sie im Zickzack alle Querstraßen abfuhr. Blue war nirgends zu finden. Im Geiste sah sie ihn, von einem Auto angefahren, blutend auf der Straße liegen.

Stunden später kehrte sie mutlos zum Haus zurück. William war schon zu Bett gegangen. Sie legte sich auf das Sofa im Wohnzimmer und wachte erst auf, als sie ihn zur Arbeit gehen hörte. Erschöpft rappelte sie sich hoch. Im Flurspiegel betrachtete sie ihr Gesicht. Ihr Auge hatte sich purpurrot verfärbt. Ihre Oberlippe war aufgeplatzt und geschwollen. So konnte sie unmöglich zu dem Vorstellungsgespräch gehen. William hatte gewonnen.

Melanie rief an. «Ist bei dir alles in Ordnung?» fragte sie. «Ich habe mir solche Sorgen um dich gemacht. Was ist bei deinem Vorstellungsgespräch herausgekommen?»

«Ich konnte nicht hingehen. William hat mich verprügelt. Und vergewaltigt.» Frankie begann zu weinen.

«Ich komme sofort und hole dich ab», sagte Melanie. «Pack deine Tasche. Du wirst die nächsten Tage bei uns bleiben.»

«Ich kann nicht weg. Blue ist verschwunden. William hat ihn aus dem Haus gelassen, um zu verhindern, daß ich zu dem Vorstellungsgespräch gehe. Mel, ich lege jetzt besser auf, falls jemand anrufen und mir sagen will, daß man Blue gefunden hat. Ich habe solche Angst, daß er überfahren wurde. Es ist lieb, daß du dir Sorgen um mich machst. Ich melde mich später wieder.»

Gegen Mittag rief die Polizei an und teilte ihr mit, daß sich Blue in ihrer Obhut befand. Frankie hätte vor Erleichterung fast geweint. Bevor sie aus dem Haus stürzte, tupfte sie sich etwas Puder auf die Lippe und setzte ihre dunkelste Sonnenbrille auf, damit man ihr blaues Auge nicht sah.

Auf dem Polizeirevier sprang Blue in einem Zwinger auf und ab. Man hatte ihn gefunden, wie er in der Upper Street herumstreunte. «Ich bin Ihnen so dankbar», sagte Frankie zu dem Polizisten. Sie beugte sich hinunter, um Blue zu umarmen. Dabei rutschte ihre Brille nach vorn. Rasch schob sie sie wieder zurück, doch der Polizist hatte ihr Gesicht schon gesehen.

«Sie haben da ja ein ganz schönes Veilchen, Madam», sagte er freundlich.

Sie schluckte.

«Das war aber keine Schranktür, wenn Sie mir die Bemerkung erlauben.»

«Das weiß ich auch.» Sie holte tief Luft. «Aber wer würde mir schon glauben? Mein Mann ist Richter am High Court.» Sie nahm Blue an die Leine und verließ hastig das Polizeirevier. Im Gehen hörte sie noch, wie der Polizist seinem schockierten Kollegen erzählte, was er gerade von ihr erfahren hatte.

Frankie fuhr nicht nach Hause zurück. Statt dessen brachte sie Blue direkt zu Eamonn. Der alte Trainer war gerade dabei, seine Hunde für das Rennen am Abend zu verladen, als sie bei ihm eintraf. «Ich hätte nicht erwartet, dich hier noch mal zu sehen», sagte er.

Sie holte Blue aus dem Wagen. «Wirst du dich um ihn kümmern, Eamonn?»

«Jack würde das nicht gefallen.»

Sie nahm ihre dunkle Brille ab. «Bitte!»

Er starrte ihr blaues Auge an. «Erzähl mir bloß nicht, daß dein großartiger Mann, der sich jetzt Sir nennen darf, das getan hat.»

«Ich kann auf mich selbst aufpassen, aber ich habe Angst um Blue.»

Er streckte seine Hand aus, um die Leine zu nehmen. «Ich werde ihn wieder trainieren.»

«Danke.» Sie bückte sich, um Blues Schnauze in die Hand zu

nehmen. «Auf Wiedersehen», flüsterte sie und küßte ihn auf seinen schlanken Kopf. Sie hätte Eamonn liebend gern nach Jack gefragt, aber sie hatte das Gefühl, daß ihn das verlegen machen würde. Sie war ihm schon dankbar genug, weil er Blue wieder aufnahm.

In der festen Absicht, ihre Sachen zu packen, fuhr sie nach Islington zurück. Zu ihrer Überraschung war William schon vom Gericht zurück. Er saß in seinem Sessel im Arbeitszimmer, das Telefon auf dem Schoß. «Ich habe heute mit Robert gesprochen», sagte er liebenswürdig. «Ich sagte ihm, daß wir gern zu Besuch kommen würden. Jetzt warte ich nur noch darauf, daß er den Termin bestätigt.»

Frankie hörte ihm ungläubig zu. Er redete, als hätte es den vergangenen Abend überhaupt nicht gegeben. Da sie nicht wußte, was sie tun sollte, und in seiner Gegenwart auch nicht packen wollte, ging sie hinaus in den Garten. Ohne Blue und den armen, alten Big Ears erschien er ihr schrecklich leer. Sie empfand den Verlust ihrer Mutter jetzt besonders stark. Den Verlust des Babys. Einfach alles. Sie wünschte sich, sie könnte nach White Oast fliehen, aber es war nicht fair, Steven ihr blaugeschlagenes Gesicht zu präsentieren.

Sie drehte sich um und stellte fest, daß William sie beobachtete. «Hast du den Hund gefunden?»

«Ja.»

«Wo ist er?»

«An einem Ort, wo du nicht an ihn rankommst. Du hast Big Ears aus dem Stall gelassen, oder?»

Er machte einen Schritt auf sie zu. «Warst du bei Broderick?»

«Nein. Aber selbst wenn ich bei ihm gewesen wäre, was willst du tun? Mich im Garten verprügeln, wo alle Nachbarn es sehen können? Ein Richter am High Court, der seine Frau schlägt! Oder willst du mich heute nur vergewaltigen?»

Er packte sie am Handgelenk und zerrte sie in Richtung Haus. Sie wehrte sich, aber er war zu stark für sie. Langsam zog er sie in die Küche. «Das wirst du mir büßen!» zischte er.

Das Telefon klingelte. Frankie griff hastig nach dem Hörer. «Ja!» schrie sie.

«Frankie? Hier ist Robert. Bist du okay? Du klingst so merkwürdig.»

«Robert! Bitte! Hilf mir!»

Als William ihr den Hörer entwand, sank sie zu Boden. «Hallo, Robert», sagte er. «Ja, ich fürchte, Frankie ist ziemlich durcheinander. Sie hat eine sehr schwere Zeit hinter sich, zum Teil wegen ihrer Mutter, zum Teil wegen des Babys. Sie versucht tapfer zu sein. Ja, wir machen uns alle große Sorgen um sie.» Es folgte Schweigen. William sah Frankie an. Sein Mund verhärtete sich. «Nein, ich glaube nicht, daß es ihr gut genug geht, um allein fliegen zu können, Robert. Ich weiß sehr wohl, wovon ich spreche, ich bin ihr Mann.» Er runzelte die Stirn, dann reichte er Frankie den Hörer und zischte: «Sei bloß vorsichtig mit dem, was du sagst.»

Robert versuchte vergnügt zu klingen. «Ich mache mir um meine kleine Schwester Sorgen. Ich möchte, daß du zu uns kommst und dich ordentlich ausruhst. William sagt, daß du noch nicht in der Lage bist, allein zu fliegen.»

«Doch!» rief sie. «Ich komme gleich morgen.»

«Wenn du dir sicher bist, daß das geht.»

«Das bin ich! Das bin ich!»

Robert besprach das Ganze mit William, während Frankie auf dem Boden sitzen blieb. Es war ihr egal, wenn William sie wieder schlug. Morgen würde sie frei sein.

Er legte auf. Sie machte sich auf den Schlag gefaßt. Aber alles, was er sagte, war: «Diese Runde hast du vielleicht gewonnen, Francesca, aber bilde dir nicht ein, daß das irgendeinen Unterschied macht. Du bist meine Frau. Wenn wir aus Amerika zurück sind, werde ich dir beibringen, wie du dich zu benehmen hast.» Er ging in sein Arbeitszimmer und schloß die Tür hinter sich.

Kapitel 31

Erst als Frankie sich über dem Atlantik befand, glaubte sie allmählich, daß William nicht mehr versuchen würde, sie aufzuhalten. In der Abflughalle hatte sie erwartet, daß sie über Lautsprecher zum Abfertigungsschalter zurückgerufen würde. Als sie Melanie von einer Telefonzelle aus anrief, hatte sie vor lauter Angst nur zu flüstern gewagt. Als sie ihre Bordkarte vorgezeigt hatte, dachte sie schon, daß man ihr sagen würde, ihr Ticket sei storniert worden. Auch noch nach dem Start hatte sie darauf gewartet, daß der Kapitän verkünden würde: *Meine Damen und Herren, wir sind aufgefordert worden, ins Vereinigte Königreich zurückzukehren*. Aber es hatte keine Durchsage gegeben. Selig, William entkommen zu sein, hatte sie sich in ihrem Sitz ausgestreckt, die Augen geschlossen und war eingeschlafen.

Acht Stunden später begann der Landeanflug auf Dallas/Fort Worth. Von ihrem Fenster aus konnte Frankie sehen, wie der Schatten der 747 über die sonnenverbrannte Erde und das völlig vertrocknete Gras huschte. Struppige Mesquitebäume boten so gut wie keinen Schatten, Steppenläufer rollten im leichten Wind dahin. Herefordrinder, die mit gesenkten Köpfen das spärliche Gras fraßen, trieben wie winzige braunweiße Flecken durch die flimmernde Hitze. Dann wich die rote Erde einem Meer von einstöckigen Häusern, Tankstellen und Fast-food-Restaurants. Das Flugzeug flog noch eine Kurve. Frankie sah, wie sich im Süden die glänzenden Hochhäuser des Geschäftsviertels von Dallas in den dunstig blauen Himmel erhoben. Sie war frei.

Robert und Priscilla erwarteten sie besorgt in der Ankunftshalle. Sie umarmten sie. «Du bist die letzte. Wir dachten schon, du hättest den Flug verpaßt.»

«Bei der Einreise hat es eine Schlange gegeben.» Das war gelogen. Sie war auf der Damentoilette gewesen und hatte ihr blaues Auge mit Pudermake-up kaschiert. Früher oder später würde sie Robert erzählen müssen, was William getan hatte, aber heute konnte sie sich dazu noch nicht überwinden.

Robert erschien ihr sogar noch kleiner als in England. Vielleicht war es auch nur der Gegensatz zu den großen Texanern, die in ihren karierten Hemden und Cowboystiefeln die Flughalle bevölkerten. Priscilla war braun gebrannt. Ihr hochgestecktes blondes Haar war fast so weiß wie ihre Zähne, und sie sah kerngesund aus. Frankie kam sich neben den beiden wie eine Leiche vor.

Sie verließen mit ihr das Terminal und gingen in der drückenden Hitze über den Parkplatz zu ihrem Auto, das erfreulicherweise eine Klimaanlage hatte. Die beiden redeten aufgeregt auf sie ein und ließen ihr keine Zeit, selbst etwas zu sagen. Frankie war froh darüber. «Wir möchten, daß du dich ausruhst, schläfst und nur das tust, was du willst», sagte Priscilla, als sie Frankie auf dem Beifahrersitz Platz nehmen ließ. «He, was ist das für ein blauer Fleck an deinem Auge? Hast du dich an einer Schranktür gestoßen? Du mußt besser aufpassen.» Ihre aufrichtige Sorge ließ Frankie Tränen in die Augen steigen. Es schien schon lange her, daß jemand etwas Nettes zu ihr gesagt hatte.

«Wir haben nichts geplant, bis William kommt. Dann werden wir ein gigantisches Barbecue veranstalten», erzählte ihr Robert, als er vom Parkplatz fuhr. «Alle unsere Freunde sind ganz wild darauf, euch kennenzulernen. Die Leute hier können einem Titel nicht widerstehen.» Er zählte die Gäste auf, unendlich viele Namen von Menschen, denen Frankie noch nie begegnet war. Sie lächelte und nickte. Dann zählte Robert diejenigen auf, die sie nicht einzuladen gedachten. Wieder nickte sie und lächelte. Sie konnte es immer noch nicht fassen, daß sie William tatsächlich entkommen war.

Robert und Priscilla wohnten in North Dallas. «Ein kleines Stück nördlich des Highland Park», erklärte Robert, als er vom Highway abbog. «Eine der besseren Wohngegenden.» Er erging sich dann in einem detaillierten Vergleich der Immobilienpreise in Dallas und San Francisco, aus dem Frankie schloß, daß letzteres erheblich teurer war.

Sie bogen in ein Netz von breiten Wohnstraßen ein. Die Häuser waren ziemlich groß, hauptsächlich weiß oder hellgrau gestrichen und zeigten ein Potpourri von Architekturstilen. Einige von ihnen waren einstöckige Gebäude im Ranchstil, andere besaßen holländische Giebel, wieder andere waren säulengeschmückt wie Häuser aus der Kolonialzeit. Auch ein Haus im Pseudotudorstil war dabei, das sogar bleigefaßte Fenster hatte. Doch welcher Stil auch immer, jedes Haus hatte auf der einen Seite eine Doppelgarage, auf der anderen ein paar immergrüne Eichen als Sonnenschutz und davor einen makellosen Rasen. Frankie fühlte sich an das Haus der Culmstocks in der Nähe von Windsor erinnert.

Nur ein einziges Haus fiel aus der Reihe. Es war von einem richtigen Dschungel umgeben. Die holländischen Giebel über der Holzveranda waren von Kletterpflanzen bedeckt, hohes Gras wucherte hinunter bis zum Randstein und erstreckte sich teilweise sogar bis auf die Straße. In der Auffahrt stand ein verbeulter 69er Chevy, an dessen Kühlerhaube ein Hirschgeweih befestigt war.

«Diese alte Frau ist eine Schande für die ganze Gegend!» stieß Robert hervor. «Wir mußten mit dem Preis für unser Haus um zehntausend runtergehen, sonst hätten wir es nicht verkaufen können.»

«Aber Robert, ihr Haus ist doch viel zu weit von unserem entfernt, um einen Einfluß auf den Wert zu haben. Außerdem ist sie gar nicht so übel. Sie war sehr nett, als Susan damals vom Fahrrad gefallen ist.» Priscilla tätschelte Robert den Arm, als wäre er ein Kind, dann lächelte sie Frankie an. «Miss Tomasina lebt hier schon länger als sonst irgendwer. Alle beschweren sich über ihr Grundstück, aber niemand wagt es, ihr das ins Gesicht zu sagen, jedenfalls nicht, seit sie einmal gedroht hat, einen Grundstücksmakler zu erschießen, der sich über das Gras beklagt hatte.»

Eine Straße weiter bogen sie in die Auffahrt zu einem Ranchhaus ein, das wie viele der anderen weiß gestrichen war. Priscilla führte Frankie nach drinnen, wo es angenehm kühl war. Das Haus war offen angelegt und eisblau tapeziert, was in England düster erschienen wäre, hier jedoch wunderbar erfrischend wirkte.

«Wir haben euch im Gästehaus untergebracht, weil wir uns gedacht haben, daß ihr lieber für euch sein wollt», sagte Priscilla und führte Frankie durch die große Küche hinaus in die Backofenhitze eines weitläufigen Gartens, wo ein mexikanischer Gelegenheitsarbeiter Blätter aus einem nierenförmigen Swimmingpool fischte. «Leider sind die Kinder nicht da, aber Susan hatte meiner Mutter versprochen, sie diese Woche zu besuchen, und Dwight ist mit Freunden aus dem College nach Montana zum Camping gefahren. Er hat dir aber sein Auto dagelassen. Es ist der Volkswagen. Die Schlüssel liegen in der Küche. Ich hoffe, du langweilst dich nicht, Frankie. Ich habe nämlich für den Sommer einen Job angenommen. Ich helfe im Maklerbüro einer Freundin aus.»

Frankie sah zu dem Gästehaus hinüber, einem bezaubernden Ferienhäuschen mit einer eigenen kleinen Holzveranda. Während der Arbeiter das Schwimmbecken abfischte, kräuselte sich das Wasser, und Lichtreflexe tanzten auf der weißen Wand des Häuschens. «Es gefällt mir hier schon jetzt sehr gut. Ich will gar nicht mehr weg», sagte sie mit erstickter Stimme. «Danke, daß ich zu euch kommen durfte.»

Priscilla lächelte sie mit großem Mitgefühl an. «Du bist uns jederzeit willkommen. Ich habe dir ja erzählt, daß ich auch ein Baby verloren habe. Ich habe dieses Gefühl der Leere ebenfalls erlebt.»

«Es ist nicht nur... das Baby.»

«Ich weiß, du hast auch deine Mutter verloren. Du hast wirklich eine schwere Zeit hinter dir. Aber wenigstens bist du jetzt wieder mit William zusammen.»

Frankie wollte schreien: «Er hat mich vergewaltigt!», aber sie tat es nicht. Sie brachte es selbst jetzt noch nicht über sich zu gestehen, daß ihre Ehe endgültig gescheitert war.

Nachdem Priscilla zur Arbeit gegangen war, zog Frankie ihre Reisekleidung aus, schlüpfte in ihren Bikini und ging nach draußen. Der Arbeiter war verschwunden. Nur ein Paar Spottdrosseln hüpften in den Zweigen eines alten Hartriegels herum. Sie ging zum Swimmingpool hinüber, sprang hinein und schwamm im klaren, blauen Wasser auf und ab. Dabei wusch sie sich die Reise, die vergangenen Tage, sogar die vergangenen Monate von ihrem Haar und ihrem Körper, bis sie sich sauber und rein fühlte. Sie dachte an ihre Mutter, an das Baby. Sie dachte an Jack. Sie dachte an William und fühlte sich nicht mehr ganz so deprimiert. Er war zu weit weg, um sie zu berühren, zu weit entfernt, um Teil von ihr zu sein. Sie war ihm entkommen.

Erschöpft, aber in Hochstimmung, kletterte sie aus dem Schwimmbecken und kehrte in ihr neues Zuhause zurück. Es bestand aus einem Schlafzimmer, einem Bad mit Whirlpool und einem kleinen Wohnzimmer. Die Wände waren in einem eiskalten Iglugrün gestrichen. Sie legte sich quer auf das Doppelbett und genoß den Frieden. Sie schlief tief und fest, wie sie es, seit ihre Mutter krank geworden war, nicht mehr getan hatte.

Drei Tage lang rührte sich Frankie nicht aus dem Haus. Sie schlief und schwamm, und dann schlief sie wieder. Sie las nicht, sie sah nicht fern, sie nahm auch nicht das Angebot wahr, Dwights Auto zu benutzen. Sie war froh, nirgendwohin gehen zu müssen. Ihre Lippe heilte ab. Der blaue Fleck auf ihrem Gesicht verblaßte allmählich. Nur ein matter, schmutziggelber Schatten blieb unter ihrem Auge zurück, und selbst dieser wurde durch die beginnende Sonnenbräune immer mehr überdeckt. Am Abend, wenn Robert und Priscilla nach Hause kamen, ging Frankie durch den Garten ins Haupthaus zum Abendessen. Um zehn Uhr war sie wieder in ihrem eisgrünen Iglu und schlief fest.

Jeden Abend fragte Robert sie: «Möchtest du nicht William anrufen?», und sie log: «Wir haben heute schon miteinander telefoniert.»

Als sie am vierten Tag aufwachte, fühlte sie sich endlich kräftiger. Sie sah sich im Fernsehen die Nachrichten an, sie las Zeitung. Sie schwamm mittlerweile schon mühelos fünfzig Bahnen. Die Sonne brannte vom Himmel, aber sie gewöhnte sich langsam daran. Ihre Haut war jetzt nicht mehr bleich, sondern hatte einen strahlenden Goldton angenommen. Sie streckte sich im Schatten einer immergrünen Eiche aus und dachte über ihre Zukunft nach. Obwohl sie genau wußte, was sie nicht wollte, fiel es ihr schwer, sich darüber klarzuwerden, was sie wollte.

Am Spätnachmittag machte sie einen Spaziergang. Sie ging die Straße entlang. Es gab keine Bürgersteige: Niemand sonst schien hier zu Fuß zu gehen. Es war heiß. Die Hitze, die der Asphalt abstrahlte, schlug ihr ins Gesicht. Obwohl sie eine dunkle Sonnenbrille trug, war das Sonnenlicht so grell, daß sie die Augen zusammenkneifen mußte. Nachdem sie etwa eine Meile weit durch verschlafene Wohnstraßen gegangen war, gelangte sie an eine Hauptstraße, die zu einem riesigen, glasüberdachten Einkaufszentrum führte, das von großen Parkplatzflächen umgeben war. Neben einem der Eingänge zum Parkplatz sah sie eine Werbeanzeige für eine Fluglinie. Darauf stand: *Besuchen Sie Dallas – das Einkaufsparadies der USA*. Darunter hatte jemand gekritzelt: *Und kaufen Sie ein, bis Sie umfallen*.

Erleichtert betrat sie die klimatisierten Boulevards des Einkaufszentrums. Sie wanderte dort auf und ab und schob den Augenblick, wo sie in die Backofenhitze zurückkehren mußte, immer weiter hinaus. Jetzt bereute sie es, daß sie sich Dwights Auto nicht ausgeliehen hatte. In einem Souvenirshop kaufte sie Postkarten für Steven, Melanie und Eamonn und setzte sich dann an eine Fruchtsaftbar, um ihnen zu schreiben. Es waren jeweils nur ein paar Zeilen, in denen sie ihnen mitteilte, daß sie sich bald wieder melden würde. Auf dem Weg nach draußen sah sie einen Briefkasten und warf die Karten ein.

Die Hitze kam ihr jetzt, da sie sich auf den Rückweg zum Haus machte, noch schlimmer vor. Nach einer Weile merkte sie, daß sie irgendwo falsch abgebogen sein mußte. Sie ging zur letzten Querstraße zurück. In der flimmernden Hitze wurde sie immer durstiger. Schließlich stand sie vor dem Dschungelhaus, über das Robert sich so wortreich beklagt hatte. Sie blieb stehen, um sich zu orientieren.

«Wenn Sie vom Maklerbüro kommen, erschieße ich Sie», hörte sie eine Frauenstimme rufen.

Frankie starrte das Haus an. Eine kleine, alte Dame, gekleidet in graue Spitze, funkelte sie von der Holzveranda aus böse an. In der Hand hielt sie ein Gewehr, das fast genauso groß war wie sie selbst.

«Nein», sagte Frankie. «Ich habe mich verlaufen. Ich wohne bei meinem Stiefbruder und seiner Frau und finde nicht mehr zu ihrem Haus zurück. Die Straßen sehen alle irgendwie gleich aus, bis auf diese hier.»

«Wollen Sie etwa mein Haus beleidigen?»

«Nein. Es gefällt mir.»

Es folgte Schweigen. Dann stieß die alte Dame ein gackerndes

Lachen aus und ließ das Gewehr sinken. «Kommen Sie rein. Ich heiße Miss Tomasina.»

Frankie ging die überwucherte Auffahrt hinauf. Als sie die Veranda erreichte, war Miss Tomasina verschwunden.

«Kommen Sie nur!» hörte sie die alte Dame von drinnen rufen. «Ich tue Ihnen nichts.»

Frankie öffnete die Tür. Ihr gegenüber, in einem Schaukelstuhl, saß die kleinste und exquisiteste alte Dame, die sie je gesehen hatte. Sie hatte glänzende schwarze Augen und ein zartes Gesicht. Das schneeweiße Haar war zu einem lockeren Knoten geschlungen. Sie mochte weit über achtzig sein. Die Haut an ihrem Hals war faltig, und von ihren Augenwinkeln aus zogen sich fächerförmig tiefe Lachfältchen. Nichts davon tat ihrer Schönheit Abbruch.

Das Haus war innen in einem genauso chaotischen Zustand wie außen, dennoch war es wunderschön. Überall herrschte ein faszinierendes Durcheinander, das Frankie an Nicolettas Laden erinnerte. Da standen alte Koffer aus der Pionierzeit, aus denen Spitzen- und Seidenkissen quollen, schwere dunkle Möbel, über die hübsche alte Patchworkquilts drapiert waren, und eine alte Farbdose voller handgemachter Seidenblumen.

Miss Tomasina beobachtete Frankie, als diese sich im Zimmer umsah. Sie rückte den Spitzenschal um ihre zarten Schultern zurecht und glättete dann eine halbfertige Häkeldecke auf ihren Knien. «Ich habe englischen Tee», sagte sie mit einem Augenzwinkern, als würde sie ein geheimes Laster preisgeben. «Earl Grey von Fortnum & Mason. Machen Sie uns eine Kanne, Mädchen. Ich möchte, daß er richtig aufgebrüht wird. Wärmen Sie erst die Kanne an, wie ihr es in England macht. Die Küche ist dort hinten.» Sie wedelte mit der Hand, als scheuchte sie ein Dienstmädchen fort.

Frankie war belustigt. Die alte Dame war offenbar nicht gefährlich, nur sehr exzentrisch. Sie ging durch einen dunklen Flur. Es war heiß in diesem Haus, denn es gab keine Klimaanlage, nur große Deckenventilatoren, die beständig vor sich hin summten. Die Wände, die einst weiß gewesen sein mußten, hatten jetzt einen dunklen Cremeton angenommen. Sie waren mit alten Fotos bedeckt: steife Paare kurz vor ihrem Aufbruch in die neue Welt, ein

Sepiadruck, der eine junge Frau an ihrem Hochzeitstag zeigte, ein hochgewachsener Mann mit indianischen Gesichtszügen. In der Küche sah Frankie ein altes Spülbecken aus Stein, über dem sich ein hölzernes Abtropfbrett befand, und einen wackeligen Herd, bei dem man einen der Füße durch Ziegel ersetzt hatte. Aber die Porzellantassen waren wirklich auserlesen. Sie stammten von Minton und waren mit handgemalten Blumensträußen auf türkisfarbenem Grund verziert.

Als Frankie mit dem Teetablett zu Miss Tomasina zurückkehrte, fragte sie, um eine Unterhaltung zu beginnen: «Waren Sie schon einmal in England?»

«Nein, ich bin noch nie aus Texas herausgekommen und will es auch nicht. Mir geht's wie Oliver Loving. Vermutlich wissen Sie nicht, wer das war. Der Goodnight-Loving-Viehtrail hinauf zum South Platte River wurde nach ihm und Charles Goodnight benannt. Loving wurde von einem Komantschenpfeil getroffen. Er lag im Sterben und sagte: ‹Begrabt mich nicht in fremder Erde, bringt mich nach Texas zurück.› Er spricht mir aus dem Herzen. Jetzt, wo ich alt bin, will ich es nicht mehr riskieren, Texas zu verlassen. Woanders will ich nicht sterben.»

«Man könnte Sie doch nach Hause überführen», sagte Frankie und unterdrückte dabei ein Kichern.

«Darauf möchte ich es nicht ankommen lassen. Die Leute sind heutzutage so unehrlich. Sie würden mein Geld nehmen und mich dort begraben, wo ich umgefallen bin. Was gibt es da zu kichern?»

«Es tut mir leid», platzte Frankie laut lachend heraus. «Aber Sie sind wirklich sehr amüsant.»

«Die Leute hier sagen, ich wäre verrückt. Sie versuchen, mich von hier zu vertreiben.» Miss Tomasinas schwarze Augen glitzerten vor Zorn. «Aber ich lasse mich nicht vertreiben. Mein Vater hat dieses Haus gebaut, als hier alles noch offenes Land war. Ihm gehörte Land unten bei San Antonio. Land, das in Familienbesitz ist, seit wir uns dort niedergelassen haben. Jetzt gehört es mir. Zeb verwaltet es für mich. Sie haben wahrscheinlich draußen seinen alten Chevy gesehen. Zu Großpapas Zeiten haben sie das Vieh den Chisholm Trail hinauf zu den Viehhöfen in Kansas getrieben und die Tiere dort verladen. In Pas Tagen haben sie sie nach Fort

Worth gebracht. Er hat das Haus hier gebaut, damit Ma mit ihm zusammensein konnte, ohne den Viehhöfen zu nahe zu kommen. Sie war eine zarte Frau. Er ist in diesem Zimmer gestorben. Ma auch.» Miss Tomasina knallte ihre Teetasse so heftig auf die Untertasse, daß sie zersprang und Porzellanscherben durch das Zimmer flogen. «Ich geh hier nicht weg.»

«Das kann ich Ihnen nicht verdenken», sagte Frankie, während sie die Scherben einsammelte. «Mir gefällt Ihr Haus. Es hat Charakter.»

Miss Tomasina lächelte sie an. «Ich mag Sie. Aber ich glaube nicht, daß Sie glücklich sind.»

«Ich hatte vor kurzem eine Fehlgeburt und... und meine Mutter ist gestorben.»

«Sie haben sie sehr geliebt?»

«Zum Schluß, ja. Sehr.»

«Und Ihr Mann?»

Frankie wollte nicht über William reden. Ihr blieben immer noch drei kostbare Tage der Freiheit. Sie erhob sich. «Ich beeile mich besser. Robert und Priscilla werden bald nach Hause kommen.»

«Sie müssen an der nächsten Querstraße rechts abbiegen.» Die alte Dame lehnte sich in ihrem Schaukelstuhl zurück. «Ich habe nie geheiratet. Ich habe in meinem ganzen Leben nur einen einzigen Mann geliebt, aber meine Leute haben gesagt, er wäre zu wild für mich. Ich hätte mit ihm davonlaufen sollen, aber ich war damals erst achtzehn. Gestern vor zwanzig Jahren ist er gestorben. Wir hätten miteinander vierzig Jahre haben können, wenn ich nur mutiger gewesen wäre.» Sie schloß die Augen. «Sie finden selbst hinaus, Mädchen. Besuchen Sie mich morgen wieder.»

Die Worte der alten Dame ließen sie unwillkürlich an Jack denken. Sie hatten die Erinnerung an eine verzweifelte Liebe heraufbeschworen. Frankie fragte sich, ob Eamonn Jack von ihrem blauen Auge erzählt hatte.

Robert und Priscilla gegenüber erwähnte sie Miss Tomasina nicht. Am folgenden Nachmittag ging sie wieder zu dem Dschungelhaus, um mit der alten Dame Tee zu trinken. Sie verließ sie erst wieder, als es langsam dunkel wurde. Priscilla stand in der Küche und bereitete einen Salat zum Abendessen vor, während sie nebenbei immer wieder einen Blick in den Fernseher warf. «Wo bist du gewesen?» fragte sie. «Ich habe mir schon Sorgen gemacht. Es ist fast dunkel, und du hast den Wagen nicht genommen.»

«Ich bin spazierengegangen.» Frankie setzte sich auf einen der Barhocker an der Frühstückstheke.

«William hat angerufen. Er will sich noch einmal melden.» Wie auf Bestellung klingelte das Telefon. «Ach, das wird er sein.» Priscilla nahm ab. «Ja, sie ist gerade nach Hause gekommen.» Sie reichte Frankie den Apparat.

Frankie fühlte sich ganz schwach. Sie hielt den Hörer ans Ohr. «Hallo», flüsterte sie.

«Wo zum Teufel bist du den ganzen Nachmittag gewesen? Und wo warst du gestern? Ich habe es jede Stunde versucht. Dann habe ich Robert in der Arbeit angerufen. Er schien anzunehmen, wir hätten jeden Tag miteinander telefoniert. Was ist los, Francesca?»

«Ich war spazieren.»

«Dann fühlst du dich anscheinend wieder besser.»

«Ja.»

«Gut. Denn ich komme morgen.»

«Aber... aber du wolltest doch erst am Samstag hier sein.»

«Ich habe umgebucht.» Er machte eine Pause. «Du klingst nicht gerade erfreut. Hoffentlich machst du mir keine Schwierigkeiten mehr, Francesca. Dazu bin ich nämlich zu beschäftigt. Jetzt schreib auf! Mein Flugzeug landet um zwei Uhr. Laß mich nicht warten.»

Die Leitung war tot. Frankie legte langsam den Hörer auf. Sie sah zu Priscilla hinüber, die den Salat gerade in French Dressing ertränkte, und sagte: «Ich hasse ihn.»

Priscilla schaltete den Fernseher aus und sagte in dem Ton, den sie stets dann verwendete, wenn ihre Kinder einen Aufstand probten: «Frankie, du darfst William nicht wegen des Babys und deiner Mutter die Schuld geben.»

«Das tue ich auch nicht. Du weißt nicht, wie er ist. Er ist ein Tyrann.»

Die Tür ging auf, und Robert kam herein. Er sah von Priscilla zu Frankie und fragte: «Stimmt irgend etwas nicht?»

«William kommt morgen», sagte Frankie in merkwürdig distanziertem Ton. «Ich hätte euch sagen sollen, daß es zwischen uns nicht gut steht. Aber als ich ankam, war ich viel zu mitgenommen und müde, um noch klar denken zu können. Inzwischen habe ich einen Entschluß gefaßt. Ich lasse mich von William scheiden.»

Robert reagierte entsetzt, wohl hauptsächlich deswegen, weil er dachte, daß das von ihm erwartet wurde. «Um Himmels willen! Du bist doch gerade erst zu ihm zurückgekehrt. Eine Ehe ist etwas fürs Leben, Francesca. Hast du denn überhaupt kein Verantwortungsbewußtsein?»

Sie wollte ihm eigentlich sagen, daß William sie vergewaltigt hatte, aber es war ihr noch immer unmöglich, dies vor Priscilla und Robert einzugestehen. «Er ist grausam», sagte sie. «Er hat mein Kaninchen aus dem Stall gelassen, so daß mein Hund es totbeißen konnte.»

«Das ist doch kein Grund für eine Scheidung.»

«Er will nicht, daß ich arbeite. Er hat meinen Hund auf die Straße hinausgelassen, nur um mich davon abzuhalten, zu einem Vorstellungsgespräch zu gehen.»

«Als wir zum Begräbnis deiner Mutter nach England gekommen sind, hast du doch selbst gesagt, du willst nicht, daß deine Karriere eure Ehe gefährdet. Es ist Zeit, daß du endlich erwachsen wirst, Frankie. Alle Paare durchleben einmal schwierige Zeiten.»

«Verprügeln und vergewaltigen alle Männer ihre Frauen? Als du letzte Woche bei uns angerufen hast und wissen wolltest, was los ist, wollte William mich gerade verprügeln. Am Abend vorher hat er mich vergewaltigt und geschlagen. Das blaue Auge, das war William.» Jetzt, da es draußen war, fühlte sie sich ruhiger. Stärker.

Robert war schockiert. «Das kann ich einfach nicht glauben! Er ist doch Richter! Ein Mann, der von der Königin zum Ritter geschlagen wurde.»

«Er ist ein Sadist.»

Es herrschte Schweigen in der Küche. Priscilla widmete sich weiter dem Abendessen. «Vielleicht übertreibst du das Ganze», meinte Robert nach ein paar Minuten. «Du hast eine schlimme Zeit hinter dir. So etwas macht einen überempfindlich. Und du stehst unter Streß und reagierst irrational. Immerhin hast du mir erzählt, daß William dich jeden Tag angerufen hätte. Heute habe ich erfahren, daß das gar nicht stimmt.»

«Ich hätte es nicht ertragen, mit ihm zu sprechen.» Frankie schob ihren Stuhl zurück und stand auf. «Ich hätte es nicht ertragen, wenn seine Stimme mein Paradies zerstört hätte. Ich war hier so glücklich. Auch wenn ihr es nicht glaubt, ich habe mich um unsere Ehe bemüht. Ich habe es wirklich versucht!» Sie nahm den Schlüssel zum Gästehaus und ging in den Garten hinaus.

Etwas später brachte ihr Priscilla auf einem Tablett das Abendbrot. «Robert und ich haben beschlossen, daß ich mir morgen freinehme und dich zum Flughafen begleite», sagte sie, als sie das Tablett auf das Nachtschränkchen stellte. «William wird dir nichts tun, wenn ich dabei bin. Du mußt ihm noch eine Chance geben, Frankie. Er ist dein Mann. Bis ihr nach Hause fliegt, ist bestimmt alles wieder in Ordnung. Wenn nicht, kannst du hier bei uns bleiben.»

Frankie wollte schreien: «Ihr habt mir offenbar nicht zugehört!» Statt dessen nahm sie Priscillas Hand und drückte sie. «Du bist sehr lieb zu mir. Das habe ich gar nicht verdient. Ich war in England nicht immer nett zu dir, nicht wahr? Jetzt schäme ich mich dafür.»

«Ihr seid mir alle so klug vorgekommen.»

Frankie mußte laut lachen. «Das kann nicht sein. Schau, was für ein Chaos ich angerichtet habe.»

Nachdem Priscilla gegangen war, legte sich Frankie aufs Bett und starrte an die Decke des eisgrünen Iglus. Es war ihr sicherer Hort gewesen, ihre Zufluchtsstätte. Morgen würde der Feind hier einfallen.

Sie konnte nicht einschlafen. Noch vor Morgengrauen ging sie zum Swimmingpool hinaus. Der ganze Garten war in blasses Mondlicht getaucht. Sie zog sich aus, stieg in den Pool und schwamm auf und ab, ließ die kleinen Wellen über ihre Schultern spülen und ihren nackten Körper streicheln. Morgen würde es William sein, der sie berührte, der ihr Gewalt antat, sie schlug, sie verspottete.

Sie kletterte aus dem Schwimmbecken, eilte ins Gästehaus und trocknete sich ab. Ohne sich die Haare zu fönen, schlüpfte sie rasch in Jeans, ein T-Shirt und Turnschuhe. Dann zog sie ihren Koffer unter dem Bett hervor und warf ihre Kleidung hinein. Sie packte so hektisch, als würde William jede Minute auftauchen. Sie versteckte fünfzig Dollar in ihrer Reisetasche, die übrigen fünfzig faltete sie zusammen und steckte sie in ihre Hosentasche. Auf dem Bett hinterließ sie zwei eilig hingekritzelte Nachrichten.

Robert und Priscilla, es tut mir leid, daß ich einfach so verschwinde. Aber ich will nicht den Rest meines Lebens mißhandelt werden. Ich melde mich wieder. Vielen Dank für alles. Die Schlüssel sind im Briefkasten. Alles Liebe, F.

William, ich komme nicht zurück. Wir machen uns gegenseitig nur unglücklich. Vielleicht bist Du deshalb so grausam. Francesca.

Sie trat aus dem Gästehaus, schlich den Weg neben der Garage entlang und verließ das Grundstück durch das Sicherheitstor. Als sie die Auffahrt hinunterging, warf sie die Schlüssel in den Briefkasten. Dann rannte sie, den Koffer in der Hand, die Reisetasche über der Schulter, zu Miss Tomasinas Haus. Der alte Chevy mit dem Hirschgeweih auf der Motorhaube stand in der Auffahrt. Als sie vorsichtig daran vorbeiging, trat eine hochgewachsene Gestalt aus dem Schatten. Frankie stieß einen leisen Schrei aus.

«Keine Angst», sagte die Gestalt. «Ich bin Zeb. Hat Miss Tomasina Ihnen nichts von mir erzählt?»

«O ja. Natürlich. Tut mir leid.»

Er trat noch einen Schritt nach vorn, ins graue Licht der Morgendämmerung. Er war ein großer Mann mit Adlernase und schulterlangem schwarzem Haar, das von grauen Strähnen durchzogen war. Er trug ein buntes, perlenbesticktes Stirnband. «Was machen Sie hier?» fragte er.

«Ich bin auf der Flucht.»

«Vor wem?»

«Vor meinem Mann.»

«Dann sollten wir Sie besser verstecken.» Er öffnete die Haustür und sagte: «Miss Tomasina. Es ist das englische Mädchen.»

Die alte Dame war bereits munter. Sie saß in ihrem Schaukelstuhl, ihre Häkelarbeit auf dem Schoß. «Ich weiß, daß die Briten spinnen», meinte sie gedehnt, «aber ich wußte nicht, daß sie jemanden um vier Uhr früh besuchen kommen.»

«Es tut mir leid, aber ich weiß nicht, wohin ich sonst gehen könnte.» Frankie ließ ihren Koffer auf den Boden plumpsen. Sie sank in einen Stuhl, vergrub das Gesicht in den Händen und begann, langsam vor und zurück zu schaukeln. «Mein Mann kommt heute. Er ist ein Tyrann. Er hat mich geschlagen und vergewaltigt. Aber er ist Richter und hat einen Titel, deswegen glaubt mir das niemand. Und die, die es doch glauben, sind der Meinung, daß ich es verdient habe. Ich habe ihn einmal wegen eines anderen Mannes verlassen. Eines Mannes, den ich sehr geliebt habe. Jeder sagte, er tauge nichts, weil er im Gefängnis gesessen hat. Als meine Mutter im Sterben lag, bekam ich plötzlich Angst vor der Welt, in der mein Geliebter lebt. Mein Mann war damals sehr nett zu mir, also kehrte ich zu ihm zurück. Ich wollte Sicherheit, und ich wollte Kinder. Ich habe mich so darum bemüht, daß unsere Ehe funktioniert. Zuerst waren wir auch glücklich. Ich wurde schwanger. Aber ich habe das Baby verloren. Als ich dann wieder arbeiten wollte, begann er mich wieder zu tyrannisieren, aber noch schlimmer als zuvor. Mir ist jetzt klar, daß er mich als sein Eigentum betrachtet. Wie die seltenen Bücher, die er sammelt, wobei ihm seine Bücher vermutlich lieber sind. Sie stellen ihm keine unangenehmen Fragen. Und sie widersprechen ihm nicht.» Sie blickte auf. Zeb hatte sich hingekauert und hörte zu. Miss Tomasina häkelte an ihrer Decke. «Ich hätte Sie nicht stören sollen», sagte Frankie. «Es tut mir leid. Ich gehe jetzt besser wieder.»

Die alte Dame ließ die Häkelnadel sinken. «Nur weil ich weiterarbeite, heißt das nicht, daß ich Ihnen nicht zuhöre. Wohin wollen Sie denn jetzt?»

«Irgendwohin. Ich brauche Zeit, um zu entscheiden, was ich mit dem Rest meines Lebens anfangen will. Ich habe ein Rückflugticket nach England, aber ich möchte noch nicht zurück. Ich möchte erst einmal weg von hier. An irgendeinen ganz anderen Ort. Irgendwohin, wo mich niemand kennt.»

«Ich kann Sie bis San Antonio mitnehmen», sagte Zeb und stand auf. «Ich fahre in einer Stunde los.»

Miss Tomasina streckte die Hand aus und tätschelte Frankies Knie. «Ich würde Sie gern einladen, bei mir zu wohnen, aber Sie haben recht. Sie sollten fort von hier. Ihr Mann ist ein Schwein. Er wird sich nicht ändern. Zeb kann Sie in San Antonio an einer Bushaltestelle absetzen. Ich habe eine Cousine in der Nähe von Flagstaff in Arizona. Ich habe sie seit zwanzig Jahren nicht mehr gesehen, obwohl sie mich ständig einlädt. Sie hat ein kleines Hotel. Sie wird Ihnen nicht viel berechnen. Dorthin könnten Sie fahren. Haben Sie Geld?»

«Hundert Dollar.»

«Damit werden Sie nicht weit kommen.» Miss Tomasina zeigte auf eine Büchse, die oben auf einem Regal stand. «Ich werde Ihnen fünfhundert leihen.»

«O nein! Ich kann mir von Ihnen kein Geld ausleihen. Sie kennen mich ja nicht einmal. Sie haben mir schon genug geholfen!»

«Geben Sie mir die Dose und hören Sie auf herumzudiskutieren!»

Frankie zögerte. Sie wollte das Geld der alten Dame nicht annehmen, aber ihr blieb keine andere Wahl. Sie reichte ihr die Dose. «Ich bin Ihnen wirklich sehr dankbar. Ich schicke Ihnen das Geld zurück, sobald ich kann.»

Miss Tomasina faltete Frankies Finger um eine Rolle Banknoten. «Schicken Sie es nicht, Mädchen! Bringen Sie es! Ich mag Sie und würde Sie gerne wiedersehen. So, und jetzt hol mir meinen Morgenbourbon, Zeb. Den habe ich jetzt verteufelt nötig!»

Kapitel 32

Francesca kaufte eine Fahrkarte nach Phoenix in Arizona. Sie kostete hundert Dollar. Es gab keine Direktverbindung, sie mußte also mehrmals umsteigen. Es war zwei Uhr, als sie zu ihrer ersten Etappe in den Bus stieg. Sie malte sich aus, wie William steifbeinig durch den Flughafen von Dallas/Fort Worth ging und unter den großen Texanern nach ihr Ausschau hielt. Es tat ihr leid, daß sie es Priscilla und Robert überließ, sich mit ihm auseinanderzusetzen. Für William hatte sie jedoch kein Mitgefühl übrig.

Der erste Bus brachte sie nach Laredo an der mexikanischen Grenze. Von dort aus nahm sie einen Nachtbus nach El Paso. Sie schenkte den anderen Passagieren nicht viel Aufmerksamkeit. Es war eine buntgemischte Gruppe – Studenten, die einen billigen Urlaub machten, alte Männer, die irgendwohin fuhren, Mexikaner, die nach Hause unterwegs waren, und müde Frauen, deren Ehemänner nicht genug verdienten, um ihnen einen Flug bezahlen zu können.

Kurz bevor sie Laredo verließen, sprang noch eine pausbäckige Blondine mit zerzaustem Haar lachend in den Bus. Vom Rennen noch ganz außer Atem, ging sie den Gang zwischen den Sitzen entlang und musterte die Sitzplätze. Schließlich setzte sie sich neben Frankie, die bis zu diesem Augenblick den Luxus eines Doppelsitzes hatte genießen können.

Frankie schlief unruhig. Sie träumte, daß sie von Jack verfolgt wurde, doch als sie stehenblieb und auf ihn wartete, verwandelte er sich plötzlich in William. Von Zeit zu Zeit schlug sie sich den Kopf an der Fensterscheibe an, wachte auf und starrte verwirrt in die dunkle, gespenstische Landschaft hinaus. Dann schlief sie wieder ein. Schließlich wachte sie endgültig auf und stellte fest, daß es dämmerte. Sie fuhren durch eine Landschaft von einsamer Schönheit: hohe, schroffe Berge und breite, trockene Flußbetten, in denen hin und wieder ein gigantischer Kaktus stand. Hinter ihnen ging rot und glühend die Sonne auf. Vor ihnen hing immer noch die Nacht in den Berggipfeln.

«Haben Sie *Paris Texas* gesehen?» fragte das blonde Mädchen neben ihr.

Francesca schüttelte den Kopf.

«Der Film wurde hier gedreht, in den Trans Pecos. Ich werde ihn nie vergessen, denn am nächsten Morgen starb meine Mutter.»

«O nein! Wie schrecklich.» Francesca bemerkte jetzt, daß ihre Sitznachbarin Ähnlichkeit mit Melanie hatte. Sie hatte kornblumenblaue Augen wie sie, blonde Locken und ein offenes, freundliches Gesicht. Das Mädchen warf einen Blick auf Francescas Ehering. «Sie sind Engländerin, und Sie sind verheiratet. Wo ist Ihr Mann?»

«Ich war verheiratet.» Francesca zögerte. «Ich meine, bis vor kurzem.» Und dann erzählte sie dem Mädchen ihre ganze Geschichte und endete mit: «In der Nacht, in der er mich vergewaltigt hat, wurde mir klar, daß ich ihn endgültig verlassen mußte. Ich wußte nur nicht, wie ich ihm entkommen sollte, ohne wieder verprügelt zu werden. Jetzt möchte ich irgendwohin fahren, wo alles anders ist, wo alles neu ist. Wenn ich zurückkehre, werde ich mich wegen seelischer Grausamkeit und Körperverletzung von ihm scheiden lassen. Ich will nicht, daß er damit davonkommt. Aus diesem Grund muß ich so stark sein, daß mich nichts, was er sagt, verletzen kann. So stark bin ich jetzt noch nicht. Bei weitem nicht.»

Ihre Sitznachbarin hatte ihr aufmerksam zugehört. Ihr Gesichtsausdruck hatte sich dabei von stillem Mitleid in ungläubiges Staunen verwandelt. «Wir müssen Zwillinge sein», rief sie. «Ich bin auch zu meinem Mann zurückgekehrt, nachdem meine Mutter gestorben ist. Gestern habe ich ihn wieder verlassen. Ich habe gewartet, bis er zur Arbeit gegangen ist. Wenn er gewußt hätte, daß ich ihn verlasse, hätte er mich umgebracht. Nur Menschen, die durchgemacht haben, was Sie und ich durchgemacht haben, können verstehen, wie man sich dabei fühlt.» Das Mädchen streckte Frankie die Hand entgegen. «Meine Freunde nennen mich Tucson, weil ich dort geboren wurde.»

«Frankie.» Francesca schüttelte Tucson die Hand. «Frankie Tiernay.» Sie zog ihren Ehering vom Finger, steckte ihn in die Reißverschlußtasche ihrer Schultertasche und fügte hinzu: «Leb wohl, Francesca Eastgate!»

Den ganzen Weg durch die Trans Pecos tauschten sie sich über ihr Leben aus. Oder besser gesagt, Frankie erzählte. Tucson war eine so gute Zuhörerin. Je länger sie sich unterhielten, desto mehr Ähnlichkeiten entdeckten sie. Beide hatten sie ihren Vater verloren. Beide waren sie Kinder aus geschiedenen Ehen. In beiden Fällen hatten ihre Mütter, nicht aber ihre Väter, wieder geheiratet.

«Ich wette, du hast dir immer gewünscht, Geschwister zu haben», sagte Tucson. «Es ist hart, ein Einzelkind zu sein.»

«Ich habe einen Stiefbruder in Dallas. Ich habe dir doch erzählt, daß ich bei ihm und seiner Frau zu Besuch war.»

«Ach, das hatte ich vergessen.» Einen Moment lang sah Tucson verwirrt aus. Dann lächelte sie und fragte: «Was hat dein Dad gemacht?»

«Er war ein Spieler.»

«Das ist ja nicht zu glauben. Meiner auch! Er starb in Las Vegas am Spieltisch.» Sie riß ein Päckchen Kaugummi auf, bot Frankie einen Streifen an und fügte hinzu: «Ich bin jetzt auf dem Weg dorthin. In den Casinos findet man leicht Arbeit als Cocktailkellnerin oder Parkwärterin. Ich habe nicht vor, völlig abgebrannt und mit eingekniffenem Schwanz nach Tucson heimzukehren.»

«Mir geht es genauso.»

In El Paso stiegen sie mit steifen Gliedern aus dem Bus und marschierten in die nächste Bar, wo Frankie Tucson zu einem eiskalten Bier und einem Hot dog einlud. Dann gingen sie in eine andere Bar und tranken noch mehr Bier. Frankie kaufte sich eine Baseballmütze, um ihr Gesicht vor der Sonne zu schützen. Tucson kaufte nichts. Sie bummelten durch die heißen Straßen und machten hier und da einen Abstecher in eine Bar. El Paso war ein Wirrwarr aus billigen Waren, Menschen und Autos, die die sowieso schon drückende Luft noch mehr verpesteten. Tucson schien sich ziemlich gut in der Stadt auszukennen, obwohl sie, wie sie sagte, nur ein einzigesmal dort gewesen war.

Sie verpaßten den Nachtbus nach Phoenix. Der nächste Bus fuhr erst im Morgengrauen. «Es hat keinen Sinn, für die paar Stunden Geld für ein Hotel zu verschwenden», sagte Tucson, die wußte, wie man billig reiste. «Wir können in der Busstation schlafen. Da wir zu zweit sind, ist das nicht gefährlich. Wir können abwechselnd aufeinander aufpassen, damit sich niemand an uns heranmacht.»

«An mich wird sich bestimmt niemand heranmachen. Ich habe seit gestern nicht mehr geduscht.» Frankie ließ sich auf eine harte Holzbank sinken und döste ein.

«He! Ich hab eine Idee.» Tucson rüttelte sie wach. «Wir unterbrechen unsere Fahrt in Phoenix. Mein Bruder ist dort bei der Army. Er kann uns die Stadt zeigen, und wir werden uns prächtig amüsieren.»

«Ich dachte, du bist ein Einzelkind.»

«Er ist mein Stiefbruder. Wir sehen uns nur selten, deshalb vergesse ich ihn manchmal.» Tucson hielt inne. «Also, was hältst du davon?»

«Klingt gut.» Frankie schloß wieder die Augen.

Die Reise nach Phoenix war anstrengend. Die Straße kam Frankie holpriger vor als bisher, und die Fahrt schien sich endlos hinzuziehen. Als sie anhielten, um eine Pause zu machen, konnte sie kaum mehr aus dem Bus klettern. Ihr taten alle Knochen weh, und sie hatte hämmernde Kopfschmerzen. Sie sehnte sich nach einer Dusche und einem Bett.

Im Bus schlief sie wieder ein und wachte erst im Busbahnhof von Phoenix wieder auf, als Tucson sie am Arm schüttelte. «Komm schon! Wir sind da. Ich habe meinen Bruder angerufen, aber er muß vielleicht zum Manöver. Ich habe ihm gesagt, daß wir uns ein Hotelzimmer nehmen werden und es später noch einmal bei ihm versuchen.» Sie zog Frankie von ihrem Sitz hoch. «Er ist ganz wild darauf, dich kennenzulernen.»

Sie stolperten ins grelle Tageslicht der Wüstenstadt hinaus. Die Sonne brannte vom Himmel. Das helle Licht blendete sie. Der Asphalt strahlte eine ungeheure Hitze aus. Autos donnerten an ihnen vorbei und wirbelten ihnen Staub ins Gesicht. Den schweren Koffer in der Hand, die Reisetasche über die Schulter geworfen, folgte Frankie Tucson. Tucson hatte nur zwei kleine Leinentaschen dabei. Sie ging munter voraus, Frankie schleppte sich hinterher.

Nach etwa einer Meile bog Tucson in eine Seitenstraße ein. Die Straße führte zu einer tristen Ansammlung von Tankstellen, Fastfood-Restaurants und billigen Motels, die sich alle um einen Zubringer zum Highway drängten. Die meisten Gebäude waren Flachbauten. Sie breiteten sich aus, als wären sie in der Sonnenhitze auseinandergelaufen. Neben einem der Motels stand ein riesiger Saguarokaktus, der mit seinen drei gigantischen Fingern zum Himmel zeigte. Er war ganz staubig.

Tucson war vorangegangen und verhandelte gerade mit einem pickeligen Jungen an der Anmeldung, als Frankie keuchend in die klimatisierte Rezeption stolperte. «Zwanzig Dollar die Nacht», rief Tucson ihr über die Schulter hinweg zu.

«Für jeden?»

«Für das Zimmer. Aber wir finden bestimmt auch etwas Billigeres, wenn wir noch weiter suchen.»

«Ich tue keinen einzigen Schritt mehr.» Frankie holte einen Fünfzigdollarschein aus der Tasche. «Deshalb werde ich auch bezahlen.»

Das Zimmer war nur mit dem Nötigsten ausgestattet. Es gab zwei Betten, zwei Stühle, einen Fernseher und eine Dusche. Frankie ließ den Koffer auf den Boden fallen und sank dann auf eins der Betten. Binnen weniger Minuten war sie fest eingeschlafen.

Als sie aufwachte, stellte sie fest, daß Tucson am Fußende ihres Bettes stand. Sie hatte geduscht und ein Strandkleid mit Blumenmuster angezogen. In dem Kleid sah sie adrett und weich aus und ähnelte Melanie mehr denn je. «Mein Bruder mußte nach Tampa», sagte sie. «Es tut ihm wirklich leid, daß er dich nicht kennenlernen kann.» Sie ging zum Fenster und spähte durch die Jalousie nach draußen. «Es ist fast dunkel. Sollen wir essen gehen?»

Frankie duschte rasch. Sie genoß das kühle Wasser, das auf ihren Rücken und ihre Brüste prasselte, und wusch sich den Staub von zwei Tagen aus dem Haar. Sie hätte sich gern mehr Zeit gelassen, aber Tucson schritt mit einer für sie untypischen Ungeduld im Zimmer auf und ab.

Phoenix war keine Stadt für Fußgänger. Es gab keine richtigen Bürgersteige. Über ihnen donnerte der Verkehr auf einer Hochbrücke nach Norden. Es war immer noch sehr warm. Tucson ging flott. Frankie mußte rennen, um mit ihr mitzuhalten. Sie gingen unter der Hochbrücke hindurch zu den Fast-food-Restaurants auf der anderen Seite, aber Tucson gefiel keins der Restaurants. Also kauften sie sich eine Pizza und ein paar Dosen Bier und kehrten zum Motel zurück. Sie schalteten den Fernseher ein, ließen sich auf ihre Betten fallen und verschlangen die klebrige Pizza. Das Bier tranken sie gleich aus der Dose.

Tucson war immer noch unruhig. Sie holte einen kleinen Beutel aus ihrer Umhängetasche. Er enthielt Tabak.

«Ich wußte gar nicht, daß du rauchst», sagte Frankie, die die freundliche Atmosphäre der Busfahrt wiederherstellen wollte.

«Manchmal. Und das ist jetzt eins dieser Male.» Tucson strich zwei Zigarettenpapiere auseinander, klebte sie zusammen und klopfte etwas Tabak in den Falz. Dann faltete sie ein Stück Silberfolie auseinander, nahm ein kleines Messer und schnitt ein Stück schwarzes Haschisch ab. Die Krümel mischte sie dann mit dem Tabak. Sie drehte den Joint fest und dick. Schließlich zündete sie ihn an.

Francesca sah ihr dabei mit wachsender Besorgnis zu. Sie hatte noch nie Haschisch oder andere Drogen ausprobiert. Vor Gericht hatte sie jedoch oft gesehen, wie sie als Beweismittel vorgelegt wurden. Jetzt musterte sie ihre Begleiterin nervös und kam zu dem Schluß, daß es nicht besonders klug gewesen war, ein Zimmer mit einer Fremden zu teilen. Sie fragte sich, wie sie sich aus der Geschichte herauswinden konnte, ohne allzu unhöflich zu erscheinen.

«Mein Bruder hat mir das Dope gegeben», sagte Tucson, die Frankies Besorgnis richtig deutete. «Er war hier, als du geschlafen hast. Es hilft mir, mich zu entspannen. Im Bus ging es mir noch gut, aber sobald wir Phoenix erreichten, hätte ich am liebsten losgeheult. Weißt du, wir haben in Phoenix gewohnt, als wir noch nicht lange verheiratet waren. Deshalb war ich heute den ganzen Tag so nervös.»

Sofort empfand Frankie Mitleid für Tucson. «Das hättest du mir sagen sollen.»

«Wenigstens bin ich nicht allein. Du bist da.» Tucson hielt ihr den Joint hin. «Probier mal.»

«Nein, danke.»

«Sag bloß, du hast noch nie Dope geraucht?»

«Nein, aber ich kenne Leute, die das getan haben.» Sie dachte an eine Party, von der Melanie ihr erzählt hatte. «Ich habe William während meiner juristischen Ausbildung kennengelernt. Er hätte einen Anfall bekommen, wenn ich bei so etwas mitgemacht hätte.»

Tucson grinste. «Das ist um so mehr ein Grund, es jetzt zu probieren.» Sie wedelte mit dem Joint in Frankies Richtung. «Es wird dir nicht schaden. Es hilft dir, dich zu entspannen. Komm schon! Laß mich nicht allein rauchen, bitte. Ich brauche heute abend eine Freundin.»

Frankie zögerte. Einerseits war sie neugierig, andererseits hatte sie Angst. «Ich rauche doch nicht einmal normale Zigaretten.»

«Nur einen einzigen Zug, um dem alten William Lebewohl zu sagen.»

«In Ordnung. Einen Zug.» Frankie nahm den Joint und steckte ihn sich zwischen die Lippen. Sie inhalierte tief, sog den Rauch direkt in ihre Lungen. Einen Augenblick lang passierte gar nichts. Sie starrte Tucson an. Dann plötzlich hatte sie das Gefühl, als hätte sie Feuer in den Lungen. Sie begann zu husten. Tränen schossen ihr in die Augen. Heftig nach Luft ringend, hing sie über dem Rand des Bettes, im Mund den bitteren Geschmack von Tabak und Haschisch.

Tucson reichte ihr ein Glas Wasser. «Willst du es noch einmal versuchen?» fragte sie, als Frankie sich erholt hatte. «Aber du darfst nicht wieder so viel auf einmal nehmen.»

Diesmal war Frankie vorsichtiger. Sie inhalierte nur wenig. Wieder passierte nichts. Sie machte noch einen Zug. «Es wirkt nicht», sagte sie. Als sie sich jedoch zu Tucson hinüberbeugte, um ihr den Joint zurückzugeben, begannen ihre Glieder davonzuschweben. Sie konnte sich kaum auf Tucsons Hand konzentrieren. Sie schüttelte den Kopf. Es fühlte sich an, als hätte er keine Verbindung mehr zu ihrem Körper. Sie begann zu kichern. Tucson kicherte ebenfalls. Plötzlich war alles unglaublich komisch. Die Reise, das Motel, das Baseballspiel im Fernsehen. Sie lachten, bis ihnen die Tränen über die Wangen liefen. Selbst das Heulen einer Polizeisirene auf dem Highway erschien ihnen komisch.

Stunden später wachte Frankie mit hämmernden Kopfschmerzen auf. Durch die Ritzen der Jalousie strömte Sonnenlicht. Tucsons Bett war zerwühlt, aber leer. Nur die kleinere von Tucsons beiden Leinentaschen lag darauf, die Tür zur Dusche war geschlossen. Auf dem Nachttischchen befanden sich die angetrockneten Reste ihrer Pizza. Frankie wurde bei dem Anblick übel. Sie schloß die Augen und schlief wieder ein.

Ein lautes Klopfen riß sie aus dem Schlaf. «Wenn Sie das Zimmer bis nach zwölf Uhr behalten, müssen Sie für eine weitere Nacht bezahlen», rief der pickelige Junge von der Rezeption.

«Nein, wir reisen ab.» Frankie sah auf die Uhr. Es war fast zwölf. Sie stand auf und ging mit unsicherem Schritt zur Badezimmertür. «Tucson!»

Es kam keine Antwort.

«He! Wir müssen hier gleich raus.»

Immer noch kam keine Antwort.

Sie drückte die Klinke herunter. Die Tür war nicht verschlossen. Das Bad war leer. Sie stand auf der Schwelle und runzelte verwirrt die Stirn. Dann drehte sie sich um. Ihr Koffer war weg. Ihre Kleidung auch. Ihre Tasche, die sie auf dem Flug als Handgepäck dabeigehabt hatte, lag auf dem Boden. Der Inhalt – eine Karte, ihre Haarbürste, ein paar Papiertaschentücher, ihre Kulturtasche mit Toilettenartikeln, ihr Paß und ihre Geldbörse – war daneben auf einen Haufen geschüttet. Fieberhaft öffnete Frankie ihre Börse. In dem Fach für die Münzen befand sich ein Vierteldoller, das für die Scheine, in dem zweihundert Dollar gesteckt hatten, war leer.

Voller Panik öffnete sie die Reißverschlußtasche ihrer Schultertasche, wo sie weitere zweihundert Dollar versteckt hatte. Sie waren ebenfalls weg. Sogar ihr Ehering war verschwunden. Nur ihre schmutzige Kleidung war ihr geblieben: die Denimshorts, das T-Shirt und die Unterwäsche, die sie im Bus getragen hatte, außerdem die Shorts und das T-Shirt, die sie am vergangenen Abend angehabt hatte. Unter ihrem Bett lagen noch ihre Turnschuhe, die Baseballmütze und die Sonnenbrille. Frankie sackte auf dem Boden zusammen. Ihr war zum Heulen zumute. Sie hätte Tucson umbringen können. Sie dachte an Jack. War es das, was er empfunden hatte, als er dem Verräter gegenüberstand?

Es klopfte an der Tür. Der Junge rief: «Ich muß Ihnen eine weitere Nacht berechnen.»

«Nein! Warten Sie!» Frankie zog ihre Shorts und ihr T-Shirt an. Sie öffnete die Tür. «Ich bin bestohlen worden. Das Mädchen, das mit mir hier war...»

«Ihre Freundin? Die ist schon seit ein paar Stunden fort.»

«Sie war nicht meine Freundin. Ich habe sie nicht einmal gekannt. Ich habe sie im Bus getroffen. Sie hat mich bestohlen. Sie hat alles mitgenommen.»

«Ich muß Ihnen das Zimmer trotzdem berechnen.»

«Ich kann nicht bezahlen! Ich habe kein Geld. Verstehen Sie nicht? Sie hat alles gestohlen. Rufen Sie die Polizei, ich will, daß man sie schnappt.»

Er zögerte.

«Wenn Sie es nicht tun, mache ich es.»

Er verschwand und brummte dabei irgend etwas von dämlichen Touristen. Sie sammelte ihre verbliebenen Habseligkeiten ein, rollte die schmutzigen Sachen zusammen und steckte sie in eine Plastiktüte. Es paßte alles problemlos in ihre Schultertasche. Tucsons Leinensack nahm sie als Beweisstück für die Polizei mit.

An der Rezeption telefonierte der Junge gerade mit der Polizei. Als er aufgelegt hatte, sagte er zu Frankie: «Sie sind in einer Stunde hier.»

«Bis dahin ist sie über alle Berge.»

«Sie werden sie sowieso nicht kriegen.» Er nahm ein Comic und begann darin zu lesen. Francesca schenkte er keine Beachtung mehr. Sie setzte sich auf ein mit Plastik überzogenes Sofa, neben dem eine Topfpflanze aus Plastik stand, und wartete auf die Polizei.

Schließlich kam ein Polizist auf einem Motorrad. Er kaute Kaugummi und trug eine dunkle Sonnenbrille. Francesca, die sich an ihre juristische Ausbildung erinnerte, erzählte ihre Geschichte zusammenhängend und chronologisch. Er machte sich Notizen.

«Sie haben sich also mit einer völlig Fremden ein Zimmer geteilt?» sagte er und schüttelte dabei ungläubig den Kopf.

«Ich habe Ihnen doch erzählt, daß wir ins Gespräch gekommen sind. Sie hat genau dasselbe durchgemacht wie ich. Ich weiß alles über sie. Dadurch können Sie sie bestimmt leicht finden.»

Der Polizist rief zu dem pickeligen Jungen hinüber: «Ist gestern ein Typ hiergewesen, der das Mädchen besucht hat?»

«Nein.»

«Ich weiß aber, daß er da war», protestierte Frankie. «Er hat ihr...» Sie brach ab. «Ich meine, er wollte uns am Abend Phoenix zeigen. Er wollte mich kennenlernen.»

Der Polizist schloß sein Notizbuch. «Haben Sie Freunde in den Vereinigten Staaten, die Ihnen telegraphisch Geld überweisen könnten?»

Frankie dachte an Robert und Priscilla. Aber William war jetzt bei ihnen. Sie dachte an Miss Tomasina. Sie konnte sich jedoch unmöglich noch mehr Geld von ihr leihen. Und Miss Tomasinas Cousine in Flagstaff? Wie konnte sie dort ohne einen Cent in der Tasche auftauchen? «Nein, ich kenne niemanden», antwortete sie.

«Dann wird die britische Botschaft Ihnen das Geld für das Rückflugticket vorstrecken müssen», sagte er.

«Werden Sie denn nicht einmal versuchen, Tucson zu finden?»

«Lady, das hier ist ein großes und rauhes Land. Wir haben hier viele Probleme: Kokain aus Kolumbien, illegale Einwanderer aus Mexiko. Drei Blocks weiter hat es gestern nacht eine Schießerei gegeben. Außerdem läuft hier ein Serienmörder frei herum.»

«Aber ich weiß, wo sie ist. Sie ist auf dem Weg nach Las Vegas.»

«Ich weiß auch, wo sie ist. Oder besser, ich weiß, was sie gerade tut. Sie sitzt in irgendeinem Bus, irgendeinem Flugzeug oder in irgendeinem Restaurant und hört einer Fremden zu. Und wissen Sie was? Genau wie diese Fremde ist sie das einzige Kind einer todkranken Mutter. Ihre Masche ist die sogenannte Spiegeltaktik. Das ist die einfachste Methode, das Vertrauen eines Fremden zu gewinnen.»

Er schrieb ihr die Adresse der britischen Botschaft auf. Dann zog er einen Dollarschein aus seiner Hüfttasche. «Kommen Sie, ich zeige Ihnen, welchen Bus Sie nehmen müssen.»

Er ging nach draußen. Sie setzte sich die Sonnenbrille auf, hängte sich ihre Tasche über die Schulter und folgte ihm. Der pikkelige Junge sah nicht einmal von seinem Comic auf.

Die glühende Mittagshitze schlug Frankie mit voller Wucht entgegen, als sie das klimatisierte Motel verließ. Sie taumelte.

«Der Bus hält dort drüben!» Der Polizist zeigte auf die andere Seite des Highways. Er trat den Kickstarter seines Motorrads durch, und die Maschine sprang knatternd an. Als er sich hinaufschwang, rief er: «Lady, tun Sie mir einen Gefallen.»

Frankie drehte sich um. «Ja?»

«Lassen Sie sich im Bus nicht von Fremden ansprechen!» Er brauste in einer Wolke von Staub und Hitze davon.

Noch nie hatte sie sich so als Versagerin gefühlt wie jetzt, wo sie, den Dollar des Polizisten in der Hand, am Straßenrand stand. Sie hatte Jack verloren. Sie hatte ihr Baby verloren. Sie stand vor den Trümmern ihrer Ehe. Sie war so dumm, daß sie nicht einmal den Unterschied zwischen einem netten Mädchen und einer professionellen Trickdiebin erkannte. London rückte drohend näher. Sie konnte schon den Regen auf dem Asphalt von Heathrow riechen, während ihr Flugzeug rutschend zum Stehen kam. Sie malte sich aus, wie sie sich in die Schlange vor einer Telefonzelle einreihte, um ein Taxi zu rufen, das sie zu Melanie bringen würde und das Melanie würde bezahlen müssen.

Plötzlich fiel ihr ein, daß sie, als sie die Hotelrechnung bezahlt hatte, dreißig Dollar Wechselgeld zurückbekommen hatte. Sie ließ die Tasche zu Boden fallen, zog den Reißverschluß auf und nahm ihre Kulturtasche, ihre Bürste und ihre Karte heraus. Ganz unten in der Reisetasche befand sich die Plastiktüte mit ihren schmutzigen Sachen. Sie wagte kaum zu atmen, als sie mit der Hand in die vordere Tasche ihrer Jeans fuhr. Ihre Finger ertasteten Papier.

Sie lachte glücklich, als sie die drei Zehndollarscheine auf ihrem Oberschenkel glattstrich. Sie dachte an all das Geld, das sie in London ausgegeben hatte, ohne mit der Wimper zu zucken: das Zehnfache dessen, was sie jetzt in der Hand hielt. Aber dieses Geld hier war etwas ganz Besonderes. Es bewies, daß sie keine vollkommene Idiotin war.

Sie setzte sich die Baseballmütze auf, um ihr Gesicht vor der grellen Sonne zu schützen, packte die Sachen wieder in ihre Tasche, warf sie sich über die Schulter und marschierte auf die Bushaltestelle zu. Sie fühlte sich stärker, fast unbeschwert. In der Ferne konnte sie den Bus kommen sehen. Sie begann zu rennen. Dann blieb sie stehen. Sie war wütend, und zwar vor allem auf sich selbst. Niemand zwang sie, mit eingezogenem Schwanz nach Hause zu schleichen und ihren ehemaligen Kollegen, William und seiner verdammten Mutter ein eindrucksvolles Beispiel dafür zu liefern, daß jene, die sich gegen das System auflehnen, zwangsläufig in der Gosse enden. Sie hatte die Wahl: Sie konnte ihre dreißig Dollar nehmen und damit noch einmal den Kampf um ihre Freiheit aufnehmen.

Die Tasche über der Schulter, ging sie zum Zubringer, der zur Autobahn hinaufführte. Die Sonne brannte auf ihre nackten Arme und Beine. Schweißtropfen rannen ihr den Nacken hinunter, ihr T-Shirt war am Rücken schon klatschnaß. Aber das war ihr jetzt völlig egal. Sie fühlte sich stark. Sie besaß dreißig Dollar. Tucson hatte noch nicht gewonnen. Sie sah auf ihre Karte, schob ihre Nagelschere in die Tasche ihrer Shorts und atmete tief durch. Beim ersten Auto, das die Zufahrt heraufkam, hielt sie den Daumen hoch.

Der Fahrer war noch jung. Er war klein und schmächtig und wirkte wie ein Chemiestudent, der nur selten aus seinem Labor herauskam. «Wohin wollen Sie?» fragte er.

«Nach Las Vegas!» erwiderte sie ihm. Ihre Stimme klang dabei mit einemmal richtig frech.

Kapitel 33

Die erste Fahrt als Anhalterin brachte Frankie nur zwanzig Meilen weit und außerdem direkt nach Norden anstatt nach Nordwesten. «Wenn Sie mich darauf aufmerksam gemacht hätten, wo Sie hinfahren, wäre ich gar nicht bei Ihnen eingestiegen», schalt sie den verlegenen Fahrer, als er sie an einer Kreuzung inmitten menschenleeren Buschlands absetzte und sagte, sie solle die linke Abzweigung nehmen, die nach Westen führte.

Als sie aus dem klimatisierten Auto stieg, hätte sie die Hitze fast umgeworfen. Sie brannte von oben herab, sie schlug ihr vom Boden entgegen. Sie hüllte sie ein und nahm ihr die Luft. Frankie stand an einer kleinen Kreuzung. Die Straße war nicht einmal zweispurig. Es war kein Fahrzeug in Sicht. In jeder Richtung erstreckte sich die dürre Landschaft hin zu mit Gebüsch bewachsenen, felsigen Hügeln. Hohe Saguarokakteen reckten ihre riesigen Finger in den wolkenlosen Himmel.

Frankie verließ die Kreuzung, um zu einer Stelle zu gehen, wo der Straßenrand zu einer Haltebucht erweitert war. Es gab keinen Schatten, nichts, wo sie sich hinsetzen konnte, lediglich ein Straßenschild, an dem sie sich anlehnen konnte. Zu spät erkannte sie, daß sie sich nicht ohne Wasser und etwas zu essen auf den Weg hätte machen dürfen. Vor allem nicht ohne Wasser.

Ein Auto fuhr vorbei. Es hielt nicht an. Zwei Laster fuhren vorbei. Sie verringerten nicht einmal die Geschwindigkeit. Dann kam wieder ein Auto. Der Fahrer hupte. Weitere Autos fuhren vorbei, aber nicht ein einziges wurde langsamer. Die meisten beschleunigten sogar. Frankie umkreiste immer wieder das Straßenschild und fragte sich, wann wohl der Punkt erreicht wäre, an dem sie zu Fuß nach Phoenix zurückgehen würde. Dann blieb sie plötzlich stehen. Auf der Rückseite des Straßenschilds stand: *Staatsgefängnis. Nehmen Sie keine Anhalter mit.*

Sie wußte nicht, ob sie lachen, weinen oder fluchen sollte, also trat sie ihren Fußmarsch Richtung Westen an. Ihre Kehle war ausgedörrt. Manchmal glaubte sie, einen See zu sehen, aber es war nur eine Luftspiegelung auf dem Asphalt. Sie begann zu ermüden. Sie hätte sich jetzt gerne eine Weile ausgeruht, aber sie zwang sich dazu weiterzugehen, weiter an der endlosen Straße entlang, auf die Hügel zu, die nicht näher kommen wollten.

Es dauerte zwei Stunden, bis ein Lastwagen anhielt. Am Steuer saß ein großer, redseliger Texaner. «Hat denn ein hübsches Mädchen wie Sie keine Angst, allein als Anhalterin unterwegs zu sein?» fragte er, als sie auf den Beifahrersitz kletterte.

«Nein, überhaupt nicht. Ich war britische Judomeisterin in der Juniorenklasse.»

«Wie interessant.» Eilig begann er von seinen Kindern zu erzählen.

Er setzte sie in Wickenburg ab, einer staubigen und ziemlich verschlafenen Stadt. Sie ging in ein Fast-food-Restaurant und kaufte sich für den Dollar, den ihr der Polizist gegeben hatte, ein Glas kalte Milch. Sie trank sie langsam und genoß dabei jeden Schluck. Auf der Damentoilette ließ sie ein Waschbecken mit kaltem Wasser vollaufen und tauchte, ohne die mißbilligenden Blicke der anderen Frauen zu beachten, ihre Arme und ihr Gesicht hinein. Wenn sie allein gewesen wäre, hätte sie sich ausgezogen und sich von Kopf bis Fuß gewaschen.

In einem Drugstore kaufte sie sich eine Flasche Wasser und ein Sandwich. Dann setzte sie sich an den Straßenrand, um ihr Sandwich zu essen und darauf zu warten, daß sie jemand mitnahm.

Ein Lastwagen mit offener Ladefläche hielt an. Am Steuer saß eine Frau. Sie trug einen Stetson, hatte ein ledriges Gesicht und wegen des grellen Lichts ganz zusammengekniffene Augen.

Frankie lächelte hoffnungsvoll. «Las Vegas?»

«Kingman. Das liegt auf Ihrem Weg. Klettern Sie hinten rauf!» Sie fuhr schon an, als sich Frankie noch an die Ladeklappe klammerte.

Es gab keine Sitzmöglichkeit und keinen Schatten, aber wenigstens nahm sie überhaupt jemand mit, und dann auch noch die Hälfte der Strecke nach Las Vegas, tröstete Frankie sich, als sie auf der Ladefläche durchgerüttelt wurde und sich die Ellbogen und den Kopf anstieß. Die Straße verlief gerade, und das Land war eben. Jedesmal, wenn sie sich umsah, schien sie denselben trockenen Felsen und denselben Saguarokaktus zu sehen. Sie lehnte sich erschöpft zurück, schloß die Augen und döste vor sich hin. Als sie das nächstemal hinaussah, fuhren sie auf einer kurvenreichen Straße durch die Berge. Die Saguarokakteen waren verschwunden. Ihren Platz hatten Yuccapalmen eingenommen. Die Gegend besaß die seltsame und verlorene Schönheit einer Mondlandschaft.

Das Licht wechselte rasch. Im einen Augenblick befand sie sich noch im grellweißen Tageslicht, im nächsten war sie in den sanften Schein des hereinbrechenden Abends getaucht, in dem die Blätter der Yuccapalmen spitze Schatten auf die verbrannte Erde warfen. Das einzige Anzeichen menschlicher Besiedlung war eine Ranch, die sich in der Ferne an die Hügel schmiegte, und eine einsame Tankstelle, deren Reklametafel im Wind hin und her schlug.

Kurz vor Kingman hielt die Frau den Truck an. Sie klopfte an die Trennscheibe, und Francesca sprang von der Ladefläche. Der Laster war verschwunden, noch bevor sie der Frau ihren Dank hinterherrufen konnte.

Vor ihr breitete sich Kingman aus, eine kleine Stadt an der Interstate 40. Frankie hatte irgendwo gelesen, daß Clark Gable und Carole Lombard hier geheiratet hatten. Als sie den Ort sah, konnte sie das kaum glauben. Unschlüssig stand sie im verblassenden Tageslicht an der Straße. Der Himmel erstrahlte noch für kurze Zeit in einem tiefen Purpur, bevor es rasch und endgültig dunkel wurde. Auf der anderen Seite der Stadt sah sie die stecknadelkopfgroßen Scheinwerfer von Autos, die sich die Berge hinaufarbeiteten. Zum erstenmal, seit sie Phoenix verlassen hatte, wußte sie nicht, was sie tun sollte. Für ein Hotel hatte sie kein Geld, also mußte sie ihren Weg fortsetzen. Aber nachts traute sie sich nicht, ein Auto anzuhalten, da sie nicht wußte, wer – oder wie viele – darin saßen.

Sie ging weiter zu einer Tankstelle, wo ein kleiner, alter Mann gerade tankte. Auf der Heckscheibe befand sich ein Aufkleber, auf dem stand: *Las Vegas – die Stadt, die niemals schläft.*

«Ich suche jemanden, der mich nach Las Vegas mitnimmt», erklärte sie ihm höflich.

«Ich nehme keine Anhalter mit. Das ist mir zu gefährlich.»

«Bitte!»

Er zögerte. «Sind Sie allein?»

«Ja. Ich will eine Freundin in Las Vegas besuchen. Aber ich habe kein Geld mehr für den Bus.»

Er ließ sie, ohne ihr zu antworten, neben dem Auto stehen und ging bezahlen. Als er wiederkam, sagte er: «Steigen Sie ein. Aber wenn Sie mir auch nur den geringsten Ärger machen, rufe ich die Polizei.»

Er redete ohne Unterbrechung, wobei sein kleines, pausbäckiges Gesicht ständig in Bewegung war. Er hieß Horace und stammte aus Kalifornien, hatte sich aber in Las Vegas zur Ruhe gesetzt. Er hatte eine Frau, zwei Kinder und drei Enkel. Sie waren zweimal in England gewesen und einmal in Frankreich, die Schweiz aber mochten sie am liebsten. Dort war es so sauber. Frankie nickte und lächelte, während sie hinaus in die heiße Wüstennacht blickte.

Helle Lichter und Reklametafeln zeigten an, daß sie sich Las Vegas näherten, lange bevor sie die Stadtgrenze erreichten. Blinkende Neonschriftzüge schrien: *Gewinnen Sie 50000 Dollar*. Sie beleuchteten die Palmen und die kahle, rote Erde neben der Straße. Riesige Anzeigetafeln mit sich bewegenden Würfeln verkündeten: *Bake and Shake, Hotel mit Swimmingpool, $ 30 pro Nacht, Frühstück $ 2,99*. Auf kleineren Schildern wurden Zimmer gleich am Stadtrand für gerade einmal zwölf Dollar angeboten.

«Das ist die billigste Stadt der Welt, jedenfalls solange man sein Geld nicht in den Casinos verspielt», meinte Horace, als die niedrigen Vorstadtgebäude dem ersten der großen Hotels wichen, einem riesigen Raumschiff mit pulsierenden Lichtern, das von einem Meer von geparkten Autos umgeben war. «Vegas war früher eine kleine Wüstenstadt», fuhr er fort. «Jetzt breitet es sich aus wie Los Angeles. Es kommen einfach zu viele Leute hierher.»

«Aber Las Vegas braucht die Touristen doch sicher?»

«Ich rede von den Rentnern, die sich hier niederlassen. Wohlgemerkt, ich bin auch einer von ihnen. Die Touristen bleiben auf dem Strip. Sie lieben den Glamour. Sie besuchen nur *Caesar's Palace*, das *Desert Inn*, das *Dunes* und all die anderen großen Hotels. Sie und Ihre Freundin sollten sich eine Show ansehen. Aber vergessen Sie nicht das Stadtzentrum.» Seine Augen strahlten. «Es ist älter, schäbiger und greller, aber es hat Charakter. Nehmen Sie zum Beispiel *Binion's Horseshoe*. Der alte Benny Binion hat Dallas überstürzt verlassen müssen – so heißt es. Er kam nach Vegas, hat das *Eldorado Hotel* an der Fremont Street gekauft, es *Binion's Horseshoe* getauft und die World Series of Poker ins Leben gerufen. Das ist das alte Las Vegas, wie ich es mag. Wenn Sie sehen wollen, wie Poker mit hohen Einsätzen gespielt wird, gehen Sie während der Meisterschaften ins *Binion's*. Es heißt: ‹Man braucht eine Menge Mumm, um beim Poker hoch zu setzen.›»

Die Begeisterung, mit der er vom Pokern sprach, erinnerte Frankie an ihren Vater. «So, wie Sie das erzählen, müssen Sie selbst Poker spielen», sagte sie.

Er sah entsetzt aus. «O nein!»

Sie fuhren schweigend weiter. Offenbar hatte sie ihn verärgert. Sie versuchte, sich zu entschuldigen, aber er hatte sich schon in seine kleine Rentnerwelt zurückgezogen.

Der Boulder Highway wurde zur Fremont Street, die als dreispurige Einbahnstraße hinauf zu den pulsierenden Lichtern im Zentrum führte. Überall waren Menschen. Sie liefen in der Hitze der Wüstennacht umher, bildeten Trauben vor den Souvenirläden oder den noch helleren Lichtern der Casinos. Sie überquerten die Straße, um von den Casinos auf der einen Seite zu denen auf der anderen zu kommen, und achteten dabei kaum auf den Verkehr. Abgesehen von dem beständigen Gekreische der Spielautomaten und den Lichtern, die *25-cent Craps* verkündeten, hätte es sich genausogut um eine Szene auf der sommerlichen Promenade eines ehrwürdigen englischen Seebads handeln können.

Horace hielt an der Ecke Fremont und Fourth Street unter der riesigen Statue eines knienden Cowboys, der mit einem Teller in der Hand Silber wusch. «Das sind sie!» Er zeigte nach vorn, wo sich an den Seiten der Gebäude Lichter in allen Farben ergossen und die Nacht zum Tag machten. «Das *Four Queens*. Das *Golden Nugget*. *Binion's*. Das *Union Plaza*. Weiter darf ich Sie nicht bringen.» Er lächelte sie schüchtern an. «Als wir damals nach Las Vegas gezogen sind, habe ich so viel Geld in den Casinos verspielt, daß meine Frau mich verlassen hat. Sie kam nur zu mir zurück, weil ich ihr hoch und heilig versprochen habe, nie wieder zu spielen. Wenn ich weiter in diese Richtung fahre, komme ich vielleicht wieder in Versuchung.» Er gab Frankie die Hand. «Viel Glück. Und verfallen Sie nicht dem Spielteufel.»

Sie bedankte sich bei ihm. Er war ein netter, kleiner Mann. Als er wegfuhr, fühlte sie sich plötzlich einsam.

Tucson zu finden war inzwischen nicht mehr Frankies vordringlichste Sorge. Sie brauchte jetzt erst einmal Geld. Sie ging weiter, auf die hellen Neonlichter und die riesige Silhouette eines winkenden Cowboys und eines Cowgirls in weißen Stiefeln zu, das die Beine schwang. Der Lärm war ohrenbetäubend. Sie hörte das elektronische Geplärr der Spielautomaten, die Jubelschreie von Leuten, die den Jackpot gewonnen hatten, das Klirren von Münzen, Frank Sinatra, der «My Way» sang, und das entfernte Heulen einer Polizeisirene. Ihr Vater wäre völlig aus dem Häuschen gewesen.

Sie erreichte schließlich die zwiebelförmige goldene Krone des *Four Queens*. Das Casino erstreckte sich über einen ganzen Häuserblock. Die Leute strömten durch die verschiedenen Eingänge des Gebäudes hinein und wieder heraus. Drinnen war es hell und weiß. Es gab Reihen von Spielautomaten, deren Abbild von einer verspiegelten Decke zurückgeworfen wurde. An den Automaten spielten Menschen, deren roboterhafte Konzentration niemals nachließ und die sich von der Menschenmenge, die in den Gängen hinter ihnen vorbeiströmte, keinen Augenblick ablenken ließen. Sie harrten aus, Stunde um Stunde, schweigend und mit glasigem Blick. Einige spielten an einem Automaten, andere an zwei oder sogar drei Geräten gleichzeitig, wobei sie immer zwei Hebel auf einmal bedienten. Es war schwer zu sagen, wo der Mensch endete und der Roboter begann.

Anders als in Monte Carlo, wo Frankie einmal mit William gewesen war, gab es in den Casinos von Las Vegas keine Kleidervorschriften und keine Mitgliedschaft. Hier wurde eine staubbedeckte junge Frau in schmutzigen Shorts und im T-Shirt nicht diskret aufgefordert, das Etablissement zu verlassen. Hier war jeder willkommen. Sie sah einsame junge Männer, die von einer durchspielten Nacht ganz käsige Gesichter hatten. Rentner mit dicken Frauen, die ihre Pension aufbesserten. Junge Frauen ohne Begleitung, die ihre Umhängetaschen fest an ihren glitzernden Busen drückten, während sie auf die Spielautomaten zuwankten. Frauen in Shorts. Frauen in Jeans. Frauen in volantbesetzter Seide, herausgeputzt wie Carmen Miranda. Alte Paare, bei denen der eine Partner schon im Rollstuhl saß und vom anderen geschoben wurde. Junge Paare mit Kindern. Studenten ohne Geld, die sich eine Portion Eiskrem teilten. Paare mittleren Alters, die sich, durchdrungen von lebenslanger ehrbarer Habgier, am Roulettetisch niedersetzten. Alte Damen mit Gehwagen, die sich zu ihrem Lieblingsautomaten durchkämpften.

Frankie ging an den Black-Jack-Tischen und am Roulette vorbei nach hinten zur Damentoilette, wo sie sich das Gesicht und die Arme wusch und ihre Haare zu einem ordentlichen Zopf flocht. Nachdem sie wieder in das hellerleuchtete Casino zurückgekehrt war, beobachtete sie, wie eine unergründliche Chinesin in einem sackartigen, schwarzen Baumwollhemd und ebensolchen Hosen beim Black Jack tausend Dollar gewann.

Eine Cocktailkellnerin, das Tablett in der Hand, lächelte Frankie an. «Cocktails?»

«Haben Sie auch Milchshakes?»

«Sicher.»

«Was kosten die?»

«Wenn Sie spielen, sind sie umsonst.»

Sie bestellte einen Bananenmilchshake, setzte sich vor einen der Automaten und tat so, als spielte sie. Die Kellnerin brachte ihr den Milchshake und blieb stehen. Frankie wußte, daß man ein Trinkgeld von ihr erwartete, aber das konnte sie sich nicht leisten. Also starrte sie verbissen auf den Spielautomaten.

Die Milch besänftigte ihren nagenden Hunger. Sie ging weiter, um beim Craps zuzusehen, wo ein paar junge Südamerikaner hohe Wetten auf die Würfel abschlossen. Einer der Spieler blätterte Hundertdollarscheine auf den Tisch, als hätten sie für ihn keinen Wert. Nichts im Casino war real. Das Geld war nur Papier. Münzen waren lediglich Metall. Es gab keine Uhren, kein Zeitgefühl. Nichts erinnerte die Spieler an die wirkliche Welt draußen vor der Tür.

Im hinteren Bereich des Casinos fand Frankie das Pokerzimmer. Es waren etwa ein Dutzend Tische, die man durch eine Absperrung abgetrennt hatte. Am Eingang befand sich ein Pult, an dem eine Casinoangestellte saß. Die Tische waren alle belegt. Die Leute standen herum und warteten darauf, daß ein Platz frei wurde. Frankie stellte sich an die Absperrung und sah zu. Es waren hauptsächlich Männer, die spielten. Mit dem leblosen Blick, den Frankie so gut von ihrem Vater kannte, sahen sie dem Croupier beim Kartenmischen zu. Es erfüllte sie mit Entsetzen. Sie mußte an die Tage denken, an denen sie zu Fuß zur Schule hatte gehen müssen, weil sie kein Geld für den Bus bekommen hatte. An einem der Tische betrug der Pott fünfhundert Dollar. Das war nicht gerade viel, aber für jemanden, der nur achtundzwanzig in der Tasche hatte, war es ein kleines Vermögen.

Das Mädchen hinter dem Pult lächelte sie freundlich an. «Für die Besucher, die Poker lernen wollen, geben wir jeden Mittag kostenlosen Unterricht. Seven Card Stud und Texas Hold'em. Es kostet Sie nichts. Sie müssen sich lediglich mit zwanzig Dollar in die Runde einkaufen, wenn Sie nach dem Unterricht weiterspielen wollen.» Sie griff nach einem Mikrofon und rief: «Ein Platz am 5/10 Dollar Texas Hold'em.»

Ein alter Mann mit Cowboyhut schob sich nach vorn. Er nahm den freien Platz ein, kaufte für hundert Dollar Chips, ordnete sie zu fünf Stapeln und schob dann professionell zwei zu einem zusammen. Die anderen Spieler beobachteten ihn nervös.

Frankie wandte sich ab. Sie fiel vor Erschöpfung fast um. Sie mußte schlafen. Irgendwo. Die billigen Motels waren jedoch zwei Meilen entfernt. Sie war zu müde, um noch so weit zu laufen. Außerdem brauchte sie ihr Geld fürs Essen – und für das Pokerspiel morgen.

Als sie das klimatisierte Casino verließ, schlug ihr brütende Hitze entgegen. Es war Mitternacht, aber es wehte kein Windhauch. Sie ging die Fremont Street entlang und entfernte sich dabei von den hellsten Lichtern, bog dann ab und folgte einer Seitenstraße, die zu einem Parkplatz führte. Das Tor war bewacht. Sie zögerte, aber der Wunsch zu schlafen war übermächtig. Sie nickte dem Parkwächter zu und ging an ihm vorbei über den Asphalt zur Mauer auf der anderen Seite. Zwei Autos standen so, daß sie sich dahinter verstecken konnte. Ohne den Schmutz zu beachten, ließ sie sich zu Boden sinken, lehnte sich mit dem Rücken an die Mauer und schloß die Augen.

Schon nach kurzer Zeit wurde sie wieder aufgescheucht, weil ihr jemand mit einer Taschenlampe direkt ins Gesicht leuchtete. «Hier können Sie nicht bleiben», sagte der Parkwächter.

Also nahm sie ihre Schultertasche und ging weiter. Die Füße taten ihr weh. Ihre Glieder schmerzten. Ihr Mund war trocken, und sie hatte einen bitteren Geschmack auf der Zunge. Sie fragte sich, ob es in Las Vegas ein britisches Konsulat gab, und wenn ja, wann dieses morgens öffnete.

Ihr Weg führte sie mehrere Straßen weiter zur Rückseite eines mehrstöckigen Parkhauses. Von einem Tor aus Drahtgeflecht, das geschlossen, aber nicht abgesperrt war, führte eine Betontreppe nach oben. Sie öffnete das Tor, hielt inne, lauschte und eilte dann die Stufen hinauf. Im ersten Stock fuhr gerade jemand rückwärts vom Parkdeck, in der zweiten Etage hörte sie Stimmen. In der dritten standen die Autos still in Reihen da und starrten auf die glitzernde Stadt hinaus.

Sie hörte Motorgeräusche. Ein Auto kam herauf. Voller Panik versteckte sie sich hinter einem Pfeiler, um dem Scheinwerferlicht, das über den Boden huschte, zu entgehen. Ein junger Mann, der die schwarze Hose, das weiße Hemd und die schwarze Fliege eines Croupiers trug, stieg aus. Sie beobachtete, wie er sein Auto absperrte. Ein weiterer Wagen, ein roter Datsun, kam heraufgefahren. Der Fahrer war jung und schlank, hatte lateinamerikanische Gesichtszüge und einen kleinen Schnurrbart. Auch er trug die Berufskleidung des Croupiers. Er rief fröhlich: «He, bist du auch in der Friedhofsschicht? Frühstücken wir doch zusammen, wenn wir fertig sind.»

Lachend und plaudernd gingen sie davon. Francesca wartete fünf Minuten. Dann näherte sie sich dem roten Auto. Die Fahrertür war abgesperrt, aber die Hintertür war offen. Einen Augenblick zögerte sie, doch die weiche, gepolsterte Rückbank lockte. Sie schlüpfte in den Wagen und rollte sich zusammen. Während sie in einen unruhigen Schlaf hinüberglitt, dachte sie an William. Er würde höhnisch grinsen, wenn er sie jetzt so sähe, aber so schlimm die Dinge auch standen, sie war froh, daß sie ihm entkommen war.

Sie erwachte, als es langsam hell wurde. Sie fühlte sich jetzt sogar noch steifer und schmutziger als tags zuvor. Auf dem Boden des Autos stand eine Dose Cola. Wieder zögerte sie, aber ihre ausgedörrte Kehle zwang sie dazu, sie zu nehmen. Nun begriff sie zum erstenmal, wie Menschen wie Lindsay Dault – oder auch Jack – kriminell geworden waren.

Es war früh am Morgen, aber die Sonne brannte bereits vom Himmel. Frankie ging die Fremont Street hinauf. Die Casinos hatten geöffnet, sie schlossen nie. Als sie am *Four Queens* vorbeikam, fiel ihr wieder ein, daß die Casinoangestellte Pokerunterricht erwähnt hatte. Sie hatte sich zwar geschworen, nie wieder Spielkarten anzurühren, aber jetzt stand sie hier und überlegte, ob sie wie ihr Vater alles auf eine Karte setzen sollte. Was blieb ihr denn schon anderes übrig? Sie sah zu, wie die Cocktailkellnerinnen zwischen den Spielern hin und her eilten. Auf ihren Gesichtern klebte ein Zahnpastalächeln. Kein Casino in Las Vegas würde eine schmuddelige Fremde ohne Arbeitserlaubnis, Adresse und Kleidung einstellen.

Sie ging ins *Binion's Horseshoe*. Horace hatte recht, was die Atmosphäre betraf. Das lässige, freundliche Flair der rauchgeschwängerten Räume hatte etwas von den Spelunken des Wilden Westens an sich. Die Inneneinrichtung stellte eine Mischung aus einem ehrwürdigen viktorianischen Seehotel und der für Las Vegas typischen ungehemmten Prachtentfaltung dar. An schönen, holzgetäfelten Wänden hingen protzige Spiegel aus Messing und Glas. Unter den Heerscharen von plärrenden, blinkenden Spielautomaten lag ein unaufdringlicher, burgunderfarbener Teppich. Die Black-Jack-Tische waren mit dunkelgrünem Filz bespannt, der in einigen anderen Casinos schon dem strapazierfähigeren, aber häßlichen Vinyl gewichen war. Selbst zu dieser frühen Stunde herrschte im *Binion's* reger Betrieb. Auf den mit Billardtuch überzogenen Tischen lag das große Geld. Sehr viel Geld.

An einer der holzgetäfelten Wände befand sich die Ruhmeshalle des Pokers, Reihen von Schwarzweißfotos jener Männer, die längst zu Pokerlegenden geworden waren. Frankie erkannte Nick, den Griechen, der für seine astronomisch hohen Wetten bekannt war; Johnny Moss, den ersten Weltmeister; ‹Corky› McCorquodale, der Anfang der Sechziger das Texas Hold'em nach Las Vegas gebracht hatte; Edmund Hoyle, den englischen Anwalt aus dem achtzehnten Jahrhundert, der als erster die Regeln für Kartenspiele niedergelegt hatte; Wild Bill Hickock, der von hinten erschossen wurde, als er gerade ein Paar Asse und ein Paar Achten in der Hand hielt, eine Kombination, die von diesem Zeitpunkt an als «Dead Man's Hand» bekannt war.

Wieder war Frankie gezwungen, die Damentoilette als Badezimmer zu benutzen. Sie wusch sich den Staub vom Gesicht und den Schmutz von Armen und Händen. Sie sehnte sich nach einer Dusche, aber das war unmöglich. In der Toilettenkabine zog sie ihre schmutzigen Sachen aus, schlüpfte in ihren letzten Satz sauberer Unterwäsche, benutzte reichlich Deodorant und entschied dann, daß das schmutzige T-Shirt und die Denim-Shorts, die sie am Tag zuvor getragen hatte, weniger schmutzig waren als die Sachen, in denen sie im Parkhaus geschlafen hatte.

Sie hatte vor Hunger weiche Knie, und der Salzmangel raubte ihr die letzten Energien. Ein Frühstück im Coffee Shop kostete einen Dollar neunundneunzig. Sie ließ sich auf einer grün und rosa bezogenen Bank nieder und bestellte Eier und Schinken. Der holzgetäfelte Coffee Shop war ebenso wie ein großer Teil des Casinos im viktorianischen Stil ausgestattet, besaß einen praktischen dunkelgrünen Teppich und bequeme Sessel. Es hätte sich auch um ein ehrbares Hotel in Eastbourne handeln können, wären da nicht die Keno-Zahlen gewesen, die auf den Anzeigetafeln aufflackerten, und die einsamen Spieler, die ihre Wettscheine ausfüllten.

Um ein Uhr kehrte Frankie zum *Four Queens* zurück und nahm an einem der blauen, mit Vinyl bezogenen Tische Platz. Es waren acht Männer und drei Frauen zum Pokerunterricht gekommen. Alle waren älter als sie. Eine temperamentvolle, blonde Kartengeberin erläuterte ihnen die Regeln. Sie zeigte ihnen, wie sie die Karten halten mußten, und erklärte ihnen, daß sie ihre Hände dabei nicht vom Tisch heben durften. Sie wies darauf hin, daß der Einsatz in einem Zug in den Pott gegeben werden mußte. Außerdem war es verboten, während des Spiels mehr Geld aus der Handtasche oder der Tasche eines Kleidungsstückes zu holen. Jeder Spieler mußte seine Chips vor sich auf den Tisch legen, so daß die anderen Spieler sie sehen konnten.

«Poker ist ein Spiel, bei dem es um Geschicklichkeit und Täuschung geht.» Sie lächelte sie ermutigend an, während sie fachmännisch ein Päckchen Karten mischte. «Wir spielen hier zwei Varianten: Seven Card Stud und Texas Hold'em. Ich werde Ihnen Hold'em beibringen. Das ist eine Variante des Stud-Poker. Ihr Ziel ist es, aus sieben Karten ein möglichst hochwertiges Blatt von fünf Karten zusammenzustellen. Das bestmögliche Blatt ist ein Royal Flush, eine einfarbige Straße bis hoch zum As. Aber den werden Sie vermutlich nie bekommen, es sei denn, Sie haben unwahrscheinliches Glück. Die nächstbesten Blätter sind der Straight Flush, eine einfarbige Straße ohne das As; Vier gleiche, egal, welcher Farbe; Full House, das sind ein Drilling und ein Paar; der Flush, das sind fünf Karten von beliebigem Wert, aber gleicher Farbe; der Straight oder die Straße, also fünf Karten verschiedener Farbe, deren Werte lückenlos aufeinanderfolgen; ein Drilling, also drei wertgleiche Karten; zwei Paare und ein Paar. Ein hohes Paar schlägt ein niedriges. Ein Spieler, der ein Paar in der Hand hat und dazu eine hohe Einzelkarte wie zum Beispiel ein As, schlägt einen Spieler, der das gleiche Paar und eine niedrigere Karte hat. Das Spiel läuft über vier Wettrunden. An diesem Tisch hier spielen wir mit niedrigem Einsatz, einem bis drei Dollar. Das bedeutet, daß der Mindesteinsatz einen Dollar beträgt und der Höchsteinsatz drei. Zuerst machen wir ein paar Übungsspiele.»

Sie kauften sich alle Chips für zwanzig Dollar. Die Kartengeberin legte einen Button vor den Spieler zu ihrer Linken. «Dieser Button bewegt sich mit jedem Spiel im Uhrzeigersinn weiter», erklärte sie. «Der Spieler mit dem Button ist der imaginäre Geber; die Karten werden natürlich von einem Croupier ausgeteilt. Der Spieler links vom Dealer-Button muß vor dem Austeilen setzen, also einen sogenannten ‹blinden Einsatz› leisten. Jeder bekommt zwei Karten, die verdeckt gegeben werden. Diese werden ‹hole cards› genannt.» Die Geberin lächelte sie wieder strahlend an. «Sie schauen sich dann Ihre Karten an. Wenn Sie hohe Karten, Karten von gleicher Farbe, aufeinanderfolgende Karten, zum Beispiel eine Neun und eine Zehn, ein As mit einer hochwertigen Karte, zum Beispiel ein As mit einem Buben, oder ein Paar in der Hand haben, lohnt es sich, im Spiel zu bleiben. Sie spielen immer im Uhrzeigersinn. Wenn Sie an der Reihe sind und gute Karten haben, setzen Sie. Wenn Sie nur Ramsch in der Hand haben, passen Sie, das heißt, Sie legen Ihre Karten aufeinander und geben sie mir dann mit dem Rücken nach oben, so daß die anderen Spieler sie nicht sehen können. Sie sind dann aus dem Spiel ausgestiegen. Mit einem Ramschblatt spielen Sie nur dann weiter, wenn Sie den blinden Einsatz geleistet haben, denn dann sind Sie ohnehin im Spiel, es sei denn, ein anderer Spieler erhöht. In diesem Fall sollten Sie, falls Sie Ramsch in der Hand haben, passen. Wenn Sie ein mittelmäßiges Blatt haben, können Sie checken, also abwarten. Sie zeigen das dadurch an, daß Sie auf den Tisch klopfen. Sie bleiben im Spiel, außer ein anderer Spieler setzt. Unter diesen Umständen müssen Sie mitgehen, das bedeutet, daß Sie den gleichen Betrag setzen müssen. Wenn Sie das nicht wollen, müssen Sie passen. Hold'em ist ein Spiel, in dem Geduld und aggressives Verhalten eine große Rolle spielen.»

Frankie schloß ihre Hände um ihre beiden Karten, eine Fünf und eine Dame, beide Karo. Ihr Vater hatte ihr einmal erklärt, daß die Dame auf den Spielkarten Elisabeth von York, die Frau von Heinrich VII. und Mutter von Heinrich VIII., darstellte. Dann hatte er ihr die schauerliche Geschichte erzählt, daß Anne Boleyns Geist, den Kopf unter dem Arm, Heinrich verfolgte. In ihrem Entsetzen hatte Frankie geglaubt, Heinrich hätte auch seine Mutter enthaupten lassen und das sei der Grund, weshalb ihr Kopf nun auf den Karten erschien.

Da es sich noch um eine Übungsrunde handelte, deckten sie ihre Karten auf. Der Mann zu ihrer Rechten hatte ein Paar Asse. Die Frau zu ihrer Linken hatte zwei Buben. Die Kartengeberin fragte jeden Teilnehmer, wie er spielen würde.

«Ich würde weiterspielen und hoffen, einen Flush zu bekommen», erwiderte Frankie und legte einen Dollarchip in den Pott.

«Haben Sie schon einmal Poker gespielt?»

«O nein!» Das war zwar gelogen, aber sie brauchte dringend Geld. Wenn die anderen Spieler sie für völlig unerfahren hielten, würden sie mehr gegen sie setzen.

«Nun kommt der Flop», sagte die Geberin und legte zwei Karos und ein Herz nebeneinander in die Mitte des Tisches. «Diese Karten werden aufgedeckt ausgeteilt. Es sind sogenannte Gemeinschaftskarten. Bei Hold'em geht es darum, ob Ihre beiden verdeckten Karten zusammen mit den Gemeinschaftskarten ein höheres Blatt ergeben als das Ihrer Gegner und ob Ihre Gegner glauben, daß es so ist. Deshalb sollten Sie sich ein Pokerface zulegen!»

Sie spielten eine weitere Pokerrunde. Drei Spieler stiegen aus, die anderen aber spielten weiter. Die Geberin fügte dem Flop die vierte Gemeinschaftskarte hinzu. Es war wieder ein Karo. Frankie erhöhte ihren Einsatz auf drei Dollar.

«Sie dürfen nicht vergessen, daß normalerweise keiner von Ihnen weiß, was diese junge Dame in der Hand hat», sagte die Geberin und legte die fünfte und letzte Gemeinschaftskarte in die Mitte. Es war ein As. Dadurch bekam Frankies Nachbar einen Drilling. Aber Frankie hatte das Spiel mit einem Flush gewonnen, oder genauer gesagt, sie hätte es gewonnen, wenn dies kein Übungsspiel gewesen wäre. Sie machten ein weiteres Übungsspiel. Wieder gewann sie.

«So etwas nennt man Anfängerglück!» Die Geberin sah sie mit einem wissenden Blick an.

Frankie lächelte geheimnisvoll.

Als der Unterricht vorbei war, gingen einige der Teilnehmer zu den Spielautomaten. Dafür setzten sich neue Spieler an den Tisch, darunter auch ein Mann, der so groß wie ein Grizzlybär war und mit ernstem Gesicht Platz nahm, und ein kleiner, ausgemergelter Rentner mit einem tragbaren Miniaturventilator. Frankie blieb sitzen, die Chips vor sich auf dem Tisch. Sie spielten unter Aufsicht weiter, was bedeutete, daß sie ihre Karten der Geberin zeigen konnten, wenn sie Hilfe brauchten. Der Unterschied jedoch war, daß sie, wenn sie gewannen, das Geld jetzt behalten durften.

Frankies erstes Blatt war Ramsch. Sie stieg aus. Auch ihr zweites Blatt war nicht besser. Wieder stieg sie aus. Beim dritten Spiel war sie mit dem blinden Einsatz an der Reihe. Sie bekam ein Paar Zweien. Der Flop brachte einen König, eine Dame und einen Buben. Der Mann zu ihrer Rechten setzte drei Dollar. Frankie stieg aus. Sie wagte nicht weiterzuspielen, aus Angst, er könnte einen hohen Straight halten.

Sie hatte nur noch neun Dollar, als sie ein Paar Zehnen bekam. Der Flop brachte eine weitere Zehn. Damit hatte sie einen Drilling. Sie setzte zwei Dollar. Sie wäre noch höher gegangen, aber ihr wurde das Geld langsam knapp. Außer dem Grizzlybär, der ihr gegenübersaß, stiegen alle anderen aus. Die vierte und fünfte Gemeinschaftskarte brachten ein Paar Fünfen. Frankie hatte somit ein Full House. Sie setzte zwei weitere Dollar. Der Grizzly erhöhte auf drei. Sie ballte nervös ihre Fäuste und zögerte. Sie hatte ein gutes Blatt, also ging sie mit und deckte mit einer triumphierenden Geste ihre Karten auf. Es gab eine Pause. Sie sah den Grizzly an. Sein Gesicht war vollkommen ausdruckslos, als er ein Paar Fünfen zeigte.

«Vier gleiche gewinnen», sagte die Geberin und schob Grizzly die Chips zu.

Frankie lehnte sich mit weißem Gesicht zurück. Ihr war übel. Sie hatte das Gefühl, als hätte ihr jemand einen Schlag in den Magen versetzt. Im Rückblick hätte sie nach dem Flop das Maximum setzen und hoffen sollen, daß der Grizzly dann ausstieg. Da sie das nicht getan hatte, hatte sie ihm die Chance gegeben, sein Blatt zu verbessern. Das war ihr Fehler gewesen.

Sie hatte noch einen Dollar auf dem Tisch liegen und vierzehn in der Tasche. Langsam holte sie zwölf Dollar heraus. Zwei Dollar behielt sie sich als Reserve. Einer war für den Anruf beim britischen Konsulat und der andere für die Busfahrkarte dorthin bestimmt. Während des nächsten Spiels zitterte sie so sehr, daß sie kaum ihre Karten ruhig halten konnte: eine Zwei und eine Neun. Sie stieg aus. Sie durfte nichts riskieren. Beim nächsten Spiel bekam sie eine Sechs und eine Zehn. Wieder stieg sie aus. Ihre innere Ruhe war verschwunden, sie hatte Angst. Sie versuchte, sich gut zuzureden. Poker war ein Spiel, in dem es um Geschicklichkeit und Täuschung ging, und um Selbstvertrauen. Kein Wunder, daß sie ständig verlor.

Die nächsten Karten, die sie bekam, waren eine Fünf und eine Vier, aber nicht von derselben Farbe. Sie mußte als erste setzen, was für sie sehr ungünstig war. Vorsichtig schob sie einen Dollar in die Mitte des Tisches. Alle anderen taten das ebenfalls. Der Flop brachte eine Sechs, eine Sieben und eine Zehn. Sie setzte noch einen Dollar. Grizzly ging mit und erhöhte auf zwei Dollar. Das tat auch der kleine Mann mit dem tragbaren Ventilator. Alle anderen stiegen aus. Frankie konnte jetzt weiterspielen oder aussteigen. Sie legte zwei Dollar in den Pott. Die vierte Gemeinschaftskarte brachte eine Drei. Jetzt hatte sie also einen Straight, aber einen niedrigen. Sie spürte, wie ihr der Schweiß den Nacken herunterrann. Der Mann mit dem Ventilator ging mit. Grizzly auch. Die fünfte Gemeinschaftskarte war eine Acht. Sie setzte wieder drei Dollar. Der Mann mit dem Ventilator stieg aus. Grizzly aber ging mit und erhöhte um drei Dollar. Frankie spürte, wie sie der Mut verließ. Sie war sich sicher, daß Grizzly die Neun hatte. Sein hoher Straight würde ihren niedrigen schlagen. Aber sie konnte sich nicht dazu überwinden, jetzt noch auszusteigen, wo sie schon zehn Dollar in den Pott gelegt hatte. Sie mußte mitgehen. Sie schob ihre letzten drei Dollar in die Mitte des Tisches und sagte: «Ich will sehen.»

Grizzly deckte seine Karten auf. Alle beugten sich nach vorn. Frankies Blick war so verschwommen, daß sie kaum sein Blatt sehen konnte. «Ein Paar Siebenen, ein Paar Zehnen», sagte die Geberin.

Frankie konnte vor Begeisterung und Erleichterung einen Schrei nicht unterdrücken. Sie hatte mit einem Schlag vierzig Dollar gewonnen. Es war das kostbarste Geld, das sie je besessen hatte. Sie gab der Geberin nicht einmal ein Trinkgeld.

Frankies Selbstvertrauen wuchs. Sie spielte weiter und gewann auch das nächste Spiel. Jetzt hatte sie sechzig Dollar auf dem Tisch liegen. Die Cocktailkellnerin brachte ihr schwarzen Kaffee. Er machte sie munter.

Die Croupiers wechselten. Frankie spielte weiter, verlor manchmal, gewann dann wieder. Sie fiel auf zwanzig Dollar zurück und kam dann sogar bis auf achtzig. Natürlich hätte sie jetzt aufhören sollen, als sie so weit vorn lag, aber sie tat es nicht. Sie hatte eine Gewinnsträhne. Sie endete, als ein Karo-Flush des Mannes mit dem Ventilator ihren hohen Straight schlug. Nach drei Stunden Poker stand sie auf. Sie hatte jetzt zweiundvierzig Dollar in der Tasche: zwanzig für den Einsatz morgen, zwölf für ein Motel und zehn für eine warme Mahlzeit. Erschöpft, aber in Hochstimmung verließ sie das Casino. Das britische Konsulat konnte warten.

Kapitel 34

Das erste billige Motel, das Frankie finden konnte, befand sich fast eine Stunde Fußmarsch von den Casinos im Zentrum entfernt. Es bestand aus einer Gruppe einstöckiger Wohneinheiten, die sich hinter einem Drugstore aneinanderreihten. Es gab eine größere Einheit, zu dem ein kleiner Empfangsbereich gehörte. Drinnen standen ein Schreibtisch, zwei Sessel und ein Automat für kalte Getränke. Auf einem Schild stand: *Prentice und Loretta heißen Sie willkommen. Außer Kredit bekommen Sie bei uns alles!* Darunter saß eine dralle, stark geschminkte Rothaarige mit einem hautengen, silbrigen T-Shirt. Frankie fragte sich unwillkürlich, ob sie in einem Bordell gelandet war, aber sie war so erschöpft, daß ihr auch das egal gewesen wäre.

«Ich bin Loretta», sagte die Frau und lächelte breit, als sie Frankies Geld entgegennahm und ihr einen Schlüssel aushändigte. «Falls Sie etwas brauchen, rufen Sie mich. Neben dem Getränkeautomaten befindet sich eine Eiswürfelmaschine. Im Drugstore verkaufen sie so ziemlich alles, was man zum Leben braucht. Zwei Blocks weiter kriegen Sie Hamburger, Rippchen, mexikanisches und chinesisches Essen.»

«Danke.» Frankie bückte sich, um ihre Schultertasche zu nehmen.

«Las Vegas, das ist die Stadt der halb geplatzten Träume», sagte die Frau mitfühlend.

«Warum nur halb geplatzt?»

«Wenn die Träume der Leute ganz platzen würden, kämen sie nicht wieder. Vegas läßt ihnen immer ein bißchen Hoffnung.»

Frankie lächelte. Sie wünschte sich, daß ihr darauf eine schlaue Antwort einfiele, aber sie war zu müde.

Ihr Zimmer war klein und kahl, aber überraschend sauber. Es verfügte über eine glänzende Dusche, ein frischbezogenes Bett, einen Sessel und einen Fernseher. Frankie blieb in der Tür stehen und genoß die angenehm kühle Luft, die ihr entgegenströmte. Dann trat sie ein, schloß die Tür hinter sich und kostete die ersten seligen Augenblicke des Alleinseins, der Stille und der schattigen Kühle aus. Sie zog ihre schmutzigen Sachen aus, warf sie ins Waschbecken und ließ Wasser einlaufen. Es schoß kalt und klar aus der Leitung. Dann stellte sie sich unter die Dusche, drehte den Hahn ganz weit auf, so daß der Strahl auf ihren Kopf, ihr Haar, ihr Gesicht und ihre Glieder herabprasselte und den Schmutz wegspülte. Es gab ein winziges Beutelchen mit Shampoo. Sie drückte es auf ihrem Scheitel aus und ließ den Seifenschaum von ihrem Haar über ihren Körper laufen. Sie schrubbte sich den Straßenstaub ab, den Schmutz des Parkhauses, den kalten Schweiß des Verlierens, die Hitze des Gewinnens.

Erst als sie wieder sauber war und ihre gesamte schmutzige Kleidung gewaschen und auf der Vorhangstange und über der Sessellehne aufgehängt hatte, gestattete sie sich den Luxus, sich auf dem Bett auszustrecken und in die Sicherheit der sauberen, weißen Bettwäsche zu sinken.

Sie erwachte am frühen Abend und hatte rasenden Hunger. Ihre Sachen waren bereits trocken. Sie zog ihre Shorts und ein Top an und öffnete dann die Tür. Wie immer betäubte sie die glühende Hitze, die draußen herrschte. Sie ging zum Drugstore hinüber, um sich eine Tüte Milch, einen Laib Brot und den billigsten Käse, den sie finden konnte, zu kaufen. Sorgsam zählte sie fünf Dollar ab. Es war sonst niemand in der Nähe. Also war ihre Unterkunft wohl doch kein Bordell. Als sie wieder in ihrem Zimmer war, legte sie sich auf das zerwühlte Bett, aß Käsebrote und schaltete von einem Fernsehkanal zum anderen. Sie konnte sich jedoch nicht darauf konzentrieren, was in der Welt draußen geschah, denn sie war viel zu sehr damit beschäftigt, in ihrer eigenen Welt zu überleben.

Am nächsten Tag war ihr das Glück gewogen. Nicht bei jedem Spiel, aber häufig genug. Sie spielte aggressiv, setzte bei einem guten Blatt das Maximum und, um die anderen Spieler zu täuschen, ab und zu auch, wenn ihr Blatt Ramsch war. Sie erinnerte sich daran, daß ihr Vater einmal zu ihr gesagt hatte: «Es kommt beim Pokern nicht nur darauf an, welche Karten du tatsächlich in der Hand hältst, sondern auch darauf, was die anderen Spieler glauben, daß du in der Hand hältst.»

Sie verließ das *Four Queens* mit fünfzig Dollar, ging über die Straße zum *Binion's*, um dort ihren Hunger mit einem Steaksandwich zu stillen, überquerte dann wieder die Straße und betrat das *Golden Nugget*, das so hell, weiß und golden wie das Serail eines Sultans war. Der Mann mit dem Ventilator saß bereits an einem der Spieltische mit niedrigem Einsatz. Er nickte Frankie zu. Sie lächelte. Grizzly lehnte am Pult des Managers und erzählte einem der Croupiers, der gerade nichts zu tun hatte, Geschichten, bei denen es im Kern darum ging, daß sein gutes Blatt nur durch das pure Glück des Gegners geschlagen worden war. «Da sitze ich also mit vier Königen und, verdammt noch mal, präsentiert er mir doch glatt einen Straight Flush.» Frankie brummte er an: «Ich habe Sie gestern zum erstenmal hier gesehen.»

«Vorher war ich auch nicht hier.»

Sie kaufte Chips und folgte dem Manager zu einem Platz gegenüber dem Mann mit dem Ventilator. Sie spielte vorsichtig. Das taten die meisten Spieler an den Tischen mit niedrigem Einsatz. Sie waren wie Felsen – geizige Spieler, die niemals ihre Taktik änderten. Als sie an diesem Abend zu Lorettas Motel zurückging, war sie schließlich im Besitz von siebzig Dollar, die sie an drei verschiedenen Stellen an ihrem Körper versteckt hatte. In der rechten Tasche steckte ihre Nagelschere. Sie hatte nicht die Absicht, auch nur einen Cent an eine andere Tucson zu verlieren.

Mehrere Tage lang blieb ihr das Glück treu. Sie gewann nicht viel, dazu waren die Einsätze zu niedrig, aber es gab keinen Abend, an dem sie mit weniger als fünfzig Dollar ins Motel zurückkehrte. Am Ende der Woche wechselte sie zu einem Tisch, an dem die Einsätze drei bis sechs Dollar betrugen. Der Pott war größer, aber das waren auch die blinden Einsätze. Sie war ängstlich, doch nicht so nervös wie an jenem ersten Tag, an dem sie nur noch zwei Dollar gehabt hatte. Das erste Spiel gewann sie mit drei Assen. Es waren sechzig Dollar im Pott. Sie gab dem Croupier ein Trinkgeld und stapelte den Rest vor sich auf. Beim nächsten Spiel bekam sie einen Straight Flush mit einem König als Spitzenkarte – bei den Karten, die offen auf dem Tisch lagen, das bestmögliche Blatt. Nur ein Spieler, der ein As hatte, hätte sie schlagen können. Sie gewann.

Als sie spätnachts Schluß machte, war sie im Besitz von weiteren dreihundert Dollar. Sie verließ den Tisch und schlenderte die Fremont Street hinunter, während sie die Melodie von «The Man Who Broke the Bank at Monte Carlo» vor sich hin summte. In ein paar Tagen hätte sie genug Geld, um Miss Tomasina die fünfhundert Dollar zurückzuzahlen, die sie ihr geliehen hatte. Danach würde sie etwas für Blue zur Seite legen, denn sie war mit den Zwingergebühren bereits mehrere Wochen im Rückstand. Sie stellte sich seine wunderschönen gelbbraunen Augen und seinen glatten Kopf vor, auf den sie ihn zum Abschied geküßt hatte.

Es war spät, viel später als gewöhnlich. Sie war müde. Aber sie hatte Geld in der Tasche. Sie winkte ein Taxi heran. Als sie sich auf dem Rücksitz niederließ, beschloß sie, daß sie sich morgen erkundigen würde, was ein Hotelzimmer in der Fremont Street kostete. Am nächsten Morgen fuhr sie mit dem Taxi ins Casino. Der Fußmarsch in der Hitze war zu anstrengend, vor allem jetzt, da sie sich ein Taxi leisten konnte. Sie ließ sich vor dem *Golden Nugget* absetzen, dem Schauplatz ihres gestrigen Triumphs. Am Tisch mit drei bis sechs Dollar Einsatz war jedoch kein Platz frei, und an dem mit zehn bis zwanzig Dollar gab es eine Warteliste. Sie fluchte heimlich, denn sie hatte sich innerlich darauf eingestellt zu spielen. Beim Pokern ging es um Selbstvertrauen, und davon hatte sie im Augenblick mehr als genug. Ohne zu zögern, tauschte sie ihre gesamte Barschaft bis auf zwanzig Dollar in Chips um und setzte sich an einen Tisch mit zwanzig bis vierzig Dollar Einsatz.

Die Spieler an diesem Tisch waren von einem anderen Kaliber. Sie waren zäher, härter. Sie besaßen Mumm. Am Tisch saßen ein sehr blonder, mürrischer Deutscher, dem Frankie den Spitznamen Sauerkraut gab, ein großer, bärtiger Mann, der eine Baseballkappe mit dem Aufdruck «Oil Slick Dick» trug, und eine kleine, zierliche alte Dame, die wie des Teufels Großmutter aussah.

Frankies erste beiden Karten waren Ramsch. Sie stieg aus. Der Button wanderte zum Spieler rechts neben ihr. Der blinde Einsatz kostete sie zwanzig Dollar. Sie spielte zwei Runden mit einem Paar Neunen, stieg aber aus, als mit der vierten Gemeinschaftskarte ein König kam und Oil Slick Dick seinen Einsatz stark erhöhte. Eine halbe Stunde lang kam Frankie nie über den Flop hinaus. Sie hatte nur noch hundert Dollar, ohne auch nur in die Nähe des Potts gekommen zu sein. Langsam bekam sie Bedenken, was diesen Tisch anging.

Als wären ihre Gebete erhört worden, bekam sie ein As und einen König, beides Kreuz. Sauerkraut mußte als erster setzen. Er schob vierzig Dollar in die Mitte des Tisches. Dasselbe tat des Teufels Großmutter. Alle schienen ein gutes Blatt zu haben. Frankie hatte zum erstenmal auch ein starkes Blatt. Sie setzte. Der Flop brachte eine Kreuzdame, eine Kreuzzehn und eine Karosechs. Sie versuchte, ihre Aufregung zu verbergen, aber die Aussicht auf einen Royal Flush ließ ihr ganz schwindelig werden. Alles, was sie brauchte, war der Kreuzbube. Die Wahrscheinlichkeit war zwar nicht sehr hoch, aber im Pott lag viel Geld. Sauerkraut stieg aus, Großmutter setzte jedoch weitere vierzig Dollar. Frankie versuchte sich auszurechnen, was die alte Dame in der Hand hatte, aber das verhutzelte Gesicht verriet nichts. Frankie legte ihre vierzig Dollar in den Pott. Die vierte Gemeinschaftskarte brachte eine Kreuzneun. Jetzt hatte sie einen Flush, aber sie brauchte immer noch den Buben. Großmutter setzte noch einmal vierzig. Wieder ging Frankie mit. Die fünfte Gemeinschaftskarte war eine Kreuzsechs. Frankie war enttäuscht. Aus dem Royal Flush war nichts geworden. Zumindest hatte sie einen hochwertigen Flush in der Hand. Ein hervorragendes Blatt, obwohl es keine todsichere Sache war. Großmutter setzte abermals vierzig Dollar. Frankie war sich ziemlich sicher, daß die alte Dame einen niedrigeren Flush oder möglicherweise einen Straight in der Hand hatte. In beiden Fällen würde ihr hoher Flush gewinnen. Also ging sie mit. Es wurde still, als alle den Hals reckten. Langsam drehte Großmutter ihr Blatt um. Sie hatte ein Paar Damen. Die letzte Karte auf dem Tisch, die Kreuzsechs, hatte ihr ein Full House beschert. Frankie wurde übel. Sie konnte nur dasitzen und zusehen, wie ihre Chips abgeräumt wurden. In weniger als einer Stunde hatte sie fast ihr ganzes Geld verloren.

«Es ist verdammt hart, sich ein leichtes Leben zu machen», gakkerte die Alte und raffte mit dieser abgedroschenen Redensart die Chips zusammen.

Frankie erhob sich vom Tisch und torkelte aus dem Pokerzimmer. Sie stieß dabei mit Leuten zusammen, ohne sie richtig wahrzunehmen. Vergangenen Abend hatte sie noch dreihundert Dollar gehabt. Verglichen mit dem, was sie in ihrem früheren Leben verdient hatte, war das fast nichts. Aber dies hier war ein neues Leben, in dem Geld etwas zu essen und ein Zimmer bedeutete. Keins zu haben bedeutete eine Nacht im Parkhaus.

Sie taumelte in die grelle Sonne hinaus, wankte die Fremont Street hinunter und rempelte dabei andere Fußgänger an. Sie beschimpften sie, Frankie schimpfte zurück. Es war idiotisch gewesen, zu einem Tisch mit hohen Einsätzen zu wechseln. Wofür hielt sie sich, daß sie am einen Tag nach Las Vegas getrampt kam und am nächsten schon Hold'em mit zwanzig bis vierzig Dollar Einsatz spielte? Sie lehnte sich an die Schaufensterscheibe eines Pfandleihhauses. Hinter den Gitterstäben lagen Reihen von goldenen Uhren und Armbändern, viele mit eingraviertem Namen. Sie alle zeugten davon, daß auf Glück Pech gefolgt war. Sie warf einen Blick auf ihre eigene Uhr, die Piaget, die sie von ihrer Mutter geerbt hatte. Die Vorstellung, sich davon zu trennen, war entsetzlich.

Sie bog in eine Seitenstraße und kam zu einem Postamt. Dort setzte sie sich auf die breiten, weißen Stufen in den Schatten. Genauso hatte ihr Vater gelebt, immer von der Hand in den Mund, in Hochstimmung bis zur nächsten Katastrophe. Ihr war speiübel, aber sie wollte sich nicht in aller Öffentlichkeit übergeben und preßte die Lippen fest aufeinander. Sie hätte sich gern ins Bett gelegt, wenn sie jetzt jedoch zum Motel zurückkehrte, würde sie morgen kein Geld zum Pokern haben. Der Gedanke, daß sich Tucson irgendwo in der Stadt mit ihren vierhundert Dollar und ihrer Kleidung herumtrieb, machte sie vor Wut schier wahnsinnig.

Sie zwang sich, zur Fremont Street zurückzugehen und die Cocktailkellnerinnen in allen Casinos zu fragen, ob sie ein Mädchen namens Tucson kannten. Das war jedoch nicht der Fall. Sie rieten ihr, es in den großen Casinos draußen auf dem Strip zu versuchen. Aber bis dorthin war es ein Fußweg von einer Meile, und

Frankie war zu verschwitzt und zu müde, um noch weiterzugehen. Sie sah wieder ihre Uhr an und nahm sie dann zögernd ab.

Das erste Pfandleihhaus bot ihr achtzig Dollar. «Aber diese Uhr ist mindestens fünfhundert wert», protestierte sie.

«Nicht in Vegas. Hier ist sie nicht mehr wert als das, wofür ich sie verkaufen kann.»

«Ich werde sie nächste Woche wieder auslösen.»

Er zeigte auf die Tabletts voller Uhren. «Das sagen sie alle.»

Im nächsten Leihhaus bot man ihr siebzig Dollar. Sie ging weiter. Nachdem sie eine Stunde lang in der Hitze herumgelaufen war, kehrte Frankie zum ersten Pfandleihhaus zurück. Als sie die Uhr versetzte, hatte sie das Gefühl, als verhökerte sie das Andenken an ihre Mutter.

Sie hatte ein schlechtes Gewissen, weil sie dieses Geld zum Pokern verwendete, aber sie sah keinen anderen Weg, wieder zu Geld zu kommen. Vor ihren Augen schwebten ständig die dreihundert Dollar, die sie gewonnen und wieder verloren hatte. Nachdem sie zum *Four Queens* zurückgekehrt war, begann sie wieder an einem Tisch mit niedrigem Einsatz. Aber ihre Nerven lagen blank. Sie wurde die Angst vor dem Verlieren nicht los. Selbst wenn sie ein gutes Blatt hatte, setzte sie vorsichtig. Wenn jemand erhöhte, stieg sie sofort aus. Nur bei einem hundertprozentigen Blatt spielte sie weiter. Dann jedoch stiegen alle anderen aus. Sie hatten Frankie durchschaut. Während sie immer wieder die Fäuste ballte und öffnete, mußte sie mit ansehen, wie ihr Stapel Chips immer kleiner wurde. Alles, was sie brauchte, war ein gutes Blatt. Nur ein einziges, und ihr Selbstvertrauen würde mit Sicherheit wieder zurückkehren.

Um zwei Uhr morgens stand sie dann vom Tisch auf. Sie hatte noch fünf Dollar. Das reichte nicht einmal mehr aus, um am nächsten Morgen in eine Pokerrunde einzusteigen. Es war kaum genug für eine Tasse Kaffee und den Anruf beim britischen Konsulat. Sie hatte ihre Uhr verloren. Sie hatte alles verloren. Am liebsten hätte sie sich wie ein Hund verkrochen, um zu sterben.

Sie taumelte in die Nacht hinaus. Die Fremont Street war wie immer voller Menschen. Frankie hatte sich noch nie so einsam gefühlt. Zum erstenmal, seit sie in Las Vegas angekommen war, sehnte sie sich nach jemandem, mit dem sie reden konnte. Jemandem, der sie bemitleiden würde. Als sie in die Querstraße einbog, die zu dem Parkhaus führte, kam sie an anderen einsamen Menschen vorbei. Einige schlurften dahin, andere gingen rasch und bereiteten sich innerlich darauf vor, zu Hause anzurufen und um Geld zu betteln: Es würde ein R-Gespräch werden. Frankie hatte kein Zuhause mehr.

Natürlich hätte sie ihren Stolz schlucken und Robert und Priscilla anrufen können, oder Steven, oder Melanie, aber sie konnte sich nicht dazu überwinden, ihre Niederlage einzugestehen. Noch nicht. Als sie die Zementstufen zum Parkhaus hinaufstieg, dachte sie an die Liebe, die sie mit Jack verbunden hatte. Das wunderbare Gefühl, zu jemandem zu gehören, von jemandem geschätzt zu werden. Sie erinnerte sich an die Stimme ihrer Mutter, dieses perfekte Englisch. Die Gemütlichkeit von White Oast, Steven, der sie «meine Liebe» nannte, Blue, der Eichhörnchen jagte. An ihre Telefongespräche mit Melanie. An den armen alten Big Ears. An Marius, der an seiner Pfeife saugte. Und immer wieder an Jack. Die Leidenschaft und das Lachen. Wenn sie nur die Uhr zurückdrehen könnte!

Der rote Datsun stand genau dort, wo er auch das letztemal gestanden hatte. Die hinteren Türen waren wieder unverschlossen. Frankie hätte vor Erleichterung fast geweint. Als sie hineinkletterte, merkte sie, daß irgend etwas auf dem Rücksitz lag. Es war ein Umschlag, der nicht zugeklebt war und auf dem in krakeliger Schrift «Fabrizio» stand. Der Croupier war anscheinend Italiener. Wie komisch, daß er nichts von ihr wußte, wo er doch so wichtig für ihr Überleben war. Sie öffnete den Umschlag. Drinnen befand sich ein Zettel, der um eine Fünfzigdollarnote gefaltet war. Sie las: *Danke, daß ich in Deinem Apartment wohnen durfte. Ich habe in Sydney angerufen. Ich denke, fünfzig Dollar sollten ausreichen. R.*

Als Frankie am nächsten Morgen aufwachte, fühlte sie sich hundeelend. Ihre Augen brannten, sämtliche Knochen im Leib taten ihr weh, und sie hatte Halsschmerzen. Sie starrte den Umschlag auf dem Rücksitz an, öffnete ihn halb und schloß ihn dann wieder. Es kam nicht in Frage, daß sie das Geld nahm. Menschen wie sie stahlen nicht.

Sie stieg aus dem Auto, schloß leise die Tür und wollte das Parkdeck überqueren. Ihr wurde schwindelig. Die Fahrzeugreihen verschwammen vor ihren Augen. Sie bekam einen Schweißausbruch und mußte sich an einem Zementpfeiler festhalten. Sie brauchte etwas zu trinken, etwas zu essen und Salz. Sie ging rasch zu dem Datsun zurück und nahm mit zitternden Händen die fünfzig Dollar aus dem Umschlag. Als sie die Tür wieder schloß, hörte sie Stimmen auf der Auffahrt. In Panik rannte sie davon.

An den beiden Eiern mit Toast, die sie sich im *Binion's* bestellte und die sie mit dem gestohlenen Geld bezahlte, hätte sie eigentlich ersticken müssen, aber das war nicht der Fall. Bei jedem Bissen erwartete sie, daß Fabrizio hereinstürmen und «Diebin!» rufen würde oder daß Polizisten mit Handschellen hinter ihr auftauchen und sagen würden: «Wenn Sie keinen Widerstand leisten, wird Ihnen das zu Ihren Gunsten ausgelegt werden.» Außer der Bedienung, die ihr noch einmal Kaffee brachte, kam jedoch niemand.

Jack hätte sich bestimmt totgelacht. Und Tucson auch. Sie, Frankie, war nicht besser als die beiden. Sie erinnerte sich daran, wie sie und die anderen Anwälte aufgeblasen und borniert über den «Verbrechertypus» gesprochen hatten. Damals hatte sie nicht gewußt, was es bedeutete, wirklich verzweifelt zu sein.

Voller Beklemmung ging sie zum *Four Queens* zurück und setzte sich an einen der Tische mit niedrigem Einsatz. Der Mann mit dem Ventilator und Grizzly waren bereits da. Sie war überzeugt, daß Gott, wenn er überhaupt existierte und sich in Las Vegas zurechtfand, ihr nur schlechte Karten zuteilen würde.

Die ersten beiden Karten waren dann tatsächlich Ramsch. Sie stieg aus. Beim nächstenmal bekam sie eine Zehn und eine Neun, aber nicht von gleicher Farbe. Sie setzte vorsichtig. Der Flop brachte eine weitere Zehn. Außer dem Mann mit dem Ventilator stiegen alle aus. Die vierte Gemeinschaftskarte war wieder eine Zehn. Jetzt stieg auch der Mann mit dem Ventilator aus. Sie hatte gewonnen. Im Pott befanden sich zwölf Dollar, das reichte für ein Motelzimmer. Gestern noch hatte sie um Hunderte von Dollar gespielt, heute war sie dankbar dafür, daß sie nicht im Parkhaus schlafen mußte.

Bis zum Nachmittag war ihr Stapel von Chips auf sechzig Dollar angewachsen. Das reichte zwar noch nicht, um ihre Uhr auszulösen, aber es war genug, um sich ein Zimmer nehmen, etwas zu essen und morgen Chips kaufen zu können. Sie ging zum Motel zurück, um sich schlafen zu legen.

Während der nächsten paar Wochen spielte Frankie weiterhin an den Tischen mit einem bis drei Dollar Einsatz und widerstand der Versuchung, zu den Tischen mit höheren Einsätzen überzugehen. An den meisten Abenden kehrte sie mit Gewinn zu Lorettas Motel zurück. Der Fußweg in der Hitze war mörderisch, aber sie wollte sich kein Taxi mehr nehmen, denn das letztemal hatte ihr ein Taxi Unglück gebracht.

Sie lebte in einer merkwürdigen, einsamen Welt. Sie sprach mit niemandem. Nur mit Loretta wechselte sie manchmal ein paar Worte, wenn sie am Abend ihr Zimmer für die nächste Nacht bezahlte. Mit den anderen Spielern in den Casinos sprach sie so gut wie gar nicht. An der Bar saß sie immer allein, wenn sie sich ihr Sandwich zum Abendessen bestellte. Ihre Gefühle waren wie eingefroren. Nur wenn sie spielte, erwachten sie. Ihr Leben lang hatte sie Menschen um sich gebraucht. Plötzlich war das nicht mehr nötig, zumindest redete sie sich das ein. Wenn sie an Jack, ihre Mutter, an Melanie oder sonstjemanden dachte, an dem ihr etwas lag, zwang sie ihre Gedanken in eine andere Richtung. Genauer gesagt, sie versuchte es.

Für Frankie ging es beim Poker nicht nur um Geld, obwohl sie es natürlich brauchte. Ihr ging es darum, zu wagen und zu gewinnen. Es war ein Leben wie in einer winzigen Kapsel. Es war die moderne Vision der Schießerei im O. K. Corral, und viele von Frankies Gegnern sahen wie Wyatt Earp oder Doc Holliday aus. Sie waren die Cowboys von gestern in einer Welt von morgen. Geld war der einzige Gradmesser für Erfolg. Wenn Frankie gewann, schwebte sie wie auf Wolken. Wenn sie verlor, wurde ihr schlecht. Oft brauchte sie mehrere Stunden, um sich so weit zu beruhigen, daß sie einschlafen konnte. Aber wenn sie erst einmal ihr Zimmer und ein Sandwich bezahlen konnte und jeden Abend die zehn Dollar beiseite gelegt hatte, um ihre Schulden begleichen zu können, hatten die Chips für sie nichts mehr mit wirklichem Geld zu tun. In dieser Hinsicht unterschied sie sich von ihrem Vater. Er hatte keine Kontrolle über sich gehabt. Sie war erleichtert, als sie diesen Unterschied entdeckte. Gleichzeitig fühlte sie sich ihm sehr nahe, jedenfalls wenn sie verlor. Ihre größte Angst war, wieder im Parkhaus zu landen. Die Armut hatte nach ihren Fersen geschnappt. In dem Augenblick, wo sie die fünfzig Dollar genommen hatte, hatte sie schon die Spuren ihrer Zähne hinterlassen.

In Las Vegas gab es nichts, was an die Realität erinnert hätte. Der Umkreis, in dem Frankie sich bewegte, schrumpfte auf die Fremont Street, die Casinos, den langen Fußweg und das Motel zusammen. Sie kaufte Postkarten. Mehrere Wochen lang lagen sie ungeschrieben auf dem Fernseher. Was hätte sie Robert und Priscilla auch schreiben sollen? Wie hätte sie ihnen erklären können, was für ein Leben sie jetzt führte? Schließlich schrieb sie, damit sie sich nicht weiter beunruhigten: *Ich melde mich wieder. Macht Euch keine Sorgen, alles Liebe, Frankie.* Das schrieb sie auch Steven. Eamonn teilte sie mit, daß sie ihm, sobald sie dazu in der Lage wäre, Geld für Blue schicken würde. Sie wußte, daß sie seine Liebe zu den Hunden ausnutzte, aber sie mußte zuerst ihre Schulden bei Miss Tomasina begleichen. Mel schrieb sie die Wahrheit. Beinahe jedenfalls. Daß sie fünfzig Dollar gestohlen hatte, erwähnte sie nicht.

Melanie antwortete ihr voller Besorgnis. William hatte allen erzählt, Frankie habe einen Nervenzusammenbruch gehabt, sei mit einem Drogenabhängigen davongelaufen, und niemand wisse, wo sie sich zur Zeit aufhalte. *Ich bin so froh zu hören, daß das nicht wahr ist*, schrieb Melanie. *Ich habe mir große Sorgen um Dich gemacht. William hat sich geweigert, mir Roberts Adresse zu geben, und den armen Steven wollte ich nicht fragen. Ich war mir nicht sicher, ob er weiß, daß Du William wieder verlassen hast.* Der Rest des Briefes bestand aus Tratsch. Mel war jetzt hochschwanger und würde im Dezember zu arbeiten aufhören. Nailbag war die Treppe hinuntergefallen. Hugo hatte endlich eine Freundin gefunden. William war im Buckingham Palace gewesen und von der Königin zum Ritter geschlagen worden. Frankie war dankbar, daß sie ihren Paß nicht auf Lady Eastgate hatte umändern lassen. Es war schon schlimm genug, überhaupt Eastgate zu heißen.

Eines Morgens, als sie das Motel verließ, rief Loretta sie zur

Rezeption. «Warum nehmen Sie das Zimmer nicht gleich für eine ganze Woche, anstatt jeden Abend neu zu buchen?» fragte sie Frankie. «Ich würde Ihnen in diesem Fall einen Nachlaß geben. Siebzig Dollar die Woche, aber im voraus.»

Frankie zögerte. Das Angebot war verlockend. Dann schüttelte sie den Kopf. «Das ist mir zuviel auf einmal. Ich brauche das Geld zum Spielen.»

«Spielen Sie Black Jack?»

«Poker.»

Die Rothaarige ließ voller Respekt ihr Strickzeug sinken. «Man braucht eine Menge Mumm, um Poker mit hohen Einsätzen zu spielen.»

Frankie lachte. «Das sagt jeder. Aber ich spiele nicht um hohe Einsätze. Zumindest jetzt noch nicht.»

«Ich habe früher in den Casinos gearbeitet. Er auch.» Loretta deutete mit dem Kopf in Richtung einer geschlossenen Zimmertür, durch die die Geräusche einer Baseballübertragung drangen. «Als wir heirateten, haben wir das Motel hier gekauft. Aber ich vermisse die Casinos. Das ist ein ganz eigenes Leben. Damals waren wir noch glücklich.» Ihre Stimme klang erstickt, dann fügte sie ruhig hinzu: «Mein Mann Prentice hat multiple Sklerose.»

«Das muß sehr schwer für Sie sein», sagte Frankie mitfühlend.

Lorettas Augen füllten sich mit Tränen. «Sie sind nett. Zahlen Sie mir, was Sie jetzt erübrigen können, und den Rest bis zum Wochenende.»

«Danke. Ich bleibe gerne.» Frankie zählte ihr vierzig Dollar auf den Tresen.

Loretta faltete das Geld zusammen und steckte es in die Tasche ihrer hautengen Hose. «Sagen Sie, glauben Sie, daß sich Prinz Charles und Prinzessin Diana scheiden lassen? Ich hoffe nicht. Mir hat ihre Hochzeit so gefallen. Wenn ich niedergedrückt bin und es Prentice schlechtgeht, sehe ich mir immer das Video an. Es ist wie im Märchen, es läßt mich meine Probleme vergessen. Ich will einfach nicht, daß die Leute in einem Märchen auch Probleme haben.»

Sie wurde von einem gekrächzten «Lorrie!», das hinter der geschlossenen Tür hervordrang, unterbrochen. Das letzte, was Frankie von Loretta sah, war, wie sie sich fürsorglich zu einer zusammengesunkenen Gestalt im Rollstuhl hinunterbeugte.

Als Frankie ihre Uhr auslöste, sagte sie zu dem Pfandleiher triumphierend: «Ich habe Ihnen gesagt, daß ich wiederkomme.»

Er zuckte mit den Achseln. «Das sagen sie doch alle.»

Auf dem Rückweg zu ihrem Motel kam Frankie an einem Zeitungsstand vorbei. Sie sah, daß auf der Titelseite von *Vanity Fair* die Prinzessin von Wales abgebildet war, und kaufte ein Exemplar für Loretta, die sie umarmte und sagte: «Das ist das erste Geschenk, das ich bekommen habe, seit Prentice so krank ist, daß er das Haus nicht mehr verlassen kann.»

Loretta bot Frankie ein hübscheres und größeres Zimmer an. In einer Nische standen ein Tisch und zwei Stühle. Eine zweite Tür führte auf einen gepflasterten Hinterhof, in dem sich Lorettas kleiner, privater Swimmingpool befand. «Das Zimmer ist für meine Schwester. Sie wird herkommen, um mir zu helfen, Prentice zu pflegen, wenn er sich nicht mehr bewegen kann.» Loretta sprach mit dem Mut eines Menschen, der versucht, sich in das Unvermeidliche zu fügen. «Bis dahin können Sie es haben. Und Sie können auch den Pool benutzen. Prentice ist früher jeden Morgen zwanzig Bahnen geschwommen.»

Als Frankie erst einmal ihre Uhr wiederhatte, wechselte sie an einen Tisch, an dem der Einsatz drei bis sechs Dollar betrug. Dann begann sie, die fünfhundert Dollar für Miss Tomasina zusammenzusparen. Das brauchte Zeit, denn sie mußte sich dringend ein paar Sachen kaufen. Ihre beiden Shorts und die beiden T-Shirts fielen vom ständigen Waschen schon auseinander. Die Sohlen ihrer Turnschuhe waren von den langen Fußmärschen auf dem heißen Asphalt abgelaufen. Sie konnte den Pool nicht benutzen, weil sie keine Badekleidung hatte. Von ihrem nächsten größeren Gewinn kaufte sie sich einen schwarzen Bikini, hübsche Baumwollunterwäsche, ein Paar Sandalen mit Perlen und drei hübsche Strandkleider aus Baumwolle: weiß, pink und eisblau.

Die Shorts waren auf dem langen Fußweg zwar praktischer gewesen, aber es war wunderschön, wieder ein Kleid zu tragen. Das pinkfarbene trug sie am ersten Abend. Sie fühlte sich feminin und zart. Sie trug ihr Haar offen, legte korallenfarbenes Lip gloss auf und tupfte sich ein wenig Parfüm hinter die Ohren. Die Croupiers, die an ihr schlampiges, manchmal schmuddeliges Erscheinungsbild gewöhnt waren, starrten sie erstaunt an. Als sie durch das Pokerzimmer ging, blickten sogar die Männer, die beim Seven Card Stud Poker saßen, für eine Sekunde auf, bevor sie sich wieder ihren Karten widmeten. Als sie ihren Platz am Tisch einnahm, begrüßte sie Grizzly mit etwas, was fast ein Grinsen hätte sein können. An diesem Abend gewann sie dreihundert Dollar.

«Wenn eine Frau eine Runde Poker gewinnt, macht sie mehr Geld als ein Mann», sagte ein attraktiver, blonder Mann zu ihr, als sie kurz nach Mitternacht vom Tisch aufstand. Er lehnte sich gegen das Pult, an dem die Reservierungen für die einzelnen Tische entgegengenommen wurden. Er wartete auf einen Platz an einem der Tische, an denen der Einsatz zwanzig bis vierzig Dollar betrug.

Sie lachte. «Wie meinen Sie das?»

«Weil ein Mann gar nicht auf die Idee kommt, daß er beim Poker von einer Frau geschlagen werden könnte.» Er lächelte sie lässig an, was zwar zu seiner schleppenden Sprechweise paßte, aber im Widerspruch zu seinen kieselharten, grünen Pokerspieleraugen stand. «Vor allem, wenn es sich dabei um eine junge, hübsche Frau handelt. Und eine Ausländerin noch dazu! Ist Ihnen denn nicht klar, daß Poker die letzte Bastion der amerikanischen Männer ist?»

«Sie sind vielleicht ein Chauvinist!»

«Zeigen Sie mir die Frau, die einen Schwächling haben will.»

Sie lachte und ging weiter, wobei sie über die Schulter hinweg antwortete: «Diese Frau hier will überhaupt keinen Mann. Männer machen nichts als Ärger.»

Er rief ihr hinterher: «Frauen etwa nicht?»

Er war seit Monaten der erste Mann, der ihr gefiel, und auch er fand sie offensichtlich attraktiv. Sie empfand nicht die heftige Anziehungskraft wie in jenem Augenblick, da Jack ihre Hand genommen hatte, aber es erfüllte sie mit einer angenehmen Wärme. Sie war versucht, sich umzudrehen, um zu sehen, ob er ihr hinterherblickte, aber sie unterließ es. Am nächsten Morgen gab sie sich noch mehr Mühe mit ihrem Äußeren. Sie zog ihr weißes Strandkleid an und lackierte sich zum erstenmal, seit sie Jack verlassen hatte, die Fußnägel rot. Aber der blonde Mann tauchte nicht auf. Nach drei Tagen zog sie wieder ihre Shorts an, denn sie waren beim Laufen bequemer.

Ihre Tage in Lorettas Motel folgten einem bestimmten Schema. Sie schlief bis Mittag, schwamm im Swimmingpool, bestellte sich Kaffee und Blaubeermuffins aus dem Drugstore und frühstückte dann im Schatten von Lorettas pinkfarbenem Sonnenschirm.

Manchmal setzte sich Loretta zu ihr. «Frankie, es wird Zeit, daß du dir einen netten Mann suchst», sagte sie eines Tages.

«Ich bleibe lieber allein.»

«Du hattest einfach Pech.»

«Nein, Loretta. Prentice hat Pech, daß er multiple Sklerose bekommen hat. Ich hingegen habe mir immer den Falschen ausgesucht.»

«Möchtest du denn nicht nach Hause, zurück zu deiner Familie?»

«Ich habe nur einen Stiefvater und einen Stiefbruder.» Sie dachte an ihre Mutter, wie sie im Garten von White Oast gesessen hatte, umgeben von einem saftig grünen Rasen und üppigen, nikkenden Narzissen. Las Vegas hätte nicht unterschiedlicher sein können. Vielleicht war das der Grund, weshalb es für sie der perfekte Zufluchtsort war. Nichts weckte ihre Erinnerungen. Sie konnte die Vergangenheit verdrängen. Zumindest konnte sie es versuchen.

Es wurde Mitte September, ehe Frankie Robert und Priscilla anrief. Sie hätte das schon früher tun sollen, aber sie hätte Roberts Hagel von Fragen nicht ertragen. Sobald er ihre Stimme hörte, rief er: «Mein Gott, Francesca! Wir sind vor Sorge fast gestorben. Wie konntest du uns das nur antun? Wie konntest du nur mitten in der Nacht davonlaufen? Wo bist du?»

«In Las Vegas. Ich habe euch doch eine Postkarte geschickt. Habt ihr sie nicht bekommen?»

«Ohne Adresse! Hast du vergessen, daß wir nächste Woche nach San Francisco umziehen? Gib mir eine Telefonnummer, unter der ich dich erreichen kann. Sobald wir den Umzug hinter uns haben, komme ich dich mit dem Auto abholen. Ich denke, für einen Notfall in der Familie kann ich mir ein paar Tage frei nehmen.»

«Robert, ich will nicht abgeholt werden. Mir geht es gut.»

«Du hast doch kein Geld. Wovon lebst du denn?»

Am liebsten hätte sie gesagt, daß sie auf den Strich ging, nur um ihn zu schockieren, aber sie antwortete: «Ich spiele Poker.»

«Du spielst Poker! Ich fahre noch heute abend los. Du läßt dich immer wieder mit den falschen Leuten ein, Francesca. Aber daran bin ich wohl nicht ganz unschuldig. Ich bin dir kein besonders guter großer Bruder gewesen, wie ich zugeben muß. Das wird sich ab jetzt ändern.»

«Robert!» Sie unterbrach seinen Wortschwall. «Ich finde es nett von dir, daß du dir um mich Gedanken machst. Ich werde Weihnachten nach San Francisco kommen, dann wirst du sehen, daß es mir sogar sehr gutgeht. Es tut mir leid, daß ich es euch überlassen habe, mit William klarzukommen. Aber ich brauche niemanden mehr, der auf mich aufpaßt. Ich bin jetzt ein großes Mädchen und kein Kind mehr. Ich mag meine Unabhängigkeit erst spät gefunden haben, aber ich lerne sehr schnell. Ich habe in der Vergangenheit Fehler gemacht, und ich bin sicher, daß ich in Zukunft noch mehr Fehler machen werde. Aber es müssen meine eigenen Fehler sein.»

Kapitel 35

Gegen Ende des Monats flog Frankie nach Dallas zurück. Am Flughafen mietete sie sich ein Auto. Auf dem Weg in die Stadt hielt sie an, um einen großen Strauß weiße und rosa Nelken zu kaufen, die mit einer hübschen rosa Schleife zusammengebunden waren. Miss Tomasina nähte gerade an einem Patchworkquilt, als Frankie zur Tür hereinkam. Sie stieß einen kleinen Freudenschrei aus. «Ich wußte, daß Sie kommen würden, Mädchen. Zeb und ich, wir waren uns einig, daß Sie uns nicht vergessen würden.»

Frankie legte der alten Dame die Nelken in den Schoß. Dann zog sie einen Umschlag hervor, in dem sich zehn glatte, neue Fünfzigdollarscheine befanden. «Danke», sagte sie.

«Das Geld brauche ich nicht.» Miss Tomasina wollte ihr den Umschlag zurückgeben. «Es reicht mir, Sie wiederzusehen.»

«Aber das Geld gehört Ihnen. Ich will es zurückzahlen.»

«Waren Sie bei meiner Cousine?»

«Ich wollte zu ihr, aber ich habe es nicht bis Flagstaff geschafft.» Sie erzählte Miss Tomasina nicht, daß man sie bestohlen hatte, sonst hätte sie sich möglicherweise wirklich geweigert, das Geld anzunehmen.

«Aber Sie müssen eine Arbeit gefunden haben», sagte die alte Dame und zeigte dabei auf den Umschlag.

Frankie lächelte. «Gewissermaßen.» Sie setzte sich Miss Tomasina gegenüber in einen Sessel. «Ich habe Poker in Las Vegas gespielt.»

«Ist nicht möglich!» Miss Tomasina stieß ein hell klingendes Lachen aus. «Also wirklich, mein Pa hat früher jeden Abend gepokert, außer an Sonntagen. Zeb! Zeb! Komm rein.» Der Komantsche erschien in der Tür. Er lächelte Frankie an. «Sie hat Poker gespielt.» Miss Tomasina lachte wieder. «Das darf doch nicht wahr sein!»

Frankie blieb zwei Tage bei Miss Tomasina. Sie ging früh zu Bett, stand früh auf und verbrachte die Zeit damit, der alten Dame zuzuhören, wenn sie von ihrer Kindheit erzählte. Manchmal saß sie auch einfach nur im Schaukelstuhl auf der schattigen Veranda. Eines Nachmittags ging sie die Straße hinunter zu dem Haus, in dem Robert und Priscilla gewohnt hatten. Sie lief denselben Weg, den sie in der Nacht ihrer Flucht genommen hatte. Als sie das Haus erreichte, ging sie langsamer. Eine Frau holte gerade Lebensmittel aus dem Kofferraum ihres Wagens und trug sie ins Haus. Zwei Kinder fuhren mit ihren Fahrrädern auf der Auffahrt hin und her. Dies waren anscheinend die neuen Bewohner des Hauses. Jetzt waren es ihre Gäste, die in Frankies Igluheim neben dem Swimmingpool schliefen. Sie wünschte sich, sie könnte es noch einmal sehen, hatte aber das Gefühl, daß das der Frau nicht gefallen würde. Sie ging zu Miss Tomasinas Haus zurück.

Als es Zeit wurde, die beiden zu verlassen, fiel es Frankie schwer, sich von der alten Dame und Zeb loszureißen, die sie mit so viel Wärme und Zuneigung aufgenommen hatten, und sich wieder allein durchzuschlagen. Sie hatte nicht direkt Angst davor, ganz auf sich gestellt zu sein, aber sie befürchtete, sie könnte den Mut verlieren.

Es war schon dunkel, als sie in Las Vegas eintraf. Lange vor der Landung konnte sie vom Flugzeugfenster aus sehen, wie die pulsierenden Lichter des Strip den Himmel erleuchteten. Am Flughafen übertönte das Geplärr der Spielautomaten die Lautsprecherdurchsagen. Ein Teil von ihr sehnte sich immer noch zurück nach Miss Tomasina und einem Leben in Sicherheit. Ein anderer Teil von ihr aber schrie: «Hab keine Angst. Du darfst jetzt keine Angst haben!» Als sie schließlich ihre Tasche vom Gepäckband genommen hatte, setzte sich die Las-Vegas-Frankie endgültig durch. Sie nahm ein Taxi und fuhr direkt zum *Golden Nugget*. Fünf Stunden später und um hundert Dollar reicher, kam sie dann bei Loretta an. Mittlerweile hatte sie ihre Angst vor der Angst völlig verloren.

Der Sommer war vorbei. Die Sonne brannte jetzt nicht mehr mit derselben Intensität vom Himmel. Frankie war rastlos. Sie versuchte zwar, nicht an Jack zu denken, aber sobald sie in den Halbschlaf glitt, konnte sie die Erinnerungen an ihn nicht mehr verdrängen. Eines Nachts begann sie einen Brief an ihn, in dem sie ihn bat, ihnen noch eine Chance zu geben. Am Morgen zerriß sie den Brief dann wieder. Sie schrieb lange Briefe an Melanie und erhielt ebenso lange Antworten. Sie schrieb Steven. Er antwortete in seiner spinnenartigen Handschrift und bat sie, nach White Oast zurückzukommen. Sie schickte Eamonn tausend Dollar und entschuldigte sich für die unbeglichenen Rechnungen. Wenn sie gewann, legte sie nicht nur Geld für Blues Zwingergebühren zur Seite, sondern sparte auch für irgendeine unbekannte Zukunft.

Eines Nachts wurde sie von Stimmen geweckt. Eine davon identifizierte sie als die von Loretta. Dann klingelte das Telefon. Nicht lange danach hielt ein Wagen vor dem Motel, und Türen knallten. Sie stand auf, zog sich etwas über und eilte zu Lorettas Haus hinüber. Alle Lichter brannten. Sie klopfte. Loretta kam zur Tür. Sie hatte geweint. «Es ist wegen Prentice», sagte sie. «Sein Zustand hat sich plötzlich verschlimmert.»

«Kann ich dir irgendwie helfen?»

«O nein. Der Arzt ist da.» Sie drückte Frankie die Hand. «Danke.»

Einige Tage später kam Loretta zu Frankie an den Swimmingpool. Sie redete nicht lange um den heißen Brei herum, denn das war nicht ihre Art. «Ich brauche dein Zimmer für meine Schwester», sagte sie. «Ich schaffe es mit Prentice jetzt nicht mehr allein. Leider kann ich dir nicht einmal ein anderes Zimmer anbieten, weil ich sie alle an eins der großen Motels vermietet habe.» Sie hielt inne. Tränen schossen ihr in die müden Augen und rollten über ihr erschöpftes, rundes Gesicht. «Ich werde dich vermissen, Frankie.»

«Ich komme dich oft besuchen.» Außer Loretta den Arm um die Schultern zu legen und ihr zuzuhören, wie sie von dem Tag, an dem sie Prentice geheiratet hatte, erzählte, konnte Frankie nichts tun, um sie zu trösten.

Frankie buchte ein Zimmer im *Binion's*, weil ihr die altmodische, schräge Atmosphäre dort gefiel. Wenn sie sich schon entschloß, im Zentrum zu wohnen, konnte das auch gleich mitten im größten

Trubel sein. Zimmer nach hinten hinaus kosteten achtzehn Dollar pro Nacht. Jene, die auf die Fremont Street hinausgingen, waren teurer. Frankie war mit ihrem Zimmer auf der Gebäuderückseite durchaus zufrieden. Von ihrem Fenster aus konnte sie die Berge sehen.

Binion's Horseshoe war die Heimat der World Series of Poker, der Pokerweltmeisterschaften. Jeder Spieler, der zehntausend Dollar hatte, um sich ins Spiel einzukaufen, konnte sich mit den besten Pokerspielern der Welt messen. Abgesehen von diesen drei Wochen im Mai, wurde im *Binion's* zu jener Zeit jedoch nicht gepokert. Die Casinos verdienten mehr mit Black Jack, Roulette und den Spielautomaten, denn diese Spiele wurden alle gegen das Haus gespielt.

Verglichen mit dem Zimmer in Lorettas Motel, war Frankies Zimmer im *Binion's* riesig. Sie hatte ein breites Doppelbett, und das Badezimmer war ebenfalls alles andere als klein. Große Fenster blickten nach Osten auf die Berge hinaus. Sie packte ihre Sachen aus, legte sich dann aufs Bett und sah zu, wie das Abendlicht auf den fernen Gipfeln verblaßte. Sie fühlte sich, als wäre alles aus den Fugen geraten. Sie vermißte Lorettas Gesellschaft, obwohl sie über kaum etwas anderes als Prentice und das englische Königshaus gesprochen hatten.

Die Lichter und Geräusche von der Straße holten sie in die Wirklichkeit und zum Poker zurück. Sie zog ihr pinkfarbenes Strandkleid an, bürstete ihr Haar aus und legte einen Hauch korallenrotes Lip gloss auf. Immer wenn sie sich mit ihrem Äußeren Mühe gab, gewann sie, zumindest am Anfang. Das Bewußtsein, gut auszusehen, gab ihr Selbstvertrauen, und das war ein wesentlicher Punkt beim Pokern.

Heute abend hatte sie Selbstvertrauen. Nachdem sie hundert Dollar in ihre Handtasche und weitere hundert in die Tasche ihres Kleides gesteckt hatte, sperrte sie den Rest zusammen mit ihrem Paß in den Zimmersafe. Dann verschloß sie die Tür und machte sich durch den Korridor auf den Weg zum Lift. Sie drückte auf den Knopf. Während sie wartete, summte sie leise vor sich hin.

Der Lift kam und blieb mit einem Ruck stehen. Die Türen öffneten sich, und Frankie betrat die Kabine. Die einzige andere Person, die sich darin befand, war der blonde Mann aus dem *Golden Nugget*. «Erzählen Sie mir bloß nicht, daß Sie immer noch an Tischen mit niedrigem Einsatz spielen und Rentnern das Geld abknöpfen», sagte er lächelnd.

«Es ist nicht verboten.»

«Spielen Sie doch wenigstens um hohe Einsätze, damit es sich für mich lohnt, Sie zu schlagen.»

«Ich könnte gewinnen.»

Er lachte. «Das bezweifle ich.»

Er sah auf seine frische, jungenhafte Art sehr gut aus, obwohl seine Haut die Blässe eines Menschen zeigte, der nur nach Einbruch der Dunkelheit nach draußen ging. Er war nicht größer als Frankie. Genaugenommen war er sogar ein wenig kleiner als sie, aber er trug sein dichtes blondes Haar zurückgekämmt, wodurch er größer wirkte. Sie vermutete, daß er auch ein paar Jahre jünger war als sie. Was ihn so attraktiv machte, waren seine großen, grünen Augen und die dunklen Ringe darunter. Sie verliehen ihm das Aussehen eines degenerierten Engels.

Der Lift hielt.

«Sie haben mir noch nicht geantwortet», sagte er.

«Ich habe erst im Sommer damit begonnen, Hold'em zu spielen.»

«Eine Anfängerin!» Er folgte ihr durch das Labyrinth von Spielautomaten zum Ausgang auf die Fremont Street. «Sie werden sich nie verbessern, wenn Sie Angst davor haben, mit besseren Spielern zu spielen.»

«Ich gewinne eben gern.» Überzeugt, daß er ihr folgen würde, begann sie die Straße zu überqueren.

«Bis bald!» rief er ihr hinterher und ging dann weiter.

Nicht, daß es Frankie etwas ausgemacht hätte. Er war nur einer dieser Kartenhaie, der versuchte, sie dazu zu bringen, ihr Geld an ihn zu verlieren.

An den Tischen mit niedrigem Einsatz saßen alte Bekannte und zwei Touristen. Frankie spielte mit viel Überlegung. Einer der Touristen war völlig betrunken. Der andere hatte fürchterliche Angst. Sie spielten daher beide schlecht und verloren viel. Nach zwei Stunden hatte sich ihr Stapel Chips verdreifacht. Sie löste ihren Gewinn ein und machte sich auf ins *Golden Nugget*.

Der Tisch mit den Einsätzen von drei bis sechs Dollar war besetzt, und es gab eine Warteliste.

«Am 20/40-Tisch ist noch ein Platz frei», sagte das Mädchen am Pult.

Frankie zögerte. Dann dachte sie daran, was der blonde Mann gesagt hatte, und reckte ihr Kinn. «Ich nehme ihn.»

Des Teufels Großmutter hatte sich an dem Tisch, den man Frankie zuwies, hinter Chips im Gegenwert von ein paar hundert Dollar verschanzt. Die anderen Spieler waren ein Gangster mit dunkler Brille, der so aussah, wie man sich Al Capone vorstellt; ein junger, flott gekleideter Syrer, der Damascus Joe genannt wurde, und ein Mr. Tambourine Man mit langem, aber schütterem Haar, einer breiten psychedelischen Krawatte, die mit Fischen bedruckt war, und einem purpurfarbenen Hemd im Stil der Sechziger.

Nur Großmutter sagte etwas, als Frankie ihren Platz einnahm. «Wie geht's, Schätzchen?» Sie fuhr mit der Hand durch ihre Chips, um zu verdeutlichen, wie erfolgreich sie heute war. «Noch nicht wieder in England? Kann ich Ihnen nicht verdenken. Als ich in London Poker spielen wollte, hat mich das gottverdammte Casino achtundvierzig Stunden warten lassen, bis ich eine Mitgliedschaft bekam. Und dann wollten sie meinen Mann nicht ohne Krawatte reinlassen.»

«Und ich durfte am Kartentisch keinen Bourbon trinken», brummte Al Capone.

Frankie lächelte und versuchte sich nicht anmerken zu lassen, wie nervös sie war. Sie sagte sich, daß es ja nur ein Spiel sei und sie den Tisch jederzeit verlassen könne. Ihr erstes Blatt war Ramsch. Sie stieg aus. Beim zweiten Spiel war sie mit dem blinden Einsatz an der Reihe. Er kostete sie zwanzig Dollar, also ging sie bis zum Flop mit einem Paar Sechsen mit. Als dann ein As auftauchte, überlegte sie es sich anders, denn es war möglich, daß jemand schon ein As in der Hand hatte.

Beim nächstenmal erhielt sie einen Buben und eine Zehn von gleicher Farbe. Großmutter setzte zwanzig Dollar. Al Capone hielt und erhöhte auf vierzig Dollar. Damascus Joe ging mit. Die anderen stiegen aus. Frankie, die ihr bestes Blatt an diesem Abend bekommen hatte, schob ebenfalls vierzig Dollar in die Tischmitte.

Sie dachte, daß Großmutter aussteigen würde, aber die alte Dame setzte vierzig Dollar. Der Flop brachte eine Acht, eine Neun und eine Sieben. Frankie hatte einen Straight auf der Hand. Innerlich war sie ganz aufgeregt. Sie biß die Zähne aufeinander, um ein ausdrucksloses Gesicht zu machen, und ballte ihre Faust auf dem Tisch, um zu verhindern, daß sie nervös herumzappelte. Großmutter sah sie an, lächelte und stieg aus. Das tat auch Damascus Joe. Nur Al Capone spielte bis zur vierten Gemeinschaftskarte weiter. Dann stieg auch er aus. Frankie hatte gewonnen. Sie fügte ihrem Stapel Chips über hundert Dollar hinzu, aber es war nicht der Sieg, den sie sich erhofft hatte: Der Pott hätte weitaus größer ausfallen sollen.

Aber der Gewinn machte ihr Mut. Sie spielte weiter. Während der nächsten Stunden gewann sie mehr Spiele, als statistisch zu erwarten gewesen wäre. Aber der Pott war jeweils klein. Um drei Uhr morgens blickte sie vom Tisch auf und stellte dabei fest, daß der blonde Mann sie von der Absperrung aus beobachtete. Er zwinkerte ihr zu. Sie lächelte kühl, aber ihre Konzentration war weg. Sie spielte zwei weitere Runden, verlor und verließ den Tisch.

Als sie am Pult am Ausgang vorbeikam, trat er zu ihr und nahm sie besitzergreifend beim Ellbogen, was sie zugleich freute und ärgerte. «Wollen Sie wissen, warum alle aussteigen, wenn Sie ein gutes Blatt haben?»

«Natürlich will ich das.»

«Sie haben einen sogenannten ‹tell›. Wissen Sie, was das ist?»

«Ein Zeichen, das ein Spieler unbewußt macht, wenn er ein gutes Blatt hat – oder ein schlechtes.»

«Richtig. Kommen Sie! Frühstücken wir zusammen im *Binion's*.» Er ging voraus.

Sie mußte rennen, um ihn einzuholen. «Wollen Sie mir denn nicht verraten, was mein ‹tell› ist?»

«Warum zum Teufel sollte ich das tun?» Er bahnte sich seinen Weg zwischen den Automaten hindurch und ging dann rasch die Treppe hinunter zum holzgetäfelten Coffee Shop.

Diesmal holte sie ihn erst ein, als er schon auf einer der gobelinbezogenen Polsterbänke saß. Er hatte die Ellbogen auf den Tisch gestützt und trank ein Glas Milch. «Es gehört zum guten Ton, auf einen Gast zu warten», sagte sie eisig.

«Ich habe ein Magengeschwür. Wenn ich wie heute nacht vergesse, etwas zu essen, bekomme ich Schmerzen.» Er hielt inne. «Entschuldigung.»

Sie setzte sich und sah zu, wie er mit großen Schlucken seine Milch trank, als wäre er ein durstiges Kind, das nach der Schule über den Kühlschrank herfällt. «Also, was ist mein ‹tell›?»

«Das werde ich Ihnen nicht sagen.» Er bestellte für sie beide Eier mit Toast und für sich noch ein Glas Milch. «Ich habe Sie beobachtet. Sie sind gut. Ich möchte sicher sein, daß ich gewinne, falls ich eines Tages gegen Sie spiele.»

«Bitte!» sagte sie lächelnd.

«Wird es sich für mich lohnen?»

«Ich bezahle nicht mit meinem Körper.»

Er streckte ihr die Hand entgegen. «Seien Sie doch nicht so reizbar. Ich hab nur Spaß gemacht. Mein Name ist übrigens Scott. Ich wollte Sie nicht beleidigen.»

Sie schüttelte ihm die Hand. «Frankie Tiernay. Die Entschuldigung ist angenommen.»

Er tunkte sein Spiegelei mit einem Stück Brot auf. «Dann erzählen Sie mal, wie Sie in Vegas gelandet sind.»

«Ich bin... hmmm... in den Staaten herumgereist. Ich bin hierhergekommen. Ich habe im *Four Queens* Pokerunterricht genommen. Ich spielte. Ich gewann. Ich verlor. Ich gewann wieder.» Sie wiederholte den altbekannten Wahlspruch von Las Vegas: «Es ist verdammt hart, sich ein leichtes Leben zu machen.»

«Kein Mann?»

«Nicht mehr.»

Er lächelte sie auf seine lässige, schläfrige Weise an. «Meine Frau lebt in Nashville in Tennessee. Zumindest hat sie das vor zwei Jahren, als wir das letztemal miteinander gesprochen haben. Mein Pa hat eine kleine Ranch, fünfzig Meilen von Nashville entfernt und gleich neben der von ihrem Pa. Deswegen haben wir wohl auch geheiratet. Arme Noelle. Sie konnte nie verstehen, warum ich lieber Poker spiele als Vieh hüte. Pa ist überzeugt, daß ganz Vegas mit Mafiageld, das aus Glücksspiel, Drogen und Prostitution stammt, gebaut wurde. Da könnte er recht haben. Aber wenigstens macht das Pokern hier mehr Spaß, als in Tennessee Vieh zu hüten.»

«Lebt Ihre Mutter noch?»

«Keine Ahnung. Sie hat uns verlassen, als ich sechs war. Sie ging, ohne sich noch einmal umzusehen. Sie hat sich nicht einmal verabschiedet.» Scott tat so, als wäre ihm das völlig egal. Er erzählte seine Geschichte mit der vorgetäuschten Gleichgültigkeit eines kleinen Jungen, dem man sehr weh getan hat.

Frankie wurde warm ums Herz. Sie erinnerte sich daran, wie oft sie sich in Hinblick auf ihren Vater genauso verhalten hatte, bis sie schließlich geglaubt hatte, daß er ihr tatsächlich egal war.

Die Bedienung brachte ihr einen Kaffee. «Sie sollten dieses Zeug nicht trinken», mischte sich Scott sofort ein. «Deshalb sind Sie so reizbar.»

«Sagen Sie mir nicht, was ich tun soll! Ich war zehn Jahre lang mit einem Diktator verheiratet.»

Er salutierte. «Jawohl, Ma'am.»

Sie mußten beide lachen.

Es war fünf Uhr früh, als sie den Lift betraten. Frankies Zimmer befand sich im fünften Stock, seins im sechsten. Als der Lift in ihrem Stockwerk hielt, machte er einen Schritt nach vorn. «Natürlich denken jetzt alle, wir werden miteinander schlafen.»

Sie wurde rot. «Das tun wir aber nicht!»

Er lachte über ihre Verlegenheit. «Bis demnächst.» Die Fahrstuhltüren schlossen sich, und er war weg.

Frankie ging den Korridor entlang und redete sich ein, daß sie Scott eigentlich gar nicht mochte und sich lediglich durch seine Aufmerksamkeit geschmeichelt fühlte.

Am nächsten Morgen erwachte sie früh. Während sie im Bett lag, fragte sie sich, ob Scott gerade an sie dachte. Sie rief Loretta an, um sich zu erkundigen, wie es Prentice ging. Er hatte eine schlimme Nacht hinter sich. Frankie versprach, bald zu Besuch zu kommen. Gegen Mittag fuhr sie dann mit dem Lift zum Swimmingpool auf dem Dach des Westside Tower und streckte sich in der Sonne aus. Es war heiß. Sie nickte ein.

Als sie wieder aufwachte, stellte sie fest, daß Scott für sie einen Sonnenschirm aufstellte, damit sie keinen Sonnenbrand bekam. Er trug eine dunkle Brille. «Sonnenbaden ist nicht gut für Sie. Sie bekommen davon nur ein Gesicht wie ein Cowboysattel.»

«Danke. Sie verstehen es, einer Frau Komplimente zu machen.»

Er nahm ihr Kinn in seine Hand und bückte sich, um sie ganz rasch und ganz zart auf den Mund zu küssen. «Du bist viel zu hübsch, um zu Sattelleder zu werden.» Er nahm ihre Sonnenmilch, beugte sich dann über sie und rieb ihr den Rücken ein. Seine Hände lagen fest auf ihrer Haut. Seine Finger fuhren, den Erhöhungen ihrer Wirbel folgend, das Rückgrat hinunter. Sie versuchte sich nicht anmerken zu lassen, daß seine Berührung sie verwirrte. Plötzlich richtete er sich auf. «Ich hasse diese Hitze. Wir sehen uns später.» Er ging.

Frankie erwartete, ihn im *Golden Nugget* zu treffen, aber er tauchte nicht auf. Statt dessen kam er am nächsten Nachmittag zum Pool herauf, um ihr zu sagen, daß er fünftausend Dollar verloren hatte. Sie bedauerte ihn. Bei ihr selbst lief es gut. Scott hatte recht damit gehabt, als er sagte, sie müsse gegen erfahrene Spieler antreten, um sich zu verbessern. Die Spiele mit höherem Einsatz gingen selten bis zur fünften Gemeinschaftskarte. Der Trick dabei war, vor dem Flop aggressiv zu erhöhen, um die anderen Spieler zum Aussteigen zu bewegen und auf diese Weise den Pott mit den Eröffnungswetten zu bekommen. Sie lernte die Psychologie der Sitzordnung: Sei nett zu dem Spieler zu deiner Linken, so daß er sich scheut, dir dein Geld abzuknöpfen, und sei aggressiv zu dem Spieler zu deiner Rechten, dem Spieler, auf dessen Einsatz du es abgesehen hast. Die Runde, in der sie spielte, bestand fast immer nur aus Männern. Das war ihr nur recht, denn Männer ließen sich leichter übertölpeln.

Eine Woche später verlor sie zweitausend Dollar in einer Nacht. Das war ihr bis dahin größter Verlust. Sie erhob sich taumelnd vom Tisch und wankte direkt an Scott vorbei, der an der Absperrung gestanden und sie beobachtet hatte, und hinaus auf die Straße. Er folgte ihr und nahm sie fürsorglich am Arm. «Du wirst noch überfahren.»

«Ich liege doch bereits am Boden.»

Ihr war so schlecht, daß sie nicht einmal frühstücken konnte. Er hatte dafür Verständnis und begleitete sie zu ihrem Zimmer, wo er sich vor der Tür von ihr verabschiedete. Sie blieb sechsunddreißig Stunden auf ihrem Zimmer und grübelte, bis sie ganz verzweifelt war. Sie stellte sich vor, daß ihre Mutter sie beim Pokern beobachtete; sie wußte, wie entsetzt sie gewesen wäre.

Als sie sich endlich dazu überwinden konnte, der Welt wieder gegenüberzutreten, reichte man ihr an der Rezeption einen Zettel, auf dem stand: *Bin im Plaza.* Sie schlenderte die Fremont Street entlang zum *Plaza.* Scott spielte dort gerade Omaha, eine Variante des Seven Card Stud Poker. Er hatte eine Glückssträhne und bemerkte sie nicht einmal. Sie brachte es immer noch nicht fertig, sich an einen Pokertisch zu setzen, also lungerte sie im *Binion's* herum und warf Vierteldollars in die Spielautomaten. Scott ließ sich nicht blicken. Er hatte immer noch seine Glückssträhne. Sie war ärgerlich auf sich selbst, weil sie sich mehr von ihm erwartet hatte.

Langeweile und die Notwendigkeit, Geld zu verdienen, trieben sie schließlich zum Pokern zurück. Und außerdem, wie sie sich eingestehen mußte, sehnte sie sich nach dem Nervenkitzel. Im *Four Queens* setzte sie sich an einen Tisch mit niedrigem Einsatz. Bis Mitternacht hatte sie sechzig Dollar gewonnen. Sie hielt unter dem Publikum an der Absperrung nach Scott Ausschau, aber er kam nicht.

Auch am nächsten Tag war von ihm nichts zu sehen, am übernächsten ebenfalls nicht. Vier Tage vergingen. Sie hätte sich an der Rezeption gern erkundigt, ob er abgereist war, aber das war ihr peinlich. In Coffee Shops und in den Bars ertappte sie sich dabei, wie sie mit Fremden plauderte. Scott hatte einen Hunger in ihr geweckt: den Hunger nach Romantik, nach Sex und nach Gesellschaft.

Ihre Konzentration war dahin, weil sie ständig an ihn denken mußte. Sie verlor unablässig. Bis Mitte der Woche hatte sie nicht einmal mehr hundert Dollar, und ihre Hotelrechnung stand an. Das Parkhaus rückte wieder näher. Sie fühlte sich ganz schwach vor Angst. Wie hatte sie nur zulassen können, daß sie schon wieder so knapp bei Kasse war? Sie mußte Scott aus ihren Gedanken verbannen und nur ans Pokern denken. Sie mied das *Nugget*, da dort die Einsätze höher waren, und kehrte zum *Four Queens* zurück, wo sie an mehreren Abenden hintereinander gewann. Schließlich hatte sie wieder so viel Geld, daß sie ihre Hotelrechnung bezahlen konnte. Erst jetzt wechselte sie wieder zum *Nugget* und dem Spiel mit höheren Einsätzen.

Des Teufels Großmutter war das einzige vertraute Gesicht. Wieder stieg die Alte jedesmal aus, wenn Frankie ein gutes Blatt hatte. Aber ein Tourist, der schlecht spielte, entschädigte sie dafür. Bis Samstag lagen sechstausend Dollar ordentlich aufgestapelt in ihrem Safe. Sie kam sich wie eine Millionärin vor. Was lag ihr schon an Scott? Er war nichts als ein gutaussehender, ungehobelter Kartenhai. Sie brauchte ihn nicht. Sie brauchte niemanden!

Sie nahm sich einen Tag frei. An diesem Tag schickte sie Eamonn einen bestätigten Scheck über tausend Dollar, mietete sich einen Wagen, besuchte Loretta, fuhr zum Strip hinauf, aß in *Caesar's Palace* zu Mittag, ging dann zur Massage, zur Gesichtsbehandlung und zum Friseur. Schließlich gab sie fünfhundert Dollar für neue Kleidung aus. Mit Paketen beladen, verließ sie das Einkaufszentrum und ging zu dem Casino hinüber, dessen Parkservice sie ihren Mietwagen übergeben hatte. Als sie dem Parkboy, der ihren Wagen vom Parkplatz geholt hatte, ein Trinkgeld gegeben hatte und gerade einsteigen wollte, kam ein pausbäckiges Mädchen mit blonden Locken und in der Uniform des Parkservice aus dem Büro. Es war Tucson.

Frankie wollte schreien: «Diebin! Wo ist mein Geld?» Statt dessen fuhr sie jedoch weg, als wäre alles in bester Ordnung. Hundert Meter weiter wendete sie und parkte ihren Wagen so, daß sie das Büro des Parkservice im Blickfeld hatte.

Die nächsten zwei Stunden wartete sie geduldig, während sie beobachtete, wie Tucson Autos holte, Autos parkte, mit Kunden plauderte, mit Kollegen scherzte und Trinkgelder einsteckte. Frankie sah wieder das freundliche Lächeln, das sie an Melanie erinnert hatte, den lässig schlendernden Gang, das freche Selbstvertrauen. Um sechs Uhr erschien dann ein anderes Mädchen. Tucson hatte offenbar Dienstschluß. Sie ging über den Parkplatz und hinter Frankies Auto vorbei zu einem zerbeulten gelben Volkswagen.

Es fiel Frankie nicht schwer, Tucson zu folgen, denn der Volkswagen stach unter den glänzenden, strahlenden Fahrzeugen auf den Straßen von Las Vegas heraus wie eine rostige Konservendose. Sie fuhren den Strip entlang stadtauswärts, vorbei an *Caesar's Palace*, dem *Dunes* und dem Flughafen, bis Tucson in den Parkplatz eines Motels einbog. Es war so schmuddelig und heruntergekommen, daß Lorettas Motel dagegen wie ein Palast wirkte. Sie stieg aus dem Auto, schloß eins der Zimmer auf und verschwand darin.

Frankie hatte keine Angst, dazu war sie viel zu wütend. Sie klopfte an die Zimmertür. Schweigen. Dann öffnete sich die Tür einen Spalt, und Tucson spähte heraus.

Frankie schob den Fuß in den Türspalt, drückte die Tür ganz auf und stieß Tucson ins Zimmer. «Ich will meine vierhundert Dollar zurück», schrie sie, den Überraschungseffekt ausnutzend.

Tucson starrte sie ungläubig an. Dann stammelte sie: «Oh, hallo, Frankie. Ich hätte dich beinahe nicht wiedererkannt! Ich wollte dir das Geld nach England schicken, aber ich habe deine Adresse verloren.»

«Unsinn!» Frankie machte einen Schritt auf sie zu. «Du hast mich ohne einen Cent zurückgelassen. Du hast meine Kleider mitgenommen. Du hast sogar meine Busfahrkarte gestohlen. Ich will sofort alles zurück, sonst rufe ich die Polizei!»

«Die Kleider kannst du haben.» Verdrossen zeigte Tucson auf Frankies Kleidung, die in einem schmutzigen Haufen neben ihrem Lederkoffer lag. «Aber ich habe keine vierhundert Dollar.»

«Dann werde ich mich mit dem begnügen, was du hast – vorläufig jedenfalls.» Frankie schnappte sich Tucsons Handtasche und nahm die Geldbörse heraus.

«Das ist meine Miete!» Tucson griff hastig danach, aber Frankie war schneller. «Ich bring dich um, du Miststück!» schrie Tucson und hatte plötzlich ein offenes Taschenmesser in der Hand, mit dem sie auf Frankie losging. «Verdammt, ich bring dich um.»

Frankie reagierte instinktiv. Sie packte Tucsons Handgelenk und schaffte es irgendwie, es nach hinten zu drehen. Dabei schnitt das Messer in die Innenseite von Tucsons Arm. Nicht tief, aber doch so fest, daß es blutete. Tucson kreischte: «Du hast mich verletzt. O mein Gott, du hast mich verletzt.»

Frankie war entsetzt, aber sie durfte kein Mitleid zeigen. Sie stieß Tucson zum Bett und sagte: «Setz dich, sonst werde ich dir richtig weh tun!»

Tucson sackte in die Kissen. «Ich hatte dich wirklich gern, Frankie», wimmerte sie. «Es tut mir leid, daß ich dein Geld genommen habe. Aber laß mich nicht völlig pleite zurück. Bitte!»

«Ich nehme nur, was mir gehört.» Frankie öffnete den Geldbeutel. Er enthielt neunzig Dollar. Sie nahm sie an sich. Dann warf sie ihre Kleider in den Koffer, klappte ihn zu und richtete sich wieder auf. «Wenn du mir irgendwelchen Ärger machst», sagte sie, «erzähle ich deinem Chef, daß du wegen Diebstahls gesucht wirst. Und wenn du auch nur in meine Nähe kommst, rufe ich sofort die Polizei.» Frankie wollte das Messer nicht behalten, aber sie wagte auch nicht, es bei Tucson zurückzulassen. Also steckte sie es ein. Sie ging zur Tür, zögerte, zog dann eine Fünfdollarnote heraus. «Hier ist etwas, damit du deinen mysteriösen Bruder anrufen kannst. Es ist mehr, als du mir damals gelassen hast.»

Sie verließ das Zimmer, schlug die Tür hinter sich zu, stieg in ihr Auto und fuhr davon. An der ersten Straßenkreuzung mußte sie anhalten. Sie zitterte so heftig, daß sie nicht weiterfahren konnte. Nicht, daß sie bereute, was sie getan hatte. Sie fühlte sich im Recht. Es war reine Notwehr gewesen, und Tucson hatte bekommen, was sie verdiente. Frankie hatte für sich und all die anderen, die Tucson geschädigt hatte, Rache genommen. Dennoch war sie schockiert, solch eine Gewaltbereitschaft an sich zu entdecken. Sie fragte sich, was ihre Kollegen in der Kanzlei sagen würden, wenn sie wüßten, daß sie jemanden mit einem Messer verletzt hatte. Was hätte sie selbst noch vor zwei Jahren dazu gesagt? Sie erinnerte sich, wie oft sie zustimmend genickt hatte, wenn ein Richter einem Angeklagten erklärte, daß niemand das Gesetz in die eigenen Hände nehmen dürfe. Aber was wußten die anderen schon vom Dschungel, solange sie ihn nicht selbst durchquert hatten?

Als Frankie sich endlich beruhigt hatte, wandte sie ihre Aufmerksamkeit dem Messer zu. Sie traute es Tucson durchaus zu, daß sie sie anonym bei der Polizei anzeigte. Daher wischte sie das Messer sorgfältig mit einem Papiertaschentuch ab, um das Blut und ihre Fingerabdrücke zu entfernen. Sie fühlte sich dabei wie eine Verbrecherin. Dann klappte sie das Messer, das sie immer noch mit dem Taschentuch hielt, zusammen, stieg aus dem Wagen, ging zum nächsten Abfalleimer und warf es hinein. Dabei dachte sie an Jack. Wie er jetzt gelacht hätte!

Kapitel 36

Frankie lag mit geschlossenen Augen am Swimmingpool und fragte sich, ob sie Melanie die Sache mit dem Taschenmesser schreiben sollte. Sie hatte gerade beschlossen, es nicht zu tun, als etwas ihren nackten Bauch kitzelte. Sie schlug die Augen auf und sah, daß Scott neben ihr stand. Er streichelte ihr mit den Blütenblättern einer roten Rose über die Haut. «Ich habe zehntausend Dollar gewonnen», frohlockte er. «Zehntausend!»

«Wo?»

«Im *Bicycle Club* in Los Angeles. Ich habe das letzte Spiel mit einem Paar Neunen gegen ein Paar Achten gewonnen.» Er machte eine Pause. «Ich hatte schon Angst, du könntest abgereist sein.»

«Gibt es in L.A. denn kein Telefon?»

«Ich hatte eine Glückssträhne. Das verstehst du doch. Du hättest dich ganz genauso verhalten.» Er beugte sich zu ihr herunter, um sie zu küssen. Es war ein ganz sanfter Kuß, bei dem er nur leicht ihre Lippen berührte. «Willst du heute abend mit mir essen gehen? Wir gehen ins *Caesar's Palace*, sehen uns eine Show an und machen all das, was sonst die Touristen machen.»

«Sehr gern.» Sie lächelte zu ihm hoch.

Er streichelte über ihre Wange. «Dann sehe ich dich um sieben in der Bar.»

Als Scott gegangen war, schossen Frankie tausend Fragen durch den Kopf. Begehrte sie ihn? Entsprang ihr Verlangen ihrer Einsamkeit? Wollte sie tatsächlich jemanden so nahe an sich heranlassen, daß er ihr möglicherweise Kummer bereiten konnte? Was war mit dem sogenannten Safer Sex? Schaffte sie es, bis heute abend zu warten, bevor sie mit ihm ins Bett ging, wo doch jede Faser ihres Körpers bebte? Sollte sie ihn bitten, ein Kondom zu benutzen? Was sollte sie sagen? Was sagten andere Frauen in dieser Situation?

Bis zum Abend hatte sie sich in eine fürchterliche Aufregung hineingesteigert. Als sie vor dem Badezimmerspiegel stand, zitterten ihre Hände so, daß sie kaum Lip gloss auftragen konnte. Ihre Garderobe war neu. Sie trug einen schwarzen Stretchrock mit einem breiten Goldgürtel, dazu ein schwarzes Bustier und eine glitzernde Bomberjacke aus Satin mit roten und goldenen Pailletten.

Das Telefon klingelte. Sie nahm hastig ab. «Hi, Frankie», sagte eine fremde Frauenstimme. «Ich rufe aus dem Pokerzimmer des *Union Plaza* an. Scott hat mich gebeten, Ihnen auszurichten, daß er gerade mitten in einem Spiel ist.»

«Ach so.» Sie legte den Hörer auf. Dieser Kartenhai! Sie ballte die Fäuste und öffnete sie dann wieder. Sie war selbst schuld, wenn sie schon wieder einem Mann vertraute, der nichts taugte, wie Miss Tomasina sagen würde. Sie stopfte sich ein Bündel Dollarnoten in die Jackentasche und verließ ihr Hotelzimmer.

Im *Nugget* war an einem Tisch, an dem um Einsätze von zwanzig bis vierzig Dollar gespielt wurde, ein Platz direkt neben Damascus Joe frei. Er lächelte ihr höflich zu. «Wie geht es Ihnen, Frankie?»

«So lala.» Sie schob zwei Stapel Chips wie ein alter Hase zu einem zusammen und kam dabei zu dem Schluß, daß er wirklich sehr attraktiv war. Es wurde gemunkelt, daß er tausend Dollar die Woche für Kokain ausgab. Das gefiel Frankie weniger, obwohl sie wußte, daß viele Spieler diese Droge nahmen, um wach zu bleiben. Loretta sagte, man könne es meist daran erkennen, daß jemand nach zwanzig Stunden am Pokertisch immer noch topfit aussah. Heute abend war es Frankie jedoch egal, was für Angewohnheiten Damascus Joe hatte. Wenn er sie einlud, würde sie annehmen. Vielleicht würde sie sogar die Nacht mit ihm verbringen. Das geschähe Scott recht.

Sie spielte aggressiv und gewann ihr erstes Spiel allein durch Bluff. Zum Teufel mit Scott! Zum Teufel mit allen! Sie spielte schon seit fast einer Stunde und hatte bereits dreihundert Dollar gewonnen, als ihr der Manager des Pokerzimmers auf die Schulter tippte. An der Absperrung stand Scott. Er hob die Augenbrauen, sie zuckte mit den Achseln. Sie hatte nicht die Absicht, vom Tisch aufzuspringen. Sie machte noch ein paar Spiele, während er an der Rezeption wartete. Er entschuldigte sich nicht dafür, daß er sie versetzt hatte. Er hatte verloren und war deshalb schlechter Laune. Sie nahmen ein Taxi zum Strip. Er schwieg, und Frankie fragte sich, warum sie überhaupt mitgekommen war.

Sie fuhren den Boulevard entlang zum *Caesar's Palace*. Unterwegs kamen sie an hell erleuchteten Brunnen und Zypressen vorbei. Überall waren Menschen und Autos, und unter dem von einem goldenen Dach überwölbten Eingang drängten sich die Massen.

«Heute findet im *Caesar's Palace* ein Boxkampf statt!» klärte sie ihr Fahrer auf. «Wird bestimmt ein verdammt guter Fight.»

«Genau den wollen wir uns ansehen.» Scott bezahlte den Taxifahrer, dann sprang er aus dem Wagen und rannte wie immer einfach davon. Frankie versuchte ihm zu folgen, wobei sie sich zwischen Menschen und Autos hindurchkämpfen mußte. Sie wollte keinen Boxkampf sehen. Sie haßte Boxen. Sie wollte zurück zum *Binion's*, doch Scott war schon außer Rufweite. Er marschierte durch den Hoteleingang, ging durch das Casino hindurch und verließ es auf der Rückseite wieder.

«Scott!» schrie sie schließlich. «Du kannst dir den Kampf allein anschauen. Mir reicht es jetzt nämlich.»

Er drehte sich um und kam zu ihr zurück. «Ich bin ein schlechter Verlierer.»

«Du bist unerträglich, wenn du verlierst. Und es paßt mir nicht, daß du deine Launen an mir ausläßt.»

Er nahm ihre Hand. «Das werde ich nicht. Versprochen.» Er zog sie an sich, so dicht, daß die Schnalle ihres Gürtels an seiner Gürtelschnalle rieb. Sie sahen sich in die Augen. Er hielt sie fest. Sie zitterte. Er fuhr mit der Hand ihren Schenkel hinunter bis zum Saum ihres kurzen Rocks, wo er seine Finger dann auf ihrer nackten Haut kreisen ließ. Sie biß ihm ins Ohrläppchen. Er zwickte sie in den Po. Sie kicherte. Er lächelte.

Der Wüstenhimmel zeigte ein schwüles Purpur. Die Sterne funkelten. Die Lichter des Strip blinkten, Menschen strömten an ihnen vorbei.

«Komm», sagte Scott. «Der Kampf hat schon begonnen.»

Er nahm sie bei der Hand und rannte mit ihr durch den Eingang und dann die Stufen hinauf zu ihren Plätzen. Im Ring umklammerten sich gerade zwei kräftige Schwarze, während der Schiedsrichter wie ein verschreckter Grashüpfer um sie herumsprang. Der Gong ertönte. Die Menge johlte. Die Boxer tänzelten umeinander herum. Der eine versuchte einen Schlag zu landen, dann der andere. Sie trommelten mit den Fäusten aufeinander ein. Junge Mädchen sprangen aufgeregt von ihren Sitzen auf. Eine kleine, alte Dame in der ersten Reihe wurde ohnmächtig.

Obwohl Frankie Boxen nicht mochte, konnte auch sie sich der Atmosphäre nicht entziehen. Der Kampf hatte etwas Sinnliches und zugleich auch Brutales an sich. Die brüllende Menge wirkte auf sie animalisch. Scott fuhr mit seiner Hand an ihrem Bein hinauf. Sie lehnte sich an ihn. Er küßte sie in den Mundwinkel. Ihre Lippen öffneten sich.

Der Kampf dauerte fünf Runden, bis der eine Boxer eine Platzwunde am Auge erlitt und der Schiedsrichter deshalb den Kampf aufgrund eines technischen K. o. beendete. «Komm!» sagte Scott. «Die Siegerehrung sehen wir uns nicht mehr an.» Er bugsierte sie aus dem Stadion und dann ins Casino. Frankie war erst ein einzigesmal dort gewesen, und zwar an dem Tag, an dem sie Tucson zur Rede gestellt hatte. Das ganze Gebäude war eine phantastische und prunkvolle Komposition in Rot und Gold. Animierdamen, gekleidet wie Königin Kleopatra, und Männer in der Uniform eines römischen Zenturio fragten: «Hallo, wie geht's?» Im Café *Roma* schüttete Scott ein Glas Milch hinunter, während Frankie wartete, um ihm zu sagen, daß sie zum *Binion's* zurückfahren wolle.

Er setzte sein Glas ab. «Ich wollte, daß das ein toller Abend wird, und ich habe scheinbar wieder einmal alles versaut», sagte er. «Das tue ich immer, wenn mir etwas wichtig ist.»

Wieder wurde ihr warm ums Herz. Er zog sie an sich, wie er es vorhin getan hatte, und flüsterte ihr ins Ohr: «Laß uns hierbleiben, im *Caesar's*. Wir könnten uns ein Abendessen aufs Zimmer bestellen. Champagner, Hummer, Erdbeeren.» Er fuhr ihr mit der Hand den Rücken hinunter. «Was meinst du?»

Bevor sie noch Zeit zum Überlegen hatte, war er schon an der Rezeption und buchte ein Zimmer für sie.

Ihre Suite war ganz in sinnlichem Rosa gehalten. Sie hatte ein herzförmiges Bett und eine verspiegelte Decke, rosa Vorhänge, rosa Blumen und einen rosa Teppich. Scott und Frankie standen mitten im Zimmer und staunten mit offenem Mund. Dann sahen sie sich an und kicherten. Frankie nahm eine Erdbeere von einem vergoldeten Teller, der auf einem vergoldeten Servierwagen stand, und steckte sie Scott in den Mund. Er reichte ihr ein Glas eiskalten Champagner.

«Pa würde einen Schlaganfall bekommen, wenn er das hier sehen könnte», sagte Scott. Er sprang aufs Bett und hüpfte darauf herum wie ein kleiner Junge auf einem Trampolin. «Er hält schon ein billiges Motel für extravagant. Ich vermute, daß das einer der Gründe ist, weshalb meine Mutter ihn verlassen hat. Aber sie hätte sich wenigstens von uns verabschieden können. Sie hätte nicht gehen müssen, ohne sich noch einmal umzudrehen.»

«Ich bin sicher, daß sie dir nicht weh tun wollte.» Frankie warf ihre Jacke zu Boden und setzte sich zu ihm aufs Bett. «Wir alle tun anderen Menschen weh und merken es erst, wenn es zu spät ist.»

«Hast du deinem Ehemann weh getan?»

Sie dachte an William. «Das habe ich einmal geglaubt. Jedenfalls hat er mir weh getan. Aber der Mensch, den ich am tiefsten verletzt habe, war ein anderer Mann. Und dadurch, daß ich ihm weh getan habe, habe ich mir selbst weh getan.»

«Du sprichst von deinem Liebhaber?»

Sie nickte. «Ich habe ihn verlassen, um zu meinem Mann zurückzukehren. Das war der größte Fehler meines Lebens!»

«Liebst du diesen Mann noch?»

«Wenn ich ehrlich bin, ja. Aber das Ganze ist schon lange vorbei.»

Sie lagen still Seite an Seite auf dem Bett, hielten sich an den Händen und betrachteten sich in den Spiegelsegmenten an der Decke. Dann drehten sie sich langsam mit dem Gesicht zueinander, rückten näher zusammen, so daß sie sich sanft und zärtlich küssen konnten. Er schlang die Arme um sie. «Ich habe schon mit dir schlafen wollen, als ich dich zum erstenmal gesehen habe», flüsterte er und fuhr mit seinem Mund ihren Hals hinunter zu ihrem weichen Busenansatz, der über ihrem schwarzen Bustier zu sehen war.

Dann nahm er die Erdbeeren und legte sie in einer Reihe zwischen ihre Brüste, beugte sich über sie und aß sie eine nach der anderen auf. Die Berührung seiner Lippen ließ wohlige Schauer durch ihren Körper laufen. Sie streckte die Arme nach ihm aus, wollte sein Gewicht auf sich spüren, seine Stärke in sich. Sie wollte festgehalten werden, umschlungen, geschützt, geliebt. Er hakte ihr Bustier auf und ließ es zu Boden fallen. Sie rollte sich den Rock von den Hüften herunter. Sie griff nach der Schnalle seines Gürtels. Er sah ihr lächelnd in die Augen, kostete den Champagner von ihren Lippen. Er hielt ihre Hände über ihrem Kopf fest, legte sich auf sie und liebkoste sie mit seinem Körper. Er nahm sie langsam und mit äußerster Beherrschung, genauso wie er Poker spielte, bis er einen Punkt erreichte, an dem er sich nicht mehr zurückhalten konnte. Sie wollte auch gar nicht, daß er das tat.

Sie liebten sich. Sie unterhielten sich. Sie aßen. Sie sahen fern. Sie liebten sich wieder. Als Scott schließlich einschlief, hielt er Frankie immer noch in den Armen. Sie jedoch lag wach da, lauschte seinem Atem und fragte sich, ob sie mit einem Mann wie Scott, den sie zwar lieben könnte, in den sie aber nicht verliebt war, nicht besser dran wäre. Es würde ihr ersparen, verletzt zu werden.

Am Morgen schaltete er den Fernseher an. Während im Hintergrund eine der endlosen Quizsendungen lief, liebten sie sich im Whirlpool, bespritzten alles mit Wasser, lachten. Als es Zeit war, das Zimmer zu räumen, schlang Frankie ihre Arme um seinen Nacken. «Es hat mir sehr gefallen», sagte sie, an ihn geschmiegt. «Danke, daß du mich hierhergebracht hast.»

«Es war mir ein Vergnügen, Ma'am!»

«Jetzt mußt du mir aber sagen, was mein ‹tell› ist.»

Er war schockiert. «Du bist hoffentlich nicht nur mit mir ins Bett gegangen, um das zu erfahren?»

«Natürlich nicht!» Sie gab ihm einen zärtlichen Kuß. «Jetzt habe ich ein Recht darauf, es zu erfahren.»

«Das muß ich mir noch überlegen.» Er drückte sie an sich. «Gut, vielleicht sage ich es dir morgen früh!»

«Du Ratte!»

Sie debattierten im Lift und auf dem ganzen Weg durch das Casino. Im Pokerzimmer war gerade ein Spiel im Gange. Scott verlangsamte seinen Schritt. «Sieht interessant aus», sagte er.

«Also bis später.»

«Du hast nichts dagegen, wenn ich bleibe?»

«Nicht, wenn du mir sagst, was mein ‹tell› ist.»

Er hob seine Faust, ballte sie und öffnete sie dann wieder. Einen Augenblick lang sah sie ihn verständnislos an, dann sagte sie laut: «Verdammt!»

An diesem Abend setzte sich Frankie zu des Teufels Großmutter an einen Tisch mit hohem Einsatz. Sie ließ ihre Hände gelassen auf der Tischkante liegen, selbst wenn sie das beste Blatt, das in Kombination mit den offen auf dem Tisch liegenden Karten möglich war, in der Hand hielt. Mehrmals ertappte sie die alte Dame dabei, wie sie ihre Hände beobachtete. Sie mußte ein Kichern unterdrücken. Als sie Scott beim Frühstück im Coffee Shop Gesellschaft leistete, hatte sie viertausend Dollar gewonnen.

«Ich hoffe, du wirst mir heute nacht deine Dankbarkeit erweisen», scherzte er, als Frankie ihm ganz aufgeregt von ihrem Erfolg berichtete.

«Oh, das tue ich sofort.» Sie packte ihn unter dem Tisch.

Er stieß einen Schrei aus und verschüttete seine Milch. Sie sahen einander an und lachten.

Eine Woche später fiel der Dow-Jones-Index um über fünfhundert Punkte, und die Londoner Börse brach zusammen. Die Leute sprachen vom «Schwarzen Montag». Ein paar Gesichter verschwanden von den Pokertischen, aber Katastrophen dieser Art berührten weder Frankie noch Scott. Sie lebten von Tag zu Tag, von Nacht zu Nacht.

Frankie genoß es, mit Scott zusammenzusein. Er war ihr sowohl guter Freund wie auch Liebhaber. Sie behielten ihre eigenen Zimmer auf unterschiedlichen Stockwerken, denn dies war beiden angenehmer. In ihrer Beziehung gab es keine Unruhe, keine Angst, wenn sie sich einmal nicht trafen. Keine Panikgefühle, wenn einer von ihnen einmal nicht anrief. Er war launisch und ein schlechter Verlierer. Aber er war nicht hinterlistig, es sei denn, er spielte

Poker. Seine gesamte Verschlagenheit floß in die Karten. Außerhalb des Casinos war er wie ein kleiner, freundlicher Junge.

Loretta war entzückt, als sie hörte, daß Frankie einen Mann gefunden hatte und noch dazu einen, der sie in Las Vegas hielt. Sie lud sie beide zum Thanksgiving Dinner ein. Das Ganze hätte leicht zu einer trübsinnigen Angelegenheit werden können, weil es Prentice inzwischen sehr schlecht ging, aber Scott brachte sie immer wieder mit Geschichten aus seiner Kindheit in Tennessee zum Lachen. Im Taxi auf dem Heimweg drückte ihm Frankie die Hand. «Danke», sagte sie. «Du warst phantastisch.»

Er lächelte. «Ich mag die beiden. Es sind einfache, nette Menschen. Sie erinnern mich an meine Leute zu Hause.»

Eines Abends, als Frankie im *Golden Nugget* gerade Hold'em spielte, tippte ihr der Manager des Pokerzimmers auf die Schulter. «Ihr Bruder erwartet Sie im Restaurant.»

«Robert!» Erstaunt blickte sie auf.

Neben dem Pult am Eingang warteten Robert und Priscilla, die inmitten all des Glanzes und des Lärms völlig deplaziert wirkten. Sie beendete das Spiel und eilte dann zu ihnen an den Tisch.

«Ich kann es einfach nicht fassen, daß meine Schwester mit all diesen Kartenhaien an einem Pokertisch sitzt», stieß Robert hervor, noch bevor sie Zeit hatte, die beiden zu begrüßen. «Du siehst aus wie eine Gangsterbraut.»

Frankie mußte laut lachen. «Ihr Geld ist genauso gut wie das anderer Leute.» Sie nahm sich einen Stuhl und setzte sich zu ihnen.

«Aber du hattest fünftausend Dollar vor dir liegen», fuhr Robert fort.

«Ach, Robert, jetzt sei doch nicht so eklig zu Frankie!» unterbrach ihn Priscilla. «Frankie hat toll ausgesehen. Ich finde sie sehr mutig.» Sie war vor Aufregung ganz rot im Gesicht. Ihre rosa Wangen paßten genau zu ihrem rosa Kleid.

Sie wurden von Scott unterbrochen, der plötzlich neben Frankie auftauchte. Sie stellte ihn vor. Er lächelte und schüttelte Robert und Priscilla die Hand. «Ich seh dich dann später», sagte er und küßte sie auf den Mund, bevor er wieder ging.

Robert versteifte sich. «Es geht mich vermutlich nichts an, aber wer ist dieser Mann?»

«Er ist nur mein Liebhaber.» Frankie versuchte ihr Pokergesicht aufzusetzen, aber es gelang ihr nicht. Robert erinnerte sie an einen ausgestopften Spielzeugpanda. Sie begann zu kichern.

«Es freut mich, daß du das alles amüsant findest», meinte er spitz, «aber wir hatten unsere liebe Mühe mit William.»

«Ja. Das tut mir leid.» Frankie holte tief Luft, um sich unter Kontrolle zu bekommen. «Ich konnte ihm einfach nicht gegenübertreten. Ich hatte Angst.»

Priscilla tätschelte ihren Arm. «Das ist verständlich. Er hat sich furchtbar aufgeführt. Ein eingebildeter Kerl! Er hat nicht mal in Erwägung gezogen, daß er an dem Ganzen nicht ganz unschuldig sein könnte. Als er abfuhr, sagte er zu mir, daß du eines Tages auf Knien darum betteln würdest, wieder zu ihm zurückkommen zu dürfen.»

Frankie verdrehte die Augen. «Niemals! Wenn ich ihn das nächstemal sehe, wird es vor einem Scheidungsgericht sein.»

Dann sprachen sie von Steven. «Ich war letzte Woche in White Oast», sagte Robert. «Er versucht, mit dem Tod deiner Mutter fertig zu werden, aber es fällt ihm schwer. Er freut sich sehr über deine Briefe und hebt sie alle auf. Natürlich würde er dich gerne wiedersehen. Wann gehst du zurück nach England?»

Frankie zuckte mit den Achseln. «Jetzt noch nicht. Erst wenn ich stark genug bin, um William gegenüberzutreten, ganz gleich, was er mir an den Kopf wirft. Mel hat geschrieben, daß er überall herumerzählt, ich wäre mit einem Drogensüchtigen durchgebrannt und befände mich jetzt in einer Entzugsklinik.»

«Du kannst auf unsere Hilfe zählen.» Robert drückte ihr die Hand und lächelte. «Also, Mädels, wollen wir uns nicht eine Show ansehen? Seid ihr bereit, mit eurem nicht mehr ganz jungen Partylöwen die Stadt unsicher zu machen?» Er erhob sich und reichte ihnen beiden einen Arm.

Sie sprachen nicht mehr über ihre Mutter, aber Roberts und Priscillas Gegenwart reichte aus, um für Frankie die Vergangenheit wiederaufleben zu lassen. Die Erinnerungen wollten auch dann nicht verblassen, nachdem Robert und Priscilla Las Vegas verlassen hatten.

Im Dezember bekam Melanie eine kleine Tochter. Sie sollte auf den Namen Rachel Francesca getauft werden. In einem Brief bat sie Frankie, Patin des Kindes zu werden. Frankie rief sie daraufhin sofort in London an. Es war das erste Mal, daß sie miteinander telefonierten, seit sie England verlassen hatte, aber es kam Frankie so vor, als hätten sie sich erst gestern getroffen.

Das Weihnachtsfest verbrachte Frankie in San Francisco bei Robert und Priscilla. Deren Kinder Dwight und Susan waren ebenfalls zu Hause. Dwight war groß und Frankies Ansicht nach schwerfällig. Susan war fünfzehn und kicherte ständig. Robert und Priscilla wohnten in einem Haus in Walnut Creek jenseits der Berkeley Hills. Das Haus ähnelte jenem in Dallas, war aber kleiner und hatte auch kein Gäste-Iglu im Garten. Die Immobilienpreise waren, wie Robert Frankie mehrmals am Tag erzählte, an der Westküste sehr viel höher. Bevor Frankie wieder nach Las Vegas flog, mußte sie noch nach Kanada, um ihr Visum verlängern zu lassen.

Zu Neujahr flog sie mit Scott nach Atlantic City. Dort gab es kein Poker, aber es machte ihnen Spaß, wie Touristen an den Black-Jack-Tischen zu spielen und an der Strandpromenade spazierenzugehen. Auf dem Rückflug nahm Scott ihre Hand und sagte: «Laß uns zusammen ein Apartment nehmen. Es ist verrückt, jede Nacht für zwei Hotelzimmer zu bezahlen.»

Sie lachte. «Scott, du bist so unromantisch.»

Er zog sie an sich und küßte sie auf die Nasenspitze. «Ich habe noch nie eine Frau getroffen, die so gut zu mir paßt wie du.»

Sie entzog sich ihm sanft. «Mir gefällt es so, wie es ist.»

«Heißt das, du gibst mir einen Korb?»

«Ich war zehn Jahre lang verheiratet, und ich habe lange Zeit gebraucht, um mich aus dieser Ehe zu befreien. Ich will meine Freiheit nicht einfach wieder aufgeben. Jedenfalls jetzt noch nicht. Vielleicht auch niemals.»

«Vielleicht willst du das auch nur für mich nicht tun, wohl aber für einen anderen, zum Beispiel den Mann, den du verlassen hast, um zu deinem Ehemann zurückzukehren?»

Sie dachte an Jack. Was machte er jetzt? Mit wem war er zusammen? Wer war Silvester an seiner Seite gewesen? Vor zwei Jahren war sie mit ihm zum Jahreswechsel in Brighton gewesen, um Jet laufen zu sehen. «Ich habe dir doch gesagt, daß es vorbei ist», meinte sie.

«Denkst du immer noch an ihn?»

«Ja. Tut mir leid, Scott, aber ich mag dich viel zu sehr, um dich anzulügen.» Sie verschränkte ihre Finger mit den seinen, um ihn zu trösten. Nach einem Augenblick zog er seine Hand weg.

Obwohl sie nie mehr über ein Zusammenleben sprachen und sich ihre Beziehung nach außen hin nicht veränderte, war sich Frankie bewußt, daß Scott sich innerlich von ihr zurückgezogen hatte. Das tat ihr zwar leid, aber sie nahm ihm das nicht übel. Sie hätte dasselbe getan. Es ging bei ihnen beiden ums nackte Überleben.

Der Frühling ließ sie wieder rastlos werden. Sie flog nach Dallas und besuchte Miss Tomasina und Zeb. Von dort aus flog sie weiter nach Aspen, um Ski zu laufen. In den ersten Jahren ihrer Ehe waren sie und William immer in den Skiurlaub gefahren. Von Aspen flog sie nach Reno weiter, um am Pokertisch ihre Finanzen aufzubessern. Außerdem sehnte sie sich danach, sich mit anderen beim Pokern zu messen, nachdem sie wochenlang nicht mehr gespielt hatte. Reno gefiel ihr, aber nach einer Weile wurde es ihr langweilig. Es war nicht Las Vegas. Zumindest nicht für sie. Sie beendete ihre Reise mit einem mehrtägigen Aufenthalt am Lake Tahoe. Dann flog sie wieder nach Las Vegas zurück. Es hatte ihr gutgetan, einmal etwas anderes zu sehen.

In diesem Sommer kaufte das *Binion's* das angrenzende *Mint Hotel*, riß die Zwischenwand ab, verdoppelte die Spielkapazität des Casinos und eröffnete dann unter den Schwarzweißfotos der Poker-Ruhmeshalle ein Pokerzimmer, das das ganze Jahr über geöffnet hatte. Gleichzeitig schloß das *Nugget* sein Pokerzimmer. Die Direktion des *Nugget* hatte beschlossen, am Strip ein zweites Hotel, das *Mirage*, zu bauen. Dieses sollte das extravaganteste Hotel von Las Vegas werden, mit sibirischen Tigern im Rezeptionsbereich und einem feuerspeienden Vulkan vor dem Eingang. Von weit größerem Interesse war für Scott und Francesca das geplante Pokerzimmer, in dem um hohe Einsätze gespielt werden sollte.

Sobald es nicht mehr so heiß war, nahm sich Frankie wieder

Urlaub und flog zu Thanksgiving nach San Francisco. An Neujahr machte sie mit Scott Urlaub am Lake Tahoe. Ein paar Wochen später flog sie dann allein nach Los Angeles. Ihr Ziel war der *Bicycle Club*, das größte Pokerzimmer überhaupt. Als sie nach Las Vegas zurückkehrte, stellte sie fest, daß sich Scott ein Auto gekauft hatte. Nicht daß er die Absicht gehabt hätte, es zu benutzen. Der Umkreis, in dem er sich bewegte, ging nicht über die Fremont Street hinaus.

«Ich habe den Wagen für dich gekauft», sagte er, als er sie vom Flughafen abholte. «Ich dachte mir, daß du, wenn du motorisiert bist, nicht ständig auf Reisen gehst. Ich vermisse dich nämlich sehr.»

Sie umarmte ihn. «Ich vermisse dich auch, Scott.»

«Aber nicht so sehr, daß du mit mir zusammenziehen würdest.»

«Wir sind doch auch so glücklich. Warum sollten wir alles verderben?»

«Du bist wie eine Katze auf einem heißen Blechdach», sagte Loretta, als Frankie sie mit dem Wagen besuchen kam. «Das Pokern hat dir doch früher ausgereicht. Macht Scott dir Schwierigkeiten?»

«Er ist ein feiner Kerl. Es liegt an mir!»

Ein paar Wochen lang half ihr das Auto tatsächlich. Frankie fuhr hinaus zum Hoover Dam, kutschierte den Strip hinauf und hinunter, besuchte Loretta. Dann kehrte ihre Rastlosigkeit zurück.

Eines Morgens, als Scott noch immer am Pokertisch saß und Frankie nicht schlafen konnte, fuhr sie nach Westen zum Red Rock Canyon. Sie folgte der staubigen Straße, die zwischen den herrlich gefärbten Sandsteinfelsen hindurchführte. Sie war allein. Außer ihr gab es nur die Stille und die Felsen. Im Auto sitzend, die Arme auf das Lenkrad gestützt, sah sie zu, wie ein weiterer Tag erwachte. Nur daß der heutige Tag anders war. Ihr war endlich klargeworden, warum sie so rastlos war. Sie war sich zwar nicht sicher, ob sie etwas dagegen unternehmen konnte, aber sie würde es jedenfalls versuchen.

Fabrizio kam von der Friedhofsschicht. Er eilte den Bürgersteig entlang zu dem mehrstöckigen Parkhaus. Er war müde, denn er hatte eine anstrengende Nacht hinter sich. Seine Schultern taten vom Kartengeben weh. Er nahm den Fahrstuhl zum zweiten Stock. Als er zu seinem Auto ging, stieg eine Frau aus einem Wagen, der in der Nähe geparkt war. Sie hatte eine zerzauste, glänzende braune Lockenmähne und trug einen teuren Leinenrock und dazu eine cremefarbene Seidenbluse.

Er hatte sie schon öfter gesehen, aus der Ferne, als er einem Freund, einem Croupier im *Nugget*, einen kurzen Besuch abgestattet hatte. Sie hatte Poker mit hohem Einsatz gespielt. Er erinnerte sich daran, daß er sie sehr attraktiv gefunden hatte. Jetzt erschien sie ihm sogar noch attraktiver, weil sie sehr entschlossen aussah, gleichzeitig aber merkwürdig verletzlich wirkte.

«Ich schulde Ihnen fünfzig Dollar», sagte sie und hielt ihm eine neue Banknote hin.

«Sie müssen mich verwechseln. Ich bin Ihnen nämlich noch nie begegnet.» Er grinste. «Leider.»

Sie kam näher. Er konnte ihr leichtes, zitroniges Parfüm riechen. «Vor eineinhalb Jahren habe ich Geld aus einem Umschlag genommen, der auf dem Rücksitz Ihres Autos lag.»

Er war immer noch verwirrt.

«Ich hatte kein Geld und wußte nicht, wohin», fuhr sie fort. «Also habe ich in Ihrem Auto geschlafen. Sie haben die hintere Tür nie abgesperrt.» Sie drückte ihm den Geldschein in die Hand. «Es tut mir leid, daß ich Ihnen die fünfzig Dollar gestohlen habe, aber ich hatte Hunger.»

«Wenn Sie mich darum gebeten hätten, hätte ich Ihnen das Geld auch so gegeben.»

Sie lächelte wehmütig. «Dazu war ich viel zu verzweifelt.»

Er sah ihr nach, als sie zu ihrem Auto zurückging. Er hätte sie gern näher kennengelernt, aber sie winkte ihm nur noch kurz zu und fuhr davon.

Loretta bereitete gerade einen Milchshake für Prentice zu, als Frankie ins Motel gestürmt kam und rief: «Ich habe mich entschlossen, nach England zurückzufliegen. Ich bin gekommen, um mich zu verabschieden.»

«Ach, Frankie! Tu das nicht!» Loretta ließ den Milchshake sinken. «Was sagt denn Scott dazu?»

«Er weiß es noch gar nicht. Er ist gerade mitten in einem Spiel. Außerdem habe ich mich eben erst entschlossen. Heute nachmittag geht ein Flug via Dallas. Ich werde ihn nehmen.»

«Das wird Scott sehr treffen. Und auch ich finde es sehr schade, daß du uns verlassen willst.»

Frankie seufzte. «Ich möchte keinen von euch verlassen, aber ich muß einfach nach England zurück. Ich war die ganze Zeit so rastlos, das hast du selbst gesagt. Jetzt ist mir endlich klargeworden, warum ich so nervös bin. Ich habe erkannt, daß ich mich der Vergangenheit stellen muß. Als ich England damals verließ, war ich tatsächlich auf der Flucht. Meine Mutter war gestorben, und ich hatte den Mann verloren, den ich liebte, weil ich mich entschieden hatte, zu meinem tyrannischen Ehemann zurückzukehren. Als ich nach Las Vegas gekommen bin, hatte ich keinen Cent in der Tasche. Für mich gab es nur zwei Möglichkeiten: kämpfen oder untergehen. Und ich habe gelernt zu kämpfen. Diese Stadt hat mir die Chance für einen Neuanfang gegeben. Sie hat mir gezeigt, daß ich allein überleben kann, wenn ich muß. Das hat mich stark gemacht. Jetzt will ich mich scheiden lassen. Ich habe vor, all den Leuten, die die Lügen meines Mannes geglaubt haben, klarzumachen, was für ein Mensch er ist. Ich möchte meinen Stiefvater wiedersehen. Außerdem bin ich es meiner Mutter schuldig, mich um ihn zu kümmern. Ich möchte Melanie, meine Freundin, und Blue, meinen Hund, wiedersehen.» Sie hielt inne. «Und ich muß den Mann, den ich geliebt habe, noch einmal treffen, und wenn es nur ein einzigesmal ist. Vielleicht werde ich dann akzeptieren, daß es zwischen uns wirklich aus ist. Doch bis dahin wird er mir weiter im Kopf herumspuken.» Sie dachte an Tucson, das Taschenmesser und Fabrizios fünfzig Dollar und fügte hinzu: «Ich verstehe jetzt vieles, was ich früher nicht verstanden habe. Las Vegas hat mich eine Menge über mich selbst gelehrt.»

Loretta lächelte. «Wirst du uns besuchen kommen, allein oder mit diesem Mann?»

«Natürlich.» Frankie umarmte sie. Sie hatten beide Tränen in den Augen. «Bleib mir zuliebe mit Scott in Verbindung», sagte sie, «nur um sicherzustellen, daß es ihm gutgeht. Und paß auf dich und Prentice auf. Ohne dich, Loretta, hätte ich hier nicht überlebt.»

«Natürlich hättest du das. Du spielst Poker. Du hast Mumm.»

Frankie ging zur Tür. Dort blieb sie stehen und fügte hinzu: «Ich werde immer eine Schwäche für Las Vegas haben. Es ist zwar vulgär, geschmacklos und protzig, aber es ist auch mutig. Es hat mich gelehrt, keine Angst vor der Angst zu haben. Es hat *mich* mutig gemacht.» Sie machte Loretta mit erhobenem Daumen ein Zeichen und ging in den hellen Morgensonnenschein hinaus.

Sie kehrte zum *Binion's* zurück. Scott saß nicht mehr am Pokertisch. Sie rief in seinem Zimmer an, aber er nahm nicht ab. Sie ging nach oben und klopfte an die Tür. Nichts rührte sich. Sie fragte alle Kartengeber, aber niemand hatte ihn gesehen. Während sie ihren Flug buchte, ihre Rechnungen bezahlte und packte, ließ sie ihn mehrmals ausrufen. Sie rief in allen anderen Casinos an, aber auch dort hatte ihn niemand gesehen. Der Vormittag verstrich. Sie suchte die Fremont Street ab, hinterließ bei jedem, der ihn kannte, eine Nachricht. Eine Stunde bevor ihr Flug ging, kam dann ihr Taxi. Sie bat den Fahrer zu warten, während sie Scott noch einmal ausrufen ließ.

Verzweifelt rief sie Loretta an. «Scott ist nicht zurückgekommen», sagte sie. «Ich muß jetzt zum Flughafen. Sag ihm bitte, daß ich ihn überall gesucht habe. Ich weiß, daß er mir niemals verzeihen wird, aber er soll wissen, daß ich nicht wie seine Mutter einfach gegangen bin, ohne mich auch nur einmal umzudrehen und ohne auch nur zu versuchen, mich von ihm zu verabschieden.»

Kapitel 37

London – März 1989

Als Frankie in Heathrow landete, regnete es, genau wie sie es sich an jenem Tag in Phoenix vorgestellt hatte. Wasser spritzte von der öligen Landebahn, als das Flugzeug aufsetzte. In der feuchten Luft hing der Geruch von Kerosin. Kälte schlug ihr entgegen, als sie aus dem Flugzeug stieg. Sie hatte vergessen, wie es war, wenn man fror.

Sie fuhr mit dem Taxi in die Innenstadt und nahm sich ein Zimmer im *Blakes*. Eigentlich hatte sie sich kein so teures Hotel leisten wollen, aber sie brauchte eine gute Adresse. Nicht, um andere zu beeindrucken, sondern damit sie sich selbstbewußter fühlte. Las Vegas hatte ihr Mut gegeben. Sie durfte ihn jetzt nicht verlieren. Sie packte ihre Koffer aus. Zwar besaß sie nicht viele Wintersachen, aber die, die sie gekauft hatte, waren von guter Qualität. Auch dies hatte sie mehr für sich selbst als für andere getan. Und wenn sie sich manchmal auch nicht so selbstsicher fühlte, nach außen hin durfte sie das nicht zeigen. Das Pokern hatte sie vieles gelehrt, nicht zuletzt das Bluffen.

Es war eine Erleichterung, den langen Flug wegwaschen zu können, ihr Make-up zu erneuern und in warme Kleidung zu schlüpfen: eine schwarze, perfekt sitzende Hose und einen cremefarbenen Kaschmirpullover. Sie ging zum Fenster und sah auf die regennassen Schieferdächer von South Kensington hinaus. Es war merkwürdig, wieder in London zu sein, das einst ihre Stadt gewesen war, aber in einem Viertel, in das sie früher so gut wie nie gekommen war. Sie hatte das Gefühl, als wäre sie jahrzehntelang weggewesen. Gleichzeitig fiel es ihr jetzt, da sie Las Vegas verlassen hatte, schwer zu glauben, daß ein solch exotischer Ort überhaupt existierte.

Sie nahm das Telefon und begann Melanies Nummer einzutippen. Dann überlegte sie es sich anders, legte den Hörer auf und bat den Portier, ihr ein Taxi zu rufen. Als sie das Zimmer verließ, nahm sie ein großes, wunderschön verpacktes Paket mit.

Auf der einst strahlend weißen Fassade des Hauses, das Simon und Melanie so wunderbar restaurieren hatten lassen, hatten die vergangenen Jahre ihre Spuren hinterlassen. An den Gesimsen hatte sich der Londoner Ruß festgesetzt, Vögel hatten ihre Nester unter dem Dach gebaut. Auf den Stufen, die zu der eleganten Veranda hinaufführten, sah sie Fußspuren. Die Türglocke aus Messing hatte einen sanfteren Farbton bekommen.

Frankie läutete. Tief drinnen im Haus hörte sie es daraufhin klingeln. Dann Schritte. Ein junges Mädchen mit rosigem Gesicht öffnete die Tür. «Ja, bitte?» fragte sie mit dem leichten walisischen Akzent, der Frankie von Melanie her so vertraut war.

«Ist Mrs. Rosenmann da?»

Vom Treppenabsatz ertönte Melanies Stimme. «Sophie, wer ist das?»

Bevor das Mädchen antworten konnte, war Frankie schon im Haus und rief: «Mel! Ich bin's – Frankie.»

Melanie stand oben an der Treppe und hatte ein sehr blondes und sehr hübsches Kleinkind auf dem Arm. «Frankie!» Sie starrte sie ungläubig an. «Bist du es wirklich? Mein Gott, du siehst so strahlend und schön aus. Ach, ist das wunderbar, dich zu sehen. Komm rauf! Wann bist du angekommen?»

«Heute vormittag.» Frankie rannte die Treppe hinauf und nahm dabei immer zwei Stufen auf einmal. Lachend umarmten sie einander und nahmen dabei Rachel in die Mitte. «Das ist für dich», sagte sie und hielt dem kleinen Mädchen das Paket entgegen. Aufgeregt griffen die kleinen, dicken Finger nach der riesigen, glitzernden rosa Schleife.

Melanie ging ins Kinderzimmer voran und setzte Rachel dort auf den Teppich. Auf dem Boden kniend, überreichte Frankie Rachel nun zum zweitenmal das Paket. Es war so groß wie das Kind. Die Kleine quietschte vor Freude, als sie versuchte, es auszupacken. Heimlich löste Melanie einen Knoten, um ihr dabei zu helfen. Schließlich war das Paket offen, und eine lebensgroße

Sprechpuppe kam zum Vorschein. Sie glich der, die Frankie damals von ihrem Vater geschenkt bekommen hatte, nur daß sie wie Rachel blondes, lockiges Haar hatte und statt eines roten ein rosafarbenes Kleid trug.

«Hast du die den ganzen Weg von Las Vegas bis hierher mitgeschleppt?» fragte Melanie.

Frankie antwortete mit übertrieben breitem Südstaatenakzent. «Darauf kannst du dich verlassen.»

«Es ist nett von dir, daß du an Rachel gedacht hast. Jetzt, wo du wieder da bist, können wir sie endlich taufen lassen. Wir haben auf dich gewartet. Ach, ich bin ganz wild darauf zu erfahren, was du alles erlebt hast.» Melanie hielt inne und lachte. «Du liebe Güte, da plappere ich schon wieder drauflos und lasse dich gar nicht zu Wort kommen.»

Sie wurden von Sophie unterbrochen, die von unten heraufrief, daß das Mittagessen fertig sei. «Du bleibst doch zum Essen, oder?» fragte Melanie.

Frankie legte ihr den Arm um die Schultern. «Liebend gerne. Und hinterher können wir noch plaudern, wenn du Zeit hast.»

«Zeit! Ich habe den ganzen Tag Zeit.» Melanie nahm Rachel auf den Arm und küßte sie auf die flaumige Stirn.

Beim Mittagessen unterhielten sie sich über Wales, über Melanies Mutter und über die Einkommensteuer. Danach nahm Sophie Rachel zu einem Spaziergang mit. Sobald die beiden gegangen waren, machten es sich Frankie und Melanie mit einer Flasche Wein, einer Kanne Kaffee und einer Schachtel Pralinen in den Sesseln vor dem Kaminfeuer im Wohnzimmer bequem. «Ich habe zwei Jahre Erziehungsurlaub», sagte Melanie und schob sich zwei Pralinen auf einmal in den Mund. «Bevor Rachel geboren wurde, war ich überzeugt, daß ich binnen eines Monats wieder arbeiten würde. Aber seit sie da ist, hat sich alles verändert. Sophie ist zwar ein liebes Mädchen, aber ich möchte Rachel nicht den ganzen Tag in fremden Händen lassen. Ich möchte ihr erstes Wort hören. Ich möchte dasein, wenn sie mich braucht. Ich bin ihre Mutter.»

«Warum hast du dich dann überhaupt wieder entschlossen, in der Kanzlei zu arbeiten?»

«Ach, nur zu Hause rumsitzen ist auch nicht das richtige. Dazu macht mir mein Beruf viel zuviel Spaß. Also werde ich mich in die Schar berufstätiger Mütter einreihen und mich genau wie alle anderen mit Schuldgefühlen herumquälen, weil ich nicht an zwei Orten gleichzeitig sein kann.» Melanie warf eine weitere Schaufel rauchloses Brennmaterial in den Kamin. «Jetzt sag schon, Frankie, was hast du die ganze Zeit über gemacht? Du siehst einfach umwerfend aus. Bist du verliebt?»

«O nein, Gott behüte! Ich habe dir doch geschrieben, daß ich in Las Vegas Poker gespielt habe.»

«Ich habe mir solche Sorgen gemacht. Du bist doch nicht süchtig, oder?»

«Sei doch nicht albern, Mel. Das klingt ja, als hätte ich gerade gestanden, dem Opium verfallen zu sein. Ich bin nicht süchtig, jedenfalls nicht so, wie du meinst und wie es mein Vater war. Wie er mag ich die Herausforderung und das Risiko, und auch ich will gewinnen. Aber mir geht es nicht nur um Geld, sondern auch darum, meinen Verstand mit dem der anderen Spieler zu messen. Im Gegensatz zu meinem Vater betrinke ich mich nicht, wenn ich verliere. Ich ziehe mich zurück, um meine Wunden zu lecken, dann stehe ich wieder auf und kämpfe weiter. Poker hat mich vieles gelehrt. Wie das Leben ist es eine Mischung aus gutem Timing, Können und Selbstvertrauen. Man muß abwarten können, aber auch im richtigen Moment aggressiv werden. Man braucht Selbstkontrolle, etwas, was mein Vater nie besessen hat.» Frankie beschrieb, was sie in den vergangenen eineinhalb Jahren erlebt hatte. Vieles hatte sie schon in ihren Briefen berichtet, aber Melanie wollte es noch einmal erzählt bekommen. Sie hörte mit großen Augen zu, als Frankie von ihrer Flucht aus Dallas erzählte, von ihrer Begegnung mit Tucson und von ihrer langen Fahrt per Anhalter, von ihren ersten Tagen in Las Vegas und dem langsamen Aufstieg aus der Armut. Frankie erzählte Melanie sogar, daß sie von Tucson mit einem Taschenmesser angegriffen worden war, ihr das Messer entwunden und sie dabei verletzt hatte. «Danach habe ich die Klinge abgewischt und das Messer verschwinden lassen. Ich bin mir dabei wie eine Verbrecherin vorgekommen», erzählte sie.

«Das war doch eindeutig Notwehr. Was hättest du denn sonst tun sollen?»

«Ich weiß. Sie hat es nicht anders verdient. Aber ich habe mich danach trotzdem miserabel gefühlt.» Frankie verschwieg Melanie allerdings, daß sie auch fünfzig Dollar gestohlen hatte. Sie wollte nicht riskieren, daß sie dafür vielleicht kein Verständnis aufbringen würde.

«Hattest du denn keine Angst, du könntest das letzte Geld, das du noch hattest, verspielen?» fragte Melanie und schenkte Kaffee nach.

«Über solche Gedanken war ich schon hinaus. Ich war in der Gosse.»

«Was willst du jetzt wegen William unternehmen? Er erzählt immer noch überall herum, daß du mit einem Drogensüchtigen durchgebrannt bist. Ich versichere zwar allen, daß das nicht stimmt, aber er ist Richter, deshalb glaubt man ihm.»

«Ich werde mich wegen seelischer Grausamkeit und wegen Körperverletzung scheiden lassen. Deswegen bin ich auch nicht früher nach Hause gekommen. Ich mußte abwarten, bis ich stark genug war, um mit all dem, was er mir vorwerfen wird, fertig zu werden.»

«Du meinst die Sache mit Jack Broderick?»

Frankie nickte.

«Diese Affäre wird vor Gericht nicht zählen», sagte Melanie. «Immerhin bist du ja zu ihm zurückgekommen. Aber er wird sicher einen anderen Weg finden, um dich in ein schlechtes Licht zu rücken. Ein Richter am High Court, der seine Frau schlägt! Frankie, hast du irgendwelche Beweise? Simon und ich könnten höchstens aussagen, daß er dich angeschrien hat, aber wir haben nie gesehen, daß er dich geschlagen hat, und wir haben auch deine Verletzungen nicht gesehen.»

«Es gibt aber Zeugen, die meine blauen Flecken gesehen haben, Blues Trainer zum Beispiel. Ich will nicht, daß William mit dem, was er mir angetan hat, ungeschoren davonkommt. Und da ist noch etwas anderes, Mel. Ich habe mich entschieden, wieder als Anwältin zu arbeiten.»

«In der Kanzlei?»

«Gütiger Himmel, nein! Dort würde man mich bestimmt nicht mehr haben wollen. Außerdem möchte ich in dieser Kanzlei sowieso nicht mehr arbeiten. Ich werde mich im Inn selbständig machen. Ich werde mich auf ärztliche Kunstfehler spezialisieren, auf Fälle wie den des kleinen Alexander Swaffield.»

Melanie setzte ihre Kaffeetasse ab. «Frankie, du hast wirklich Mut. Ich glaube aber nicht, daß du damit Erfolg haben wirst. William wird alles tun, um zu verhindern, daß du wieder im Inn arbeitest. Aber du kannst dich darauf verlassen, daß ich dir nach Kräften helfen werde.»

Frankie stand auf. «In meiner Kanzlei wird für dich immer eine Stelle frei sein. Denk darüber nach. Jetzt brauche ich aber erst einmal ein wenig Schlaf. Ich bin fünfzehn Stunden unterwegs gewesen.»

«Wohn doch hier bei uns. Warum solltest du Geld für ein Hotelzimmer ausgeben? Außerdem weiß ich dann wenigstens, daß William dich nicht umgebracht hat.»

«Danke, aber das geht nicht.»

«Ist es, weil du glaubst, daß Simon etwas gegen dich hat?»

Das war zum Teil der Grund, aber Frankie schüttelte den Kopf. «Nein, das ist es nicht, aber es wäre Simon gegenüber trotzdem nicht fair. Immerhin hat er mit William zusammen in einer Kanzlei gearbeitet.»

Melanie brachte sie zur Tür. Auf dem Tisch im Flur lag der Wirtschaftsteil der *Sunday Times* der vergangenen Woche. «Lies das!» Melanie schlug die Zeitung auf. «Das wollte ich dir schikken.»

Auf den Schock, den sie bekam, als sie ein Foto von Jack sah, war Frankie nicht vorbereitet gewesen. Die Bildunterschrift lautete:

Jack Broderick, der verlorene Sohn mit Vergangenheit. Präsident des Richmond Racing *und Hauptinvestor dreier neuer Greyhoundrennbahnen und Freizeitzentren. Broderick, der als charismatisch, dynamisch und skrupellos beschrieben wird, hat nie versucht, seine vierzehnjährige Gefängnisstrafe zu verschweigen.*

Sie ließ die Seite sinken. «Das ist doch seltsam, nicht wahr?» sagte sie mit angespannter Stimme. «Früher war er der Nachtmensch, der Zwielichtige, und ich war der Tagmensch, die Angesehene. Jetzt ist es genau umgekehrt.»

«Liebst du ihn immer noch?» fragte Melanie.

«Es ist die Erinnerung, die ich liebe.» Frankie ging in den Regen hinaus.

Als sie im Hotel war, rief sie Steven an. Er war überglücklich, von ihr zu hören. Seine Stimme bebte vor Aufregung. Sie versprach, sich am nächsten Tag ein Auto zu mieten und ihn zu besuchen. Danach legte sie sich schlafen.

Steven stand schon auf der Schwelle von White Oast, als Frankie am nächsten Tag vor dem Haus hielt. Sie war schockiert, als sie sah, wie gebeugt und dünn er war. Aber seine Augen strahlten vor Freude darüber, sie wiederzusehen. Sie aßen am Kamin im Wohnzimmer zu Mittag, denn ihm machte die Kälte zu schaffen. Mrs. Broom eilte geschäftig hin und her und packte seine Beine in eine Decke ein, als wäre er ein Kind. Danach fuhr ihn Frankie ins Dorf, damit er Freesien kaufen konnte. Anschließend fuhren sie zum Friedhof, um das Grab ihrer Mutter zu besuchen: Er konnte das kurze Stück Weg zum Friedhof nicht mehr zu Fuß gehen. Als Frankie das letztemal am Grab ihrer Mutter gestanden hatte, war dort noch kein Grabstein gewesen. Jetzt stand da ein wunderschöner Stein aus weißem Marmor, auf dem in schlichter Schrift eingraviert war:

Dominique Hartington
1932–1987
geliebte Ehefrau von Steven
und Mutter von Francesca

«Sie hätte nicht vor mir sterben dürfen», sagte er. «Sie war zwanzig Jahre jünger als ich. Das war ihr gegenüber irgendwie nicht fair.»

«Oder dir gegenüber.» Frankie kniete neben dem Grab nieder, um die Freesien in der Marmorvase zu arrangieren.

Sie kehrten zum Haus zurück, wo sie vor dem Kamin Tee tranken und Hefegebäck aßen. Später ging Frankie dann in der frostigen Dämmerung allein hinaus in den Garten. Er war gepflegt, dafür sorgte ein Gärtner, aber er war nicht mehr so wie früher, als sich noch ihre Mutter um ihn gekümmert hatte. Sie kam an der Stelle vorbei, an der der erste Big Ears begraben lag. Ein kleines Viereck aus weißen Steinen umrandete noch immer sein Grab. Sie hielt neben der Bank inne, wo sie mit ihrer Mutter im Frühlingssonnenschein gesessen und über Frankreich gesprochen hatte. Genau wie damals schoben sich auch jetzt Narzissen neben Krokussen aus der Erde. Damals hatte ihre Mutter die Chemotherapie gerade beendet, und sie hatten noch geglaubt, daß sie wieder gesund werden würde. Die Erinnerung an jene letzten Tage der Hoffnung ließen Frankie Tränen in die Augen steigen. Sie wischte sie weg, bevor sie wieder nach drinnen ging, damit Steven nicht merkte, wie traurig sie war.

Sie übernachtete in White Oast. Es war wunderschön, wieder in diesem alten Haus mit seinem vertrauten Knarren und den Gerüchen und Geräuschen zu sein, die aus dem Garten hereindrangen. Ihr Schlafzimmer war unverändert. Die rote Puppe saß auf dem obersten Regalbrett, die Bücher waren alle geordnet. Aber irgendwie war ihr Zimmer jetzt, wo ihre Mutter nicht mehr da war, um dem Ganzen ihre besondere Note zu verleihen, nicht mehr dasselbe.

Am Vormittag rief sie im Zwinger an. Eamonn nahm ab. «Wie geht es Blue?» fragte sie ungeduldig.

«Oh, es... äh... es geht ihm gut.»

«Stimmt etwas nicht? Du klingst so merkwürdig.»

«Ich habe viel zu tun, Frankie.» Er legte auf.

Sie war wie vom Donner gerührt. Fast hätte sie noch einmal angerufen, aber sie tat es nicht. Statt dessen ging sie ins Wohnzimmer, wo Steven gerade Zeitung las. «Ich komme am Sonntag zum Mittagessen», sagte sie ruhig, als wäre nichts geschehen. «Wir werden dann frische Blumen aufs Grab legen.»

Er tätschelte ihr die Hand. «Ich wünschte, du würdest hierbleiben. Mir ist klar, daß das nicht geht. Du hast dein eigenes Leben. Aber seit deine Mutter gestorben ist, bin ich nicht mehr so glücklich gewesen wie heute. Laß uns am Sonntag in ihr Lieblingsrestaurant gehen, in das ich sie an ihrem Geburtstag immer eingeladen habe. Wir werden unser Spezialmenü bestellen.»

Frankie beugte sich herunter, um seine bärtigen Hamsterbacken zu küssen. «Das wäre sehr schön. Ich werde bis Mittag hier sein.»

Die Ruhe, die sie Steven gegenüber an den Tag gelegt hatte, verflog, sobald sie White Oast verlassen hatte. Sie raste die A 21 entlang in Richtung London, wobei sie selten langsamer als neunzig Meilen fuhr. Als sie den Zwinger erreichte, wirkte dort alles verlassen. Nur die Hunde kläfften. Sie ging zum Tor und drückte die Klinke herunter. Zum erstenmal, seit sie sich entsinnen konnte, war abgesperrt. Sie drückte auf die Klingel.

Es dauerte ein paar Minuten, bis Eamonn das Tor öffnete. «Ich habe gewußt, daß du hier auftauchen würdest», sagte er, wobei sein rundes Gesicht vollkommen ausdruckslos blieb.

«Natürlich. Wo ist Blue? Ist er tot? Ist er verletzt?»

«Wenn dem so wäre, hätte ich es dir gesagt.» Er hielt ihr ein halbes Dutzend Luftpostumschläge entgegen, die alle ihre große, kritzelige Handschrift trugen und an ihn adressiert waren. «Da hast du dein Geld wieder.»

Sie schob die Umschläge zur Seite. «Eamonn, was ist los? Blue ist mein Hund. Ich habe ein Recht, Bescheid zu wissen. Bitte sag es mir!»

Er schüttelte den Kopf. «Ich habe Jack gesagt, daß du Blue nicht kampflos aufgeben würdest.»

«Was meinst du damit? Hat Jack Blue?»

«Er wird mich umbringen, weil ich es dir gesagt habe.» Der alte Trainer seufzte. «Dieser Zwinger gehört mir nicht mehr, Frankie. Er gehört jetzt Jack. Du hast das Geld also nicht mir geschuldet, sondern Jack.»

«Na gut, dann bezahle ich eben Jack. Aber ich möchte jetzt Blue sehen. Ist er hier?»

«Es tut mir leid, Frankie. Da wirst du zuerst mit Jack reden müssen.»

Frankie sah ein, daß es sinnlos war, weiter mit Eamonn zu diskutieren. Er würde sie nicht zu Blue lassen. Ihr blieb nichts anderes übrig, als wieder wegzufahren. Natürlich hatte sie sich erhofft, Jack wiederzusehen. Eines Tages. Irgendwie. Sie hatte sich vorgestellt, daß sie ihm begegnete, wenn sie ausgesprochen gut und verführerisch aussah. Jetzt lag ihr nichts mehr daran, für einen Mann gut auszusehen, der sie daran hinderte, ihren Hund zu besuchen.

Sie fuhr direkt nach Richmond. Am Eingang befand sich ein neuer Sicherheitsmann. Er kannte sie nicht. Sie mußte ihm ihren Namen sagen und warten, während er mit Jack telefonierte, was sie nur noch wütender machte.

«Mr. Brodericks Sekretärin wird Sie an der Haupttribüne abholen», sagte er und wollte aufstehen, um ihr den Weg zu zeigen.

«Ich weiß, wo das Büro ist», sagte Frankie schroffer, als sie eigentlich beabsichtigt hatte.

Auf der Haupttribüne herrschte der übliche lebhafte Vormittagsbetrieb. Putzfrauen, Sekretärinnen, Speisenlieferanten und das Zwingerpersonal waren mit den Vorbereitungen für den Abend beschäftigt. Sie fragte sich, wie es Marius ging. Und Nicoletta. In Amerika hatte sie kaum an die beiden gedacht. Sie hatte alles und jeden, der mit Jack in Verbindung stand, aus ihren Gedanken verbannt. Zumindest hatte sie das versucht.

Eine elegante Blondine wartete bereits auf der Terrasse auf sie. Sie bedachte Frankie mit einem berufsmäßigen Lächeln, während sie ihre Cowboystiefel aus rotem Schlangenleder, ihre engen Jeans und den glitzernden roten Pullover, den Frankie in Las Vegas gekauft hatte, begutachtete. «Mr. Broderick hat in zwanzig Minuten eine Konferenz», sagte sie.

«Zwanzig Minuten sind mehr als genug.»

Das Paddock House war immer noch dasselbe liebenswerte Durcheinander aus edwardianischem Haushalt und High-Tech-Büro. Im Hinterzimmer hörte sie ein Telex rattern und ein Telefon klingeln. Aus dem Büro drang die Melodie von «The Entertainer». Es erinnerte sie an das *Binion's*, und da wußte sie plötzlich, warum sie gerade dieses Casino so reizvoll gefunden hatte.

Die Sekretärin öffnete Frankie die Tür. «Miss Tiernay.»

«Bitten Sie sie herein.» Es war Jacks Stimme, in der die wohlbekannte Mischung aus langen Nächten und verrauchten Kneipen mitschwang.

Er saß an seinem Schreibtisch, hatte sich bequem in seinem Sessel zurückgelehnt und spielte mit einem Stift. Frankie betrat das

Zimmer, und sie starrten einander schweigend an, während die Sekretärin sich leise zurückzog und die Tür schloß.

Jack hatte sich genausowenig verändert wie das Stadion. Warum auch? Zwei Jahre waren keine besonders lange Zeit. Irgendwie hatte sie jedoch erwartet, daß er anders aussehen würde, wahrscheinlich, weil sie in den letzten beiden Jahren so viel erlebt hatte. Vielleicht war sein dunkles Haar nicht mehr ganz so widerspenstig, und er trug einen Anzug, was er früher nur am Abend getan hatte. Seine Augen waren jedoch so strahlend blau wie eh und je. Wie dumm von ihr! Augen änderten sich nicht. Er begann zu lächeln. Es war jenes lässige, halb belustigte, halb fragende Lächeln, das sie früher so an ihm geliebt hatte.

«Wo ist Blue?» wollte sie wissen.

«Er gehört jetzt mir, da du nicht für seine Zwingerkosten aufgekommen bist.»

«Ich habe Eamonn Geld geschickt.» Sie warf die Luftpostbriefe auf seinen Schreibtisch.

«Deine Zahlungen sind zu spät gekommen. Die Geschäftsbedingungen sind eindeutig. Falls der Eigentümer mehr als drei Monate mit den Zwingergebühren im Verzug ist, geht der betreffende Hund in das Eigentum des Zwingers über.»

«Aber du hast dich doch sonst nie auf diese Klausel berufen. Jedenfalls nicht, wenn das Geld schließlich doch noch kam. Kein Zwinger tut das.»

«Nun, ich habe es diesmal eben doch getan. Du warst drei Monate und einen Tag im Rückstand.»

«Dir liegt doch überhaupt nichts an Blue.»

«Darum geht es nicht. Außerdem ist er mir sehr ans Herz gewachsen.»

Tränen der Wut und der Enttäuschung traten Frankie in die Augen. «Ich möchte Blue sofort zurückhaben, Jack. Blue ist mein Hund, und ich liebe ihn. Ich bezahle, was immer du willst.»

«Blue ist unverkäuflich. Wenn er der einzige Grund ist, weshalb du mich sprechen wolltest, ist unsere Unterredung hiermit beendet. Ich habe noch andere Dinge zu erledigen.»

Plötzlich empfand Frankie nur noch kalte Abneigung für Jack. Es war kein Funke von Zorn oder Liebe mehr in ihr, auch kein leidenschaftlicher Haß. Jedes Gefühl für den Mann, der sie in ihren Träumen verfolgt hatte, war gestorben. «Eines Tages bekomme ich ihn wieder», sagte sie. «Egal, was es mich kostet!»

Sie verließ das Büro, bevor er Zeit hatte, ihr zu antworten. Als sie durch die Haupttribüne zurückging, stand plötzlich Marius vor ihr. Er hob seine schwielige Hand, um ihr über die Wange zu streichen. Sie hielt sie fest und drückte sie an ihr Gesicht. «Ich habe dich vermißt, Frankie. Es ist hier nicht mehr so wie früher, als du noch hier warst», sagte er. «Das mit Blue tut mir leid. Ich habe Jack gesagt, es würde dir das Herz brechen, aber ich fürchte, genau darauf hat er es angelegt.»

«Ach, da ist das letzte Wort noch nicht gesprochen», erwiderte sie. «Diese Runde mag er vielleicht gewonnen haben, aber so schnell gebe ich nicht auf. Nicht mehr!»

Kapitel 38

Ich weiss noch nicht, wie ich Blue zurückbekomme, aber ich bin fest entschlossen, nichts unversucht zu lassen», sagte Frankie zu Melanie, als sie in der Küche des Hauses in Kensington auf und ab ging. «Dieser Mistkerl! Nimmt mir einfach meinen Hund weg. Und ich habe geglaubt, ich würde ihn immer noch lieben. Unfaßbar!»

«Wie willst du Blue denn zurückbekommen, wenn du ihn nicht einmal sehen darfst?» fragte Melanie und setzte Rachel in ihren Hochstuhl.

«Ich werde im Zwinger einbrechen.»

«Nein, das wirst du nicht tun! Man wird dich verhaften.»

«Ist schon gut, Mel. Das war doch nur ein Witz.» Frankie war froh, daß sie Melanie nichts von den fünfzig Dollar erzählt hatte.

Melanie fütterte Rachel. Das Mittagessen der Kleinen bestand aus Hackfleisch mit Erbsen und gewürfelten Karotten. «Gestern abend haben wir William auf einer Party getroffen», sagte sie. «Nein, keine Angst. Wir haben ihm nicht erzählt, daß du wieder da bist, und ich bin sicher, daß er es noch nicht weiß, sonst hätte er das uns gegenüber irgendwie zu erkennen gegeben. Wann wirst du ihn zur Rede stellen?»

Frankie zwinkerte Rachel zu, die gerade die Erbsen aus dem Teller fischte und auf den Boden warf. «Ich muß den rechten Augenblick abwarten. Nun, Rachel...» – sie beugte sich zu dem Kind hinunter –, «was hättest du gern als Taufgeschenk? Wie wäre es mit einer antiken silbernen Toilettengarnitur, die du benutzen kannst, wenn du ein großes Mädchen bist?»

Melanie strahlte. «Das wäre wunderbar. Dir fallen immer so schöne Geschenke ein.»

Sie verstummten, da sie beide an das Baby denken mußten, das Frankie verloren hatte.

«Mit Jack habe ich immer Kinder haben wollen. Ich habe ihn so geliebt, daß ich einen Teil von ihm wollte», sagte Frankie ruhig. «Irgend etwas, was von mir und von ihm zugleich ist. Ich bin so dumm.» Sie nahm ihre Tasche und ihre Jacke und sagte, während sie die Küche verließ: «Danke, daß du mir zugehört hast. Ich ruf dich morgen an.»

Melanie rief ihr hinterher: «Frankie, sei vorsichtig, und tu nichts Unüberlegtes. Ich bitte dich!»

Im Hotel zählte Frankie ihr Geld und ordnete es auf ihrem Bett zu mehreren sauberen Häufchen. In den wenigen Tagen, die sie jetzt in London war, hatte sie über tausend Pfund, also fast zweitausend Dollar, ausgegeben. Sie hatte zwar noch etwa zwanzigtausend Dollar, aber wenn sie weiterhin so freizügig mit ihrem Geld umging, würde es nicht lange reichen. Sie mußte ständig an das Parkhaus in Las Vegas denken und fragte sich immer wieder, ob sie die Angst, plötzlich ohne Geld dazusitzen, jemals verlieren würde.

Scott hatte ihr vom *Hertford Casino* in Mayfair erzählt. Zusammen mit dem *Victoria* in der Edgware Road zählte es zu den wenigen Londoner Casinos, die über ein annehmbares Pokerzimmer verfügten. Als Frankie im *Hertford* anrief, war die erste Frage, die man ihr stellte: «Sind Sie Mitglied?»

«Nein, aber ich spiele regelmäßig in Las Vegas.»

«Haben Sie vielleicht einen Bekannten, der bei uns Mitglied ist?»

«Nein, das habe ich nicht. Wo liegt das Problem?»

«Es gibt eine Regelung, die für jedes britische Casino gilt. Sie müssen sich als Mitglied einschreiben und dann achtundvierzig Stunden warten, bis Sie unser Haus betreten dürfen.»

Im Vergleich zu Las Vegas war das ein anderer Planet.

Das *Hertford Casino* befand sich an der Brook Street. Von außen unterschied es sich in keiner Weise von den vielen anderen imposanten, weißgestrichenen Gebäuden in Mayfair. Nur die Türsteher vor der schwarzen Eingangstür sahen grimmiger aus als anderswo. Es waren vorzüglich ausgebildete Sicherheitsleute.

Im Haus traf man auf ein ganzes Heer von bezaubernden Empfangsdamen, alle mit hochgestecktem Haar und alle überaus freundlich. Hinter ihnen führte eine prächtige Treppe mit schmiedeeisernem Geländer zu den Spielzimmern hinauf.

Es war später Nachmittag, als Frankie eintrat, um ihr Mitgliedsformular auszufüllen. Der Club wachte langsam auf. Zwei Männer im Smoking gingen die Treppe hinauf. Zwei Frauen in Laméhosen gaben ihre Mäntel an der Garderobe ab. Aus der Art, wie sie sich bewegten, schloß Frankie, daß sie auf Männerfang waren. Zum erstenmal in ihrer Karriere als professionelle Pokerspielerin wurde sich Frankie bewußt, daß auch sie als Frau ohne Begleitung in einem Casino von vielen Männern als Freiwild betrachtet wurde.

Auf dem Rückweg zum Hotel hielt sie bei einem Wohnungsmakler in South Kensington an, um sich nach Wohnungen zu erkundigen, die auch für kurze Zeit zu mieten waren: irgend etwas Möbliertes mit Service, das billiger als ein Hotel war. Die Fenster des Maklerbüros waren voller Bilder von Häusern, die zum Verkauf standen und bei dem gegenwärtigen Überangebot auf dem Markt unter Wert zu haben waren. Die Eigentümer, die nicht rechtzeitig verkauft hatten, waren jetzt gezwungen zu vermieten.

Bis zum Mittag des folgenden Tages hatte sie sechs Angebote besichtigt und einen auf zwei Monate laufenden Mietvertrag für eine kleine, aber schön möblierte Wohnung in einem großen Block direkt an der Kensington High Street unterschrieben. Die Wohnung besaß ein großes Schlafzimmer, ein Wohnzimmer und einen Balkon. Sie war anonym und sicher. Noch am selben Nachmittag zog Frankie ein.

Der erste Mensch, den sie von ihrem neuen Zuhause aus anrief, war Melanie, die sofort mit einer Flasche Sekt vorbeikam, um mit ihr zu feiern. «Ich freue mich so, daß du dir eine Wohnung genommen hast», sagte sie. «Das heißt, daß du ein bißchen bleiben wirst.» Sie ließ ihren Blick durch die Wohnung schweifen. «Sie ist sehr elegant. Bestimmt kostet sie tausend Pfund im Monat. Und ein Mietauto hast du auch. Frankie, wie kannst du dir das leisten?»

«Indem ich Poker spiele.»

«Das war in Las Vegas.» Sie zögerte. «Du hast doch nicht etwa vor, hier in London zu spielen?»

«Das ganze Leben ist ein Spiel.» Frankie schenkte ihnen beiden ein Glas Sekt ein. «Trink einen Schluck!»

«Wechsle nicht das Thema!»

«Warum fragst du überhaupt, wenn du weißt, daß dir die Antwort nicht gefallen wird?»

«Ich bin ein braves Mädchen aus den walisischen Bergen, das in dem Glauben erzogen wurde, daß das Glücksspiel ein Werk des Teufels ist. Du warst früher auch dieser Meinung, wenn ich dich daran erinnern darf. Vergiß nicht, was das Glücksspiel bei deinem Vater angerichtet hat. Oh, es tut mir leid. Das hätte ich jetzt nicht sagen sollen, aber ich habe einfach Angst, daß du alles verlierst. Und auch du solltest dir darüber Gedanken machen. Aber das tust du offensichtlich nicht. Dabei warst du doch früher immer so vorsichtig.»

«Es wurde Zeit, daß ich mich ändere.»

«Aber wie kannst du riskieren, das Geld zu verlieren, mit dem du deine eigene Kanzlei eröffnen willst?»

«Mel, was meinst du, woher ich das Geld für eine eigene Kanzlei bekommen soll? Indem ich Poker spiele!»

«Wirst du aufhören zu spielen, wenn du erst einmal wieder als Anwältin arbeitest?»

«Nun, ich werde mich zurückhalten. Ich werde nur noch zum Vergnügen spielen.» Frankie sah Melanies ängstliches Gesicht und fügte dann ernster hinzu: «Wenn ich wirklich zu einer professionellen Spielerin geworden wäre, würde ich doch nicht wieder als Anwältin arbeiten wollen. Das Pokern würde mir vollauf genügen. Ich würde weder etwas anderes brauchen, noch würde ich es wollen. Aber obwohl ich liebend gerne spiele, stellt das Pokern für mich nur ein Mittel zum Zweck dar. Ich erwarte mir mehr vom Leben – und ich möchte mehr geben.» Sie küßte Melanie auf die Wange. «Es ist nett, daß du dir Sorgen um mich machst, aber dafür besteht kein Grund. Ich werde nicht dem Spielteufel verfallen.» Sie grinste. «Zumindest nicht zu oft!»

Für ihren ersten Abend im *Hertford* wählte Frankie sehr diskrete Kleidung: eine schwarze Hose und eine schlichte Jacke. Sie flocht ihr Haar und verwendete nur wenig Make-up. Ihr einziger Schmuck war die Piaget-Uhr, die sie damals versetzt hatte. Sie tat dies alles sehr bewußt, denn sie wollte keine Aufmerksamkeit auf sich ziehen, weder im Club noch sonst irgendwo.

Nach Londoner Maßstäben war das *Hertford* groß. Im Vergleich zu den Casinos in Las Vegas wirkte es winzig. Es gab jedoch noch andere Unterschiede. Frankie kannte den Lärm der Spielautomaten, das Gedränge, den Pomp, die Menschenmengen und die Freundlichkeit. Sie war an den Anblick von Menschen in Shorts und rückenfreien Tops, mit Stetsons und Cowboystiefeln gewöhnt. Sie alle waren in Las Vegas willkommene Gäste gewesen, solange sie Geld in den Taschen hatten. Das *Hertford* hingegen rühmte sich stolz seiner Exklusivität. Es bestand Krawattenzwang. Die Mitglieder konnten sich sogar Krawatten ausleihen. Von den Frauen erwartete man, daß sie in Abendgarderobe erschienen. Im Licht der riesigen Waterfordkronleuchter sah man Diamanten und tiefe Dekolletés.

Das Pokerzimmer befand sich im ersten Stock. Es besaß die ruhige Atmosphäre eines Rauchzimmers in einem Herrenclub. Es gab ein Dutzend Tische, an denen hauptsächlich Männer saßen. Die eine der beiden anwesenden Frauen war eine ältere Chinesin, die in schwarze Seide gekleidet war und an jedem Finger goldene Ringe trug. Sie hatte einen riesigen Stapel Chips vor sich liegen. Die andere Frau war jung und spröde, eine zierliche Rothaarige. Sie hieß Dilys, und sie war der einzige Mensch, der Frankie freundlich anlächelte.

Das Mindeststartkapital lag, je nach Tisch, zwischen fünfzig und fünftausend Pfund. Und anders als in Las Vegas galt für alle Tische Pot-Limit – das heißt, man konnte um den Betrag erhöhen, der sich an dem jeweiligen Tisch gerade im Pot befand. Frankie kaufte für hundert Pfund Chips und setzte sich an einen Tisch mit niedrigen Einsätzen. Sie war nervös. Die Stille vermittelte ihr das Gefühl, in einem Leichenhaus Karten zu spielen.

Ihr erstes Blatt war eine Neun und eine Zwei von verschiedener Farbe. Sie stieg aus. Ihr nächstes Blatt war Ramsch. Wieder stieg sie aus. Eine Stunde lang gewann sie kein einziges Spiel. Die blinden Einsätze ließen ihren Stapel Chips zusammenschrumpfen. Schließlich bekam sie ein Paar Damen. Sie behielt beim Flop und bei der vierten Gemeinschaftskarte die Nerven. Die fünfte Gemeinschaftskarte war eine Dame. Im Pot lagen neunzig Pfund. Es war ein schönes Gefühl, zu gewinnen. Vier Stunden später und dreihundert Pfund reicher, nahm sie ein Taxi zu ihrer neuen Wohnung.

Frankie schlief noch, als Melanie am Sonntag vormittag anrief. Sie war bis in die frühen Morgenstunden im *Hertford* gewesen. Es war eine schlechte Nacht gewesen. Sie hatte tausend Pfund verloren.

«Du klingst ja schrecklich», sagte Melanie. «Bist du krank?»

«Ach ... ich habe nur ein Kratzen im Hals.»

«Wo warst du gestern abend?»

Frankie setzte sich mühsam im Bett auf. «Ich bin erst spät nach Hause gekommen, Tante Melanie.»

«Du bist so verschlossen. Das macht mir Sorgen, aber ich werde nicht nachhaken. Ich rufe an, weil ich dich fragen wollte, ob du schon die *Mail* gelesen hast? Dort ist auf der Klatschseite ein Bild von Jack Broderick.»

«Ja? Danke. Ich werde mir eine Zeitung kaufen und dich heute abend anrufen. Jetzt beeile ich mich besser, denn ich will zu Steven und bin schon spät dran.»

Frankie brauchte nur zwanzig Minuten, um zu duschen, sich anzuziehen und die Wohnung zu verlassen. Auf dem Weg zum Auto kaufte sie sich eine Zeitung. Bevor sie nach White Oast fuhr, blätterte sie sie noch kurz durch. Zuerst dachte sie, daß Melanie sich geirrt hätte. Auf keinem der Fotos erkannte sie Jack. Dann las sie die Bildunterschrift: *Mr. Jack Broderick vom* Richmond Racing *und Miss Felicity Plaistow aus der bekannten Pferdezüchterdynastie verlassen den Environmental Ball.* Die Frau war blond und hübsch. Sie hatte ein schmales, aristokratisches Gesicht, das jedoch ein wenig hochmütig wirkte. Es machte Frankie wütend, wenn sie daran dachte, daß diese Frau Blue streicheln durfte und sie nicht.

Steven wartete schon ängstlich im Flur von White Oast. Er hatte befürchtet, daß sie zu spät kommen würde. «Ich habe für halb eins einen Tisch bestellt», sagte er. «Sie haben dort so viele Gäste. Ich habe um unseren besonderen Tisch gebeten, den deine Mutter so gern mochte, den am Fenster mit Blick in den Garten.»

Das Restaurant weckte bei ihnen beiden bittersüße Erinnerungen. Wie früher auch, bestellte Steven Pilze in Knoblauchsoße und

Pfeffersteak. Frankie wäre etwas weniger Fettes lieber gewesen, aber das sagte sie ihm nicht. Sie aßen langsam und sprachen traurig und liebevoll von Dominique. Frankie mußte unwillkürlich an den letzten gemeinsamen Besuch in diesem Restaurant denken und daran, wie sie ihre Mutter danach in der Küche gefunden hatte, wo sie über Verdauungsbeschwerden geklagt hatte. Damals war ihnen noch nicht klargewesen, daß dies der Anfang vom Ende war.

Nach dem Essen fuhren sie zum Friedhof, um Freesien auf das Grab zu legen. Als sie den schmalen, rutschigen Weg unter den Eiben entlang zum Auto zurückgingen, nahm Steven Frankies Arm und sagte: «Deine Mutter würde sich freuen, wenn sie uns heute hier zusammen sehen könnte.»

«Oh, ich bin mir sicher, daß sie uns sehen kann.»

«Weißt du», fuhr er fort, «wenn ich eine leibliche Tochter hätte, würde ich mich sehr freuen, wenn sie so wäre wie du.»

Frankie spürte Tränen in ihren Augen brennen. Sie hatte einen Kloß im Hals und konnte nicht antworten. In diesem Augenblick wurde ihr bewußt, daß sie in Steven den Vater hatte, nach dem sie sich so gesehnt hatte. Ihr leiblicher Vater war wild und amüsant gewesen, aber er hatte nie Stevens stille Verläßlichkeit besessen. In ihrem ganzen Leben hatte sie sich nur in White Oast vollkommen sicher gefühlt.

Es war spät, als sie wieder zurück nach London fuhr. Kleine Wolken jagten über einen ansonsten sternenklaren Himmel und verdunkelten immer wieder die Landschaft, wenn sie zufällig am Mond vorbeizogen. Frankie dachte auf der Fahrt immer noch über Steven nach. Als sie die M 25, die Ringstraße um London, erreichte, verlangsamte sie ihr Tempo. Das Stadtzentrum lag jetzt direkt vor ihr. Zu Blue waren es zwanzig Minuten Fahrt in westlicher Richtung. Sie mußte ihn sehen.

Das Pub am Anfang der Straße, die zum Zwinger führte, war voller Menschen. Licht und Gelächter drangen nach draußen. Auf der Straße selbst war jedoch keine Menschenseele zu sehen. Frankie parkte ihr Auto ein gutes Stück vom Zwinger entfernt im Schatten einer Stechpalme. Sie stieg aus dem Wagen, schloß leise die Tür und ging so geräuschlos wie möglich über den Asphalt zum Haupteingang des Zwingers. Sie drückte die Klinke herunter. Die

Tür war abgeschlossen. Sie hatte nichts anderes erwartet. Als sie nach rechts an der hohen Schutzmauer entlangging, kam sie zu einer weiteren, kleineren Tür. Der Weg dahinter führte, wie sie wußte, zu Eamonns Haus. Er schloß sie nur ab, wenn er zu Bett ging. Sie holte tief Luft und öffnete die Tür.

Sie hielt sich im Schatten und betete, daß keiner der betagten Greyhounds, die bei Eamonn im Haus lebten, sie hörte, während sie über den Rasen und dann am Haus entlang schlich. Eamonn war in der Küche. Er kochte sich gerade sein Abendessen und unterhielt sich dabei mit den Hunden. Das Licht aus dem Zimmer warf seinen rundlichen Schatten quer über den Weg vor ihr. Sie ging gebückt unter dem Fenster vorbei und gelangte schließlich in den Zwingerhof.

Im Büro saßen zwei Mädchen vom Zwingerpersonal. Sie hörten Radio und unterhielten sich miteinander. Von Zeit zu Zeit wurde ihr Geplauder von einer Männerstimme unterbrochen. Frankie nahm an, daß dies einer der Trainingsassistenten sein mußte, zu deren Aufgabe es auch gehörte, die Zwinger nachts zu bewachen.

Frankie schlich auf Zehenspitzen über den Hof und erreichte schließlich die erste Reihe von Zwingern. Sofort sprang der Hund, der ihr am nächsten war, auf. Er bellte. Ein zweiter Hund stimmte in das Bellen ein. Sie hörte, wie die Bürotür aufging. Der Mann, der sich vorhin mit den Mädchen unterhalten hatte, rief: «Eamonn! Bist du das?»

Frankie antwortete nicht. Sie rannte den Gang zwischen den Zwingern entlang und versuchte verzweifelt, Blue zu finden, bevor man sie entdeckte. Hunde wachten auf und sprangen in ihren Zwingern auf und ab. Sie jaulten freudig. Sie konnte sie nicht davon abhalten. Schließlich begriffen sie nicht, wie wichtig es für Frankie war, daß sie nicht anschlugen.

Sie hatte das Ende des ersten Ganges fast erreicht, als ihr eine Gestalt in den Weg trat. Sie machte einen Sprung rückwärts in die Dunkelheit, aber der Strahl einer Taschenlampe erfaßte ihr Gesicht.

«Wer sind Sie? Was suchen Sie hier?» wollte der Mann aus dem Büro wissen.

Sie trat nach vorn. «Bitte, rufen Sie Eamonn nicht. Ich habe keinerlei böse Absichten. Ich bin nur gekommen, um Blue zu sehen.»

«Das hier ist ein Zwinger des National Greyhound Racing. Niemand darf sich hier ohne Erlaubnis aufhalten. Los, kommen Sie. Ich rufe die Polizei.»

«Bitte hören Sie mir zu! Blue war mein Hund, bis Jack Broderick ihn mir weggenommen hat, weil ich mit den Gebühren im Verzug war.»

«Sind Sie Frankie Tiernay?»

Sie nickte.

«Sie müssen trotzdem gehen. Es tut mir leid.»

«Bitte, lassen Sie mich Blue sehen. Nur eine Minute. Ich verspreche Ihnen, daß ich niemandem etwas erzählen und Sie nicht in Schwierigkeiten bringen werde.»

«Das darf ich nicht. Ich verliere sonst meinen Job.»

«Ich habe meinen Hund seit zwei Jahren nicht mehr gesehen. Ich war mit der Bezahlung nur einen einzigen Tag im Verzug. Bitte!»

Der junge Mann zögerte. Im ganzen Zwinger war bekannt, daß Jack Broderick der Hund seiner ehemaligen Geliebten zugefallen war, während diese sich im Ausland aufgehalten hatte. Er hatte Mitleid mit Frankie. Auch er liebte Hunde. Wenn ihm jemand seinen Hund wegnehmen würde, wäre er todunglücklich. «Aber nur eine Minute, mehr nicht», sagte er.

«Ach, vielen Dank. Das werde ich Ihnen nie vergessen.»

Er schob sie eilig in den zweiten Gang zu den größeren Zwingern weiter hinten. «Da drin ist er», sagte er und schloß eine Tür auf. «Machen Sie schnell!»

Blue lag auf seiner erhöhten Lagerstatt, über die seine Lieblingsdecke gebreitet war. Seine Beine hatte er in der trägen Haltung ausgestreckt, die sie so gut kannte. Überrascht, daß man ihn so spät in der Nacht störte, hob er den Kopf.

«Blue!» flüsterte Frankie. «Ich bin's.»

Mit einem riesigen Satz war er von seinem Lager herunter- und an ihr hochgesprungen. Er bellte freudig und sabberte vor Aufregung. «Pssst!» zischte sie und bückte sich zu ihm hinunter, um ihn zu umarmen. Dann nahm sie seine Schnauze in die Hände und küßte ihn zärtlich auf seinen schlanken Kopf wie damals, als sie sich von ihm verabschiedet hatte.

«In Ordnung! Jetzt ist es aber genug!» Der Mann drängte sie

zum Gehen. «Ich muß zurück, sonst kommen noch die Mädchen, um mich zu suchen.» Er sperrte die Tür ab und ging mit ihr eilig den Gang entlang. Als sie den Hof erreichten, sagte er: «Denken Sie daran, ich habe Sie hier nicht gesehen. Wenn man Sie schnappt, ziehen Sie mich bitte nicht mit in die Sache hinein.»

Sie berührte ihn am Arm. «Falls ich Ihnen einmal irgendwie helfen kann, werde ich das bestimmt tun.»

Eine Stimme aus dem Büro rief: «Daniel! Ist alles okay?»

«Alles in Ordnung», erwiderte er.

Frankie wartete, bis er im Büro verschwunden war, dann schlich sie über den Hof, durch Eamonns Garten und zur Tür in der Mauer zurück.

Als sie wieder in London eintraf, war es viel zu spät geworden, um Melanie noch anzurufen, aber sie telefonierten am nächsten Morgen miteinander. «Ich hätte dir sagen sollen, daß Jack mit einer Frau abgebildet ist», sagte Melanie.

«Ach, die Frau ist mir völlig egal. Mir liegt nur daran, Blue zurückzubekommen.»

«Frankie, ich bin sicher, daß Blue gut versorgt wird.»

«Das ist nicht der Punkt. Er ist mein Hund. Ich liebe ihn.» Frankie griff nach ihrer Jacke und bürstete eins von Blues graubraunen Haaren weg.

Ihr erster Schritt in Richtung Scheidung war, David Jarrow zu konsultieren. «Es freut mich sehr, wieder etwas von Ihnen zu hören», sagte er, als sie mit ihm telefonierte. «Nicoletta und ich sprechen oft von Ihnen. Wo sind Sie gewesen?»

Sie erzählte es ihm und fügte dann hinzu: «Ich hätte Ihnen schreiben sollen, aber ich habe die Vergangenheit verdrängt, bis ich mir sicher war, damit umgehen zu können.»

Dann sprachen sie über William und die Beweise, die sie brauchen würde, um sich wegen seelischer Grausamkeit und Körperverletzung von ihm scheiden lassen zu können.

Ihr nächster Schritt bestand darin, diese Beweise zu dokumentieren. Robert und Priscilla würden als Zeugen für sie aussagen. Eamonn ebenfalls, wenn dies erforderlich sein sollte. Aber keine dieser Aussagen würde so stark ins Gewicht fallen wie die des Polizisten, der an dem Tag, an dem sie Blue vom Polizeirevier abgeholt hatte, ihr blaues Auge gesehen hatte. Da sie sich noch genau an das Datum erinnerte, an dem es geschehen war, fuhr sie zu der Polizeistation. Sie machte sich darauf gefaßt, daß es ein langer, zäher Kampf werden würde, bis sie den Namen des Polizisten herausgefunden hätte. Aber das Schicksal meinte es gut mit ihr. Er hatte nicht nur Dienst, er erinnerte sich auch noch an sie. «Zu uns kommen nicht viele Frauen von Richtern, die ein blaues Auge haben», erklärte er ihr freundlich.

An diesem Abend rief sie Geoffrey Culmstock zu Hause an. Virginia nahm ab. «Francesca? Gütiger Himmel! Sie wollen Geoffrey sprechen! Nun, ich ... äh ... ich muß erst nachsehen, ob er da ist.»

Während sie wartete, überlegte Frankie, wie wahrscheinlich es war, daß Geoffrey persönlich ans Telefon kam. Sie kam zu dem Schluß, daß die Chancen sieben zu drei standen.

«Francesca!» dröhnte es schließlich durch die Leitung. «Sie haben vielleicht Nerven, mich anzurufen.»

«Würden Sie mit mir zu Mittag essen, Geoffrey? Wir können uns treffen, wo Sie möchten.»

«Was wollen Sie von mir?»

«Einen Rat.»

«Sie sind sehr offen.» Er zögerte. Fast konnte sie ihn denken hören. Schließlich fuhr er fort: «Bis auf Freitag habe ich die ganze Woche viel zu tun. Treffen wir uns doch in der Hall zum Mittagessen. Das heißt, wenn Sie den Mut haben, dort zu erscheinen.»

«Ich bin Anwältin und Mitglied des Inns. Ich werde kommen.»

Von allen möglichen Treffpunkten wäre die Inner Temple Hall Frankies letzte Wahl gewesen. Dort riskierte sie, William in die Arme zu laufen. Sie wollte ihm noch nicht begegnen. Aber sie wagte nicht, Geoffrey einen anderen Vorschlag zu unterbreiten. Sie war überrascht, daß er überhaupt eingewilligt hatte, sich mit ihr zu treffen. Sie zog ihr einziges elegantes schwarzes Kostüm an, obwohl sie am liebsten alle mit Las-Vegas-Flitter schockiert hätte. Aber sie mußte sich an Geoffrey orientieren und sich als eine jener Anwältinnen präsentieren, in deren Gesellschaft er sich wohl fühlte. Das war eine Lektion, die sie von Tucson gelernt hatte.

Das Inn erschien ihr wunderbar vertraut. Frühlingssonne lag auf dem grünen, samtigen Rasen, der mit hellrosa Blütenblättern gesprenkelt war. Es war die Zeit der Magnolienblüte. Frankie überkam ein wehmütiges Gefühl, als sie über das unebene Pflaster neben den Makepeace Buildings ging, wo die Magnolien ihre Zweige durch die schwarzen Eisengitter streckten. Anwälte, die vom Gericht kamen, eilten an ihr vorbei. Andere standen zu zweit oder in Gruppen beieinander und diskutierten. Türen öffneten und schlossen sich. Schritte eilten die steinernen Stufen hinauf und hinunter. Es waren vertraute Geräusche, vertraute Bilder und Gerüche.

Sie überquerte den King's Bench Walk und ging dann durch die Gasse hinter der Bibliothek. Ein paar Anwälte, die im Hof standen, starrten sie erstaunt an. Als sie die Treppe, die zur Hall hinaufführte, erreichte, überholten sie zwei von ihnen. Sie hörte, wie der eine von ihnen laut und vernehmlich sagte: «Gütiger Himmel! Weißt du, wer das ist? Das ist Eastgates Frau!»

Frankie wurde rot und rannte die Stufen hinauf.

Geoffrey saß am anderen Ende der Hall. Er lehnte bequem in seiner Ecke und beugte sein rotes Gesicht über ein großes saftiges Steak, um es in Augenschein zu nehmen. Sie wußte, daß er diesen Platz ganz bewußt gewählt hatte, damit sie an den anwesenden Anwälten, die tuschelten und Bilcke tauschten, vorbeilaufen mußte. Sie machte ein paar Schritte nach vorn. Blicke richteten sich auf sie. Zu ihrer Erleichterung war von William nichts zu sehen. Sie machte noch einen Schritt. Gespräche verstummten. Sie ballte die Fäuste. Dann entspannte sie sie langsam wieder, wie sie es gelernt hatte, als sie des Teufels Großmutter gegenübergesessen hatte, und ging mit leichtem Schritt durch den Raum auf Geoffrey zu. Sie bedachte die anderen mit einem verächtlichen Blick, als hätte sie eben den ganzen Inner Temple beim Poker gewonnen.

Geoffrey stand nicht auf, um sie zu begrüßen, wie um zu demonstrieren, was er von ihr hielt. «Ich hatte eigentlich angenommen, daß ich der letzte Mensch wäre, an den Sie sich wenden würden», begann er, ohne Zeit mit einer Begrüßung oder anderen Höflichkeiten zu verschwenden.

«Sie sind einer der angesehensten Seniorpartner. Und Sie können mich nicht ausstehen. Also werden Sie mir die Wahrheit sagen und nicht irgendwelche Platitüden von sich geben, von denen Sie glauben, daß ich sie gerne hören würde.» Mit einer anmutigen Bewegung rückte sie sich einen Stuhl zurecht, setzte sich und bestellte einen Salat und Mineralwasser. Sie hätte gern ein Glas Wein getrunken, aber sie brauchte für dieses Gespräch einen klaren Kopf.

«Nun, wenigstens sind Sie ehrlich.» Geoffrey sah sie mit widerwilliger Bewunderung an. «Ich respektiere William. Er war ein brillanter Anwalt, und jetzt ist er ein exzellenter Richter. Aber er ist auch kalt wie ein Fisch und außerdem ein Snob. Niemand kreidet Ihnen an, daß Sie ihn verlassen haben, nur die Art, wie Sie es getan haben, nimmt man Ihnen übel. Er hat es nicht verdient, daß man ihn wie einen Idioten dastehen läßt. Und das gleich zweimal!»

«Sind Sie sicher, daß Sie alle Fakten kennen, Geoffrey?» fragte sie. «Sollten Sie als Anwalt sich nicht auf Beweise statt auf Gerüchte konzentrieren?»

«Wovon sprechen Sie?»

«William hat mich verprügelt und vergewaltigt. Er hat mich so zugerichtet, daß es mir nicht einmal möglich war, zu einem Vorstellungsgespräch zu gehen. Das erstemal mag ich ihn vielleicht wegen Jack Broderick verlassen haben, aber das zweitemal bin ich geflüchtet, weil ich Angst vor William hatte. Ich bin weder mit irgendeinem Junkie durchgebrannt, noch mußte ich in einer Klinik einen Entzug machen. Ich habe William verlassen, um weiteren Schlägen zu entgehen. Wenn Sie mir nicht glauben, daß er mich mißhandelt hat, fragen Sie doch Sanjiv, ob er mich nicht an einem Sonntagmorgen in der Kanzlei angetroffen hat, wo ich die Nacht auf dem Boden geschlafen hatte. Fragen Sie meinen Bruder, was passiert ist, als er mich aus Dallas angerufen hat. Wie ich um Hilfe geschrien habe. Fragen Sie Eamonn O'Donnell, den Hundetrainer, wie ich ausgesehen habe, nachdem William mich zusammengeschlagen hatte.»

Geoffrey war schockiert. Schweigend und mit gerunzelter Stirn aß er weiter. «Melanie hat mir bereits gesagt, daß William sich Ihnen gegenüber nicht wie der Heilige benommen hat, für den ihn alle hielten», sagte er schließlich. «Aber ich begreife immer noch nicht, was Sie von mir wollen.»

«Einen Rat. Ich habe vor, mich von William wegen seelischer Grausamkeit und wegen Körperverletzung scheiden zu lassen.»

«Warum wollen Sie nicht die zweijährige Trennungszeit abwarten?»

«Warum sollte ich ihn ungestraft davonkommen lassen? Jetzt sagen Sie bloß nicht, weil er Richter am High Court ist.»

Geoffrey lehnte sich zurück, wischte sich seinen fleischigen Mund mit der Serviette ab und schob den Teller zur Seite. Er studierte Frankies sinnliche Schönheit, ihre vollen roten Lippen und ihre goldene Sonnenbräune, die durch die weiße Seide ihres Mieders noch betont wurde. Er war sich sicher, daß sie einen reichen Liebhaber gefunden hatte. Oder mehrere. Nicht, daß ihn das etwas anging. Aber er konnte sich nicht helfen, ihre Person, ihre Geschichte beunruhigten ihn. Er mochte William nicht, hatte ihn nie gemocht. Für Francesca hatte er sich aber auch nie erwärmt. Sie war ihm immer zu reserviert erschienen. Für Virginia waren die beiden das ideale Paar gewesen. Das hatte vor allem daran gelegen, daß sie attraktiv waren und sie sich gerne dekorative Gäste einlud. Allerdings nahm Geoffrey nicht an, daß seiner Frau die neue Francesca, die ihm da gegenübersaß, gefallen würde. Sie war ein wenig zu dekorativ.

Frankies Gedanken überschlugen sich, obwohl ihrem Gesicht nichts anzumerken war: Ihre Hände lagen entspannt auf dem Tisch, die Finger waren locker. All die Monate hatte sie sich vorgenommen, William büßen zu lassen. Jetzt wägte sie die Chancen ab und erkannte, daß sie ihre Pläne ändern mußte. Wenn sie William durch den Schmutz zog, würde sie ihre Chancen auf eine Kanzlei im Inn ruinieren. Sie würde sich nur ins eigene Fleisch schneiden. Sie erinnerte sich daran, wie Jack gesagt hatte, er würde sich mit aller Kraft dagegen wehren, daß die Vergangenheit die Gegenwart vergiftete. Es gab andere Arten des Sieges, die zwar ebenso endgültig, aber subtiler waren. Während sie, äußerlich ruhig, vor Geoffrey saß, listete sie im Geiste die Alternativen auf und legte sich eine Strategie zurecht, als wäre dies ein Pokerspiel mit hohen Einsätzen. Und es ging hier tatsächlich um einen hohen Einsatz, den höchsten, um den sie je gespielt hatte. «Da ist noch etwas», sagte sie. «Ich möchte wieder als Anwältin arbeiten. Ich möchte ins Inn zurückkehren. Nein, keine Panik, ich bitte Sie nicht, mich wieder bei Ihnen aufzunehmen. Ich würde gerne meine eigene Kanzlei eröffnen und mich auf ärztliche Behandlungsfehler an Kindern spezialisieren.»

Geoffrey explodierte förmlich. «Das können Sie vergessen. Das Inn würde Ihnen keine Räumlichkeiten zur Verfügung stellen. Und schon gar nicht, wenn Sie in aller Öffentlichkeit Williams schmutzige Wäsche waschen. Wir schützen die, die zu uns gehören, haben Sie das etwa vergessen?»

«Nein, das habe ich nicht. Dennoch sollte sich William vorsehen.»

Er schob seinen Stuhl zurück und erhob sich. «Heißt das, daß Sie das Inn erpressen wollen?»

«Nicht das Inn, Geoffrey. Ich liebe diesen Ort. Ich war stolz darauf, hier Mitglied zu sein, und ich bin es immer noch.» Ihr Gesicht wurde weich. «Ich hatte vergessen, wie sehr ich das Inn liebe, bis ich heute vormittag wieder die alten Höfe gesehen habe, durch die schon Generationen von Anwälten gegangen sind. Und dann die Makepeace Buildings, wo die Magnolien wachsen. Wann immer ich an das Inn denke, habe ich die blühenden Magnolien vor Augen. Nein, Geoffrey, ich spreche nicht vom Inn, sondern von William. Solange er gegen mich im Inn intrigiert, wird man mir niemals Räume vermieten. Ich erbitte keinen Gefallen vom Inn. Aber unter bestimmten Umständen würde ich auf einen unschönen Scheidungsskandal verzichten. Voraussetzung wäre, daß William öffentlich die Lügen zurücknimmt, die er über mich verbreitet hat, und zusichert, daß er in Zukunft nichts unternimmt, was meine Karriere behindern könnte.»

«Wenn Sie ihn durch eine schmutzige Scheidung zerren, werden Sie ganz bestimmt keine Kanzleiräume bekommen.»

«Das sehe ich auch so. Falls William ablehnt, habe ich nichts mehr zu verlieren. Und nichts ist gefährlicher als eine Gegnerin, die nichts mehr zu verlieren hat.»

Geoffrey konnte kaum glauben, daß das dieselbe reservierte, madonnenhafte Francesca Eastgate war, die bei zahllosen, eher zu förmlich geratenen Dinners in Islington seine Gastgeberin gewesen war. Ohne sich zu verabschieden, drehte er sich um und marschierte durch die Hall zum Ausgang, wo er sich seinen Weg durch die Menge bahnte, die sich an der Tür versammelt hatte. Frankie folgte ihm. Wieder hörte sie, wie um sie herum geflüstert wurde. An einem der Tische sah sie Rupert und Charlotte die Köpfe zusammenstecken. An einem anderen entdeckte sie Simon. Er saß mit dem Rücken zur holzgetäfelten Wand. Ihre Blicke begegneten sich. Sie sah weg.

«Hallo, Frankie», sagte er laut und deutlich. «Schön, daß du wieder da bist.»

Sie blieb stehen. «Da... Danke.» Sie lächelte ihn an. «Vielen Dank, Simon.»

Als sie die Treppe hinunter in den Hof ging, war ihr immer noch ganz schwindelig von der überraschenden Wärme, die in Simons Worten gelegen hatte. Zu ihrem Erstaunen stellte sie fest, daß Geoffrey auf sie wartete. «Es hat Mut verlangt, heute hierherzukommen», sagte er barsch. «Sie haben gewußt, daß ich mich nicht mit Ihnen treffen wollte. Aber Sie haben sich in die Höhle des Löwen gewagt! Dafür bewundere ich Sie. Und ich respektiere Ihre Fähigkeit, logisch zu denken. Der Wunsch nach Rache kann lebenslänglich bedeuten. Nicht nur für den, den sie trifft, sondern auch für den, der Rache nimmt. Sie waren früher eine gute Anwältin, Francesca, aber Ihnen hat Mitgefühl und Verständnis gefehlt. Jetzt würden Sie eine außergewöhnlich gute Anwältin abgeben.»

Frankie streckte ihm die Hand entgegen. «Das ist das schönste Kompliment, das Sie mir machen können, Geoffrey.»

Er nahm ihre Hand mit beiden Händen und umschloß sie dabei vollkommen. «Auf Wiedersehen, Francesca.»

«Werde ich von Ihnen hören?»

«Ich denke darüber nach.» Er ging in Richtung Makepeace Buildings davon.

Frankie ging in die entgegengesetzte Richtung. Sie rannte durch die Gasse zur Fleet Street und zum ersten öffentlichen Fernsprecher, den sie finden konnte. Von dort aus rief sie Melanie an. «Ich habe mich in Simon getäuscht», gestand sie. «Er ist der netteste Mensch, den ich kenne. Er ist in aller Öffentlichkeit für mich eingetreten.»

Kapitel 39

Simon und Melanie bestärkten Frankie in der Ansicht, daß es klug war, auf eine öffentliche Rache an William zu verzichten, wenn dieser sie dafür rehabilitierte und ihr zusicherte, ihr in Zukunft keine Steine in den Weg zu legen. Beim Abendessen diskutierten sie ausgiebig darüber. «Du brauchst etwas Schriftliches», sagte Melanie, während sie rohe Fenchelstückchen in den Rest der Vinaigrette tunkte. «William hat sehr viel Macht. Er hat so viele Möglichkeiten, deine Karriere zu einem späteren Zeitpunkt zu ruinieren.»

Simon sah entsetzt aus. «Liebling! William würde doch niemals sein Wort brechen.»

Frankie und Melanie tauschten Blicke. «Sein Richteramt hat ihn auch nicht daran gehindert, mich zu verprügeln», erinnerte Frankie ihn.

«Das gebe ich zu. Ich bin eben ein unverbesserlicher Idealist. Aber ich wollte schon immer Anwalt werden. Ich hielt Anwälte für... na ja, nicht für vollkommen... aber wenigstens für Menschen, die den Unterschied zwischen Gut und Böse erkennen. Ansonsten wären wir doch nicht besser als die Kriminellen, die wir verfolgen oder verteidigen.»

Frankie dachte an Jack, der auf der Straße aufgewachsen war, und an William, der Geld und Bildung besaß. Trotz alledem folgte Jack gewissen moralischen Grundsätzen, auch wenn diese manchmal höchst fragwürdig waren. Er hatte für *sich* gestohlen, er hatte den Mann umgebracht, der *ihn* verpfiffen hatte. Aber er würde kein Geld dafür nehmen, um eine Sache, an die er nicht glaubte, oder einen Menschen, den er nicht mochte, zu verteidigen. «Wir sind auch nicht besser», sagte sie. «Wir hatten nur bessere Voraussetzungen.» Sie erinnerte sich an die fünfzig Dollar. «Und waren noch nie wirklich verzweifelt.»

Bei Brie und Trauben überschlugen sie die Kosten, die auf Frankie zukamen, wenn sie eine eigene Kanzlei eröffnen würde. «Ich weiß, daß es hart werden wird», sagte sie. «Ich brauche mindestens zwei Zimmer, eins für mich und eins für eine Sekretärin. Ich werde Solicitors dazu bewegen müssen, mir Mandate zu übertragen, ohne Werbung für mich machen zu können. Es könnte Wochen dauern, bis ich mein erstes Mandat bekomme. Aber ich bin fest entschlossen, wieder als Anwältin zu arbeiten.»

«Geoffrey muß viel von dir halten.» Simon nahm sich ein zweites Stück Brie. «Mmmm. Der Käse ist köstlich.»

«Frankie hat ihn in diesem Laden in der Jermyn Street gekauft.»

«Paxton & Whitfield.» Er nahm sich ein drittes Stück. «Wo waren wir stehengeblieben? Ach ja. Geoffrey könnte dir vielleicht finanziell unter die Arme greifen. Er verdient fast eine halbe Million im Jahr. Deswegen hat er es abgelehnt, Richter zu werden. Er hat dem Lordkanzler erklärt, daß er sich eine solche Gehaltskürzung nicht leisten könne – so jedenfalls geht das Gerücht.»

«Ich will mir kein Geld leihen», sagte Frankie. «Wenn ich die Kanzlei eröffne, will ich, daß sie mir ganz allein gehört. Und natürlich Mel, falls sie sich entschließt, meine Partnerin zu werden. Aber fürs erste wäre es meine Kanzlei. Ich allein treffe die Entscheidungen, und ich allein trage die Verantwortung. Es würde allein mein Erfolg oder allein mein Mißerfolg werden.»

Melanie holte den Kaffee aus der Küche. «Du könntest dir auch zu Hause eine Kanzlei einrichten, wenn sie erst einmal die Vorschriften geändert haben», rief sie durch die Durchreiche.

«Nein. Ich möchte im Inn arbeiten. Ich liebe die Atmosphäre dort. Außerdem müßte ich dann ein Haus kaufen und Personal einstellen.»

Melanie kehrte ins Eßzimmer zurück. «Und du willst das alles mit deinen Pokergewinnen finanzieren, nehme ich an. Simon, wir müssen sie aufhalten. Sie wird alles verlieren.»

«Du mußt sehr gut sein!» Simon zwinkerte Frankie zu. «Ich habe früher an der Universität gespielt. Du mußt mich unbedingt einmal mitnehmen.»

Melanie stellte sofort die Stacheln auf. «Du wirst doch nicht unser Geld aufs Spiel setzen! Wir müssen an Rachel denken. Frankie, du wirst ihn nicht mitnehmen!»

Simon griff über den Tisch und drückte ihre Hand. «Ist schon gut, Liebling. Ich habe doch nur Spaß gemacht.»

Es war schon spät, als Frankie ging. Zumindest für Simon und Melanie war es spät. Sie fuhr direkt zum *Hertford*. Als sie einige Stunden später das Pokerzimmer verließ, reichte ihr Claud, den sie von den Managern des Pokerzimmers im *Hertford* am liebsten mochte, eine Hochglanzbroschüre des *Binion's*. Auf dem Umschlag befand sich ein Bild von Benny Binion, der unter seinem riesigen Stetson hervorgrinste. «Die Pokerweltmeisterschaften», sagte Claud. «Texas Hold'em ohne Limit. Sie sollten teilnehmen.»

«Nicht, wenn man sich für zehntausend Dollar einkaufen muß. Ich spare gerade für meine Zukunft.»

«Pokerspieler sparen nicht.»

Sie lächelte. «Ich schon.»

«Im nächsten Monat veranstalten wir hier im *Hertford* ein Vorrundenturnier. Bei uns brauchen Sie nur für tausend Dollar Chips zu kaufen, das sind nach dem heutigen Kurs ungefähr sechshundertfünfzig Pfund. Pro Tisch spielen zehn Spieler. Der Gewinner bekommt alles. Sie gewinnen, und schon haben Sie Ihre zehntausend Dollar.»

Frankie schlug die Broschüre auf und lächelte bei dem Gedanken an Vegas, diesen glitzernden Abgrund in der Wüste. Auf der ersten Seite befand sich ein Bild von Johnny Chan, der den Spitznamen «Orientexpreß» trug. Er hatte letztes Jahr gewonnen und war schon zweimal Meister geworden. «Gegen einen Spieler wie ihn habe ich nicht die geringste Chance», sagte sie zu Claud.

«Sie vergessen, daß nicht nur der Gewinner kassiert. Die Gewinne sind gestaffelt. Bis hinunter zum sechsunddreißigsten Platz gibt es gutes Geld.»

«Und Sie vergessen, daß man verdammt gut sein muß, um überhaupt unter die ersten Hundert zu kommen.»

«Sie sind gut.»

«So gut nun auch wieder nicht! Schmeicheln Sie mir nicht.» Sie zögerte. Dann lachte sie. «Ach, zum Teufel! Ich habe heute tausend Pfund gewonnen. Vegas würde mir Spaß machen.» Sie zog eine Rolle Banknoten aus ihrer Jackentasche und blätterte siebenhundert Pfund hin. «Hier ist das Geld für das Vorrundenturnier. Nein, Claud, behalten Sie das Wechselgeld. Heute komme ich mir vor wie ein Glückspilz.»

Frankie erzählte niemandem, daß sie an den Pokermeisterschaften teilnehmen wollte. Das Pokern war ihr geheimes Leben. In diesem Leben wurde sie die Frankie Tiernay, die sich eine Rolle Banknoten in ihre Hosentasche stopfte und zu einer Zeit das Haus verließ, zu der andere Leute ins Bett gingen. Sie war eine Spielerin, die tausend Pfund setzte, ohne mit der Wimper zu zucken, und die sich, wenn sie verlor, ihren Verlust nach außen hin nicht anmerken ließ. Sie war eine Frau, die niemanden brauchte. Die keine Angst kannte, außer vielleicht die Angst vor der Angst.

Um eine eventuelle Abwesenheit zu erklären, erwähnte sie Melanie und Simon gegenüber beiläufig, daß sie vielleicht für eine Woche nach Paris fliegen würde, um sich dort mit ein paar Freunden aus Amerika zu treffen. Sie log die beiden nur ungern an, aber wenn sie ihnen die Wahrheit gesagt hätte, hätten sie sich nur unnötig Sorgen gemacht.

Von Geoffrey hörte sie nichts, und ihre Hoffnungen begannen zu schwinden. Vielleicht hatte sie sein Verhalten falsch gedeutet, und er hatte nie ernsthaft in Erwägung gezogen, ihr zu helfen. Sie kaufte sich einen Anrufbeantworter, damit sie keinen Anruf versäumte, wenn sie bei Melanie und Simon, in White Oast oder im *Hertford* war. Aber es war nie eine Nachricht für sie auf dem Band. Wenn sie einmal nicht unterwegs war, schrieb sie lange Briefe an Miss Tomasina, an Loretta und an Robert und Priscilla. Sie spielte weiterhin regelmäßig Poker, aber das allein verschaffte ihr keine Befriedigung mehr. Sie brauchte eine neue Herausforderung. Sie sehnte sich nach einem neuen Ziel.

Sie war gerade dabei, einen Brief an Jack aufzusetzen, in dem sie Zugang zu Blue verlangte, als Geoffrey anrief. Es war drei Wochen her, seit sie sich getroffen hatten. «Essen Sie morgen mit mir zu Mittag», sagte er. «Sie können den Treffpunkt wählen, allerdings sollte er in der Nähe des Inns liegen.»

«Was ist an der Hall auszusetzen?»

«Tapfer, tapfer!»

Wieder ließ er sie zu seinem Tisch am anderen Ende des Raumes Spießruten laufen. «Wir sollen William um zwei Uhr in meiner Kanzlei treffen», erklärte er ihr, als sie sich zu ihm setzte. «Ist es nicht das, was Sie von mir erwarten, Francesca? Zeuge bei einer eventuellen Übereinkunft zwischen Ihnen und William zu sein?»

«Ja. Natürlich. Danke.» Sie lächelte gelassen, aber das Herz schlug ihr bis zum Hals.

Die Bedienung nahm ihre Bestellungen entgegen. Geoffrey bestellte sich eine Steak- und Nierenpastete, Francesca einen Salat. Als er dann vor ihr stand, hatte sie das Gefühl, kein einziges Blatt hinunterbringen zu können, aber sie zwang sich dazu, etwas zu essen.

Geoffrey steckte sich seine Serviette unter dem Kinn fest und aß mit Genuß seine Pastete. Er sagte erst wieder etwas, als er fertig war und seinen Teller zur Seite geschoben hatte. «Ich habe in der Sonntagszeitung den Artikel über Broderick gelesen», sagte er, fast als wollte er sie aus der Fassung bringen. «Ich ziehe den Hut vor ihm. Auch ich mußte mich nach oben kämpfen. Ich weiß, wie schwierig das ist, auch ohne Vorstrafenregister. Sehen Sie ihn noch?»

«Die Geschichte zwischen uns war schon vorbei, als ich zu William zurückgekehrt bin.» Sie legte ihre Gabel weg. «Sie haben mir noch nicht gesagt, wie Sie ihn dazu gebracht haben, sich mit mir zu treffen.»

«Vielleicht kommt er ja auch gar nicht.» Geoffrey zog seinen Nachtisch zu sich heran, eine extragroße Portion gebackener Äpfel mit Streuseln und heißer Vanillesauce. «Ich habe ihm gegenüber lediglich angedeutet, daß Sie vorhätten, sich wegen seelischer Grausamkeit und Körperverletzung scheiden zu lassen, und auch einen Zeugen dafür benennen könnten, daß Sie von ihm geschlagen wurden. Ich ließ allerdings durchblicken, daß Sie sich vielleicht dazu überreden lassen würden, davon Abstand zu nehmen. Natürlich hat er abgestritten, Sie auch nur angerührt zu haben. Aber er hat jetzt eine Woche Zeit gehabt, um darüber nachzudenken. Falls er Sie tatsächlich geschlagen hat, wird er sich Ihr Schweigen erkaufen wollen.»

«Und wenn er nicht kommt?»

«Dann haben Sie mich entweder angelogen, oder am High Court sitzt ein Psychopath.» Er ließ sich seinen Nachtisch weiter schmecken.

Fünf Minuten vor dem vereinbarten Termin verließen sie die Hall. Frankie folgte Geoffrey nach draußen. Diesmal war sie viel zu nervös, um zu bemerken, daß man hinter ihr hertuschelte. Sie hatte ganz weiche Knie, als sie den Hof überquerten und die Gasse hinuntergingen. Wie merkwürdig, an der Seite des Mannes in die Kanzlei zurückzukehren, der für ihren Ausschluß größtenteils verantwortlich gewesen war. Nicht daß sie Geoffrey gegenüber noch irgendwelchen Groll hegte. Im Gegenteil, er war ihr jetzt viel sympathischer als früher. Sie wünschte sich nur, daß er eine nettere Frau hätte. Als sie sich der glänzend schwarzen Tür näherten, warf sie ganz automatisch einen Blick auf die Tafel am Eingang. Ihr Name war schon vor langer Zeit entfernt worden, aber es war immer noch ein Schock für sie, ihn nicht mehr dort zu sehen.

Geoffrey ging vor ihr die Treppe hinauf. «Wie läuft es mit dem Pokern?»

Sie blieb wie angewurzelt stehen. «Woher wissen Sie, daß ich Poker spiele?»

«Nun, Sie haben einem der herausragendsten Mitglieder der Richterschaft an einem Abend fünftausend Pfund abgeknöpft. Er war sehr empört darüber.»

«Ach, das war dieser griesgrämige Mann. Er kam mir irgendwie bekannt vor, aber mir war nicht klar, daß er wußte, wer ich bin.»

«Er wußte es. Er kam am nächsten Tag in die Kanzlei gestürmt, um mir alles zu erzählen.»

Frankie warf den Kopf zurück und gab ihr kehliges Lachen von sich. Sie lachte immer noch, als sie den Empfangsbereich betraten. Nailbag sah erstaunt von seinem Schreibtisch auf. Rupert und Charlotte, die bei den Fächern standen, starrten sie mit offenem Mund an. Hugo, der sich gerade einen Kaffee einschenkte, schüttete alles auf den Boden. Nur Sanjiv, der auf dem Weg zum Gericht war, zwinkerte ihr breit grinsend zu.

«Hallo», sagte Frankie und lächelte strahlend in die Runde.

«Da haben sie jetzt aber was zu reden», sagte er als er sie in sein Büro führte und die Tür schloß.

Sie nahm gegenüber seinem Schreibtisch Platz. «Darf ich?»

«Es tut mir nur leid, daß ich nicht mehr für Sie tun kann. Es gefällt mir, wenn jemand nicht aufgibt, sondern kämpft.»

«Geoffrey, Sie haben mir schon allein dadurch geholfen, daß Sie sich mit mir zusammen in der Hall und hier in der Kanzlei haben sehen lassen.»

Die Uhr in der Ecke seines Büros zeigte eine Minute vor zwei. Frankie sah zu, wie sich der Sekundenzeiger weiterbewegte. In einer Minute würde William hereinkommen, der Mann, der sie geschlagen hatte, der Mann, der sie vergewaltigt hatte. Würde sie irgend etwas empfinden? Angst. Bedauern. Wehmut. Haß. Die Uhr zeigte jetzt die volle Stunde an. Sie holte tief Luft, um sich zu beruhigen, und lauschte, ob sie Williams Schritte auf dem Flur hörte. Der Minutenzeiger rückte weiter. Sie schluckte heftig. Der Sekundenzeiger machte eine weitere Runde. Und noch eine. Fünf Minuten verstrichen. Sie sah Geoffrey an. Er zuckte mit den Achseln.

«Ich schwöre Ihnen, daß er mich geschlagen hat», sagte sie. Vor Wut und Enttäuschung bekam sie kaum noch Luft. «Ich habe mir das nicht einfach ausgedacht.» Sie stand auf. «Womit könnte ich Sie nur überzeugen?» Gerade als sie den Stuhl zurückschob und gehen wollte, öffnete sich die Tür, und William betrat den Raum.

Er hatte zugenommen. Das war das erste, was Frankie auffiel. Er war immer stolz auf seine schlanke, elegante Erscheinung gewesen. Jetzt hatte er einen Bauch bekommen, der ihm ein ungesundes und primitives Aussehen verlieh. Sein Haar war vollkommen grau geworden. Auf dem Scheitel war es von der Richterperücke plattgedrückt. Seine hellen Augen schweiften im Zimmer umher, als würde er noch jemanden erwarten. «Was soll der Quatsch, den du Geoffrey erzählt hast?» wollte er wissen.

«Sie hat die Wahrheit gesagt, William», sagte Geoffrey.

«Wo ist der sogenannte Zeuge?»

«Ihr Bruder hat bestätigt, daß Francesca um Hilfe gerufen hat, als er bei Ihnen anrief.»

«Sie hätte alles mögliche erfinden können. Durchs Telefon kann man schließlich nichts sehen.»

«Der Trainer ihres Hundes hat ihr Gesicht gesehen.»

«Ein Mann, der für Kriminelle Greyhounds trainiert! Wer wird ihm schon glauben, wenn sein Wort gegen meins steht?» Er sah Geoffrey verächtlich an. «Ich habe Ihnen doch gesagt, daß sie lügt. Es überrascht mich allerdings, daß Sie auf ihre Lügengeschichten hereingefallen sind. Eine Körperverletzung muß, wie Sie vielleicht wissen, durch ein ärztliches Attest oder durch die Aussage eines unabhängigen Zeugen nachgewiesen werden.»

«Zum Beispiel durch die Aussage eines Polizisten?» fragte Frankie. Es war ihr schleierhaft, wie sie diesen Mann jemals hatte lieben können.

«Natürlich würde die Aussage eines Polizisten vor Gericht Beachtung finden. Das versteht sich doch von selbst.»

«Daran hättest du denken sollen, bevor du Blue auf die Straße hinausgelassen hast», sagte sie mit unverhohlenem Triumph in der Stimme. «Ich mußte ihn auf einem Polizeirevier abholen. Und dabei hat der diensthabende Polizist mein Gesicht gesehen.»

William war irritiert. Dann sah er, daß Geoffrey über diese Information nicht weniger überrascht war als er selbst. «Das war vor fast zwei Jahren», sagte er. «Er wird es vergessen haben, es sei denn, du hast Anzeige gegen mich erstattet.» Er gab ein spöttisches Lachen von sich. «Und ich weiß, daß du das nicht getan hast, sonst hätte ich es ja wohl erfahren.»

«Du irrst dich. Ich habe gestern mit dem Polizisten gesprochen. Er erinnert sich noch sehr gut an mich. Bei ihm kommen nicht besonders viele Richtersgattinnen vorbei, die ein blaues Auge und aufgeschlagene Lippen haben. Seine Aussage wird vor Gericht als Beweis zählen.»

«Es sei denn, ich erkläre mich bereit, das, was ich über dich gesagt habe, zurückzunehmen und dir für deine weitere Karriere keine Steine in den Weg zu legen?»

«So ist es.» Sie konnte sich ein Lächeln nicht verkneifen. Alles lief so, wie sie es sich vorgestellt hatte. Sie würde ihre Kanzlei bekommen. Sie würde ins Inn zurückkehren. Sie würde niemals wieder Angst vor William haben. «Und ich verlange von dir eine schriftliche Erklärung», fügte sie hinzu, «die Geoffrey beglaubigen wird.»

William sah langsam von ihr zu Geoffrey. «Dazu werde ich mich niemals bereit erklären», sagte er und ging aus dem Zimmer.

Frankie war wie betäubt. Sie drehte sich zu Geoffrey um, der den Kopf schüttelte. «Warum zum Teufel haben Sie mir nichts von dem Polizisten erzählt?» wollte er wissen.

«Ich wollte nicht gleich meine beste Karte ausspielen.»

«Francesca, ich kann Ihnen nicht helfen, wenn Sie mir nicht vertrauen. William hat sofort gemerkt, daß ich nichts von diesem Zeugen wußte. Das war wirklich verdammt dämlich von Ihnen. Er hat das in seinem Sinn ausgelegt und glaubt, daß es diesen Zeugen gar nicht gibt. Wir hätten ihn rumkriegen können.»

Niedergeschlagen griff sie nach ihrer Handtasche. «Es tut mir leid. Ich glaube, das war wirklich ein schwerer Fehler.»

«Stimmt. Das Ganze war eine reine Zeitverschwendung.»

«Dann darf ich nicht noch mehr von Ihrer Zeit in Anspruch nehmen.» Sie erhob sich. «Danke, daß Sie sich für mich eingesetzt haben, Geoffrey. Es tut mir leid, daß ich es versaut habe.» Sie verließ die Kanzlei, so schnell sie konnte, denn sie wollte nicht, daß irgend jemand sah, wie enttäuscht sie war.

Das Vorrundenturnier für die World Series of Poker im *Hertford* fand am darauffolgenden Samstag statt. Nach ihrer Niederlage gegen William befand sich Frankie nicht in der richtigen Verfassung, um zu spielen. Wenn sie ihre Teilnahme zurückzog, würde sie jedoch den bereits geleisteten Einsatz von tausend Dollar verfallen lassen. Um wenigstens etwas Selbstvertrauen zu gewinnen, zog sie ihre frechsten Sachen an: ihren schwarzen Stretchrock und die paillettenbesetzte Satinjacke.

Etwa dreißig Spieler schlenderten im Pokerzimmer des *Hertford* umher und bemühten sich, vollkommen gelassen zu wirken. Frankie war erstaunt, als sie unter den Spielern auch Damascus Joe entdeckte. Er begrüßte sie wie eine lange verschollene Freundin. «Sie sehen wunderbar aus», sagte er zu ihr und küßte sie auf beide Wangen. Seine Pupillen waren noch größer als sonst.

Sie dachte daran, daß sie sich einmal ernsthaft überlegt hatte, mit ihm ins Bett zu gehen, nur um Scott heimzuzahlen, daß er sie beleidigt hatte. Kein Wunder, daß sie ihr Leben nicht in den Griff bekam. «Hoffen wir, daß das Glück uns hold ist», sagte sie, als sie ihre Chips an der Kasse abholte.

«Wir haben Sie in Las Vegas vermißt, Frankie.»

«Danke.» Sie wollte sich jetzt nicht unterhalten, denn sie zog es vor, sich in Ruhe auf das Spiel vorzubereiten.

«Letzte Woche habe ich Scott in Reno getroffen.»

Er versuchte offensichtlich, sie um ihre Konzentration zu bringen. Das gehörte auch zum Spiel. «Ach, das müssen Sie mir unbedingt erzählen.» Sie lächelte freundlich. «Aber später!»

Er grinste sie an. Sie hatte also recht gehabt.

Als alle Spieler anwesend waren, zog Claud Zettel mit ihren Namen aus einem Hut und teilte sie den einzelnen Tischen von jeweils zehn Personen zu. Damascus Joe wurde dem zweiten, Frankie dem dritten Tisch zugelost. Zu ihrer Rechten saß ein kleiner Schotte, der Wee Free genannt wurde, zu ihrer Linken ein schmallippiger Bankier namens Sebastian, gegen den sie schon einmal gespielt und gewonnen hatte. Ihr gegenüber hatte Dilys Platz genommen, die zierliche Rothaarige, die anscheinend die einzige andere Frau bei diesem Vorrundenturnier war. Neben Dilys saß Tubby, ein Gebrauchtwagenhändler aus dem Londoner Süden. Es befanden sich noch fünf weitere Männer am Tisch, die Frankie alle vom Sehen kannte.

Frankie versuchte sich einzureden, daß sie ganz ruhig war, obwohl das natürlich nicht der Fall war. Die World Series of Poker war immerhin das bedeutendste Turnier, das es weltweit gab.

Ihr erstes Blatt war eine Zwei und eine Acht von verschiedener Farbe. Sie stieg aus. Wee Free gewann. Beim nächsten Spiel bekam sie ein Paar Neunen. Sie spielte bis zur fünften Gemeinschaftskarte weiter, um dann von Steven mit einem Paar Zehnen geschlagen zu werden. Beim nächsten Spiel war sie zu vorsichtig. Sie gewann zwar, aber der Pot war nur klein. Nachdem sie mit ein paar guten Blättern einige Spiele gewonnen hatte, begann sie aggressiver zu spielen. Ihr Stapel Chips wuchs langsam, aber beständig an.

Tubby war der erste, der ausschied. Nach drei Stunden waren ihm fünf andere Spieler gefolgt. An ihrem Tisch waren nur noch Wee Free, Sebastian, Dilys und Frankie selbst im Spiel. Die Chips wurden gleichmäßig unter ihnen aufgeteilt. Jeder erhielt ungefähr fünfzehnhundert Pfund.

Frankie war an der Reihe, mit einem blinden Einsatz zu eröffnen. Sie schob das Minimum, das hundert Pfund betrug, in die Tischmitte. Sie bekam ein Paar Buben. Wee Free hielt. Sebastian erhöhte auf zweihundert. Dilys zögerte, dann ging sie mit. Frankie war gezwungen, zu halten oder zu passen. Sie hielt. Beim Flop wurde ein weiterer Bube aufgedeckt. Jetzt hatte sie einen Drilling. Sie setzte achthundert. Alle gingen mit. Die vierte Gemeinschaftskarte brachte ein As. Ihr Magen krampfte sich vor Nervosität zusammen. Wenn einer der anderen Spieler ein Paar Asse in der Hand hatte, war alles vorbei.

Wee Free spielte weiter. Sebastian zögerte, dann hielt auch er. Dilys schob ihre Chips in die Tischmitte. Frankie zerbrach sich den Kopf darüber, was ihre Mitspieler in der Hand haben mochten, daß sie so zuversichtlich waren. Hatte jemand zwei Asse? Frankie wurde immer nervöser, während ihre Finger lässig auf dem Tisch lagen. Dann holte sie tief Luft und setzte ihr gesamtes Guthaben. Die anderen mußten mithalten. Alle spielten weiter.

Die fünfte Gemeinschaftskarte brachte ein weiteres As. Das war eine Katastrophe. Wenn jemand ein Paar in der Hand hatte, würde er jetzt vier Gleiche haben. Die Runde war zu Ende. Da niemand mehr Chips hatte, konnte nicht mehr gesetzt werden. Jetzt kam es darauf an. Sebastian legte seine Karten aufgedeckt auf den Tisch: Er hatte ein Paar Könige. Dilys schüttelte den Kopf und reichte ihr Blatt verdeckt dem Croupier. Frankie wartete auf Wee Free. Da sie überzeugt war, daß er zwei Asse in der Hand hatte, stellte sie sich innerlich darauf ein, alles verloren zu haben. Wee Free zögerte, dann schob er seine Karten ganz langsam dem Croupier zu. Er hatte geblufft.

Mit einer triumphierenden Geste deckte Frankie ihr Blatt auf. Sie hatte ein Full house. Drei Buben und zwei Asse. Sie hatte ihr Vorrundenspiel gewonnen und damit auch ihre zehntausend Dollar Startgeld für die Weltmeisterschaft. Am liebsten hätte sie einen Freudentanz aufgeführt, aber sie hielt sich zurück. In Pokerkreisen tat man so etwas nicht.

Die anderen Spieler schüttelten ihr die Hand. Sie taten ihr Bestes, um den Eindruck zu erwecken, daß sie sich für sie freuten, selbst wenn Frankies Sieg für sie eine bittere Niederlage bedeutete. Auch Claud gratulierte ihr. Am anderen Ende des Raumes machte

Damascus Joe ihr mit erhobenen Daumen ein Zeichen. Er hatte sich an seinem Tisch ebenfalls für die World Series of Poker qualifiziert. Die Zuschauer diskutierten bewundernd über Frankies Spieltaktik. Frankie, die sechstausend Pfund in Chips zu Türmchen auf dem Tisch aufgestapelt hatte, schob zwei davon lässig zu einem zusammen. Dabei fiel ihr Blick auf die Zuschauer hinter der Absperrung. Ihr Lächeln gefror. Dort stand jemand, der sie mit einer Mischung aus Ungläubigkeit und Bewunderung betrachtete. Es war Jack Broderick.

Sie starrten einander an, wortlos, reglos. Er war anscheinend allein gekommen und trug einen Smoking, wie er es an den Galaabenden in Richmond getan hatte. Sie hatte keine Ahnung, was er im *Hertford* machte oder wie lange er sie schon beobachtet hatte, aber je länger sie einander ansahen, desto deutlicher spürte sie, wie die magische Anziehungskraft zwischen ihnen zurückkehrte. Das elektrisierende Gefühl, der Schauder, die Herausforderung, all das war wieder da. Und das Lachen. Sie vergaß, daß das der Mann war, der ihr Blue weggenommen hatte, der Mann, für den sie nichts als Abneigung empfand. Er vergaß, wie weh es ihm getan hatte, als sie zu William zurückgekehrt war, wie oft er geschworen hatte, ihr niemals zu vergeben, wie oft er sie in Gedanken umgebracht hatte. Sie lächelte ihn an, aber es war nicht ihr berufsmäßiges Pokerlächeln, sondern das merkwürdig verletzliche Lächeln, das er so gut an ihr kannte. Er machte einen Schritt auf sie zu. Sie erhob sich, um ihm entgegenzugehen.

In diesem Augenblick erschien eine junge Frau im Eingang zum Pokerzimmer. Sie war blond und hübsch und hatte ein schmales, hochmütiges Gesicht. Frankie erkannte in ihr die Frau aus der Zeitung. «Jack», rief sie, «wo bleibst du denn?»

Er antwortete nicht.

«Unten warten schon alle auf dich.»

Sein Blick hatte sich in Frankies Augen gesenkt. Er zögerte, dann drehte er sich um.

Frankie ließ sich auf ihren Stuhl fallen, als Jack mit einer anderen Frau aus ihrem Leben verschwand.

Kapitel 40

Las Vegas

Als Frankie auf dem McCarran-Flughafen landete, schlugen ihr die Hitze von Nevada und der Lärm der Spielautomaten entgegen. Die Maschine war voll von Journalisten, die über die Meisterschaften berichten sollten, dicken Touristen in Bermudashorts und einsamen, bleichen Männern, die nur ihr Handgepäck mit sich führten, Kleidung zum Wechseln und Bargeld. Dies waren die professionellen Pokerspieler, die Revolverhelden von heute. Zum erstenmal, seit Frankie Jack gesehen hatte, hob sich ihre Stimmung. Sie war glücklich, wieder in Las Vegas zu sein.

Das *Binion's* war brechend voll. Journalisten, Kameraleute, Fernsehteams, Touristen, Zuschauer und Spieler drängten von den glühend heißen Bürgersteigen ins Casino. Die Nebenwettbewerbe liefen bereits seit einigen Wochen: Seven Card Stud, Omaha, Deuce to Seven Draw. Aber das Texas Hold'em ohne Limit, bei dem man sich mit zehntausend Dollar ins Spiel einkaufte, war das eigentliche Hauptereignis.

Das Hotelpersonal begrüßte Frankie wie eine lang verschollene Freundin. Die Türsteher versicherten ihr, daß sie sie vermißt hatten. Die Cocktailkellnerinnen winkten ihr zu. Die Empfangsdame lächelte und sagte: «Wir haben für Sie Ihr altes Zimmer reserviert. Wir dachten, daß Ihnen das vielleicht Glück bringen wird.»

«Danke. Das werde ich auch brauchen.» Frankie trug sich ins Gästebuch ein. «Sind viele Leute hier, die ich kenne?»

«So ziemlich jeder.»

«Scott auch?»

«Er wohnt nicht im *Binion's*. Er ist damals gleich nach Ihnen abgereist.» Das Mädchen senkte die Stimme. «Er war wohl ziemlich frustriert. Nicht, daß das Ihre Schuld gewesen wäre. So etwas passiert eben. So ist das Leben.»

Frankie steckte ihr zwanzig Dollar zu. «Vielen Dank, daß Sie mir das erzählt haben. Wenn Sie ihn irgendwo sehen, sagen Sie es mir bitte.»

Sie zahlte ihre zehntausend Dollar beim Kassenverwalter des Turniers ein und nahm dann den Lift in den fünften Stock. Ihr Zimmer hieß sie wie ein alter Freund willkommen. Sie packte aus, duschte, streckte sich dann auf dem Bett aus und sah zu, wie das weiße Licht, das auf den vertrauten Bergen lag, erst gelb und dann rot wurde. Es war ein langer Flug gewesen. In dreißig Stunden begann das Turnier. Sie brauchte jetzt dringend Ruhe. Aber obwohl sie die Augen schloß, konnte sie nicht einschlafen.

Sie dachte an Jack. Sie wollte das zwar nicht, aber er schlich sich immer wieder in ihre Gedanken. Seit sie ihn im *Hertford* gesehen hatte, verfolgte er sie wie ein Geist. Sie fragte sich, ob auch er an sie dachte. Früher hätte sie das gewußt. Früher hatte es zwischen ihnen eine Art telepathische Verbindung gegeben. Sie war verschwunden, und Frankie wünschte sich, daß auch die Anziehungskraft zwischen ihnen verschwunden wäre. Sie sah Jack immer noch vor sich, wie er sich von ihr abgewandt hatte und der Frau mit dem schmalen Gesicht gefolgt war. Einer Frau, deren Gesichtszüge von Geld, einer guten Kinderstube und Ehrbarkeit zeugten. Von alldem, worüber Jack sich früher lustig gemacht hatte. Einer Frau, die Frankie an ihre Mitschülerinnen in der Klosterschule erinnerte, denen sie erzählt hatte, ihr Vater sei tot. Frankie wünschte sich, sie hätte Jack im Casino nicht gesehen. Alles war viel einfacher gewesen, als sie noch davon überzeugt gewesen war, daß er ihr gleichgültig war.

Am nächsten Morgen rief sie Loretta an, die einen Freudenschrei ausstieß. «Komm doch gleich raus zu uns. Ich würde dich schrecklich gern wiedersehen.»

Eine halbe Stunde später wurde Frankie von der drallen, rothaarigen Motelbesitzerin in die Arme geschlossen. «Ich habe dir ein Geschenk mitgebracht», sagte sie und zog einen großen Bildband über die Prinzessin von Wales hervor. «Ich hoffe, sie ist immer noch deine Märchenprinzessin.»

Loretta strich über den glänzenden Einband. «Ich brauche sie jetzt mehr denn je.»

«Wie geht es Prentice?»

«Nicht gut. Geh ruhig zu ihm hinein. Er weiß, daß du da bist.» Sie führte Frankie ins Wohnzimmer und legte ihrem Mann schützend die Hand auf seine zusammengesunkenen Schultern. «Prentice, Schatz, Frankie ist aus England zurück.»

Frankie versuchte sich nicht anmerken zu lassen, wie schockiert sie war. Der Zustand von Prentice hatte sich dramatisch verschlechtert. Er konnte jetzt nur noch die Augen bewegen. Sein Blick huschte jedoch aufmerksam hin und her, so als hätte sich alles Leben, das sein Körper noch in sich barg, in seinen Augen konzentriert.

Sie unterhielten sich in dem klimatisierten Wohnzimmer und saßen dabei nahe bei Prentice, um ihn in ihr Gespräch mit einzubeziehen, obwohl er nicht mehr sprechen konnte. Frankie beschrieb, wie sie sich beim Vorrundenturnier qualifiziert hatte, und sie diskutierten darüber, wie groß ihre Chancen bei den Pokerweltmeisterschaften waren.

«Wir werden es uns im Fernsehen ansehen», sagte Loretta.

«Ich hoffe nur, daß ich nicht die erste bin, die ausscheidet. Das wäre demütigend.» Frankie grinste nervös und sagte dann: «Ach, was ich noch fragen wollte. Weißt du, wie es Scott geht? Er wohnt nicht im *Binion's*, und ich habe seinen Namen auch nicht auf der Teilnehmerliste gesehen.»

«Er wohnt zwei Blocks von hier entfernt in einem der Motels. Er wollte dein altes Zimmer mieten, aber wir haben immer noch alles an ein Motel vermietet.» Loretta lächelte. «Wir sehen ihn oft. Er ist ein lieber Kerl. Jemanden wie ihn habe ich mir immer als Bruder gewünscht. Du bist aber nicht wegen Scott zurückgekommen, oder?»

«Nein, aber ich habe ihn sehr gern gemocht und würde ihn gern wiedersehen.»

«Ich werde ihn bitten, dich anzurufen.»

«Du glaubst nicht, daß ich einfach bei ihm vorbeischauen sollte?»

Loretta schüttelte den Kopf. «Er war völlig fertig, als du abgereist bist. Ich habe ihm gesagt, daß du alles versucht hast, um ihn zu finden, aber es hat nichts genützt. Er hat mir erzählt, daß seine Mutter ihn verlassen hat, ohne sich zu verabschieden. Inzwischen hat er sich zwar irgendwie damit abgefunden, daß er dich verloren hat, aber es ist nur fair, ihn selbst entscheiden zu lassen, ob er dich wiedersehen will oder nicht.»

Als Frankie zum *Binion's* zurückkehrte, war gerade das Presseturnier im Gange. Alle Journalisten, die über die Meisterschaften berichteten, maßen mutig ihr Können miteinander. Sie sah von der Absperrung aus zu. Später fragte sie an der Rezeption, ob Scott angerufen hatte, aber das war nicht der Fall. Sie kehrte ins Pokerzimmer zurück, konnte sich jedoch nicht konzentrieren. Sie war rastlos. Immer wieder hielt sie in der Menge nach Scott Ausschau, und immer wieder fragte sie sich, ob Jack das Mädchen mit dem schmalen Gesicht liebte und ob sie morgen schon in der ersten Stunde ausscheiden würde. Schließlich gab sie es auf und nahm den Lift nach oben. Im Korridor begegnete sie Sauerkraut, dem großen, blonden, mürrischen Deutschen. Er beachtete sie nicht.

Frankie wachte im Morgengrauen auf und zitterte vor Aufregung, als sie daran dachte, daß sie an dem Turnier teilnahm. Sie stand auf, duschte, zog sich an und bestellte sich ein Frühstück, brachte dann aber keinen Bissen herunter. Statt dessen trank sie schwarzen Kaffee und ging im Zimmer auf und ab, wobei sie immer wieder ihre Fäuste ballte und öffnete. Im Hintergrund liefen im Fernsehen die Nachrichten eines Lokalsenders von Las Vegas. Korrespondenten berichteten über die Pokermeisterschaften, über das Studentenmassaker auf dem Platz des Himmlischen Friedens und einen Drogenmord im Norden von Las Vegas.

Ihre Nervosität und die Klimaanlage ließen sie frösteln. Sie zog sich eine Jacke über ihr seidenes Mieder. Sie krempelte die Ärmel hoch, rollte sie wieder herunter und krempelte sie dann wieder hoch. Sie zog ihren gelben Hosenrock aus und schlüpfte statt dessen in eine weiße Hose, dann zog sie wieder den Hosenrock an. Sie flocht sich das Haar und legte ein wenig Make-up auf. Sie trank noch mehr schwarzen Kaffee. Schließlich hielt sie es nicht mehr aus. Sie verließ das Zimmer und nahm den Lift hinunter zum Casino. Sobald sie ins Gewühl eintauchte, fühlte sie sich besser, frecher.

Für das Texas Hold'em ohne Limit hatten sich in diesem Jahr hundertachtundsiebzig Teilnehmer qualifiziert. Die Siegesprämie betrug achthundertvierundvierzigtausend Dollar, der Zweite erhielt immer noch rund dreihundertsiebenunddreißigtausend Dollar. Der Rest des Preisgeldes wurde, nach unten gestaffelt, bis zum sechsunddreißigsten Spieler aufgeteilt, bei dem der Gewinn dann gerade die Summe betrug, mit der er sich in die Pokerrunde eingekauft hatte. Das größte Pech hatte der siebenunddreißigste Spieler, der von den restlichen Spielern am längsten überlebte, aber leer ausging.

Scott war immer noch nicht in die Teilnehmerliste eingetragen, und auch unter den Zuschauern sah sie ihn nicht. Dafür entdeckte Frankie viele andere bekannte Gesichter. Damascus Joe, einer der Gewinner des Londoner Vorrundenturniers, lächelte sie freundlich an. Des Teufels Großmutter und Oil Slick Dick winkten ihr zu. Dick trug zur Feier des Tages ein sauberes Hemd. Al Capone stand mit einem neuen, weißen Stetson und der unvermeidlichen Sonnenbrille in der Nähe der Absperrung. Er grinste, als er Frankie sah. Selbst der kleine Mann mit dem Ventilator winkte ihr fröhlich zu, während er das Gerät fest an die Brust gedrückt hielt.

Eine Hand legte sich plötzlich auf Frankies Schulter. In der Erwartung, Scott hinter sich zu sehen, drehte sie sich um. Es war Grizzly. Er sah ebenfalls elegant aus. «Ich habe gehört, daß Sie Ihr Vorrundenspiel gewonnen haben», sagte er. «Schön, daß Sie wieder hier sind. Ich habe Ihr hübsches Gesicht vermißt. An den Tischen gibt es nicht allzu viele Frauen wie Sie.»

Sie lächelte ihn an. «Danke. Ich freue mich auch, wieder hier zu sein. Ich hatte vergessen, was für eine freundliche Stadt Las Vegas ist.»

Ein Mitglied der Turnierleitung zog die Namen der Spieler aus einem Black-Jack-Schlitten und verteilte die Teilnehmer auf die verschiedenen Tische, an denen jeweils neun Spieler Platz nahmen. Zu ihrem Entsetzen mußte Frankie feststellen, daß sie für denselben Tisch wie des Teufels Großmutter und Grizzly ausgelost worden war. Irgendein böser Zufall hatte ihr zwei Gegner beschert, gegen die sie normalerweise keine Chance hatte. Das Vorrundenturnier war ein Ausscheidungsspiel gewesen: Sie hatten gespielt, bis an jedem Tisch ein einziger Spieler alle Chips gewonnen hatte. Die ersten Runden des Turniers in Las Vegas wurden als Freezeout gespielt – das hieß, daß je nach Bedarf neue Tische mit den Spielern gebildet wurden, die an den ursprünglich ausgelosten Tischen noch nicht ausgeschieden waren. Die Zahl der Tische, an denen gespielt wurde, reduzierte sich somit ständig.

Als alle Platz genommen hatten, bat Jack Binion, Benny Binions Sohn, um Ruhe. Dann verlas er die Namen der Teilnehmer. Jeder Spieler erhob sich, nickte kurz in die Menge und setzte sich dann wieder. Die großen Namen und die einheimischen Spieler wurden von den Zuschauern wild beklatscht, und die Fernsehkameras zeigten ihre Gesichter in Großaufnahme. Schließlich hörte Frankie: «Frankie Tiernay, London, England. Die Lady sieht süß aus, aber sie hat eine Menge Mumm.» Sie stand lächelnd auf. Es wurde gepfiffen und gejohlt. Sie wurde rot und setzte sich wieder.

Es schien eine Ewigkeit zu dauern, bis das Spiel endlich begann. Die anderen Spieler an ihrem Tisch erzählten sich Pokerwitze. Frankie ballte die Fäuste, dann bemerkte sie, daß des Teufels Großmutter sie beobachtete. Also hörte sie damit auf und trommelte statt dessen mit den Fingern auf den Tisch, um die Spannung abzubauen. Dann zwang sie sich, ihre Hände ruhig zu halten. Endlich nahm der Croupier seinen Platz ein. Die Gespräche verstummten. Frankie versuchte sich einzureden, daß das Turnier nichts weiter als ein ganz normales Pokerspiel war.

Aber das war es nicht. Hier gab es keine zweite Chance. Wenn sie ihre zehntausend Dollar verloren hatte, war sie unweigerlich draußen. Die Einsätze waren nach oben hin nur durch die Menge der Chips, die einem Spieler zur Verfügung standen, begrenzt. In den ersten beiden Stunden betrugen die blinden Einsätze fünfundzwanzig bis fünfzig Dollar. Frankie bekam fast nur Ramsch und war, wenn sie einmal ein gutes Blatt hatte, gezwungen, sehr aggressiv zu spielen, um die schlechten Blätter auszugleichen. Innerhalb einer Stunde waren fünfzehn Spieler ausgeschieden. Als erster blieb dabei ein Spieler an ihrem Tisch auf der Strecke. Er tat ihr sehr leid, als er davonschlich. Nach einer weiteren Stunde verdoppelten sich die blinden Einsätze. Das Feld war nun schon um dreißig Spieler geschrumpft. Drei Tische wurden aufgelöst, um die frei gewordenen Plätze an den anderen Tischen zu besetzen. An Frankies Tisch lag Grizzly in Führung. Er erhöhte ständig. Sie war sich sicher, daß er bluffte, aber sie hatte so schlechte Karten, daß sie es sich nicht leisten konnte, ihn herauszufordern.

Nach sechs Stunden waren von ihrem ursprünglichen Tisch nur noch Frankie, Grizzly und des Teufels Großmutter übrig. Alle anderen Spieler kamen von anderen Tischen. Der blinde Einsatz lag jetzt bei einhundert bis zweihundert Dollar. Grizzly hatte dreißigtausend Dollar vor sich, des Teufels Großmutter ungefähr genausoviel. Frankies Stapel war der kleinste: fünftausend Dollar, und mit jeder Runde schrumpfte er mehr zusammen. Endlich bekam sie ein vernünftiges Blatt, eine Zehn und einen Buben, beides Karo. Großmutter war mit dem blinden Einsatz dran. Sie setzte zweihundert Dollar. Die anderen Spieler gingen mit. Frankie runzelte die Stirn und zögerte, als hätte sie Ramsch in der Hand. Dann ging sie mit einem Seufzen mit und erhöhte. Drei Spieler paßten. Großmutter und Grizzly jedoch nicht. Der Flop brachte die Karovier, die Karosechs und die Piksieben. Frankie fluchte innerlich. Es war durchaus möglich, daß jemand einen Straight hatte. Großmutter setzte. Grizzly ebenfalls. Auch die anderen, die neu an den Tisch gekommen waren, setzten. Wieder zögerte Frankie lange genug, um den Eindruck zu erwecken, als überlegte sie auszusteigen. Dann ging sie mit und erhöhte um fünfhundert, in der Hoffnung, die anderen dadurch zum Passen zu bringen. Aber sie spielten alle weiter.

Die vierte Gemeinschaftskarte brachte eine Kreuzzehn. Jetzt hatte Frankie zwar ein Paar mit einer hohen Karte, einen Straight würde sie damit aber nicht schlagen. Die Neuen am Tisch stiegen aus. Großmutter und Grizzly jedoch blieben im Spiel. Frankie war jetzt schon zu weit gegangen, um noch zu passen. Vor dem Spiel hatte sie den kleinsten Stapel Chips vor sich gehabt, und das meiste davon lag jetzt im Pot. Sie spielte weiter. Die fünfte Gemeinschaftskarte war für sie wenig hilfreich. Schweiß rann ihr den Rücken hinunter. Ihr war vor Enttäuschung ganz schlecht. Sie sah des Teufels Großmutter an, die ihrem Blick mit einer Miene begegnete, die fast schon einem Lächeln gleichkam. Frankie konzentrierte sich wieder auf ihre Karten, dann ballte und öffnete sie ganz kurz, aber mit voller Absicht die Faust. Großmutter beobachtete sie. Grizzly auch. Beide zögerten. Die Zuschauer spürten die Spannung. Sie reckten die Hälse. Frankie hielt den Atem an, als Großmutter ausstieg. Dann stieg auch Grizzly aus. Sie hatte gewonnen. Ihre Karten brauchte sie nicht zu zeigen. Sie hatte die beiden mit einem umgekehrten «tell» geblufft.

Als der Croupier den Pot in ihre Richtung schob, wurde sie vor Freude ganz rot. Ihre Hände zitterten, als sie die nur für diesen Anlaß gefertigten Turnierchips zu sauberen Türmchen aufstapelte. Sie zitterten immer noch, als sie zu Beginn der nächsten Runde ihre ersten beiden Karten erhielt. Sie mußte sich zwingen, sich auf das Spiel zu konzentrieren. Aber der Sieg hatte ihr Selbstvertrauen gestärkt. Beim folgenden Spiel bluffte sie bis zum Schluß, ohne auch nur ein Paar in der Hand zu haben. Sie gewann den Pot. Auch das übernächste Spiel gewann sie. Zwanzig Minuten später verkündete Jack Binion das Ende des ersten Spieltages. Es waren zermürbende acht Stunden seit dem Start vergangen. Von den hundertachtundsiebzig Teilnehmern war bereits die Hälfte ausgeschieden, Frankie aber war immer noch dabei.

Erleichtert und stolz taumelte sie lachend durch das Pokerzimmer und bedankte sich bei Fremden, die ihr gratulierten. Auch des Teufels Großmutter, Grizzly und Oil Slick Dick waren weitergekommen. Er ließ Champagner kommen. Damascus Joe hingegen war ausgeschieden. Er war tief enttäuscht. Frankie litt mit ihm. Sie hätte sich genauso gefühlt, wenn sie ausgeschieden wäre.

Sie hatte eigentlich vorgehabt, früh zu Bett zu gehen, aber als sie schließlich, immer noch ganz aufgekratzt von ihrem Triumph, zu ihrem Zimmer hinaufstolperte, war es weit nach Mitternacht. Sie wählte Melanies Nummer und vergaß dabei ganz, daß sie ihr erzählt hatte, sie würde nach Paris fliegen.

«Du bist wo? Du hast was getan?» japste Melanie. «Ach, du lieber Gott! Ich werde dich bei den Anonymen Spielern anmelden müssen.»

Sie telefonierte mit Loretta, die einen Freudenschrei ausstieß.

Sie rief Miss Tomasina an, die ein anerkennendes Lachen von sich gab.

Sie rief Robert an, der ausnahmsweise einmal völlig sprachlos war.

Sie telefonierte mit Geoffrey, der sie glucksend beglückwünschte. «Vielleicht gibt es für Sie bald noch andere gute Neuigkeiten», sagte er.

«Hat William meine Bedingungen angenommen?»

«Noch nicht. Aber er hat das Thema angesprochen.»

«Geoffrey, ich weiß gar nicht, wie ich Ihnen danken soll.»

«Arbeiten Sie einfach wieder als Anwältin. Das würde mir schon reichen. Aber ich muß Sie warnen. Falls Sie das tun, werden Sie mit dem Pokern aufhören müssen oder sollten zumindest nur noch privat spielen. Drei Abende in der Woche in einem Casino, das ist dem Ruf einer Kanzlei nicht unbedingt förderlich.»

Sie lachte. «Keine Sorge, Geoffrey. Gegen Mitglieder des Richterkollegiums spiele ich dann nur noch Scrabble.»

Sie bestellte sich eine Flasche Champagner aufs Zimmer und trank sie zur Hälfte leer. Dann nahm sie wieder den Telefonhörer ab. Sie begann die Vorwahl für England zu wählen. Dann brach sie ab und legte den Hörer auf. Ein paar Minuten später nahm sie ihn wieder in die Hand. Diesmal kam sie bis zur vorletzten Ziffer von Jacks privater Telefonnummer, bevor sie auflegte.

Am zweiten Turniertag mußten sie weiterspielen, bis nur noch zweiundsiebzig Spieler übrig waren. Es war Mittag, als das Turnier fortgesetzt wurde. Diesmal war Frankie mit anderen Spielern zusammen ausgelost worden. Nicht annähernd so nervös wie tags zuvor, scherzte und lachte sie mit den anderen und klärte sie darüber auf, daß das Hellrot ihres Catsuit ihre Glücksfarbe sei. In ihrer Nähe, aber glücklicherweise nicht an ihrem Tisch, saßen Johnny Chan, der «Orientexpreß», der seine berühmte Glücksorange vor sich liegen hatte, der bärtige Don Zewin, der ganz in Schwarz gekleidet war, ein schlaksiger, gescheiterter Student namens Phil Hellmuth Junior, den sie noch nie gesehen hatte, und ein großer Ire, dessen Stimme sie an ihren Vater erinnerte. Sie wünschte sich, ihr Vater hätte sie jetzt sehen können, wie sie gegen die großen Champions Poker spielte. Wahrscheinlich hätte es ihm vor Stolz die Sprache verschlagen.

Die Croupiers nahmen ihre Plätze ein. Die Zuschauer drängten sich nach vorn, um besser sehen zu können. Plötzlich war Frankie so nervös, daß sie kaum ihre Karten in der Hand halten konnte. Ihr erstes Blatt war eine Vier und eine Acht von gleicher Farbe. Sie paßte. Natürlich hätte sie mitgehen sollen, aber dazu hatte sie nicht die Nerven. Ihr zweites Blatt war Ramsch. Ihr drittes ebenfalls. Jedesmal stieg sie aus. Dann war sie mit dem blinden Einsatz an der Reihe. Sie schob das Minimum, zweihundert Dollar, in die Tischmitte. Sofort wurde auf vierhundert Dollar erhöht. Sie mußte nachsetzen, wenn sie ihren Einsatz nicht von vornherein aufgeben wollte. Sie ging mit und spielte bis zur vierten Gemeinschaftskarte weiter. Dann verließ sie jedoch der Mut, und sie stieg aus. Beim nächsten Spiel hatte sie ein Paar Siebenen, aber ein großer, kahler Mann, der ihr gegenübersaß und dessen Kopf wie die Kuppel einer Kathedrale glänzte, erhöhte bis zum Maximum, also stieg sie abermals aus. Er spielte weiter und gewann mit einem Paar Sechsen. Frankie verfluchte sich insgeheim. Warum hatte sie nur gepaßt? Ihr Stapel Chips schrumpfte beständig. Zum Teil lag dies an den schlechten Karten, die sie erhielt, zum Teil aber auch an ihren schlechten Nerven. Wenn sie so weiterspielte, würde sie die erste sein, die an diesem Tag ausschied.

Mit ihrem nächsten guten Blatt, einem Paar Zehnen, setzte sie aggressiv. Die vierte Gemeinschaftskarte brachte ein As. Kuppelkopf setzte hoch. Sie war der Meinung, daß er bluffte, denn das hatte er auch das letztemal getan. Deshalb blieb sie bis zum Schluß im Spiel, nur um festzustellen, daß er drei Asse hatte. Er strich den Pot ein, in dem sich auch zweitausend Dollar von ihr befanden.

Nach zwei Stunden setzte ein Mann mit einem Straight alles aufs Spiel, verlor jedoch gegen einen Flush. Damit war das Turnier für ihn gelaufen. Wenigstens war sie nicht die erste, die ausschied. Nach dem nächsten Spiel waren zwei weitere Teilnehmer am Ende. Ein Tisch hinter ihr wurde aufgelöst. Drei Spieler von dort kamen an ihren Tisch, die alle noch zwanzigtausend Dollar in ihrem Stapel hatten. Frankie hatte weniger als zehntausend.

Zwei Stunden später war ihr Stapel auf dreitausend geschrumpft. Sie bekam ein Paar Buben, ihr Siegerblatt im Vorrundenturnier. Frankie mußte als letzte setzen, das war die beste Position. Sie machte ein ausdrucksloses Gesicht und hielt den Blick gesenkt. Drei Spieler paßten. Frankie erhöhte um dreihundert. Die übrigen Spieler gingen mit. Der Flop brachte ein weiteres Paar Buben, von denen einer der Kreuzbube war, und eine Kreuzsieben. Damit hatte sie vier Buben. Dieses Spiel war ihr sicher. Sie begann vor Aufregung zu schwitzen. Der Catsuit klebte ihr am Rücken. Der erste Spieler wartete ab. Das taten auch die nächsten drei. Kuppelkopf runzelte die Stirn, zögerte und setzte dann das Minimum. Frankie war sich nicht sicher, ob er sie zu hohen Einsätzen verleiten wollte, indem er so tat, als hätte er ein bescheidenes Blatt. Was auch immer er in der Hand hatte, sie war praktisch nicht zu schlagen. Sie wollte jedoch nicht bis zur vierten und fünften Gemeinschaftskarte weiterspielen und ihm die Möglichkeit geben, sein Blatt zu verbessern. Also setzte sie hoch. Wenn er nichts in der Hand hatte, würde er jetzt passen, und sie würde den Pot gewinnen. Die anderen Spieler stiegen aus. Zu ihrer Überraschung ging Kuppelkopf jedoch ohne Zögern mit.

Sie überlegte, was für ein Blatt ihm solche Zuversicht geben konnte. Es mußte ein Flush oder ein Straight sein. Ihre Kopfhaut begann zu jucken, sie kratzte sich jedoch nicht, weil ihm das möglicherweise verraten hätte, daß sie nervös war. Die Zuschauer spürten die Spannung. Sie reckten die Hälse. Die vierte Gemeinschaftskarte war eine Herzzehn. Kuppelkopf setzte das Maximum. Jetzt war sie sich sicher, daß er einen Straight hatte. Er würde eine böse Überraschung erleben, wenn er ihr Blatt sah. Sie erhöhte. Er hielt. Die fünfte Gemeinschaftskarte war eine Kreuzacht. Wieder setzte er das Maximum. Sie erhöhte. Er hielt und erhöhte abermals. Sie konnte es nicht fassen. Wie hoch sein Straight auch sein mochte, er konnte ihren Vierling damit nicht schlagen. Er mußte doch merken, daß sie ein gutes Blatt hatte. Vielleicht nahm er aber auch an, sie bluffte, wie er es selbst ein paar Spiele zuvor getan hatte. Um im Spiel zu bleiben, mußte sie halten. Der Pot betrug jetzt fast zehntausend Dollar. Er würde ihr den ersehnten Durchbruch verschaffen. Aber wenn sie mitgehen wollte, mußte sie alle ihre Chips setzen. Bei vier Buben war es das wert. Sie schob ihre Chips in die Mitte und wollte sehen.

Kuppelkopf deckte seine Karten auf. Durch die Zuschauermenge ging ein Raunen. Frankie starrte ungläubig auf die

Karten. Sie war von ihren vier kostbaren Buben so begeistert gewesen, daß sie die Farbe außer acht gelassen hatte. Er hatte die Kreuzneun und die Kreuzzehn. Die letzte Karte auf dem Tisch, die Kreuzacht, hatte ihm den Sieg gebracht. Bis zu diesem Moment war Frankie nicht zu schlagen gewesen.

«Straight Flush schlägt vier Buben», sagte der Croupier. Er zuckte mitleidig mit den Schultern und schob Kuppelkopf die Chips zu.

Sie hatte verloren. Sie war aus dem Turnier ausgeschieden. Sie war durch einen Outdraw geschlagen worden – durch die letzte Karte. Das war die schlimmste Art der Niederlage. Sie erhob sich und stolperte durch die Menge der umstehenden Zuschauer, die ihr tröstende Worte zumurmelten. Nie wieder würde sie Spielkarten anrühren. Wenn sie es nicht ertragen konnte zu verlieren, durfte sie auch nicht Poker spielen.

Um sie herum blinkten und plärrten die Spielautomaten, als sie sich ihren Weg durch den Gang bahnte, Touristen zur Seite schob und auf den Lift und die Einsamkeit zusteuerte. Irgend jemand sagte: «Pech gehabt, Frankie.»

Sie zuckte mit den Achseln. Morgen würde sie sich besser fühlen. Heute aber war ihr hundeelend zumute.

Im Lift drückte sie den Knopf zum fünften Stock und lehnte sich dann mit geschlossenen Augen an die Wand. Die Türen begannen sich schon zu schließen, als draußen jemand auf den Knopf drückte und sie sich wieder öffneten. Sie drehte sich mit dem Gesicht in die Ecke, da sie mit niemandem sprechen wollte, auch dann nicht, wenn man sie trösten wollte.

«Hallo, Frankie.»

Vor dem Hintergrundlärm und den blinkenden Lichtern stand Jack Broderick. Sie starrte ihn an. Von ihrer Niederlage war sie noch zu getroffen, um überrascht zu sein. «Was willst du?»

Er trat in den Lift und drückte den Knopf zu ihrem Stockwerk. «Ich bin gekommen, um dich spielen zu sehen.»

«Du meinst, um mich verlieren zu sehen! Es überrascht mich, daß du nicht Beifall geklatscht hast, als ich ausgeschieden bin.»

Er musterte ihr blasses, müdes Gesicht mit den dunklen Augenringen. «Ich konnte es einfach nicht glauben, als ich dich im *Hert-*

ford gesehen habe. Ich weiß, daß dein Vater Spieler war, und Marius hat immer behauptet, daß du mich beim Pokern jederzeit schlagen würdest, aber ich hatte keine Ahnung, wie gut du bist. Es verlangt viel Mut, Poker mit hohen Einsätzen zu spielen. Ich bewundere das. Du hast heute nicht schlecht gespielt, allerdings nicht so gut wie gestern.»

«Du hast zugesehen?»

«Wie hätte ich das verpassen können!»

Sie waren in ihrem Stockwerk angelangt. Sie trat aus dem Lift und machte sich auf den Weg zu ihrem Zimmer.

«Ich fordere dich zu einem Spiel», rief er ihr hinterher. «Du bestimmst den Einsatz.»

Sie antwortete nicht. Sie ging einfach weiter. Jack in dieser Stunde wiederzusehen hatte ihr gerade noch gefehlt.

Als Frankie sich am nächsten Morgen wieder in die Öffentlichkeit wagte, war von Jack nichts zu sehen. Vielleicht war er schon abgereist. Ihr Gefühl sagte ihr jedoch, daß das nicht der Fall war. Nicht, daß ihr etwas daran gelegen hätte. Zumindest redete sie sich das ein. Doch seine Anwesenheit in derselben Stadt, im selben Hotel machte sie nervös.

Sie frühstückte mit Grizzly und Damascus Joe im Coffee Shop. Sie redeten über das «Was wäre gewesen, wenn», über Spiele, die sie anders hätten angehen sollen, und Einsätze, die sie hätten bringen sollen. Jedesmal, wenn jemand die hölzerne Treppe zum Coffee Shop herunterkam, drehte sich Frankie instinktiv um. Nach dem Frühstück ging sie zum Swimmingpool auf dem Dach hinauf und streckte sich in der Sonne aus, aber nach einer halben Stunde wurde sie unruhig. Sie ging wieder nach unten, um mit Oil Slick Dick und Al Capone den weiteren Verlauf des Turniers zu beobachten. Die Karten konnten ihre Aufmerksamkeit jedoch nicht fesseln. Schließlich nahm sie ein Taxi und fuhr zu Loretta.

«Scott hat sich noch nicht bei mir gemeldet», sagte sie.

«Laß ihm Zeit.» Loretta hielt inne. «Regst du dich wegen Scott so auf oder weil du aus dem Turnier ausgeschieden bist?»

«Keins von beidem, obwohl es mich natürlich ziemlich fertiggemacht hat, daß ich gestern verloren habe.» Frankie schnitt eine

Grimasse, um ihre wahren Gefühle zu verbergen. «Ich habe dir doch erzählt, daß ich meinen Mann wegen eines anderen verlassen hatte. Nun, er ist hier in Las Vegas. Er wohnt im selben Hotel wie ich.»

«O nein! Und was willst du jetzt machen?»

«Wenn ich das wüßte.»

«Liebst du ihn noch?»

«Ich weiß es nicht.»

«Ich dachte, du wärst nach England geflogen, um das herauszufinden.»

«Ich habe ihn in England getroffen, aber außer Wut habe ich nichts empfunden. Dann habe ich ihn ein zweitesmal gesehen, und da wollte ich ihn wiederhaben. Aber er hat jetzt eine neue Freundin.» Frankie stand auf. Sie war zwar erst wenige Minuten bei Loretta, aber sie wurde schon wieder nervös. Sie mußte zum Hotel zurückkehren.

Sie verbrachte den Nachmittag damit, sich im Casino herumzudrücken und Vierteldollarmünzen in die Spielautomaten zu werfen, während sich das Turnier in der Endphase befand. Morgen würden die sechs Spieler gegeneinander antreten, die nach drei Turniertagen noch im Spiel waren. Der Mann mit dem Ventilator und des Teufels Großmutter, die in der Zwischenzeit auch ausgeschieden waren, waren zum normalen Spielbetrieb zurückgekehrt. Frankie stieg in ihre Runde ein, aber sie war mit ihren Gedanken nicht bei der Sache. Nachdem sie fünfhundert Dollar verloren hatte, sagte sie den beiden gute Nacht, verließ den Tisch und ging nach oben, um zu Bett zu gehen. Das Lämpchen an ihrem Telefonapparat leuchtete nicht. Niemand hatte angerufen. Bei laufendem Fernseher, dessen Ton sie leise gedreht hatte, schlief sie ein.

Als sie aufwachte, war es heller Vormittag. Über den Bildschirm flimmerte eine der endlosen Gameshows. Drei kreischende Pärchen versuchten gerade das Gewicht eines Elefanten zu erraten, um ein herzförmiges Bett zu gewinnen. Sie schaltete aus und lag dann in seliger Stille da. Sie dachte an Jack. Wenn es so etwas wie Schicksal gab, hatte es ihn nach Las Vegas, zu ihr, geführt.

Sie drehte sich im Bett um und griff zum Telefon.

Es dauerte lange, bis Jack abnahm. Während Frankie wartete,

fragte sie sich, ob er gerade mit einer anderen zusammen war, der Frau aus London mit dem schmalen Gesicht zum Beispiel oder mit einer, die er hier in Vegas kennengelernt hatte. Es ging sie eigentlich nichts an, aber der Gedanke gefiel ihr nicht. Schließlich hob er den Hörer ab.

«Willst du immer noch mit mir Poker spielen, Jack?» fragte sie ruhig.

«Ja, das will ich, aber dein Angebot kommt ziemlich spät. Ich fliege morgen nach Hause.» Sein Ton war barsch, beinahe feindselig.

«Ich werde um Blue spielen», sagte sie, immer noch freundlich.

«Was bietest du?»

«Siebentausend Dollar. Das ist alles, was ich noch habe.»

Jack schwieg. Frankie dachte schon, daß er aufgelegt hätte. Dann sagte er: «Ich will dein Geld nicht. Ich will mit dir schlafen. Nur ein einzigesmal. Ich möchte, daß du das Sklavenmädchen spielst und mich für all den Schmerz, den du mir zugefügt hast, um Vergebung bittest. Das ist der einzige Einsatz, der mich interessiert.»

Sie war von der Gehässigkeit in seiner Stimme schockiert. Natürlich wußte sie, daß sie ihn verletzt hatte, aber sie hatte nicht erwartet, daß er sich an ihr genauso dringend rächen wollte wie sie sich an William. Sie brauchte eine Minute, bis sie antworten konnte. Als sie es dann tat, hatte ihre Stimme alle Freundlichkeit verloren. «Ich akzeptiere», sagte sie ebenso barsch wie er. «Ich komme um sechs. Ruf Eamonn an, und sag ihm, daß ich Blue nächste Woche abholen werde.»

Kapitel 41

Sowie Frankie aufgelegt hatte, machte sie einen weiteren Anruf. Diesmal telefonierte sie mit dem Hotelshop und bestellte sich zwei Päckchen Karten.

Bis man sie ihr aufs Zimmer gebracht hatte, war sie aufgestanden und hatte sich angezogen. Ein Päckchen Karten ließ sie verschlossen, das andere öffnete sie. Dann begann sie zu geben, aber nicht auf die normale Art. Sie hielt den Kartenstapel in der linken Hand, drei Finger am äußeren rechten Rand, den Zeigefinger an der rechten oberen Ecke. Dann versuchte sie, die zweite Karte zuerst zu geben. Anfangs wollte ihr das nicht so recht gelingen. Aber sie übte unbeirrt weiter, bis es schließlich fast unmöglich war zu erkennen, daß sie die oberste Karte für sich zurückbehalten hatte. Ihre Finger hatten sich wieder in den alten Trick hineingefunden, den ihr Vater ihr einmal beigebracht hatte, den Mechanic's Grip. Nur daß sich ihre Hände jetzt wesentlich schneller bewegten, als seine es je getan hatten. Das war schon immer so gewesen. Er hatte den Trick manchmal verpatzt. Deswegen waren die Männer damals ins Stadion gekommen und hatten sein Gesicht auf das Geländer geschmettert.

Als Frankie den Mechanic's Grip erst einmal perfektioniert hatte, übte sie, beim Geben möglichst unbemerkt einen Blick auf die Karten zu werfen. Das fiel ihr schwerer. Sie schaffte es zwar, die oberste Karte zu erkennen, sogar die obersten zwei, mehr zu sehen gelang ihr jedoch nicht. Aber sie würde im Vorteil sein, denn sie würde zumindest eine von Jacks verdeckten Karten kennen.

Am späten Nachmittag duschte sie und zog sich dann um. Sie wählte ein schlichtes weißes T-Shirt und einen weißen Hosenrock, nichts Aufwendiges, das sie vom Spielen abgelenkt hätte. Sie bestellte sich Sandwiches und schwarzen Kaffee aufs Zimmer. Während sie langsam ihren Kaffee trank, flocht sie ihr Haar zu einem sauberen, glatten Ballerinazopf. Sie war nicht nervös. Die Feindseligkeit in Jacks Stimme hatte ihre Sehnsucht nach ihm zerstört. Alles, was sie jetzt noch von ihm wollte, war Blue.

Jacks Suite befand sich im obersten Stockwerk. Sobald sie geklopft hatte, öffnete er die Tür und trat zur Seite, um sie hereinzulassen. Sie ging durch das Zimmer zu einem Tisch an den großen Panoramafenstern, die nach Westen auf die Fremont Street und den Strip blickten. Die Sonne ging gerade unter. Sie warf ihr orangerotes Licht über die Wüstenstadt. Die Bürgersteige lagen bereits im Schatten der Gebäude. «Wo ist deine Freundin?» fragte sie und sah sich suchend um.

«In London.»

«Las Vegas entspricht wohl nicht ganz ihrem Stil.»

«Sie ist nicht mitgekommen, weil ich sie nicht darum gebeten habe.» Er ging zur Bar. «Möchtest du etwas trinken?»

«Nein, danke.» Sie zog das versiegelte Päckchen Karten hervor. «Wir spielen ohne Limit. Jeder hat tausend Dollar Spielkapital. Nachlegen ist nicht möglich – wenn einer sein Geld verloren hat, ist das Spiel vorbei. Der Sieger bekommt alles.» Sie legte tausend Dollar vor sich auf den Tisch. Dann öffnete sie das Päckchen, mischte die Karten und gab sie dann Jack, damit er abheben konnte. «Ich gebe. Wir spielen Texas Hold'em.»

«O nein! Es gilt Dealer's Choice: Wer gibt, hat die Wahl.»

«Nein. Wir spielen nur Hold'em.»

«Das Spiel, das du am besten beherrscht. Vergiß es!»

Sie zögerte. «In Ordnung. Also Dealer's Choice. Und da ich jetzt gebe, spielen wir Hold'em.»

Sie hielt die Karten so, wie ihr Vater es ihr beigebracht hatte und wie sie es den ganzen Tag geübt hatte. Sie gab Jack eine Zwei und eine Neun von unterschiedlicher Farbe, sich selbst ein Paar Damen. Sie gewann das Spiel und hundert Dollar. Mit einem zufriedenen Lächeln strich sie ihren Gewinn ein und reichte Jack die Karten.

«Seven Card Stud», sagte er.

Seven Card Stud, Stud Poker mit sieben Karten, unterschied

sich nicht allzusehr von Hold'em, außer daß jeder Spieler zwei Karten verdeckt und eine offen erhielt, bevor die Einsätze geleistet wurden. Da Frankie die offene Karte mit dem niedrigeren Wert bekommen hatte, mußte sie als erste setzen. Ihre beiden verdeckten Karten waren ein Paar Achten. Sie setzte fünfzig Dollar. Jack hielt. Sie spielten bis zur letzten Runde weiter. Zu diesem Zeitpunkt hatten sie jeder zwei verdeckte und vier offene Karten. Frankie versuchte ein Full house zu erzielen. Die siebte Karte wurde wieder verdeckt gegeben. Sie bekam ihre dritte Acht. Jack gewann jedoch mit drei Damen.

Als sie wieder mit dem Geben an der Reihe war, wählte sie abermals Hold'em. Diesmal schlug er ihr Full House mit vier Königen. Die Wahrscheinlichkeit für dieses Blatt stand eins zu einer Million. Sie redete sich ein, daß sein Glück nicht von Dauer sein könne, aber Jack hatte offenbar eine Gewinnsträhne. Ganz gleich, was Frankie ihm gab, er gewann. Er zog unglaubliche Karten. Asse und Könige. Vier Gleiche. Ein Full house. Einen Straight Flush. Frankie hatte schließlich nur noch hundert Dollar. Sie ballte ihre Fäuste und sah ihn finster an.

Jack lehnte sich in seinem Sessel zurück. «Was für eine Pechsträhne», spottete er.

«Halt den Mund und spiel!»

Sie war mit dem Geben an der Reihe und gab sich zwei Asse. Der Flop brachte ein weiteres As und zwei Fünfen. Jetzt würde sie es ihm zeigen! Sie schob ihr ganzes Geld in die Mitte.

Er hob die Augenbraue. «Ist das nicht ein bißchen voreilig?»

«Was geht dich das an, Jack. Geh mit, oder steig aus.»

Er zögerte. Sie wartete und versuchte dabei verzweifelt, ihre Ungeduld zu verbergen. Dann seufzte er und hielt.

Die vierte Gemeinschaftskarte war eine Zehn, die fünfte eine Sieben. Triumphierend zeigte sie ihm ihre Karten. «Der Pot gehört mir. Endlich!»

Jack drehte sein Blatt um. Er hatte auch zwei Asse.

Frankie starrte die Karten ungläubig an. «Da stimmt doch was nicht. Es liegen fünf Asse auf dem Tisch.»

Er lachte laut auf und schüttelte dann schamlos drei Könige und eine Dame aus dem rechten Ärmel. «Ich habe dir einmal gesagt, daß ich fair spiele, und wenn das nicht funktioniert, greife ich auf schmutzige Tricks zurück. Du spielst besser Poker als ich. Und ich konnte nicht riskieren zu verlieren.

«Du Betrüger!»

«Man muß selbst einer sein, um einen zu erkennen. Mir ist der Mechanic's Grip durchaus geläufig.»

«In Ordnung. Ich gebe es zu. Ich habe betrogen.» Frankie schob ihren Stuhl zurück und stand auf. «Aber du weißt, daß ich nur gespielt habe, um Blue wiederzubekommen. Vermutlich hat es dich amüsiert, mir die Chance zu geben, ihn zurückzubekommen, nur um mir dann die Tür vor der Nase wieder zuzuschlagen.»

Jack warf die Karten auf den Tisch. «Ich hätte dir Blue niemals weggenommen, wenn du mir nur ein einzigesmal geschrieben hättest, daß es dir leid tut. Aber du hast keinerlei Gedanken daran verschwendet, ob du mich verletzt haben könntest. Trotz deiner Versprechen und obwohl wir uns geliebt und miteinander gelacht haben, bist du zu diesem eiskalten Heuchler zurückgekehrt.»

Tränen brannten in Frankies Augen. «Du kannst dir gar nicht vorstellen, wie sehr ich das bereue.»

Er trat einen Schritt auf sie zu und fragte mit ruhiger Stimme, in der aber unverkennbar angestauter Zorn mitschwang: «Warum hast du mich verlassen?»

«Ich hatte Angst vor dir und der Welt, in der du lebst. Du warst plötzlich so verschlossen. So gewalttätig. Ich meine damit nicht nur das eine Mal, wo du William geschlagen hast. Du warst auch mir gegenüber jähzornig. Zuerst dachte ich, du hättest eine andere Frau. Dann befürchtete ich, du wärst wieder kriminell geworden. Erinnerst du dich an den Morgen, an dem du mit zerrissener Kleidung und deiner Pistole nach Hause gekommen bist? Als ich wissen wollte, was los ist, bist du wütend geworden. Das Ganze erreichte einen Punkt, an dem ich jedesmal, wenn ich eine Polizeisirene hörte, dachte, sie würden kommen, um dich zu verhaften.»

«Fat Dudley wollte die Rennbahn haben. Er hat mir gedroht, dir etwas anzutun. Ich mußte ihn zum Schweigen bringen. Die Sache mit dem Auto deiner Mutter sollte eine Warnung sein.»

«Jack, das waren Jungen aus dem Dorf, die uns einen Streich gespielt haben.»

Er packte sie an den Handgelenken und schüttelte sie heftig. «Warum zum Teufel hast du mir das nicht gesagt?»

«Ich habe es erst später erfahren. Warum hast du mir das mit Dudley nicht erzählt?»

Sie dachte, er würde sie jetzt in die Arme nehmen, aber er schob sie von sich weg. «Du wolltest nie wahrhaben, daß es in meinem Leben immer noch eine dunkle Seite gab. Also tat ich mein Bestes, um diese dunkle Seite vor dir zu verbergen, weil ich Angst hatte, dich zu verlieren. Marius hat mir erzählt, daß du damals, als man deinen Vater zusammengeschlagen hat, eine ganze Woche lang kein einziges Wort gesagt hast. Wie konnte ich dir da die Sache mit Dudley erzählen? Es war nicht leicht für mich, nicht wieder kriminell zu werden. Leute, die ich von früher her kannte, übten Druck auf mich aus oder baten mich um einen Gefallen. Aber ich widerstand, hauptsächlich deinetwegen. Ich wollte, daß du stolz auf mich bist. Aber ich hätte mir die Mühe sparen können. Du hast mich trotzdem verlassen.» Er drehte sich um und sah aus dem Fenster. Es war inzwischen Nacht geworden. Die Neonlichter der Casinos erhellten den Himmel.

Frankie dachte an Tucson, den roten Datsun und die fünfzig Dollar. Wenn sie das, was sie diese Erfahrung gelehrt hatte, schon gewußt hätte, als sie noch mit Jack zusammen war, wäre vielleicht alles ganz anders gekommen. «Ich habe versucht, dir zu vertrauen», sagte sie. Er sollte begreifen, daß er sie dazu getrieben hatte, ihn zu verlassen. «Ich habe dir bis zu jener Nacht auch tatsächlich vertraut. Sogar danach habe ich es noch versucht. Aber Mutter lag im Sterben. Ich habe mich so verletzlich gefühlt. Ich wollte von dir getröstet werden, aber als ich bei dir anrief, wolltest du nicht einmal mit mir reden. Du hast dich wie ein Fremder verhalten. William hat mir Sicherheit geboten, also ging ich zu ihm zurück. Es war der schlimmste Fehler meines Lebens.» Sie ließ die Karten und ihr Geld auf dem Tisch liegen und nahm ihren Zimmerschlüssel.

Jack stand reglos da und sah ihr zu. «Er hat dich wieder verprügelt. Marius hat es mir erzählt. Es hat mich gefreut.»

Sie zuckte zusammen.

«Gleichzeitig hätte ich ihn dafür am liebsten umgebracht.»

Ihre Blicke versanken ineinander wie damals auf dem Parkplatz des Stadions. Wieder sprang ein Funke über.

«Du hast dich verändert», sagte er leise. «Du bist nicht mehr so mißbilligend.»

Sie schenkte ihm ihr zärtliches, zerknittertes Lächeln. «Auch ich habe die Gosse kennengelernt, Jack.»

Er schüttelte halb belustigt den Kopf. «Merkwürdig, daß ich jetzt der Respektable bin, über den die Sonntagszeitungen berichten, und du dir die Nächte am Pokertisch um die Ohren schlägst.»

Sie kicherte. «Das habe ich auch komisch gefunden, als ich die Notiz über dich in der Zeitung gelesen habe.»

Seine Stimme wurde wieder hart. «Du bist fast zwei Jahre weggewesen. Warum bist du nicht eher zu mir gekommen?»

«Ich mußte es allein durchstehen. Ich mußte von William weg, und ich mußte mich mit meiner Vergangenheit auseinandersetzen. Oh, nicht nur, was dich und mich betraf. Da gab es viele Dinge. Meinen Vater. Meine Mutter. Das heillose Durcheinander, das ich aus meinem Leben gemacht habe. Ich bin nach Las Vegas gekommen und habe ein paar harte Lektionen gelernt, nicht zuletzt über mich selbst.»

«Und dir ist nie in den Sinn gekommen, mir zu schreiben?»

«Du kannst mir glauben, es ist kein Tag vergangen, an dem ich nicht an dich gedacht habe. Ich habe Hunderte von Briefen angefangen, nur um sie dann wieder zu zerreißen. Es schien mir keinen Sinn zu haben, dir zu schreiben, da ich doch wußte, daß du nicht antworten würdest.»

«Du hast mir nie eine Chance gegeben.»

«Damit ich dann wie eine reuige Sünderin leben und mich ständig für die Fehler, die ich in meiner Vergangenheit begangen habe, entschuldigen muß? Das habe ich schon mit William durchgemacht.»

«So etwas würde ich niemals verlangen! Von niemandem.» Er schlug mit der Faust auf den Tisch, so daß die Karten und das Geld hochgeschleudert wurden. «Ich mag ja viele Fehler haben, aber ich bin kein Heuchler.»

In der Hitze des Augenblicks hatte sie ganz vergessen, daß sie ja beide reuige Sünder waren. Sie begann sich zu entschuldigen, aber er kehrte ihr den Rücken zu und sagte: «Geh jetzt, Frankie! Jetzt ist es zu spät, um mir zu sagen, daß es dir leid tut.»

«Jack, wir alle tun und sagen Dinge, die wir bereuen. Das gehört zum Leben.»

Er gab ihr keine Antwort. Er stand ganz gerade da und starrte auf die hellen Lichter hinaus. Sie wollte zu ihm laufen und ihn umarmen, aber sie hatte Angst davor, daß er sie zurückweisen würde. Also ging sie zur Tür und öffnete sie. Immer noch sagte er kein Wort. Sie zögerte, aber er drehte sich nicht um.

«Auf Wiedersehen, Jack», sagte sie.

«Auf Wiedersehen.»

Sie würde nicht betteln. Sie verließ das Zimmer. Er rief sie nicht zurück.

Sie fuhr hinunter zu ihrem Zimmer, legte sich aufs Bett und ließ dann noch einmal ihr Gespräch Revue passieren. Sie wünschte sich, sie hätte einige Dinge gesagt und andere für sich behalten. Abwechselnd war sie wütend auf Jack, weil er gekränkt gewesen war, und noch wütender auf sich selbst, weil sie ihn gekränkt hatte.

Um Mitternacht erfuhr sie aus den Fernsehnachrichten, daß Phil Hellmuth Junior, der Studienabbrecher, der neue Pokerweltmeister geworden war. Er hatte Johnny Chan, den «Orientexpreß», der ein As und eine Sieben von gleicher Farbe in der Hand gehabt hatte, mit einem Paar Neunen geschlagen. Früher hätte Frankie sich hingesetzt und gespannt die letzten Augenblicke des Turniers verfolgt. Heute nacht interessierte es sie nicht.

Am folgenden Morgen stand sie früh auf, zog ihre alten abgeschnittenen Jeans und ein T-Shirt an, mietete sich ein Auto und fuhr dann zu Loretta. Sie wollte weit weg vom Hotel sein, wenn Jack abreiste. «Scott hat mich nicht angerufen», sagte sie traurig, während sie, die Ellbogen auf den Küchentisch gestützt, Loretta beim Stricken zusah.

«Er hat eine andere Frau kennengelernt und will weder sie noch sich selbst aufregen.»

«Er hat jemanden verdient, der nett ist.»

«Das hast du auch. Was ist mit dem Mann, von dem du mir erzählt hast?»

Frankie schnitt eine Grimasse. «Ich habe ihn verärgert. Ich

wollte das nicht, aber anscheinend sage ich immer das Falsche. Selbst wenn ich mir meine Worte vorher zurechtlege, bringe ich sie dann, wenn es darauf ankommt, einfach nicht richtig heraus.»

«Vielleicht hält sich der Mann auch nicht an dein Skript.»

Frankie lachte. «Da hast du recht. Hol ihn doch der Teufel! Ich wünschte, ich könnte ein Päckchen Karten heiraten. Ein schönes, neues Päckchen, in Zellophan eingewickelt. Wenigstens weiß ich, wie man mit Karten umgeht.»

Loretta schüttelte den Kopf. «Du sagst vielleicht verrückte Sachen. Das ist es, was mir an dir so gefällt. Hör nie auf, an Märchen zu glauben, Frankie. Einige von ihnen werden wahr. Frag dich doch einmal, was dieser Mann in Las Vegas wollte.»

«Er kam, um bei den Weltmeisterschaften zuzusehen.»

«Er kam, um dich zu sehen. Fahr zum Hotel zurück, bevor es zu spät ist.»

«Es ist bereits zu spät.»

Als Frankie Loretta verließ, fuhr sie nicht zum Hotel zurück. Sie hätte es nicht ertragen können, Jack abreisen zu sehen. Statt dessen fuhr sie hinaus zum Red Rock Canyon. Ein gutes Stück hinter den wenigen Häusern, die dort standen, hielt sie an. Der unbefestigte Weg, der sich zwischen den Sandsteinfelsen hindurchschlängelte, war der einzige Hinweis auf menschliches Leben. Sie stellte den Motor ab und sah zu, wie das Tageslicht am roten Horizont entlangtanzte. Sie liebte diesen Ort. Er besaß eine schaurige, einsame Schönheit, die sie an ihre Fahrt von Phoenix nach Las Vegas erinnerte. Zum erstenmal seit Monaten dachte sie an den kleinen Horace. War es ihm gelungen, sich von den Casinos fernzuhalten und seine Ehe zu retten? Sie wünschte es ihm.

Als sie in Las Vegas angekommen war, hatte sie nichts besessen. Sie hatte kein Geld gehabt, keine Zukunft. Niemanden, den sie geliebt hatte oder von dem sie geliebt wurde. Niemals würde sie den Hunger und die Hitze vergessen. Die Nächte, die sie in dem roten Datsun verbracht hatte. Wie verzweifelt sie gewesen war, als sie die fünfzig Dollar gestohlen hatte. Jetzt hatte sie Geld. Zwar kein Vermögen, aber sie konnte Geld verdienen. Nur daß Geld eben nicht alles war. Es füllte die Leere, in der einst Liebe und Lachen gewohnt hatten, nicht aus.

Sie mußte Jack noch eine Chance geben. Sie wendete den Wagen und raste nach Las Vegas zurück. Als sie das *Binion's* erreichte, stieg Jack gerade in eine Limousine. Sie sprang aus ihrem Mietwagen, ließ die Tür offen und den Motor laufen und rannte zu ihm. «Ich... äh... bin gekommen, um dir auf Wiedersehen zu sagen», stotterte sie, da sie sich plötzlich scheute, die Dinge zu sagen, die sie sich am Red Rock Canyon zurechtgelegt hatte.

«Steig ein. Ich habe den ganzen Vormittag auf dich gewartet.»

Sie blieb neben der Limousinentür stehen. «Jack, wir müssen miteinander reden. Ich kann nicht einfach mit dir mitkommen. Vielleicht funktioniert es nicht. Wir sind nicht mehr dieselben Menschen wie früher.»

«Wir können im Flugzeug miteinander reden.»

«Ich möchte wieder als Anwältin arbeiten. Das habe ich beschlossen, als ich in England war.»

«Habe ich je versucht, dich davon abzuhalten? Nein. Das warst du schon selbst.» Er sah auf seine Uhr. «Unser Flugzeug geht in dreißig Minuten.»

Plötzlich packte sie die Angst. Die Angst, zu geben und zu lieben, die Angst, wieder verwundbar zu sein. «Ich habe vor, mich auf Fälle von medizinischen Kunstfehlern bei Kindern zu spezialisieren. Meine Arbeit wird viel Zeit beanspruchen. Das wird dir nicht gefallen.»

«Glaubst du, ich will dein Gefängniswärter sein, wie William das war? Oh, ich gebe zu, daß ich zeitweise argwöhnisch war, aber ich war nie eifersüchtig auf deine Arbeit. Ich war stolz auf dich.» Er tippte auf seine Uhr. «Noch eine Minute, dann fahre ich.»

Sie hob ratlos die Hände. «Was ist mit meinen Kleidern, meinem Koffer?»

«Man wird sie dir nachschicken.»

«Ich habe sechstausend Dollar im Safe liegen.»

«Hör endlich mit den Ausreden auf! Warum bist du überhaupt gekommen, wenn du Las Vegas nicht mit mir verlassen willst?»

Ihr Gesicht bekam einen hilflosen Ausdruck. «Das tue ich, aber ich habe Angst.»

«Frankie», sagte er entschieden. «Ich liebe dich. Aber wenn du heute nicht mitkommst, werde ich dich nie wieder darum bitten.

Wir haben beide Fehler gemacht. Wir haben noch eine einzige Chance. Das ist sie. Steig ein!»

Sie hatte weder eine Jacke noch einen Pullover dabei. Ihr Paß und ihr Führerschein befanden sich in ihrer Handtasche, denn sie hatte die Papiere vorlegen müssen, als sie das Auto gemietet hatte. Alles andere lag oben in ihrem Hotelzimmer. Sie hatte nicht einmal eine Zahnbürste. Sie zögerte, ballte und öffnete dabei die Fäuste. Dann sagte sie: «Ach, zum Teufel! Das sind alles nur materielle Dinge. Ich bin nicht die erste, die Las Vegas mit weniger verläßt, als sie bei der Ankunft dabeihatte.» Und schlüpfte neben Jack auf den Rücksitz.

Er nahm ihre Hand und sagte: «Was? Keine abgebissenen Fingernägel?»

Sie lächelte und lehnte sich an ihn. «Nein, aber wir haben uns gerade wieder einmal auf einer Art Parkplatz gestritten.»

Sie wußte nicht, ob es klappen würde, ob sie zusammenbleiben würden. Beim Pokern konnte sie sich die Chancen ausrechnen. Im Leben war das nicht möglich. Aber sie konnte Jack nicht einfach gehen lassen. Ihre Mutter hatte gesagt, daß jeder einmal eine große Liebe erfahren sollte. Jack war die ihre. Er brachte sie zum Lachen. Er brachte sie zum Weinen. Er machte sie stolz. Er machte sie wütend. Er war der einzige Mann, dem sie anvertrauen konnte, daß sie einmal fünfzig Dollar gestohlen hatte, und der deshalb nicht schlechter von ihr denken würde. Dafür und für so vieles mehr war er das Wagnis wert.